O Sopro dos Deuses

Do Autor

TRILOGIA
O IMPÉRIO DAS FORMIGAS

As Formigas
Vol. 1

O Dia das Formigas
Vol. 2

A Revolução das Formigas
Vol. 3

TRILOGIA
O CICLO DOS DEUSES

Nós, os Deuses
Vol. 1

O Sopro dos Deuses
Vol. 2

O Mistério dos Deuses
Vol. 3

Bernard Werber

O Ciclo dos Deuses

O Sopro dos Deuses

Volume 2

Tradução
Jorge Bastos

Rio de Janeiro | 2014

Título original: *Le Souffle des Dieux*

Capa: Raul Fernandes

Editoração: DFL

Texto revisado segundo o novo
Acordo Ortográfico da Língua Portuguesa

2014
Impresso no Brasil
Printed in Brazil

CIP-Brasil. Catalogação na publicação
Sindicato Nacional dos Editores de Livros – RJ

W516s Werber, Bernard, 1961-
O sopro dos deuses/ Bernard Werber; tradução Jorge Bastos. – 1. ed.
– Rio de Janeiro: Bertrand Brasil, 2014.
588p.; 23 cm. (O Ciclo dos deuses; 2)

Tradução de: Le Souffle des Dieux
Sequência de: Nós, os deuses
Continua com: O mistério dos deuses
ISBN 978-85-286-1941-6

1. Ficção francesa. I. Bastos, Jorge. II. Título. III. Série.

CDD – 843
CDU – 821.133.1-3

13-07365

EDITORA BERTRAND BRASIL LTDA.
Rua Argentina, 171 – 2º andar – São Cristóvão
20921-380 – Rio de Janeiro – RJ
Tel.: (0xx21) 2585-2070 – Fax: (0xx21) 2585-2087

Atendimento e venda direta ao leitor:
mdireto@record.com.br ou (21) 2585-2002

Para Muriel

Preâmbulo

"E você, se fosse deus, o que faria?"

A ideia do "ciclo dos deuses" nasceu a partir dessa interrogação.

Desde o surgimento das religiões, o homem associa a noção divina a duas opções: "Creio" e "Não creio".

Pareceu-me interessante colocar a questão de outra maneira, para encontrar outras respostas. Tomemos a hipótese de que Ele ou Eles existem e tentemos compreender que visão têm de nós, simples mortais. De qual margem de erro dispõem? Eles nos julgam? Ajudam-nos? Gostam de nós? Quais as suas intenções conosco?

Para estudar tais hipóteses, imaginei uma escola de deuses, onde se aprende a se tornar um deus responsável e eficaz.

Apresentando o ponto de vista dos deuses sobre os homens, e não o dos homens sobre os deuses, surgiu uma nova percepção de nossa história passada, de nossos futuros possíveis, de nossas expectativas como espécie, das expectativas deles.

Em *Nós, os deuses*, seguimos o percurso de uma turma divina. Ela se compunha de 144 alunos e cada um estava encarregado de fazer evoluir um povo, num planeta de exercício, bastante semelhante ao nosso. Em cada rodada, os melhores eram premiados, e os piores, eliminados.

Em *O sopro dos deuses*, quase a metade dos alunos-deuses inaptos foi despachada. Os sobreviventes começaram a compreender como se aperfeiçoar em sua arte.

Gostaria que esse lugar privilegiado de observação dos nossos destinos permitisse ao leitor se projetar em Aeden, de forma que cada um tente encontrar suas próprias respostas.

Se pudessem gerir os membros de uma humanidade semelhante à nossa, num mundo semelhante ao nosso, quais seriam suas escolhas, qual estilo de divindade? Fariam milagres? Utilizariam profetas? Incentivariam a guerra? Suas populações teriam o livre-arbítrio? Como gostariam que os seus mortais rezassem por vocês?

Bernard Werber

"– Então – disse Alice –, se o mundo não tem sentido algum, o que nos impede de inventar um?"

Lewis Caroll

"... Assim sendo, o universo seria acalentado pela dança das três grandes forças que o transcendem:
D, a força de Dominação, de Divisão, de Destruição.
N, a força Neutra, Nula, Não intencionada.
A, a força de Associação, de Adição, de Amor.
D.N.A.
É um jogo para três, que começou no Big Bang, nas três partículas originais: Próton, positivo; Elétron, negativo; Neutron, neutro.
Um jogo que prosseguiu nas moléculas.
Um jogo que prosseguiu nas sociedades humanas.
Um jogo que há de prosseguir bem mais além..."

Edmond Wells

"Qual a diferença entre Deus e um cirurgião? Resposta: Deus, pelo menos, não acha que é cirurgião."

Freddy Meyer

1. O OLHO NO CÉU

ELE nos olhava.

Todos nos sentimos desnorteados, parvos, sem respiração.

Era um Olho gigantesco, tão imenso que afastava as nuvens e encobria o sol.

Ao redor, meus companheiros estavam paralisados.

Meu coração batia forte.

Seria possível que fosse...

O olho gigante flutuou por alguns instantes no céu como se nos observasse e, de repente, desapareceu. Em volta, a vasta plataforma cheia de papoulas vermelhas pareceu, subitamente, órfã daquela esmagadora presença.

Não nos atrevíamos a trocar sequer uma palavra ou olhar.

E se fosse ELE?

Há séculos e séculos, bilhões de humanos esperaram distinguir nem que fosse SUA sombra, a sombra de SUA sombra, o reflexo da sombra de SUA sombra. E a nós, nos fora concedido ver SEU Olho?

Relembrando, inclusive, pareceu-me que o insondável túnel escuro da pupila tinha ligeiramente se contraído, como para focalizar melhor nossas minúsculas pessoas.

Como um olho humano escrutando formigas.

Marilyn Monroe se ajoelhou. Mata Hari foi tomada por um acesso de tosse. Freddy Meyer escorregou pouco a pouco na relva, como se as pernas não conseguissem mais sustentá-lo. Gustave Eiffel permaneceu imóvel, com o olhar perdido na distância. Georges Méliès piscava nervosamente as pálpebras. Em alguns de nós, escorreu uma lágrima. Silenciosamente.

– Essa íris... Devia ter bem um quilômetro de diâmetro – murmurou Gustave Eiffel.

– Só a pupila tinha pelo menos uns cem metros – completou Marilyn Monroe, impressionada.

– É o olho de um ser muito gigantesco – continuou Mata Hari.

– Zeus? – sugeriu Gustave Eiffel.

– Zeus ou o Grande Arquiteto, ou o Deus dos Deuses – disse Freddy Meyer.

– O Criador! – exclamou Georges Méliès.

Eu me belisquei bem forte. Todos fizeram o mesmo.

– Foi um sonho. De tanto imaginar o Grande Deus lá no alto da montanha, fomos vítimas de uma alucinação coletiva – resolveu meu amigo Raul Razorback.

– Tem toda razão. Nada disso aconteceu – prosseguiu Gustave Eiffel, massageando as têmporas.

Fechei os olhos para que o espetáculo se interrompesse por alguns segundos. Entreato.

Deve-se dizer que desde que cheguei em Aeden, planeta nos confins do universo, era uma surpresa atrás da outra. Elas começaram assim que toquei no solo. Logo de início, encontrei um homem agonizando, que reconheci como sendo o escritor Júlio Verne. Com a voz aterrorizada, ele me avisou: “Não vá lá no alto de jeito algum.” E apontou com um dedo trêmulo a grande montanha no centro da ilha, cujo cume estava oculto por brumas opacas. Em seguida, apavorado, ele se jogou do alto do penhasco.

Depois disso, tudo aconteceu muito rápido. Fui sequestrado por um centauro, levado a uma cidade que lembrava a Grécia antiga: Olímpia. Ali, soube ter passado do estágio de anjo – simbolizado pelo algarismo 6 – ao estágio seguinte da elevação de consciência, ou seja, o de aluno-deus – simbolizado pelo algarismo 7. E que seguiria um ensinamento especial, numa escola para deuses.

As aulas eram ministradas pelos 12 deuses do panteão grego, cada um nos permitindo que nos aperfeiçoássemos em sua especialidade.

Como campo de exercícios, concederam-nos um planeta semelhante em todos os pontos à nossa Terra de origem. Ele foi batizado "Terra 18".

Hefesto nos ensinou a fabricar a matéria mineral; Posídon, a vida vegetal; Ares, a vida animal. Até que, afinal, Hermes entregou, a cada um de nós, um povo de humanos, com a missão de fazê-lo evoluir e proliferar em "Terra 18". "Vocês são como pastores, guiando o seu rebanho", nos disse. "Como pastores"... mas com uma diferença apenas: se morrer o rebanho, o pastor é eliminado.

Pois essa é a lei em Aeden: nós, os deuses, estamos irremediavelmente ligados ao destino dos povos dos quais estamos encarregados. Atena, deusa da Justiça, foi explícita: "De início, vocês são 144 alunos-deuses. No final, restará apenas um."

Para a identificação dos respectivos povos, cada um de nós associou a eles um animal-totem. Meu amigo Edmond Wells escolheu o povo das formigas; Marilyn Monroe, o povo das vespas; Raul, o povo das águias; e eu, o povo dos golfinhos.

Ao estresse desses estranhos estudos e dessa esquisita competição, acrescentam-se duas outras "preocupações". Um dos alunos, provavelmente ansioso pela vitória, começou a assassinar, um a um, seus concorrentes. Foi denominado deicida e, por enquanto, ninguém o conseguiu identificar.

Além disso, Raul teve a mais estúpida das iniciativas: fazer o que foi estritamente proibido, sair de Olímpia depois das dez da noite e subir a montanha para ver que luz era aquela que brilhava às vezes no alto. Foi assim que nos transformamos em alpinistas. Até surgir esse olho gigante no céu...

– Estamos perdidos – murmurei.

– Não, nada aconteceu. Não houve olho gigante no céu. Sonhamos todos – repetiu Marilyn Monroe.

Naquele momento, o som de cascos nos trouxe de volta à realidade e a seus perigos. Não havia tempo a perder. Agachamo-nos por trás das altas papoulas vermelhas.

2. ENCICLOPÉDIA: RECEBER

Segundo o filósofo Emmanuel Levinas, o trabalho de todo artista criativo consiste em três etapas:

Receber.

Celebrar.

Transmitir.

Edmond Wells,
***Enciclopédia dos saberes relativo e absoluto*, tomo V.**

I. OBRA EM VERMELHO

3. OS NOVE TEMPLOS

Os centauros. Eles constituíam a força policial. Um bando de cerca de vinte daquelas quimeras com corpo de cavalo e torso de homem acabava de surgir à direita. Era provavelmente uma patrulha de reconhecimento. Desceram os rochedos em trote, com cascos febris, os braços cruzados diante do peitoral ou empunhando galhos compridos, para bater na mata em busca de alunos-deuses.

Enfiaram-se pelo campo de flores, cujas pétalas púrpuras lhes chegavam ao alto das pernas. Nós os vigiamos de longe, com as cabeças ainda escondidas pelas papoulas. Vistos daquele ângulo, os centauros mais pareciam patos, nadando num lago vermelho-sangue

Aceleraram o trote e avançaram em nossa direção, com se tivessem farejado alguma presença. Mal tivemos tempo para nos esticar no chão. Por sorte, as papoulas eram densamente plantadas e as corolas formavam uma tela de anteparo.

Os cascos dos centauros já resvalavam em nós quando, de repente, o céu pareceu s rasgar e uma chuva cerrada caiu. Sob a tempestade, os centauros ficam nervosos. Alguns corcovaram, como se a metade cavalo deles não suportasse a eletricidade do ar. Conversaram entre si, com a água escorrendo por suas barbas, e bruscamente resolveram abandonar as buscas.

Permanecemos imóveis por muito tempo. As nuvens negras pouco a pouco se dissolveram, dando lugar a um sol que fez brilharem gotas de água nas folhas, como se fossem estrelinhas. Pusemo-nos de pé, os centauros tinham desaparecido.

– Foi por pouco – suspirou Mata Hari.

Marilyn Monroe sussurrou nosso grito de guerra, como para dar coragem a si mesma.

– "O amor como espada, o humor como escudo."

Freddy Meyer tomou-a nos braços.

Nesse momento, no meio do campo de papoulas flamejantes, apareceu uma jovem loura, esbelta e sorridente. Oito mocinhas iguais vieram se juntar a ela. Reuniram-se todas à nossa frente, com um olhar zombeteiro e, em seguida, explodiram de rir e correram, desaparecendo furtivamente ao longe.

Olhamo-nos uns aos outros e, ao mesmo tempo, como se unanimemente quiséssemos esquecer o que acabara de acontecer, nos pusemos a correr em seu encalço.

Galopamos entre as papoulas, tão altas e resistentes que nos chicoteavam os quadris. A imagem do olho gigantesco se esfumou em nossas memórias, como se informações desse tipo não pudessem ser digeridas e, menos ainda, guardadas. Nunca houve olho no céu. Aquilo não passara de uma alucinação coletiva.

Distantes, as cabeças louras das jovens mal ultrapassavam as flores e suas cabeleiras pareciam deslizar no mar de papoulas.

Desembocamos numa vasta clareira. À nossa frente havia nove pequenos templos em tom de vermelho-vivo. As mocinhas tinham desaparecido.

– Aeden nos revela outro dos seus sortilégios – preocupou-se Freddy Meyer.

Os templos vermelhos eram palácios em miniatura, com telhados em forma de cúpula. As fachadas, moldadas em mármore vermelho, eram ornadas por esculturas e afrescos. As portas estavam inteiramente abertas.

Ficamos indecisos e depois, seguindo Mata Hari, penetrei no palácio mais próximo. O salão estava deserto, invadido por inconcebível desordem de objetos, todos ligados à arte da pintura. Misturavam-se de qualquer jeito cavaletes, telas inacabadas, quadros radiantes, sempre reproduzindo um campo de papoulas dominado por dois sóis, com uma montanha impondo-se no segundo plano.

Interrogávamo-nos quanto ao interesse de visitar o restante do palácio quando, de outro, chegou até nós uma música suave, enfeitiçante. Dirigimo-nos à fonte daquelas harmonias, entramos juntos num segundo palácio e descobrimos uma quantidade de instrumentos de todas as épocas e de todos os países: cítara, tantã, órgão, violino e algumas partituras de solfejo.

– Nas viagens tanatonáuticas – observou Freddy Meyer –, após a zona negra do medo, vinha a zona vermelha do prazer...

Resolvemos visitar outro daqueles pequenos templos de mármore vermelha. Ultrapassada a entrada, descobrimos um telescópio, compassos, mapas, objetos servindo a mensuração do céu ou da Terra. De fora, vieram até nós novos risos das jovens.

– Acho que sei na casa de quem estamos... – disse, então, Georges Méliès.

4. ENCICLOPÉDIA: AS MUSAS

Musa significa em grego: "turbilhão". Filhas de Zeus e da ninfa Mnemósine, deusa da Memória, as nove jovens originalmente estavam destinadas a se tornarem

ninfas de fontes, rios e córregos. Beber suas águas, ao que diziam, incitava os poetas a cantar. A função que tinham, no entanto, evoluiu. Tendo consolado os que sofriam, começaram a inspirar aqueles mais criativos, quaisquer que fossem os seus campos artísticos. Elas habitavam as montanhas do Hélicon, na Beócia. Músicos e escritores se habituaram, dessa forma, a vir às fontes próximas do santuário. As musas, então, repartiram entre si os papéis, dedicando-se, cada uma, a uma só arte.
Calíope: a poesia épica.
Clio: a história.
Érato: a poesia.
Euterpe: a música.
Melpômene: o teatro trágico.
Polímnia: o canto religioso.
Terpsícore: a dança.
Talia: o teatro cômico.
Urânia: a astronomia e a geometria.
Quando as nove filhas de Pieros, as piéridas, as desafiaram num concurso artístico, as musas ganharam e, para punir as concorrentes por sua audácia, as transformaram em nove corvos.

Edmond Wells,
Enciclopédia dos saberes relativo e absoluto, tomo V.

5. OS NOVE PALÁCIOS

Rajadas de vento sopravam sobre a espuma vermelha formada pelas corolas das papoulas.

A menor das mocinhas se aproximou de mim. Devia ter no máximo 18 anos. Ostentava uma coroa de hera nos cabelos compridos e, com a mão direita, segurava uma máscara, representando um rosto com expressão interrogativa. Lentamente retirou-a e revelou seus próprios traços. Uma fisionomia travessa, com dois olhos grandes e azuis. Fixou-me desafiadoramente e depois sorriu.

Não tive sequer tempo para reagir e ela se aproximou, beijando-me na testa. Um clarão me projetou de imediato numa sala de teatro. Eu estava sentado na primeira fila, olhando o palco. A história da peça que me foi "inspirada" era a seguinte: dentro de uma jaula, um homem e uma mulher eram prisioneiros de extraterrestres. Pouco a pouco, descobriram onde e por qual razão estavam ali. Souberam que a Terra natal havia desaparecido e que, se eles não se acasalassem, seria o fim da humanidade inteira. A partir disso, eles se puseram a julgar os seus semelhantes, resolvendo se a experiência devia ou não ser levada adiante. Mas o homem e a mulher, cobaias por obrigação, compreenderam também que os extraterrestres os sequestraram para que dessem origem a uma pequena criação de humanos, que distrairia seus filhos. Dessa forma, outra questão se acrescentava: por que perpetuar a humanidade?

Abri os olhos. Não era um sonho. A jovem sorria para mim, satisfeita. Era certamente a musa do teatro, mas seria Melpômene, a musa da tragédia, ou Talia, da comédia? A máscara interrogativa não me dava qualquer indicação. Pensando bem, achei que devia se tratar de Talia, pois a peça-julgamento da humanidade parecia mais engraçada do que triste. Além disso, ela terminava bem.

Tirei de minha sacola a *Enciclopédia dos saberes relativo e absoluto*, legado de meu saudoso mestre Edmond Wells, e anotei minha ideia de espetáculo nas páginas em branco. A musa beijou-me novamente a testa.

Três frases ressoaram, então, em minha cabeça, como conselhos para escrever:

"Fala do que conheces.
Melhor mostrar do que explicar.
Melhor sugerir do que mostrar."

Compenetrei-me do conselho.

Meus companheiros não ficaram para trás. Calíope, a musa da poesia épica, pegou Georges Méliès pela mão. Polímnia, a musa do canto religioso, atraiu Freddy Meyer. Terpsícore, musa da dança, abraçou Marilyn Monroe. Érato, musa da poesia, se aproximou carinhosamente de Mata Hari. Quanto a Raul, sua musa, justamente, era Melpômene, a do teatro trágico.

Talia me puxou para sua morada de mármore vermelho. Segui-a até o quarto, com decoração de teatro. No centro, a imensa cama, com baldaquino de colunas douradas enfeitadas com máscaras italianas, parecia vir diretamente da *commedia dell'arte*.

Sobre um estrado enquadrado por cortinas de veludo púrpura, ela improvisou, exclusivamente para mim, um espetáculo de mímica. Sugeriu a felicidade, a tristeza e depois a transformação do drama em júbilo. Seus olhos podiam se turvar, franzir e, enfim, brilhar de alegria. Eu aplaudi.

Ela se curvou agradecendo, deixou o estrado, trancou a porta a chave, escondeu-a na cama e veio a mim.

Em minha última vida de mortal, nunca realmente me interessei por teatro. Desanimava-me a necessidade de fazer a reserva dos lugares e também o preço dos ingressos; por isso, sempre frequentei mais o cinema.

Outra vez ainda, Talia me beijou a testa e a peça se armou mais claramente em mim. Sentei-me à mesa e tomei notas com furor.

Escrevi. Que prazer escrever diálogos! O enredo ia se armando. Ganhava consistência como quando se bate um molho de maionese.

Talia me acariciou a mão e uma onda de frescor me acalmou. Tudo transcorria de forma tão natural. Meus personagens pareciam viver independentes de mim, dizendo suas falas próprias e não as minhas. Eu não inventava nada, apenas transpunha o que via. Nunca antes tivera a sensação de criar com tanta facilidade. Sentia-me, afinal, um pequeno deus com domínio sobre um mundo, do qual controlava bem as regras, pois ele próprio as criara. Outra ideia atravessou meu espírito. Podia dar um conselho: "Se você não quer ser vítima do futuro, crie-o você mesmo." Tomei inclusive consciência de nunca, antes de escrever aquela peça, ter dominado qualquer situação entre seres humanos.

Beijei minha musa no rosto, em agradecimento por sua contribuição... Talia acompanhava, por cima do meu ombro, o que eu escrevia. Ao dar-me sua aprovação, dirigiu meu olhar na direção de um teatro em miniatura, colocado sobre a cômoda. Em seguida, deslocou algumas estatuetas da maquete, sugerindo os movimentos dos atores. Fez-me compreender que eu devia também pensar na direção da peça. Em certo momento eles vão brigar, se abraçar, depois hão de perseguir um ao outro e, ali, girar numa roda do tamanho deles, como hamsters-cobaias.

Talia balançou os cachos louros, seu perfume me invadindo. Depois, para ajudar a sustentar meu esforço, me serviu um copo de hidromel – vermelho, pois aromatizado com papoula.

Eu tinha um único e surpreendente desejo: mudar-me em definitivo para aquele palácio vermelho e dedicar minha existência à criação teatral, na companhia de minha musa. Estar em contato com Talia, ouvir suas risadas e as de uma sala repleta de público, se tornaram, ali e naquele momento, minhas motivações. Teria passado de uma droga a outra, sem período de desintoxicação? Da gestão de mundos à direção de atores? De Afrodite a Talia? A musa do teatro tinha uma vantagem sobre a deusa do Amor: de nossa união nascia uma obra que nos ultrapassava. O famoso 1 + 1 = 3 de que tanto gostava meu mestre Edmond Wells. Continuei escrevendo, com a impressão de ouvir os risos de centenas de espectadores. Talia me beijou.

Não foi, todavia, uma ovação que interrompeu nosso enlace, mas o fragor de uma porta sendo derrubada por pancadas de ombro, dadas por Freddy. Ele me agarrou, sacudiu e afinal me carregou, com força decuplicada, para fora do palácio.

– Ei, me largue! O que está fazendo?

O ex-rabino me sacudiu novamente:

– Você não entendeu? É uma armadilha!

Eu o olhava, incrédulo.

– Lembre-se de quando atravessamos o território vermelho do continente dos mortos. Já ali a sedução era a prova. Se ficar mais tempo aqui, será o fim do seu povo dos golfinhos, o fim da ascensão do Olimpo. Você se tornará uma quimera, como todos os perdedores. Acorde, Michael!

– Qual é o perigo?

– O mesmo do papel cola-moscas para uma borboleta: ficar grudado.

Eu ouvia a frase muito distante e, ao mesmo tempo, Talia reaparecia na porta do palácio, meiga e atraente.

– Pense em Afrodite – acrescentou Raul.

Como se um veneno curasse outro.

Sem insistir, Talia me dirigiu um aceno de adeus. Eu disse a ela, simplesmente:

– Obrigado. Um dia vou escrever a peça que você me inspirou. E outras mais.

Os teonautas se reuniram diante dos palácios, e nossas musas desistiram de nos seduzir.

Olhamos para nós mesmos. Que grupo esquisito formávamos! Mata Hari, a ex-espiã que me salvara; Marilyn Monroe, estrela do cinema americano; Freddy Meyer, o rabino cego que havia recuperado a visão; Georges Méliès, o mágico vanguardista, inventor dos efeitos especiais no cinema; Gustave Eiffel, arquiteto que dominou o ferro; e Raul Razorback, impetuoso explorador do continente dos mortos.

– Muito bem, está feito – disse Mata Hari, dando por concluída nossa aventura com as musas.

Afastamo-nos das construções esculpidas no mármore vermelho, finalizando nossas aspirações artísticas.

Eu nunca tinha refletido sobre o poder da arte. Perceber meu potencial de criação teatral me abriu novos horizontes.

Eu, então, era capaz de dar vida a um pequeno mundo artificial, criado com o material de que dispunha em meu interior.

6. ENCICLOPÉDIA: SAMADHI

O budismo evoca o conceito de Samadhi. Nossos pensamentos, habitualmente, vagueiam em todas as direções. Esquecemos o que fazemos para pensar em fatos ocorridos na véspera, ou em projetos para o dia seguinte.

Em estado de Samadhi, completamente centrado na ação presente, alcança-se o controle da alma. A palavra sânscrita Samadhi pode se traduzir como: "estado do ser firmemente fixado".
Em estado de Samadhi, as experiências dos sentidos nada significam. Desconectamo-nos do mundo material e de todos os condicionamentos, com uma só motivação: o Despertar (Nirvana).
Pode-se chegar a ele em três etapas.
A primeira é o "Samadhi sem Imagem". Deve-se visualizar o próprio espírito como um céu sem nuvens. As nuvens negras, cinzentas ou douradas são nossos pensamentos que perturbam o céu. Nós as afastamos uma a uma, à medida que aparecem, até termos um céu claro.
A segunda etapa é o "Samadhi sem Direção". É um estado em que não há um caminho particular que se deseje seguir, nenhuma preferência, em área alguma. Visualizamo-nos como uma esfera colocada num chão plano que, apesar de suas forma e função, não gira em direção alguma.
A terceira etapa, enfim, é o "Samadhi da Vacuidade". É uma experiência na qual percebemos tudo como igual. Não há bem e não há mal, não há coisas agradáveis e nem desagradáveis, nem passado e nem futuro, tampouco coisas próximas ou distantes. Tudo é igual. Sendo tudo similar, não há razão alguma para se adotar atitude diferente com relação ao que quer que seja.

Edmond Wells,
Enciclopédia dos saberes relativo e absoluto, tomo V.

7. MORTAIS. 14 ANOS

A cidade de Olímpia, capital da ilha de Aeden, resplandecia na noite fresca. Alguns grilos faziam soar seus cantos no verão interminável. Vaga-lumes dançavam ao redor do globo das três luas. Um perfume de musgo lembrava que os vegetais esperam o orvalho matinal.

De volta a minha residência, sentia-me ainda sob o encanto da musa Talia. Criar, tendo ao lado uma mulher inspiradora, era uma experiência nova e apaixonante.

Recuperei-me com um banho, lavando o corpo e o espírito de toda imundície exterior. Tantos acontecimentos me atropelavam naquela ilha que era importante apagá-los regularmente, para poder escapar disso. Eu temia centauros, sereias, o leviatã, grifos, o olho gigantesco surgido do nada, e eis que o encanto de uma jovem artista se revelava ainda mais ameaçador.

Enxuguei-me, vesti uma toga limpa e, esticado no sofá, retomei uma das minhas ocupações favoritas: observar meus ex-clientes na televisão.

No primeiro canal, a pequena coreana vivendo no Japão, Eun Bi, estava com 14 anos. Tinha aulas numa escola que ensinava a arte dos mangás, as histórias em quadrinhos japonesas codificadas, com padrões precisos para os rostos, os movimentos e a ação. Os olhos são sempre grandes e redondos, há monstros horríveis e um erotismo leve (nunca aparecem pelos). Eun Bi era bem vista pelos professores, por seu talento com as cores e cenários sofisticados. Ela continuava imersa numa permanente tristeza, é verdade, mas sentia-se livre ao desenhar, chegando até mesmo a momentos de verdadeira descontração.

No segundo canal, Kouassi Kouassi, da Costa do Marfim, aprendia a tocar tantã. O pai lhe ensinava a coincidir as batidas com o ritmo das palpitações do coração, para que durassem mais. Durante uma das aulas, constatou poder dialogar com o pai, através do tantã. Com isso, descobriu que o instrumento não era apenas um tambor, mas um verdadeiro meio de comunicação, para além das palavras. Ele batia com as palmas das mãos e se sentia em ligação com o pai. Mas também com a tribo e com seus ancestrais.

No terceiro canal, o cretense Theotime começara a praticar esporte. Ele se exibia para as filhas dos turistas de passagem, mostrando sua musculatura peitoral. Era bom velejador, jogava vôlei bem e, há pouco tempo, também treinava boxe.

Ou seja, no que se referia aos meus humanos, nada havia senão banalidades. Eu estava tão habituado a presenciar tantos dramas naquele televisor que me esquecia como, na maior parte do tempo, nada realmente extraordinário acontece numa existência. Não se pode viver em crise o tempo todo. Pelo instante, meus jovens clientes deixavam tranquilamente o tempo passar e o destino acontecer.

Bateram em minha porta. Amarrei uma toalha na cintura e fui abrir. Uma alta silhueta, com cabelos compridos, estava diante de mim. Foi seu perfume que reconheci em primeiro lugar. Teria pressentido que ocupava menor lugar em meu espírito? Ela estava de volta. Uma lua se colocara em seu ombro.

– Incomodo? – perguntou.

A-fro-di-te. A deusa do Amor. O esplendor e a sedução absolutos, encarnados num ser único. Voltei de novo a me sentir criança. Abaixei os olhos, pois a intensidade de sua beleza criava em mim uma espécie de choque. Tinha esquecido o quanto era extraordinária.

Vesti uma túnica e pedi que entrasse. Ela se sentou no sofá. Meu olhar apenas progressivamente se dirigiu a ela, se habituando para receber seu fulgor, mais ou menos como se olhasse o sol sem óculos escuros. Meus sentidos se encheram da sua presença. Hormônios se atropelavam em meus condutos internos. Eu olhei suas sandálias, cujas fitas douradas subiam ao redor das panturrilhas, até os joelhos. As unhas dos pés, coloridas por lágrimas rosadas. E as coxas, quando descruzou as pernas, para erguer a toga vermelha. Vi a pele âmbar, a cabeleira dourada descendo em cascata sobre o tecido vermelho. Ela bateu as pálpebras, parecendo se divertir com minha perturbação.

– Tudo bem, Michael?

Meus olhos se impregnaram com essa visão de pura estética. Botticelli tentara representá-la; se soubesse como era a verdadeira...

– Trouxe um presente para você.

Ela tirou da toga uma caixa de papelão com buracos. Algo respirava lá dentro. Achei que ia me mostrar um filhote de gato ou um porquinho-da-índia. Mas o que apresentou era muito mais surpreendente.

Um coração palpitante, com vinte centímetros de altura e pezinhos, pés humanos. Achei tratar-se de uma escultura, mas, ao tocá-lo, ele estremeceu. Era morno.

– É um autômato animado? – perguntei.

Ela alisou o coração com pés.

– Só os ofereço a quem realmente amo.

Dei um passo atrás.

– Um coração vivo! Isso... é horrível!

– É o amor personificado... Você não gosta, Michael? – espantou-se.

Aparentemente, o coração vivo percebeu que algo, com relação a ele, não ia bem, pois, de certa maneira, ele se crispou.

– Quero dizer...

Ela o pegou e acariciou, como se fosse um gatinho que precisasse tranquilizar.

– Corações gostam muito de ser presenteados. Mesmo não tendo olhos, orelhas e nem cérebro, essa quimera possui uma consciência própria. Uma consciência... de coração. Ele anseia ser adotado.

Falando, Afrodite tinha se aproximado lentamente de mim. Eu não me movia.

– Todos os seres precisam ser amados. Nada mais tem qualquer importância.

A deusa do Amor chegou mais perto e se estreitou contra o meu corpo. Senti a suavidade de sua pele. Tinha tanta vontade de beijá-la. Mas ela colocou o dedo indicador entre nossos lábios.

– Sabe, você é o homem mais importante para mim.

Alisou minha testa, com um gesto bem materno.

– Gosto de você... mas não estou apaixonada. Ou ainda não, pelo menos. Para chegar a isso, você precisaria, já de início, resolver o enigma.

Ela tomou minhas mãos e começou a massageá-las.

– Antes de ser deusa, fui humana. Minha mãe e meu pai eram extraordinários. Foram eles que me ensinaram a amar tão forte. Entre nós, quero algo verdadeiro, grandioso, e não uma coisa qualquer. O amor verdadeiro se faz por merecer. Se quiser que eu me apaixone por você, vai precisar realizar maravilhas. Descubra o enigma. Vou lembrá-lo: "É melhor do que Deus, é pior do que o diabo. Os pobres têm, aos ricos falta. E quem o come, morre."

Ele me beijou os dedos e os colocou sobre o seio. Depois pegou o coração, que parecia esperar que lhe dessem atenção.

– Sinto muito, coraçãozinho, parece que meu amigo não gosta muito de você. – Dirigiu-me uma piscada de olho. – Ou, em todo caso, não é por você que se interessa.

O coração tremeu de emoção.

Tentei novamente tomá-la, mas ela se desvencilhou.

– Se você realmente quiser, podemos fazer amor, sim, mas seria apenas meu corpo, não minha alma. Creio que ficaria mais decepcionado do que feliz...

– Estou pronto a tudo – respondi.

– Tudo, realmente?

– Sei que pode me destruir, mas inclusive estou disposto a aceitar isto.

Ela olhou para mim, um pouco divertida e espantada.

– Muitos homens morreram de tristeza ou se suicidaram de amor por mim, mas a você não quero fazer mal. Pelo contrário. – Respirou fundo. – Estamos, agora, ligados para sempre. Se você se comportar bem, no final talvez haja um grande momento de êxtase entre nós.

Com isso, ela se ergueu, veio a mim, estreitou-me nos braços, pegou seu coração vivo e se foi.

Permaneci atordoado. Em seguida, uma ideia estranha atravessou meu espírito: e se o coração fosse o de algum dos seus amantes rejeitados?

Algum daqueles seres que ela diz que "ama, mas sem estar apaixonada"? A pele do meu rosto se ruborizou. Uma verdadeira queimadura. Nunca me sentira tão confuso. Era ela, com toda evidência, que era pior do que o diabo, mais forte do que Deus... e se eu comesse, morreria.

Golpes redobrados na porta me fizeram dar um pulo. Freddy estava ali, de cabelos em pé, com o rosto transtornado. Com dificuldade, articulou:

– Rápido. Marilyn desapareceu...

Saltei para fora. Gritamos pelos vizinhos e amigos para procurá-la. Percorremos todas as ruas e ruelas de Olímpia, bairros que eu nem conhecia. Entre os monumentos e as estátuas, sátiros, querubins e centauros faziam conosco uma busca, em cada moita dos jardins.

– Marilyn, Marilyn!

Eu sentia aquela mesma sensação que me assaltava, quando era mortal e via cartazes mostrando crianças desaparecidas, meninas ou meninos artificialmente envelhecidos pelo computador, estampando em baixo um número de telefone em que se poderia contatar os pais. Nas rádios e nos canais de televisão, estes suplicavam notícias aos sequestradores. Depois, não se ouvia mais falar daquelas crianças. Nos muros, os cartazes pouco a pouco sumiam. O tempo passava e a gente as esquecia.

– Marilyn, Marilyn!

Esquadrinhamos a cidade. Eu estava em frente da grande macieira da praça central quando um ser discretamente se manifestou. Era a pequena querubina, que eu chamava "Moscona". A moça-borboleta, com apenas vinte centímetros de comprimento, agitava nervosamente suas longas asas azuis. Uma vez mais, tentava com gestos me explicar algo. Queria que eu a seguisse. Levou-me na direção dos jardins do norte. Grandes chafarizes esculpidos derramavam suas águas acobreadas num murmúrio líquido.

– Sabe onde se encontra Marilyn?

Moscona voava aos arrancos. Eu a seguia. Estranho pequeno ser, um dos primeiros que encontrei em Aeden. Precisaria, um dia, tentar compreender o laço que me unia àquela princesa-borboleta.

Atravessamos diversos jardins. Afinal, acabei discernindo uma sandália que saía de um tufo de gladíolos. Na continuação do calçado, havia um pé feminino e, prosseguindo, uma perna, um corpo e uma mão crispada, dirigindo-se ao céu. O estertor que Marilyn ainda emitia era mais animal do que humano.

Ajoelhei-me, puxei-a dali e recuei um passo, vendo o buraco escancarado, fumegante ainda, que rasgava seu ventre. Quantas vezes seria assassinada aquela alma?

O lugar era desértico. Estávamos apenas a querubina e eu. Peguei um galho seco de árvore, que acendi com meu ankh, para fazer uma tocha. À luz, o rosto daquela que certamente foi a mais célebre atriz de todos os tempos me aturdiu. Esperando que não fosse tarde demais, gritei por ajuda.

– Ela está aqui, venham! Aqui!

Eu agitava alto o meu galho em chamas. A atriz abriu os olhos, não estava morta. Ela me viu, sorriu e balbuciou:

– Michael...

– Vamos salvá-la. Não se preocupe – afirmei.

Não me atrevia a examinar seu enorme ferimento. Ela murmurou alguma coisa, sorrindo com dificuldade.

– O amor como... espada, o humor como escudo.

– Quem fez isso?

Sua mão alcançou meu braço, agarrando-o.

– O... O deicida...

– O deicida, claro. Quem é?

– É... é...

Ela parou, fixando-me com seus grandes olhos. Afinal, num último suspiro, balbuciou:

– L...

E seu olhar se apagou, a mão largou a minha e caiu, a boca se fechou definitivamente.

Pessoas já começavam a nos rodear e Freddy estava presente. Abraçou os despojos da companheira.

– NÃÃÃOOO!!!

Em seus braços, ela não era mais do que uma boneca de pano.

– Ela disse o nome do assassino? – perguntou-me Raul.

– Pronunciou apenas uma letra, "L". E, mesmo assim, não sei se disse "el" ou "le".

– Como Bernard Palissy. Ele também disse "L"... – observou Mata Hari.

Raul deu um suspiro:

– "Le" pode ser qualquer coisa. Em francês é o artigo definido; pode ser "o" diabo, "o" deus da Guerra. E se for "ela", pode ser uma mulher.

– "El" é também o nome de Deus em hebraico – lembrou Georges Méliès.

– E se for *aile*?* – propôs Sarah Bernhardt.

Era estranho que o desaparecimento de Marilyn não me comovesse tanto assim. Pode ser que, desde a perda de meu mentor Edmond Wells, eu tivesse admitido a ideia de que seríamos todos, um a um, eliminados. "Cá embaixo, nada dura."

– Subtraindo: 84 – 1 = 83. Somos apenas 83 alunos em disputa. Quem será o próximo?

Foi Joseph Proudhon quem falou. Não lhe demos a menor atenção.

– Vamos procurar um denominador comum para as vítimas – sugeriu Mata Hari.

– É fácil – declarou Raul. – São sempre os melhores alunos que são assassinados. Béatrice, Marilyn... Estavam entre os três melhores quando foram atingidas.

– A quem interessaria matar os bons alunos?

– Aos maus – respondeu prontamente Sarah Bernhardt, apontando o anarquista francês, que se afastava sem manifestar o menor pesar.

Lembrei-me de que na escola, durante minha última encarnação como mortal em "Terra 1", um grupo com os piores alunos

* Em francês, *aile* significa "asa". (N.T.)

gostava de implicar com os primeiros da turma. Eles os isolavam e batiam neles. Com medo de que esse bando furasse os pneus de seus automóveis, ou até mesmo simplesmente os agredisse durante uma aula, os professores não ousavam se intrometer. Preferiam, inclusive, dar boas notas aos perturbadores. Era o "poder do mal". Cedia-se para ficar tranquilo.

– Ou um bom aluno, querendo a qualquer preço acabar em primeiro e ganhar o jogo – declarou Mata Hari. – Elimina os que o separam da vitória final.

– Quem tem as melhores notas, atualmente?

Mata Hari lembrou-se do último pódio.

– Clément Ader está à frente, seguido por mim, empatada com...

– Proudhon – disse Raul.

O nome do anarquista ressoou em nossos espíritos. Ele parecia bem pouco sensibilizado, quando soltou seu: "Subtraindo...".

– Não, seria fácil demais acusá-lo – retorquiu Georges Méliès. – Ele elimina os outros jogadores na partida, por que se arriscaria matando fora do jogo?

Um bater de asas distante nos fez erguer a cabeça. Atena, cavalgando seu cavalo alado, aterrissou, saltou do animal, e a coruja já se punha a sobrevoar nosso grupo. Calamo-nos. A deusa da Justiça falou alto e forte.

– Uma vez mais o deicida nos ludibriou e, uma vez mais, a ira dos deuses é grande – clamou.

Aproximou-se do cadáver, enquanto os centauros surgiam, empurrando Freddy, que se agarrava ao corpo da amada, e se apoderando de Marilyn Monroe. Colocaram-na numa maca, que rapidamente cobriram com um pano.

– Carregar o mundo no lugar de Atlas, no final das contas, seria uma punição leve demais para o assassino que está entre vocês. Atlas, bem ou mal, já se habituou. Existe castigo pior. Procurei e encontrei: o culpado ganhará o suplício de Sísifo. Como ele, vai empurrar eternamente um rochedo, de uma encosta a outra da montanha.

Um burburinho circulou pelo pequeno público.

Lembrei-me de que os nazistas, em época passada, tinham retomado essa ideia da tortura pelo trabalho inútil. Nos campos de concentração, obrigavam os homens a empurrarem em círculo pesadas bolas de concreto, ou a deslocarem montes de pedras, que deviam trazer em seguida de volta ao lugar inicial. Uma atividade, mesmo difícil, é suportável se tiver algum sentido. Mas se suprimirmos o sentido...

– Terão a oportunidade de apreciar de perto esse castigo. As aulas magistrais já terminaram. Professores auxiliares estarão, de agora em diante, com vocês. Sísifo, aliás, é o primeiro deles.

Com isso, a deusa montou no cavalo Pégaso e partiu na direção do pico do Olimpo. Junto de mim, Freddy continuava sob o choque da perda de sua namorada estelar. Ele quase não conseguia se manter de pé, porquanto nós lhe demos apoio.

– Não se preocupe – sussurrou Raul –, vamos encontrá-la.

O rabino não teve qualquer reação, e meu amigo explicou que, naquele momento, a atriz provavelmente já era quimera. Pássaro-lira, licorne ou sereia; de qualquer forma, não teria deixado a ilha. Tudo ali funcionava dentro do princípio tão caro ao químico Antoine Lavoisier, que dizia: "Nada se perde, nada se cria, tudo se transforma."

8. ENCICLOPÉDIA: VISÃO

Se toda a história da humanidade fosse reduzida a um lapso de tempo de uma semana, um dia equivaleria a 660 milhões de anos.
Imaginemos que nossa história comece num domingo, à zero hora, com a emergência da Terra como esfera sólida. Na segunda, terça e manhã de quarta, nada acontece, mas na quarta à tarde, a vida começa a aparecer sob forma de bactéria.
Na quinta, sexta e manhã de sábado, as bactérias pululam e lentamente se desenvolvem.
No sábado, por volta das quatro da tarde, surgem os primeiros dinossauros, que desaparecerão cinco horas depois. Quanto às formas de vida animal menores e mais frágeis, elas se espalham de maneira anárquica, surgindo e desaparecendo, deixando subsistirem apenas algumas espécies, que escaparam por acaso das catástrofes naturais. Nesse mesmo sábado, o homem aparece três minutos antes da meia-noite. Faltando um quarto de segundo para a meia-noite, surgem as primeiras cidades. Faltando um quarenta avos de segundo para a meia-noite, o homem lança sua primeira bomba atômica e se distancia da Terra para colocar o pé na lua.
Nós imaginamos possuir uma longa história, mas, na verdade, existimos como "animais modernos conscientes" desde uma quadragésima fração de segundo antes do término da semana do nosso planeta.

Edmond Wells,
Enciclopédia dos saberes relativo e absoluto, tomo V.

9. O SONHO DA ÁRVORE

Acordar foi difícil. Sonhei, naquela noite, que me encontrava numa rua efervescente de Nova York, empurrado por gente andando e correndo em todas as direções. Eu perguntava aos transeuntes: "Alguém sabe? Algum de vocês tem informações sobre mim? Sabe quem sou e por que estou aqui?" Subindo, enfim, no teto de um automóvel, exclamei: "Quem sabe quem eu sou e por que existo, ao invés de ser nada?" Alguém parou e gritou para mim: "Quanto a você, não sei, mas talvez quanto a mim você saiba alguma coisa." Outros, então, se interrogaram reciprocamente: "Sabe quem eu sou? E você, também não? Não sabe por que estamos aqui? E você, não sabe por que existo? Quem tem essas informações?" Edmond Wells, então, surgiu e disse: "A solução está na árvore." Ele apontou-me a grande macieira de Olímpia. Aproximei-me, toquei sua casca e fui, de certa forma, aspirado para o interior da árvore. Transformei-me então em... seiva branca. Escorri em direção às raízes e, chegando lá, regalei-me com oligoelementos. Subi novamente o tronco da árvore e, pela casca, cheguei aos galhos, alcançando até as folhas. Espalhei-me pelas nervuras verdes, expus-me à luz e voltei a descer, propagando-me por toda a árvore, sempre sob a forma líquida. Eu me desdobrava, indo das raízes aos mais altos e finos galhos.

Associação de imagens. A seiva se transformou em coágulos, em seguida em células e depois em humanidade. Visualizei as raízes da árvore como o seu passado, e os galhos finos, o seu futuro. Circulei pelos galhos como por futuros possíveis da humanidade. Perfiz idas e vindas do tronco entre eles, bastando mudar minhas direções para alterar as possibilidades de futuro. E eu via as consequências de cada escolha. Os frutos se transformavam em esferas de mundos possíveis, um pouco como todos aqueles mundos em miniatura que eu tinha visto na casa de Atlas.

Acordei e esfreguei os olhos. Que sonho estranho! Estava exausto. Não tinha a menor vontade de ir à escola naquela manhã. Não estava mais na idade de ter aulas. A cena da véspera, com Afrodite, voltou-me à mente. Podia compreender que tantos homens tivessem sido enfeitiçados, reduzidos à escravidão por um ser tão complexo. Devia pensar em outra coisa. Decidi ficar na cama e voltar a sonhar.

Mal fechei os olhos, me vi de novo na árvore, transformado em seiva, para novas aventuras arborícolas. Mas fui arrancado da casca por um barulho estridente. Sinos soavam a hora matinal. Em que dia estávamos? Sábado. No dia seguinte, domingo, tinha a manhã livre.

Resolvi me levantar e me arrastei até o espelho. Aquele sujeito com cara parecendo feita de papel machê e com as faces barbadas era eu. Lavei o rosto com água fria para despertar e cumpri todos os gestos cotidianos: chuveirada, barbeador, toga... Depois, o café da manhã no Mégaro. Café, chá, leite, geleias, croissants, brioches, torradas... Freddy, em silêncio, parecia esperar algo.

– O que vai acontecer ao povo das mulheres-vespas sem Marilyn Monroe? – perguntou Mata Hari.

– O que vai acontecer com todos nós? – acrescentou Sarah Bernhardt. – Sem Marilyn, não temos mais anteparo contra Proudhon. Seu exército é numeroso e eficaz. Pode sucessivamente nos invadir, um a um.

Gustave Eiffel e Sarah Bernhardt retomaram, uma vez mais, a ideia de aliança para nos livrarmos das tropas do anarquista. Raul parecia preocupado.

– Se os homens-ratos se aventurarem em minhas montanhas, acho que posso resistir. Jogando pedras ou interceptando os desfiladeiros. Por outro lado, não me arrisco a descer à planície para enfrentar suas hordas, sobretudo desde que adotou a estratégia de adiantar seus escravos na primeira linha, até esgotar as flechas adversárias.

– De onde Proudhon tirou essa tática?

– Creio que chefes de guerra chineses da Idade Média já utilizavam esse tipo de gado humano – comentei, pois lera na Enciclopédia algo a respeito. – Alimentavam-lhes parcamente, o suficiente para que sobrevivessem até as próximas batalhas e, então, eram empurrados às primeiras linhas, como escudos.

– É preciso muito desprezo por seus congêneres – suspirou Sarah Bernhardt.

Conversamos sobre estratégia. Os homens-cavalos de Sarah Bernhardt e os homens-tigres de Georges Méliès estavam ainda afastados geograficamente da zona infestada pelos homens-ratos de Proudhon, sendo inútil obrigá-los a marchas forçadas para compor um único e grande exército.

– As mulheres-vespas, aliás, são a principal preocupação de Proudhon. O tempo que ele gastar com elas deve nos servir para encontrar uma solução.

– E se ele invadir o planeta inteiro? – interrogou Gustave Eiffel.

Sarah Bernhardt respondeu de pronto:

– A humanidade não passará de escravidão para as mulheres. Vocês viram como os homens-ratos tratam suas companheiras, irmãs e filhas?

– E como tratam os estrangeiros... – acrescentou Georges Méliès.

– Que homem contraditório – observou Mata Hari. – Proudhon proclama, desde o início do mundo, "sem deus e nem patrão" e se prepara para impor uma tirania planetária, baseada na violência e em castas.

– É o princípio da cura do mal pelo mal – lembrou Georges Méliès.

– Ele luta contra o fascismo com os métodos do fascismo: violência, mentira e propaganda – acrescentou Sarah Bernhardt.

– O jogo político não opõe a extrema direita à extrema esquerda, como muitas vezes querem que acreditemos, mas os dois extremos unidos contra o centro – explicou Georges Méliès. – Aliás, os "extremistas" muitas vezes compartilham a mesma clientela: os invejosos, amargos, nacionalistas, reacionários e, por trás da fachada do "ideal superior", usam as mesmas técnicas, com bandos armados, violência gratuita, demagogia e propaganda mentirosa.

Ninguém se atreveu a contradizê-lo, mas eu sentia que nem todos concordavam. Sobretudo Raul que, eu sabia, sempre achou o centro frouxo, devendo ser instigado pelos flancos duros.

– Inclusive os valores dos partidos extremistas são similares – aprovou Sarah Bernhardt. – Em geral, tudo começa com a exclusão das mulheres da vida política. É o primeiro sinal. Depois vêm os intelectuais e todos aqueles que poderiam questionar o poder.

Nós observamos Proudhon, sentado sozinho numa mesa. Parecia se concentrar para a próxima partida.

10. MITOLOGIA: SÍSIFO

Seu nome significa "Homem muito sábio". Era filho de Éolo, marido da plêiade Meropeia (filha, por sua vez, de Atlas). Foi também o fundador da cidade de Corinto.

A partir de Corinto, seus homens controlavam o istmo. Atacavam e cobravam resgate dos viajantes. Dessa forma se constituíram um tesouro de guerra e o início da prosperidade de Corinto. Depois da pirataria, Sísifo passou progressivamente à navegação e ao comércio.
Um dia, Zeus quis encontrar, em Corinto, Égina, a quem ele mandara raptar, filha do deus do rio Asopos. Sísifo denunciou o raptor ao pai preocupado. Este último, como recompensa, ofereceu-lhe uma fonte perpétua. Zeus, no entanto, não perdoou a traição e ordenou que Tânato, deus da Morte, punisse Sísifo com um castigo eterno.
Quando Tânato veio, trazendo um grilhão, Sísifo, astuto, convenceu-o a testar sobre si mesmo as algemas com que queria prendê-lo. Resultado: o deus da Morte se viu preso e sequestrado em Corinto. E o reino dos mortos, na ausência do deus, se despovoou.
Zeus, cada vez mais enraivecido, enviou Ares, deus da Guerra, para libertar o deus dos mortos e capturar o ardiloso soberano de Corinto.
Sísifo não se deixou vencer tão facilmente. Fingiu submissão, mas, antes de descer ao reino dos mortos, pediu à esposa que não inumasse seu corpo. Chegando ao território do Hades, obteve autorização para regressar por três dias entre os vivos, tempo bastante para punir a viúva, que não o enterrara.
Em Corinto, recusou-se a voltar ao reino dos defuntos. Dessa vez, Zeus recorreu a Hermes para levá-lo à força. Perante os juízes do Inferno, estes acharam que tanta insubordinação merecia um castigo exemplar. Condenaram Sísifo a um suplício criado especialmente para ele: empurraria uma enorme pedra até o alto de uma

montanha, por toda eternidade, pois o rochedo despencava pela outra encosta assim que alcançava o cume e ele devia trazê-lo de volta. Toda vez que tentava descansar um pouco, uma Erínia, filha de Nyx, a noite, e de Cronos, tinha a incumbência de chamá-lo à ordem, com uma chicotada.

Edmond Wells,
***Enciclopédia dos saberes relativo e absoluto*, tomo V**
(a partir de Francis Razorback, ele próprio se inspirando em *A teogonia*, de Hesíodo, 700 a.C.).

11. A IMPORTÂNCIA DAS CIDADES

As ruelas de Olímpia começavam a se animar e, no céu, planavam alguns grifos, como grandes pombos urbanos. Com a diferença de que esses pombos não arrulhavam.

Os 83 alunos sobreviventes, em toga branca, se cumprimentavam, confortados, se reencontrando.

Avançamos em extensa fila na direção dos Campos Elísios, para receber nossa aula seguinte de divindade, mas a porta da avenida estava fechada. Uma Hora chegou. Guiou-nos até o quarteirão dos deuses auxiliares, no sul de Olímpia.

Era um trecho da cidade que eu conhecia pouco. As casas tinham sido construídas de maneira mais particular, com menos personalidade do que os palácios dos deuses, mas maior originalidade do que as residências dos alunos. Havia construções com formas clássicas que, à primeira vista, pareciam imóveis de escritórios. Afinal de contas, administrar uma cidade tão grande exigia, obrigatoriamente, funcionários.

A Hora encarregada conduziu-nos até uma morada de estilo coríntio, parecendo uma residência antiga, só que mais imponente. Colunas de mármore e esculturas douradas decoravam as laterais. Nas paredes, grandes cidades modernas e antigas estavam representadas em baixo relevo.

Atravessamos o portal e descobrimos uma sala de aula de cor tijolo. Em prateleiras, pequenas maquetes de cidades se alinhavam, de diferentes épocas e diferentes locais.

À direita, uma grande maquete, como as de trenzinho elétrico de crianças, reconstituía um plano elevado, com colinas e rios em miniatura. À esquerda, colunas sustentavam cidades sob cúpula de vidro. Nas paredes, mapas de cidades de todos os tamanhos, fixados como cartazes.

Ouvimos um arrastar de pedra. Saímos e nos deparamos com um homem atrás de uma rocha grande e redonda, que ele empurrava com dificuldade, vindo em nossa direção. Uma mulherzinha alada, com cabelos negros e rosto ossudo, esvoaçava ao seu redor e o chicoteava.

Na entrada da sala, o antigo rei decaído de Corinto deixou seu fardo. A erínia permitiu que momentaneamente se afastasse de seu suplício. Ele agradeceu e entrou, arrastando os pés, até subir no estrado. Sentou-se, exausto, e enxugou com a toga em frangalhos o suor que corria pela testa. O corpo inteiro estava lanhado de chibatadas.

– Desculpem-me – lançou em nossa direção, retomando o fôlego.

Houve um momento de expectativa, durante o qual ele nos observou, com alguns tiques. Depois, seu rosto atormentado conseguiu sorrir.

– Estou contente de vê-los. Graças a vocês, vou descansar um pouco.

Uma aluna quis lhe oferecer um copo de água trazido de um bebedouro, mas a erínia impediu. O novo professor aconselhou que não tomássemos esse tipo de iniciativa.

– Bem, eu me chamo Sísifo e sou o novo instrutor de vocês em Aeden.

Seguindo o ritual, escreveu seu nome no quadro-negro.

– Não sou um Mestre-deus, mas um deus auxiliar e, comigo, trabalharão com uma noção essencial da profissão divina: a noção de cidade.

Ele assobiou usando os dedos. Novamente ouvimos um barulho no exterior. Atlas entrou, dispneico, carregando nos ombros a imensa esfera de três metros de diâmetro que era nosso mundo de trabalho. "Terra 18".

Nessa bola de vidro se encontrava o planeta em que viviam nossos povos. "Terra 18". Mesmo que fosse apenas o reflexo em três dimensões do verdadeiro planeta, flutuando em algum lugar do cosmo, era emocionante rever "nossa Terra", coberta por seus oceanos, continentes, florestas, montanhas, lagos, cidades e seus pequenos humanos, fervilhando, os quais estávamos ansiosos para observar, com a lupa dos nossos ankhs.

O gigante, uma vez depositado o fardo sobre seu suporte, passou a mão pela testa. Sísifo fez o mesmo. Os dois heróis se abraçaram, com algo triste em seus olhares. Ambos, provavelmente, tinham a sensação de serem vítimas de uma injustiça, mas haviam aceitado seus papéis.

– Seja forte, garoto – proferiu o gigante.

Um murmúrio percorreu a sala. Estávamos contentes de reencontrar o planeta em que se amontoavam nossos pequenos rebanhos de mortais. E curiosos para saber o que lhes teria acontecido durante a noite, entregues a si próprios.

Sísifo observou o gigante se afastar, com as mãos à altura dos rins. Em seguida, o deus auxiliar abriu uma gaveta da escrivaninha e tirou um ankh. Acendeu o projetor acima do planeta e examinou atentamente nossa "obra". Subiu num banquinho, para estar à altura do equador.

– O molho começa a ganhar consistência – declarou, afinal. – Sente-se, no entanto, um cheiro de divindade improvisada, com guerras apressadas e religiões arranjadas de qualquer jeito.

Esperávamos um pouco mais de entusiasmo.

– Pouquíssimos de vocês usaram o tempo que tiveram elaborando uma estratégia global de longo prazo. Vejo apenas culturas reativas ao medo...

Um murmúrio percorreu a plateia.

– Como sair do medo?

Ele esperou uma resposta e, afinal, respondeu ele próprio.

– Agrupando-se, protegendo-se, concentrando forças. Alguns de vocês já fizeram isso, mas essas coletividades estão apenas no início. Vou, então, falar em primeiro lugar de um conceito essencial para a continuidade do jogo.

Ele anotou no quadro-negro, entre aspas: "A Cidade."

– Resumo dos episódios precedentes. Vocês conheceram primeiro hordas nômades, depois hordas aconchegadas em cavernas, depois hordas estabelecidas em agrupamento de cabanas, depois, sucessivamente, vilarejos, burgos protegidos por paliçadas e habitações cercadas por muralhas fortificadas. Podemos agora pensar em construir belas e grandes cidades.

Uma palavra foi acrescentada no quadro-negro: "Civilização".

– "Civilização" vem do latim *civis*, cidade. Considerou-se o homem civilizado quando ele começou a construir cidades. Por exemplo, como os mongóis não as construíram, não existe uma civilização mongol, propriamente dita. Voltaremos a falar disso, daqui a pouco.

Sísifo sentou-se à escrivaninha e franziu a testa.

– Vamos começar pela observação, em seus povos, das cidades já existentes e tentar distinguir quais delas estão em pleno desenvolvimento, quais estagnaram e quais declinam.

Debruçados sobre "Terra 18", com um olho pregado nos ankhs, examinamos a superfície do planeta, buscando as aglomerações. A mais importante, sem dúvida, era a capital do reino dos homens-escaravelhos, de Clément Ader. Em seguida, vinha a dos homens-baleias, de Freddy Meyer. Eram duas magníficas cidades consteladas por monumentos e jardins, em que os habitantes estavam ao abrigo dos períodos de fome, graças a grandes silos de grãos.

– No início, sem dúvida, vocês notaram que as cidades que se desenvolveram estavam todas situadas em altitude – comentou o professor auxiliar. – Por quê?

– Porque o ar ali é mais puro... – propôs Simone Signoret.

– Porque a altitude oferece melhor proteção contra sitiantes – disse Raul, que havia estabelecido sua capital suspensa no alto de montanhas.

Sísifo sacudiu a cabeça.

– Certo, mas quanto mais o tempo passa, como podem ver, mais essa escolha da cidade fortificada no alto se revela sem saída. Por quê?

Henri Matisse, deus dos homens-elefantes, ergueu a mão.

– Por causa do frio.

– Uma vez erguidas as muralhas, a cidade não tem mais como crescer. Ela é bloqueada pelos planos verticais, como os barrancos – disse Haussmann.

Sísifo aprovou e apontou seu ankh para uma cidade dos homens-lobos de Mata Hari que, para dar vazão ao crescimento da população, foi obrigada a construir habitações externas aos muros e, depois, uma segunda muralha para protegê-las.

A cidade estava cercada por penhascos abruptos em que não se podia construir e que impediam qualquer ampliação.

– O que mais?

– Em caso de invasão, os camponeses do vale correm para se refugiar na cidade fortificada, abandonando os campos que, sem defesa, são logo saqueados – acrescentou Sarah Bernhardt.

– Continuem, procurem ainda... – incentivou-nos o antigo rei de Corinto.

– Os alimentos e a água são trazidos nas costas de homens ou de asnos até a cidade, tornando-a dependente da população do vale – sublinhou Raul, cujo povoado dos homens-águias era particularmente inacessível.

– E...?

– Intermediários e carregadores pedem altas quantias para o transporte. Os valores custam cinco vezes mais na altitude.

Marie Curie admitiu ter esse tipo de problema e que pensava trazer de volta ao plano sua cidade dos homens-iguanas, cercada de precipícios.

– Vemos, então, as limitações das cidades elevadas... Quais cidades, por conseguinte e segundo vocês, parecem ter um belo futuro?

– As que estão situadas nas florestas – sugeriu Jean-Jacques Rousseau, deus dos homens-perus.

Sísifo balançou a cabeça.

– O tempo da coleta e da caça já passou – lembrou-o. – A floresta vai atrapalhar o transporte dos alimentos e impedir que os ataques sejam avistados de longe.

– Mas a madeira para as casas é mais barata – defendeu-se Rousseau.

– Em breve, travarão conhecimento com os primeiros grandes incêndios e deixarão de lado as casas de madeira. No que se refere às construções, mais vale estar na proximidade de uma pedreira.

Nós continuávamos a procurar.

– As que estão localizadas no meio das planícies – propôs Voltaire, para não ficar de fora.

– Hordas de cavaleiros não terão nenhuma dificuldade para surpreendê-las. Vocês, aliás, já viram que a maioria das cidades nas planícies foram facilmente vistas e atacadas.

– As cidades à beira-mar – propôs Édith Piaf.

– Fica claro que é difícil cercar totalmente uma cidade costeira, mas elas não deixam de ser vulneráveis aos ataques de piratas. Suas populações estão sempre de olho no horizonte.

Eu não fiz nenhum aparte, mas me lembrava da invasão vinda da planície, com o mar se tornando a única escapatória possível.

Bruno, deus dos homens-falcões, afirmou confiar nas cidades em pleno deserto.

– No deserto, é possível ver os adversários vindo de longe. Eles, além disso, nada encontram ali para driblar a fome e a sede, durante um sítio.

– Mas os próprios sitiados também estarão rapidamente famintos – retorquiu Sísifo. – Como, então, ter uma cidade protegida, tranquila e não encurralada por uma montanha, mar ou deserto?

Ergui a mão.

– Construindo a cidade numa ilha – disse.

– Não. A ilha é isolada de tudo, freia o comércio e corre-se o risco de uma quantidade de casamentos consanguíneos. É um universo fechado demais. Você, no entanto, está numa boa direção. Não uma ilha em pleno mar, mas...

– ... no meio de um rio – sugeriu Mata Hari.

O ex-rei de Corinto aprovou.

– Exato. Uma ilha fluvial... E aqui temos a prova, em "Terra 1".

Ele estendeu um mapa da França e mostrou-nos Paris, cidade que se origina em uma ilha, no meio de um rio, assim como Lyon, Bordeaux, Toulouse...

– São cidades francesas, pois a turma de vocês é francesa, mas poderíamos citar Londres, Amsterdã, Nova York, Pequim, Varsóvia, São Petersburgo, Montreal... Praticamente todas as grandes cidades modernas de "Terra 1" surgiram originalmente em ilhas de algum rio. Citem outras vantagens de cidades construídas no meio de rios.

Desenhei na mesa a forma de uma ilha num rio. Reparei, então, uma inscrição perturbadora. Devia vir de algum aluno de uma turma precedente, que tinha gravado com seu ankh: *"Salvemos 'Terra 1', é o único planeta em que se encontra chocolate."*

Voltei a me concentrar. Qual a vantagem de se construir uma cidade em uma ilha fluvial?

– A água cumpre a função de proteção natural. Os cavalos não podem atravessá-la. Nenhuma carga de infantaria é possível – disse Raul, pragmático.

Outras mãos se ergueram.

– É difícil sitiar uma cidade cercada de água.

– Não se pode matar de sede a população.

– A água sendo fluente, não se pode envenená-la.

– O rio facilita a fuga, em caso de perigo – lembrou Sarah Bernhardt.

Outro aluno completou:

– Os sitiantes terão que se preocupar com o controle hermético, água acima e abaixo, pois senão haverá sempre embarcações cruzando e trazendo alimentos e reforços ou, em último caso, salvando os chefes sitiados.

– A guerra não é tudo – observou Sísifo.

– Pode-se lavar roupa – sugeriu Édith Piaf.

– O rio favorece os transportes de mercadorias para o comércio – disse Rabelais. – A cidade no rio pode impor taxas aos barcos mercantes, uma cota de pedágio.

O professor auxiliar aprovou.

– Ela pode enviar expedições à descoberta de novas zonas produtoras de matérias-primas, regiões de conquista ou de trocas – completou Rousseau.

– Graças ao comércio fluvial e às taxas, a cidade enriquece e pode, caso necessário, contratar mercenários ou comprar alianças. Talvez por isso, aliás, o símbolo de Paris seja o barco do sindicato dos bateleiros fluviais – lembrou Haussmann, que conhecia a história da cidade de cuja reconstrução participara.

– Não estando limitada por muralhas, à medida de sua expansão, ela toma posse das margens em sua totalidade – sublinhou Eiffel, que também visualizava o crescimento da capital francesa, ultrapassando progressivamente seus arredores e ocupando toda a baixada da Bacia Parisiense.

Sísifo pediu silêncio. Dirigiu-se à sala adjacente e trouxe maquetes de cidades sobre grandes bandejas. Ele as dispôs na escrivaninha, chamando-nos para observar. Cada uma tinha uma etiqueta. Compreendemos estarem ali, em miniatura, as maquetes das principais metrópoles da Antiguidade de "Terra 1": Atenas, Corinto, Esparta, Alexandria, Persépolis, Antióquia, Jerusalém, Tebas, Babilônia, Roma... Para cada uma, pediu-nos que detalhássemos os pontos fortes e os pontos fracos, verificássemos se as ruas eram largas o bastante e as praças judiciosamente situadas.

– O mercado constitui sempre o coração da cidade e deve, então, ser facilmente acessível, graças às avenidas amplas – avisou-nos como primeira indicação.

Designou, em seguida, outra zona.

– O mercado quase sempre está ligado por uma via importante aos armazéns, silos e reservas de alimentação, que devem estar situados na entrada da cidade, para que as carroças de grande porte não precisem atravessar o centro e não atrapalhem a circulação.

Sísifo mostrou os pontos nevrálgicos.

– Uma cidade pode ser vista como um grande organismo vivo que necessita de alimentos e os trata, absorve e... expele seus excrementos.

A imagem fazia sentido. Ele prosseguiu:

– A porta de entrada da cidade é a sua boca; a praça do mercado, seu estômago; o depósito municipal de lixo, seu ânus. A evacuação ou reciclagem dos restos é uma preocupação constante, pois, sem isso, não só as ruas rapidamente exalam odores pestilentos, mas se tornam também focos de doenças propagadas por ratos, baratas e moscas.

Sísifo mostrou, em seguida, a maquete de um acampamento temporário mongol.

– Quando os seus povos não passavam de hordas, eles viviam ao ar livre, e o lixo da véspera era largado no caminho. Mas quando se vive num meio confinado, os restos se tornam onipresentes, e a putrefação se impõe, não permitindo que a esqueçamos.

Tomávamos notas.

– Vão precisar, também, pensar em cisternas de chuva, que formarão o sistema de águas, pensar em canaletas e esgotos, que serão como rins filtrantes.

Dado esse aviso, o professor se debruçou sobre as maquetes das cidades antigas.

– Uma cidade é um sistema digestivo, mas é também um sistema nervoso. O palácio real ou a prefeitura são o cérebro.

Ele nos apresentou vários modelos de palácios ou de castelos destinados a chefes de Estado.

– Alimentado pelo dinheiro dos impostos, o pulmão traz oxigênio ao cérebro e é onde se decide, em seguida, sua redistribuição.

O rei de Corinto nos apresentou vários centros coletores de impostos, em vários estilos e de diversas épocas.

– O oxigênio-dinheiro é levado aos músculos: os pedreiros, construtores da cidade, que a fazem crescer; os exploradores, que são os olhos voltados para os territórios vizinhos; os artesãos, seus operários, pondo em funcionamento as usinas como se fossem, cada uma, um órgão independente; os agricultores, que fazem a colheita nos campos.

Sísifo movimentou doloridamente seu volumoso corpo pelo centro da sala:

– Há também a defesa, espécie de sistema imunitário, que protege a cidade contra as agressões externas e internas. É a polícia que prende os elementos doentes ou perigosos para o restante do organismo. Eles devem ser desativados, para não contaminar os demais. São isolados em prisões. Vocês devem pensar em construí-las.

Ele deambulou pela sala e deu continuidade às explicações.

– Outro sistema de segurança: os bombeiros que apagam incêndios. E, por último, os militares, responsáveis pela proteção contra as invasões estrangeiras, como um organismo se premune contra micróbios externos.

Sísifo se dirigiu a uma estante na lateral e pegou miniaturas de monumentos.

– O templo pode se tornar o coração. Ele assegura a coesão do sistema emocional coletivo.

Mostrou-nos templos de todas as épocas e de todas as nações, do *tipi* navajo às catedrais góticas.

– A escola e, mais tarde, a universidade, correspondem a um sistema genital, criando novos cidadãos. Transmitem a memória, os valores, a cultura.

O rei de Corinto colocou casinhas na maquete.

– Nas cidades, os humanos se comunicam mais, mas o espaço vital se estreita. Antes, bastava acampar mais adiante, quando a gente se indispunha com vizinhos. Agora, é preciso mutuamente se suportar... Aparece aí um conceito delicado: o vizinho.

Recordações de "vizinhos" de "Terra 1" vieram ao nosso espírito. Quanto a mim, tinha lembrança das reuniões de condomínio do prédio em que morava, que condensavam de forma particularmente assustadora a humanidade.

– O vizinho é igual a você, quase igual a você, com a diferença de que ele faz barulho depois das onze da noite, larga guimbas de cigarros nas partes comuns do prédio, puxa a descarga do vaso sanitário em plena madrugada e pega, por engano, a correspondência errada. O vizinho faz churrascos enfumaçados, faz sexo de maneira ridícula e ruidosa, toca a campainha para pedir de volta um saca-rolhas numa hora em que você está trabalhando, transmite gripe, fala de seus problemas com os filhos e, às vezes, esses mesmos filhos acabam pichando a sua porta. Na verdade, muito de perto, os humanos logo se tornam insuportáveis.

O antigo rei de Corinto se calou por um instante, massageando o flanco:

– Alguns personagens detestaram as cidades. Gengis Khan estava convencido de serem prisões que causavam todo tipo de problema: doenças, corrupção, mesquinharia, inveja, hipocrisia... Não estava totalmente errado. Com a experiência dos ratos na gaiola, vocês puderam constatar como a ferocidade aumenta, à medida que o espaço diminui. Mas nem por isso quero dizer que a vida ao ar livre seja sinônimo de bondade e de gentileza...

Ele contemplou sua cidadezinha em maquete.

– ... e Gengis Khan estava longe de ser um homem de paz, mas, pelo menos, seu povo ignorava a poluição e viajava.

– O senhor quer nos fazer tomar horror pelas cidades? – interrogou Sarah Bernhardt.

– Quero incitá-los a conceber cidades que sejam harmoniosas e eficazes. É este o tema de minha aula. Como todo progresso, a cidade traz em si tanto ameaça quanto melhoria. Examinemos de perto essas maquetes. A maioria das cidades antigas foi concebida como um quadrado, cortado por duas artérias principais, que se cruzam em ângulo reto no meio, como aqui em Olímpia. Nas laterais, quatro portas correspondem aos quatro pontos cardeais. Em "Terra 1", Jerusalém, Heliópolis, Roma, Pequim e Angkor foram assim pensadas. A estrutura é simples, mas funcional, e vocês podem se inspirar nela.

Ele exibiu novos mapas de cidades. Em seguida, parou e escreveu no quadro-negro "Guerras de massa".

– Suas cidades acarretarão novas formas de guerra. Guerras de sítio, longas e técnicas. Em tempos anteriores, a meta era o controle de territórios. Agora, é o controle das cidades fortificadas. Um sítio exige pessoal. No estágio do jogo em que estão, considera-se que cada geração deve dobrar o número de seus soldados para garantir vitórias. Muitas vezes, para impressionar os outros, o exército desfila em longa fileira horizontal.

Ele se sentou.

– Como sabem, nos manuais de história citam-se abundantemente grandes batalhas, mas não se faz menção àquelas que nunca aconteceram porque um dos dois exércitos conseguiu intimidar o outro, exibindo apenas o número de seus soldados e provocando, assim, a rendição do adversário. Nunca se esqueçam que a intimidação permite economizarem-se muitas vidas.

Eu olhei para os outros alunos e todos anotavam as informações de Sísifo. As "guerras de massa"... Quando imaginaria, um dia, ter uma matéria dessas na escola? Gente reunida para matanças recíprocas sempre me pareceu tão "derrisório". Uma triste tradição humana, quase festiva. Mata-se ao som de tambores e clarins. Às vezes, cantando. Com mais frequência nos dias bonitos, na primavera. E ali estava eu, munido do poder de gerar minhas próprias guerras, conduzindo meu povo a refregas assassinas. Achava que, mesmo sendo bom jogador de xadrez, não tinha o menor prazer em guerrear.

O rei de Corinto prosseguiu:

– As guerras têm um papel social. Permitem a evacuação dos "excedentes" da população. Assim como as epidemias e grandes fomes, as guerras civis funcionam para a limpeza de populações pletóricas, pois é exatamente este o problema: os humanos não controlam a expansão demográfica. Logo se criam bandos de jovens delinquentes descontrolados, que semeiam a insegurança. A autorregulação das populações é, então, necessária para compensar os "excedentes de crianças".

E ele disse isso tão despreocupadamente! "Compensar os excedentes de crianças." Como uma usina, precisando destruir parte de sua fabricação, para não haver superprodução.

– Desse modo, se olharmos o histórico de "Terra 1" – prosseguiu –, veremos que após fases de grande natalidade, vem a guerra. Como uma panela de pressão que precisa liberar vapor, para não explodir.

– Mas, então, estaremos sempre obrigados a criar guerras para "regular" os excedentes de população? – perguntou Simone Signoret.

– A única solução, além dessa, seria a autorregulação. Mas as tentativas feitas nesse sentido resultaram em fracassos. Ao que parece, o homem fica tão contente de ver sua população crescer, que é incapaz de se controlar. Nem mesmo as ditaduras mais coercivas conseguiram impor uma contenção eficaz da natalidade.

Ele soltou um suspiro desabusado.

– Há também países que querem aumentar sua população para dispor de soldados, tendo em vista alguma próxima guerra – assinalou Bruno. – Sabe-se que, se controlamos nossa população e o vizinho, não, corremos o risco de ser inundados pelo número dos seus filhos.

– Estão vendo? Ainda problemas de vizinhança...

Sísifo se levantou, procurou em seus papéis e mostrou desenhos com plantas de colmeias, cupinzeiros e formigueiros.

– Se observarmos os animais, no entanto, sobretudo os animais sociais evoluídos, como cupins, abelhas e formigas, vemos que eles sabem perfeitamente se autorregular, reduzindo a produção de ovos em função das necessidades e das reservas alimentares. Mas o controle da natalidade exige um nível de consciência que os seus povos de "Terra 18" estão, atualmente, longe de possuir. Vão, então, continuar preferindo a solução da guerra.

Eu ergui a mão.

– E se todos os deuses, juntos, nos sentássemos à mesa e concordássemos em cessar as guerras? Se definíssemos, para cada um de nós, um território mais ou menos igual e controlássemos a natalidade, para alcançar um nível de estabilidade e harmonia nesse território? A partir disso, nossa energia não seria mais canalizada para o crescimento e nem para a defesa contra as invasões, mas para gerir da melhor maneira a vida cotidiana de nossas populações.

Um silêncio se estabeleceu após minha proposta. Sísifo me incentivou:

– Absolutamente, não é uma ideia idiota, continue. Se todo mundo, então, se sentar ao redor da mesa e...

– ... nos pusermos de acordo para, a partir de agora, não haver mais rivalidades, não ganharmos mais um contra o outro, mas todos juntos?

– E quanto ao crescimento demográfico? – perguntou Sísifo.

– Pois bem, estabeleceremos um sistema de controle de natalidade. Já fiz isso na Ilha da Tranquilidade. Avançávamos em função das necessidades, em função do equilíbrio interno e externo.

O antigo rei de Corinto coçou o queixo.

– Você esquece que o homem é “naturalmente” um animal em crescimento demográfico. Pedir que ele se controle ao engendrar crianças é pedir que renuncie à sua necessidade permanente de expansão.

– O senhor disse, ainda há pouco, que os insetos sociais conseguiram.

Sísifo abanou a cabeça.

– Mas após quanto tempo? Centenas de milhões de anos. O homem é um animal jovem. Quanto aos seus humanos, eles são literalmente uma espécie recém-nascida... Os humanos vivem ainda no medo e ainda sentem prazer em matar. São incapazes de compreender que sua felicidade pessoal depende do equilíbrio com a natureza. Querem sempre mostrar que são mais fortes. Têm, por isso, necessidade da competição. E, na competição, há ganhadores e perdedores.

– Eu não acredito em darwinismo e nem na seleção dos mais fortes – disse eu, com convicção. – Acredito que podemos parar de nos despedaçar mutuamente e procurar, juntos, um meio de ganhar, em nível igual.

– Seria preciso, ainda, que o humano fosse um animal homogêneo. Ora, os humanos são, todos, diferentes, fisicamente e moralmente, não compartilham os mesmos valores e nem têm os mesmos talentos. A natureza não é igualitária. Os animais são diferentes, e dessa diversidade nasce a riqueza do mundo. Os homens são igualmente ricos, no que se refere às diferenças. Lembrem-se do comunismo, que pretendeu instaurar uma total igualdade entre todos os cidadãos. Resultou em ditadura ainda mais feroz do que o czarismo. Já se tentou, no passado, se sentarem todos ao redor de uma mesa. A Liga das Nações foi criada após a grande carnificina que foi a Primeira Guerra Mundial. Todos os governos do mundo diziam "isso, nunca mais". Falou-se, inclusive, de um conceito de "desarmamento mundial". Pensou-se, realmente, poder amontoar todas as armas do mundo e queimá-las ou enterrá-las. Vinte anos depois, houve a Segunda Guerra Mundial, com maior quantidade de armas destrutivas e ainda maiores atrocidades e número de mortos.

Um rumor percorreu a sala.

– Fracassaram em "Terra 1", mas podemos consegui-lo em "Terra 18". Não é para isto que estamos aqui? Para agirmos melhor do que nossos predecessores?

Sísifo se aproximou de mim.

– Com certeza, mas devemos ser realistas. Já viu Jogos Olímpicos em que todos os participantes sobem ao primeiro degrau do pódio? Qual interesse de se participar de uma competição assim? Qual o prazer de ganhar... se não houver perdedor?

Eu não queria desistir.

– O senhor utiliza a imagem dos Jogos Olímpicos e vou usar, então, outra imagem: a dos gladiadores. Imaginemos que, durante um espetáculo numa arena romana, os gladiadores resolvessem não combater.

Sísifo não se deixou perturbar.

– ... e fariam o quê, seus gladiadores?

– União e ajuda mútua.

– E atacariam a guarda romana?

– Perfeitamente.

– E seriam todos mortos, tranquilamente, pelo exército do imperador. Você sabe que, também quanto a isso, existe um exemplo famoso: Espártaco. Ele conseguiu instaurar uma solidariedade entre os gladiadores. Não vou lhe esconder que terminaram muito mal.

Olhei fixamente o mestre-auxiliar.

– Pois bem, vou me dirigir ao conjunto da sala.

Virei-me para os alunos.

– Escutem todos, o jogo divino de Y mal começou, nossos povos estão prestes a entrar na fase que corresponde, em "Terra 1", à Antiguidade... mas proponho que, juntos... decidamos não mais brigar. Proponho que se dividam os territórios em função das fronteiras atuais. Depois, para evitar os problemas de superpopulação evocados há pouco, nos engajemos a controlar o número de crianças, em função do número de mortos. Quem estiver de acordo que erga a mão.

O rabino Freddy Meyer ergueu a mão, seguido por Sarah Bernhardt, Jean de La Fontaine, Simone Signoret e, finalmente, Rabelais. Olhei fixamente Raul, que desviou o olhar. Ele, com certeza, queria ganhar. Outras mãos se ergueram ainda: Édith Piaf, Georges Méliès, Gustave Eiffel. Alguns hesitavam, mesmo erguendo a mão ou mantendo-a abaixada. Cerca de um terço dos alunos estava disposto a me seguir. Depois, o movimento cessou.

– Pensem! No final, haverá somente um. Cada um de vocês, então, acredita que será ele?

Sísifo balançava a cabeça.

– É como a loteria. As pessoas preferem jogar num jogo em que têm uma chance em cinco milhões para um ganho enorme, do que jogar em algo em que têm chances maiores, mas para um prêmio reduzido. Não há lógica alguma nisso. É puro emocional. É a esperança que os impede de refletir.

Como para contradizê-lo, novas mãos se ergueram, sobretudo as de Marie Curie, Jean-Jacques Rousseau, Haussmann, Victor Hugo, Camille Claudel, Erik Satie.

Subi na mesa e me pus diante dos meus 83 companheiros de sala.

– Podemos parar tudo isso agora.

– Você tem razão – disse Sísifo. – Creio que, se estiverem de acordo para repartir em igualdade o mundo, todos os deuses de Olímpia serão obrigados a levar em consideração a proposta de vocês. Não nego que seria esta a primeira vez. – E acrescentou, em voz mais baixa: – E também não escondo que turmas anteriores já pensaram nisso... sem chegar à unanimidade.

– Podemos conseguir – incentivei. – Estamos quase lá.

Outras mãos se levantaram.

– Vamos conseguir onde todos fracassaram!

Mas a sala não se movimentou mais. Tive a impressão de ter tomado o lugar de Lucien, o aluno utopista que, já na primeira aula, quis poupar "Terra 17" e preferiu desistir a ser cúmplice de um jogo em que civilizações morriam.

– Vamos, todos juntos!

Os que não tinham erguido a mão me olhavam, hesitantes.

– É preciso ter a unanimidade... – relembrou o rei de Corinto. – Se um só aluno-deus recusar o abandono do jogo, a proposta não poderá ser aceita.

Mais algumas mãos, mas eu sequer tinha a metade da sala a meu favor. Outra mão se ergueu, Mata Hari.

Raul mantinha os dedos fixos nos joelhos.

– Vocês se dão conta do alcance dessa votação? – insisti.

Ninguém mais se mexeu. Eu me senti cansado.

– Boa tentativa – reconheceu Sísifo. – Pelo menos tentou, o que já é louvável.

Os que me apoiaram abaixaram os braços. Acho que ninguém ali realmente acreditara.

– Não leve isso muito a sério – aconselhou o mestre-auxiliar. – Está deixando de considerar que alguns jogam apenas pelo prazer de jogar.

Ele certamente tinha razão.

– Voltando a uma metáfora: imagine um jogo de pôquer em que todos concordassem em juntar as apostas e redistribuí-las em partes iguais... Para que se jogaria?

Sísifo se virou para a turma.

– Aproveitem, afinal, pois estão participando do jogo mais excitante do universo. Melhor do que os trenzinhos elétricos, melhor do que o baralho, melhor do que o Banco Imobiliário e do que qualquer jogo virtual informatizado. Estão jogando para serem deuses de verdadeiros mundos. Aproveitem.

Em seguida, disse, dirigindo-se a mim.

– Jogue o jogo, Michael. De qualquer forma, não tem escolha e você pode ganhar. Entendem isso? Todos vocês podem ganhar.

O sino da torre de Cronos começou a tocar. Sísifo avisou:

– Muito bem, a aula terminou.

Ele releu suas anotações e acrescentou:

– Ah! Esqueci algo. A escrita. No estágio de vocês, aparecerão em vários lugares textos, escribas, histórias. Isso vai mudar muita coisa...

12. ENCICLOPÉDIA: ESCRITA

Desde 3.000 a.C., todas as grandes civilizações médio-orientais dispunham de um modo de escrita. Os sumérios desenvolveram um sistema cuneiforme, literalmente: "em forma de cunhas". Sua grande inovação foi a de passar dos desenhos representando exatamente os seres e objetos, os ideogramas, para traços muito mais simbólicos, exprimindo uma ideia e, depois, um som. O desenho mostrando a flecha era, por exemplo, o som "ti" e, rapidamente, associou-se à noção abstrata de vida. Esse sistema foi retomado pelos cananeus, babilônios e hurritas.

Por volta de 2.600 a.C., os sumérios utilizavam seiscentos sinais, dos quais 150 tinham um valor abstrato, não descritivo. Seus escribas anotavam esses sinais em tábulas de argila úmida, que faziam, em seguida, secar ao sol ou em fornos, para endurecer. Essa linguagem servia para trocas comerciais e diplomáticas. Pouco depois, foi utilizada para textos religiosos e, enfim, poéticos. Nesse sentido, a epopeia do rei Gilgamesh é considerada o primeiro romance da humanidade.

Foi em Biblos que se encontraram os mais antigos caracteres alfabéticos modernos, que são bem semelhantes aos caracteres hebraicos atuais. No sarcófago do rei Ahiram de Biblos foram representados os signos de 22 consoantes. Graças ao comércio e à exploração, esse alfabeto se espalhou por todo o Mediterrâneo. Observemos que a primeira letra hebraica, "aleph", era originalmente representada por uma cabeça de vaca. Progressivamente, a letra girou e veio a ser o nosso "A", com os chifres voltados para baixo.

Por que uma cabeça de vaca? Sem dúvida porque, na época, a vaca constituía a principal fonte de energia. Fornecia carne, leite, puxava a carroça, permitindo viajar, e a charrua, permitindo lavourar.

Edmond Wells,
***Enciclopédia dos saberes relativo e absoluto*, tomo V.**

13. O TEMPO DAS CIDADES

OS RATOS

O exército dos homens-ratos avançava pelo campo. À frente, jovens brandiam os estandartes negros, com cabeças de ratos vermelhas. Os cavaleiros agora montavam animais especificamente amestrados para a guerra, rápidos para reagir assim que solicitados. Os infantes estavam equipados com arcos, lanças e fundas.

A expedição punitiva fora longamente preparada. Os homens-ratos professavam o culto dos mártires e, acima de tudo, o ódio pelas mulheres-vespas, que há tanto tempo os desafiavam.

O novo chefe dos homens-ratos tinha se livrado de todos os seus rivais, acusando-os de serem espiões infiltrados pelas mulheres-vespas e os condenando à morte. De fato, pouco a pouco, se estabelecera na tribo a ideia de que as amazonas só haviam ganhado a batalha por contarem secretamente com aliados entre os homens-ratos. A coesão do grupo rato, dessa forma, se forjou no ódio pelas mulheres-vespas e na permanente e mútua suspeita.

Diante deles, a cidade das mulheres-vespas também crescera e se consolidara, desde a última batalha. As muralhas de três metros que a cercavam anteriormente, agora se elevavam a cinco. As portas tinham sido reforçadas com várias camadas de madeira. As amazonas estavam equipadas com espadas mais leves, que elas manejavam com habilidade. Quando as sentinelas avisaram o surgimento dos homens-ratos no horizonte, logo ressoaram os olifantes, atiçando as guerreiras à defesa da cidade.

Os dois exércitos ficaram frente a frente. Momento de suspense. De ambos os lados e nas respectivas línguas, partiram ameaças e injúrias.

As amazonas se prepararam para receber o assalto frontal. Porém, para grande surpresa, a um sinal do rei, os soldados-ratos se afastaram, dando passagem a uma multidão de indivíduos inteiramente nus. Eram homens e mulheres desarmados. Sem espada, sem escudo, avançaram de mãos vazias, rosto inexpressivo, costelas salientes, emaciados e titubeantes de fome. Eram milhares a marchar assim, resignados. Um exército de fantasmas.

As mulheres-vespas não tiveram escolha. Suas flechas devastaram o triste rebanho humano. Quando terminaram de matar aqueles infelizes, sentiam os primeiros cansaços do combate e a reserva de flechas ficara comprometida. Ao mesmo tempo, assustava a pouca consideração dos homens-ratos pela vida humana. Semelhante atitude deixava prever qual seria o destino delas, em caso de derrota.

De repente, das fileiras dos homens-ratos pulou à frente um grupo de indivíduos protegidos por grossos escudos. Carregavam, à força dos braços, uma prancha de madeira com uma cabeça de rato esculpida, que eles projetaram contra a porta principal da cidade.

Sem poder contar com as flechas, as amazonas lançaram pedras, que também ricocheteavam nos escudos dos invasores.

Uma das mulheres teve a súbita ideia de ir buscar o imenso caldeirão de água fervente destinada à sopa da noite. Dessa vez, o pelotão de homens-ratos debandou sob as queimaduras, urrando de dor e abandonando o aríete. Mas um novo grupo de homens, protegidos por escudos, já estava a caminho. Durante o tempo gasto, pondo a ferver um novo caldeirão, eles conseguiram derrubar o grande portão da muralha.

As amazonas esperavam uma carga de cavalaria, mas os homens-ratos lhes haviam reservado outra surpresa. Após a tropa de escravos com o objetivo de esgotar as flechas adversárias, eles enviaram crianças, um verdadeiro exército de soldados mirins, com idades de 6 a 12 anos, berrando, lançando pedras e brandindo tochas.

Tinha sido uma ideia do rei dos ratos. Ele observara que as mulheres se sensibilizam diante de crianças e, a partir disso, deduziu que nem mesmo aquelas amazonas ousariam matá-las. Quanto às crianças-ratos, criadas no culto do martírio e da execração do inimigo, queriam provar aos pais que eram capazes de sacrifício pela causa nacionalista. Conduzidos pelos mais velhos, os meninos atacaram.

O cálculo do rei dos ratos se mostrou eficaz. Diante das crianças, as amazonas, hesitantes, erravam o alvo, de tal modo que o exército infantil penetrou quase sem resistência na cidade, dando início, em vários pontos, a focos de incêndio. As mulheres-vespas tinham subestimado a força da propaganda e da lavagem cerebral nos mais jovens.

A confusão estava no auge. Uma fumaça acre se desprendia das casas em chamas quando, afinal, um grupo da cavalaria de homens-ratos atacou e invadiu a cidade. As mulheres-vespas lançaram seus dardos, mas já lhes faltavam flechas. A luta agora era corpo a corpo. Os homens-ratos manejavam espadas de ferro – um novo metal, cujo segredo haviam extorquido de um povo derrotado – e as mulheres-vespas, espadas de bronze, mais pesadas e mais frágeis. Mesmo que muitas vezes fossem mais hábeis no combate, eram frequentemente deslocadas pelo próprio impulso da arma.

Uma segunda tropa a cavalo se adiantou então em reforço, enquanto as crianças do povo dos ratos acossavam no chão as mulheres feridas.

Soou o contra-ataque. A rainha surgiu, encabeçando um pelotão de cavaleiras que, por sua vez, surpreenderam os lanceiros inimigos. Elas também não hesitavam mais em matar os meninos furiosos, que lhes tinham causado tantas perdas.

A batalha já durava duas horas, e o êxito ainda permanecia incerto. Onde conseguiam manter alguma distância dos antagonistas, as amazonas tinham vantagem, com suas flechas mais precisas do que as lanças, mas, em todo lugar em que os homens-ratos impunham o corpo a corpo, era deles a melhor posição.

Uma intuição se formou no espírito do rei dos ratos.

– Como com relação às abelhas, basta capturar a rainha. – Ele juntou seus mais valorosos barões e deu-lhes essa ordem.

A rainha incentivava suas tropas aos gritos e não foi difícil discriminá-la. Eles avançaram em sua direção. Mataram, sem encontrar muita resistência, seu corpo de guarda e deixaram-na só, isolada e cercada de inimigos. Um muro de lanças impedia que lhe viessem em socorro.

– Quero-a viva! – urrou o rei dos ratos.

A rainha mantinha seus agressores à distância, graças ao seu cavalo empinado e fazendo girar a espada, para afastar as pontas das lanças. Os cabelos longos chicoteavam o ar, e ela semeava a morte entre os homens-ratos que ousavam se aproximar. Vendo isso, o rei inimigo usou sua própria lança como vara, para saltar até ela, desconcertando-a. Rei dos ratos e rainha das vespas rolaram por terra.

A amazona enfiou as unhas nas faces do adversário e rasgou-lhe o rosto com cortes profundos. Com um movimento brusco, ele virou-a, torceu-lhe os braços e, com ajuda de um tendão de búfalo pendurado na roupa, conseguiu atar suas mãos nas costas. Jogou-a, em seguida, ao chão e esmagou-lhe o peito com um joelho. Com toda força que tinha, ela mordeu sua perna. Ele sangrou, mas, sem prestar a menor atenção a isto, colocou novamente a mulher-vespa de pé. Um barão passou-lhe uma faca, e ele apoiou a ponta da arma no pescoço da soberana.

– Rendam-se ou ela morre!

As amazonas hesitaram, mas elas amavam a rainha e a maior parte delas preferiu parar de combater. Pouco a pouco, todas aceitaram. Um grito de vitória ecoou nas fileiras dos homens-ratos.

Foi preciso acalmar as crianças-ratos, que ainda queriam aproveitar a vantagem para matar. As amazonas prisioneiras foram encadeadas em longa procissão, em direção à cidade dos homens-ratos. Chegando, as mulheres da tribo receberam os guerreiros vencedores, aclamando-os ao longo do caminho, onde se alinharam, formando um corredor. Prantearam os inúmeros mortos e cuspiram nas prisioneiras, surpreendentemente belas em suas vestimentas de tela fina, com longas e limpas cabeleiras. Algumas mulheres-ratos avançaram até tocar-lhes os cabelos, tentando compreender por que eram tão longos e tão brilhantes, enquanto os seus eram lanosos, grudentos de sujeira. Elas cheiravam as peles inimigas, surpresas com o perfume de flores, mas nem por isso deixavam de fazer uma expressão de nojo e novamente cuspir nas prisioneiras.

Mas de todas estas últimas, a mais magnífica era, sem dúvida, aquela que caminhava com os punhos amarrados, atrás do cavalo do chefe. Com a cabeleira negro-ébano coberta de poeira, a mulher, mesmo assim, mantinha a cabeça ereta, os ombros soltos, arvorando uma atitude altiva, coisa inconcebível para aquelas mulheres-ratos submissas a seus homens.

Ao lado, soldados enfileiraram os cavalos capturados e o que mais haviam conseguido saquear na cidade das amazonas. Vociferações ressoaram. Mulheres do povo dos ratos exigiram, ruidosamente, a morte da rainha das amazonas.

O rei se dirigiu à prisioneira, empunhando um facão. Uma imensa aclamação ecoou. Mas em vez de apunhalar, ele começou a lambê-la como a uma peça de carne que se preparasse a devorar. Os guerreiros estouraram de rir e a vítima, propriamente, pareceu enojada. Todos esperaram o desfecho.

O rei, então, tranquilamente, desamarrou a soberana inimiga.

Os que assistiam se calaram.

A rainha procurou imediatamente atacá-lo, mas ele a dominou com facilidade. Depois, enquanto ela tentava em vão esconder o rosto, ele a beijou à força.

As mulheres vaiaram ainda mais a bela cativa.

O rei brandiu a espada na direção delas, significando ser ele – e apenas ele – quem fazia a lei, e que não seriam as fêmeas que lhe indicariam como se comportar diante das prisioneiras. Fossem elas rainhas, ou não. Em seguida, ele conclamou os melhores guerreiros a também escolherem uma amazona que lhes agradasse. As mulheres-ratos, dessa vez, não se atreveram a exprimir a raiva contra essa concorrência desleal.

Tomando a palavra, o rei dos ratos anunciou que eles tinham à disposição uma grande cidade, cingida por espessa muralha, e convidou a todos a se estabelecerem lá. Até então, os homens-ratos tinham sido um povo sobretudo nômade, se deslocando ao sabor das invasões e se contentando com acampamentos para o repouso. O rei disse ter visto em sonho que aquela seria a sua capital.

O chefe dos ratos se casou, segundo o rito dos homens-ratos, com a rainha das amazonas. Depois disso, cuidou de mandar erigir uma estátua sua a cavalo, com uma amazona por terra, suplicante. Foi o primeiro monumento do seu povo. Quanto às mulheres-vespas, após longa resistência, acabaram se integrando à sociedade dos ratos. Ensinaram a tecelagem e princípios de higiene aos novos companheiros.

Em folhas de cartão que elas próprias fabricavam, deram início à conservação da memória do seu povo derrotado.

Um dia, porém, o rei descobriu os escritos e, na dúvida, os destruiu. Melhor seria apagar a memória daquele povo que lhe fora hostil e fingir que todos os avanços alcançados tinham em sua origem os homens-ratos.

Pediu, no entanto, às escribas-vespas que escrevessem a história que ele, rei dos ratos, lhes ditaria. Tinha vontade que se marcassem para sempre, nas memórias, todas as grandes batalhas vitoriosas do povo dos ratos.

Única ironia do destino: para seu grande desespero, da união com a rainha das amazonas, o rei dos ratos só concebeu... filhas. O que acarretou o seu assassinato por um dos generais.

Em seguida, este último subiu ao trono e mandou substituir a cabeça da estátua por outra, com sua própria imagem.

Tudo se podia perdoar a um rei dos ratos, exceto que engendrasse meninas.

14. ENCICLOPÉDIA: RAINHA SEMÍRAMIS

A partir de 3.500 a.C., os indo-europeus invadiram o reino sumério. Hititas, luvitas, citas, cimérios, frigianos, medos, lidianos ali se digladiaram, criando reinos efêmeros que, por sua vez, decaíram.

Por volta do ano 700 a.C., um desses grupos indo-europeus, os assírios, conseguiu criar pelo terror um reino estável. Uma jovem mulher, nessa ocasião, teve um destino extraordinário. Nascida nas margens do Mediterrâneo, perto da atual Ashkelom, em Israel, ela foi abandonada no deserto, alimentada por pombos (segundo a lenda que ela mesma escreveria mais tarde) e, depois, adotada por pastores. Seduziu e, em seguida, se casou com Pannes, governador da Síria, a quem acompanhou em visita a seu soberano. Encantou o rei Ninus, tornou-se rainha da Assíria, com o nome de Semíramis, mandou envenenar o marido e dedicou a ele a construção de um imenso mausoléu.

Depois disso, a rainha Semíramis reinou em paz, à frente de um dos maiores impérios de seu tempo. Ela expandiu Babilônia por todo o Eufrates e deu início à construção de monumentos fastuosos, entre os quais os célebres "jardins suspensos", considerados uma das sete maravilhas do mundo antigo. Seu apetite por glória, entretanto, não estava satisfeito, e a rainha Semíramis se lançou em conquistas militares, que a levaram a tomar o Egito, Média, Líbia, Pérsia, Arábia e Armênia. Chegando às margens do Indo, seus exércitos finalmente foram vencidos pelos indianos.

Tendo reinado durante 42 anos, sem dividir o poder, e construído um dos primeiros grandes impérios militares, culturais e artísticos, a rainha Semíramis afastou-se, dando vez ao filho Ninias.
Os reis que lhe sucederam, em desprezo pelas mulheres, progressivamente apagaram os traços do seu reino, para não lembrar que uma rainha tinha feito mais e melhor do que eles.

Edmond Wells,
***Enciclopédia dos saberes relativo e absoluto*, tomo V.**

15. OS GOLFINHOS

O povo dos homens-golfinhos progressivamente se assimilou ao povo dos escaravelhos. A integração, todavia, não se dava sem alguns abalos. Comentava-se que eles escondiam conhecimentos que não pretendiam revelar aos outros. Ou que possuíam tesouros que não queriam compartilhar. Para todos, representavam um mistério e inspiravam suspeitas.

Os homens-golfinhos, no entanto, respeitavam escrupulosamente todos os costumes de seus anfitriões e se esforçavam para aperfeiçoar as ciências, dentro do interesse geral.

Eles tornaram popular a escrita e também os instrumentos necessários, como a pena e o tinteiro. Utilizaram como suporte flores secas e, em seguida, fibras de papiro entrelaçadas. Após as escolas, fundaram universidades especializadas, que formaram uma classe de intelectuais: homens de ciência, engenheiros, médicos.

A religião advinda da influência dos golfinhos e oferecida aos escaravelhos tinha se aperfeiçoado a partir de um seminário de sacerdotes que veneravam o deus único, o Sol, iniciando-se, ao mesmo tempo, no conhecimento esotérico do saber antigo do povo dos golfinhos.

Contrabalançando, porém, essa influência, um outro colégio de sacerdotes foi criado, o qual, por sua vez, em nome da "tradição anterior à contaminação da feitiçaria estrangeira", se dedicou ao culto do Grande Escaravelho e a um panteão de divindades com cabeças de animais. Dessa maneira, se espalhou pelo norte o monoteísmo do Sol, enquanto, pelo sul, o panteísmo se firmou como lei.

O norte prosseguiu em pleno progresso econômico e científico, com a criação de novas cidades e portos de pesca cada vez mais modernos, enquanto o sul estagnou num modo de vida rude e essencialmente rural. Surgiram no norte costumes requintados, à medida que aumentavam o nível e a qualidade de vida. No sul, as populações se exauriam nos duros trabalhos campestres. Para compensar a forte mortalidade infantil e dispor de braços para as semeaduras e colheitas, os sulistas geravam abundante progenitura.

Graças a uma medicina mais evoluída, os nortistas, por sua vez, tinham raras mortes de crianças de baixa idade a deplorar. Dentro do costume golfinho de "Só engendrar crianças que possam ser amadas", eles limitavam a natalidade, em vez de deixar que bandos de meninos fossem relegados ao abandono.

O tempo, no entanto, correu a favor do sul, pois, a cada geração, a população, sob a influência dos padres panteístas, cresceu, ao mesmo tempo que seu clero se tornava cada vez mais vindicativo. Eles estigmatizaram os reis do norte, pretensamente influenciados por parasitas estrangeiros. Pregaram contra os progressos golfinhos, dizendo tratar-se de presentes envenenados. Exigiram do rei que ele voltasse às origens e se reconvertesse à religião panteísta, a única verdadeira.

Os padres acabaram fomentando um complô, que desembocou no assassinato do primogênito do rei. Em seguida, fizeram intrigas junto aos generais, prometendo entregar a eles as riquezas dos homens-golfinhos. Os militares os deixaram insistir um pouco e, finalmente, cederam à tentação do lucro.

Um golpe militar relâmpago levou o rei à prisão e ao "suicídio" no calabouço. A esposa o renegou, tentando salvar sua vida e a do segundo filho, mas foi, por sua vez, executada.

Os sacerdotes escaravelhos colocaram no trono um jovem príncipe sulista, com remotas origens na estirpe real, que decidiu fechar as universidades e escolas, transformando-as em seminários religiosos do culto escaravelho. Os estudantes manifestaram nas ruas, mas a rebelião foi pronta e sangrentamente debelada.

O jovem rei aproveitou as escaramuças para prender alunos golfinhos e professores, acusando ainda estes últimos de incitação à revolta. Foram todos jogados nas primeiras prisões políticas. Em seguida, o rei pronunciou um discurso oficial, lançando a responsabilidade pelos massacres na má influência dos golfinhos. O rei alegou, basicamente, que "tudo era culpa deles", mas isso não bastou para convencer a população, que se lembrava ainda dos benefícios trazidos pelos golfinhos.

Ainda por iniciativa dos sacerdotes, o rei reuniu um pequeno colegiado de letrados partidários de sua causa, pedindo-lhes que encontrassem a maneira de legitimar a evicção dos golfinhos. Após longa reflexão, eles redigiram um texto, que atribuíram aos homens-golfinhos, preconizando a destruição da sociedade escaravelha.

A obra teve enorme sucesso, repercutindo muito além do que esperavam seus instigadores. Era como se a população inteira apenas esperasse aquele pretexto, para se livrar dos derradeiros escrúpulos e apagar as últimas boas lembranças daquela cultura. Para todos, as intenções hostis e o complô do povo dos golfinhos se tornaram evidentes. As ações racistas se multiplicaram, apoiadas no laxismo ou mesmo na participação direta da polícia.

Ao mesmo tempo em que recuava a influência dos golfinhos e das universidades laicas, a liberdade de pensamento e o direito à instrução foram tolhidos, em nome da salubridade dos espíritos. A religião panteísta foi alçada à qualidade de ciência e a substituiu por completo. Os livros golfinhos das bibliotecas foram queimados em praça pública. Em seguida, o rei decidiu que a presença demasiadamente visível dos homens-golfinhos gerava perturbações. Para remediar, mandou fechar o bairro em que viviam, onde também se instaurou o toque de recolher. Isso tudo permitiu que fanáticos escaravelhos agissem ainda com maior facilidade.

As condições de vida dos golfinhos não pararam mais de serem degradadas. Foram-lhes proibidas todas as profissões e depois, como morriam de fome, organizaram-se, "para o seu próprio bem", campos de trabalho, em que mal eram pagos. Primeiro, foram direcionados para as atividades mais penosas e, muito rapidamente, o novo rei teve a ideia de utilizar aquela mão de obra quase gratuita para construir um monumento colossal à sua glória. Todos os intelectuais, contestadores e políticos suspeitos de oposição foram arregimentados para esse fim. Os guardas dos campos de trabalho eram escolhidos entre os elementos mais brutais da população escaravelha, muitas vezes, ex-criminosos.

Nos canteiros de obra, as condições se tornaram assustadoras, com os trabalhadores mal-alimentados e totalmente privados de cuidados.

O povo dos homens-golfinhos minguou a olhos vistos até que, um dia, o raio caiu sobre o muro do campo de trabalho e o derrubou. Petrificados, eles sequer se atreveram a fugir, como se temessem transgredir a ordem. Um sacerdote do culto do Sol, um homem que não era originário dos golfinhos, mas tinha sido educado dentro dos seus valores, decidiu agir. Aproveitando a confusão causada pela tempestade, convenceu alguns corajosos a se evadirem.

– De qualquer maneira, no ponto em que estamos, não temos nada a perder – insistiu ele.

Enfiados nos recantos abandonados do antigo bairro em que viviam e do qual conheciam toda ruela, os foragidos, encabeçados pelo sacerdote do culto do Sol, começaram a elaborar um plano de evasão para todos os prisioneiros políticos. Caída a noite, começaram a cavar um túnel, passando sob o muro que cercava os campos e os canteiros de obras. No dia combinado, na mornidão de uma noite de verão, os homens-golfinhos fugiram pelos subterrâneos. Seguindo as indicações do padre rebelde, se dispersaram em pequenos grupos, para voltarem a se encontrar no limite do grande deserto, considerado até então intransponível por homens a pé.

O sacerdote do Sol os reuniu para uma exortação. Do outro lado do deserto, afirmou ele, encontrariam o país de origem de todos os homens-golfinhos da Terra e lá reconstruiriam um Estado independente, sem precisar mais ser aceitos por outros povos.

A multidão não se sentiu assim tão convencida, mas todos sabiam: não havia escolha. Os homens-golfinhos se puseram em marcha. Primeiro acharam que, ao todo, eles não passavam de algumas centenas, depois, de alguns milhares. Porém, à medida que outros evadidos afluíram, constataram ser, na verdade, dezenas e, depois, centenas de milhares, avançando nas areias e pedras escaldantes. Eram homens-golfinhos, mas também prisioneiros políticos, ex-universitários e até mesmo intelectuais do antigo regime e que não suportavam mais o novo governo.

Como o sacerdote do culto solar passara a guiar um verdadeiro rebanho humano, batizaram-no "o Pastor".

Os homens-escaravelhos quiseram de início persegui-los e massacrá-los, mas o medo de se perderem numa imensidão desconhecida e árida os fez recuar.

O rei ordenou que se abandonasse a perseguição. Achou que a fome, sede e os chacais exterminariam tão indubitavelmente os fugitivos quanto lanças e flechas. Pela convicção de todos, aquilo era um puro suicídio coletivo.

Assim, os homens-golfinhos, guiados pelo Pastor, se enfiaram deserto adentro. De dia, o sol os queimava, de noite, tremiam de frio. Não dispunham de nenhum ponto de referência, não compreendiam por que o guia escolhia uma direção e não outra. Alguns tinham, inclusive, a impressão de girar em círculos, de tal forma era monótona a paisagem. Graças ao perfeito conhecimento da cartografia celeste, o Pastor sabia estar conduzindo seu povo, sem desvio, sempre em direção norte. De noite, dizia ele, vinham sonhos que lhe indicavam o caminho a seguir.

Mas os golfinhos estavam exaustos e famintos. No caminho, altercações nasciam ao menor pretexto. Os andarilhos várias vezes quase morreram de sede ou por brigas intempestivas. Mas cada vez que a situação se tornava crítica, a tempestade caía e uma chuva benfazeja os salvava da desidratação e da raiva.

Alguns homens-golfinhos exacerbados, no entanto, começaram a murmurar contra o grande sacerdote que os atraíra àquele périplo pior, diziam eles, do que os suplícios do campo de trabalho.

– Quem quiser dar meia-volta e ir se prosternar diante do rei escaravelho, implorando perdão, está livre para isso – declarou o Pastor.

Um bom discursador o tomou ao pé da letra e cerca de mil retirantes o seguiram. A metade deles se perdeu numa região de areias movediças. Os outros conseguiram chegar, extenuados, ao país escaravelho e foram imediatamente executados em praça pública.

Enquanto isso, a grande massa de homens-golfinhos e seus aliados avançava cada vez mais profundamente no deserto.

Na longa procissão, a calma não havia voltado e foi preciso impedir, algumas vezes, tentativas de assassinato visando o Pastor em pessoa. Entretanto, continuaram o caminho, como rebanho teimoso, ou como os salmões que sobem as corredeiras, com toda dificuldade, para voltar a seu lugar de origem. Cada vez que estiveram a ponto de morrer de sede, encontraram um oásis. Ou então começava a chover. Todos acabaram se habituando com esses milagres, que viraram rotina.

Como se estivessem anestesiados pelas dores cotidianas, só sobreviveram se agarrando às palavras do Pastor e aos sonhos que ele alegava ter recebido. Habituaram-se às condições do local árido. Para economizar a umidade do corpo, falavam pouco, não choravam nunca. O deserto ensinou-lhes a concisão e a eficácia. Eles desenvolveram uma forma de acampar, cavando abrigos na areia em poucas horas. A religião, que se originara no mar, adaptou-se ao deserto. O Pastor aconselhou o jejum, a meditação, o desapego em relação à agitação do mundo. E alguns passaram a gostar desse novo ascetismo.

O Pastor disse:

– É quando não se deseja mais uma coisa, que essa coisa pode nos ser oferecida. – Era a regra da Renúncia.

O Pastor disse:

– Para compreender o outro, coloque-se em seu lugar. – Era a regra da Empatia. Ele estendeu essa regra aos animais e vegetais, afirmando que quando um animal deixa que o cacem é por sentir-se compreendido e, sentindo-se compreendido, aceita ser morto para alimentar o caçador.

O Pastor disse:

– Quando fizer algo, pense em sua repercussão no tempo e no espaço. Ato algum deixa de ter efeitos. Quando você fala mal de alguém, você transforma esse alguém. Quando espalha um medo ou uma mentira, você cria esse medo ou transforma essa mentira em realidade. – Era a regra da Causalidade.

O Pastor disse:

– Vocês todos têm uma missão a cumprir no mundo e, todos, têm um talento para cumprir da melhor forma essa missão. Encontrem isso e a vida começará a ter um sentido. Uma vida sem talento não existe. A vida que não utiliza o talento que possui é uma vida desperdiçada.

O Pastor disse:

– Ninguém é obrigado a conseguir, mas todo mundo deve tentar. Não culpem a si mesmos pelo fracasso, culpem-se apenas por não tentar.

O Pastor disse:

– Deve-se celebrar o ato de assumir riscos, e não a vitória. Pois assumir riscos depende de nós, e a vitória depende de uma quantidade de fatores de difícil controle.

O Pastor disse:

– Há um mundo invisível, além do mundo visível, em que se tem acesso a todos os conhecimentos e a todas as iluminações. Para visitá-lo, basta calar o tumulto dos pequenos pensamentos derrisórios, que ensurdecem permanentemente nosso cérebro.

Uma manhã, estando todos já resignados a vagar indefinidamente pelo deserto, um batedor informou haver, do outro lado de uma colina, uma planície fértil e plena de caça, cercada de rios. A notícia era tão fora do comum que ninguém esboçou qualquer reação.

Atravessada a linha divisória, no entanto, tiveram que aceitar a evidência. O espetáculo mais parecia uma miragem: um vale verdejante, dividido por cursos de rios. A terra natal dos homens-golfinhos estava novamente diante deles e todos sentiram isso na própria pele, como se suas células reconhecessem aquele ar, o pólen e a relva que outrora estiveram em contato com seus ancestrais longínquos. Eles tinham conseguido.

Homens-golfinhos "arcaicos", que de um jeito ou outro haviam permanecido no vale, vieram ao encontro deles.

– Nunca os homens-golfinhos abandonaram inteiramente essa terra e nunca a abandonarão – exclamou um deles, conduzindo-os a um pobre vilarejo parcialmente em ruína.

Aqueles homens, então, contaram ser remanescentes da primeira geração de homens-golfinhos, descendentes dos que escaparam da grande invasão dos homens-ratos. Escondidos durante o ataque, esquecidos pelos navios na desordem do embarque no mar salvador, os ancestrais tinham se soterrado e lá permaneceram. Em seguida, bem ou mal, sobreviveram. Os homens-ratos partiram à conquista de outros territórios, e eles se integraram às ruínas e se esforçaram, tentando continuar a viver na lembrança das antigas tradições.

Uma grande festa foi organizada para celebrar o reencontro. Decidiram que, juntos, homens-golfinhos de sempre e homens-golfinhos de volta do exílio reergueriam uma nação. Empreenderam a construção de uma grande capital cingida por altas muralhas e, em seu interior, veneraram não o sol, mas a Luz.

O Pastor foi o primeiro chefe dessa nova nação, mas disse estar farto de reis e do poder centralizado. Propôs a criação de um governo composto por uma assembleia de 12 sábios, correspondendo às 12 grandes famílias dos homens-golfinhos.

O Pastor disse ter visto em sonho ser preciso se estabelecerem leis, para que o povo não voltasse mais a seus impulsos primários.

Ele instituiu 14 leis.

As três primeiras eram relacionadas à alimentação:

• Proibido o canibalismo.

• Proibido comer animal que sofre. Sobretudo se ele andar sobre pés. Segundo o pastor, comer um animal que sofreu era herdar seu sofrimento.

• Proibido o contato entre alimentos e excrementos. Foi uma das primeiras leis de higiene alimentar. Às vezes, ao usarem excessivos excrementos animais ou humanos como adubo, os camponeses causavam epidemias.

Em seguida, vieram as cinco leis sobre a sexualidade:

• Proibido o incesto.

• Proibido o estupro.

• Proibida a pedofilia.

• Proibida a zoofilia.

• Proibida a necrofilia.

Isso tudo parecia evidente a todos, mas o Pastor estimou que, mesmo sendo óbvio, devia ser relembrado.

Depois, vinham as quatro leis sobre a violência:

• Proibido matar.

• Proibido agredir provocando ferimento.

• Proibido roubar.

• Proibido destruir objetos pertencentes a outrem.

Vieram, em seguida, as leis sobre as relações sociais. Tendo sido escravos, os homens-golfinhos estabeleceram como leis primeiras:

• Proibida a obrigação de trabalho sem remuneração.

• Proibido o trabalho sem tempo de repouso.

Tendo terminado a redação dessas leis, o Pastor morreu inesperadamente, engolindo atravessada uma espinha de peixe. Sua agonia durou duas horas. Duas horas em que ele arranhou a própria garganta, enfiando os dedos no fundo da boca enquanto arrastava-se no chão. Deram-lhe água para beber, pedaços de miolo de pão para engolir, nada funcionou. Vendo-o asfixiar, alguns propuseram fazer uma incisão no pomo de adão, mas após uma rápida votação, com resultado de três votos a dois e uma abstenção, ninguém se atreveu a intervir, e ele morreu.

Sufocar pela ingestão de uma espinha de peixe pareceu algo demasiado trivial, tendo em vista a dimensão da tarefa cumprida pelo Pastor, e os biógrafos rapidamente resolveram oficializar uma versão mais "histórica": o Pastor sucumbira em êxtase e uma pomba foi vista, vinda buscar sua alma e conduzindo-a ao Sol.

Seus restos foram enterrados como ele pedira, sob um formigueiro. Sem caixão, para que, de acordo com o pedido, "a carne, vinda da terra, pudesse de novo fertilizar a terra que a nutrira."

Não era simples de se colocar em prática a aplicação das leis. Para reduzir o sofrimento dos animais servindo à alimentação, os padres da religião dos golfinhos pediram aos médicos que estudassem um meio de matar sem dor, e eles indicaram uma zona precisa da carótida que, uma vez cortada, leva a um torpor progressivo e mortal.

A assembleia dos 12 sábios homens-golfinhos, que estabeleceu as regras do novo Estado golfinho, obedecendo à lei de repouso, decretou que uma quarta parte dos campos permaneceria baldia, a cada ano, para esses terrenos recuperarem seus oligoelementos, enquanto os três quartos restantes produziriam as colheitas. Quanto às mulheres e homens, trabalhariam seis dias por semana, descansando no sétimo.

Eles ergueram um templo cúbico, pois decidiram abandonar a forma piramidal a seus algozes escaravelhos. Para recordar o período de escravidão e a redenção no deserto, redigiram um grande livro de história e resolveram, como garantia, caso novamente os livros fossem queimados, instaurar uma festa, durante a qual os pais contariam aos filhos o acontecido. A tradição oral, dessa maneira, se enraizou paralelamente à transmissão escrita.

De novo ergueram bibliotecas em que organizaram livros e mapas, por eles considerados seu tesouro mais precioso.

Com a capital implantada, construíram estradas e transformaram vilarejos em cidades, e moradias isoladas em vilarejos.

O tempo passou. Os antigos escravos do país dos escaravelhos envelheceram e seus filhos construíram um reino sólido. Voltando às fontes da cultura dos homens-golfinhos, eles retomaram o comércio, com a construção de portos, dos quais partiam embarcações que percorriam a costa e trocavam objetos artesanais por matérias-primas ou tecnologias novas. Essa cabotagem teve como objetivo instaurar relações pacíficas com vizinhos autóctones, criar pontos de comércio, aperfeiçoar os mapas.

Os homens-golfinhos não pretendiam absolutamente converter os estrangeiros a seu culto. Consideraram que cada povo tinha seu próprio deus. Assim sendo, eles propagavam rudimentos de suas língua e cultura, mas raramente evocavam a religião.

Estranhamente, essa recusa do proselitismo, após um primeiro impacto positivo, suscitou a desconfiança dos vizinhos. Sobretudo aqueles do norte e do leste. Em vez de achar que os homens-golfinhos respeitavam sua cultura original, suspeitaram de que quisessem guardar segredos para si mesmos. Reproduziu-se, em versão bem semelhante, o mesmo roteiro do ocorrido no país escaravelho.

Empórios e embarcações mercantes dos golfinhos foram atacados por bandos de saqueadores. De início, ninguém ligou muito para isso, mas logo verdadeiros exércitos surpreenderam vilarejos da fronteira.

A necessidade de se organizar uma força armada retornou. Como preconizara o Pastor, a assembleia dos 12 sábios optou por um exército de cidadãos-soldados, cada qual exercendo sua profissão em tempo de paz e retomando as armas em caso de ameaça. A população inteira participou, então, da defesa das cidades. Camponeses, pescadores, artesãos e escribas se mostraram soldados um tanto desajeitados, mas, com exercícios, sua eficácia logo se tornou famosa em toda a região. Os exércitos dos países vizinhos só contavam, de fato, com brutamontes, aplicando táticas previsíveis. Os homens-golfinhos se especializaram, sobretudo, na arte do ataque noturno das tropas adversárias, em seus próprios acampamentos, incendiando-lhes as tendas e afugentando os cavalos. Isso, em geral, bastava para refrear os ânimos dos invasores. Mas nem assim cessaram os ataques de fronteira.

Apesar de frequentemente terem a vantagem, os homens-golfinhos sofreram perdas cada vez maiores. Era como se os estrangeiros se adaptassem às suas táticas e as ripostassem. Várias ações noturnas foram, desse modo, interceptadas e massacradas.

Tal insegurança prejudicou a prosperidade do país, pois todas as atividades cessavam ao menor ataque, para reunir rapidamente um exército. O sistema de assembleia se revelou pesado e pouco ágil em período de crise. Os votos a favor ou contra as ações militares não podiam esperar eventuais segundos turnos nos escrutínios dos 12 sábios. Esses últimos decidiram, então, renunciar às próprias prerrogativas. Fizeram um pronunciamento pela designação de um rei único que, a exemplo daquele dos homens-escaravelhos, centralizaria todos os poderes executivos, enquanto eles continuariam com o quadro legislativo. Os 12 escolheram o general que demonstrara maior habilidade em combate. Ele imediatamente elevou os impostos, para permitir a criação de um exército profissional. O sistema de conscrição foi abandonado.

Com esse novo exército, o povo dos homens-golfinhos conheceu um período de relativa tranquilidade. Como muitos cidadãos, no entanto, recusavam o poder centralizado, revoltas eclodiram contra as taxas, que eles julgavam iníquas. Homens-golfinhos combateram homens-golfinhos, e foi a primeira guerra civil em seu território.

A insubmissão, na base do que era a sua força, deu origem à fragilidade. O rei pronunciou em praça pública um discurso em que lamentou:

– No momento em que não temos mais inimigos à frente, nos tornamos nossos próprios inimigos. Quando teremos a sabedoria de aceitar viver entre nós mesmos, sem dissensão?

Foi quando, vindo do norte, surgiu um exército de homens-ratos, destruindo tudo a sua passagem. Nos portos vizinhos, falava-se muito daqueles soldados e das crianças que avançavam, empurrando à sua frente uma multidão de fantasmas. Nas bibliotecas, os livros dos homens-golfinhos lembravam a grande invasão dos tempos passados.

Os golfinhos, então, resistiram como puderam aos homens-ratos, mas seu exército era pobre em efetivos. A monarquia, por sua vez, ainda era muito jovem para fazer frente a enormes tropas experientes e que mostravam uma violência sem igual. Após resistirem a dois assaltos, foram esmagados no terceiro. Os homens-ratos ocuparam novamente o reino dos homens-golfinhos. O templo foi destruído, as bibliotecas incendiadas.

Mas os homens-ratos haviam aprendido que não se ganhava nada apenas com o massacre. Mais eficaz era obrigar os povos vencidos a trabalharem para eles. Em consequência disso, nomearam rei um homem-golfinho inteiramente submisso à sua causa e infligiram um imposto exorbitante ao conjunto da população. Para ter o direito de viver, os vencidos forneceriam metais, alimentos e tecnologia de ponta. As mais belas mulheres e os maiores cientistas golfinhos foram levados em cativeiro à capital dos homens-ratos. Um pequeno grupo entre o povo dominado, com os 12 sábios da assembleia, sem o rei, que morrera em combate, conseguiu, no entanto, fugir pelo mar.

Eles cabotaram em direção sul e voltaram ao país dos homens-escaravelhos.

Ali, discretamente, alcançaram o palácio do rei. Lembraram a ele como, em tempos anteriores, ajudaram a desenvolver aquela sociedade. Tinham consciência de não poderem agir às claras, mas propuseram ajudar, permanecendo à sombra. Como prova de boa vontade, revelaram uma sabedoria que ia além do ensinamento do culto golfinho e que era o culto original das formigas. Explicaram como as pirâmides copiavam os formigueiros e como a primeira terça parte delas funcionava como um camarim receptor de ondas cósmicas.

O rei escaravelho tinha consciência do rancor secular de seu povo contra os homens-golfinhos, mas sensibilizou-se com o discurso e resolveu hospedá-los, com toda discrição.

16. ENCICLOPÉDIA: AKENATON

Seu nome era Amenófis IV, mas quis que o chamassem Akenaton, que significa "o preferido de Aton", o deus do Sol. Como primeiro faraó monoteísta, reinou de 1372 a 1354 a.C.

As raras estátuas preservadas representando-o, mostram um homem de alta estatura, com rosto oblongo, olhos

amendoados, olhar sereno, lábios cheios e o queixo prolongado por uma barba tubiforme.

Sua esposa, Nefertite, muitas vezes é representada ao seu lado, com um barrete faraônico, provando que o rei lhe outorgara um status igual ao seu. Ao que parece, teria ela dado origem à vontade de reforma do faraó.

Akenaton investiu numa política de modernização da sociedade egípcia, criando um novo império. Ele destronou a principal divindade egípcia, Amon-Rá, um deus com cabeça de carneiro, substituindo-a por Aton, deus do Sol, que ele tornou deus único. Foi uma revolução religiosa, simultânea à revolução política.

O faraó tirou da cidade de Wase (mais tarde chamada Tebas pelos gregos), devotada ao deus Amon, sua condição de capital, dando-a a Aketaton (hoje em dia, Tell Al Armana), consagrada ao deus Aton.

A palavra "aton" significava luz e calor, mas também a justiça e a energia de vida que percorre o universo. Akenaton deu participação em seu governo a núbios e a hebreus. "Aton", sem dúvida, vem do hebreu "adon", sendo Adonai a designação de Deus, nessa língua. Pelo lado artístico, a época favoreceu o realismo, com, pela primeira vez, representações da vida cotidiana e cenas de família, distantes das batalhas e cenas religiosas que tinham, até então, inspirado os pintores.

A elite aderiu rapidamente à noção de "um só e grande deus", substituindo o panteão de deuses especializados.

Sob Akenaton, a influência do império egípcio se expandiu, indo da atual Etiópia ao sul da Turquia. O faraó mandou construir para si um túmulo, cujo eixo permitia aos raios solares iluminarem o conjunto do monumento.

A guerra, no entanto, estava às suas portas. De Biblos (atualmente no Líbano), o príncipe Rib Addi mandou pedidos de socorro, com seu reino sendo atacado por nômades do deserto. Ocupado demais com a edificação de sua capital e com a administração do reino, Akenaton não respondeu. Também não reagiu quando, após os indo-europeus kabiris, os hititas tomaram-lhe cidades setentrionais. Quando Damasco, Qadnesh e Qatna caíram nas mãos dos invasores, ele resolveu, enfim, enviar o exército, mas já era tarde.
Aproveitando-se dos fracassos militares, os sacerdotes de Amon ousaram acusar o faraó monoteísta de heresia. Em 1340 a.C., o general Ahoreb deflagrou um golpe de Estado militar. Akenaton foi assassinado, e Nefertiti, obrigada a se converter ao culto do deus com cabeça de carneiro. A nova capital foi demolida e as representações do "faraó herege" destruídas, com algumas raras exceções. Todas as referências ao nome de Akenaton foram apagadas dos hieróglifos.

Edmond Wells,
Enciclopédia dos saberes relativo e absoluto, tomo V.

17. OS LEÕES

Os homens-leões acabaram se tornando sedentários no centro de uma região de planaltos. Edificaram várias cidades prósperas, tendo, cada uma delas, um exército cuidadosamente organizado. Era uma civilização que não brilhava pela originalidade, mas pela eficácia. Tinham, na verdade, assimilado algumas características dos homens-ratos, com tropas de ataque eficientíssimas, modernizadas pela utilização de lanças com três metros de comprimento, que permitiam bloquear uma carga de cavalaria. Como os ratos, dedicaram culto aos guerreiros. Mas em vez dos heróis mais brutais, preferiram os mais argutos.

Os homens-leões tinham sede de conquistas. Suas forças navais atacaram embarcações mercantes, tanto dos homens-golfinhos quanto dos homens-baleias, mas também dos homens-touros. Apoderavam-se das mercadorias e das riquezas de bordo, exigindo ainda que lhes revelassem as tecnologias. Com isso, a maioria dos navios mercantes foi obrigada a se armar.

Em terra, graças à boa gestão dos recursos agrícolas, a demografia entrou em plena expansão e, apesar de cidade alguma dos homens-leões ser tão desenvolvida quanto a florescente capital dos homens-baleias, juntas, elas formaram um reino poderoso.

O rei dos homens-leões começou atacando a ilha dos homens-touros. A civilização destes era festejadora e alegre. As mulheres-touros usavam boleros cortados na altura dos seios, para avantajá-los e deixá-los em evidência. Os homens-touros se dedicavam ao plantio da vinha e dela tiravam um néctar famoso. Além disso, graças a alguns homens-golfinhos que se estabeleceram entre eles, aprenderam a nadar e a se comunicar com os delfins. Sua frota mercante, no entanto, não pôde enfrentar as poderosas embarcações militares dos homens-leões. Um grupo armado desembarcou à noite na cidade. Depois de se perderem em ruelas, os homens-leões encontraram uma jovem e a ameaçaram de morte, caso não os orientasse. Ela concordou. Chegando com essa ajuda ao palácio, incendiaram os estábulos e, aproveitando a confusão resultante, penetraram em seu interior.

Encontraram o rei dos homens-touros ainda sonolento. Ele implorou que o poupassem, mas foi degolado. Era uma das fraquezas do sistema monárquico essa concentração de todo o poder em um só homem. Sua eliminação derrubava o sistema inteiro. Impressionados por tamanha violência, os poucos generais sobreviventes, após curta hesitação, se juntaram aos invasores.

A partir daí, a ilha se tornou parte integrante do reino dos leões e todas as suas riquezas foram anexadas, sem outras formalidades.

Os escribas dos homens-leões inventaram, em seguida, uma lenda, segundo a qual um valoroso herói percorrera um imenso labirinto e, auxiliado pelo amor de uma mulher, chegara ao palácio do tirano. Encontrou ali um rei monstruoso, com corpo de homem e cabeça de touro, que se alimentava com jovens virgens trazidas como sacrifício por seu povo. Tendo combatido o monstro, o herói homem-leão planejou uma artimanha para fazê-lo tropeçar e, assim, matá-lo. Depois, casou-se com aquela que o ajudou a sair do labirinto. A história era suficientemente bela, para que ninguém pensasse em duvidar.

Animados com esse primeiro sucesso, os homens-leões atacaram os homens-arenques, povo de marinheiros que tinha estabelecido uma cidade bem protegida num estreito e se aproveitava da situação para cobrar um pedágio de todo navio que por ali passasse.

Também eles haviam recebido alguns homens-golfinhos que lhes tinham ensinado a escrever e transmitido o gosto por bibliotecas. A cidadela dos homens-arenques era mais fortificada do que a dos homens-touros e seus soldados mais aguerridos. Entre homens-arenques e homens-leões, a guerra durou muito tempo. Ambos os lados se faziam representar por seus campeões, em duelos ao pé das muralhas da cidade dos homens-arenques.

Uma vez mais, e ainda graças a uma traição, homens-leões conseguiram se infiltrar, uma noite, no coração da cidadela e exterminar todos os habitantes durante o sono. A demora do sítio abalara os nervos dos homens-leões, e eles não deixaram sobrevivente algum. Numa só noite, um povo inteiro passou pelo fio da espada.

O fim atroz dos homens-arenques, contado e recontado por viajantes, deu aos homens-leões uma tal aura de poder, que outros povos se submeteram espontaneamente, preferindo a escravidão em vez do horrível fim dos homens-arenques.

A partir disso, os homens-leões acharam não haver limites para eles. Resolveram conquistar o mundo. Sua reputação lhes abria o caminho.

Tiveram apenas vitórias fáceis, até o dia em que chegaram ao território dos homens-ratos.

Por essa época, o reino dos leões era dirigido por um jovem fogoso, que prometera a si mesmo espalhar a glória dos leões pelo planeta inteiro. Com apenas 25 anos de idade, esse rei estudara estratégia com os melhores generais-leões e, apaixonado por batalhas, desenvolvera novas maneiras de utilizar a cavalaria pelos flancos. Os homens-ratos tinham uma reputação de guerreiros corajosos, mas, para o jovem rei dos leões, representavam apenas um primeiro desafio.

O confronto dos dois exércitos mais poderosos da região teve lugar numa planície. Naquele dia, 45 mil guerreiros homens-leões enfrentaram 153 mil guerreiros homens-ratos. Nunca tantos soldados foram vistos num mesmo campo de batalha. Raios se abateram acima dos dois exércitos.

Os homens-ratos se alinharam numa só fileira para cobrir todo o horizonte e mostrar a superioridade numérica. Exibiram sua infantaria pesada, cavalaria, lanceiros, fundibulários, arqueiros.

Os homens-ratos estavam habituados com a rendição de adversários pela simples ostentação de suas tropas. Daquela vez, porém, os homens-leões se mantiveram impassíveis.

Sob as ordens do jovem rei, eles se distribuíram por um comprido e estreito retângulo, para que os adversários não se dessem conta precisamente de quantos eles eram.

Os homens-ratos fizeram soar o ataque.

De imediato, a cavalaria dos homens-leões, deixada na retaguarda, partiu pelos flancos, em pleno galope. Para surpresa dos arqueiros ratos, que tentavam abatê-los, eles não pararam nas laterais, mas continuaram até ultrapassá-los e se colocaram na retaguarda do exército inimigo.

Enquanto a cavalaria dos ratos atacava, uma coreografia estranha se desenhou. O grande retângulo dos soldados-leões fragmentou-se em pequenos quadrados, formando falanges espetadas de lanças e protegidas por muros de escudos. De tal maneira, os cavaleiros adversários não conseguiram se aproximar. Eles prosseguiram a carga entre as falanges, até o momento em que, levados pelo próprio impulso, se viram diante de uma linha de arqueiros, que os dizimou. A infantaria dispersa dos ratos seguiu em correria, mas encontrou os quadrados das falanges dos leões, ainda bem-compactos.

Como se fossem movidas por um sinal, as falanges se estreitaram duas a duas, formando um torniquete que esmagava o adversário.

A infantaria dos ratos parecia agora um comprido e macio pão, tendo a casca arrancada nos flancos, por pares de rolos.

A essa altura, os soldados-ratos perceberam que a cavalaria inimiga, que antes os tinha ultrapassado, os atacava por trás. Depois dos rolos, era uma trincha que vinha cortar o pão macio.

Os ratos combateram com bravura. Mas não conseguiram mais causar danos reais no adversário. Os homens-leões, bem-protegidos em suas falanges quadradas, fechadas por altos escudos, sequer se preocupavam com as espadas e lanças adversárias.

No campo dos ratos, veio aquele instante de incerteza em que se sabe não estar mais garantida a vitória e, em seguida, aquele outro em que se tem a consciência da derrota. Mas como os cavalarianos leões ocuparam a retaguarda e fecharam os flancos, não havia nem mesmo a possibilidade de fuga. A carnificina durou ainda várias horas.

As trompas, enfim, soaram, ordenando a retirada. Enquanto o céu começava a clarear, em seguida, ouviram-se, como vindas do inferno, nuvens de moscas e abutres que vieram participar da carniçaria.

Foi o fim da soberba dos ratos. Dos 153 mil guerreiros, sobraram quatrocentos, que conseguiram escapar, ajudados pelo esgotamento do inimigo.

Tudo, depois disso, se passou muito rapidamente. O exército dos leões, aureolado pela vitória e com a legendária fama da batalha, foi acolhido como libertador pelos povos submetidos aos homens-ratos. Em todos os cantos do reino derrotado, vilarejos se revoltaram, antecipando a chegada dos homens-leões.

Bem depressa restou dos homens-ratos apenas uma comprida fila, fugindo em direção às montanhas.

Eles conseguiram, com isso, construir uma cidade fortificada nas alturas. Reuniram-se ali para tentar entender como puderam pôr tudo a perder e tão rapidamente. Daquela vez, não pensaram mais em criar exemplos e nem em dizimar. Sobreviver tornara-se a prioridade, assim como evitar qualquer contato com seus invasores.

Aproveitando o ímpeto e carregados pelo entusiasmo, os homens-leões, dirigidos pelo jovem rei fogoso – que a partir de então ficou conhecido como "o Audacioso" –, partiram ao assalto dos homens-crocodilos, que eles empurraram de volta ao pântano. Os homens-sapos se renderam sob seus ataques, porém, mais adiante, o povo dos homens-cupins apresentou tão viva resistência que os homens-leões interromperam o avanço para o leste e voltaram ao sul. Pela segunda vez, atravessaram o antigo território dos homens-golfinhos e prosseguiram o caminho até o país dos homens-escaravelhos.

Mas onde o Audacioso mais brilhantemente inovou, após a mobilidade de suas falanges e cavalaria, foi na diplomacia. Teve a ideia de deixar em seus lugares os reis vencidos, como vassalos. Tal mansidão mostrou-se ainda mais proveitosa, pois os reis conheciam perfeitamente seus países e tinham o perfeito controle da administração. Os povos, dessa maneira, ficaram menos tentados a se rebelarem. Além disso, o Audacioso ganhou uma imagem de "invasor não traumático" e, assim, "aceitável".

Os homens-leões aproveitavam suas aventuras para se apropriarem das descobertas e achados dos povos vencidos. De tanto encontrar bairros golfinhos em diversas cidades, compreenderam ser interessante utilizá-los como uma espécie de reserva de saber e de invenção.

Por iniciativa do Audacioso, cientistas e artistas entre os golfinhos foram alojados em bairros próprios. O jovem rei mandou, inclusive, que se construísse para eles uma cidade protegida onde, com conforto e paz, pudessem trabalhar melhor. E eles devolveram centuplicada a generosidade.

A partir dessa cidade, a linguagem dos homens-golfinhos se tornou a língua particular da ciência em todo o reino dos homens-leões.

Um cientista golfinho observou o reflexo do sol num poço, no solstício do verão, e a partir disso deduziu um sistema de angulação que lhe permitiu medir o tamanho do planeta. Um outro, duvidando da veracidade dos sentidos, redigiu um tratado de filosofia. E regras, fornecendo ao teatro a unidade do tempo, do lugar e da ação, foram elaboradas por um terceiro. O teatro perdeu, dessa maneira, sua característica religiosa, se tornando um espetáculo de relaxamento.

Sob a proteção dos leões, na cidade povoada por homens-golfinhos, as artes e ciências mutuamente se nutriram.

18. ENCICLOPÉDIA: MILETO

De Mileto, cidade iônia da Ásia Menor, partiu o primeiro movimento científico, tendo em suas fileiras Tales, Anaximandro e Anaximenes. Tinham em comum o fato de se oporem à antiga cosmogonia de Hesíodo, que instituía um mundo criado por deuses com imagem humana. O sentido do sagrado que possuíam os incitou a rejeitarem esse antropomorfismo, indo buscar o princípio divino na natureza. Para Tales, deus era água; para Anaximenes, ele era ar; e para Anaximandro, era o indefinido. Para um quarto, Demócrito, nascido na metade do século V a.C., o universo estava cheio de átomos, e os choques fortuitos entre eles, no acaso de suas trajetórias, criaram os mundos e o homem.

Mais tarde e mais a oeste, em Atenas, Sócrates e seu discípulo Platão, formados pelos homens de ciência de Mileto, participaram da origem da filosofia grega. Para melhor conscientizar o homem quanto ao mundo em que ele evoluía, Sócrates lançou mão da alegoria da caverna. Segundo ele, o homem comum se assemelhava a um prisioneiro numa gruta, encadeado a sua condição miserável e com o rosto perpetuamente voltado para o fundo. Ele via desfilarem na parede as sombras de

objetos se deslocando às suas costas à luz de um fogo e imaginava ser isto o real. Não passavam, no entanto, de ilusões. Caso se libertasse o prisioneiro e fosse ele obrigado a se voltar, para ver os objetos traçando aquelas silhuetas e o fogo que as animava com o simulacro do movimento, ele ficaria apavorado. Se ele, em seguida, fosse levado à entrada da caverna para ver a verdadeira luz, sofreria e se sentiria ofuscado. No entanto, prosseguindo seu caminho, viria a olhar de frente o sol, fonte real de todas as luzes.

Para Sócrates, esse prisioneiro era o filósofo. E se ele voltasse à caverna, nenhum daqueles que lá continuaram lhe daria ouvido. O pior dos destinos também o aguardaria, imposto por aqueles que ele queria livrar da mentira e das ilusões.

Acusado de impiedade e de corromper a juventude, Sócrates, em 399 a.C., foi condenado a beber cicuta, um violento veneno.

Edmond Wells,
***Enciclopédia dos saberes relativo e absoluto*, tomo V.**

19. EXAME DE SÍSIFO

A sala voltou a se acender, a história dos mortais de "Terra 18" continuaria na nossa ausência. Os alunos-deuses piscaram os olhos de tanto terem fixado os seus povos nas lupas de suas cruzes ansadas.

Dei-me conta de estar banhado de suor e tremendo. Era como se eu tivesse subido numa curva de montanha-russa, assaltado por milhões de fortes emoções. Compreendi, então, por que nós, deuses, tínhamos um corpo. Ele permitia ter sensações mais intensas.

Observar humanos era como uma droga. Quando fazíamos isso, nada mais tinha importância.

Desci da escadinha. Estava com a boca ressecada e com a impressão de ter assistido a um filme do gênero épico, que terminava mal.

O povo mais poderoso, a civilização vencedora dos homens-ratos de Proudhon, havia afundado numa só batalha diante dos homens-leões de Étienne de Montgolfier. De tudo que os homens-ratos construíram, restou apenas uma cidade fortificada no alto de uma montanha, onde eles se esconderam, medrosos como o seu animal totem.

Tudo isso nos dava o que pensar. Não só as civilizações eram mortais, como nunca podiam estar seguras contra a possibilidade de um simples indivíduo, com um pouco mais de determinação, aparecer para aniquilá-las num só dia. Como dizia Edmond Wells: "uma gota de água pode fazer transbordar o oceano."

E pensar que os homens-ratos eram praticamente tidos como vitoriosos, e os homens-leões de Montgolfier, na partida anterior, não passavam de uma tribo a mais... Eles agora dispunham de uma centena de grandes cidades, com milhares de hectares de território, e também de todas as tecnologias que lhes faltavam, sem falar dos tesouros e das reservas de alimentos e de minérios. Aquela vitória enchia de esperanças os alunos perdidos no fim do pelotão. Um jovem rei determinado, com algumas ideias, mesmo que não fossem revolucionárias, apenas pequenas artimanhas: falanges, lanças mais compridas, boa mobilidade da cavalaria e era o *jackpot* das máquinas caça-níqueis.

Lembrei-me de um amigo que participava da corrida ciclista Tour de France, que me disse:

– Na verdade, é o pelotão quem manda. Os que estão na frente, assumem todos os riscos, não estão protegidos, se cansam. Os que ficam para trás, estão abandonados, não conseguem se recuperar e se cansam também. Em contrapartida, no meio do pelotão todo mundo se apoia um no outro. O grupo, inclusive, cria um efeito dinâmico que faz com que os atletas se cansem menos. É onde as coisas acontecem. No meio do pelotão, os ciclistas conversam, negociam, trocam de lugar. Deixam um ou outro ganhar uma etapa, para que cada um tenha seu momento de glória. – E o desportista ainda acrescentou: – Desde o início, todos sabemos quem vai ganhar, e bastaria uma etapa de montanha para se descobrir quem é esse vencedor... Mas o espetáculo deve prosseguir, para que todo mundo conquiste seu quinhão, sobretudo os patrocinadores. E a gente, então, dá o show.

Essa visão do Tour de France me havia surpreendido. Mas vendo como se desenvolvia nossa própria corrida, vi que não estávamos longe disso. Não era bom chamar a atenção, ficando à frente, e nem se devia ficar para trás. O melhor era ser carregado pelo pelotão e aproveitar o final das partidas, para organizar combinações entre nós.

Sarah Bernhardt exprimiu em voz alta o que muitos pensávamos baixinho.

– Acho que podemos todos parabenizar Étienne por seu belo avanço.

Os olhares se voltaram ao novo candidato a campeão.

Sarah aplaudiu e também os demais. Todos nos pusemos de pé, e Étienne de Montgolfier acenou, agradecendo a ovaçao.

Saber que o meu povo estava em suas mãos me tranquilizava um pouco. Era um poderoso protetor. Em algum lugar meus cientistas podiam, enfim, criar seus laboratórios, e meus artistas, seus ateliês, sem temer perseguições nem racismo. Meu povo, graças a Montgolfier, gozaria de uma trégua.

Proudhon, o aluno-deus dos homens-ratos, manteve-se sentado, em silêncio. Sua atitude animou ainda mais o entusiasmo geral: nada mais satisfatório para o espírito do que ver os elementos nocivos incapacitados de fazerem mal.

Alguns, no entanto, aplaudiam mais reservadamente. Tinham na memória o acontecido com os homens-touros e os homens-arenques. "Talvez só tenhamos trocado de predador", pensavam.

O mestre-auxiliar Sísifo voltou a acender o projetor acima do planeta e nos incentivou a observar e fazermos uma avaliação do nosso trabalho.

Adiantamo-nos, alguns abriram escadinhas, puxaram banquetas ou usaram escadas para se colocar em boa altura com relação ao equador de "Terra 18".

Procurei minhas comunidades dispersadas. Além das minhas cidades sob a proteção dos leões, eu tinha homens-golfinhos salpicados em todo lugar.

Colei o olho na lente do ankh, para enxergá-los melhor. Meus homens-golfinhos viajavam, comerciavam, faziam pactos, ofereciam provas de conhecimento para serem aceitos no seio de outras sociedades, mas sobreviviam. Em seu lugar, eu estaria enlouquecido, mas eles pareciam, graças a tudo por que passaram, aceitar aquela sorte com fatalismo.

Eu tinha a impressão de ter traçado o destino dos meus homens-golfinhos a partir da história de "Terra 1". Mas, por outro lado, como desenvolver coerentemente roteiros, senão na história primária? Nós, alunos-deuses, agíamos como as crianças que, se tornando adultos, reproduzem o casal paterno, que se tinha constituído como referência única. Se "Terra 18" se parecia tantas vezes com "Terra 1", era sem dúvida por simples falta de imaginação dos deuses iniciantes, que ousavam realmente inovar. Além disso, afora a guerra, a construção de cidades, a agricultura, as estradas, a irrigação, um pouco de ciência, um pouco de arte, o que inspirar a nossos mortais?

Eu precisava tentar criar meu estilo de arte divina particular, independente dos outros. Faltava-me originalidade. Devia esquecer tudo que restava de lembrança dos meus livros de história de "Terra 1" e imaginar para meu povo uma epopeia inédita, única e extraordinária. Afinal de contas, meus homens-golfinhos tinham no passado demonstrado seu potencial na Ilha da Tranquilidade.

Apesar de não terem mais território, tinham livros. As obras em ciência eram os seus novos territórios imateriais.

Eu devia me entregar por inteiro às ciências. Seria ótimo se eles rapidamente chegassem aos automóveis e aviões.

A química propriamente dita não existia ainda. Poderia, então, casar a química e a mística, por intermédio de alguma forma de alquimia ou de cabala? Afinal, ninguém se lembra disto, mas Newton era um alquimista, apaixonado pelo mistério da pedra filosofal.

Sísifo veio examinar nossas criações. Não tomava notas, mas memorizava os elementos que o interessavam. Seu olhar era vivaz. Chegando a minha frente, perguntou:

– Você utilizou algum profeta?

– Apenas um médium que andava por ali. Achei que ele poderia cristalizar impulsos. De qualquer maneira, eles teriam se ajeitado com ou sem ele – tentei minimizar.

Puxa! Não ia ele querer me dar o golpe de Afrodite com os milagres. Ela me puniu, enviando um tsunami para minha ilha.

– Sei que é melhor evitar milagres e profetas, mas...

– Não gosto de profetas – interrompeu-me Sísifo. – Parecem sempre uma forma de trapaça. Deve-se proceder mais sutilmente.

– Meus homens estavam na escravidão. Precisaram de um empurrãozinho.

Sísifo cofiou a barba.

– Tem certeza?

– Estavam como coelhos ofuscados pelo farol de um automóvel. A dureza dos sacerdotes escaravelhos os impressionou tanto que não se atreviam sequer combatê-los.

– Tem certeza? – repetiu.

– Além disso, precisavam atravessar o deserto... sem saber o que tinham adiante. Sem um guia carismático, nunca teriam tido a coragem. Sem contar que corriam o risco de se perder. Todos teriam morrido de sede.

Sísifo puxou uma caderneta e folheou.

– Parece que seus "homens-golfinhos", acompanhados por "homens-formigas", já mergulharam no desconhecido, correndo risco de vida, e a fuga os levou sãos e salvos a uma ilha. E não houve profeta daquela vez.

Eles sabiam de tudo.

– É verdade. Não houve profeta propriamente dito, mas uma mulher médium, de qualquer maneira, estava com eles.

Ele balançou a cabeça, compreensivo.

– Afora esse pequeno detalhe... Cá entre nós, você tem o dom para enfiar seus humanos em enrascadas.

– Se me permite, eu não faço grandes coisas, as enrascadas vêm por conta própria.

– E como explica isso, senhor Michael Pinson? Falta de sorte?

– Não fosse eu aluno-deus, poderia achar isso, mas sabendo tudo que sei, diria que nós, homens-golfinhos, temos uma tradição de liberdade e de luta contra os tiranos. Com isso, ao mesmo tempo, irritamos todos os inimigos da liberdade.

– Você quer dizer que eles, seus colegas, não mantêm essa tradição?

Percebi a armadilha.

– Sim, é claro, têm as mesmas aspirações, mas sabem que é preciso, primeiro, ter em mão seu povo e educá-lo, antes de lhe conceder a liberdade. De outra forma, os mortais sequer a apreciariam. Talvez eu tenha inculcado esse gosto cedo demais.

Sísifo aprovou com o olhar. Eu prossegui:

– É por isso que tenho tantos problemas. Inclusive problemas internos, pois pude ver que, por serem livres, meus golfinhos abusam da liberdade de pensamento, a ponto de nunca concordarem entre si. É simples: têm um tal espírito de contradição que, se reunirmos dois homens-golfinhos, chegamos a ter três opiniões.

O mestre-auxiliar regulou seu ankh para examinar de perto os meus golfinhos no planeta. Depois, continuou sua inspeção com Proudhon.

– Eu me livrei das amazonas. No restante, são apenas peripécias. Todo organismo vivo passa por períodos de expansão, seguidos por recolhimentos. Digamos que estou em hibernação, para recuperar minhas forças – justificou-se o anarquista.

Sísifo voltou a observar "Terra 18" e depois retomou o estrado, para anunciar os ganhadores e perdedores. Esperava-se, evidentemente, a consagração de Étienne de Montgolfier. No entanto, outro nome foi pronunciado.

– Vencedor: o povo dos homens-tigres, de Georges Méliès.

Surpresa geral. A civilização de Georges Méliès estava um pouco afastada da zona principal de conflitos e poucos de nós nos preocupávamos com ela. Dei-me conta, porém, que em seu imenso território a leste, isolado por altas montanhas, Méliès tinha realizado livremente tudo que eu desejava desenvolver: grandes cidades dotadas de um estilo original de arquitetura, universidades científicas e artísticas, um modo de vida que seguia regras. Não tendo sofrido invasões, ele calmamente efetuou enormes progressos em matéria de medicina, higiene, navegação e cartografia. Sua metalurgia era a mais avançada de todas. As relhas dos seus arados eram particularmente eficazes, e as colheitas, bem mais rentáveis do que as dos territórios vizinhos. Méliès tinha sugerido a seu médium o uso da farinha de trigo para o fabrico do "macarrão". Esse novo alimento se conservava com facilidade. Diferente do pão, que endurece e mofa, o macarrão permanece utilizável por muito tempo, pois basta mergulhá-lo na água fervendo para que volte a ficar macio. Os homens-tigres utilizavam carrinhos de mão com velas, com uma roda central, que lhes permitiam transportar cargas pesadas sem cansaço demasiado.

Sísifo acrescentou que Georges Méliès ganhara muita dianteira com relação a nós, pois em suas cidades já apareciam usinas.

– Não é mais um reino, é um império industrial moderno – constatou ele.

O mestre-auxiliar mandou-nos admirar a obra de nosso colega, e todos descobrimos um território imenso, onde prosperavam grandes cidades, algumas com várias dezenas de milhares de habitantes. As cidades se conectavam por uma rede de estradas. Eram alimentadas por culturas irrigadas por meio de um sistema de plataformas dispostas em degraus em inclinações, que deixavam escorrer a água da chuva.

Em matéria de agricultura, os homens-tigres desenvolveram uma reciclagem dos excrementos humanos, utilizados como adubo. Eles dosavam perfeitamente o uso das fezes para não haver riscos de infecção. Cidades inteiras se especializaram na exportação de fertilizantes de origem humana.

A capital era florescente. Artesãos confeccionavam roupas com tecidos feitos à base de excreções filandrosas das lagartas.

Com a influência dos letrados, tudo estava codificado: música, pintura, poesia, escultura. A gastronomia era de igual modo considerada uma arte, pois se dispunha, ali, de uma diversidade suficiente de alimentos, que permitia a invenção de misturas complexas. Os mortais de Georges Méliès apreciavam especialmente o corte da carne, legumes e frutas em pedacinhos, formando pratos em que todos os sabores se misturavam.

O sucesso dos homens-tigres era incontestável. Tinham transcendido todos os problemas das necessidades primárias, como segurança e alimentação, e podiam se dedicar tranquilamente ao desenvolvimento das necessidades secundárias, como a cultura, o conforto e o conhecimento.

No momento em que o jogo foi interrompido, em todo o império dos tigres, as artes e ciências estavam consagrados à lua. Havia, de fato, como em "Terra 1", uma lua em "Terra 18", apenas um pouco menor do que a que eu via, quando era um mortal terrestre. Os artistas tigres a observavam, evocavam viagens espaciais, pintavam-na, cantavam e compunham músicas.

Méliès realmente aproveitara da melhor forma o ensinamento de Sísifo. Para o seu povo, a religião se fundava na oposição e complementaridade dos princípios masculino e feminino. Eu que achava ter inovado com meu deus de luz, quanto atraso tinha com relação a esse conceito mais sutil! Eu devia ter evocado um deus com dupla face, sombra e luz, e assim teria sido mais completo.

Em seus laboratórios, os homens-tigres tinham aperfeiçoado a pólvora que, pelo instante, eles reservavam para os fogos de artifício. Para guiar seus navios na neblina, fabricaram bússolas, pois haviam descoberto o magnetismo.

Mesmo sendo requintado, o império dos tigres não deixava de ser forte. Seu exército, que assegurara a coesão do território, englobando vários reinos vizinhos, era particularmente eficaz. Um filósofo inventara uma maneira de fazer a guerra como se fosse um jogo de estratégia, com peças móveis num tabuleiro. Guerrear, com isso, também se tornara uma arte.

– O sucesso de Georges Méliès – assinalou Sísifo – representa a força "N". Até aqui, muitos de vocês acreditaram na supremacia da força "A", de Associação, como Michael Pinson, ou na força "D", de Dominação, como é o caso de Proudhon. Pouquíssimos pensaram em buscar o meio termo. No entanto, a sabedoria está no centro e na fuga dos extremos. O império dos tigres demonstra isso, que um sistema Neutro pode ser eficaz.

Ele escreveu no quadro-negro "Ausência de intenção".

Houve um rumor na sala de aula. Tomei consciência de que, de fato, para mim, a força neutra significava apenas uma força inerte. Eu imaginava um homem gordo, flácido, molengo, sem qualquer convicção. Um Neutron. Ele ficava olhando os ruins combaterem os bonzinhos e esperava para ver quem ganharia. Isso, agora, perturbava minha visão do conceito de DNA. Os Neutros podiam ganhar... e até mesmo com brio.

Sísifo continuou sua distribuição de prêmios:

– Em segundo lugar, Freddy Meyer e seu povo dos homens-baleias.

Ora, ora! Era mais um que eu não vigiara. Meus navios tinham muitas vezes cruzado amigavelmente com os seus, mas eu não prestara atenção aos progressos de sua civilização. Ele acolhera, como tantos outros, alguns dos meus homens-golfinhos e lucrara com os conhecimentos do meu povo.

Descobri, com isso, que meus homens-golfinhos tinham ajudado seus homens-baleias a edificar uma cidade portuária notável, bem extensa, com instalações ultramodernas que recebiam os navios, e galpões para embarcações de vários andares. Um sistema de elevadores hidráulicos subia e descia os navios.

Sob a influência de meus sobreviventes, as embarcações dos homens-baleias já cruzavam os oceanos, criando entrepostos de trocas. Elas arvoravam sob seu pavilhão um gigantesco peixe e, em todo lugar, seus marinheiros propagavam minha língua e meu alfabeto.

Também evocavam uma ilha paradisíaca, chamada Ilha da Tranquilidade, de onde teriam vindo. Minha ilha... Estavam usando até mesmo minhas lendas!

– Devo agradecer ao Michael – interveio Freddy Meyer. – Seu povo foi o fermento do meu. Sem ele, não teria o sucesso que alcancei.

O reconhecimento oficial me comoveu. Ao mesmo tempo, não podia deixar de pensar que aquela esplêndida cidade dos homens-baleias, falando minha língua e contando minhas histórias, devia ter sido construída por mim.

Levantei-me.

– Devo, por minha vez, evocar a memória de Edmond Wells, cujo povo foi, no passado, o inspirador do meu povo dos golfinhos. Estamos todos aqui para nos transmitirmos mutuamente uma herança e valores. Seja por meu intermédio ou do seu, Freddy, isso não importa. O que conta é que perdurem.

Sísifo interrompeu essa troca de amabilidades.

– Freddy Meyer – começou ele – representa a força "A", da Associação. Passemos agora à força "D".

O mestre-auxiliar observou-nos em grupo, deteu-se um instante em Proudhon e prosseguiu:

– Em terceira posição, Montgolfier e seu povo dos homens-leões. Um povo que, partindo de pouca coisa, fez muito. Conquistou territórios de seus vizinhos, mas também sua ciência e soube integrar tudo, fabricando algo bem particular. Essa estratégia é eficiente.

– Se me permite, meus homens-leões não se limitaram a copiar, eles também inventaram. Nem que sejam... as folhas de vinha recheadas com abobrinha. Não existem em mais lugar nenhum de "Terra 18".

Alguns sarcasmos acompanharam a observação.

Discretamente, entalhei na mesa de madeira:

"Salvem Terra 18. É o único planeta em que há folhas de vinha recheadas com abobrinha."

– Eu inventei o alfabeto além dos ideogramas – acrescentou.

– A ideia veio de Michael e dos seus golfinhos – lembrou Sísifo.

Étienne lançou-me um olhar e, depois, sacudiu os ombros.

– E meu teatro? Minha filosofia?

– São dos artistas e cientistas golfinhos que você teve a sabedoria de acolher, mas não vieram de você.

– O que vamos fazer, então? – perguntou Étienne. – Vamos registrar copyright das invenções dos deuses?

A ideia divertiu Sísifo.

– Pode ser, podemos levar a questão aos Mestres-deuses...

Étienne de Montgolfier não sabia se o deus auxiliar estava zombando ou não. Na dúvida, fechou o semblante, resmungando algo sobre iluminar o mundo com sua civilização.

A listagem dos alunos-deuses vencedores continuou, um a um.

Na classificação geral, eu estava no 63º lugar. Sísifo me penalizou por causa do profeta. E também por minha dispersão. É verdade que meus mortais estavam tão espalhados que eu não conseguia mais segui-los. Eu nem sabia do sucesso dos meus golfinhos hospedados com as baleias. E Sísifo ainda acrescentou que, se eu tivesse escrutado melhor o planeta, teria localizado um próspero vilarejo de golfinhos estabelecido com os homens-cupins de Eiffel, além de um outro no território dos homens-tigres.

– Acho que seu principal erro, Michael, é a natalidade. É bom privilegiar a qualidade em vez de a quantidade, mas, nesse estágio do jogo, poucas crianças significam poucos soldados para se defender. Mesmo com os melhores estrategistas, não se pode compensar a falta de infantaria. Sem soldados, depende-se dos outros. E eles sempre o farão pagar por isso.

Pouco atrás de mim, estavam Raul e seus homens-águias. Ele os deslocara para uma península mais a oeste dos territórios dos homens-leões e não encontrara ainda uma marca própria. Além disso, também não tinha inovado em nenhum campo.

– Bem, não tenho pressa – segredou-me. – Não sendo excluído, podemos ainda agir e progredir. Montgolfier mostrou isso, deve-se esperar a hora certa.

Sísifo voltou para trás da escrivaninha e se endireitou, com suas contrações faciais.

– Concluindo a aula, gostaria de lembrar-lhes a lei de Illitch: uma estratégia militar ou econômica que funciona várias vezes, acaba, com o tempo, não dando mais certo. E se insistirmos, tem um efeito contraproducente. Questionem-se, então, o tempo todo, escapem dos esquemas de rotina, sejam criativos, não se acomodem com as vitórias e não se abatam com as derrotas. Divirtam-se tentando surpreender a vocês mesmos. Inovem.

"Inovar", sublinhou no quadro-negro.

– O curso da história dos mortais às vezes me parece uma espiral em movimento. Volta-se regularmente ao mesmo lugar, mas a cada vez um pouco mais acima. Fracasso seria dar voltas sem se elevar...

– Quem são os perdedores, dessa vez? – perguntou um aluno impaciente.

– Nessa partida, perdemos dois povos – retomou o mestre-auxiliar. – Os homens-touros em sua ilha e os homens-arenques em seu porto. Aos dois, vamos acrescentar o aluno na última colocação...

Pausa.

– ... Clément Ader. O que nos dá a seguinte subtração: 83 – 3 = 80 alunos permanecendo no jogo.

O pioneiro da aviação não escondeu sua surpresa.

– Ouvi mal? – perguntou ele.

– Você construiu um esplêndida civilização. Ela chegou ao ápice e depois se afundou. Veja onde se encontra agora: no próprio seio de sua civilização de homens-escaravelhos, irmãos e irmãs do rei entram em complô. Sobrinhos e primos se envenenam mutuamente. Até seus sacerdotes se assassinam uns aos outros.

– Mas estamos em paz.

– Em plena decadência, isso sim. Não há mais invenções, nem descobertas, sequer o menor achado. Até a arte de vocês é repetitiva. Vivem apenas na lembrança de uma glória passada.

Clément Ader respirava ruidosamente.

– É... é... Foi culpa de Michael. Ao aceitar receber sua gente, semeei grãos de decadência na minha.

– É fácil acusar os outros – retorquiu Sísifo. – Deveria, pelo contrário, agradecer seu colega. Sem ele, sua queda teria sido ainda mais rápida. Sua “gente”, como você chamou, lhe deu uma boa ajuda. Eles participaram do jogo. Você não. Você matou a galinha dos ovos de ouro.

Clément Ader engolia suas palavras. Sísifo continuou.

– Em vez de apreciá-los, você os reduziu à escravidão até que não lhes restasse outra escolha senão fugir. Quando se constata que uma minoria fertiliza o campo, é melhor não atiçar contra ela o restante da população. Mas invejar as minorias que obtêm bons resultados é a via demagógica mais fácil.

Clément Ader lançou-me um estranho olhar. Um calafrio percorreu a minha espinha.

– Se as populações tivessem cooperado em igualdade, os cientistas e artistas de Michael Pinson ainda estariam contribuindo para melhorar a sua civilização. Os homens-leões, quanto a eles, compreenderam isso: não se mata a galinha dos ovos de ouro – repetiu Sísifo.

Eu preferi nada acrescentar a isso.

Clément Ader disse, então, voltando-se para mim:

– Prefiro perder sem você a ganhar com você. Só lamento uma coisa: ter recebido seus navios e cuidado dos seus sobreviventes. O que me consola é que sua maldita civilizaçãozinha, se é que ela ainda existe, não vai demorar a sucumbir e se juntar à minha no cemitério das civilizações – exclamou.

Concluiu, em seguida, sem se dirigir a ninguém em especial:

– Vamos, podem terminar.

Eu não respondi.

Mas meu silêncio, em vez de acalmar, o fez perder as estribeiras. Ele saltou em minha direção e me agarrou a garganta. Raul o apartou, puxando-o pelos punhos.

Sísifo reagiu rapidamente, e, com um estalo de dedos, um centauro segurou o aluno.

– Detesto maus perdedores – suspirou Sísifo.

Todos, na sala de aula, me olharam como a um animal estranho. O que eu lhes tinha feito? Era o único a nunca ter invadido ninguém. Nunca convertera ninguém. Não tinha nenhum massacre na consciência.

– Não sei em que vou me transformar – clamou Clément Ader quando o centauro o carregou –, mas acredite, Michael, quero ter olhos e mãos para aplaudir o seu fim.

Auguste Rodin, o aluno-deus dos homens-touros, e Charles, o aluno responsável pelos homens-arenques, ganharam por conta própria a porta, com um último aceno desconsolado.

Voltou o silêncio.

– Uma última palavra, antes de nos separarmos – disse Sísifo, franzindo a testa. – Parece que há, entre vocês, um deicida que assassina outros alunos. Se compreendi direito, reservam-lhe o mesmo castigo que o meu. Não sei quem é e nem quais suas motivações, mas tenho um conselho para esse aluno: "não continue".

Retiramo-nos em silêncio, cheios de respeito pelo estranho rei decaído. A erínia já chegava para buscá-lo e colocar as cadeias. Resignado, Sísifo se encaminhou a seu rochedo redondo.

20. ENCICLOPÉDIA: SUMÉRIA E O 11º PLANETA

As tábulas sumérias fazem alusão a um 11º planeta no sistema solar. Segundo os trabalhos dos pesquisadores Noah Kramer, George Smith (do British Museum) e, mais tarde, do arqueólogo russo Zecharia Sitchin, o planeta foi batizado pelos sumérios "Nibiru". Ele perfazia uma órbita elíptica muito ampla, de 3.600 anos, girando no sentido inverso e num plano inclinado, com relação aos outros planetas. Nibiru teria atravessado todo o sistema solar e, no passado, se aproximado da Terra. Para os sumérios, Nibiru era habitado por uma civilização

extraterrestre, chamada annunaki, que significa em sumério "os que desceram do céu". Esses últimos eram, segundo as tábulas, muito grandes, medindo de três a quatro metros, e viviam vários séculos. Mas há quatrocentos mil anos, os annunaki teriam passado por uma desordem meteorológica que anunciava um inverno destruidor. Seus cientistas imaginaram, então, espalhar uma poeira de ouro na parte superior da atmosfera do planeta, para criar uma nuvem-escudo artificial. Quando Nibiru estava próxima o bastante de nossa Terra, os annunaki pegaram suas naves espaciais, descritas como longos tubos pontudos, cuja traseira cuspia fogo, e sob o comando de seu capitão, Enki, eles aterrissaram na região da Suméria. Ali, criaram um astroporto batizado Eridou. Não encontrando ouro, prospectaram o restante do planeta e acabaram encontrando-o num vale, no sudeste da África, no coração de uma região que se poderia hoje em dia situar em frente da ilha de Madagascar.
No início, foram operários annunaki, dirigidos por Enlil, irmão mais moço de Enki, que cavaram e exploraram as minas. Mas eles se revoltaram e os cientistas extraterrestres, sob a direção de Enki, decidiram criar geneticamente um cruzamento entre os annunaki e os primatas da Terra. Assim nasceu, há 300 mil anos, o homem, com a finalidade exclusiva de servir de escravo para os extraterrestres. Os textos sumérios dizem que os annunaki conseguiam facilmente que os homens os respeitassem, pois tinham "um olho colocado bem alto, que examinava a Terra" e um "raio de fogo que atravessa toda matéria".
Tendo conseguido o ouro e terminado o trabalho, Enlil recebeu ordem de destruir a espécie humana, pois não se queria criar perturbações com experiências genéticas

no planeta. Mas Enki salvou alguns humanos (arca de Noé?), achando que o homem merecia continuar vivendo. Enlil, com raiva do irmão – é possível que os egípcios tenham retomado essa história, sendo Enki, Osiris, em oposição a seu irmão Enlil, Seth –, convocou o conselho dos sábios. Eles decidiram deixar o homem proliferar na Terra. Com isso, há cem mil anos, os primeiros annunaki tomaram como esposas filhas de homens. Começaram, então, a transmitir o saber que tinham, pouco a pouco. Para fazer um laço entre os dois mundos, criaram a realeza, sendo o rei uma espécie de embaixador encarregado de canalizar os ensinamentos dos annunaki. Com o intuito de despertar a parte annunaki que tinham em si, os reis deviam absorver, durante um ritual secreto, um alimento mágico que parece ter sido o mênstruo das rainhas annunaki, contendo hormônios extraterrestres.
Encontram-se simbolismos dessa estranha ingurgitação em vários rituais de outras religiões.

Edmond Wells,
***Enciclopédia dos saberes relativo e absoluto*, tomo V.**

21. UMA GRANDE VIRADA DE BLUES

O vinho tinto xaroposo se derramava em nossas taças de formato oval.

Como nossos humanos de "Terra 18" tinham descoberto a vinha e suas múltiplas utilizações, foi o que nos ofereceram. Comíamos e bebíamos no Mégaro, o refeitório dos alunos-deuses.

No jantar, à noite, como efeito da tarde estressante, eu me senti desalentado. Sentei-me um pouco afastado, sem vontade de conversar com os demais. Via que meu povo dos golfinhos estava condenado. Por mais que fizesse, inovasse e consolidasse alianças, ele mal era tolerado naquele mundo de barbárie, em que o mais forte sempre impunha a lei.

Meu olhar se dirigiu naturalmente para o alto da montanha.

Uma antiga música do grupo Genesis, *Dance on a volcano*, me veio à cabeça. O refrão diz mais ou menos isto:

"Você precisa se apressar para chegar ao cume.
Está no meio do caminho.
E a carga que transporta lhe curva as costas,
Jogue-a fora, pois não precisará dela lá em cima.
Mas lembre de nunca olhar para trás.
Aconteça o que acontecer,
Firme bem o passo.
No fogo e no combate, é como avançam os heróis.
Adiante o pé esquerdo e avance na luz,
O final dessa montanha é o fim do mundo."

No meio do caminho... Pelo menos eu já estaria no meio do caminho?

Um pouco adiante, Mata Hari, Freddy, Gustave, Georges Méliès e Raul se reuniram e bebiam um álcool mais forte, à base de vinho cozido açucarado. Dispensei o aperitivo e continuei a sonhar, com a cabeça apoiada nas mãos, como um ovo num oveiro.

Afinal, devia estar contente por meu povo ter sobrevivido a tantos perigos, devia estar feliz por ter escapado das garras do povo dos escaravelhos. No entanto, não estava; tinha a impressão de que todos os meus esforços eram sistematicamente interrompidos.

Apaixonara-me por Afrodite, e ela me traiu. Apoiava-me em meu mentor Edmond Wells, que foi eliminado por Atlas. Até Marilyn, tão bonita e a mais meiga de todos nós, caiu sob os golpes de um assassino. Eu me sentia bem só, perdido em Aeden.

Nem mesmo o deicida me interessava. Que me acertasse e terminasse logo com isso. Eu não era um bom aluno-deus. Esmerava-me com meu povo para me comportar bem e, no final, para qual resultado?

Olhei de novo a montanha. Quem estava lá em cima?

Seria o SEU olho o que vimos surgir no horizonte?

Por que o interessávamos?

Hipóteses surgiram espontaneamente: e se ele nos admira? E se, lá no alto, um deus cínico ou cansado se distrai, vendo se esbaforir e arriscar aqueles que tentam imitá-lo ou alcançá-lo? Nesse caso, o olho seria como o olho de um humano que também pode parecer enorme, aproximando-se para observar hamsters em sua gaiola...

Outra hipótese se encadeou.

E se estivéssemos no inferno? E se a finalidade do jogo fosse a de nos torturar em fogo brando, nos fazendo crer que podemos influir no curso das coisas enquanto, na verdade, nada podemos? Ser deus talvez fosse uma punição para almas arrogantes.

Nesse caso, se nosso suplício fosse estar ali, os últimos a permanecerem no jogo sofreriam mais do que os primeiros eliminados. Como os hipopótamos que, em tempos de seca, se refugiam em poças de lama. À medida que a água evapora, os combates se tornam ferozes. No final, o sobrevivente se encontra agonizando lentamente, sozinho sob o sol, entre os cadáveres de seus congêneres vencidos.

– Provavelmente estamos dentro de um romance – tinha proposto Edmond Wells.

– Estamos num reality show – sugerira Raul.

– Estamos num abatedouro – dissera Lucien Duprès – e vocês são cúmplices das mortes sucessivas das civilizações. – Duprès, o primeiro eliminado voluntário. Tinha ido embora, enojado, assim que compreendeu as regras. Quem sabe, ele é quem estava com a razão?

Gostaria de ter a bonomia do meu amigo Freddy Meyer que, apesar da perda de seu amor, manteve uma aparência digna.

– É um pecado não cultivar a alegria interior – afirmava o ex-rabino.

A estação inverno trouxe novos pratos. Folhas de vinha recheadas com abobrinha, macarrão, rolinhos de massa de arroz com recheio de legumes e pedacinhos de carne. Assim, uma vez mais, nos davam para comer pratos relacionados às novidades culinárias descobertas por nossos povos no jogo. Sem esquecer a decoração dos pratos: cenouras esculpidas e folhas de alface lembrando florestas. Eles pensavam em tudo para que, mesmo comendo, permanecêssemos no jogo de Y. Mas desde as primeiras refeições, que se compunham unicamente de ovos crus, tinha havido um progresso que apreciávamos.

Uma Hora trouxe novas ânforas de vinho. Engoli uma boa talagada de um líquido vermelho e espesso. Como era bom. A bebida estimulou o palato e me aqueceu, ao mesmo tempo. Todos os alimentos, as carnes e os vegetais, em geral, estavam mortos. Já o vinho parece um líquido vivo. Bebi esse sangue vegetal fresco. E bebi de novo. Tudo começou a se mexer em minha cabeça, como se os dois hemisférios se chocassem um no outro.

– Está zonzo, Michael?

Meus hemisférios pararam de dançar. No interior, as ideias se alinharam, formando um trilho. Minha boca pastosa se abriu e fechou, quase independentemente da minha vontade.

– Os homens-escaravelhos, uma civilização tão bonita, se desmanchando como um castelo de cartas... Não mereciam isso – articulei com dificuldade.

– Eles perseguiram os seus golfinhos. Você tem o direito de se alegrar com essa queda.

– Mereciam viver. Era uma verdadeira civilização original. Não se pode jogar no lixo milhares de anos de cultura. É... ERRADO.

Eu conhecia muito bem a expressão compassiva que Raul adotou.

– Onde está a comunidade idílica de Lucien Duprès, de "Terra 17", onde estão os homens-tartarugas de Béatrice, onde estão as mulheres-vespas de Marilyn Monroe? – perguntei.

Ele afastou a ânfora de vinho. Continuei:

– E em "Terra 1", os sumérios, babilônios, egípcios da Antiguidade e também os cretenses, partos, citas, medos, acádios, frígios, lídios... Esses povos todos tinham direito de viver e, no entanto, desapareceram! DESAPARECERAM. Pufff! Mais nada.

– Eu acredito no darwinismo, em matéria de civilização. Os mais fracos e menos aptos desaparecem – respondeu ele.

– Não gosto de Darwin, é a justificativa do "cinismo histórico".

Peguei de volta a ânfora e me servi de outra boa porção de vinho. Minha boca começava a ficar morna. Senti os dentes picando e, de novo, o cérebro entrou em ebulição. Olhei fixamente o copo, fazendo-o girar.

– Lembro-me dos documentários de vida animal, quando estava em "Terra 1". Havia sempre grandes predadores perseguindo e alcançando as gazelas em câmara lenta.

Raul recusou, com um gesto, que eu enchesse seu copo.

– E que relação tem isso com a queda das civilizações?

– Eu sempre me perguntei como faziam, pois para filmar em câmara lenta é preciso que o motor da câmara gire bem rápido, e isso gasta muito filme. Como garantir uma boa tomada, já que na maioria das vezes a gazela consegue se safar? É a pergunta que faço.

– Não sei.

– Pois bem, tudo está preparado. Há zonas, nas reservas, arranjadas especialmente para filmar em câmara lenta esse tipo de cena. A gazela recebe uma injeção com anestésico. O leão, capturado na véspera, é deixado sem comer, para estar esfomeado e, assim, motivado. Os dois, em seguida, são colocados numa zona triangular fechada, na qual a gazela só pode seguir um único caminho. O leão é solto, de maneira a alcançá-la no lugar exato, com boa iluminação. Os documentaristas pagam para que se organize essa encenação perfeita, fácil de filmar, mesmo em câmara lenta, num bom eixo iluminado pelo sol, com incidência de luz.

– Aonde você quer chegar?

– A questão é: por que se filma isso? Por que os humanos ficam tão fascinados vendo leões comerem gazelas, em câmara lenta e com todos os detalhes bem-iluminados?

Ele pareceu mais interessado.

– Porque é a natureza.

– Porque essas imagens ilustram para todo mundo o conceito do mais forte vencendo o mais fraco. O leão se alimenta da gazela. Estamos todos em competição. O forte mata o fraco. É a mensagem darwiniana que nos é transmitida por esses pretensos documentários da vida animal.

Olhei meu amigo nos olhos.

– E, no entanto, a competição não é a via da evolução. Tenho certeza. Melhor do que mostrar o leão atacando a gazela, seria mostrar outras coisas. Por exemplo, as formigas se associando aos pulgões para produzir um melaço. Os patos-marinhos que se agrupam para resistir coletivamente ao frio, compartilhando o calor do corpo.

Uma onda de lucidez empurrava para um canto do cérebro as moléculas de álcool, mas eu tinha vontade de beber mais.

– Ainda com essas utopias, Michael. Sua visão do mundo é simplista demais. Felizmente você não vota mais na Terra; tenho medo de imaginar suas preferências políticas.

Ele me irritava.

– Sempre votei em branco. Para mostrar ser a favor do voto, mas contra os partidos presentes. Ou então votava para atrapalhar os que me pareciam mais antipáticos.

– Pois é exatamente o que eu pensava, você é politicamente "imaturo". Nem é capaz de assumir se é de direita ou esquerda.

– A política é uma poeira nos olhos. Os políticos não têm visão e nem projetos, sabem no máximo se aproveitar de frases de efeito e de aparências estudadas. Quando chegam ao poder, se veem gerindo o imenso navio de uma administração para a qual, de qualquer forma, pouco importa que ele seja de direita ou de esquerda. Estou falando a partir de uma visão em perspectiva da história!

Peguei de volta a ânfora e bebi.

– Estou falando da esperança de um mundo melhor. Na verdade, na natureza, a cooperação é bem mais importante do que a competição. Para começar, dentro dos nossos próprios corpos, temos a aliança de vários tipos de células especializadas, com a finalidade de criar um organismo com melhor desempenho. As flores precisam das abelhas para transportar o pólen a outros lugares. Por isso, exibem cores tão bonitas. Os grãos de certas árvores precisam ser carregados para longe, para não germinar à sombra da árvore-mãe, que por isso faz de tudo para atrair os esquilos.

– Que vão comê-los.

– Que os levam em viagem e os deixam longe, em seus excrementos, servindo como fertilizante. Há cooperação em tudo. Afinal, há aliança em tudo. Há amor. Darwin se enganou. No final das contas, é a aliança que ganha e não a competição.

Raul me olhou de modo estranho. Como se eu me tornasse ainda mais preocupante, entre dois copos de vinho.

– Pode continuar a sonhar ou enunciar teorias à vontade, Michael. Mas lembre-se dos noticiários do nosso planeta. As guerras não eram encenadas, eu acho.

– Acha mesmo? – perguntei, bebendo mais um gole. – A visão da guerra acarreta o medo. O MEDO. O medo faz as pessoas se tornarem mais maleáveis. Depois, pode-se fazer o que quiser com elas. É uma das primeiríssimas motivações dos nossos atos.

Aproveitei o pretexto de um novo copo de vinho para dar um sorriso e, em seguida, uma gargalhada forçada.

– Eles nos controlam pelo medo! O MEDO!!!!!

Gritei isso muito alto, e meu amigo fez sinal para que eu fosse mais discreto. Vários rostos se viraram para mim.

– E agora me deixe em paz, Raul.

Ele hesitou e depois virou-me as costas, continuando a comer como se eu não estivesse mais ali.

Fiquei de novo sozinho e sabia que me observavam. Pedi mais uma das ânforas que estavam servindo e bebi. Como é chato ter a impressão de compreender, e os outros não. Como é chato ser lúcido.

Tinha vontade de esquecer.

Esquecer meu povo dos golfinhos.

Esquecer Afrodite.

Esquecer Marilyn e Edmond, Raul e Freddy.

Esquecer de mim.

Levantei-me e ergui bem alto meu copo. Como quando tentei conseguir a unanimidade para a aliança, durante a aula, todos os olhares se voltaram para mim. Anunciei a todos:

– VOU FAZER UM BRINDE. FAÇO UM BRINDE ÀS TRÊS... ÀS TRÊS LEIS DO OLIMPO: A MENTIRA, A TRAIÇÃO E A HIPOCRISIA.

Cambaleei. O chão pareceu fugir sob meus pés. Estava a ponto de degringolar, quando uma mão me segurou pelo cotovelo.

– Venha – disse Georges Méliès. – Eu o acompanho até sua casa.

Dei-lhe um empurrão seco para que me soltasse e ergui novamente meu copo.

– A gente se deteriora até a morte aqui. Ei, vocês aí! Toquem um pouco de rock and roll, quero dançar. Ou um pouco de tecno. Não vão dizer que não conhecem tecno e nem hip-hop em Aeden. E vocês, Estações, o que estão fazendo? Minha ânfora está vazia. Estão pensando o quê? A gente é deus, afinal de contas. Vamos logo com isso! Tragam mais uma.

Com minha reivindicação, uma Hora se apressou e trouxe uma ânfora grande de vinho tinto, com aromas de lenho de carvalho.

– É esse o problema daqui, o serviço é devagar, os vinhos não são nada diversificados. Sinto muito, mas não dou nem três estrelas para essa Aeden de vocês. Já vi muito resort melhor por aí, com bufês fartos, queijos e sobremesas. E além disso, no café da manhã, seria bom um pouco de cereal, bacon e ovos mexidos.

Algumas vozes de apoio se fizeram ouvir.

– Isso aí, meus amigos. Estamos todos de acordo e, além disso, queremos uma piscina. No centro de Olímpia. Faz muito calor aqui. Depois, enquanto estivermos dirigindo nossos povos, seria bom que nos trouxessem refrescos ou sorvetes. Como no cinema. Afinal, a gente é deus, mas nem por isso deixa de ser homem.

– Pare com isso, Michael. Venha! – disse Raul, pegando meu outro braço.

Continuei, imperturbável:

– Olhe. Todos usamos o mesmo uniforme branco, que logo fica sujo. Mal visto minha toga e ela já está manchada. Além disso, essas togas e túnicas são malcortadas e ficam penduradas de qualquer jeito na gente. Por favor, deem-nos calças jeans!

– Calma, Michael.

– Calma? Estou cheio de me manter calmo. Não estamos numa casa de repouso. Quase não há nenhum prazer aqui. Não temos cigarros, ninguém fuma. Não se faz amor... Nossa única animação é nos massacrarmos uns aos outros. Isso, com certeza, diverte aqueles garotinhos que adoravam brincar de guerra com os soldadinhos de chumbo, só que eu preferia os fantoches.

Tentei agarrar uma Estação pelo braço, mas ela escapuliu. Ao redor, ninguém mais falava. Era melhor desabafar tudo de uma vez.

– E também não há o que ler. Nada. Pega-se um livro na biblioteca: páginas em branco, somente páginas em branco. Liga-se a televisão e nada de filmes, nenhum programa, somente imagens dos ex-clientes que já nos encheram o saco o bastante quando éramos anjos. Ficar olhando as criaturas tocarem tantã ou chorando sozinhas na cama, que espetáculo! Deem-nos blockbusters americanos, até um canal de telemarketing serviria...

Bebi mais um pouco. O vinho ajudava a encontrar a coragem que tanto me faltava. Enchi mais um copo. Mais um e mais outro. Passado certo limite, é enjoativo. Mas, se continuamos, encontramos outro limite, e é inebriante.

– Senhorita, MINHA ÂNFORA ESTÁ VAZIA! RÁPIDO, VINHO! VINHO!

Uma diligente Hora me serviu. (Vejam só, quanto mais me tornava desagradável, mais me respeitavam.)

– Pare! – intimou-me Raul, afastando a ânfora.

– ESTÁ SE INTROMETENDO EM QUÊ? De qualquer jeito, está em nossos genes. É essa a seleção do seu bom Darwin. Nossos ancestrais sóbrios, que só bebiam água, morriam, é lógico, porque a água estava cheia de bactérias. Só quem bebia álcool, cerveja, vinho, aguardente, ou qualquer cachaça se safava. Os outros... pffff!

Ele esperou que eu me acalmasse.

– Se continuar, daqui a pouco não vai conseguir pôr um pé diante do outro.

– E daí? ME DEIXE EM PAZ e volte para sua montanha com os seus... URUBUS.

Peguei de volta a ânfora.

– Qual é o problema? – perguntou Raul, suavemente.

Em vez de responder, soltei uma gargalhada.

– Meu problema? Eu estou CAN-SA-DO. Não enxergo mais o "GRANDE FUTURO RADIANTE". Meu problema? – Olhei fixamente meu amigo. – Escute, Raul. Você não entende, NÃO ENXERGA? Tudo está errado, vamos todos nos ferrar, não vai haver nenhum ganhador, só haverá PERDEDORES.

Raul se aproximou mais de mim e me pegou pelo braço.

– NÃO ENCOSTE EM MIM!

– Levem-no para casa, para desembebedar!

A voz de Dioniso troou atrás de mim. Dois centauros me seguraram, um pelos pés e o outro pelos braços, e rapidamente me retiraram. Galopamos pela cidade, e eu sentia o ar fresco correndo no meu rosto.

Os dois centauros me jogaram na poltrona. Eu não me mexi, o corpo inteiro estava mole, a cabeça latejava.

Permaneci prostrado por vários minutos, como se dormisse de olhos abertos, mas meu sangue fervia. Tinha vontade de rir e de chorar ao mesmo tempo.

Tentei me levantar e logo desmoronei. O momento agradável deu lugar a uma enxaqueca que achei só poder aplacar com álcool. Precisava beber! Precisava acalmar aquela dor em minha cabeça. Somente o álcool poderia me salvar da dor do álcool.

– TENHO SEDE. QUERO VINHO!

Mas eu estava sozinho em meu quarto e nem consegui ficar de pé. Minhas pernas molengas não sustentavam o restante da estrutura. Nisso, a porta se abriu. As três luas apareceram. Erguendo a cabeça, vi pés e pernas nuas de mulher, semiescondidas pela toga. Mais acima, uma silhueta, cujo rosto estava oculto por um capuz.

– Afrodite?

A mulher entrou e fechou a porta. Ajoelhou-se e colocou a mão fresca em minha testa. Os dedos eram macios. O perfume, maravilhoso.

– Acho que você precisa de ajuda – disse Mata Hari.

Recuei bruscamente, decepcionado.

– Vá embora, não preciso de ninguém.

Mata Hari soltou uma mecha de cabelos grudados na minha testa, olhando para mim, com pena.

– Não estrague tudo, Michael.

– Eu me demito. Proudhon tem razão: "Nem deus, nem patrão." Em todo caso, hoje um dos deuses vai parar de brincar.

E fiquei rindo baixinho.

– Vá embora, Mata Hari. Não sou boa companhia. Nem meu povo é boa companhia. Sou um deus maldito.

Ela hesitou e depois recuou, indo embora. Já na porta, disse:

– Saiba que nunca vou deixá-lo de lado, vou ajudá-lo mesmo contra sua vontade, Michael. O que está em jogo nos ultrapassa. Você não pode desistir.

Engatinhei e consegui ter forças para me pôr de pé e fechar a tranca, depois que saiu. Em seguida, me apoiando nos móveis, me arrastei até o banheiro e, na pia, joguei água fresca em mim mesmo.

Um enjoo veio das profundezas das vísceras, e expeli um líquido grosso e rosado, misturado com fel, queimando-me o esôfago e a garganta. Outro espasmo sacudiu meu estômago já vazio, e precisei me agarrar à pia para não cair.

Olhei-me no espelho, perguntando a mim mesmo se o Grande Deus, que provavelmente estaria lá em cima, também tinha vontade de encher a cara para esquecer as coisas. A ideia me alegrou. E se o Grande Deus for um bêbado?

Arrastei-me pela sala. Senti asco do meu estado, mas também de todos os humanos, fossem eles de "Terra 1", "Terra 17", "Terra 18", "Terra 100.000". Eram, às vezes, tão irritantes, aqueles nossos humanos. A vitória dos homens-ratos sobre as mulheres-vespas tinha acabado de me convencer da sua brutalidade e estupidez.

Ainda sacudido por espasmos, joguei-me no divã. Fiquei esperando o sono, mas ele não vinha. Era como se o cérebro, de tanto esfregar seus hemisférios, estivesse em chamas. Em minhas têmporas, palpitava lava fervente.

O sono não viria.

Devia pensar em outra coisa. Sobretudo pensar em outra coisa.

Eun Bi...

Meu dedo procurou o ankh, ligando a televisão.

22. ENCICLOPÉDIA: PROFECIA DE DANIEL

Em 587 a.C., os hebreus foram invadidos pelo rei Nabucodonosor, à frente dos babilônios. Com a destruição do Primeiro Templo, o rei Joaquim e dez mil notáveis foram levados presos para a Babilônia.
Uma noite, Nabucodonosor teve um sonho estranho, que ele foi incapaz de precisar quando acordou, e nenhum dos seus oráculos conseguiu adivinhar ou decifrar. Tendo ouvido falar de um jovem príncipe hebreu com o dom da interpretação dos sonhos, mandou buscá-lo.
Ele se chamava Daniel e declarou que Nabucodonosor havia sonhado com um gigante, cuja cabeça era de ouro, o peito e os braços de prata, a barriga e as coxas de bronze, as pernas de ferro e os pés de argila. Ora, os pés se esfarelavam, e o gigante estava prestes a tombar. Maravilhado, Nabucodonosor reconheceu seu sonho e pediu que o explicasse. Daniel declarou que a cabeça de ouro representava o reino do império babilônio. O peito de prata anunciava a vinda do império que o sucederia (pode-se imaginar que talvez fosse a evocação antecipada do império medo-persa de 539 a 331 a.C.). A barriga e as coxas de bronze estariam assinalando o império seguinte (provavelmente os gregos, que ocuparam o conjunto da bacia mediterrânea, de 331 a 168 a.C.). As pernas de ferro simbolizavam um terceiro novo reino (os romanos, que dominaram a região de 168 a.C. a 476 d.C.). Os pés de argila eram o reino de um império construído por um simples homem, um messias. (Isso foi analisado mais tarde, pelo cristianismo, como representando Jesus

Cristo. As duas pernas distintas representavam a separação entre o império romano cristão do Oriente e o império romano cristão do Ocidente. Quanto aos dez dedos dos pés, foram associados, ainda mais tardiamente, aos dez reinos cristãos da época medieval).
Daniel explicou que, sendo a argila friável, ela faria desmoronar todos os impérios de metal.
Em consequência da profecia do jovem príncipe, que situava o advento do reino de argila após a invasão do país dos hebreus pelo ferro (ou seja, pelo império romano), várias centenas de pretendentes ao papel de messias apareceram. A grande maioria foi morta pelos romanos, que também conheciam a previsão de Daniel e não queriam ver afundar seu império de ferro.

Edmond Wells,
***Enciclopédia dos saberes relativo e absoluto*, tomo V.**

23. MORTAIS. 16 ANOS

A cabeça me deu uma pequena trégua. Olhei a tela, tentando prestar o máximo de atenção.

Canal 1. Em Tóquio, Eun Bi via na televisão um programa sobre os golfinhos. Uma manifestação popular acontecia numa ilha japonesa, precisamente no lugar em que os animais se reuniam anualmente para a reprodução. Pescadores fecharam um cerco e os matavam a golpes de barra de ferro. Um dos pescadores explicou aos jornalistas que, apesar de não comerem a carne do golfinho, preferiam matá-los porque atrapalhavam a pesca do atum. Via-se nas imagens o mar se tingir de vermelho, enquanto centenas de corpos inertes dos cetáceos boiavam de barriga para cima.

Chocada, Eun Bi resolveu representar golfinhos em liberdade, se revoltando contra os homens e se vingando.

Estava desenhando-os no colégio quando uma colega se aproximou, perguntando por que tinha escolhido aquele tema.

– Eu sou incapaz de me vingar na vida real, então reproduzo essa vingança no papel – explicou a adolescente.

– Vocês, coreanas, são todas malucas – exclamou a menina.

– E vocês, japonesas, todas imbecis.

As duas se engalfinharam até que uma professora interveio, punindo Eun Bi por ter perturbado a ordem do local. A professora examinou os desenhos incriminados e, declarando-os obscenos, rasgou-os.

– Sendo estrangeira – acrescentou a mulher –, Eun Bi devia cuidar de ser mais "discreta".

– Eu não sou estrangeira – protestou Eun Bi. – Nasci no Japão.

Na sala, todos riram. Sabe-se que não é o direito de chão, mas o direito de sangue, que prevalece no Japão. Até Eun Bi sabia disso.

À noite, em seu quarto, a menina desenhou golfinhos exterminando escolas inteiras. As folhas soltas não bastaram. Era preciso escrever um livro completo sobre os animais, toda uma saga, contando que os golfinhos, ou delfins, na verdade, eram extraterrestres tendo escolhido aquela forma ao desembarcar na Terra e, desde a noite dos tempos, em vão tentavam se comunicar com os homens. A noite toda a adolescente rabiscou desenhos e textos, sem ligar para o passar das horas, para as brigas dos pais, até resolver se deitar. A escrita lhe trouxe uma sensação de total isolamento, tirando-a do mundo que, ao mesmo tempo, assustava e atraía. Ao escrever, deixava de ser vítima da vida.

Canal 2. Em Creta, Theotime se filiara a uma academia de boxe. Os outros aprendizes do esporte não queriam participar de competições, mas ele sim. Disputou uma luta amistosa, tendo como adversário um rapaz menor, mais velho e com a torcida da família inteira. O treinador perguntou se Theotime queria um protetor bucal, mas como ele nunca tinha usado, preferiu não colocar.

– Vai ser fácil, ele tem os braços curtos, nem vai conseguir atingi-lo – disse o treinador.

No ringue, o juiz lembrou tratar-se de um combate amistoso, ressaltando que os golpes abaixo da linha de cintura eram proibidos. No lado oposto, o outro treinador sussurrava conselhos no ouvido do adversário. Os dois lutadores ficaram face a face. Quando soou o gongo, o oponente de Theotime fez algo imprevisto. Correu em sua direção, com os dois punhos para a frente. Choque no queixo. Na boca de Theotime, dentes se esfarelaram e um gosto de sangue se espalhou. Dor intensa. Ele não entendeu. O juiz tinha especificado: a luta era amistosa. Justamente, o combate foi interrompido e o juiz repreendeu duramente o adversário. Mas o mal estava feito.

No final do primeiro assalto, Theotime tinha dor nos dentes, e seu treinador estava indignado:

– Ele quis te nocautear logo de início. Agora é preciso se vingar. Você pode atingi-lo facilmente, pois tem maior envergadura.

Soou o gongo. Retorno ao ringue. Durante toda a duração do combate, o outro não conseguiu mais atingir Theotime e acabou se cansando de dar socos no ar. Quando ele se pendurou nas cordas, com o peito aberto sem a proteção dos braços, foi a vez da equipe de Theotime gritar:

– Mata ele, mata ele!

A família do adversário, por sua vez, gritava algo como:

– Vai, papai! Vai, papai!

Theotime armou um golpe e se conteve. No olhar do outro se liam a resignação e a expectativa da justiça. Ele sequer ergueu a guarda. Mas Theotime não socou. O gongo pôs fim ao combate. Os juízes declararam o adversário de Theotime vencedor e este, surpreso, ergueu os braços, sob a aclamação da família.

– O cara estava entregue. Por que não se vingou? – perguntou o treinador.

Theotime não respondeu.

À noite, para refazê-lo das emoções, a mãe lhe deu um casal de hamsters, que ele observou com curiosidade. Os animais, após se cheirarem, começaram a copular de maneira compulsiva.

Canal 3. Kouassi Kouassi teve sua iniciação amorosa com uma jovem escolhida pelo pai. O ritual tinha origem em época remota. A moça vestia uma saia longa e rodada. Para impregnar o corpo com fumaça aromática, por tempo bastante, ela permanecera sentada um pouco acima de brasas de lenha resinosa, misturadas com braçadas de ervas. A saia inflava-se com os vapores, impregnando a pele com as fragrâncias. Em seguida, ela exibiu ao adolescente sua esplêndida nudez perfumada. Kouassi Kouassi ficou sério, compreendendo que um drama estava sendo representado ali. Era o final de sua infância. A jovem respeitou seu retraimento e o convidou para uma dança. Ele se manteve teso, ela riu. Jogou-o na cama e depois mostrou cada um dos gestos que se devem encadear para a subida do prazer. O pai tocava tantã, enquanto os corpos se fundiam.

Terminada a cerimônia, Kouassi Kouassi foi encontrar seu genitor. Estava estarrecido. Sabendo que ele não conseguiria logo falar, o pai lhe indicou um instrumento, um *djembé*. E os dois se comunicaram pelos tambores. Todo o vilarejo, desse modo, testemunhou suas batidas de coração e, com isso, a emoção de ambos.

Fiquei pensando que deviam instigar suas inclinações pelas artes. As musas me haviam ensinado pelo menos isso. Eun Bi possuía um talento para o desenho, que se transformava em dom para escrever. Não era ela, afinal, a reencarnação do escritor Jacques Nemrod? Ele ficara conhecido por suas sagas animais, sobretudo a dos ratos. Por que, então, na pele de uma menina coreana, sua alma não se apaixonaria por golfinhos?

Theotime tinha um talento para o boxe. Também isso seguia a lógica, pois em sua vida anterior fora um soldado russo extremamente brutal.

Kouassi Kouassi, por sua vez, conservara o gosto de Venus Sheridan pelo ritmo, pela música e por carícias.

– Mais vale reforçar os pontos fortes do que preencher os pontos fracos – afirmava Edmond Wells. Eu esperava que eles seguissem nessa direção.

Como se fosse ainda um eco do tantã de Kouassi Kouassi, tive a impressão de ouvir o barulho de passos.

Desliguei a televisão. Saí, aos tropeços.

Respirei o ar fresco para fazer cessar o zumbido em minha cabeça e reparei em pegadas no chão, junto à janela. As marcas estavam ainda bem claras. Examinei os traços e eram de sandálias de homem.

Sem dúvida, alguém estivera me espionando.

24. ENCICLOPÉDIA: RESPOSTA DE GAIA

Por muito tempo se perguntou de onde vinham as nuvens constituídas por milhões de gafanhotos. Esse fenômeno não é nada natural. Ele é consequência do empreendimento, pelo homem, de uma atividade agrícola

intensiva. Após a implantação de monoculturas em vastos territórios, os predadores naturais dos vegetais selecionados se agrupam em quantidade numa mesma zona e, assim, se reproduzem de maneira exponencial. O gafanhoto foi um inseto solitário e inofensivo até a intrusão do homem. Porém, em todo lugar em que este quis modificar a natureza, ela lhe respondeu à sua maneira. Que o homem faça explodirem bombas atômicas no interior da crosta terrestre e Gaia lhe responda com terremotos. Que o homem transforme o sangue negro da terra, o petróleo, em fumaças tóxicas, formando nuvens asfixiantes, e a Terra lhe responda com altas temperaturas. Em consequência, as geleiras fundem, provocando inundações.

O homem não compreendeu ainda que seu planeta original responde a cada provocação e se espanta quando advém o que qualifica como "catástrofes naturais", que não passam, entretanto, de "catástrofes artificiais", geradas por sua ausência de diálogo com o planeta mãe.

Edmond Wells,
***Enciclopédia dos saberes relativo e absoluto*, tomo V.**

25. VERTIGENS E CABEÇA PESADA

Um galo cantou, perfurando meus tímpanos. Eu tinha, afinal, dormido no sofá. Segurei a cabeça com as mãos, mas os sinos já ribombavam as horas matinais. Ai, minha cabeça! As têmporas doíam e as pálpebras pesavam como rolos compressores. Um gosto de gesso secava-me a garganta. Eu não tinha lembrança de nada, exceto de ter bebido mais do que devia na noite anterior.

Uma batida na porta. Raul entrou apressado, dizendo para eu me vestir. A imagem de meu amigo tinha dificuldade de se estabilizar, dando-me a impressão de que oscilava.

– Tudo se passou bem, ontem à noite? – perguntei, ainda fazendo caretas.

Massageei fortemente as têmporas. Ele não respondeu logo. Pressenti algum drama.

– Perdemos Freddy – anunciou nervosamente.

Acusei o golpe.

– O deicida?

– Pior.

– Satã?

– Pior ainda.

– Não vejo o que mais.

– O amor.

Raul Razorback explicou que, a pedido do rabino, o bando voltara ao país vermelho das musas e encontraram Marilyn. Como ele havia previsto, ela não se transformara numa quimera qualquer, mas simplesmente em uma verdadeira musa. A décima, do cinema.

Raul contou que ela agora também possuía um palácio vermelho, tendo no interior uma sala de projeção, material de filmagem e um início de cinemateca. A teoria sobre a morte dos alunos-deuses estava, com isso, confirmada. No final, se transformavam em habitantes mudos de Aeden, centauros, querubins ou musas. Era este o cemitério último das almas: se tornarem seres fantásticos, podendo ver, compreender, agir, mas não podendo mais se exprimir.

– Ela, então, é uma das raras quimeras a não ter perdido sua aparência física antiga – observei. – E Freddy?

Raul confessou ter sido ideia sua. Melhor do que ver o amigo definhar com a perda da amada, havia proposto que a fosse encontrar.

– A essa hora, o rabino Freddy Meyer já deve ter virado quimera. Provavelmente, se a transformação respeitar o local em que foi pego, em musa...

– Seria a "11ª musa" – completei.

– Depois do cinema, não sei qual outra arte poderia ser acrescentada – disse Raul.

Que incrível aventura, a união do rabino cego da Alsácia com a estrela de cinema hollywoodiana. O casal, em princípio improvável, conseguira transcender o império dos anjos e o reino dos deuses, sem deixar de se amar.

Estavam agora eternamente ligados no mundo vermelho do desejo em que, mesmo com as cordas vocais definitivamente silenciosas, suas almas não deixariam de se comunicar e unir, uma à outra.

– Antes de sairmos do país vermelho, Freddy me encarregou de um pedido para você. Ele lhe confiou o povo dos homens-baleias, a capital e todos seus habitantes. De qualquer modo, eles falam a mesma língua que os homens-golfinhos e usam a mesma escrita.

Um povo inteiro de herança? Num só segundo, vi todas as implicações do "presente".

Raul Razorback deambulou pela sala, enquanto vesti a túnica e a toga.

– Acho um pouco injusto que se beneficie com um povo que você não administrou. Além disso, não sei se seu apadrinhamento é uma boa coisa para os homens-baleias, já que, até aqui, você tem sido um deus um tanto pusilânime. Vimos o que aconteceu com os homens-formigas...

– Talvez eu seja "pusilânime", como diz você, mas, em todo caso, estou na sua frente na classificação.

Peguei minha *Enciclopédia dos saberes relativo e absoluto* e, como se fosse uma arma, escondi-a numa dobra da toga. Depois, vesti o colar do meu ankh. A bateria parecia estar bem carregada.

– Você não foi o único a receber algo de Freddy. Ele também deu a mim uma parte de sua herança.

Raul me mostrou um volume semelhante ao que todos tínhamos.

– Freddy escreveu uma coletânea de anedotas... Pediu-me que continuasse sua obra, como Edmond Wells lhe pediu que continuasse a sua.

Folheei o livro e escolhi uma história ao acaso:

– "Como fazer Deus rir? Contando a ele os projetos dos homens." Nada mal. E como você vai encontrar outras? Freddy tinha uma capacidade incomparável para memorizar as piadas.

Raul se manteve evasivo.

– Não sei. De qualquer forma, tudo que acontece aqui já é, em si, uma grande farsa.

O sino nos chamou à realidade. Dirigimo-nos ao Mégaro, onde nos esperava o café da manhã.

Os amigos teonautas estavam agrupados numa ponta de mesa. Sentei ao lado de Raul. Ele me serviu o leite.

– Fui lamentável ontem à noite, não é?

– Eu o achei "verdadeiro". Quando éramos mortais, você nunca se embebedava, e eu tinha a impressão de que temia o efeito da bebida. Ontem à noite, você mostrou um lado sombrio. Tenho a impressão de conhecê-lo melhor agora. Eu sou o seu amigo de sempre, Michael, e como amigo posso lhe dar um presente: prometer nunca julgá-lo, quaisquer que sejam as circunstâncias.

Ele me olhou com os olhos negros e grandes, e eu me lembrei de quando éramos garotos, vagueando pelas áreas do cemitério de Père-Lachaise.

– É uma pena que, com a bebedeira, você tenha perdido a cena do reencontro de Freddy e Marilyn. Foi extraordinária, realmente extraordinária.

A estação Outono ajeitou seus cabelos ruivos e nos trouxe pão com passas e manteiga. Por geleia, imaginei ser preciso esperar ainda um pouco.

– Vocês foram muito além do país das musas? – perguntei.

Raul me explicou que, após deixar Freddy Meyer e sua musa, tinham continuado a escapada.

– Do pouco que vimos, além do território vermelho há uma região vulcânica, com lagos de lava.

– A zona laranja...

– O chão é quente demais. Vamos precisar levar panos para enrolar nossas sandálias, antes de tentar progredir.

Georges Méliès, Gustave Eiffel e Mata Hari se sentaram ao lado.

– Subtração dessa manhã: 80 – 1 = 79 – recapitulou Georges Méliès, com uma ponta de tristeza na voz.

– Quem é o nosso professor de hoje? – perguntei.

26. MITOLOGIA: HÉRACLES

Héracles em grego, ou Hércules em latim, significa "glória de Hera". Para concebê-lo, Zeus uniu-se a Alcmena, tendo tomado os traços de seu esposo.

Cansada das infidelidades do marido, Hera enviou duas serpentes para sufocar a criança. Mas esta, mesmo recém-nascida, teve força para matar os répteis.

Quando o filho tornou-se adulto, Hera, que o detestava desde o nascimento, o enlouqueceu. Num acesso de demência, Héracles matou oito dos seus próprios filhos. Voltando à razão, quis se purificar e foi consultar os oráculos de Delfos. A pitonisa anunciou que ele devia colocar-se à disposição de seu tirânico primo Euristeu, durante 12 anos, e cumprir todos os trabalhos que lhe fossem exigidos.

1. Héracles combateu o leão de Nemeia, que tinha a pele dura como uma carapaça. Sua clava, flechas e espada não faziam o menor efeito sobre a besta, e ele a estrangulou com as mãos nuas.
2. Matou a hidra de Lerna, monstro com corpo de cão e nove cabeças de serpente.
3. Capturou a corça de Cerineia. O animal tinha cascos de bronze, chifres de ouro e escapara da deusa Ártemis, quando ela era criança.
4. Aprisionou o javali de Erimanto.
5. Limpou os estábulos de Augias.
6. Exterminou os pássaros de Estinfália.
7. Capturou o touro de Creta.
8. Matou as éguas de Diomedes, rei da Trácia, que as alimentava com a carne dos convidados.
9. Obteve o cinturão de Hipólita, rainha das amazonas.
10. Ele roubou o rebanho de Gerião, que tinha fama de ser o homem mais forte da Terra.
11. Colheu as maçãs de ouro do jardim das hespérides. As frutas eram da macieira oferecida por Gaia a Hera, como presente de casamento com Zeus.
12. Capturou o cão monstruoso Cérbero. Essa 12ª missão, a mais difícil, consistiu em trazer o cão Cérbero dos infernos de Hades. Para isso, Héracles foi iniciado nos

mistérios de Elêusis por Museu, filho de Orfeu, com a finalidade de se infiltrar nos mundos subterrâneos dos mortos.

Edmond Wells
***Enciclopédia dos saberes relativo e absoluto*, tomo V.**

27. HÉRACLES. DOMINGO. IMPORTÂNCIA DOS HERÓIS

No bairro dos mestres-auxiliares, o palácio de Héracles era bem maior e mais impressionante do que o de Sísifo. As colunas sustentando a entrada, na verdade, eram esculturas de homens de tamanho gigante.

Um grande tapete vermelho se estendia na entrada e troféus, cabeças de leões, dragões, ursos, cavalos com dentes pontudos ou aves de rapina assustadoras se penduravam ao longo do vestíbulo.

Nosso professor do dia, afinal, chegou.

Héracles era um homem mais largo do que alto. Estava trajando uma pele de leão com bom corte, que parecia uma túnica na moda. Como capacete, cobria-se com uma mandíbula de leão, também gravada com ornatos decorativos. Brandia uma clava em madeira de oliveira esculpida. Era, no entanto, menos musculoso do que eu imaginava. As mitologias sempre exageram.

Eu me lembrava do texto de Francis Razorback, transcrito por Edmond Wells na Enciclopédia, e pensei que, afinal, nosso mestre-auxiliar do dia não era tão simpático quanto estávamos habituados a acreditar. Para levar adiante seus 12 trabalhos, na verdade, o que ele mais fez foi matar, ludibriar, enganar. Assassinou o próprio filho, massacrou as amazonas, roubou tesouros.

Sentei-me a uma mesa e notei que, uma vez mais, algum engraçadinho gravara algo na madeira: "O deus dos deuses não tem religião." Provavelmente alguém de uma turma anterior. Sempre esquecia que nosso grupo de alunos-deuses era apenas um entre outros tantos e que, sem dúvida, muitos ainda viriam gastar suas togas em meu assento.

Héracles nos olhava, avaliando seus novos alunos. Sem uma palavra, bateu na escrivaninha com a maça e Atlas entrou, de cara fechada. Daquela vez, ele que nos acostumara com suas eternas reclamações, se manteve em silêncio. Deixou a esfera do mundo em seu oveiro, dispôs nos devidos lugares os frascos do "Paraíso" e do "Império dos anjos" de "Terra 18", embaixo, e rodopiou para ir embora, arrastando os pés.

Héracles chamou:

– Ei, Atlas, tanto tempo já passou, você bem que poderia esquecer aquela história do jardim das hespérides e voltar a ser amigo.

Atlas parou, sem se voltar inteiramente.

– O combinado era uma troca: eu ajudaria a colher as maçãs de ouro e você a carregar o mundo.

– Não para sempre.

Atlas acabou de se virar completamente e acrescentou, com seu tom habitual:

– Se você se recusa a carregar o mundo no meu lugar, pelo menos encontre alguém para me substituir – proferiu o gigante.

– Você sabe muito bem que é impossível, Atlas. Carregar mundos é o seu destino. Ninguém mais pode fazê-lo em seu lugar.

O gigante sacudiu os ombros, injuriado. Depois parou, se endireitou um pouco e, olhando para a turma antes de sair, lançou em nossa direção:

– Quanto ao trapaceiro que veio em minha casa essa noite, saiba que vou pegá-lo. Como já peguei um, da última vez.

Outro aluno, então, havia visitado o subsolo repleto de mundos. E ele pensava ter sido eu, mais uma vez...

Resmungando, o gigante desapareceu.

Héracles pegou seu ankh, examinando nosso planeta e se virou para nós:

– Bom-dia, eu sou Héracles, o novo mestre-auxiliar de vocês. Hoje, vou falar da importância dos "heróis". Mas para começar, quem pode me dar a definição da palavra "herói"?

Instante de hesitação no público.

– Um homem dotado de poderes extraordinários – propôs Voltaire.

Héracles assumiu um ar sardônico.

– Isso é o que os biógrafos do herói inventam em seguida. Após ele ter enfrentado todos os desafios e realizado suas façanhas. Bem, ou então é o que escrevem, tendo ele dinheiro bastante para pagar aduladores profissionais. Mas não confundam o homem e a lenda. Procurem mais...

– Um homem particularmente inteligente? – sugeriu Jean-Jacques Rousseau.

– Há pessoas muito inteligentes que ficam em casa, na poltrona, fazendo palavras cruzadas particularmente complicadas. E não são heróis.

Héracles circulou pela sala, examinando cada um de nós, sucessivamente.

Resignado, anunciou:

– Os heróis são pessoas que...

Ele deixou a frase se arrastar.

– ... acham que são heróis.

Héracles evidenciou sua satisfação.

– Explico: um herói imagina ser tecido de um pano particular e estar destinado a cumprir uma missão determinada, diferente daquela de todos os outros seres humanos. Ou seja, um herói é alguém que crê, de antemão, em sua própria lenda.

Deambulando entre os bancos, completou:

– Se considerarmos a história do planeta de vocês, "Terra 18", heróis certamente já surgiram: chefes de guerra, exploradores audaciosos, até mesmo pesquisadores mais perspicazes que outros. O ponto em comum é terem contribuído para aumentar a influência de seu povo no mundo. O rei dos ratos conquistou o território das amazonas e, em seguida, casou-se com a rainha capturada, contra a vontade de seu próprio povo. À sua maneira e para os seus, é um herói. Chefe militar ardoroso, reformador precavido, sua lenda passará por gerações de homens-ratos. Mas pode-se esperar mais.

De um grande caixote em carvalho, ornado com ferragens, nosso mestre-auxiliar tirou o que nos pareceram ser soldadinhos de chumbo.

– Apresento-lhes alguns heróis de mundos das turmas precedentes. Ouçam bem esses nomes que ressoam na história das suas respectivas humanidades: Belzec, um rei carismático e federalista de "Terra 7", morreu de amor por uma rainha. Guron, um explorador que subiu até a nascente do maior rio de seu planeta, "Terra 14", a doença pôs fim à sua última viagem rumo a um arquipélago de ilhas selvagens. Solgan, um sujeito incrível, que lançou profecias sobre o futuro do planeta e nunca se enganou. Liléith, uma astronauta que organizou uma expedição de última chance para salvar sua espécie, fazendo-a fugir no espaço, em veleiros solares. E, provavelmente, o mais extraordinário de todos, a meu ver... Annimachedec, um músico que estabeleceu o canto como valor maior. De tal maneira que todo mundo cantava e lançava mútuos desafios musicais. Alguns sabiam curar cantando, outros sabiam matar. Fizeram guerra usando as cordas vocais como arma. Faziam amor misturando as suas vozes.

Empolgado com a lembrança desse estranho herói, Héracles começou a cantarolar e depois retomou seu curso.

– Annimachedec morreu com uma infecção na garganta. Como tossia, o coitado. Acabaram fazendo-o ouvir uma nota grave, que provocou uma parada cardíaca. Enfim, é a sina de todos os mortais e sobretudo a dos heróis: morrer.

Ele devaneou.

– Talvez seja o que os Mestres-deuses mais invejem nos homens. A morte. Pelo menos o filme tem um final, enquanto para o imortal o filme nunca acaba. Por isso, deuses não são heróis. O heroísmo se cria na cena final.

Pensei nisso. O Grande Deus, se existisse, seria infinito e onipotente, mas devia admirar quem possui um limite e vive com medo de fracassar. Sim. Temos o mérito da vitória pois também a possibilidade do fracasso, enquanto ele... vencendo sempre, não tem mais expectativas. Não há suspense. Héracles parecia todo satisfeito, manipulando seus bonequinhos de chumbo.

– Assim, então, Annimachedec, Liléith, Solgan... É claro, esses nomes nada significam para vocês, mas nós, professores, não nos esquecemos desses mortais excepcionais, inspirados por alunos-deuses com imaginação.

O mestre-auxiliar abriu uma gaveta da escrivaninha e dispôs outras estatuetas, com nomes gravados. Algumas brandiam armas ou ferramentas desconhecidas, outras vestiam uniformes.

– Humanos de elite, obras de arte, na verdade, tesouros que merecem ser conservados nos museus do universo. Por enquanto se amontoam na minha sacola, mas já pedi que se crie aqui, para a edificação das sucessivas turmas, um museu dos heróis humanos de todos os planetas. O projeto está em discussão.

"Como fabricar um herói?" escreveu Héracles no quadro-negro.

– Ah, a receita do herói. É claro, todo mundo gostaria de conhecer. Não há fórmulas absolutas, mas alguns truques devem ser considerados. Para se obter um herói de qualidade, escolham primeiramente um ser que tenha uma boa razão para cobrar de si mesmo alguma reparação, ou seja, que tenha resiliência.

Ele anotou "Resiliência" no quadro-negro.

– O que entendo por resiliência? Um menos que será compensado com um mais.

A sala inteira ouvia, interessada. Muitos, entre os alunos presentes, tinham se tornado vitoriosos, compensando alguma ferida da juventude.

– "Você nunca vai conseguir nada", basta declarar isso a um menino para que ele, por espírito de contradição, se dê um trabalho enorme para mostrar que é o melhor. Atrás de cada herói, muitas vezes, há uma criança que por muito tempo se desesperou ou chorou sozinha em seu canto.

Héracles mostrou um desenho que achei já ter visto em alguma existência anterior. Dois peixes que se divertem nadando e, na legenda, o pequenino pergunta: "Sabe, mamãe, dizem que alguns de nós saíram da água para ir andar na terra, quem eram eles?" E a mãe responde: "Ah, na maioria, uns insatisfeitos."

Um riso percorreu o público.

– A angústia, o descontentamento e as ofensas são os fios com que se tecem os heróis. Por que nos daríamos ao trabalho de tentar mudar o mundo, se este nos parecesse bem, tal como está?

Héracles pegou um bonequinho, que ele parecia particularmente admirar.

– As pessoas felizes nada têm a ganhar com as mudanças. Só um sentimento de injustiça ou de desvalorização incita alguém a se superar e mudar o curso das coisas. O herói, então, sofre por algum tipo de mágoa. Cabe a vocês se aproveitarem disso.

Édith Piaf levantou o dedo.

– E se a mágoa matar? – perguntou.

– Já se viram crianças espancadas serem cruéis com seus próprios filhos – concordou Simone Signoret.

Héracles não se deixou abalar pela observação.

– Por isso deve ser instilado judiciosamente o veneno que vai servir de vacina. Com veneno demais, o efeito obtido é contrário, um total abatimento. Além disso, há heróis negativos. Um exemplo são aqueles que, considerados nulos, em vez de querer demonstrar que são melhores, procuram apenas destruir quem os insultou. Às vezes, é mínima a diferença entre um herói e um... criminoso. Cabe a vocês dosarem os traumas da infância, deixando a esperança intacta e mantendo o herói dentro dos valores positivos.

Pessoalmente, achei que aquela história de herói ia acabar, na verdade, fabricando mais monstros do que santos.

– Na prática: utilizem ferimentos próprios, para moldar heróis à imagem de vocês. São alunos-deuses, mas, no fundo de si mesmos, não deixam nem por isso de conservar rancores, neuroses e sentimentos ambíguos da época em que eram mortais em "Terra 1". Se estão aqui é por que souberam realizar a tal resiliência positiva. Inspirem-se, então, em suas próprias trajetórias para traçar a dos seus sujeitos. Insuflem-lhes suas próprias raivas e ambições pessoais, nem mais nem menos, e eles hão de exprimi-las no mundo deles. Vocês, assim, não terão dificuldade para moldá-los. Que eles sejam, em "Terra 18", os representantes das fraquezas e das forças de vocês. Uma palavra hindu exprime a representação de um deus na terra: "avatar". Que eles, então, sejam os seus "avatares". Basta um homem determinado para mudar a face do mundo. Uma única gota pode fazer o oceano transbordar.

No quadro-negro, o giz rangeu quando, com a mão poderosa, o mestre-auxiliar escreveu e sublinhou: "Carneiros de Panurgo".

– Quem conhece essa fábula?

Várias mãos se ergueram, inclusive a minha.

– Trata-se de uma anedota de um livro de François Rabelais, aqui presente. Ilustra perfeitamente a continuação da nossa aula.

Rabelais acenou discretamente, marcando sua presença.

– Vamos relembrá-la para quem a tiver esquecido. A bordo de uma barcaça, um homem queria se vingar de um pastor. Ele comprou um dos seus carneiros, tendo o cuidado de escolher exatamente aquele que guiava o rebanho. Feita a compra, jogou o animal na água e imediatamente os outros carneiros o seguiram, se afogando e arruinando o pastor.

Depois das pulgas, dos macacos e dos ratos: os carneiros.

– Tal é o poder do líder. Então, se estiverem de acordo, dediquem-se hoje à criação de heróis. Sejam originais, não me venham com as bobagens comuns a todos os planetas das galáxias de todos os universos. Esqueçam Zorro e Robin Hood, que foram bem-maquiados por suas lendas, mas, na verdade, eram simples matadores. Pensem em se projetar no mundo deles. Vamos, impressionem-me.

Nosso professor arrumou seus bonequinhos.

– Vocês já têm reinos. Com seus heróis, construirão lendas

28. ENCICLOPÉDIA: SELEÇÃO

Para selecionar seus futuros espiões, a CIA, agência de informações americana, utilizava, entre outros métodos, um bem simples: colocava nos jornais um anúncio, dizendo precisar de pessoal.
Sem concurso, sem formulários a preencher, sem recomendações particulares, sequer curriculum vitae. Quem quer que estivesse interessado devia se apresentar em certo escritório, às sete horas da manhã. Uma centena de candidatos se viu, dessa forma, aguardando em grupo numa sala de espera. Decorrida uma hora, porém, ninguém os viera procurar. O tempo passou. Mais uma hora. Os menos persistentes se cansaram e, sem entender o porquê de os terem chamado à toa, acabaram indo embora, resmungando. Por volta de uma da tarde, metade já tinha desistido. Às cinco da tarde, restava apenas uma quarta parte dos postulantes daquela manhã. Em torno da meia-noite, apenas um ou dois continuavam lá. Estes foram automaticamente contratados.

Edmond Wells,
Enciclopédia dos saberes relativo e absoluto, tomo V.

29. OS TEMPOS DOS IMPÉRIOS

O IMPÉRIO DOS GOLFINHOS

O vento soprava sobre as dunas. Vapores cinza se acumulavam, trazendo uma fina chuva dispersa. Os homens contemplaram o céu e a maioria se perguntava o que realmente haveria lá em cima, além das nuvens. Alguns, no entanto, não se faziam essa pergunta e, de longe, eram estes os menos angustiados. Para eles, o amanhã seria um outro ontem.

Os humanos envelheciam e morriam, alguns sorrindo, outros gemendo. Havia quem deixasse frases definitivas na hora terminal: "A morte é apenas uma passagem" ou: "Sendo pó, ao pó retorno." Os cadáveres eram enterrados, os vermes os reciclavam, fabricando estrume. Passadas três gerações, seus nomes, em geral, já tinham sido esquecidos.

Os homens-golfinhos se viam num impasse. Os livros de história relatavam suas mazelas reais e esperanças. Não sabiam qual sentido dar a seu destino coletivo. Movimentos esotéricos, no seio mesmo da religião, procuraram dar explicações, mas essa busca não bastava para asserená-los, apesar de alimentar o imaginário.

O território ancestral fora invadido pelos homens-leões. Sua população estava dispersa como minorias mais ou menos toleradas, no seio de outras nações.

Fugindo do jugo dos invasores do norte, homens-golfinhos decidiram partir em cabotagem ao longo do litoral, na esperança de fundar uma cidade onde, enfim, tivessem paz. Na maior parte do tempo, foram recebidos em terra com flechas e pedras e voltaram às pressas ao mar. Cabisbaixos, já pensavam em regressar ao porto de partida, resignados com o tratamento dado, em todo lugar, aos indesejáveis, quando, inesperadamente, foram acolhidos de braços abertos numa cidade costeira do sul, um porto tão grande quanto espetacular.

Inclusive havia ali uma pequena comunidade de homens-golfinhos, já estabelecida há muito tempo e vivendo com conforto e segurança.

Os recém-desembarcados procuraram saber a razão de semelhante recepção. A desconfiança era a regra geral. Para sua grande surpresa, na língua dos golfinhos, um representante da população local explicou estarem na cidade dos homens-baleias, os quais, segundo os sacerdotes, tinham recentemente perdido seu deus. Este, todavia, antes de desaparecer, lhes anunciara a chegada iminente de um grupo de homens-golfinhos. O deus havia determinado que os recebessem com toda hospitalidade, pois trariam conhecimentos úteis, iniciando uma nova era de prosperidade para o povo.

Os homens-golfinhos, de início, acharam suspeita essa atitude. Custara-lhes caro descobrir não haver, em regiões ao redor da terra ancestral, lugar isento de ameaças para eles. Estavam resignados à ideia de, por motivos irracionais, o racismo antigolfinho apresentar-se ciclicamente. Mesmo que às vezes o fenômeno cessasse, acabava retornando. Mas não tinham mais escolha. Começaram, então, a relaxar. Apesar de alguns deles murmurarem ainda que tudo estava indo bem demais para ser verdade.

Os homens-baleias se converteram à religião da luz, do sol, do deus único, da força de vida que transcende o universo, renunciando ao culto do deus-baleia. Como os homens-golfinhos, adotaram o hábito de lavar as mãos antes de comer, respeitavam um dia de repouso por semana, abandonaram os sacrifícios humanos e, em seguida, os sacrifícios de animais. Acabaram, inclusive, com o regime de escravidão.

Eles já tinham adotado a língua e a escrita dos homens-golfinhos e passaram a se filiar também ao calendário e à cartografia.

Arquitetos golfinhos fortificaram os muros da cidade com um novo cimento que seus químicos inventaram. Sempre preocupados com a higiene, colocaram, sobre os telhados das casas, cisternas recolhendo a água das chuvas e permitindo que se lavassem com maior frequência. Criaram canalizações de esgoto, saneando as ruas da cidade. Para os passeios, a saúde e o lazer, plantaram jardins. Ergueram um observatório de astronomia, uma grande biblioteca e um templo cúbico de tamanho imponente. Ao redor da cidade, aquedutos e um sistema de irrigação apropriado decuplicaram as colheitas.

Sob a influência dos novos homens-golfinhos, os homens-baleias criaram um sistema político com uma rainha, que dispunha de um poder simbólico, e uma assembleia de sábios com o poder legislativo. Esses últimos nomeavam um governo formado por especialistas.

A primeira rainha foi uma mulher vinda do povo das baleias, mas que se casou com um cientista dos golfinhos.

A cidade cunhou uma moeda. A justiça estava a cargo de tribunais compostos por profissionais do direito e júris populares. Dentro da mais pura tradição dos homens-golfinhos, a rainha passou a desenvolver talentos mediúnicos e, simultaneamente, a engordar, até se tornar obesa. Sacerdotes a acompanhavam quando colocava-se no centro do templo, para entrar em transe e receber mensagens da "dimensão superior".

Por iniciativa da gorda rainha, homens-baleias e homens-golfinhos se lançaram à construção de um porto de tamanho sem igual, podendo receber centenas de navios em diversos andares, graças a rampas aquáticas. Também as embarcações foram melhoradas com um timão, permitindo o controle a partir da proa, cascos delgados e materiais mais leves, que imprimiam maior velocidade às naves, com melhor estabilidade.

Bem rapidamente, engenheiros golfinhos compreenderam que a solidez da embarcação dependia da quilha. Até então, elas se constituíam de três elementos que, no primeiro choque, se desarticulavam. Estudando a fundo as técnicas de fabricação dos cascos marinhos, os engenheiros se interessaram por árvores imponentes: os cedros. Eles os curvaram, para obter uma forma arredondada, umedecendo as extremidades e aquecendo de um lado só. Alguém, então, teve a ideia que se tornaria o principal segredo dos canteiros navais do povo das baleias e dos golfinhos: curvar a árvore enquanto ainda era arbusto. O tronco crescia na forma boa e, em seguida, era mais fácil se obter um casco arredondado, com quilhas de madeira sem descontinuidade. A visão de florestas com árvores vergadas divertia muito as crianças e surpreendia caminhantes desprevenidos.

Não gostando de se dedicar pessoalmente à guerra, os homens-golfinhos recrutaram mercenários, soldados profissionais remunerados, para protegerem os comboios marítimos e velarem pela cidade. A partir disso, com a presença de militares embarcados, seus navios passaram a ser respeitados pelos autóctones. Os homens-golfinhos puderam conversar livremente com a população local, propondo trocas de matérias-primas, objetos manufaturados, assim como mapas marítimos.

De início, eles fizeram a troca. Depois, convenceram outros povos a usarem uma moeda comum.

Para aumentar as permutas, as baleias e os golfinhos lançaram expedições a regiões ainda mais afastadas. Estabeleceram nelas empórios comerciais.

Essas expedições tiveram também como consequência o incentivo à mistura dos povos, apesar das reticências iniciais. Reinos vizinhos, tomando consciência do avanço daquela população inclusive, enviaram seus jovens para se instruírem nas universidades alheias. Eles regressavam com ideias liberais que chocaram as populações de origem. Muito rapidamente se tornaram antiescravagistas e defendiam a proibição dos sacrifícios humanos e animais, comportamentos que eram considerados subversivos.

A civilização de baleias e golfinhos, graças à engenhosidade de seus arquitetos navais, aperfeiçoou constantemente os navios, tendo como meta expedições cada vez mais longínquas e afastando concomitantemente a fronteira da "terra incógnita". As cartas náuticas que estabeleciam também davam precisões quanto à natureza das correntes marinhas a que estavam submetidas as embarcações. Dessa forma, eles conseguiram viajar longas distâncias, simplesmente se deixando levar pelas boas correntezas. Rotas marítimas, conhecidas apenas por eles, foram traçadas.

Animadas, a rainha e a assembleia decidiram, um dia, lançar navios em busca da grande ilha do oeste. A mítica Ilha da Tranquilidade, onde os antepassados haviam tentado criar um Estado ideal. Os marinheiros navegaram por muito tempo, mas voltaram malogrados. Se a tal ilha existiu, ela tinha sido engolida e nenhum sismo abissal a trouxera de volta à superfície.

Baleias e golfinhos organizaram, então, uma expedição para efetuar a volta completa do continente. O périplo durou sete anos. No retorno, os viajantes trouxeram alimentos novos, frutas e legumes desconhecidos, especiarias que aromatizavam os pratos. Trouxeram também instrumentos de música originais, plantas medicinais que curavam febres e pedras duríssimas com reflexos esplêndidos.

Houve também, entre os marinheiro regressos, alguns com doenças nunca vistas e de tratamentos incógnitos. Após uma terrível epidemia, para proteger a população, a assembleia optou pelo isolamento temporário daqueles que voltavam de longe. Quarenta dias sem contato com a cidade se tornaram necessários para todos os marinheiros tendo viajado a território desconhecido. Em suas peregrinações, acontecia de as expedições de comércio encontrarem homens-golfinhos oriundos de migrações anteriores. Alguns tinham conservado conhecimentos que eles não recordavam. Outros haviam esquecido tudo e estavam à procura de algo que os remetesse aos antigos rituais. Tendo circundado o continente pelo mar, o povo das baleias e dos golfinhos quiseram saber o que havia na extensão das terras. Caravanas partiram à descoberta das regiões além das montanhas de leste. Trouxeram informações confiáveis sobre civilizações que ali haviam emergido.

Um jovem explorador particularmente intrépido organizou uma operação de reconhecimento em direção nordeste. O grupo precisou combater vários bandos armados, escalou as altas montanhas fronteiriças do norte, atravessou diversos desfiladeiros escarpados, até desembocar num deserto pedregoso. Atravessada uma furiosa torrente, foram assaltados por quadrilhas de ladrões. Conseguiram deixar tudo isso para trás, mas encontraram novas montanhas, demarcando uma zona que eles consideraram o limite do mundo.

Sem saber, o jovem explorador e seus homens acabavam de entrar em contato com a grande civilização dos homens-cupins.

30. ENCICLOPÉDIA: HISTÓRIA DE PORCOS

Desejosos de melhorar o gosto da carne, um conglomerado de charcuteiros pediu a um químico, o professor Dantzer, da cidade de Bordeaux, que resolvesse um enigma. Eles, de fato, tinham percebido que, cada vez mais, a carne dos porcos se impregnava com um gosto de urina que a tornava imprópria para o consumo. O professor Dantzer investigou nos matadouros e acabou compreendendo. Os porcos com gosto de urina acentuado eram os que tinham maior consciência de sua situação e, com isso, se angustiavam mais antes de morrer.

O professor Dantzer preconizou duas soluções para a resolução do problema: um calmante ou o não isolamento do animal dos seus familiares.

Dantzer percebera que, de fato, quando se deixava o porco junto dos filhotes, o animal aceitava sua situação e não se estressava.

A solução do calmante foi a preferida. Dessa forma, quando comem porco, os consumidores ingerem ao mesmo tempo o calmante que serviu para acalmar o animal, mas que apresenta um pequeno inconveniente: ele cria uma dependência. A partir disso, o humano precisa buscar regularmente sua dose do calmante, para não se angustiar ele próprio...

Edmond Wells,
Enciclopédia dos saberes relativo e absoluto, tomo V.

31. O IMPÉRIO DOS CUPINS

O sol nascia numa planície com abundante vegetação luxuriante.

Macacos barulhentos acordavam plácidos elefantes. A fumaça se erguia ao longe, na cidade de pedra vermelha. O reino dos homens-cupins, protegido das guerras por seu isolamento e pelas altas montanhas que fechavam a fronteira norte, tinha investido toda sua energia nas artes.

As cores vivas gozavam de um importante lugar em suas pinturas, esculturas, roupas e até mesmo gastronomia. Eles veneravam uma multidão de deuses matizados e dotados de complexos atributos.

Em papiros, os homens-cupins haviam registrado a história de seus deuses, com suas guerras e rivalidades. A mitologia deles se estendia por cerca de vinte volumes. Pouquíssimos homens-cupins tinham lido o texto na íntegra, mas todos buscavam ali frequentes referências.

Os homens-cupins se consagravam a uma estranha ginástica, quase imóvel, baseada em posturas que, pretensamente, um peixe outrora lhes ensinara. Na verdade, fora um homem-golfinho que, em tempos imemoriais, ali se estabeleceu e entre eles morreu, sem deixar descendência. O estrangeiro não só havia ensinado aquela ginástica, mas também os familiarizou com a escrita, a astronomia e a navegação.

O povo dos homens-cupins passou por grandes guerras, contra povos originados dos homens-ratos, pois estes se ramificaram incessantemente, em tribos igualmente agressivas. Eles atravessavam como podiam as montanhas do norte e se espalhavam pelas planícies. Os homens-ratos tinham muitas vezes vencido, mas os seus chefes sempre acabavam seduzidos pelas artes e filosofia dos cupins e abandonavam a paixão militar, entregando-se aos prazeres daquela civilização. Os homens-cupins tinham, assim, descoberto uma nova maneira de sobrevivência, abrandando os adversários pelo prazer e pela preguiça.

Eles também buscaram diversos aprimoramentos. Na cozinha, eram peritos no uso das especiarias e, muito particularmente, em assados ao forno, com as carnes se impregnando dos aromas de ervas selecionadas.

As universidades ensinavam combinações de medicina com religião, religião com astronomia e astronomia com uma nova aritmética baseada em símbolos.

Meticulosos, sabiam diagnosticar doenças, tomavam o pulso para avaliar a fadiga dos órgãos e se purgavam com água salgada.

Tinham inventado os algarismos, principalmente o zero, e instrumentos de música com cordas que ressoavam as harmônicas. Os homens-cupins, sobretudo, tiveram a ideia de unir a religião à sexualidade e esta se tornou uma arte complexa, com técnicas amorosas se propondo atingir os paroxismos do êxtase. Para eles, o orgasmo era a maneira mais fácil de se elevar a alma ao país dos deuses e até mesmo entrevê-los.

Para aumentar ainda mais o prazer sexual, cientistas cupins estudaram cada parcela do corpo humano, cada terminal nervoso e registraram suas observações em compilações de papiro.

Quando a primeira caravana vinda do país dos baleias chegou pela primeira vez à fronteira, após a travessia de milhares de quilômetros e tendo cruzado a grande montanha do norte, os homens-cupins receberam-na cordialmente. Também eles conheciam uma lenda antiga, anunciando a volta, um dia, dos homens-golfinhos.

Muito rapidamente, baleias e golfinhos intercambiaram saberes com os cupins. Cada um dos dois povos se encantou com a extensão e diversidade do conhecimento do outro. Decidiram, de imediato, criar comissões a perpetuarem aquele laço.

Na mesma época, no seio da civilização dos cupins, surgiu um jovem que iniciou a pregação de uma nova filosofia, originada na religião local, mas também partindo de um conceito de não violência. Chamaram-no Homem Calmo. Seu carisma e descontração eram tão impressionantes que o povo das baleias e dos golfinhos pediu para também se beneficiar dos ensinamentos. Homem Calmo havia codificado e purgado o saber ancestral dos homens-cupins, realçando-lhe a quintessência. Melhorara os conceitos de desapego e de transmigração das almas. Ele ensinou, então, ao povo estrangeiro sua visão particular do mundo, mostrando que os seres morrem e renascem incessantemente. Mudavam, é verdade, de corpo, mas era sempre a mesma alma, reencarnando. O jovem afirmava não existirem inferno e nem paraíso, mas que, num determinado momento, a alma julgava a si própria, em função de seus atos, em suas vidas passadas. Segundo ele, nosso único inimigo somos nós mesmos e nossa própria dureza conosco.

O jovem sábio pedia que cada um tivesse compaixão e bondade com o que fora anteriormente.

O mais sedutor nessa filosofia – Homem Calmo negava querer promover uma religião – é que permitia não se temer mais a morte, sendo a existência uma passagem de uma vida para outra. Aquele pregador se exprimia com grande suavidade e seu olhar era claro e direto. Falando, ele sorria. Às vezes, até prendendo o riso. Mas não era um riso sardônico. Era mais um riso vindo da alegria de transmitir coisas evidentes.

Encantados, os escribas transcreviam espontaneamente suas palavras. Quanto aos exploradores, baleias e golfinhos, igualmente tomaram notas, certos de que aquela filosofia poderia ser útil também em seu país.

32. ENCICLOPÉDIA: OS QUATRO ACORDOS TOLTECAS

Don Miguel Ruiz nasceu no México, de mãe curandeira e tendo um avô *nagual* (xamã). Seguiu os estudos de medicina e tornou-se cirurgião, mas um acidente o fez passar por uma EQM (experiência de quase morte). Após o acidente, ele resolveu reaver o saber dos xamãs, tornou-se *nagual* da linhagem dos Cavaleiros da Águia, uma filiação que se dedicava a transmitir o ensinamento dos antigos toltecas. Em seu livro *Os quatro acordos toltecas*, ele propôs um código de conduta, uma espécie de resumo de seu ensino em quatro comportamentos, que permitem a libertação do condicionamento coletivo e do medo do futuro.

"*Primeiro acordo. Que sua palavra seja impecável.*

Fale com integridade, dizendo apenas o que realmente pensar. Não utilize a palavra contra si próprio e nem para falar mal de alguém. A palavra é um instrumento que pode destruir. Tome consciência de seu poder e domine-o. Não minta e nem calunie.

Segundo acordo. A nada reaja de maneira pessoal.

O que os outros dizem a seu respeito e fazem contra você não passa de uma projeção da realidade deles, com seus medos, cóleras e fantasmas. Por exemplo: se alguém o insulta é problema dele, e não seu. Não se incomode e nem se sinta questionado por isso.

Terceiro acordo. Não faça qualquer suposição.

Não comece a elaborar hipóteses de probabilidades negativas, pois acabará acreditando nelas como se fossem certezas. Por exemplo: se uma pessoa se atrasa, você acha

que lhe aconteceu um acidente. Se não souber, informe-se. Não se deixe convencer por seus próprios medos e por suas próprias mentiras.
Quarto acordo. Faça o melhor que puder.
Não há uma obrigação de bom êxito, apenas uma obrigação de se ter feito o melhor possível.
Se você fracassar, evite julgar a si mesmo, culpar-se ou lamentar-se. Tente, ponha em execução, esforce-se para utilizar da melhor maneira suas capacidades pessoais. Aceite não ser perfeito e nem sempre vitorioso."

Edmond Wells,
***Enciclopédia dos saberes relativo e absoluto*, tomo V.**

33. O IMPÉRIO DAS ÁGUIAS

Os homens-águias tinham, por muito tempo, esperado sua hora.

Do alto da montanha, observaram de longe a evolução dos povos das planícies e, ao se sentirem prontos, resolveram que era hora de alargar sua zona de influência.

Desenvolveram, então, uma civilização militar semelhante àquela dos homens-leões, mas melhor estruturada.

O regime de assembleia de baleias e golfinhos, relatado por viajantes, lhes pareceu o máximo da modernidade, mas em seu território só estavam autorizados a votar os ricos e os nobres.

Pesquisadores se dedicaram à elaboração de armas mais eficazes e destrutivas. Aperfeiçoaram, dessa forma, a catapulta, o onagro e a balista, capazes de arremessar pedras ou lanças a distâncias consideráveis.

Fabricaram para os infantes armaduras leves, não mais em couro, mas com placas de metal articuladas.

Os homens-águias retomaram o alfabeto dos homens-leões, com ligeiras modificações. Estabeleceram tribunais e codificaram muito precisamente as leis e as penas, com castigos físicos de impressionar multidões. Quanto à religião, procuraram não complicar as coisas: tomaram pura e simplesmente emprestado dos homens-leões o mesmo politeísmo, se contentando apenas em mudar os nomes dos deuses, mas conservando suas características, poderes e história.

E os homens-águias desceram do alto da montanha. Tomaram sem dificuldade alguns vilarejos, depois algumas cidades das planícies, pertencentes a povos sem deuses.

Deslocaram, em seguida, a capital, abandonando a região montanhosa e se instalando numa depressão de terreno, atravessada por um grande rio. Ali edificaram uma cidade imensa e a fortificaram da melhor maneira que puderam.

Os homens-leões tinham optado por uma multiplicidade de cidades mais ou menos autônomas e rivais. Os homens-águias preferiram um conceito de grande capital única e radiante. Quiseram um Estado centralizado e não uma federação de cidades.

Por trás das muralhas da capital, criaram escolas, faculdades de direito, de filosofia e tribunais que distribuíam a justiça conforme as leis em vigor. Assim nasceu uma administração bastante hierarquizada, reflexo do exército que forjara o Estado.

Quando a capital lhes pareceu suficientemente protegida, as águias juntaram um exército e se prepararam para atacar, a noroeste, o mais poderoso vizinho: os leões.

Esses últimos, após um período de expansão, começavam a entrar em decadência. Suas cidades se extenuavam em guerras internas, e o gosto pelas festas sufocara a sede de conquista.

Os meios dirigentes sucumbiam à corrupção, unicamente preocupados em acumular para si bens e riquezas.

Umas após as outras, as cidades dos homens-leões caíram diante dos assaltos dos homens-águias. Após várias tentativas de mediação, seus vilarejos se revelaram incapazes de aliança para resistir ao invasor.

Os homens-águias foram ferozes na vitória. Massacre e escravidão aos vencidos, pilhagem das riquezas e destruição dos monumentos sempre faziam parte do seu processo.

No entanto, passado o período inicial de invasão, deixaram de exterminar sistematicamente os adversários derrotados. Os reis vencidos foram mantidos em seus lugares. Exigia-se apenas que se convertessem à religião dos vencedores e, enquanto pagassem os impostos aos homens-águias, seus povos não corriam mais o risco de represálias.

As taxas compreendiam dinheiro, matérias-primas, mulheres e escravos. Passados alguns anos, os estrangeiros podiam, querendo, pedir sua integração ao reino dos homens-águias e passavam a gozar de uma situação de inteira cidadania.

Por essa época, uma expedição marítima de baleias e golfinhos desembarcou no litoral dos homens-águias. Os exploradores foram bem-recebidos e a proposta que apresentaram, para criação ali de um entreposto que favorecesse as trocas comerciais entre os dois povos, foi aceita de bom grado.

Tudo seguia da melhor forma, até um grupo de soldados-águias receber a ordem de se apoderar da embarcação estrangeira, com o intuito de descobrir seus segredos de fabricação. Os marinheiros, que dormiam tranquilamente, foram degolados durante o sono, e o navio, desmontado peça por peça. Um só mistério se manteve: como baleias e golfinhos tinham obtido as enormes vigas da quilha, em madeira curva e numa só peça?

Os homens-águias resolveram, então, passar das invasões terrestres às invasões marítimas. Incumbiram-se da tarefa de armar uma frota de guerra. Diferentemente dos homens-baleias e dos homens-golfinhos, cujos mercenários embarcados esperavam a abordagem para reagir em caso de ataque, eles equiparam a proa dos navios com um esporão de ponta metálica, capaz de perfurar os cascos das naus adversárias. Para ganhar maneabilidade e rapidez, acrescentaram às velas remos, manejados por bancadas de galerianos, que eram submetidos a impiedosos feitores, cujas chicotadas se abatiam sobre os dorsos nus.

Seus navios, assim, deixaram de depender dos ventos e das correntes marítimas. Podiam ser manobrados facilmente, giravam sobre o próprio eixo, se necessário, e se adaptavam para melhor arremeter com o esporão.

Os navios militares do povo das águias usavam as mesmas rotas marítimas que os navios de comércio do povo das baleias e dos golfinhos.

A partir daí, o choque entre as duas civilizações se tornou inevitável. Ambas as capitais eram demasiadamente bem-sucedidas para não se verem mutuamente como rivais.

A esquadra dos homens-águias tomou a iniciativa e atacou um comboio de abastecimento adversário, que se dirigia a um empório comercial. A surpresa foi total.

Mal começava a anoitecer quando, das naus dos homens-águias, surgiram peças de estopa em chamas, embebidas em pez. Lançadas por catapultas, elas caíam, pondo em brasas as enxárcias dos navios de baleias e golfinhos, incapazes de responder. Em pânico, as embarcações atingidas se chocavam umas às outras e os capitães das águias aproveitaram esse momento para se lançar contra elas com seus esporões. Os marinheiros que se jogavam ao mar, para escapar do naufrágio, sucumbiam às flechas inflamadas. Em todo o redor, velas e navios em chamas abrasaram a noite.

No entanto, manifestando-se o vento, alguns barcos dos homens-baleias e dos homens-golfinhos se esquivaram do tumulto e conseguiram algumas abordagens. Tinham experiência em combates corpo a corpo e conseguiram, inclusive, controlar catapultas, que lançavam contra os navios dos homens-águias, que, por sua vez, afundavam, levando à morte bancadas inteiras de galerianos acorrentados. Atraídos pelo sangue, tubarões cada vez mais numerosos criaram uma enorme agitação aquática.

A batalha durou a noite inteira. Em seus navios incendiados, hábeis capitães dos golfinhos se esforçaram, manobrando o que restava de suas velas carbonizadas. Pela manhã, restava apenas uma embarcação do povo das baleias e dos golfinhos em estado de retornar à base e anunciar a catástrofe.

Na assembleia, obtiveram maioria os que defendiam a negociação e até mesmo propunham que se fizessem ofertas aos homens-águias, para acalmá-los.

Foi o que se resolveu. O outro lado, porém, recebeu tais presentes como uma demonstração de fraqueza. Com isso, em vez de reduzirem a pressão, aumentaram-na. Vários postos comerciais de baleias e golfinhos caíram em mãos do povo das águias.

Surgiu, nessa época, um jovem general entre os golfinhos, de 22 anos de idade. Seu pai, também general, morrera numa emboscada dos homens-águias.

Era um rapaz de aparência medíocre, miúdo, com os ombros estreitos, nariz largo, cabelos ruivos, lábios grossos. Tinha ainda o porte de um adolescente, mas via-se determinação em seu olhar. Ele arengava a multidão, na praça da capital. Em tom decidido, pregava a liberdade e o direito dos povos a se governarem a si mesmos, lembrando que sua civilização sempre havia respeitado a autonomia, os costumes e as leis das cidades estrangeiras, enquanto a civilização das águias as subjugava e tributava pesadamente. Eles, baleias e golfinhos, tinham abandonado os sacrifícios humanos e animais, aboliram a escravidão e instituíram um dia de repouso para todos. Estava fora de questão, portanto, se submeterem à brutalidade e ferocidade dos homens-águias. O que precisavam fazer, em seu entender, era reforçar a ajuda mútua de todas as cidades ameaçadas pelos homens-águias e, se possível, criar federações em todas, sob um mesmo estandarte de liberdade. Sua voz grave e profunda impunha o silêncio e a atenção.

Ele começou, desse modo, a agrupar voluntários ao seu redor. E o grupo acabou reunindo um pequeno exército, unido por seu carisma e não mais pelo soldo ou pela promessa de pilhagens.

Estrategista refinado e educado na arte da guerra, o jovem general era um grande admirador daquele dos homens-leões, "o Audacioso", de quem ele tinha ouvido detalhadamente através de histórias narradas por militares viajantes. Ele compreendeu que, para defender melhor o território de golfinhos e baleias, assaltado por todos os lados, era preciso atacar o adversário no coração de seu império. A melhor defesa seria o ataque. Estando a situação militar desastrosa, ele organizou um plano de ofensiva contra a capital dos homens-águias.

De início, as águias não se preocuparam minimamente com a pequena tropa que desembarcou no litoral de um território vizinho, dos homens-cabras. No entanto, a cada dia, aquele exército se reforçou com a chegada de voluntários, vindos dos diversos povos que recusavam o jugo dos homens-águias. E o general deu continuidade a seus discursos em praças públicas e mercados das cidades e vilarejos.

Num breve lapso de tempo, eles somaram trinta mil infantes, seis mil cavalarianos e 140 elefantes atravessando a primeira das cadeias montanhosas, nos confins do território das águias. O general e seu exército de união penetraram, assim, no país dos homens-galos. As tropas eram impressionantes o bastante para que os galos enfim se arriscassem a se rebelar contra a administração das águias. Tiraram bom proveito disso e suas cidades foram, desse modo, libertadas, uma após a outra.

Na capital dos homens-baleias e dos homens-golfinhos, os senadores se preocupavam com aquela duvidosa iniciativa pessoal. Temiam, antecipadamente, represálias dos homens-águias. Um emissário foi enviado ao jovem chefe impetuoso, insistindo que desse fim àquela demonstração de força e regressasse o mais rapidamente ao país. O jovem general não lhe deu ouvidos. Afirmou ter recebido, em sonho, o conselho de avançar. Seu exército, então, continuou sua progressão rumo ao território das águias.

Apesar de a metade dos elefantes ter morrido de frio e exaustão no caminho, 60 mil infantes e doze mil cavalarianos atravessaram a segunda cadeia montanhosa. Os homens-águias achavam que seus povos vassalos se encarregariam de parar os invasores estrangeiros, mas, pelo contrário, eles aplaudiam, com entusiasmo, o exército heteróclito que acampava sem receio em suas terras. Ouviram o belo general que só falava de liberdade e de emancipação dos povos. Comprovou-se: se era possível submeter multidões pela violência e pelo medo, podia-se, mais facilmente ainda, conquistá-las pela promessa de liberdade.

Novos contingentes e até mesmo vilarejos de homens-águias, seduzidos pela liberdade, se juntaram ao carismático chefe das baleias e dos golfinhos. Ele foi batizado "o Libertador".

A primeira batalha teve como palco uma planície ao pé de uma colina. Tão logo as tropas reunidas sob o estandarte dos homens-baleias e dos homens-golfinhos apareceram no cimo, os homens-águias, cavaleiros e infantes misturados se lançaram ao assalto, subindo a encosta. Estavam estes últimos no meio do caminho, já arfantes, quando as fileiras inimigas deram passagem aos elefantes, carregando nacelas repletas de arqueiros.

A aparição siderou as tropas das águias, no entanto muito aguerridas. Diminuíram o ritmo do avanço e o "Libertador" aproveitou esse momento de hesitação para dar, por sua vez, o sinal de ataque.

Os elefantes avançaram em poderosa e majestosa linha, estupeficando as fileiras inimigas. As fortalezas ambulantes se lançaram à carga, com as defesas em riste. O chão tremeu sob o peso dos mastodontes. Muitos dos soldados-águias fugiram. Os que não reagiram rápido o bastante caíram sob as flechas, sendo abatidos a partir das nacelas. Os cavalos, assustados, recusavam obediência a seus cavaleiros e os derrubavam no chão. Os oficiais águias urravam ordens, mas suas vozes eram encobertas pelos barritos. As defesas dos elefantes invadiam as linhas inimigas e depois se erguiam, exibindo soldados literalmente estrepados.

Quando a infantaria das baleias e dos golfinhos começou afinal a se mover, foi apenas para liquidar os últimos bolsões de uma resistência já muito abalada.

O jovem general dos golfinhos ordenou, todavia, que deixassem escapar alguns sobreviventes, pois queria que pudessem contar à população e a seus chefes o desbaratamento do exército das águias. Ele tinha compreendido o princípio da guerra psicológica.

O efeito ultrapassou qualquer previsão.

Sem saber mais como levantar a moral de suas tropas, o comandante na chefia dos homens-águias resolveu ressuscitar um velho costume dos homens-ratos: vencer o terror com um terror ainda maior. Um soldado em cada dez foi sorteado entre os que haviam escapado tentando fugir, ou seja, descumprido o dever de combater até a morte. Foram decapitados diante dos companheiros agrupados. "A vitória ou a morte", seria a nova divisa dos homens-águias. Anunciou-se que os soldados que novamente se esquivassem dos elefantes estariam à mercê de arqueiros especialmente postados para abatê-los.

Na segunda batalha, os homens-águias tinham aprendido a lição. Dispersaram-se, dando passagem aos elefantes e os contornaram, vindo lhes cortar o tendão das pernas. Alucinados pela dor, os animais rodopiavam e caíam, matando os arqueiros que os montavam.

O Libertador adaptou-se rapidamente a essa reviravolta. Ampliou a linha de ataque, lançou a cavalaria em apoio aos mastodontes e, mais uma vez, conseguiu a vitória.

O prestígio do líder só aumentava junto às tropas e ao povo. Sem se preocupar com as súplicas e advertências que se multiplicavam por parte dos senadores do povo das baleias e dos golfinhos, cada vez mais assustados com o sucesso inesperado, ele prosseguiu o avanço em direção à capital das águias.

Sem mais contar com a ajuda dos seus, recebeu-a, todavia, das cidades inimigas, cansadas da tirania de seus soberanos. Além da sedução dos discursos sobre a emancipação dos povos e o fim da escravidão, sua fama se ampliara. Embelezavam suas vitórias, afirmavam-no invencível e favorecido pelos deuses. Quem, então, se oporia ao Libertador?

As tropas das baleias e dos golfinhos avançavam em direção à capital dos homens-águias, sem encontrar sérias resistências. Pelo caminho, eram sempre aclamadas.

Os últimos reservistas adversários se agruparam para a defesa da capital, onde provisões foram estocadas, prevendo um longo sítio.

Quando o exército aliado, afinal, cercou a cidade, houve um pânico atrás das muralhas. Boatos horríveis corriam, descrevendo monstros gigantescos que pisoteavam as pessoas e as faziam dançar no ar, lançando-as com suas trombas, antes de enfileirá-las, espetadas em seus dentes enormes.

Mas na sociedade águia as camadas populares estavam abertas às ideias progressistas do Libertador. Fomentaram um golpe de Estado, de tal forma que estourou uma guerra civil no interior da cidade dos homens-águias, antes mesmo que qualquer baleia ou golfinho atacasse.

Essa "revolta dos miseráveis" foi aniquilada com sangue, para servir de exemplo. E isso aumentou ainda mais o ressentimento contra o governo das águias.

O Libertador, no entanto, não ousou socorrê-los. Ele armou seu acampamento junto à cidade, tento cortado todas as vias de abastecimento, e esperou.

Nos arredores, todos davam como certa a derrota das águias. Na própria capital, a população faminta já se resignara.

Isso durava já há várias semanas quando, para surpresa geral, o Libertador decidiu levantar o cerco. Em sua opinião, os homens-águias tinham compreendido a lição. Não seria necessário esmagá-los, ficariam tranquilos, sabendo, dali para a frente, que, se atacassem o povo das baleias e dos golfinhos, a resposta seria brutal e imediata.

O senado dos homens-águias correu para assinar um tratado de paz, restituindo os postos comerciais e as regiões adversárias invadidas pelas águias.

Aos aliados, que teriam preferido saquear a cidade e não entendiam por que poupar os habitantes, o Libertador explicou ser uma boa oportunidade para acabar com massacres e pilhagens, sendo mais vantajoso, para uma nação moderna, aliar-se do que destruir. Ele inclusive chegou a pensar numa associação econômica entre os seus e os homens-águias.

De volta ao seu país, à frente das tropas, o povo entusiasmado invadiu as ruas para acolhê-lo como salvador e herói. Enciumados com tanta glória, e temendo que o Libertador, jovem e fogoso demais, exigisse o trono, os senadores tentaram fazer correr o boato de que ele se mostrara poltrão e covarde no campo de batalha. Mas ninguém deu atenção a tais rumores.

Os senadores tentaram, então, outra manobra: uma revolta de soldados. Como uma quarta parte do exército do jovem general ainda era constituída por mercenários, bastava não pagá-los para que se rebelassem.

De fato, os voluntários estrangeiros ligados à causa do chefe carismático haviam voltado aos seus países. Quanto aos patriotas dos homens-baleias e dos homens-golfinhos, passado o perigo, tinham retomado suas atividades cotidianas. Armados, nas cercanias da cidade, os únicos que restavam eram os mercenários que, a pretexto de estarem com a caixa vazia, os senadores deixaram de pagar. Como previsto, eles marcharam contra a cidade e, às pressas, o Libertador precisou formar um exército improvisado com os cidadãos da capital. Eram, evidentemente, menos numerosos e menos experientes que os mercenários, mas melhor motivados. A batalha entre os ex-companheiros de combate foi rude, mas, graças ao seu senso inato da estratégia improvisada, o jovem general conseguiu dividir em duas metades a força mercenária. Dessa forma, sua pequena tropa enfrentou uma das metades do exército mercenário, venceu-a e atacou, para, em seguida, ganhar mais uma vez da segunda metade. Mas essa batalha nitidamente enfraqueceu o exército das baleias e dos golfinhos.

Nesse momento, soube-se que, seguindo o bastão de um chefe ainda mais jovem do que o Libertador, o exército das águias tinha rapidamente se restaurado com o recrutamento de mercenários engajados em grande número – pois a sua capital não tinha sido saqueada e nada perdera de suas riquezas. Esse exército acabava de desembarcar no litoral. No caminho, havia massacrado todos que encontraram: homens, mulheres e crianças, fossem artesãos ou camponeses.

O avanço do novo exército das águias suscitava tal pavor que os vilarejos se rendiam sem combater...

O gongo soou e Héracles acendeu a luz da sala.

34. ENCICLOPÉDIA: ARQUIMEDES

Arquimedes, cujo pai era astrônomo, nasceu em Siracusa, na Sicília, em 287 a.C. Culturalmente, a cidade era grega, mas se encontrava em zona de influência cartaginesa.

Tomando banho, ele constatou uma pressão da água sob seu corpo e disso deduziu uma famosa lei: "Todo sólido mergulhado num fluido sofre uma força vertical, dirigida de baixo para cima, igual ao peso do fluido deslocado." Ele teria, então, exclamado seu lendário "Eureca!", em grego: "Encontrei!" (Uma parte de seu manuscrito explicando o princípio foi descoberta em 1907, num pergaminho reutilizado para reproduzir uma página da Bíblia.)

Arquimedes igualmente estudou os pontos de equilíbrio das forças e teorizou o princípio da alavanca, estabelecendo, assim, a regra: "Dois corpos se equilibram guardando distância inversamente proporcional aos seus pesos." Deve-se também a ele a célebre frase: "Deem-me uma alavanca e um ponto de apoio e eu levanto o mundo." Arquimedes, com isso, definiu o princípio do centro de gravidade.

Em mecânica, ele inventou a roda com entalhes, antecessora da engrenagem, e a rosca de Arquimedes, predecessora do parafuso, permitindo a subida dos grãos nos silos.

Tendo o rei de Siracusa se aliado aos cartagineses, os romanos, em represália, sitiaram a cidade durante três anos. Nesse lapso de tempo, Arquimedes fabricou todo tipo de máquinas de guerra extraordinárias. Aperfeiçoou catapultas com força dez vezes superior às dos romanos.

Fabricou um guindaste, apoiado na face interna de uma muralha, que lançava uma pinça mecânica de ferro sobre qualquer navio hostil que encostasse junto à cidade e o prendia pela proa. Um contrapeso era acionado e a embarcação era içada e revirada, com seus ocupantes dentro, como se fosse um brinquedo. Entre outras invenções de vanguarda, Arquimedes concebeu uma bateria de espelhos parabólicos capazes de concentrar a luz do sol num raio, que incendiava as velas dos navios romanos.
Plutarco narrou assim sua morte: "Arquimedes estava resolvendo um problema e, tendo os olhos e o espírito fixados no objeto de reflexão, não notou a chegada dos romanos e nem que a cidade tinha sido tomada. Um soldado romano se aproximou e ordenou que ele o acompanhasse. Arquimedes pediu alguns minutos mais, pois estava prestes a resolver um elemento capital para uma descoberta científica importante. O soldado viu nisso uma demonstração de falta de respeito e, para puni-lo, enfiou-lhe a espada no ventre."

Edmond Wells,
***Enciclopédia dos saberes relativo e absoluto*, tomo V.**

35. A AVALIAÇÃO DE HÉRACLES

Lentamente nos recuperamos da acridez da última partida. Parecia agora ser preciso uma cabine de descompressão, toda vez que saíamos de "Terra 18".

Eu estava trepado numa banqueta, para ficar à altura do território das baleias e dos golfinhos; desci e recuei. Dali, aquele planeta parecia uma grande bola. "Terra 18", o rascunho em que tentávamos nos sair tão bem quanto o primeiro deus em "Terra 1", me parecia uma amante ingrata.

Enxuguei a testa e, mais uma vez, me dei conta de estar banhado de suor. Dos pés à cabeça. Eu provavelmente perdia um quilo a cada partida do jogo de Y. Ser deus emagrece.

Héracles sentou-se à escrivaninha, deixando que discutíssemos entre nós mesmos.

Meu coração batia muito forte e eu estava dividido entre o entusiasmo da vitória, graças ao Libertador, e a aflição diante da maneira como tudo tinha bruscamente revirado. Tanto trabalho para chegar a uma situação tão desconfortável.

Virei-me para Raul.

– Não vai me aprontar uma coisa dessas, vai?

Meu amigo passou as compridas mãos pelo queixo, sem parecer tão afetado quanto eu pelos acontecimentos.

– E o que me oferece em troca, se eu o poupar?

– Nós somos amigos, não? – insisti.

– Nossa amizade é na vida, mas no jogo é outra coisa. Quando amigos jogam pôquer, não mostram suas cartas durante a partida, acho eu...

– Na mesma situação, eu o salvei. Meu Libertador sitiou sua capital, mas eu poupei seu povo.

Ele me olhou, desdenhoso.

– Sou-lhe grato.

Permaneceu imperturbável.

– Veja bem, uma vitória só conta se for levada até o fim. Seu general se pavoneou por um tempo e depois se encostou.

– Ele poupou seu povo!

– Por quê?

A pergunta me surpreendeu.

– Porque você é meu amigo.

– Só isso?...

– Porque é importante, o quanto antes, interromper o ciclo de violências, de vinganças, e instaurar a diplomacia como nova linguagem entre os povos. Nós assinamos um tratado de paz.

Raul, por sua vez, se empinou.

– Você me humilhou, ameaçando e não liquidando. Devia ter concluído o trabalho.

Pelo visto, ele me recriminava por tê-lo deixado... viver.

– Mas o tratado de paz! – repeti, contendo-me.

– Não vou respeitá-lo.

– É desleal.

– Para mim, trata-se apenas de esperteza. E isso faz parte do jogo. Sendo deus, tenho direito a todo estratagema para salvar meu povo em perigo imediato. Em seguida, passado o perigo, posso pensar em meu interesse a longo prazo.

– Era um acordo de paz. Para que ambos saíssemos do vespeiro a que o seu belicismo nos levou, contra nossa vontade.

– A "paz" – repetiu ele. – A "paz" é um conceito para mortais. É como a "felicidade" ou o "amor". Palavras, apenas palavras que fazem sonhar. Não têm nada de concreto. O que há são acelerações e desacelerações na guerra. Digamos que a paz é um entreato de duas guerras.

– A paz é um ideal.

– Para os mortais, não para os deuses. Daqui a gente vê que a paz é um truque para os deuses fracos ou preguiçosos, que não têm paciência para organizar conquistas. Nesse estágio do jogo, há um trabalho militar determinante a ser cumprido. Quando esse trabalho tiver realmente terminado e as fronteiras começarem a se fixar, a paz se estabelecerá por si mesma.

Considerei meu amigo com um novo distanciamento.

– Michael, não seja ingênuo. Só assinei o acordo de paz porque estava em maus lençóis e precisava de um tempo para me rearmar. É para o que servem os acordos de paz: ganhar tempo para, em seguida, voltar a bater mais firmemente. Não se engane, ali, na crosta de "Terra 18", é a selva.

– Está trapaceando.

– Não respeitar um tratado de paz não é trapaça, é escolha estratégica. Não é com bons sentimentos que se constroem grandes civilizações. Não vai me dizer que acredita nas propagandas dos mortais!

– Os tratados de paz são um meio de se reduzir a violência.

– Mas a violência É a lei da natureza. Os animais lutam. Quantas vezes vou precisar repetir? Acha que leões fazem tratados de paz com as gazelas? Até os vegetais lutam. Inclusive dentro do seu corpo essa lei é válida. Seus linfócitos fazem tratados de paz com os micróbios? Não, eles os eliminam, pois esta é a sobrevivência do sistema. Em todo lugar se mata para sobreviver.

Raul prosseguiu, fixando-me intensamente:

– Se você não for capaz, como constatei, de assumir a vitória total, não está no sentido da Natureza. Você pensa ser mais evoluído, mas é apenas mais fraco. Você é um dinossauro.

O discurso duro começava a me irritar. Raul evoluíra bastante, tinha integrado completamente a força "D". De Darwin.

– Quanto a mim, acredito que a cordialidade é um sinal de inteligência e de evolução. Ganham, no final, os que são "cordiais".

Tínhamos, os dois, a impressão de voltar a travar o mesmo combate sem solução. Ele não me modificaria e eu não o modificaria.

– Você se lembra daqueles ursos, em "Terra 1", que se tornaram vegetarianos? – perguntou ele.

– Os pandas?

– Isso mesmo, procure lembrar. Talvez estivessem cansados das garras e de morder e matar. Resolveram, então, apenas chupar bambus e... estão em vias de extinção.

– No meu lugar, então, você teria...

– Teria tomado a capital, é claro. E sem hesitação. É o jogo. Assim que você hesitou, vi que não era capaz de assumir a força do seu general. Pois compreendi ter sido você que, pelo sonho, o levou a recuar no jogo. Os mortais não são tão estúpidos! Ele pensou e deixou as coisas correrem. Os fracos pensam e não fazem muito, enquanto os fortes não se colocam tantas questões e agem. Mais tarde, não dando certo, se desculpam e dizem não ter feito de propósito, ou acham um oficial que cumpra o papel do bode expiatório e pague pelos outros.

Raul talvez tivesse razão. Eu não era melhor do que Theotime, hesitando na hora de se vingar no ringue de boxe. O medo de vencer, a incapacidade de levar uma ofensiva a seu termo, o medo de destruir, o temor de se rebaixar, reproduzindo a selvageria dos adversários ao se comportar como eles...

Meu Libertador recusou dar o golpe de misericórdia. Eu sabia que ele não se via saqueando, violando e pilhando a cidade que não tinha mais como se defender. Isso lhe parecera aviltante. Ele, então, manteve a cabeça erguida e recuou. E era aquele o resultado...

Raul não piscava.

– *Delenda est Carthago* – disse, sobriamente.

Era a frase do general romano Cipião, prestes a destruir a capital inimiga. "Cartago deve ser destruída."

Uma voz soou atrás de mim:

– Nada mais justo. Copiando os cartagineses o senhor revive o seu calvário – pronunciou Héracles.

– Tem algo a criticar? – perguntei.

– Tenho a criticar, senhor Pinson, o fato de reproduzir exatamente certos episódios da história de "Terra 1".

– É um crime?

– Copiar, sim. É uma facilidade. É ruim... mesmo sendo comum. Não se surpreenda se as mesmas causas o levarem aos mesmos efeitos. Não sei como faz para dispor de informações tão precisas, mas, sem dúvida, o senhor copiou a história de "Terra 1".

O professor auxiliar franziu o cenho.

– Imagina que não reconheci Aníbal, o Cartaginês, e seus elefantes? O seu Libertador é uma pálida cópia do verdadeiro. E se fosse somente o senhor, Pinson! Eiffel com seu sábio que se assemelha a Siddharta. E aquele falso Alexandre, o Grande, que percebi um pouco antes, com os leões... O Audacioso, era esse o nome. Incrível como todos vocês são pouco imaginativos.

Escondi nas dobras da toga minha *Enciclopédia dos saberes relativo e absoluto* para que ele não visse de onde eu tirava minhas informações tão "precisas" das peripécias de "Terra 1". Era verdade que eu sabia da paixão do meu mestre Edmond Wells por Aníbal, o Cartaginês, e era verdade que eu tinha devorado as aventuras desse jovem general que, contra a vontade de seu próprio governo, organizara uma expedição armada para desbaratar o invasor em seu próprio terreno. O fato de descobrir que ele era, além do mais, antiescravagista e que tinha, literalmente, libertado a Espanha e o sul da Gália me encantara a ponto de achar que, se um dia voltasse à Terra como mortal, daria a meu filho o nome desse herói. Aníbal sozinho contra os romanos, Aníbal poupando seu adversário no chão, Aníbal traído pelos seus, invejosos. Um herói.

"Sejam originais", escreveu Héracles no quadro-negro. Sublinhou-o várias vezes.

– Por pouco não encontrei, nessa barafunda de heróis de segunda mão, alguma reprodução... minha. Para essa partida, não vou saudar os melhores. Citarei, em ordem, os "menos piores".

Héracles se sentou, consultou o bloquinho e anunciou:

– Então, em primeiro, apesar da banalidade de seu "herói", Gustave Eiffel, com o povo dos homens-cupins. Sua filosofia de tipo budista é fácil de se exportar. Ele elaborou uma espécie de força macia, na qual se atolam os invasores. É estranho, mas funciona. Gustave Eiffel, acho eu, é quem melhor encarnou a força "A", de Associação.

Ninguém se atreveu a aplaudir um elogio tão pouco entusiasmado.

– Em segundo, Georges Méliès e seus homens-tigres em pleno vigor. Ele perfez sua revolução industrial, estabeleceu uma administração sob as ordens dos serviços secretos, que controlam bem o território, a partir do interior. Ele encarna a força "N", neutra, sem qualquer dinâmica de defesa e ataque. Os homens-tigres sabem gerir, sem ambição nem medo. É uma civilização realmente estável.

Alguns poucos aplausos.

– Em terceiro: Raul Razorback e seu povo dos homens-águias, que rapidamente se refez da derrota infligida pelos povo das baleias e dos golfinhos e retomou a conquista do mundo. É surpreendente, mas dão a impressão de estar inclusive mais fortes, tendo superado essa provação. Passar tão perto da aniquilação parece ter produzido uma energia nova. Excelente capacidade de reação ofensiva. Razorback encarna a força "D", força de ataque e invasão, força guerreira em todo seu esplendor.

Aplausos ligeiramente mais altos, sem minha participação.

Héracles, em seguida, desfiou um rosário de nomes. Eu não estava entre os dez primeiros, nem entre os vinte e sequer entre os cinquenta.

Comecei a me preparar para a possibilidade de acabar em último. Uma cordialidade a mais e minha civilização e eu estávamos condenados.

– Na penúltima e 78ª posição: Michael Pinson. Um exército esfacelado, uma capital em ruína, um povo dispersado. Seus homens-golfinhos são minoritários em todo lugar, disseminados e perseguidos por toda parte... Um quadro nada glorioso.

Consegui murmurar:

– Meus cientistas e artistas continuam prolíficos.

– Estão a serviço de outras civilizações, que os toleram parcialmente. Com a queda de sua capital, vão se tornar apenas escravos de povos guerreiros. Para um povo que sempre lutou contra a servidão e pela emancipação dos indivíduos, não deixa de ser um grande fracasso.

Eu sequer pisquei.

– Meus exploradores, caravanas e navios percorrem o mundo. Na maioria dos entrepostos comerciais fala-se a língua dos golfinhos. É também a língua da ciência em muitos países.

– Mas basta que seus comerciantes encontrem simples piratas para serem reduzidos a nada. Qualquer um dos seus cientistas pode estar à mercê de um massacre. Ninguém vai notar que desapareceram.

– Eu preferi a inteligência, a criatividade e... a paz.

Desde a discussão com Raul, eu hesitava em pronunciar essa palavra, que me pareceu um tanto desgastada. Héracles me olhou de frente.

– Escolhas erradas. Devia ter começado pela força. É preciso, antes, ser forte e depois somente se dar ao luxo dos nobres ideais. Como disse seu colega Jean de La Fontaine, aqui presente: "A razão do mais forte é sempre a melhor."

Jean de La Fontaine não pareceu muito contente de ser citado daquela maneira e fingiu estar mergulhado em suas próprias reflexões. É verdade que seu povo das gaivotas, até então, nada tinha feito de especial, mantendo-se num canto isolado do continente e começando a timidamente enviar navios para comercializar com os vizinhos.

Procurei com o olhar algum apoio, sem encontrar. Todos tinham percebido, brincando de ser deus com os seus povos, que os valores morais inculcados por nossos pais ou professores na escola não faziam mais sentido ali. Aeden estava além do bem e do mal.

Olhei para Héracles, que pareceu sinceramente desejar que eu o compreendesse. Ostentou o mesmo ar desabusado que Raul, um pouco antes.

– Se não ficou em último lugar – explicou Héracles –, foi precisamente porque seus cientistas, artistas e exploradores, mesmo vivendo sob o jugo estrangeiro, conservaram o espírito de sua civilização e, como puderam, a fizeram sobreviver. Não têm mais pátria, é evidente, mas uma vez mais o salvaram, graças à cultura viva.

Em seguida, tendo lançado com o ankh um último olhar a meu povo, ele acrescentou:

– Os livros são seu único território seguro, Michael. Com seus livros, festas, lendas, mitologias e valores, você tem uma pátria virtual.

– Minha cultura é forte o bastante para poder renascer em qualquer lugar, a qualquer momento – afirmei, quase como para convencer a mim mesmo. – Se meu jovem general, o Libertador, soube tão rapidamente organizar um exército, foi graças a esses valores, que têm efeito sobre todas as pessoas inteligentes.

Héracles me avaliava.

– Não está errado. O problema é que você parte do princípio de que existe uma maioria de pessoas inteligentes... aspirando à liberdade.

Toda a sala riu. Eu não respondi.

– Olhe o mundo da maneira que ele é e não como gostaria que fosse.

Eu nada pude responder.

– Está eliminado o último: Étienne de Montgolfier e seu povo dos homens-leões. O que nos leva à subtração 79 – 1 = 78.

Montgolfier deu um pulo:

– O senhor deve estar enganado. Impossível.

– Absolutamente – disse o mestre-auxiliar. – O senhor só pensa em festas e no prazer das orgias. Até seus poetas se tornaram decadentes.

Montgolfier gaguejou:

– Dê-me algum tempo e eu vou arrumar tudo.

– Suas cidades estão em pleno declínio. Brigam por negócios obscuros, a propósito de terrenos de caça ou desvios de cursos fluviais. Estão à mercê dos impostos dos homens-águias. Sua marinha é obsoleta. A população pletórica excede as fronteiras, mas sem meios de se lançar em guerras de invasão para ganhar mais espaço. Quem não avança recua, senhor Montgolfier.

Ele estava inteiramente vermelho.

– Não é culpa minha, é culpa de... Pinson.

Por que acabavam todos me detestando? Provavelmente por não precisar temer represálias minhas, pois, se acusassem Raul, os homens-águias os atacariam bem rápido.

– Acolhendo os homens-golfinhos de Pinson, deixei entrar o verme no fruto.

Ele esquecia tudo que eu lhe trouxera. Como Clément Ader e os homens-escaravelhos. Acabavam se persuadindo de que já tinham, anteriormente, tudo que lhes dei. A cada geração, minimizavam meu mérito, para não ser preciso me agradecer.

– Criando uma classe de intelectuais e filósofos, Pinson fez minha nação perder a energia guerreira.

Ele pelo menos lembrava que isso tinha sido trazido por mim.

– Foi ele quem levou os meus às festas, à dança, a música, ao teatro...

Apontou para mim um dedo acusador.

– Ensinou as mulheres a se remexerem em danças lascivas e os homens a darem mais valor às festas em vez da guerra. Quando os homens-águias chegaram, os meus já tinham se tornado uns molengas.

Montgolfier se levantou, vindo ameaçador em minha direção:

– Eu devia ter aniquilado seu povo assim que colocou o pé em minhas terras.

Alguns alunos o seguraram. Ele se virou, então, para o grupo e disse:

– Aconselho a todos os alunos que se afastem dos homens-golfinhos...

– Meus homens-golfinhos deram os conhecimentos que tinham – respondi.

– Eu não precisava. Olhe onde isso me levou. Era melhor permanecer ignorante.

– Dei o saber do meu povo porque você pediu.

– Muito bem, foi um erro. É melhor fracassar sem você do que ter êxito com você.

Ele se soltou, mas Héracles se interpôs:

– Basta. Não gosto de maus perdedores. Certas frases, além disso, têm um peso histórico significativo demais para serem deixadas no ar. O senhor perdeu, Montgolfier. Suma da história de "Terra 18". E comporte-se como um deus, mesmo na derrota.

Héracles bateu as mãos e logo os centauros chegaram, agarrando Montgolfier por baixo dos braços.

– Não encostem em mim. Não ponham suas patas de quimeras sujas em minha toga. Meu povo era exemplar. Exemplar, entenderam? Foram os homens-leões que inventaram tudo. Os homens-águias nos copiaram. Inclusive esse jovem general, esse seu Libertador, Michael, educou-se admirando meu povo. Copiou minhas estratégias de batalha. Eu vi muito bem os movimentos de cavalaria pelos flancos. Fui eu que inventei isso. Fomos um farol para todos os outros povos, um farol! Sem mim esse planeta não seria o que ele é.

Montgolfier continuou suas imprecações, que eram ouvidas mesmo com ele já estando lá fora:

– Matem os golfinhos, matem os golfinhos! Matem Michael! Se o deicida estiver presente, indico a próxima vítima. Matem Michael!

A sala não reagiu propriamente. Eu me sentia paralisado, diante de tanta hostilidade vinda de um congênere. Um deus, além de tudo.

Raul se aproximou de mim.

– Não ligue. Sua gente pode vir para meu país quando quiser. Estou disposto a deixá-los construir escolas, laboratórios e teatros, como fizeram estando com os homens-leões e em outros lugares.

Eu permaneci hesitante. Ele, então, acrescentou:

– Os homens-golfinhos terão, é claro, uma condição de "minoria tolerada". Estarão proibidos de possuir terras ou armas. Quanto ao resto, Michael, eu o protegerei de todos...

Não sabia como entender aquilo, vindo de quem estava prestes a reduzir a um monte de pó minha capital.

– Pessoalmente, não tenho aversão aos intelectuais – completou ele, achando que me tranquilizava.

36. ENCICLOPÉDIA: DAVID BOHM

Tendo trabalhado durante muito tempo com física quântica e relativista, o físico David Bohm apaixonou-se pelas implicações filosóficas de suas teorias. Esse especialista dos hologramas, imagens em três dimensões produzidas por raios laser, foi obrigado a deixar os Estados Unidos durante a caça às bruxas anticomunista dos anos 1950 e, depois, foi expulso do Brasil por simpatizantes nazistas. Mudou-se, então, para a Inglaterra, tornando-se professor da Universidade de Londres. Entusiasmou-se com o budismo tibetano e fez amizade com o Dalai Lama.

A partir daí, desenvolveu uma teoria em que simplesmente anuncia que o Universo é uma grande ilusão, semelhante à ilusão de relevo que uma imagem holográfica dá. Ainda como um holograma, o Universo tem como particularidade possuir em cada pedaço de sua imagem as informações do todo. É preciso lembrar que, quando se quebra uma representação holográfica, encontra-se, de fato, o conjunto da imagem em cada pedaço.

Para David Bohm, o Cosmo poderia ser considerado como uma estrutura infinita de ondas, em que tudo está ligado a tudo, em que ser e não ser, espírito e matéria seriam apenas manifestações diferentes de uma mesma fonte luminosa, que dá ao conjunto a ilusão do relevo. Ele chamou essa fonte luminosa de "Vida".

Einstein, de início reticente quanto à visão não conformista do colega, acabou se encantando com as descobertas de Bohm.

Desligando-se, no entanto, dos meios científicos, que ele achava reticente demais para transpor os limites de suas convenções, Bohm não hesitou em se utilizar do hinduísmo e do taoísmo chinês para explicar sua visão da física. Esta última não fazia distinção entre corpo e espírito, considerando existir uma consciência global da humanidade. Para percebê-la, bastava iluminá-la no nível certo e na camada certa (uma vez que tudo não passava de informações que se revelam pela luz, exatamente como um holograma só dá a ilusão de relevo ao receber um raio laser em um ângulo certo). Pela física quântica e meditação, Bohm achava que se podem descobrir níveis de realidade ocultos.

Na visão "metafísica" de David Bohm, a morte não existia, sendo apenas uma mudança de nível da energia. Ele, então, "mudou de nível de energia" em 1992, sem atingir a meta de sua busca pessoal de compreensão do universo, mas tendo aberto uma nova via de pesquisa, estabelecida entre a ciência e a filosofia.

Edmond Wells,
***Enciclopédia dos saberes relativo e absoluto*, tomo V.**

37. JOGO DE CARTAS

As três luas formavam um triângulo isósceles perfeito acima da montanha, e ouvia-se uma música suave na cidades dos deuses. Um violino e um violoncelo dialogavam como duas vozes humanas. Era uma grande mudança, com relação aos tantãs dos primeiros dias.

Naquela noite, não jantamos no Mégaro, mas no Anfiteatro, onde mesas foram postas nas arquibancadas. No menu, havia lasanhas, sem dúvida para que tomássemos consciência das diversas camadas de evolução da história. Para completar o ambiente, as Estações distribuíram velas em diversos pontos.

Provamos novos vinhos e especiarias. Estávamos cansados, dada a tensão do jogo, e não tínhamos vontade de falar disso. Nosso grupo de teonautas reuniu-se numa mesa. Jean de La Fontaine sentou-se conosco. Passamos um bom tempo comendo, sem falar.

– Faça-nos mais um truque de mágica – pediu Mata Hari a Georges Méliès, procurando nos divertir.

– Está bem, mas preciso de um baralho.

A dançarina sabia onde encontrar. Levantou-se e voltou com um baralho, que o cineasta examinou. Em seguida, ele dispôs em quatro colunas: rei, dama, valete e ás de espadas, ao lado de rei, dama, valete e ás de copas, e assim em diante, para os naipes paus e ouros.

Méliès explicou:

– É um truque e uma história. A história é a de quatro reinos, os de espadas, copas, paus e ouros. Eles vivem afastados uns dos outros.

Apontou para as quatro fileiras bem paralelas.

Imaginei reinos de jogo de baralho, dirigidos por reis de copas, rainhas de espadas, valetes de ouros, sendo o povo os ases.

– Mas ao longo do tempo, com o desenvolvimento das estradas, as viagens e a multiplicação de casamentos mistos, os povos se misturaram. De tal forma que, em vez de quatro reinos distintos, viu-se aparecer uma federação de reinos, cedendo lugar, em seguida, a uma só nação, formada pelos quatro povos.

Georges Méliès pegou as quatro colunas de cartas e juntou-as em um só amontoado de 16, com as imagens voltadas para baixo.

– Pelo simples fato dessa adição, a federação teve um crescimento exponencial. A mutação, no entanto, foi rápida demais. A nova administração, gerindo o conjunto, mostrava sinais de corrupção. Por seus abusos, a nova oligarquia criou uma nova pobreza. Com problemas de moradia, pessoas se instalaram nos subúrbios, formando favelas, cancros à margem das cidades. A delinquência se organizou. Ao crescimento da indústria, responderam a poluição, a multiplicação dos engarrafamentos nas estradas, o estresse generalizado. O desemprego aumentou e também a insegurança. As pessoas não ousavam se aventurar fora de casa à noite e as prisões estavam lotadas.

– Já se viu isso – brincou Gustave Eiffel.

Georges Méliès não se deu ao trabalho de responder e continuou, imperturbável:

– Os políticos se revelaram incapazes de tirar o país do lamaçal. Sentiam-se impossibilitados de voltar atrás, mas não se atreviam a seguir em frente. Foi então que tiveram a ideia de apelar para... Michael Pinson.

O mágico voltou-se para mim e me empurrou as cartas.

– Somente você pode salvá-los, Michael.

Peguei o maço de cartas, sem saber bem o que fazer.

– Michael foi nomeado primeiro-ministro extraordinário. Decidiu, de imediato, tomar medidas draconianas – declamou Méliès. – Ordenou cortes importantes. Vá em frente, corte as cartas, Michael.

– De qualquer jeito?

Dividi o maço em duas partes e cobri a metade de cima com a de baixo.

O mágico comentou:

– O ministro Pinson acabou de tomar sua primeira decisão, mas como a população permaneceu insegura e desconfiada, ele optou por uma segunda. Mais um corte, por favor, Michael.

Novamente cortei ao meio e coloquei a parte de baixo para cima.

– Aliás, o ministro Pinson pode fazer quantos cortes quiser. É ele o chefe de governo e sabe como agir.

Repeti sete vezes a mesma operação. Méliès continuou:

– O povo continuava desconfiado, precisando o tempo todo de provas. O povo dizia: "Muito bem, ele fez cortes, mas em quê isso vai mudar nossa vida?"

Eu, pessoalmente, me perguntava o mesmo.

– Nesse momento, Michael decidiu revelar sua nova política. Vamos, pegue o jogo todo, Michael.

Obedeci.

– Sem mostrar a frente, coloque a primeira carta no alto, à esquerda. Depois, a segunda à direita desta e continue, fazendo o mesmo com a terceira e a quarta, sempre à direita.

Alinhei as quatro cartas.

– Depois, continue em baixo, dispondo as cartas da esquerda para a direita. A quinta carta sob a primeira, a sexta sob a segunda e assim em diante, até restarem apenas os quatro montes de cartas, todas com a frente escondida.

– E então? – ironizou Raul. – Qual foi o empreendimento tão miraculoso do extraordinário ministro Pinson?

– Ele nos propôs uma nova ordem.

Calmamente, Méliès convidou Raul a revirar o primeiro monte, que revelou: quatro reis. No segundo havia quatro rainhas; no terceiro, quatro valetes; e no quarto, quatro ases.

Ao redor, todos aplaudiram. Tentei compreender o truque. Fora eu a decidir o número e o volume dos cortes. Desde o início, Méliès não tinha mais tocado nas cartas, mantendo-se distante, para mostrar que não praticava nenhuma manipulação. O que fiz para chegar àquele agrupamento por valores?

Sarah Bernhardt averiguou as cartas, procurando alguma explicação. Ela também tinha perguntas.

– O truque é bem tendencioso – comentou. – Dá a entender que se resolvem os problemas com a união dos semelhantes.

– Cada um pode interpretar à sua maneira. Poderia também significar que é importante descentralizar.

– Qual é o truque? – perguntei, impressionado.

– Um mágico nunca revela seus segredos – respondeu Méliès.

A brincadeira me deixou uma sensação estranha. Ocorriam acontecimentos, positivos ou negativos, sobre os quais eu não tinha nenhum domínio. Tive a impressão de ser manipulado como na brincadeira com o kiwi e a Dinamarca. Eu achava ter feito escolhas, mas elas não eram minhas. Achava dirigir com originalidade meu povo dos golfinhos, no entanto reproduzia a história de "Terra 1".

Agradeci ao artista, levantei-me e caminhei entre os bancos do Anfiteatro. Observei os demais alunos comendo, os músicos tocando, as Horas e Estações servindo diligentemente os pratos. Sentiam, como eu, aquele sentimento de impotência e manipulação? Não, todos pensavam ser o seu próprio talento que os levava adiante no jogo.

Saindo do Anfiteatro, achei estar sendo seguido. Virei para trás e me deparei com... o coraçãozinho com patas. Agachei-me e ele estacou diante de mim, parecendo intimidado. Não tinha olhos e nem orelhas, aquele coração. Mais um sortilégio de Aeden.

– O que quer comigo, você aí?

O coração saltou em direção à minha boca, tocando-a como para mostrar que queria beijos. Em seguida, tombou contorcendo-se como um gato à espera de carinhos. Realmente, eu já tinha visto de tudo ali.

Ele se levantou e deu uns saltinhos de impaciência. Nisso, uma rede de caçar borboletas, vinda por detrás de mim, capturou a pequena quimera.

A pessoa que assim agiu, surgira da noite, em silêncio.

Distingui vagamente a silhueta. Ele ou ela tinha cabelos longos e uma grande estatura.

– Você é bem o tipo de homem que se apaixona por minha mãe... – disse uma voz nasalada.

Eu discernia apenas mãos graciosas, iluminadas por um raio de lua atravessando as árvores. Com gestos precisos, elas desprenderam o coração da rede e o colocaram em um vidro tampado. Depois, as mãos embeberam em um líquido um algodão, que foi jogado dentro do vidro. O coração deu sinais de pânico, colando-se à parede, contorcendo-se, pulando e caindo, afinal, sem se mexer mais.

– Você o matou?

– Claro. E devia me agradecer. Um coração apaixonado a segui-lo, pode ser o inferno.

– Podem-se então matar as quimeras?

– Não se trata, na verdade, de uma quimera – disse a silhueta – é antes um brinquedo vivo. Não tem alma propriamente. É feito apenas para amar fortemente. Em geral, agrada muito às... crianças.

Eu não conseguia definir se a voz era masculina ou feminina. Contemplei o coração imóvel no vidro, com os pezinhos para a frente.

– Quem é você?

A silhueta se aproximou. Pude, então, distinguir seus traços. Ele, ou ela, tinha seios proeminentes e um bigode cheio, cabelos compridos e braços musculosos.

– Hermafrodite, muito prazer – apresentou-se a voz nasalada. – E você é Michael Pinson, deus dos homens-golfinhos, não é?

Hermafrodite. Filho de Afrodite e Hermes.

– Tenho certeza que quer conversar comigo – disse ele.

– Bem...

– "Todos" querem conversar comigo...

Tomou-me pelo braço e me chamou de volta para o Anfiteatro, onde nos sentamos a uma mesa. Colocou ao lado o coração morto. As Horas e Estações serviram-lhe alguns pratos.

– Todos têm a mesma vontade, pelas mesmas razões – disse bem-humorado, com a boca cheia.

Demonstrei surpresa.

– Você quer saber quem minha mãe é e se ela o ama?

Hermafrodite comia as lasanhas com bom apetite.

– Bem...

– Porque ela disse que você é "o homem mais importante para ela", não é?

Seu tom direto me deixou sem ação.

– Quer dizer...

Ele me serviu um copo de ambrosia.

– Eu também sou mestre-auxiliar. Meu dever é ajudar os alunos a se tornarem deuses "honrosos". Digamos então que essa pequena ajuda faz parte das minhas funções. Se quiser, posso satisfazer sua curiosidade. Vamos, faça perguntas.

Nenhuma me ocorria.

– Vou, então, responder, sem que tenha formulado as questões. Na verdade, tenho uma boa e uma má notícia. A boa é que, apaixonando-se por minha mãe, você ganha a experiência emocional mais intensa que uma alma pode ter.

– E a má?

– Minha mãe é a rainha das vigaristas.

Tendo enunciado esse parecer, ele sorriu, com um brilho nos olhos.

– Há mais uma boa notícia. Eu posso ajudar a arranjar as coisas. Mas sob uma condição.

Olhei para o rapaz, ou moça, e senti que estava em má companhia. Percebi, porém, que possuía oportunidades que me eram indispensáveis. Ele alisou o bigode, tirando um resto de comida que ficara preso nos pelos. Debruçou-se um pouco e disse, em voz mais baixa.

– Precisa prometer que se encontrar a solução do enigma não contará a minha mãe.

E mais essa!

– E o que você me dá em troca?

Ele sacudiu o coração no vidro, como se verificasse que ele não fugiria.

– A verdade sobre minha mãe. Ou seja, a chave para compreendê-la realmente.

A curiosidade foi mais forte. Aceitei a oferta.

Ele assumiu um ar suspicaz. Depois conteve um riso e me apertou a mão.

– Combinado. Então, vamos lá. Tudo que minha mãe lhe disse é falso. Apesar de ter o título, ela não é de fato a deusa do Amor. É a deusa do poder de sedução. Ela nunca amou ninguém. Nunca amará ninguém.

Ele observava minhas reações, mas eu não me movia.

– Ela desperta o amor nos outros e talvez esta seja sua principal qualidade, mas é incapaz de sentir o que for, por quem quer que seja. Homens, mulheres, animais ou deuses. Tem o coração seco. Por isso, acumula amantes, filhos, seres que rastejam aos seus pés e lutam para se aproximar dela. Não ama ninguém, mas quer ser amada por todos. É alguém que apenas acende fagulhas. Mesmo quem se deita com ela, não tem acesso ao seu coração. Pode ter acesso ao sexo, que para ela é um instrumento de sedução como qualquer outro, nada mais.

Ele riu.

– Posso lhe dizer uma coisa? Creio que nunca teve o menor orgasmo em toda sua longa vida. A deusa do Amor não é sequer capaz de gozar!

Daquela vez ele caiu na gargalhada. Eu me sentia chocado, ouvindo insultarem a mulher que eu amava perdidamente. E era o seu próprio filho que o fazia, além do mais.

– Comigo ela vai mudar – respondi.

– Todos quiseram mudá-la. E todos caem na mesma armadilha.

Ele sacudiu o vidro e apontou para o coraçãozinho imóvel.

– Ela ganha sua substância de vida extinguindo a dos outros. Não notou que, desde que se apaixonou por ela, as coisas se complicaram para você? Não se sente menos eficaz, menos feliz, mais perturbado?

Preferi não responder.

– Confesse, é uma droga... Em hora alguma deixa de pensar nela.

Ele tinha razão.

– Aliás, existe uma droga que tem um nome revelador. Heroína. Ela é a sua. E, como a heroína, ela provoca flashes e envenena, mas você não consegue ficar sem e essa necessidade é obcecante.

– É o amor.

– Sim, mas nesse caso, o amor pode ser uma droga pesada. Aliás, como traficante, ela tem outros clientes. Ao mesmo tempo que o manipula, pode ter certeza que diz as mesmas palavras a outros homens. E ela se deita com outros também. E os faz sofrer como a você. É uma aranha que tece sua teia e prende vítimas impotentes, como troféus vivos, enquanto todos urram "Eu te amo, Afrodite!" E quando digo "impotentes"... é engraçado, mas depois de conhecerem minha mãe, muitos homens não conseguem mais fazer amor.

Ele riu mais uma vez, depois parou e me olhou fixa e gravemente. Comia devagar e brincava com o vidro.

– Quer realmente saber quem é minha mãe? Minha mãe não nasceu como conta a mitologia. Antes de estar aqui, ela foi uma mortal. Tinha um pai e uma mãe. Não veio da espuma.

Ele bebeu um bom gole de ambrosia e pousou com violência o caneco na mesa.

– Todos os deuses do Olimpo foram simples mortais de "Terra 1". Como você. Bem mais tarde, outros humanos inventaram lendas para magnificá-los. A pequena Afrodite, então, nasceu, com certeza já muito bonita, mas não numa família de deuses e sim, mais prosaicamente, numa família de aprazíveis camponeses gregos, vivendo da colheita de figos. Eram meus avós maternos, ambos muito bonitos, muito trabalhadores e, aliás, bem simpáticos. O problema é que o pai, meu avô, vivia atrás de qualquer rabo de saia. Um dia ele disse à mulher, minha avó, que estava farto de viver com ela. Repudiou-a, pondo em seu lugar uma bonita moreninha, bem moça, que trabalhava no lavadouro. Minha avó foi embora e a pequena Afrodite ficou com o pai e a nova companheira, mais jovem do que ela mesma. A madrasta veio morar na casa e, como é comum acontecer, começou a implicar com a presença da enteada. Pressionou meu avô, até que ele rejeitou a filha.

Eu não acreditei muito naquela história, ainda mais porque Afrodite me tinha dito que adorava os pais.

– Com a mãe repudiada e o pai abandonando-a por uma mulher ciumenta e mais jovem, pode-se imaginar que visão Afrodite guardou do casal e dos homens.

Ele continuava a mastigar.

– O pai, finalmente, pediu que ela fosse viver em outro lugar, pois incomodava a nova companheira. Minha mãe, com isso, se viu sozinha. A partir daí, sua vingança tomou forma. Tudo que sofreu com o pai, os homens todos haveriam de pagar.

Hermafrodite parou e me olhou, como querendo ter certeza de que eu compreendia tudo bem.

– Ela foi ficando cada vez mais deslumbrante. Muito rapidamente percebeu que o dom físico lhe dava um poder sobre os homens. Ah, o poder dos hormônios! A meu ver, é o mais forte. Quantos reis ou presidentes não sucumbiram sob os encantos de uma simples secretária ou banal cabeleireira? E quantos não naufragaram por elas?

Ele sacudiu o vidro, como querendo acordar o pequeno coração morto.

– Ela começou a seduzir em quantidade. Depois, em qualidade. Como se cada amante trouxesse um pouco de energia vital e, com isso, também aumentasse sua capacidade de caça. Em seguida, ela literalmente usou seus encantos para... ganhar a vida.

Eu me levantei.

– Recuso-me a ouvir mais.

Ele me segurou o pulso.

– Afrodite se prostituiu. Mamãe era uma acompanhante de luxo, mas uma prostituta, mesmo assim. Foi como, aliás, aprendeu e aperfeiçoou todas as suas técnicas amorosas. Na China e na Índia, chamam isso magia vermelha. A magia branca cura, a magia negra enfeitiça e a magia vermelha... o faz se apaixonar. Minha mãe se tornou perita no corpo humano. Ela massageia muito bem, conhece todos os pontos que fazem um homem subir pelas paredes.

Eu não aguentava mais... Agarrei-o pela gola.

– Eu o proíbo de insultá-la.

– Está vendo, não está pronto para ouvir a verdade.

Controlei-me.

– Desculpe. Por favor, continue.

– Minha mãe tem uma ferida aberta no lugar do coração. O sentimento de ter sido traída e abandonada pelos pais. O medo de ser traída e abandonada pelos homens. Essa ferida é profunda. Seu prazer consiste em reproduzir, nos homens, essa mesma dor. Ao insinuar que você é importante para ela, ou incluí-lo em "sua família de almas", ela está dizendo que, quando você estiver sofrendo como ela, então, ela se reconhecerá em você. É a sua maneira de amar.

– Mentira. Não acredito numa só palavra.

– É a verdade. E muitas vezes é difícil aceitá-la. Se posso, porém, acrescentar algo... Não a julgue. Ela nunca poderá amá-lo. Lamento. Nunca poderá amar ninguém. Assim como os médicos que escolhem como especialidade aquilo do que eles mesmos sofrem, para assim poder se tratar, ela escolheu como especialidade o amor. Irrisão suprema, é o único sentimento que sempre lhe faltará.

Hermafrodite deu novamente um risinho amargo.

– Muitas vezes, é assim que se passa. Mancos querem ensinar a andar. E são os fracassados que dão aulas aos outros de como vencer.

– IMPOSSÍVEL! Ela é uma deusa! – exclamei.

– Está vendo? – ponderou ele – Eu disse que não conseguiria ouvir. Você não pode nem mesmo compreender.

– Tem que haver um meio de ajudá-la.

– Você foi médico, Michael Pinson, deve ter aprendido um pouco de psiquiatria. O caso dela tem um nome: "histeria". Afrodite é uma pura histérica feminina.

Eu não me sentia bem.

– Ela foi anoréxica, bulímica, depressiva, apresentou tendências suicidas, ninfomaníacas e agora é... deusa do Amor. Um percurso lógico de...

– De mulher?

– Não, de histérica. Nem todas as mulheres são histéricas. Tenho boas informações... sendo eu próprio um pouco mulher, não acha?

De novo, ele deu a risada nasal e desabusada que tanto me desagradava. Senti uma raiva enorme crescer em mim.

– É mentira. Afrodite é maravilhosa. Além disso, ela é...

Procurei definir o que mais me seduzia nela. Não, não era a beleza. Era outra coisa. Pronto, conseguiria dizer.

– Ela é doçura, ternura, compreensão. Pela primeira vez, tive a sensação fugaz de que uma mulher me compreendia realmente.

– Meu pobre Michael... Toda forma de loucura cria compensações. Os paranoicos são mais vigilantes. Os esquizofrênicos são mais imaginativos. Os ninfomaníacos são mais sensuais. Os histéricos podem perceber melhor a dor nos outros. Ela viu SUAS cicatrizes ocultas. Ela desenvolveu um talento extraordinário para analisar a psicologia masculina. Viu em suas profundezas todos os ferimentos e o fez se sentir compreendido. Não passa de uma manipulação.

Ele me olhava com compaixão.

– Sentindo-se compreendido, você "caiu de paixão" por ela. Cair... isso já indica perfeitamente o que quer dizer. É uma perda e não uma aquisição. Mas, na verdade, caiu de paixão apenas por sua capacidade para analisá-lo. Somente isso. É o que a lenda chamou "cinturão mágico" e que leva os homens a se encantarem por ela. Uma simples forma de analisar o outro bem rapidamente em suas dores profundas, as dores da infância. E você achou estar sendo amado.

Eu afundei a cabeça entre os ombros. E me servi mais ambrosia.

– Para cada deus corresponde uma história sórdida, dissimulada por trás da história mitológica. Uma doença neurótica, uma obsessão, um estupro, um crime, um drama de infância. E uma resiliência, que criou um "dom". O tempo, em seguida, embeleza a história, transformando-a em lenda. Somos heróis. Hércules deve ter falado disso. Inclusive eu, o que acha? Sou algum ser excepcional? Minha mãe me concebeu com Hermes. Sofro de uma síndrome fisiológica conhecida: o terceiro cromossoma. Tenho dois cromossomas femininos e um masculino. Isso explica meu físico pouco comum. Pode ser tratado, ao que parece, com injeções de hormônios, mas eu não quero ser tratado. Assumi essa dupla sexualidade.

Hermafrodite alisou-se os seios com uma mão e o bigode com outra.

– Isso que conto deveria tranquilizá-lo, pois significa também que todos os Mestres-deuses do Olimpo foram mortais, antigamente. E quer dizer que, um dia, você também... Você pode ser o "13º Mestre-deus da escola". Estando obnubilado por minha mãe, vai precisar pelo menos disso. Pois desse modo poderá dedicar uma eternidade inteira a babar por ela, como tantos outros escravos sexuais permanentes.

Ele, aí sim, soltou uma grande gargalhada sonora. Eu me sentia aparvalhado como Theotime, no ringue de boxe. Direto no queixo. Afrodite histérica? Toda sua magia não passava de distúrbio psiquiátrico? Edmond Wells dizia que se reconhece um bom boxeador por seu poder de recuperação após um nocaute. Eu precisava me pôr de pé. Cinco, quatro, três, dois... Sacudi a cabeça para despertar.

Não conseguia acreditar. Ao mesmo tempo, meu interesse por ela não se alterava. Qualquer que fosse a história, era ela a primeira vítima. Não havia escolhido o repúdio da mãe pelo pai e seu próprio abandono posterior. Não havia escolhido a madrasta. Hermafrodite me revelara o real. Era esse real que me incomodava. Era tão melhor não conhecê-lo.

Hermafrodite apertou-me a mão, como bom jogador avaliando o outro.

– O amor é a vitória da imaginação sobre a inteligência. Nunca esqueça. Escreva na Enciclopédia, para ser útil aos outros. No entanto, saiba que... eu o invejo, Michael. Pois, pelo menos, a imaginação o faz viver um sentimento muito forte. Mesmo que se trate apenas de uma ilusão.

No interior da cabeça, eu procurava digerir. O filho de Hermes e de Afrodite foi embora, levando o coração morto dentro do vidro.

Senti-me tão sozinho. Uma Hora trouxe uma sobremesa, de crepes recheados com queijo branco e uvas de Corinto. Deliciosa. Pelo menos comer era um prazer sem ilusão. Saboreei, quase triste, a iguaria.

Meu olhar se voltou para o palco, onde algo parecia estar se preparando. A orquestra se reforçara, com a chegada de flautas de Pã sopradas por sátiros, centauros que tocavam grandes órgãos, com foles de couro nos tubos de terracota.

Dioniso tomou a palavra, subindo ao palco. Anunciou que havíamos jantado no Anfiteatro, naquela noite, porque a equipe de animação interpretaria para nós uma peça de teatro, cujo título era: *Perséfone no inferno*.

Imediatamente, vindas de todos os cantos, quimeras correram pelas arquibancadas. Três pancadas soaram. Apagaram-se as velas e o palco se iluminou.

Do lado direito, um coro ostentando máscaras trágicas lamentou o rapto de Perséfone. Diversos atores subiram sucessivamente à cena, com os rostos ocultos por máscaras. Pelas silhuetas podíamos, no entanto, reconhecer nossos mestres. Deméter interpretava Perséfone, Hermes era Zeus, e Dioniso rapidamente vestiu um traje para encarnar Hades.

Afrodite não estava ali. O nome ressoava em minha cabeça toda vez que eu pensava nela. A-fro-di-te. No palco, os atores declamavam por trás de suas máscaras. Isso me lembrou de uma nota de etimologia que eu encontrara na Enciclopédia. A palavra "pessoa" vem da máscara que o ator antigo colocava diante do rosto, *per sonare*, isto é, "para fazer ressoar" sua voz na cavidade da máscara de madeira. Uma pessoa é uma máscara.

A peça tinha um acompanhamento de cantos e músicas.

Eu precisava absolutamente me relaxar.

Iluminado pelas luas, folheei a Enciclopédia e descobri um trecho se referindo ao teatro antigo. Li que, naquele tempo, os atores eram escravos de propriedade do chefe da trupe. "No final da apresentação, as atrizes eram leiloadas como prostitutas. Quanto mais importante o papel, mais valiam. Em alguns espetáculos, não era raro que condenados à morte substituíssem de verdade os atores devendo morrer. Na encenação do mito de Penteu, a atriz, no momento de sua morte, verdadeiramente reduzia o suposto filho em pedaços. Na Idade Média, os atores representando vilões eram às vezes escorraçados dos albergues ou linchados por espectadores zelosos."

Mata Hari sentou-se ao meu lado.

– Posso? – perguntou baixinho.

Ela viu a Enciclopédia.

– É o livro de saberes de Edmond Wells, não é?

– Ele o legou a mim – respondi, alisando a capa do precioso escrito.

– Gostaria de dizer, Michael, que acompanho seu jogo e acho o povo dos homens-golfinhos muito interessante.

– Obrigado. O povo dos homens-lobos não é nada mal, também.

Uma ideia me atravessou o espírito: a máscara, a "pessoa" – *per sonare* – dos alunos-deuses era o seu povo. Aqueles milhares de mortos de fome, hipoteticamente inspirados por nós, eram o que nos definia. Nossos seguidores nos definiam. Ou melhor: os que acreditam em nós nos inventam.

– Ah, meus homens-lobos viajam, exploram, mas não conseguem construir uma grande cidade e nem se munir de laboratórios científicos. Além disso, não pensam muito, são puramente instintivos.

– Como todos nós.

Mata Hari tirou os olhos do espetáculo em cena e se virou para mim, procurando me distinguir melhor na penumbra.

– Em certos momentos, tenho pena dos meus mortais. Sendo deuses, nós temos certo recuo. Já eles, estão ali atolados no jogo e não se dão conta de nada.

Olhei-a. Era evidente que possuía uma graça particular, mas minha cabeça estava tomada demais por Afrodite para que pudesse realmente me sensibilizar por aquela moça apenas "simpática". Ela sorriu e li em seu sorriso que percebia minha não atração por ela. Li também que tentava não demonstrar seus sentimentos. Repeti os crepes com queijo branco. Havia, em cima, um pouco de caramelo e, afinal, prestando atenção, identifiquei a presença de rum, impregnando as uvas de Corinto.

– O que propõe? Uma aliança entre seus lobos e meus golfinhos?

– Não sei... Talvez – respondeu, pensativa.

O diálogo me lembrava de um amigo de antigamente, que toda noite levava o cachorro para passear, na esperança de encontrar alguma jovem fazendo a mesma coisa. Caso os dois animais acabassem copulando, ele aproveitaria para iniciar uma conversa. Ele assim se casou quatro vezes. Entre nós, não se tratava de unir animais, mas nossos povos, e a situação, no entanto, não era tão diferente. Desconversei:

– Por que não?

Eu quis passear um pouco sozinho pelos jardins. Levantei, enquanto, no palco, Dioniso declamava um texto que eu não ouvia.

– A gente se encontra mais tarde, depois do espetáculo, para a expedição? – lançou Mata Hari.

Deambulei por Olímpia deserta. Tomei a grande avenida, depois uma pequena rua à esquerda. Todo mundo estava no Anfiteatro.

Senti, de repente, que alguém me seguia.

Deixei minha mão repousar sobre o ankh, na posição "D", com a roseta voltada à potência máxima, pronta para o disparo. Escondi a arma, com o dedo crispado, numa dobra da toga e não me movi mais.

O deicida não ia me pegar dessa vez.

38. ANÍBAL BARCA

Cartago foi fundada em 814 a.C., pela rainha Elisha (irmã do rei Pigmalião e também chamada Dido, pelos romanos), acompanhada por exilados fenícios vindos de Tiro. Cartago rapidamente se tornou a cidade mais moderna e rica de sua época. Foi também uma das primeiras repúblicas, com um conselho de trezentos senadores que elegia todo ano dois magistrados, os sufetas. Até o século III a.C., Cartago dominou todo o Mediterrâneo.

Contando com mais de duzentos navios, a cidade enviava expedições para o mundo inteiro. Graças ao poderio marítimo, os cartagineses estabeleceram empórios comerciais na Sicília, Sardenha, ao longo do litoral da África do Norte e na Espanha (em Gades, que se tornou Cádiz). No norte, eles chegaram até a Escócia, para o comércio do estanho e, no sul, alcançaram o golfo da Guiné, para o comércio do ouro. Isso atraiu a cobiça da nova potência emergente daquela época: Roma. Os romanos construíram uma frota de guerra ainda mais imponente, copiando as técnicas navais cartaginesas e acrescentando esporões e galerianos, para ganhar velocidade. Em 264 a.C. a marinha militar romana venceu a cartaginesa, na batalha das ilhas Égades. Foi o início das guerras púnicas.

O general cartaginês Amílcar Barca negociou uma paz desvantajosa para seu país e precisou, em seguida, enfrentar seus próprios mercenários rebelados do exército da Sicília, vencendo-os com forças numericamente inferiores. Seu filho Aníbal nasceu em 247 a.C. Foi educado por um preceptor grego, admirador de Alexandre, o Grande. Acompanhou o pai na campanha de reconquista da Espanha. Traído e preso numa emboscada, o general Amílcar foi assassinado. Aníbal, então, assumiu seu lugar. Com apenas 26 anos, graças a seu carisma e talento como organizador, compôs um exército ibero-cartaginês, indo contra a opinião dos senadores de Cartago. Retomou a guerra contra Roma e, acompanhado por algumas dezenas de milhares de homens e poucas centenas de elefantes, atravessou os Pireneus, o sul da Gália e cruzou os Alpes. Em junho de 218 a.C. chegou ao norte da Itália. O exército romano que se dirigia à Espanha para interceptá-lo, descobriu, surpreso, sua presença já na planície do Pó. Os romanos foram ao seu encontro e travou-se a batalha de Piacenza, nas margens do rio Trebia, no mês de dezembro. Os romanos fugiram diante da carga dos elefantes africanos que tinham, no entanto, sobrevivido com dificuldade aos rigores dos cimos cobertos de neve. Aníbal tinha genial aptidão para os movimentos de tropas e soube deslocar muito rapidamente a cavalaria. Não só utilizou elefantes como carros de assalto, mas, durante a batalha, lançou "ações-relâmpago" com tropas de choque pouco numerosas, mas rapidíssimas, atacando pontos nevrálgicos.

Na segunda batalha, em Campânia, Aníbal compensou com artimanha a deficiência numérica: lançou sobre o inimigo rebanhos de bois cobertos com feixes de lenha em chamas. Nova vitória cartaginesa. Roma reagiu, enviando todas suas reservas. Foi a batalha de Canas em Apúlia em que, graças a um hábil movimento envolvente, Aníbal uma vez mais cercou e aniquilou as tropas romanas, que lhe eram, numericamente, duas vezes superiores. A Itália inteira aderiu aos cartagineses, assim como a Macedônia e a Sicília.

Mas em vez de tomar Roma, que já se resignara à ideia, Aníbal assinou um tratado de paz com o ditador romano, que rapidamente fora designado para garantir a defesa da cidade.

Este último, passado o perigo, reorganizou um exército e confiou seu comando a um jovem general, Cipião, posteriormente cognominado o Africano.

Cipião compreendeu que o exército romano não podia enfrentar Aníbal e decidiu recuperar progressivamente e aos poucos os territórios, evitando qualquer possibilidade de grande batalha. As forças cartaginesas eram quantitativamente reduzidas e não poderiam sustentar todas as frentes. Cipião reconquistou uma a uma as cidades e, desse modo, retomou a Itália, a Gália, a Espanha e desembarcou, com um exército reconstituído, na África. Aníbal tentou ainda negociar com Cipião, que recusou qualquer acordo de paz. Houve a batalha de Zama. Privado da cavalaria númida, que os romanos aliciaram no último momento, Aníbal foi derrotado. Os romanos impuseram um imposto exorbitante, a ser pago durante cinquenta anos.

Eleito sufeta pelos senadores, Aníbal tentou, apesar de tudo, gerir da melhor forma a cidade arruinada. Aboliu privilégios das grandes famílias e obrigou os responsáveis pelas finanças a apresentarem contas. Essa iniciativa democrática desagradou e eles fizeram apelo a Roma, pedindo ajuda para destituir o novo rei "demasiadamente reformista". Perseguido pelos romanos, Aníbal fugiu de Cartago, refugiando-se com o rei da Síria, Antíoco, que o tomou como conselheiro para sua própria guerra contra os romanos. Não seguiu, entretanto, os conselhos estratégicos do hóspede e perdeu a batalha.

À assinatura do tratado de paz, os romanos exigiram a partida do cartaginês. Aníbal encontrou abrigo com o rei de Bitínia, Prúsias, a quem beneficiou com seus talentos de organizador e de urbanista. Os romanos exigiram que Prúsias lhes entregasse Aníbal, em 183 a.C. Não podendo evadir-se, Aníbal tomou o veneno que guardava no anel.

Uma terceira guerra estourou em 149 a.C., acarretando a ruína e destruição definitivas de Cartago.

O historiador Tito Lívio assim descreveu o cartaginês: "Aníbal era o melhor. Era o primeiro a entrar no combate

e último a se retirar. Não havia audácia maior do que a sua para enfrentar perigos. Dormia pouco, comia pouco, estudava incessantemente. Admirador de Alexandre, o Grande, tinha seu apanágio, mas seu projeto era mais amplo."

Após a morte, Aníbal se manteve símbolo da emancipação dos povos contra o jugo romano e contra as oligarquias.

Edmond Wells,
***Enciclopédia dos saberes relativo e absoluto*, tomo V.**

39. REENCONTRO SOB AS LUAS

Os passos se aproximaram. Eram leves. Em seguida, parei de ouvi-los. Mais ou menos deduzi a posição do adversário e me virei em sua direção, com o ankh apontado e o dedo no botão de tiro.

Era uma mulher. Reconheci o perfume e a silhueta antes até de discernir o rosto, pois ela se mantinha na contraluz da claridade das luas. Agarrei um vaga-lume e o suspendi para iluminar. A toga estava rasgada e ela parecia querer se esconder.

Engoli em seco. Toda vez sua presença produzia o mesmo efeito em mim. Uma droga. Minha heroína.

Ela me olhou e pude ver suas pupilas. O rosto brilhava muito. Algo como um filete cintilante de água corria pelas faces, até o queixo. Ela fungou. Iluminei melhor. Pelo estado da toga, parecia ter levado uma surra ou recebido chibatadas.

Ela segurou minha mão, me fazendo largar o vaga-lume para não vê-la. Depois fugiu. Corri atrás dela.

– Afrodite, espere!

Ela correu ainda mais, comigo em seu encalço.

Tropeçou, endireitou-se e continuou a correr.

– Afrodite, espere!

Atravessamos jardins, alamedas margeadas por figueiras e oliveiras. Já sem respiração, cheguei em ruas estreitas e tortuosas. Nunca tinha passado por ali. Um verdadeiro labirinto. Perdi-a de vista e depois voltei a percebê-la distante. Corri em sua direção.

– Espere por mim.

De novo penetramos por ruelas. Definitivamente, Olímpia era maior e mais complexa do que eu imaginava. O lugar lembrava o centro de Veneza, com "ruas propícias à degola", como tinha me parecido à época.

Desemboquei, então, num lugar levando a uma única passagem. O nome era: rua da Esperança. Uma rua sem saída. No fundo, havia apenas caixotes velhos de madeira. Não vi mais a deusa do Amor. De repente, ouvi um ruído e me virei. Era ela. Estava brincando comigo? Rapidamente desapareceu por uma entrada lateral.

– Espere por mim... – repeti.

Atrás dela, penetrei por uma galeria parecida com as do Louvre. Tinha uma inscrição gravada no frontão: MUSEU DOS APOCALIPSES. A sala estava na obscuridade, mas as vidraças deixavam passar a luz azul das três luas.

No interior, fotografias estavam penduradas nas paredes, com legendas sob os clichês: "Terra 17", "Terra 16", "Terra 11", etc. Não havia dúvida, eram cartões postais dos jogos de Y das turmas precedentes. Estampavam imagens de destruição. Cidades em ruínas, percorridas por bandos de delinquentes, milícias ou hordas de ratos. Em algumas, matilhas de hienas ou de cães. Em certos lugares, a vegetação havia recobrado seu domínio; em outros, era a neve, a areia quente ou o mar.

Tragada, congelada, seca, de volta ao estado selvagem... Naquelas imagens todas, a humanidade representada estava em franca derrocada. Pelo que eu podia deduzir, e como fora o caso de "Terra 17", a queda se devia exclusivamente aos humanos. Como tudo aquilo era mórbido... Uma exposição de todos os mundos que os deuses não puderam salvar.

Eu não podia deixar de refletir, mesmo procurando Afrodite na ampla sala. A humanidade é a pior inimiga de si mesma; e o suicídio coletivo, sua via natural. A deusa do Amor me atraíra ali provavelmente para que eu pensasse isto. O suicídio coletivo é a sua via natural. Os deuses lutam para impedir que um rochedo redondo role encosta abaixo, como fazia Sísifo, mas a queda é inevitável.

Afrodite veio do fundo da sala e parou.

Fui em sua direção com a mão estendida, como se quisesse prender um gato que tivesse escapado. Ela não se mexeu, e eu distinguia apenas a cintilação dos olhos nas trevas

Estava a somente alguns metros dela, temendo que novamente fugisse.

– Michael... – disse ela.

Recuou, ocultando-se um pouco mais na escuridão.

– Não, não se aproxime mais.

Eu parei.

– Você resolveu o enigma? Você precisa achar a solução. É muito importante para mim.

A voz estava rouca. Tive a impressão de que havia chorado muito tempo, restando ainda soluços na garganta.

Repetiu com convicção:

– "É melhor do que Deus, pior do que o diabo, os pobres têm, aos ricos falta. E se comemos, morremos."

– Você não pode ficar assim. Venha até minha casa. Vou cuidar dos seus machucados.

Ela me apertou mais fortemente.

– Já passei por piores, e nós, deuses, não corremos grandes riscos.

– Quem fez isso?

– Às vezes ele é um tanto brutal.

– Seu marido? Foi Hefesto, não foi?

Ela balançou a cabeça.

– Não foi Hefesto. E quem fez isso tinha boas razões para fazê-lo, acredite. Foi culpa minha. Trago infortúnio aos homens que me amam.

Enxuguei as lágrimas que brilhavam em seu rosto, com a ponta de minha toga. Ela tentou sorrir.

– Você é surpreendente, Michael. Eu lancei um dilúvio sobre seu povo e, em troca, é o único a não me abandonar. Precisa fugir de mim. Sabe, eu sou um louva-a-deus. Destruo quem me ama. Não consigo evitar.

– Você é formidável.

– Não. Não seja cego. Eu causo mal, mesmo sem querer.

Meus olhos se acostumaram à obscuridade e constatei que suas costas estavam lanhadas por marcas vermelhas. A pele delicada apresentava talhos profundos. Quem a agrediu, não o fez com a mão leve.

– Quem fez isso? – repeti.

– Eu mereci – respondeu, dando um suspiro. – Você, eu sei, acha que ninguém tem direito de bater numa mulher, mas, no meu caso, eu procurei isso.

Ela me acariciou o queixo.

– Você é tão ingênuo, Michael, chega a ser comovente. Deve ter sido ótimo marido na Terra. Tenho certeza.

Lembrei-me, bruscamente, de minha última companheira como mortal: Rosa, a quem segui até no continente dos mortos.

– Saiba que sou o tipo de mulher que você deve evitar, para seu próprio bem, pois só estou aqui para fazer os homens sofrerem. Encontre outra Rosa aqui. Você merece isso.

– Só você me interessa.

Tentei abraçá-la novamente, mas ela evitou.

– Se quiser realmente me ajudar, resolva o enigma. Seja "aquele que se espera", "aquele que eu espero".

Uma solução brotou em meu espírito.

– O amor.

– O que tem o amor?

– O amor é melhor do que Deus e, vendo o que seus amantes lhe fazem, pode transformar os homens em algo pior do que o diabo.

Ela me olhou de viés, meiga. Andou pelo espaço da sala constelada por fotografias de mundos destruídos.

– "E quem o comer, morre"? Não. Não subestime o enigma, ele é realmente mais sutil do que isso... Olhe, vou dar um indício que circula atualmente na cidade. Ao que dizem, "a solução é insignificante".

Paradoxalmente, quanto mais obstáculos havia entre nós, mais ela me atraía.

Obstáculos? Eram mais do que obstáculos. Aquela mulher só me tinha causado problemas. Não conseguia, no entanto, querer-lhe mal. Eu a amava.

Mata Hari, por outro lado, me salvara a vida e, apesar de todas suas atenções comigo, me irritava.

Meu comportamento lembrava um trecho da Enciclopédia, referindo-se a uma peça de Eugène Labiche.

40. ENCICLOPÉDIA: COMPLEXO DE SENHOR PERRICHON

Em sua peça *A viagem do senhor Perrichon*, Eugène Labiche, autor francês do século XIX, descreveu um comportamento humano a priori incompreensível e, no entanto, inteiramente banal: a ingratidão.

No Monte Branco, o senhor Perrichon desfrutava das emoções do alpinismo na companhia do criado, enquanto a filha descansava em seu chalé. Quando voltou, apresentou-lhe dois jovens que ele tinha conhecido na montanha. O primeiro, explicou, era um sujeito formidável a quem ele, Perrichon, tinha salvado a vida, estando o rapaz a ponto de morrer num precipício. O jovem imediatamente confirmou que, de fato, sem o senhor Perrichon, ele estaria morto àquela hora.

O criado, então, lembrou ao patrão que apresentasse o segundo visitante. Este socorrera, por sua vez, o senhor Perrichon quando ele próprio caiu numa fenda da montanha. O senhor Perrichon sacudiu os ombros, declarou não ter sido um perigo tão imenso assim e achou seu salvador arrogante e pretensioso. Sua narrativa minimizou a importância do segundo rapaz. O pai, é claro, incitou a filha a se interessar pelo primeiro jovem, tão simpático, e não pelo segundo, cuja ajuda lhe parecia cada vez mais ter sido desnecessária. A tal ponto que ele chegou a se interrogar: teria realmente acontecido?

Nessa peça, Eugène Labiche ilustra esse estranho comportamento que torna o homem não apenas quase incapaz de reconhecimento e de gratidão, mas, pior ainda, chegando a detestar quem o socorreu. Talvez por temer estar

em dívida, dali em diante... De maneira inversa, gostamos de quem nós próprios ajudamos, orgulhosos da boa ação e convencidos de sua gratidão eterna.

Edmond Wells,
***Enciclopédia dos saberes relativo e absoluto*, tomo V.**

41. SAINT-EX

Permaneci mergulhado, por muito tempo, nos olhos profundos de Afrodite.

– Você está correndo perigo, Michael – proferiu ela. – Você encarna aquele que paga pelos outros. Seu povo paga por reduzir o totalitarismo, você paga por defender valores de liberdade. "Eles" não vão errar o alvo.

– Quem são "eles", os outros alunos?

– Não só...

Ela se virou, olhou de um lado e de outro, como se temesse ser ouvida, e cochichou em meu ouvido:

– Você não pode imaginar o que realmente acontece aqui. Se soubesse... Ninguém pode imaginar o que realmente é o mundo dos deuses. Ah, como eu lamento, às vezes, não ser ignorante! Ah, como lamento, às vezes, não ser... mortal!

Seu rosto se alterou ao pronunciar essa palavra.

Comportava-se como alguém nas últimas. Um pouco como Júlio Verne, que, no primeiro dia, me dissera para não subir a montanha e não tentar saber o que havia lá em cima.

– Ninguém pode imaginar a verdade – repetiu.

– Mas os mortais são manipulados por nós, deuses, não são?

– Os mortais não têm que tomar decisões realmente importantes. E não sabem exatamente em que mundo vivem. Mas nós sabemos e não temos, então, nenhuma desculpa.

– Não estou entendendo.

Afrodite cerrou-se contra mim e pude sentir seu colo macio tocar minha pele, por uma abertura da minha toga. Ela pegou minha mão e colocou-a espalmada por dentro do decote, para que eu segurasse um dos seios. Uma descarga elétrica percorreu-me todo o corpo. Minha mão se transformou em um receptor ultrassensível. Tive a impressão de perceber o menor dos seus poros, a menor das veias aflorando sob a pele, com a mama, ampla, ligeiramente úmida. Naquele segundo eu gostaria que se fundissem minha mão e o seu seio.

– Felizes os que não entendem. Como eu gostaria de não entender.

Tive vontade de beijá-la na boca, mas quando fiz menção de aproximar meus lábios, ela me afastou suavemente e, em seguida, com firmeza.

Seu sorriso pareceu cansado.

– Nunca renuncie aos sonhos, Michael, nunca renuncie e, sobretudo, encontre o que pode ser melhor do que Deus e pior do que o diabo. Por piedade, encontre, e então me terá por inteira.

Novamente comprimiu-se contra meu corpo.

Eu me senti incluído em suas beleza, graça, aura de amor. As fotografias dos mundos mortos que nos rodeavam se acrescentavam ao paradoxo daquele instante. Eros e Tânatos. A energia de vida, inseparável da energia de morte.

Quis que aquele segundo durasse uma eternidade e que encontrássemos um leito para nele morar definitivamente, nus sob os lençóis, sem comer nem dormir. De início, privilégio dos deuses imortais, apenas nos acariciaríamos durante os cem primeiros anos. Para manter o desejo. Depois, nos séculos seguintes, tentaríamos juntos reinventar o Kama Sutra, imaginando posições desconhecidas. A sensualidade dos deuses, a sexualidade dos deuses, a apoteose dos sentidos divinos. Somente eu e Afrodite. Eu e o ser que me obcecava.

Ela já escapulia.

– Não se preocupe comigo, salve os seus, salve-se.

Fiquei sozinho na rua de Olímpia. Pensativo e sorrindo.

Que mulher. Que mulher. Que mulher.

– Ei, Michael!

Antoine de Saint-Exupéry me chamava de longe:

– Preciso falar com você, é importante.

Não respondi. As palavras levavam um tempo enorme para chegar aos meus ouvidos.

– Venha, venha comigo. Tenho algo importante para pedir, mas antes preciso mostrar uma coisa a você.

Deixei que me levasse. No caminho, começou a falar atropeladamente.

– Preciso lhe dizer... O leviatã... afinal compreendi. Sabe que nunca existiu leviatã em "Terra 1"?

Pouco a pouco, eu começava a conseguir ouvi-lo.

– "Eles" fazem existir os fantasmas do nosso imaginário mortal. Cristalizam nossos sonhos. Nós acreditamos no Olimpo, e lá está ele! Acreditamos em Aeden, e cá estamos nós. Mesma coisa com relação às sereias, grifos, querubins.

Eu tinha recuperado meu espírito.

– Você quer dizer que Aeden só existe em nossos espíritos...

– Não. Eu disse que eles a "cristalizam". Eles transformam em realidade o que temos no fundo das nossas cabeças. Você acredita no Grande Deus? Muito bem, "eles" fazem existir um Grande Deus!

Eu acredito no amor e eles fizeram Afrodite existir, pensei.

Saint-Exupéry apontou para o cimo enevoado do Olimpo, que não brilhava, mas suas nuvens iriadas refletiam as três luas.

– Dessa maneira você, acreditando em Aníbal, fez com que ele existisse. Marilyn Monroe acreditava em amazonas, fez com que elas existissem.

– Mas Aníbal existiu – reclamei, chocado.

– Se ele existiu ou não, isso não tem mais importância aqui. O que importa é que a coisa exista no espírito de um dos habitantes de Aeden. O leviatã foi uma lenda inventada por fenícios e cartagineses para assustar outros povos, tirando-lhes a vontade de segui-los e vir a fazer concorrência nas viagens. Mesma coisa com relação à Atlântida...

– A Atlântida?

O aviador-romancista me abraçou o ombro.

– Isso, a Atlântida. Não negue a evidência. Não fui o único a adivinhar de onde veio a ideia de sua grande Ilha da Tranquilidade. Está em nosso espírito, então, passa a existir.

– Por quê? Não compreendo.

– Porque alguém, em alguma parte, decidiu nos dar esse presente. Mas permanece a questão: somos nós que imaginamos esse mundo, ou esse mundo que nos imagina? Georges Méliès nos mostrou uma coisa determinante com os truques de mágica. A gente pensa escolher e não escolhe. Nós nos adaptamos a um roteiro já redigido em algum lugar. Como diz o provérbio: "Está tudo escrito."

Eu refletia, perturbado.

– O que nos acontece não sai de nossos sonhos ou imaginação, mas de nossa memória.

Saint-Exupéry prosseguiu:

– Nesse caso, resta saber por que "eles" nos fazem fuçar nosso passado.

A peça teatral ainda estava sendo representada no Anfiteatro, e Saint-Exupéry propôs que fôssemos ao ateliê de Nadar, enquanto ouvíamos declamar o coro das cárites. Deixamos a cidade por uma passagem secreta e andamos, cada vez mais rápido, em direção da floresta.

– Talvez haja um segredo oculto na história da humanidade de "Terra 1". Um segredo que não desvendamos. Em vez de nos fazerem reler os livros de história que, de qualquer maneira, são meras propagandas favorecendo os vencedores, ou defendendo pontos de vista político-partidários, "eles" nos levam a viver o desenrolar real dos acontecimentos. E tomando as decisões, compreendemos o que realmente aconteceu.

Tive a impressão de que ele havia tocado em um ponto essencial.

– Eu adoro etimologia – disse ele, deslocando grandes moitas de feto –, a ciência da origem das palavras. A gente frequentemente evoca o *Apocalipse*. Sabe o que quer dizer a palavra "Apocalipse"?

– O fim do mundo?

– Não, esse é o sentido comum, e não o verdadeiro. Do pouco que me recordo das aulas de grego, literalmente, apocalipse significa: "o levantar do véu". Isso quer dizer que, no dia do apocalipse, será revelado aos homens o que se esconde por trás do véu, a verdade encoberta pelo tecido de mentiras.

– É perturbador – respondi. – Isso me lembra que, quando estava em "Terra 1", houve um grande debate entre os que eram a favor ou contra o uso da burca.

– É um sinal, entre muitos outros. O levantar do véu é a revelação última do real, para todos aqueles que vivem na ilusão. Por essa razão, o apocalipse é assimilado ao Último Dia. Considera-se que ver a verdade mata.

Esses argumentos me lembravam de uma frase de Philip K. Dick que Edmond Wells havia transcrito na Enciclopédia: "A realidade é o que continua a existir quando a gente para de acreditar." O mundo objetivo, para além de todas as crenças dos homens. De todos os véus.

O que Saint-Exupéry dizia me pareceu subitamente lógico. "Eles" nos faziam fuçar nossas crenças para, em seguida, nos revelar que eram apenas crenças. Somente depois disso poderiam nos mostrar a verdade que recusamos admitir.

Restava a luz na montanha.

– Mas quando jogamos, somos nós que decidimos a maneira como jogar.

– Tem tanta certeza disso? Lembre-se, mais uma vez, do truque de mágica de Méliès. Quaisquer que fossem os cortes, o resultado estava antecipadamente definido...

De fato, o truque era desnorteante.

– Você segue, essa noite, em expedição pedestre com seus amigos? – perguntou o autor de *O pequeno príncipe*.

– Acho que sim, não sei ainda. Não nos restam muitos no grupo dos teonautas.

Méliès, Mata Hari... Raul.

Saint-Exupéry balançou a cabeça, compreensivo. Eu sabia que o grupo dos aeronautas tinha perdido muitos dos seus membros. Clément Ader, Montgolfier... Saint-Exupéry garantiu que esperavam, assim mesmo, prosseguir as explorações. Propôs que acelerássemos o passo.

Vimos, de longe, La Fayette, Surcouf e Marie Curie, que transportavam sacos parecendo bem pesados. Os aquanautas deviam estar ocupados com a construção de seu barco. Trocamos uma saudação cúmplice, de exploradores aéreos a exploradores navais. Cada um com seu modo de exploração.

Afastamo-nos ainda mais de Olímpia.

Saint-Exupéry levou-me ao ateliê secreto, onde tempos antes eu os tinha ajudado a costurar o invólucro impermeável do balão. Viam-se novas ferramentas, assim como uma mesa grande, sobre a qual uma capa escondia um objeto de dimensão imponente.

– Montgolfier tinha fabricado uma aeronave própria do seu tempo – explicou Saint-Exupéry. – Na época, elevar-se um pouco acima do chão bastava para maravilhar as populações. Mas como você pôde perceber, isso não foi o suficiente aqui. Além disso, ele não era dirigível.

Nadar, que estava trabalhando à luz de uma vela, abandonou a bancada e veio me cumprimentar. Devia estar ali desde o início da peça de teatro.

– Fico contente que esteja novamente conosco – disse o ex-fotógrafo, antigo amigo de Júlio Verne.

Abraçamo-nos.

– Você contou para ele? – perguntou a Saint-Exupéry.

– Contei que a palavra "apocalipse" significa o levantar do véu. Deixei para você a honra de revelar nossa nova verdade.

Nadar, com gestos lentos, ergueu a grande lona. Revelou, com isso, o que me pareceu uma espécie de bicicleta de madeira, acoplada a um sistema de correias, que transmitia um movimento de pedais a uma hélice. Em cima, meus acompanhantes do momento tinham colocado um cesto contendo uma panela grande.

– O que vem a ser tudo isso?

– Uma engenhoca como o balão de Montgolfier, mas, dessa vez, dirigível – explicou o aviador. Como vê, a bicicleta tem dois assentos, é um tandem. São indispensáveis pelo menos dois aeronautas, para produzir a energia necessária à propulsão da máquina. Vamos trabalhar nisto a noite inteira. Amanhã ou depois de amanhã, a aeronave vai estar pronta.

– Aceitaria ser segundo navegador no dirigível-tandem a hélice? – perguntou Nadar.

– Por que eu?

– Meu sócio teve um pequeno problema – disse Saint-Exupéry.

Gustave Nadar ergueu a toga e mostrou um joelho ferido.

– O deicida?

– Ele me acertou, e eu por pouco não o peguei. Mas o problema é que o dirigível precisa de pernas em perfeito estado.

– Você, então, viu o deicida? Como ele é?

– Estava escuro. Vi apenas a silhueta. Não consegui sequer avaliar seu tamanho.

Saint-Exupéry insistiu:

– É importante, Michael, precisamos de você. Não quer se juntar a nós para uma nova aventura aérea?

A lembrança da nossa queda no oceano se mantinha forte em minha memória. Ele compreendeu minha hesitação.

– Como todos os alunos, sigo as aventuras de seu povo dos golfinhos – lembrou ele. – Nem sempre entendo suas escolhas, mas o espetáculo e reviravoltas são fascinantes. Se você não estivesse tão profundamente compenetrado no jogo, rapidamente perceberia que todos os outros alunos dão regularmente uma olhada na direção dos golfinhos. Não é Nadar?

– É como uma novela em capítulos – confirmou o fotógrafo. – Quanto mais seu povo passa por provações e quanto mais injustos os outros se mostram, mais apaixonante fica.

O que responder? Criei um povo cujos sofrimentos eram um "bom espetáculo". Mas achava estar chegando ao fundo.

– Além disso, apesar de todas as "dificuldades" da história, você continua vivo, enquanto os homens-escaravelhos e os homens-leões, que antes estiveram no ápice da glória...

– ... e que o perseguiram – completou Saint-Exupéry.

– ... foram afinal eliminados do jogo. Inclusive Proudhon, antes à frente do triunvirato vencedor, ele que fez tremer o planeta inteiro com suas hordas devastadoras, está agora em má posição. E você continua aí. Irritando, enfraquecido, mas vivo.

– Por quanto tempo mais? Na última partida, fiquei nas últimas colocações – lembrei.

Saint-Exupéry me observava e acrescentou:

– Nós somos subversivos, não esqueça isso, Michael. Somos fora do padrão. E isso irrita a todos que estão dentro do sistema. Sempre teremos a maioria contra nós.

Eu não entendia porque ele passara a se referir ao jogo. Queria me agradar. Tentei me interessar pelo tandem.

– E como será lançada a engenhoca voadora?

– É preciso primeiro acender o braseiro superior, para inflar o invólucro, como no balão – disse Nadar.

– A gente sobe nele e daí, lá dentro, pedala para pôr em marcha a hélice de ré. A alavanca na frente, no guidom, liga-se a uma corda que controla o leme. Para que tudo funcione, é melhor não haver vento demais, senão...

Sentei-me diretamente no chão, meio desanimado.

– Eu bem que preciso, realmente, de férias. A epopeia do meu Libertador me esgotou completamente.

– Você acompanhará a expedição dos teonautas hoje à noite?

Vi os olhares luzirem na claridade da pequena forja.

– Não sei. Sinto-me bem aqui, com vocês dois. Querem partir quando?

– Não essa noite, em todo caso. Vá com eles. Nós vamos trabalhar, tentando terminar a aeronave para amanhã.

– Eu posso ajudar?

– Você não será absolutamente útil no ateliê, mas se puder avançar um pouco mais acima, na montanha, poderá guiar o dirigível, quando ele estiver funcionando.

Completando a tarefa de me reconfortar, Saint-Exupéry colocou em meu ombro sua mão amiga.

– A essa hora, *Perséfone no inferno* deve sem dúvida estar terminando no Anfiteatro. Volte para lá. Você agora sabe que tem uma missão também conosco. Uma missão para mais tarde.

Vi Nadar e Saint-Exupéry como novos amigos opcionais, caso os antigos me abandonassem. Saint-Exupéry deu a palavra final:

– Tudo que está acontecendo com você é para o seu bem. Deixe-se levar pelos acontecimentos sem se angustiar. Por mais surpreendente que possa parecer, mesmo as provações mais terríveis, tudo que está acontecendo com você é para o seu bem – repetiu. – Havendo um roteiro já escrito em algum lugar, creio que o roteirista quer que tenhamos sucesso.

Como gostaria de ter essa certeza. Como gostaria de saber o que o "roteirista", como ele disse, previa para meu personagem. De qualquer forma, a frase se imprimiu em minha cabeça:

"Por mais surpreendente que possa parecer, mesmo as provações mais terríveis, tudo que está acontecendo com você é para o seu bem."

42. ENCICLOPÉDIA: ZODÍACO

Objetivamente, a roda do zodíaco não corresponde a nenhum fenômeno astronômico cientificamente reconhecido. Além disso, foi estabelecida numa época em

que a maioria das culturas considerava a Terra o centro do universo. Naquele tempo, diante de um ponto luminoso, os observadores do céu não sabiam distinguir, podendo se tratar de uma estrela, um planeta ou uma galáxia. Não sabiam diferenciar as distâncias e confundiam uma pequena estrela próxima com uma estrela maior, mais distante.

Mesmo assim, o princípio da roda se encontrava com seus 12 símbolos na Babilônia (com o nome de “Casa da lua”), no Egito, em Israel, na Pérsia, entre os gregos (“Roda da vida”), na Índia (“Roda do pavão”), no Tibet, na China (“Círculo dos animais”), entre os fenícios (“Cinturão de Ishtar”), na América do Norte, na América do Sul, nos países escandinavos e nos primórdios, inclusive, da religião cristã (com a substituição dos 12 signos do zodíaco pelos 12 apóstolos).

Cientistas como Johannes Kepler, fundador da astronomia moderna, mas também Newton fizeram referência a ela, não hesitando em deduzir horóscopos e temas astrais.

Para além do seu aspecto mágico, no entanto, o zodíaco representa um ciclo simbólico de evolução, uma proposta de alquimia da evolução do mundo.

Primeiro signo, Áries: É o impulso inicial. A energia do Big Bang que avança e carrega os demais.

Vêm a seguir:

2. Touro: símbolo do poder que segue o impulso de Áries.
3. Gêmeos: separação dessa força em dois braços e surgimento de uma polaridade, espírito e matéria.
4. Câncer: surgimento do elemento líquido, as águas onde a mãe deposita seus ovos.
5. Leão: eclosão do ovo e surgimento da vida, da força, da energia, do movimento, do calor.

6. Virgem: purificação e transformação da matéria-prima bruta em matéria sutil.
7. Libra: equilíbrio e harmonização das forças contrárias.
8. Escorpião: destruição pela fermentação e desagregação, para renascer mais facilmente.
9. Sagitário: decantação.
10. Capricórnio: elevação.
11. Aquário: tomada de consciência.
12. Peixes: passagem às "águas superiores" da espiritualidade, em oposição às "águas inferiores" anteriores a Câncer.
Segundo os astrólogos, no ano 2000 d.C., nós saímos da era de Peixes e entramos na de Aquário.

Edmond Wells,
***Enciclopédia dos saberes relativo e absoluto*, tomo V.**

43. NOVA EXPEDIÇÃO DA NOITE

O espetáculo teatral se prolongava.

Enquanto eu passeava fora da cidade, um segundo entreato acontecera. Não acabava nunca a prisão de Perséfone no inferno. Sua saída em direção à luz era, uma vez mais, uma alegoria da transmutação, em 12 fases, do ser sombrio básico em ser luminoso final. Quantas vezes, ainda, simbolizariam nossa iniciação para que nos tornássemos todos "pedras filosofais" vivas? Quantas vezes nos sugeririam a modelagem de nossa matéria-prima, para transformá-la em ouro?

No palco, os corais de cárites entoaram finalmente uma melodia de alegria para a saída de Perséfone do inferno e a volta das colheitas para os homens. Era como terminava a peça. Em libertação e vindima. Os artistas agradeceram os aplausos cordiais. As estações distribuíram frutas aos espectadores.

Do lado de fora, eu vigiava a saída dos meus amigos, e Raul não demorou a vir em minha direção. Eu o olhei de través.

– Você não vai me fazer cara feia a noite inteira por causa da guerra entre nossos povos, não é? Está parecendo aqueles jogadores de xadrez que sofrem, cada vez que lhes tomam uma peça.

Não respondi. Ele insistiu:

– Detesto essa frieza entre nós, Michael. Com tudo que já vivemos desde... enfim, tudo que nossas almas viveram juntas como mortais, anjos e deuses, não vamos agora brigar pela história de alguns humanos.

São bem mais do que "alguns humanos", pensei.

– São apenas peças de um jogo... Quantas vezes preciso dizer?

Mata Hari, Gustave Eiffel e Georges Méliès se juntaram a nós.

Eu olhava Raul, avaliando. Apenas um jogo? Não, ele estava enganado. Não era só um jogo. Ou então o universo, em seu conjunto, era somente um jogo.

Nosso pequeno grupo de teonautas se encaminhou para os confins de Olímpia, onde havíamos escavado um túnel sob a muralha da cidade.

Para aquela nova expedição noturna, Raul e Mata Hari andavam à frente; Gustave Eiffel e Georges Méliès, atrás. Dois novatos tinham se juntado a nós, e não dos menos importantes. Camille Claudel e Jean de La Fontaine. Eu, pessoalmente, era fã deste último. Com suas historietas de animais, ele conseguiu passar ideias muito profundas e abriu campos imensos de reflexão filosófica e política.

Um pouco intimidado, eu nem ousava me aproximar. De qualquer maneira, ele se mantinha à frente, com Camille Claudel.

Nós caminhávamos pela floresta azul, em direção ao rio. Íamos rapidamente, cada vez encontrando um trajeto mais curto e fácil. Atravessamos o rio pelo túnel secreto, por trás do muro de água torrencial.

Percebemos de longe a grande quimera, ainda presa a seu próprio reflexo, no espelho que Georges Méliès tivera a ideia genial de lhe apresentar. O monstro, que era tão feroz, não nos prestou nenhuma atenção, e nós passamos por ele o mais discretamente possível. Grande é o poder dos espelhos...

Aquela marcha que antes nos tinha causado tanta dificuldade, já me parecia fácil. Era como se, uma vez vencidas as etapas, elas não se reapresentassem mais.

Rapidamente chegamos aos campos de papoulas.

Na zona vermelha, onde se viam nove, 11 palácios passaram a ser visíveis. Haviam sido acrescentados os do cinema e do humor. Ficamos contentes, encontrando nossos dois amigos transformados em quimeras femininas. Marilyn tinha a mesma aparência. Quanto a Freddy, era espantoso que o rabino alsaciano, que tinha uma piada sempre na ponta da língua, tivesse podido se transfigurar em uma graciosa moçoila, ainda que conservando alguns traços de seu rosto antigo.

O casal tinha perdido o uso da palavra, mas, por sinais, ambos tentaram nos prevenir de algum perigo que nos ameaçaria no território seguinte. Insistiram para que levássemos pequenas sandálias de corda, afirmando com gestos que nos seriam úteis, mais adiante. Nós os agradecemos.

A noite caiu e, esperando o segundo sol se levantar, nos pusemos em círculo, iluminados por um punhado de vaga-lumes colocados no centro, como uma fogueira.

Mata Hari veio se sentar ao meu lado.

– Quando vir o Grande Deus, lá em cima, o que vai pedir?

– Não pensei nisso ainda. Deixe-me pensar... E você?

– Vou perguntar por que há canalhas. Por que Hitler? Por que o terrorismo? Por que o fanatismo? Por que a crueldade gratuita? Por que a maldade? Para que, "historicamente", haver tantos sofrimentos...

– Creio ter um princípio de resposta – garantiu Jean de La Fontaine, entrando em nossa conversa. – O mal talvez sirva para revelar o bem. Somente na adversidade se descobre o real valor dos seres.

Diante da incompreensão geral, o escritor propôs inventar uma fábula.

– Um vaga-lume foi procurar seu pai vaga-lume e perguntou: "Diga, papai, eu brilho?"

Jean de La Fontaine pegou alguns vaga-lumes, deixando-os na palma da mão, para ilustrar o que contava.

– O pai respondeu: "Daqui não posso saber, se quiser que eu veja sua luz, precisa ir para o escuro." E o pequeno vaga-lume se dirigiu às trevas e se pôs a brilhar sozinho na escuridão.

Com um gesto, Jean de La Fontaine retirou um vaga-lume e o afastou dos outros. Colocou-o na ponta do dedo indicador.

– E ali, de fato, todo mundo podia ver sua luz brilhar.

– É muito bonita sua história – disse Mata Hari, pensativa.

– Mas ainda não terminou. Pois o pequeno vaga-lume, sozinho no escuro e tendo brilhado, tomou consciência das trevas que o cercavam. Ele entrou em pânico. Lançou um grito desesperado: "Papai, papai, por que me abandonou?"

– Acabou?

– Não, pois o pai ainda respondeu: "Eu não o abandonei, você que quis mostrar como sabia brilhar."

– E qual é a moral?

– Somente no escuro se vê a luz – murmurou Mata Hari.

– É se confrontando à iniquidade, covardia, tolice e barbárie que a gente se revela realmente. Quem perceberia um sábio, num mundo em que tudo corresse bem?

Eu tinha a lembrança de um episódio incrível, da minha vida de mortal, quando nós, tanatonautas, trouxemos o segredo do julgamento das almas e das reencarnações, em função de suas boas ou más ações. A informação criou um clima de pânico mundial e todo mundo se tornou "bonzinho", querendo reencarnar bem. Os mendigos recebiam tantas doações que se equiparam com aparelhos receptores de cartões de crédito. As pessoas não sabiam mais como praticar o bem, mas era por egoísmo, por interesse, pelo medo de reencarnarem como sapos. Minha amiga Steffania, diante de tanto sentimento meloso e comportamento piegas, achou bom restaurar o hard rock e o vandalismo, para que de novo houvesse mérito em se comportar bem.

Jean de La Fontaine pôs de volta o vaga-lume entre seus irmãos.

– Imaginem um mundo perfeito... Imaginem um mundo estável, um mundo feliz, em que não há acidentes, massacres, canalhas... Um mundo assim lhes pareceria interessante?

Não nos atrevíamos a responder. Quanto a mim, tendo já inventado a Ilha da Tranquilidade, achava que se pode evoluir sem estresse. Basta ter vontade de ir mais adiante, para encontrar uma motivação que não seja o medo.

– Para você, então, Deus, o Grande Deus, nos envia provações para nossa revelação? – perguntou Camille Claudel.

Jean de La Fontaine balançou a cabeça.

– Mesmo que não seja verdade, a ideia tem a vantagem de ser o início de uma explicação tranquilizadora – concluiu ele.

O vento começou a soprar um pouco mais forte, nos fazendo tremer de frio.

– Eu, se visse Deus – disse Camille Claudel –, perguntaria por que o humano tem essa forma particular. Por que temos cinco dedos, por exemplo. Por que não quatro, três ou seis?

Ela mostrou a mão musculosa, acionando cada falange, como se tratasse de uma máquina complexa.

– As rãs têm quatro – lembrou Raul.

– É uma boa questão – disse Gustave Eiffel. – Parece que é necessário um dedo central, servindo de apoio. E dois dedos ao lado, dando sustentação. Essa arquitetura mecânica deve ter sido concebida para o período primata, quando utilizávamos as mãos para andar e nos apoiávamos assim, para a frente.

E Gustave Eiffel imitou um gorila.

– E se tiver sido por acaso? – sugeriu Mata Hari. – Se tivermos cinco dedos sem nenhuma razão precisa?

– Animal nenhum dispõe de seis ou sete dedos, que eu saiba – lembrei.

– A forma da mão permite usá-la como pinça, mas também como receptáculo. É bem prático, com cinco dedos, realmente dispomos de um instrumento múltiplo – explicou Georges Méliès, tirando uma carta de baralho da manga e fazendo-a sumir e reaparecer.

– Nossa conformação física seria realmente a melhor adaptada para o desenvolvimento da inteligência? Por que temos a cabeça no alto?

Cada um deu seu palpite pessoal:

– Para tomar sol.

– Para a recepção de raios cósmicos.

– Para enxergar mais distante.

– Para que o cérebro fique longe do chão, onde os perigos são maiores, com serpentes e pedras, por exemplo.

Camille Claudel não estava convencida disso.

– Por que não temos o cérebro no centro, irradiando o sistema nervoso para todo o restante do corpo? O fato de o cérebro estar no alto implica na fabricação de nervos mais compridos, ou seja, mais frágeis.

– Pois eu, se vir o Grande Deus lá no alto – disse Raul –, perguntarei qual é a finalidade da evolução do universo.

– A complexidade – respondeu Mata Hari, pensativa.

– Por que não a beleza, como sugeriu Van Gogh?

– Ou a consciência.

– Ou a recreação. Ele talvez tenha criado o mundo como um Tamagotchi, um espetáculo vivo, evoluindo independente e que ele olha de vez em quando, para se distrair.

A ideia divertiu todo mundo.

– E você, Michael, descobriu o que vai perguntar ao Grande Deus quando o vir? – interrogou Mata Hari.

Pensei o que responder e disse:

– Vou perguntar: "Como vai você?"

Todos riram. Continuei:

– Afinal de contas, somos como crianças diante do pai. Suplicamos para ganhar brinquedos, tememos que nos dê palmadas, queremos agradar, seguir-lhe o exemplo. Mas também podemos perguntar a ele: "E você, papai, tudo bem?"

Ninguém mais riu.

– Se Deus for um ser vivo, ele tem sua vida. E com isso, suas próprias questões, dúvidas, aflições, ambições e decepções. Como nossos pais, antigamente, quando éramos mortais. Nós os venerávamos, temíamos, mas não nos púnhamos em seu lugar.

Assim, em vez de perguntar a Deus como ele pode nos ajudar, perguntaria em que posso ajudá-lo.

Raul sorriu, irônico.

– Você não está sendo meio puxa-saco, não?

Os outros olharam para mim, não totalmente convencidos.

Acrescentei:

– Se eu fosse Deus, não ia querer ser venerado, admirado ou alçado à condição de ícone, gostaria apenas que me achem... legal. Como um pai legal.

Dessa vez todo mundo riu abertamente.

– Gostaria que meus fiéis procurassem como me ajudar e não como me amar.

– Você espera ser "ajudado" por seu povo dos golfinhos? – perguntou Jean de La Fontaine.

– Sim... E me irrita o amor incondicional que têm alguns dos meus devotos, muitas vezes sem sequer me conhecer. Veneram sem saber por quê.

– Na verdade – disse Raul –, você quer que, ao dirigirem suas preces, eles rezem a Michael Pinson e que o visualizem como você realmente é.

– Exatamente. Gostaria que se interessassem por meu passado, meus problemas aqui em Olímpia... Que torçam por mim no jogo de Y.

Georges Méliès, sorrindo, aprovou.

– A mim também – disse La Fontaine –, quando eles erigem ídolos com minha imagem e me representam com uma cabeça de gaivota, isso me incomoda um pouco.

Cada um de nós se lembrou das orações fervorosas, dos salmos, das súplicas e dos sacrifícios humanos ou animais. Tínhamos na cabeça os sacerdotes e os profetas, peremptórios na interpretação dos nossos pensamentos. Recordamos os supostos hereges mortos em nossa homenagem.

Mata Hari alisou os longos cabelos sedosos.

– Podem imaginar o que os meus fazem com os hereges? Eles os abandonam na floresta, para que sejam devorados por lobos.

– Os meus os lançam do alto de um penhasco elevado – detalhou Raul, deus dos homens-águias. – Consideram que se deus os quiser salvar, lhes dará asas antes que cheguem ao chão.

– Quanto a mim – disse Camille Claudel –, meus homens-ouriços jogam na água, com uma pedra no pescoço, todos que duvidam de minha existência. Consideram que se deus quiser que se salvem, os ajudará a subir.

– Meus homens-cupins – relatou Gustave Eiffel – enterram vivos os hereges.

– Para os meus, a fogueira. É mais clássico – completou Georges Méliès.

– Decapitação entre os meus – contou Jean de La Fontaine.

– Você quer o quê? Que não sejam mais seus adoradores, mas... amigos? – perguntou Mata Hari.

Novamente, alguns risos.

– Amigos? De fato. Exatamente isso. Sou a favor de uma "amizade" com Deus.

– Você viu o grande olho – disse Mata Hari. – Pode-se ser amigo daquilo?

Pensei na Enciclopédia e em Edmond Wells. Ele dizia, se lembro bem: "Para mim, Deus é a dimensão acima, como a molécula é a dimensão acima do átomo." Pode o átomo ser amigo da molécula que o engloba?

– Sim, uma amizade com Deus – insisti. – Como uma criança pode ser amiga de seu pai.

Minha sugestão parecia tão estapafúrdia que alguns balançaram os ombros. "Uma amizade com Deus". Não fomos condicionados nesse sentido. Há tanta paixão em torno da religião que a noção de amizade parece derrisória. No entanto, tomei bruscamente consciência de que, para mim, a palavra "amizade" parece mais forte do que a palavra "amor". Na palavra "amizade" não há posse do outro. Há um modo de funcionar junto e de se estimar mutuamente. Lado a lado. Por isso, talvez, nunca tenhamos associado essas duas palavras: "deus" e "amizade". Mas, para mim, um deus ideal pode ser um deus amigo. Aliás, nunca considerei marionetes minhas, submissas, os homens-golfinhos. Pelo contrário, quanto mais sofriam, mais próximos de mim os achava, companheiros de destino. Meus amigos, os mortais.

Distante, o sol novo começou a despontar, enquanto uma hora da manhã soava na torre de Cronos, em Olímpia.

Retomamos a marcha.

Uma trilha serpenteava na direção da montanha.

Raul se aproximou.

– Grande Michael, você sempre me faz rir. Às vezes me pergunto se não é um gênio... ao seu modo. Você mudou muito, sabe, desde que nos conhecemos.

– Você também mudou muito, Raul.

A trilha ficou escarpada e abrupta. Chegamos a uma zona com inclinação íngreme, onde éramos praticamente obrigados a nos apoiar com as mãos para não cair, escalando como alpinistas. Mantivemo-nos calados, cada vez mais arfantes.

A subida nos levou até um planalto vulcânico, pontilhado por pequenas crateras alaranjadas e fumegantes.

Tínhamos chegado ao mundo laranja.

II. OBRA EM LARANJA

44. NA TERRA LARANJA

Laranja.

Tudo era laranja. O chão fendia-se em alguns lugares, deixando escapar ondas de lava avermelhada. O cheiro de enxofre agredia as narinas e nos obrigava a tapar o nariz com as togas. Felizmente, Freddy e Marilyn tinham nos fornecido bons solados, pois podia-se imaginar o chão ardente sob os pés.

Avançamos por dentro de uma neblina de vapores e emanações tendo, à frente, Mata Hari, sempre a mais intrépida dos teonautas.

– Está vendo alguma coisa?

– Por enquanto nada – respondeu ela.

Margeamos um precipício, clareados pela luz cada vez mais viva do segundo sol, sem a qual teríamos tropeçado e caído no vazio.

– Esperem! – gritou de repente a ex-dançarina. – Há pessoas ali adiante.

Imobilizamo-nos, com os ankhs em posição de tiro. Jean de La Fontaine segurava o seu como se fosse um sabre japonês, apoiado no cotovelo. Camille Claudel o escondia numa dobra da toga, como querendo surpreender.

– O que, exatamente, está vendo? – perguntou Raul.

– Não sei. Posso discernir formas, silhuetas humanas, mas nada se mexe.

– Ei, vocês aí! Quem são vocês?

Nenhuma resposta.

Avançamos lentamente e, através dos vapores e eflúvios opacos, consegui vagamente distinguir, por minha vez, dezenas, talvez centenas de figuras imóveis, que pareciam nos observar.

Um ruído.

Paramos, novamente prontos para atirar. Por que aquela gente não se movia? Não podíamos passar horas ali, esperando. Irritado, apontei para uma silhueta e atirei. A forma imediatamente se desagregou, com um barulho de pedras. Após alguma hesitação, me aproximei e topei numa pedra redonda. Uma cabeça! Estremeci de horror. Não consegui deixar de pegá-la e percebi que não se tratava de uma cabeça qualquer. Reconheci o rosto altivo por já tê-lo visto em gravuras. Galileu.

– Não são seres vivos, são estátuas! – expliquei aos outros.

Percorremos o campo, observando outras estátuas de celebridades, entre uma multidão de desconhecidos. Estavam todas trajando togas, dispostas ao acaso, personagens célebres misturados a anônimos.

– Incrível! – exclamou Camille Claudel. – Nenhum erro de proporção. Quem os criou respeitou com perfeição a forma do mais minúsculo músculo.

– Podem-se discernir até mesmo vênulas nos pulsos e pelos nas orelhas – acrescentou Gustave Eiffel, que também edificara estátuas, especialmente a estrutura interna da estátua da Liberdade.

– Aquele ali tem até as unhas estriadas – maravilhou-se e, em seguida, preocupou-se Méliès.

– E este, a boca escancarada. Dentro, podemos ver a glote e todos os dentes – observou Raul.

Pessoalmente, eu tinha me interessado por uma mulher com aspecto aterrorizado, parecendo querer se proteger, com a mão, de alguma ameaça. Ela também, pega enquanto gritava, deixava que se vissem os dentes e a língua. Nas mãos, as impressões digitais não tinham sido esquecidas. Tentei imaginar qual hábil buril lavrara aquelas finas espirais paralelas.

– Tudo indica que foram esculpidas em posições de medo ou de fuga – preocupou-se Jean de La Fontaine.

Sobressaltados, examinamos juntos aquelas figuras tão perfeitas e, de repente, Georges Méliès parou.

– Não são esculturas – desabafou.

Fomos todos atravessados por um mesmo calafrio. Tínhamos também compreendido, ao mesmo tempo.

– São alunos de turmas precedentes, que foram... petrificados.

Um silêncio horrível se impôs. Senti um suor frio escorrendo por minhas costas. Observando os rostos empedernidos, tive a impressão de ver um olho se mover para me olhar!

Dei um passo atrás. Não era uma ilusão. Os demais teonautas tiveram a mesma sensação.

– Eles... Eles não estão mortos – conseguiu articular Georges Méliès.

– Essas pessoas foram transformadas em rocha, mas estão conscientes no interior da pedra – acrescentou Raul.

Que coisa! Ser transformado em quimera, mesmo muda, era ainda uma perspectiva suportável, mas ser petrificado por toda a eternidade, como criatura pensante aprisionada na pedra...

O pavor se apoderou de nós.

Lembrei-me de que, em "Terra 1", como o mortal Michael Pinson, sofri de espondilite anquilosante, uma doença óssea que progressivamente me tolhia os movimentos. Tive a primeira crise com 8 anos de idade. Depois, os sintomas voltaram regularmente, ganhando a articulação de um polegar ou de uma falange e, sobretudo, enrijecendo minhas costas. Com o tempo, fui tendo cada vez maior dificuldade para me abaixar. A morte, no entanto, veio me buscar antes que a doença se generalizasse. Mas durante toda a vida afligiu-me essa possibilidade: terminar imóvel. Um reumatologista me disse que a doença não era comum o bastante para que as pesquisas fossem rentáveis. Consequentemente, eu não devia esperar um remédio. Ele me avisou que um dia, sem dúvida, me apresentariam a estranha opção: "Sentado, de pé ou deitado?" E isso significaria que minha doença tinha chegado ao ponto em que só me restava escolher, sem poder depois mudar nunca, inapelavelmente, em qual posição minhas vértebras se soldariam em definitivo. Pelo restante da vida, eu deveria permanecer de pé, sentado ou deitado. Consultei ainda um centro especializado nesse tipo de afecção. Os que optaram por permanecer de pé, dormiam na posição vertical, em redes suspensas no teto, deixando de fora as pernas. Como morcegos. Encontrei uma só vantagem naquela doença: permitiu-me escapar do serviço militar. E me via de novo ameaçado pela petrificação.

Olhei uma vez mais aqueles infelizes no campo fumegante.

Como, por que e de qual maneira tal destino se abatera sobre eles?

45. MITOLOGIA: MEDUSA

Medusa era uma moça de notável beleza. Sua magnífica cabeleira era famosa. De tal maneira que Posídon cobiçou possuí-la. Transformou-se, então, em pássaro, alçou voo e violou-a no templo de Atena. Exasperada com a profanação, a deusa, em vez de dirigir sua irritação contra o poderoso deus, voltou-se contra a rival. Transformou Medusa em górgone. Os maravilhosos cabelos se tornaram múltiplas serpentes. Ela lhe incrustou na boca dentes de javali e, nas mãos, unhas de bronze. Atena ainda lançou a Medusa uma maldição: ela petrificaria todos que tivessem a infelicidade de olhá-la de frente. Medusa foi a única das três górgones a ser mortal. Aproveitando-se disso, Atena acabou enviando um herói, Perseu, para matá-la. Advertido quanto ao seu poder, ele a combateu se concentrando no reflexo polido do seu próprio escudo. Conseguiu, assim, evitar fixar diretamente seu olhar. Aproximou-se e cortou-lhe a cabeça.

Do corpo decapitado brotaram o gigante Crisaor, também chamado "lâmina de fogo", e o cavalo Pégaso, que, com seu casco, de uma pateada no céu podia fazer a chuva irromper. Os dois seres mágicos haviam sido concebidos por Posídon. Perseu ofereceu a cabeça de Medusa à deusa Atena, que a prendeu como decoração em seu escudo.

Por sua vez, Atena recolheu o sangue de Medusa, dando-o ao curandeiro Asclépio. O sangue da veia direita da górgone podia devolver a vida. O da veia esquerda era um veneno fulminante.

Segundo o historiador Pausânias, Medusa foi uma rainha que realmente viveu nas proximidades do lago Tritônida, na atual Líbia. Dificultando a expansão marítima grega, teria sido assassinada por um jovem príncipe peloponesiano.

Edmond Wells,
***Enciclopédia dos saberes relativo e absoluto*, tomo V**
(a partir de Francis Razorback).

46. FECHAR OS OLHOS

Bater de asas, assobios de serpentes, roçar de tecidos no meio de toda aquela fumaça vulcânica; era difícil discernir de onde vinha a ameaça, que todos sentíamos próxima.

– Fechem os olhos, é Medusa! – exclamei, fechando eu mesmo as pálpebras.

– Vamos nos segurar as mãos e não nos movermos mais – sugeriu Raul.

Nós nos tateamos, demos as mãos e nos agarramos. De olhos fechados, fizemos roda, com Mata Hari a minha esquerda e Raul à direita. Os barulhos de asas se ampliaram. Podia sentir a mão de Mata Hari crispar-se na minha.

De repente, uma presença se aproximou. Voou, aterrissou e veio até nós, varrendo pesadamente o chão.

Expectativa.

Ela estava ali, eu tinha certeza, bem próxima de nós. O cheiro era pestilencial. Se é que era mesmo a Medusa evocada por Edmond Wells na Enciclopédia, Atena tinha aumentado sua vingança.

– Vocês... – articulou a górgone com uma voz lúgubre e cavernosa, como se gravetos arranhassem sua garganta. – Vocês... – repetiu enojada. – Vocês se agitam sem parar. Fervilham em todo lugar. Gesticulam. Fazem barulho com as bocas, que não param de se abrir e fechar. Vocês mexem o tempo todo os dedos, os braços e as pernas.

A voz assobiou por um instante e esses assobios foram imediatamente repetidos em eco pelas serpentes dos cabelos. Edmond Wells me disse, um dia:

– No final das contas, todos os vilões das lendas gregas, Minotauro, Medusa, Ciclope, são apenas a simbolização de pessoas normais, cujo único defeito foi o de terem sido invadidas pelos gregos e não estarem mais vivas para contestar as calúnias inventadas pelos historiadores oficiais.

A lenda contava que Perseu cortara a cabeça de Medusa; ou seja, ou uma nova cabeça havia crescido em seu lugar ou a lenda era falsa.

– Que tal tentar recuar, voltando? – sugeriu Gustave Eiffel.

– Como? Com os olhos fechados corremos o risco de cair numa fenda de lava fervente – retorquiu Raul.

– Fazemos o quê, então? – perguntou novamente Eiffel.

– Por enquanto, não nos mexemos e fechamos os olhos – disse eu.

Medusa deu a volta em nosso grupo e se dirigiu a mim. Sentia seu rosto junto ao meu.

– Ah... Será que topei com humanos ajuizados? – escarneceu. – Humanos que pensam antes de agir ou, senão, humanos que entre dois suplícios optam pelo que lhes parece menos doloroso? Pois esta é a escolha que deixo: queimar na lava ou acabar petrificados. Se bem que... se refletirem, cair na lava significa terminar, de qualquer maneira, petrificado.

Ela deu uma gargalhada estranha, uma mistura de grasnar de pássaro e grunhido de javali. As mãos dos meus amigos esmagavam as minhas. Estávamos tão tensos que tremíamos.

– No início, surpreendeu-me petrificar as pessoas que arriscavam olhar para mim. Depois, me habituei. Para dizer a verdade, eu já tinha umas predisposições. Sempre gostei de escultura.

Ela deve ter se aproximado de Camille Claudel, pois a ouvi respirar mais forte. Podia adivinhar que lhe acariciava os cabelos.

– Eu primeiramente me lancei a esculpir um arbusto. Tinha usado como modelo um verdadeiro arbusto. Mas o vento perpetuamente agitava as folhas. Era extremamente irritante. Extremamente.

Ela deixou Camille Claudel e se aproximou de Jean de La Fontaine, autor de *O carvalho e os juncos*.

– Eu então o cortei e coloquei num cômodo fechado, distante dos golpes de ar. Ele finalmente não se mexeu mais.

Ela passou para Georges Méliès.

– Em seguida, quis esculpir peixes. Instalei um aquário. Mas os ocupantes circulavam o tempo todo na água, para frente, para trás, para cima, para baixo. Eu congelei a água e eles enfim se imobilizaram.

Ela se encostou em Mata Hari.

– Quis esculpir um cachorro. Ele também só fazia se mexer. Lambia-me a mão. Até dormindo ele se agitava. Eu, então, o empalhei.

Voltou a Camille Claudel.

– Graças a Atena, todos esses problemas estão resolvidos. Petrifico sem congelar e nem empalhar. Posso, agora, levar a cabo minhas obras de arte e esculpir sem dificuldade o modelo mais apaixonante: o humano.

Nós mal nos atrevíamos a respirar. Ela prosseguiu sua fala:

– Na "Terra 1" de vocês, eu várias vezes agi. Depois do humano, esculpi multidões. Ninguém nunca tinha ousado isso. Eu estava em Sodoma e Gomorra e transformei Edith, mulher de Lote, em estátua de sal. Ela tinha sido prevenida: se, ao deixar a cidade, se virasse para uma última olhadela, seria sua desgraça. Ela se virou e me viu...

A górgone passou a planar à altura das nossas cabeças, podíamos senti-la.

– Em Pompeia, consegui um golpe de mestre, uma cidade inteira, com suas casas, moradores, animais petrificados por toda a eternidade! Meu sonho agora é o de paralisar um país, uma civilização, um planeta inteiro. Que nobre ideal para uma escultora ambiciosa, não é mesmo senhorita Claudel? Detalhe algum será omitido. Haverá automóveis de pedra, árvores de pedra, cachorros de pedra, pombos de pedra, rios de pedra, bicicletas de pedra, homens e mulheres de pedra... Duros, sólidos e, enfim, apaziguados.

Medusa aterrissou e girou em volta de nossa roda. Passando perto de mim, senti no meu pescoço sua mão coberta de escamas. Ela pegou minha cabeça e puxou as pálpebras para abri-las.

– Você aí! Olhe para mim, olhe para mim! – ordenou.

Dedos aduncos tocaram de leve em meus cabelos. Uma multidão de serpentes roçou a minha pele.

Devia pensar em outra coisa. Distrair-me com outras interrogações:

Quem matou Júlio Verne?

Quem é Deus?

Quem é o deicida?

Qual a solução do enigma?

Afrodite me ama?

Ou, ainda, a questão que perpassou toda minha vida:

Afinal, o que estou fazendo aqui?

Perguntei a Georges Méliès se ele não dispunha de um espelho, pois foi assim, ao que diziam, que Perseu vencera a górgone.

– Não – murmurou ele, desolado.

– Aguente firme, Michael, aguente firme! – martelou Raul.

As unhas de bronze arranhavam a frágil membrana que protegia meus olhos.

– Olhe para mim! Agora!

Ela puxou com um golpe seco minhas duas pálpebras, com os dedos em garras, e eu a vi.

Pesadelo.

Uma velha mulher com rosto torturado por rugas. Os cabelos formando uma longa carapinha de finas serpentes. Trajava uma toga laranja. Os dentes caninos, como defesas de javali, saíam da boca, se curvando sobre as bochechas.

E pensar que aquele ser infame tinha sido, anteriormente, uma encantadora mocinha, cuja única culpa fora a de excitar a volúpia de Posídon. Ela esbugalhou os olhos imensos, feliz com minha derrota, e a boca se contorceu num sorriso satisfeito.

Estava acabado. Estava tudo acabado para mim. Estava condenado ao destino de estátua.

Comecei a sentir um formigamento nos pés. Uma cãibra percorrendo meus tornozelos, subindo as panturrilhas e ganhando as pernas. Eu me petrificava. Fechei os olhos para não acelerar o processo.

Eu fui Michael Pinson, fui anjo, fui aluno-deus e, para acabar, serei para sempre estátua, inteiramente consciente, com o cérebro intacto, mas impossibilitado de falar e de me mover. Dispondo apenas da mobilidade dos olhos para acompanhar a chegada dos turistas à terra laranja. Como invejei Marilyn Monroe e Freddy Meyer. Tornar-se musa me pareceu uma sorte bem melhor do que a minha. Ser musa do que fosse, mas pelo menos poder me mexer, andar, correr.

Eu nada mais sentia na parte inferior. Naquele instante último de vida, não senti remorsos, apenas arrependimentos.

Lamentava não ter abraçado Afrodite quando veio chorar no meu ombro. Não ter organizado um invencível exército dos golfinhos, utilizando todos nossos avanços técnicos e pondo à frente bons generais estrategistas, impiedosos com o inimigo. Minha gente teria, então, uma pátria poderosa. Seria temida, respeitada e não somente tolerada. Primeiro ser forte, depois bom. Sem mim, o que será dos homens-golfinhos?

Era o fim.

Medusa provocou, em seguida, Camille Claudel e a escultora urrava: não e não, ela não queria ser estátua.

O torpor ganhou minha barriga. Era tarde demais para lutar ainda. Ousei abrir os olhos e vi meus pés de pedra, meus joelhos de pedra, minhas pernas de pedra. Os pulmões começavam já a adormecer.

– Vamos cair todos, uns após ou outros – disse Jean de La Fontaine.

– Certamente existe uma solução – respondeu Georges Méliès, sem grande convicção.

Meu castigo era pior do que o previsto para o deicida. Os matadores são menos punidos do que os exploradores. Teria até preferido carregar o mundo, como Atlas, ou rolado incessantemente um rochedo, como Sísifo...

Minhas mãos ficaram paralisadas. Com dificuldade, podia virar ainda o pescoço.

– Vamos, deixe acontecer. Para que resistir? Você vai, afinal, estar bem, ficar em paz, abra os olhos, abra os olhos – sussurrava ela, convidativa.

Um grito e um riso da górgone fizeram crer que a escultora fraquejara. Ela a tinha visto.

Meus companheiros seguravam-se ainda pelas mãos, cada vez mais crispadas.

Uma sensação sinistra de frescor subiu-me pelo pescoço. Os músculos faciais se endureceram. As pálpebras ficaram pesadas como pedras. Caíram e não se levantaram mais. As orelhas funcionavam ainda, pois continuava a ouvir Camille Claudel gritar.

Em seguida, também o som foi cortado. Sequer terei, então, a vantagem de algumas estátuas que me pareceram mover os olhos e ouvir.

Tudo parou. Eu esperei. Nada mais aconteceu, e o tempo começou a correr sem que eu soubesse o que se passava ao meu redor. Estaria imobilizado por toda a eternidade, de olhos fechados. Vivo, consciente e incapaz de perceber o exterior. Provavelmente não poderei sequer dormir. Quanto tempo vou passar assim? Uma hora, um dia, um ano, um século, a eternidade?

Vou enlouquecer. As únicas escapatórias são as lembranças e o imaginário. Eu que sempre quis pensar em paz, nada mais vou fazer, além disso. Pensar em paz. Imóvel. Surdo. Mudo. Consciente.

Era o fim da minha atividade como ser animado. Eu perdi. Perdi tudo.

47. ENCICLOPÉDIA: O DURO E O MOLE

Entre os esquimós e para a maioria dos povos caçadores-colhedores, é proibido quebrar os ossos da carne que se vai consumir.
O ritual corresponde à ideia de que, se enterrarmos os ossos, a terra nutriz fará neles renascer carne, reformando o animal em seu conjunto.
Essa crença provavelmente veio da observação das árvores. As árvores perdem, no inverno, sua "carne" de folhagem.

Restam, durante o período frio, zonas duras, os "ossos" da árvore, pois se veem os galhos despidos.
Dentro da mesma lógica, vários rituais xamanistas apresentam a ideia de que, no cadáver enterrado com todos seus ossos intactos, a carne poderá voltar a crescer e ele, assim, renascer.

Edmond Wells,
***Enciclopédia dos saberes relativo e absoluto*, tomo V.**

48. APENAS UM BEIJO

Eu continuava imóvel. Em minha cabeça, passou pela primeira vez o filme da minha vida. Mas a aflição era tanta que me senti incapaz de pensar claramente.

Não tinha mais percepção do mundo exterior. Que pena não ter mantido os olhos abertos.

Talvez uma semana já tivesse passado. Não tinha mais consciência do tempo. Os outros certamente já tinham ido embora. Ou foram também transformados em estátuas.

Manter-me calmo. Utilizar a técnica de Samadhi descrita na Enciclopédia. Afugentar, um a um, todos os pensamentos.

Tentei e não consegui. Se pelo menos pudesse saber o que acontecia lá fora. Se pelo menos pudesse saber se os outros estavam ali, se era dia, se era noite.

Precisava conseguir meditar. Afugentar os pensamentos como nuvens sopradas pelo vento. Não ficar imaginando minha situação.

VOU ENLOUQUECER.

Meu (Grande) Deus, se estiver ouvindo, suplico.

Tire-me daqui.

TIRE-ME DAQUI!!!

Foi quando aconteceu algo espantoso. Senti um contato na altura da minha boca. Um beijo. Um longo beijo com gosto de fruta em meus lábios. E o beijo irradiou-se pelo meu corpo, aquecendo-o inteiro. Afrodite teria vindo me salvar no último instante?

O beijo teve a incrível capacidade de me libertar. Minha boca recuperou a sensibilidade como após uma anestesia no dentista. Senti um calor úmido nos lábios. O pescoço se deslocou. As pálpebras ficaram leves e descobri quem viera me ajudar.

Não era a deusa do Amor.

Mata Hari.

De olhos fechados, ela estava colada em mim. Abraçava-me e beijava-me, transmitindo uma onda benéfica que me invadia e me arrancava da ganga de pedra. Eu era a Bela Adormecida, despertada por um beijo. Novamente meus dedos se mexeram e o tronco se moveu. Voltei a sentir meu corpo. Voltei a sentir meu sangue. O ar voltou a me encher os pulmões e me fez tossir uma poeira.

Uma suave mão feminina me conduziu. Há momentos em que, sobretudo, não se deve refletir. Juntos, de olhos fechados, corremos entre as crateras de lava. Ouvi outros passos. Os teonautas, então, ainda estavam ali, a nossa volta.

Medusa nos perseguia, com passos pesados. Pôs-se a voar, e eu ouvi as longas asas movimentarem o ar, atrás de mim.

Atrevi-me a entreabrir os olhos e, afinal, vi o que tinha à frente. A mão suave que me guiava era a de Freddy Meyer, transformado em musa. Ele me puxava, e eu a Mata Hari. Ela, por sua vez, puxava todos os demais pelas mãos. Justa inversão das coisas: antigamente éramos nós que guiávamos Freddy, o cego...

Quando alcançamos a inclinação abrupta levando ao terri tório vermelho, Medusa desistiu da perseguição. Seu reino era lá em cima, e dele ela não saía.

Despencamos ladeira abaixo. Chegamos ao campo de papoulas. Corremos e nunca estive tão contente de possuir pernas que me carregassem, pálpebras que piscavam, mãos que podiam se abrir e fechar.

Corremos muito tempo e depois paramos. Não era mais necessário nos segurarmos uns aos outros e me pus a brincar nas papoulas vermelhas, me extasiando por sentir cada um dos meus músculos funcionar. Tinha escapado do pior, estava vivo e móvel.

Olhamo-nos todos, uns aos outros, surpresos por estarmos vivos. Não tinha se passado, então, uma hora, nem uma semana e nem um ano. Apenas alguns minutos.

Escapara tranquilamente.

– Bom, isso está feito – declarou sobriamente Mata Hari.

A frase, naquele instante, tinha um sabor particular.

– Obrigado – disse a ela.

Meu corpo tinha vontade de abraçá-la, mas o cérebro impedia. Olhei os demais. Os teonautas, as musas e a querubina, que esvoaçava sobre nós.

Acho que entendi o que havia acontecido: Moscona fora buscar a musa Freddy Meyer, que subiu a montanha para nos livrar da armadilha. Em vez de me abandonar, Mata Hari fez a tentativa do beijo salvador.

A querubina subiu, ganhando altitude para ver se não havia mais perigo. Depois veio pousar no meu dedo estendido.

– Obrigado a você também, Moscona.

Ela mostrou a língua de borboleta, pois não gostava do nome, e voou.

– Ei, Moscona, espere...

Ela já estava longe. Olhei meus amigos.

– Falta Camille Claudel – exclamei. – É preciso voltar.

– Perigoso demais – recusou Jean de La Fontaine.

– Não podemos abandoná-la. Precisamos salvá-la! – repeti.

– Já é tarde demais para ela. Devia ter sido beijada enquanto era tempo – disse Raul.

– Ele tem razão – continuou Méliès. – Mata Hari o salvou porque agiu rapidamente, mas Camille Claudel já está completamente endurecida.

– Uma escultora transformada em escultura, é um fim mais lógico – sugeriu Raul.

Erguemos os olhos em direção à zona laranja, lá no alto.

– Acabou, não podemos ir adiante. De qualquer maneira, eu não volto nunca mais ali.

A musa Marilyn Monroe e a musa Freddy Meyer nos fizeram sinal de que não podiam demorar mais, pois o comprometimento com alunos-deuses tinha seus limites.

Pusemo-nos em marcha, extenuados, para voltar a Olímpia.

Sob a torrente, saboreei o dilúvio de água fresca. Queria sentir viver cada milímetro do meu corpo. Compreendi, então, a vantagem de estar na matéria, de sentir o mundo, de poder se mover. Estiquei os dedos, sorri, ri, ergui os braços. Obrigado, meu Deus. O corpo inteiro era uma antena captando o mundo. Respirei profundamente. Fechei os olhos, tão feliz por estar encarnado em um corpo móvel.

Lamentei as árvores. Lamentei as pedras. Compreendi de uma só vez que os mil tormentos físicos que tive em minha pele de mortal eram dádivas. Inclusive os reumatismos, cáries, úlceras, até minhas nevralgias faciais eram, pelo menos, fortes sensações. As dores provavam que eu existia.

Meu corpo inteiro percebeu o exterior e tive a impressão, pela primeira vez, de perceber aquele planeta e o cosmos. Valia a pena ter passado pela experiência do medo da imobilidade definitiva, para gozar da felicidade de palpitar na carne livre.

Quanto mais se eleva a alma, mais forte é a pressão...

Uma alma se eleva? Nunca tinha observado que, em francês, na palavra *élève*, "aluno", há a noção de se elevar.

Mata Hari se juntou a mim. A água tornara-lhe a toga transparente, e suas formas moldavam o tecido.

Lavei-me, esfreguei-me para estar livre do suor, da poeira e do medo.

De onde vinha a culpa que me colava na pele? Sentia-me culpado de não ter salvado Edmond Wells, não ter salvo Júlio Verne, nem meus clientes mortais Igor e Vênus, quando fui anjo. Em vida, não salvei Felix Kerboz e tantos outros amigos tanatonautas, mortos numa louca aventura. Sentia-me culpado por todas as desgraças do mundo. Desde sempre fora assim. De certa forma, todas as guerras eram um pouco culpa minha, todas as injustiças, indo até o pecado original. Caim matando Abel. Ou Eva comendo a maçã. Já não seriam culpa minha?

Inclusive Afrodite era culpa minha. A derrota de meu povo dos golfinhos também.

Enfiei novamente a cabeça debaixo da água e permaneci em apneia até que meus pulmões queimassem.

Pensei em minha mãe, dizendo: "Tudo isso é culpa sua..." Como tinha razão. No entanto, ela não acrescentara: "E você não pode fazer nada." E sim: "Mas você, sendo todo-poderoso, pode mudar isso." Na época, referia-se à bagunça do meu quarto. Ao puxar um pulôver, eu tinha, sem querer, desequilibrado o aquário, com um peixinho vermelho, e o infeliz animal morreu.

"Tudo isso é culpa sua... Mas você é todo-poderoso e pode mudar..."

Eu arrumei o quarto e depois comprei outro peixinho vermelho.

Pode-se comprar uma humanidade nova?

Fechei os olhos e depois os reabri. Mata Hari me olhava tranquilamente. Tinha consciência de sua seminudez.

Ela era bela, corajosa, certamente a mais formidável mulher que eu já vira... excluindo Afrodite.

Talvez fosse esse o meu problema. Não ter os desejos certos.

Confusão.

Seria como age o diabo?

Jean de La Fontaine me puxou.

– Já é tarde, precisamos voltar rápido.

Não me movi. Mata Hari continuava diante de mim, como se esperasse alguma coisa.

– Mata, eu queria lhe dizer...

– O quê?

– Não... nada. Obrigado mais uma vez por ainda há pouco.

Camille Claudel ficou na zona laranja. Não éramos mais do que 77.

Pusemo-nos de volta e eu mordi minha língua até sangrar. Talvez, em certos momentos, seja melhor ser árvore, pensei.

49. ENCICLOPÉDIA: GINKGO BILOBA

Dentre as árvores, uma das mais intrigantes é uma árvore chinesa: a ginkgo biloba. Nos dias de hoje, é a espécie mais antiga que se conhece. Acredita-se que ela exista há 150 milhões de anos. É também a mais resistente. Após a explosão nuclear de Hiroshima, ela foi a primeira nas zonas contaminadas a retomar a vida, apenas um ano mais tarde.

Existem, entre as ginkgos, árvores macho e árvores fêmea e pode-se, inclusive, observar que quando macho

e fêmea estão a uma distância de até várias centenas de metros, tendem a... se inclinar, uma na direção da outra. Para a reprodução, é preciso que o pólen da árvore macho voe na direção das flores da árvore fêmea. A união gera um fruto que, apodrecendo (com odor muito desagradável) libera grãos que fazem crescer uma pequena árvore.

Na China, a ginkgo biloba, chamada Yinshing (abricó de prata), é utilizada por suas qualidades terapêuticas. É antioxidante, melhora a eficácia do sistema imunológico e retarda o envelhecimento das células. Ela age também sobre a metabolização da glicose no cérebro.

No Tibet, os monges absorvem decocções de folhas de ginkgo, para se manterem despertos durante as sessões noturnas de meditação.

Nos países ocidentais, ela é cada vez mais difundida por sua resistência, não só a todos os parasitas naturais, todas as condições climáticas, mas também à poluição. Encontraram-se ginkgos com idade de 1.200 anos.

Edmond Wells,
***Enciclopédia dos saberes relativo e absoluto,* tomo V.**

50. TRÊS ALMAS (18 ANOS)

Alguém penetrou em minha casa durante minha ausência. A porta estava escancarada e havia marcas de passos.

Tentei seguir as pegadas e deduzi que o visitante se dirigira à biblioteca. Como todos os livros tinham as páginas em branco, concluí que ele procurava a *Enciclopédia dos saberes relativo e absoluto*. Tratava-se, então, de alguém sabendo que eu prosseguia a obra de Edmond Wells.

Examinei com cuidado as marcas do solado na terra do jardim: sem dúvida era um homem, que havia caminhado na floresta.

Em seguida, fui vencido pelo cansaço.

Voltei para casa e me deitei.

Em vão tentei dormir, então me levantei e liguei a televisão. Decididamente, a vida de deus era uma vida de insonioso.

No primeiro canal, Kouassi Kouassi estava com 18 anos. Gente de Gana se infiltrava em sua região para destruir as plantações e fazer subir o preço do abacaxi. Correrias de escaramuça e o povo de sua tribo perseguiu os desordeiros. Kouassi Kouassi lutou com um deles. Ele podia ler a raiva no olhar do ganense.

– Por que fazem isso? – perguntou ele. – Vocês querem ter a mesma coisa que nós, é por isso?

– Não. Nosso prazer não é o de ter a mesma coisa que vocês. Nosso prazer está em tomar o que têm, para que não tenham mais – respondeu o outro com firmeza.

Kouassi Kouassi ficou abalado com a frase. "Eles não querem ser ricos... querem apenas que eu seja tão pobre quanto eles."

Ele soltou o ganense e se jogou no chão, como se estivesse exausto. O pai veio correndo, pensando que se ferira.

Mudança de canal. Eun Bi, também com 18 anos, se tornava cada vez mais solitária, sem falar com ninguém e permanecendo por horas a fio diante dos jogos eletrônicos ou da televisão. Em seguida, escrevia seu grande romance *Os golfinhos*. Era presa de uma permanente angústia. Desde que a mãe se divorciara do pai, Eun Bi tinha preferido morar sozinha num pequeno quarto, no subúrbio de Tóquio.

Ela se conectou à internet para entrar num enésimo chat, com pessoas do mundo inteiro. Seu pseudônimo era K.D., de Korean Delphinus, o golfinho coreano. Ela se sentia, afinal, anônima diante do mundo inteiro, podendo enfim reivindicar a origem coreana e a admiração pelos golfinhos.

Enquanto participava de diversas salas, um nome chamou sua atenção: K.F., Korean Fox, a raposa coreana. Como ela, alguém escolhera se definir pela nacionalidade coreana e pelo animal favorito.

Começou a dialogar com esse pseudônimo. O rapaz se apresentou, contando estar em Pushan, uma cidade da costa leste. Perguntou onde ela vivia, e ela disse ser de origem coreana, mas que nunca vira seu país. Pediu que ele falasse da Coreia. Ele contou como era a vida lá. Os templos, as montanhas, a cordialidade das pessoas, a beleza das mulheres. A história das civilizações fundadoras.

Eun Bi compreendeu que ser coreana no Japão era difícil, mas ser coreano na Coreia do Sul também não era nada simples, com a permanente ameaça da arma atômica controlada por um chefe irresponsável da Coreia do Norte.

Eun Bi contou sua vida cotidiana. As humilhações por ser diferente das moças japonesas. A sensação de precisar se desculpar por ser vítima. Não conhecia o rosto de Korean Fox, mas o imaginava. Contou a ele sua paixão pelo desenho. Ela queria, mais tarde, criar desenhos animados.

Ele lhe falou também de sua própria paixão pela informática. Passara a adolescência em lan houses, jogando em rede todo tipo de jogo de estratégia e de combate. Tornara-se engenheiro especializado em informática e trabalhava num projeto pessoal que lhe tomava a vida inteira. Pelo momento, ele chamava isso o "Quinto mundo".

O slogan era:

1º mundo: o mundo real que se pode tocar.

2º mundo: o mundo dos sonhos, que aparece durante o sono.

3º mundo: o mundo dos romances.

4º mundo: o mundo dos filmes.

5º mundo: o mundo virtual dos computadores.

Eun Bi pediu detalhes do projeto "Quinto mundo" e K.F. explicou.

A ideia viera a partir dos jogos on-line, esses jogos em que todo mundo se encontra num espaço virtual para viver aventuras em grupo. Cada um se faz representar por um avatar. Os internautas tinham recuperando a palavra "avatar" para evocar suas representações virtuais no jogo. Mas a ideia de K.F. era a de propor avatares que se assemelhassem o máximo possível aos jogadores reais. Eun Bi se encantou com a ideia. Compreendeu o alcance do projeto... Isso queria dizer que eles apresentariam rostos de humanos de verdade? De Pushan, K.F. foi mais longe. Achava ser preciso distribuir as características físicas, mas também as psicológicas, de maneira que, mesmo não estando on-line, seu avatar continuasse a viver à sua maneira. Para isso, como engenheiro em informática, fabricou com amigos programas complexos em que o participante do jogo podia registrar um máximo de indicações do seu corpo e de sua "alma".

Eun Bi compreendeu que o avatar podia ser bem-sucedido onde o humano fracassava. O avatar de Eun Bi poderia salvar os golfinhos e quebrar a cara de quem o insultasse.

– Mas – ponderou ela – com isso funcionando, o avatar pode continuar a viver... mesmo que o jogador morra.

O misterioso K.F. respondeu ter sido também por isso que criou o projeto. Com o "Quinto Mundo" ele oferecia a imortalidade aos jogadores.

Eun Bi disse que gostaria de também trabalhar no projeto, e K.F. propôs que pensasse nos cenários iniciais em que os avatares evoluiriam.

Ela muito rapidamente enviou desenhos de ilhas, lagos, montanhas e cidades futuristas. K.F. adorou e, para agradecer, enviou pela internet protótipos de avatares tendo comportamentos autônomos.

Ela recebeu os programas e os descarregou. Os personagens começaram a se movimentar, falar e imitar gestos humanos. Com alguns era possível até mesmo simular uma conversa, pois todos tinham procedimentos de diálogo já registrados. K.F. e K.D. começaram a se comunicar, com o primeiro enviando pequenos seres que imitavam homens, e a segunda expedindo cenários em que eles viveriam. Pela primeira vez, Eun Bi foi dormir com um sorriso nos lábios. Ela tinha a sensação de ser toda-poderosa e de ter, enfim, em algum lugar e mesmo sem conhecer seu rosto, um verdadeiro companheiro de vida. Um dia, ela perguntou seu nome verdadeiro e pediu uma foto. Ele, porém, respondeu que, por enquanto, preferia que ela só conhecesse dele os avatares e o pseudônimo. A partir disso, a jovem começou a ficar intrigada.

Último canal. Theotime está com 18 anos e, no momento em que retomei o filme já iniciado de sua vida, era monitor numa colônia de férias.

De início, tudo se passava bem. Era uma colônia para filhos de militares. Theotime era o único monitor civil. Todos os demais eram soldados que estavam ali para não servir em quartéis.

O diretor, os outros monitores e as próprias crianças apreciavam sua delicadeza e suavidade. O fato de saber tocar violão tinha ajudado para que fosse tão calorosamente recebido. Mas rapidamente surgiu um problema. A dezena de crianças de 11 anos da qual ele devia tomar conta recriara uma hierarquia correspondendo às patentes dos pais. O filho do coronel era o chefe, com o filho do sargento abaixo, vindo depois o filho do cabo, até o filho do soldado da polícia militar, que era o saco de pancada. O fato de ele ser ruivo não o ajudava muito. Ao assistir a uma cena de crueldade gratuita, Theotime não teve dúvida e puniu o algoz – no caso, o filho de coronel – isolando-o de castigo num cômodo. Em seguida, consolou a vítima, o filho de policial. O resultado, no entanto, não foi o que esperava. O filho de coronel passou a ser o herói capaz de desafiar o monitor, que além de tudo era adulto. Quanto ao filho de soldado, foi visto como um maricas. O restante do grupo, com isso, apoiou o "coronelzinho", sem parar de provocar o filho de policial.

No final, as crianças todas do grupo obrigaram o infeliz a cortar as cordas do violão de Theotime, para provar não ser um maricas. Ele não perdeu tempo. Theotime puniu todo o grupo, inclusive o filho do policial. Sem perceber, criara uma unanimidade contra si mesmo.

O filho de policial se tornou, então, um dedicado servidor do filho de coronel, que organizou uma grande noitada de ataque ao monitor. Um colega foi obrigado a intervir para proteger Theotime. Como bom militar, não hesitou em bater forte nas crianças para restabelecer a ordem. Ao mesmo tempo em que as acertava com suas botas de solas grossas, lançou a Theotime:

– Se tivesse batido nesses moleques desde o início, não estaríamos fazendo isso. Um pouco de violência evita que se chegue à muita violência.

O dia seguinte era o de encerramento da colônia. Antes de ir embora, Theotime declarou ao diretor:

– Sei que não fui bem. Mas não vejo o que devia fazer. Bater nas crianças, como aconselhou meu colega?

O diretor fitou o jovem e respondeu:

– Isso mesmo, é claro. As crianças respeitam a autoridade, sobretudo quando demonstra força ou até brutalidade. Mas há outra estratégia, menos violenta e vencedora. Você podia ter feito amizade com o filho do coronel e punido o filho do policial.

Theotime não compreendeu.

– Usando o filho do coronel – explicou o diretor –, você poderia transmitir todas suas ordens e ser obedecido. Ele teria ficado orgulhoso com a confiança de um adulto. Seria o intermediário perfeito para as diretrizes. Passaria pela lógica *dele*. Quanto ao ruivinho, está tão habituado a ser maltratado que aceitaria com resignação a descompostura. As crianças todas o considerariam bom monitor e reinaria a ordem.

– O senhor está dizendo que a estratégia vencedora consiste em recompensar os algozes e castigar as vítimas?

– Exatamente – assentiu o diretor. – Isso pode parecer imoral, de início, mas afinal é assim que nossos dirigentes sempre procederam e isso vem dando certo. Os "maus" são, muitas vezes, os mais fortes, e é preciso estar do lado mais forte. Ou seja, ser amigo. As vítimas são fracas, não apresentam interesse algum. Não podem causar mal e nem fazer o bem. Choramingam. Não são simpáticas. Desse modo, apoiar os maus é a única via eficaz, mesmo que não seja moral. Em seguida, deve-se dar a tudo isso uma apresentação aceitável. É um problema de comunicação.

Desliguei a televisão com a impressão de ouvir meu amigo Raul explicando seu cinismo histórico.

Voltei à cama e dormi, pensando na triste experiência de Theotime. O que ele podia fazer? Nos filmes, a gente pretende sempre defender o fraco e o oprimido, mas na vida isso era praticamente impossível.

51. ENCICLOPÉDIA: DELFOS

Zeus quis saber onde era o centro do mundo e, com esse intuito, soltou duas águias nas extremidades da Terra, anunciando que onde elas se encontrassem estaria o *omphalos*, o "umbigo do mundo".
As duas aves de rapina se cruzaram na parte oeste da Grécia, sobre uma gruta do monte Parnasso, a 570 metros acima do nível do mar. A caverna era guardada por uma serpente gigantesca, deixada ali por Gaia. Apolo matou o monstro e depois de se expatriar por oito anos, como expiação pelo crime, estabeleceu seu templo naquele local. O santuário, então, ganhou o nome de "Delfos" que significa "centro". Mais tarde, a palavra serviu para designar um dos atributos do deus Apolo: um mamífero marinho foi batizado como Delfos, que originou Delfinus e, posteriormente, delfim.
O templo, propriamente dito, foi construído em 513 a.C. Na entrada estava inscrita a famosa frase: "Conheça a si mesmo e conhecerá os céus e os deuses."
No interior, a grande sacerdotisa, a Pítia, previa o futuro de quem a consultasse. Rapidamente o sucesso do templo foi tamanho que vinha gente da Grécia inteira, ou mesmo do Egito e da Ásia Menor, fazer suas perguntas. Todos os habitantes da cidade vizinha trabalhavam no templo, primeiro em sua construção e, depois disso, na manutenção do fogo sagrado, na acolhida dos peregrinos, no sacerdócio, festas públicas, banhos purificadores, cantos e danças em homenagem a Apolo.
Para o recém-chegado, o percurso era o seguinte: depois de se purificar, ele sacrificava, de acordo com sua riqueza, um carneiro, uma cabra ou uma galinha. Uma primeira

série de sacerdotes lia as entranhas dos animais sacrificados e, se estas fossem favoráveis, o peregrino esperava a vez para fazer sua pergunta à Pítia.

O número de visitantes tornou-se tão considerável que os padres eram obrigados a praticar sorteios (a menos que o peregrino fosse uma personalidade ou os subornasse). Uma vez validado o acesso à Pítia, o consultante descia, então, ao *ádito*, a sala subterrânea do templo, e era colocado diante do umbigo do mundo, representado por um gigantesco formigueiro petrificado. Ali ele depositava sua pergunta pessoal.

A grande sacerdotisa Pítia, devendo estar em transe após ter mastigado folhas de louro, respondia às perguntas trazidas por escrito e que eram deixadas em uma taça. Ninguém podia vê-la. Ela se exprimia por gritinhos superagudos ininteligíveis, "traduzidos" por "profetas" que a acompanhavam.

Dentre os "clientes" célebres: Alexandre, o Grande, a quem a Pítia previu: "Ninguém poderá resistir a você", e também Crésus, o rico rei da Lídia. Ele perguntou se devia travar batalha contra os persas. A Pítia respondeu: "Se atacar os persas, destruirá um grande império." Crésus, confiante, partiu para a guerra e foi derrotado. Condenado à morte, pediu autorização para punir o oráculo, que lhe respondeu: "Crésus, você agiu imprudentemente. Precisava antes ter perguntado a você mesmo: Qual império será destruído? Pois esse império era o seu."

Durante quase dez séculos, o templo de Delfos, apesar de uma série de pilhagens (seu "tesouro escondido" fez sonharem vários malfeitores), foi uma referência em matéria de previsões.

O templo foi fechado no século IV, quando o imperador Teodósio I proibiu o culto de Apolo. A Pítia o havia

previsto em seu último augúrio. Ela dissera: "O belo edifício não terá mais sua cabana nem seu loureiro profético; a fonte ficará muda e a onda que falava se calará."

Edmond Wells,
***Enciclopédia dos saberes relativo e absoluto*, tomo V.**

52. O SONHO DOS GOLFINHOS

Naquela noite, sonhei com golfinhos. No sonho, eles voavam no espaço. Estavam ornados com pedrarias. As joias formavam, na verdade, arreios. Eles deslizavam no cosmos conduzindo, em vez de carros, pedaços de ilhas cobertas de colunas e pedras de um templo grego em ruínas. Eles voavam, utilizando, de vez em quando, as nadadeiras como asas. Ostentavam um sorriso que não deixava de lembrar o da *Mona Lisa,* de Leonardo da Vinci. Uma frase lida na Enciclopédia de Wells soava em minha cabeça: "Conheça a si mesmo e conhecerá os céus e os deuses." Devia haver bem uns cinquenta delfins, alguns com manchas brancas e negras. Outros, cinza ou prata.

Os golfinhos chegaram a uma zona de emboscada, onde homens os esperavam com barras de ferro. Como no noticiário a que Eun Bi assistira. Um delfim tentou se defender. Ele saltava entre os cadáveres, nadando/voando no sangue, que ia formando manchas esféricas em suspensão. Em certos momentos, ele corcoveava, com o sol ovalado por trás, e todos os homenzinhos lançavam barras de ferro, como dardos, em sua direção.

No sonho, eu torcia para que os cetáceos matassem os homens. Mas eles aceitavam ser mortos. Eu urrava:

– Defendam-se! Defendam-se!

Um golfinho ferido olhou para mim e disse:

– É o sentido da História.

A ilha com o templo de Delfos em ruínas se esfarelou, e os homens com barras de ferro bradaram gritos de vitória.

Acordei com raiva. Nem o mundo dos sonhos era um calmo refúgio. Resolvi dar-lhe uma chance de desforra e voltei a dormir.

Em meu segundo sonho, vi flutuar no céu uma tripla hélice de DNA. Três fitas coloridas que dançavam juntas.

Em minha cabeça, soava uma música suave, que ia se amplificando.

As três fitas se transformaram em três serpentes, tendo inscritos no dorso: a primeira, num círculo vermelho, o D; a segunda, num círculo branco, o N; e a terceira, num círculo azul, o A.

As três serpentes se alçavam em uma espiral infinita.

1. Vermelho como o sangue da Dominação.

2. Branco como a ausência de cor da Neutralidade.

3. Azul como a visão do céu imenso que Acalma.

Lembrei-me de um ensinamento dos mestres: só há três atitudes possíveis com relação ao "Outro".

Com você.

Contra você.

Sem você.

Tudo se liga. Eu sentia que tudo estava ligado, que uma chave existia, devendo ser procurada. Havia uma explicação, um segredo por trás de tudo que acontecia ali. E eu o pressentia naquelas três letras.

D, N, A.

O Desdém, a Negligência, o Amor.

O Deicida, a Natureza, a Atlântida.

As três serpentes subiram seguindo a música e, de repente, se lançaram, cada uma contra as demais, lutando e se embaralhando. Pequenos nós no início, depois um enorme nó, do qual saíam as três cabeças coloridas e furiosas, procurando se morder.

A bola das serpentes cresceu, inflou-se e acabou formando um planeta inteiro no cosmo. Olhando de perto, constatava-se que toda sua superfície era constituída por uma rede de milhões de cabeças de serpentes vermelhas, brancas e azuis.

A música ainda ressoava em minha cabeça, quando os sinos das oito horas começaram a tocar.

Segundo despertar.

Não tinha vontade de ir à escola... Precisei me reanimar.

Fiquei um bom tempo no chuveiro, vesti uma toga limpa, escovei os dentes, fiz a barba, calcei minhas sandálias.

Lá fora, o tempo estava brumoso, e as ruas de Olímpia, desertas. Como quando eu era criança e voltava às aulas, após as férias de verão. Eu sonhava em ficar na cama, quieto, enfiado nas cobertas. O ar estava úmido, e o meu andar, pesado.

Primeiro, café no Mégaro.

Sentei-me sozinho num canto e devorei fatias de pão com manteiga, cobertas com geleia de laranja e mantendo os olhos devidamente pregados em minha xícara. Raul se sentou ao lado. Eu espirrei.

– Está gripado? Deve ter sido a mudança de temperatura, ontem à noite, depois da zona laranja. Essas togas não nos protegem da friagem da floresta. Guardam a umidade – disse ele.

Continuei a comer. Mudo. Meu amigo se aproximou e cochichou no meu ouvido:

– Tenho uma ideia para voltar esta noite e passar por Medusa.

Mantive-me como se nada tivesse escutado. Ele continuou:

– Vamos preparar capacetes para estarmos seguros de não vê-la e sem que ela nos obrigue a abrir as pálpebras. E Freddy pode nos guiar, já que é uma musa e nada vai lhe acontecer, já estando "transformado".

– Não os acompanharei essa noite – respondi.

– O que você tem?

– Estou cansado.

– Por ter virado estátua ontem?

– Não só isso. Acho que preciso de um pouco de descanso.

Levantei-me, peguei minha xícara e minhas fatias de pão e me afastei de Raul. Não tinha mais vontade de falar com ele, naquele instante.

Sentei-me junto de Georges Méliès. Era estranho, mas em momentos assim, de dúvida, somente aquele mestre das ilusões me parecia pertencer a uma realidade tangível.

– Georges, qual é o truque das cartas com os reis, damas, valetes e ases que se juntam, mesmo que eu tenha livremente cortado várias vezes o baralho?

Ele compreendeu: eu precisava muito me distrair.

– Na verdade, não há truque. Uma vez mais, a gente escolhe e não está escolhendo nada.

Ele pegou o baralho e explicou:

– Quando junto os quatro montes para fazer um só, no interior as cartas permanecem em ordem, isto é: rei, dama, valete, ás e, em seguida, novamente rei, dama, valete, ás de outro naipe, concorda?

– Sim.

– O espaço entre dois reis é, então, de quatro cartas, assim como para as damas, os valetes e os ases. Está acompanhando? Pois bem, quando você corta, não modifica esse espaço. Continua havendo quatro cartas entre duas figuras similares.

Assim, ao dispô-las, em seguida, em quatro montes, com certeza cada figura se encontra com suas semelhantes. Isso sempre dá certo. O truque é que não há truque algum. Pode repeti-lo sempre. Qualquer que seja o número de cortes, no final, tudo se arruma perfeitamente.

Como eu não tinha muita certeza de ter compreendido, ele pegou as cartas e repetiu o jogo, com as frentes para cima. Constatei que, de fato, mesmo que cortasse vinte vezes, a separação entre dois reis ou dois ases era sempre a mesma. E quando eu os arrumava em montes, eles se reagrupavam automaticamente.

– É isso – concluiu Georges Méliès. – Às vezes é melhor não conhecer o truque, é sempre meio decepcionante...

Olhei para a montanha.

– Você acha que nossas escolhas são como esses cortes, sem a menor consequência no resultado final?

– Seria preciso saber qual o sistema que nos engloba. Eu tive um sonho – disse Georges. – Nele, nós éramos personagens de um romance. Movíamo-nos num mundo plano, o mundo das páginas. E não éramos sequer capazes de imaginar a terceira dimensão: o relevo. Se pudéssemos perceber o relevo, veríamos o leitor segurando o livro dentro do qual estávamos "achatados".

Curiosa similaridade: Edmond Wells tinha proposto algo parecido. Ele achou que estávamos sendo "escritos" por um roteirista que nos inventou e aconteciam-nos aventuras para distrair os leitores.

– É simples demais. Acho que o sistema está nos englobando além das nossas imaginações. Se pudermos pensar que se trata de um romance, já é porque não é isso.

Georges Méliès não tinha, pelo momento, mais nenhuma explicação a propor.

– Mesmo para nós, mágicos, alguns passes se mantêm incompreensíveis...

– Edmond Wells dizia que Deus é a dimensão acima do homem, como a molécula é a dimensão acima do átomo. Pode o átomo imaginar a molécula que o contém?

Georges espalhou as cartas e olhou-as como se procurasse uma resposta. Tirou o valete de copas e me entregou.

– Pronto, eu lhe ofereço esta carta. Faça com ela o que quiser. Pelo menos controlará isso. Jogo algum com valetes de copas poderá ser feito sem que você tenha aceitado repor este aqui no jogo.

Examinei a carta e, em seguida, recusei.

– Por enquanto, vou respeitar as regras. Não sou assim tão desabusado para querer perturbar um passe de mágica.

Nesse momento, um novo grito ecoou. Eu nem me assustei. Houve um instante de hesitação no Mégaro, e depois todo mundo se precipitou em direção do grito.

É incrível como eu me habituara à violência. Espantei-me por não correr. Enquanto a multidão se acumulava, fui o último a chegar.

– Quem foi dessa vez? – perguntei.

– O deus dos homens-morcegos... Nadar.

Maldição, deviam ter trabalhado a noite inteira preparando a máquina, e agora ele tinha sido morto.

Procurei Saint-Exupéry na multidão. Estava bem próximo da vítima e visivelmente muito afetado pelo assassinato.

Os centauros logo apareceram e cobriram o corpo do fotógrafo.

Subtração: 77 – 1 = 76. O clube dos deuses se reduzia ainda mais.

– O povo dos homens-morcegos vai se sentir bem órfão sem seu deus – disse Édith Piaf, como se fosse um epitáfio.

– Quem sabe? – disse Proudhon.

Pensei nisso. Haveria, desde o início do jogo, algum povo que tivesse sobrevivido ao desaparecimento de seu deus particular? Não, pareceu-me que não. Por outro lado, apoiando a sugestão de Proudhon, lembrei-me que alguns povos sem deus sobreviviam, e, na verdade, nem tão mal assim.

– Mais vale não ter deus do que ter um deus inábil – acrescentou o anarquista.

Fechei os olhos e tentei visualizar meu povo dos golfinhos me encontrando: "Ah, é você?" Olhariam para mim de alto a baixo, como os liliputianos olhavam Gúliver. "É a você, então, que devemos tudo isso!" Eu provavelmente ia querer me desculpar: "Sinto muito, pessoal, fiz o que pude, mas não tive sorte." Não ter sorte, para um deus, que fiasco! "Não me queiram mal, fiz o melhor que pude, mas os outros alunos eram melhores." Não, isso não ia dar certo. Talvez eu pudesse tentar um: "Vocês é que não tiveram sorte, caíram comigo." Não, era preciso deixar de ser negativo: "Escutem: talvez eu seja um deus iniciante, mas pelo menos ainda continuam vivos, enquanto dos 144 sobram apenas 76 em atividade."

As pessoas se movimentavam ao redor, mas eu não conseguia parar de pensar. Imaginava pequenas fêmeas da espécie que criei me apostrofando: "Ah, era você o nosso deus? Pois bem, se soubéssemos, teríamos escolhido outro!"

É bem verdade, não me escolheriam. Eu tinha certeza disso. Teriam escolhido alguém como Raul. Um deus triunfante, que espera tranquilamente sua hora, vigia os concorrentes, circunscreve as dificuldades e, depois, no momento em que menos se espera, faz brilhar sua civilização e esmaga todas as outras. Ou escolheriam Méliès. Um deus que constrói lenta e solidamente, em seguida trabalha sem firulas, refinando suas artes e técnicas. Sim, Georges Méliès teria sido um deus perfeito para os meus.

O corpo do fotógrafo foi evacuado.

Atena surgiu, então, no céu, com seu equipamento alado.

– Ao que parece, nada do que eu disse anteriormente esfriou os ânimos destruidores do famoso deicida – trovoou a deusa.

A pequena coruja esvoaçava à nossa volta.

– Talvez seja uma provocação a mim, pessoalmente? Talvez a demonstração não tenha sido convincente. Vocês viram Sísifo e acharam que, afinal de contas, ele não parecia tão infeliz assim... Já que pensam desse modo, ao culpado será imposta a punição aplicada ao próximo mestre-auxiliar que será professor de vocês. É uma tortura requintada, como hão de ver.

53. MITOLOGIA: PROMETEU

Seu nome significa "aquele que pensa antes". Foi um dos sete filhos do titã Jápeto. Com seus irmãos titãs, Prometeu combateu Zeus, no momento em que este estabeleceu seu poder no alto do Olimpo. Após a vitória de Zeus, os titãs vencidos foram duramente castigados. Mas Prometeu e seu irmão Epimeteu (cujo nome significa "aquele que pensa depois"), mais prudentes, vieram para o lado vencedor, foram poupados e aceitos no Cenáculo dos deuses.

Prometeu, então, se tornou amigo de Atena, que lhe ensinou arquitetura, astronomia, cálculo, medicina, navegação, metalurgia.

No entanto, Prometeu preparava às escondidas uma vingança contra Zeus.

Moldou com argila e água (vinda das lágrimas que derramara pela morte dos irmãos) o primeiro homem. Atena animou-o com seu sopro de deusa.
Assim nasceu a nova humanidade da idade de ferro (após aquelas das idades do ouro, prata e bronze).
Um dia, porém, durante a partilha entre deuses e homens de um touro sacrificado, Prometeu trapaceou para favorecer os homens.
Quando Zeus descobriu o logro, decidiu privar os homens do conhecimento do fogo. "Já que se acham tão espertos, que comam a carne crua!", teria sentenciado.
Mas Prometeu não quis abandonar os homens a essa triste sina. Ainda com a cumplicidade de Atena, ele acendeu uma tocha no carro de fogo de Hélio, deus do Sol. Em seguida, guardou uma brasa, dissimulou-a num ramo de funcho e entregou aos homens esse pedaço de fogo divino.
Zeus, então, foi tomado por violenta cólera. Estava fora de questão que os homens se beneficiassem do fogo sem sua autorização. Resolveu, portanto, castigar Prometeu. Mandou que o acorrentassem nu, no mais alto cimo do monte Cáucaso e, todo dia, um abutre lhe devorava o fígado que, no entanto, se regenerava à noite. Prometeu recusou, até o fim, se submeter a Zeus, pois o considerava o tirano do Olimpo.

Edmond Wells,
Enciclopédia dos saberes relativo e absoluto, tomo V.

54. PROMETEU OU A ARTE DE SE REVOLTAR

O palácio de Prometeu era dedicado a todas as revoltas da história. Nas paredes, avizinhavam-se retratos de líderes de revoluções, armas tendo servido a golpes de Estado, fotografias de manifestações, de greves e de guerras civis, quadros representando barricadas erguidas por estudantes, além de esculturas de rebeldes de outros planetas. Todos tinham olhar romântico, atitudes decididas, queixos em posição de desafio.

O próprio lugar era fora de norma. Não só a arquitetura se diferenciava dos palácios à antiga, por suas linhas deliberadamente modernas, mas podiam ser vistos cartazes de todo tipo, reconstituindo revoltas exóticas. O vermelho dominava: vermelho da ira, vermelho do sangue dos mártires.

O salão central em que se daria nossa aula era iluminado por tochas, com o fundo pintado de vermelho e pichado com slogans: "LIBERDADE OU MORTE", "MORTE AOS TIRANOS", "O TOTALITARISMO TEM QUE ACABAR".

Prometeu entrou na sala de aula. Aquele que ofereceu o fogo aos homens era uma titã medindo quase três metros, tão grande quanto Atlas. Uma enorme cicatriz marcava seu lado direito, indicando o lugar em que o abutre atacava seu fígado. Ele se postou silenciosamente diante da escrivaninha. O rosto era atravessado por tiques nervosos. Ele parecia Sísifo, em seu tormento, mas com um quê suplementar de sofrimento e ironia.

Atlas entrou sem que nem mesmo fosse chamado. Suportava com dificuldade nosso querido planeta de exercício. Os dois homens trocaram um olhar e Atlas colocou "Terra 18" em seu lugar.

– Está vendo? – disse Atlas – Está vendo...

– Estou vendo o quê? – perguntou Prometeu.

– Não devia ter traído seus irmãos.

– Eu não traí.

Atlas apontou o dedo para o mestre-auxiliar.

– Durante a guerra dos olímpicos, você mudou de lado.

– Não mudei de lado.

– Como não?

Prometeu olhou para nós, hesitou em retomar aquela conversa e, afinal, achando que não atrapalhávamos tanto assim, enfrentou-o.

– Atlas, lembre-se... Estava tudo acabado. Ser punido com vocês serviria para quê?

– Você mudou para o campo adversário!

– Já falamos disso, Atlas, eu me infiltrei entre os inimigos. Fingi estar com eles para poder surpreendê-los e agir a partir de dentro.

– E isso mudou grandes coisas...

– Muito bem, já que você quer, novamente, falar disso. Acho que mais vale se submeter, para agir posteriormente, do que enfrentar o adversário, perder e se resignar. Eu nunca me resignei. Fui um espião de nossa causa, um agente duplo...

– Você nos traiu. Nenhum de nós nunca se esquecerá disso.

– Afinal de contas, ache o que quiser.

Os dois trocaram olhares de desafio. Em seguida, Prometeu voltou a falar:

– Em todo caso, continuei a lutar depois de perdida a guerra. Nunca abaixei os braços, ao contrário de outros.

Atlas sacudiu os ombros e disse, virando-se para nós.

– É preciso que saiba que essa turma é particularmente dissipada. Há um deicida em suas fileiras... Além disso, espertinhos que passeiam à noite, depois das dez da noite: há, inclusive, quem tenha vindo visitar meu subsolo.

– Sei de tudo isso, Atlas, eu sei.

– Quanto a isso, vou preveni-los... Não, não os previno... Vamos, venham a meu subsolo... Vocês vão ver.

Atlas colocou o Paraíso e o Império dos anjos de "Terra 18" em seu local previsto.

– Olhem só – continuou. – Começa a haver almas elevadas no planeta deles.

Ele agitou o frasco, o que deve ter sacolejado um bocado o Paraíso. Para nós, alunos, aquela observação ganhava um sentido importante. Já tínhamos sido anjos e constatado que quanto mais numerosos no Paraíso, mais a humanidade tinha possibilidade de se elevar. Aqueles anjos no vidro eram um pouco nossos embaixadores ou nossos suplentes.

Atlas deu uma cusparada no chão e bateu a porta.

Prometeu fingiu não notar o gesto desdenhoso, pegou seu ankh e examinou nosso trabalho. Algumas cidades chamaram particularmente sua atenção. Depois ele se virou em nossa direção.

– Isso faz lembrar um pedaço de pão que deixei mofar no cesto. No fim de alguns dias, havia mofo verde e cinza que formava uma espécie de pelagem. Pois bem, a humanidade de vocês está desse jeito... Mofo sobre o planeta. Nada se pode tirar daí. Não vale a pena perder mais tempo, vamos destruir esse troço e fazer um mundo novo.

Um calafrio percorreu o público.

O olhar se tornou ainda mais duro.

– Não compreenderam? Game over. Estão todos despedidos, vão todos ser transformados em quimeras e passamos à turma seguinte.

Tirou um bloquinho de notas do bolso da toga.

– Vocês, então, são franceses. Os próximos serão... italianos. Ora, certamente vamos ter Leonardo da Vinci, Primo Levi,

Michelangelo, Dante. Gosto dessa gente, deve se sair melhor do que vocês. De qualquer forma, vocês, franceses, sempre foram uma nulidade, não é?

Um murmúrio de indignação percorreu os ouvintes.

– Claro que sempre foram inúteis. A história da França é uma história de podridão. Uns covardes, sempre dispostos ao compromisso com a força totalitária mais violenta. Os poucos movimentos independentes que apareceram por ali foram afogados no sangue.

O murmúrio se tornou um forte rumor.

– Os templários massacrados por Filipe IV, o Belo, os cátaros por Simon de Montfort, os protestantes calvinistas por Catarina de Medici, os vendeanos pelas Colunas da morte. Até os dirigentes um pouco mais carismáticos de vocês, Luís XIV e Napoleão, o que mais fizeram foi matar os opositores e exportar a guerra. E neles se reconhece o estilo tipicamente francês, com tiranos de opereta, covardes, decadentes, esse é o povo de vocês. Os franceses são os reis da podridão. Até a comida de vocês é podre.

Nós nos olhávamos, assombrados com tanta má-fé.

Prometeu ainda não tinha terminado conosco.

– Falemos da alimentação! O pão que comem é farinha com fermento, o queijo é leite com fermento, o vinho é suco de uva com fermento, e ainda o fermentam mais para transformá-lo em vinagre. Sem falar dos champignons parisienses de vocês, que crescem em esterco de cavalo. "Quanto mais podre, melhor" é o lema nacional, não é? Respondam! E têm orgulho disso, além de tudo. Inclusive a diplomacia de vocês é podre. Se não me engano, o presidente em exercício nos anos 1970 tinha pegado dinheiro emprestado com o xá do Irã e vocês deram acolhida ao opositor dele e o ajudaram a fomentar uma revolução. Tudo para não pagar a dívida. A gente observa tudo isso daqui. Os acordos de meia-tigela com os terroristas, a gente observa também. As concessões a ditadores tirânicos, para vender aviões e trens, estamos vendo. Vocês, franceses, são assim. E a humanidade que essa turma está construindo promete um mundo ainda mais podre!

Estávamos estarrecidos. Ninguém mais reagia.

– Muito bem. Vamos tirar a mesa. Limpem esse planeta e deem lugar para a turma 19, dos italianos. Eles, pelo menos, tiveram alguns momentos de garbo na história deles. Até os tiranos da Itália foram meio teatrais. César, Borgia, o *Duce* tinham, no final, alguma grandiosidade... Aproximem-se todos, vamos limpar esses estábulos de Augias. Acho que Cronos já mostrou como operar: é só derreter as calotas polares que se tem um dilúvio. Depois, atira-se nos sobreviventes que boiam.

Resignados, avançamos para destruir "Terra 18". Era, então, tão simples assim. Meu povo em plena derrocada, afinal, não seria melhor nem pior tratado que os demais.

– Atenção, ao meu comando! Cinco, quatro... prontos para atirar?

Todos os nossos ankhs estavam apontados para as calotas de gelo. Sabíamos que, assim que os polos fundissem, os oceanos subiriam, submergindo toda terra. Seria o dilúvio. Os continentes vão desaparecer, e o oceano cobrirá toda a superfície de "Terra 18". Antes de a água congelar, o planeta se fertilizará de novo. Assim desaparecem as humanidades-rascunhos.

– Prontos? – repetiu Prometeu.

Nossos dedos indicadores estavam nos botões dos ankhs.

– Atenção. Três. Dois... Um...

Esperávamos a palavra "fogo".

– Fogo!

Ninguém atirou.

– Eu ordenei que atirassem! Imediatamente. Vamos, atirem! – repetia ele.

Ninguém se moveu. Ele franziu o cenho e nos encarou do alto de toda sua estatura. Achamos que se enfureceria, mas seu rosto se modificou progressivamente, e ele soltou uma gargalhada.

– Estou vendo, são franceses... Esqueci-me disso. Deixar que apodreça é o lema. Dar o golpe de misericórdia é um ato de coragem do qual não são capazes, não é?

Não sabíamos como reagir diante de tanta agressividade gratuita.

– Bando de vermes! Deuses de araque!

Ele, francamente, começava a me irritar. Tivesse apenas uns dois metros de altura e eu lhe diria o que pensava de sua análise da França. Eu nada sabia daquela história com o Irã, mas houve momentos em que a França fez o bem ao mundo. Ao menos assim me parecia. Pensaria nisso depois.

Ele pegou seu ankh e girou o botão, regulando a intensidade do tiro.

– Muito bem, já que é preciso fazer tudo... Em tempos passados eu ofereci o fogo ao homem, farei o mesmo, só que de maneira mais concentrada, dessa vez. Fogo é bom contra o mofo.

Ele pôs na mira a calota polar de "Terra 18", com o dedo no botão.

– Não!

Todos nos viramos.

– Alguém tem alguma objeção? – perguntou Prometeu, com o dedo ainda no botão.

– Tenho sim, eu!

– Senhorita Mata Hari? Ora, ora... O que a preocupa?

– Esse mundo não deve morrer.

– Muito bem, preciso propor que se constitua, depois dos italianos, uma turma de holandeses. Adoro a pintura flamenga.

Além disso, os holandeses são tranquilos, fumam haxixe, são sexualmente bem mais relaxados que os povos latinos...

Tensa, Mata Hari o enfrentava.

Prometeu nos mediu com o olhar e depois seu rosto mudou de fisionomia.

– Um só, que se oponha à vontade da autoridade, basta para mudar tudo – aquiesceu. – Podem voltar aos seus lugares.

Levamos um tempo para reagir.

– Chamo-me Prometeu – disse o mestre-auxiliar – e estou aqui para lhes falar da Revolta. Por isso permiti-me essa pequena provocação, para forçá-los a se revoltarem e sentir na pele a raiva crescer.

Nós nos sentamos, perturbados.

– Pois é exatamente da cólera que falamos. Mas como viram, o respeito pelas autoridades está sempre tão profundamente arraigado que se perde muito tempo até fazer a rolha saltar. De fato, vocês foram reprimidos pelos pais, pelos professores e pelos patrões. São naturalmente obedientes.

A vergonha pouco a pouco nos invadiu, por não termos reagido como Mata Hari. Ele sorriu.

– Não tenho nada contra a França, apesar de não gostar de queijos fortes. Aprecio o vinho e a gastronomia. E seus dirigentes, bem, afinal não são piores do que os demais.

Prometeu agora nos pareceu um pouco triste. Tinha algo de um príncipe decaído, um ar que eu já tinha percebido em Sísifo.

– Por que há revoltas? Faço-lhes essa pergunta.

– Porque as pessoas têm fome – disse Sarah Bernhardt.

Prometeu concordou. Escreveu no quadro-negro: “Fome”.

– De fato, é uma motivação das revoluções. O que mais?

Pensamos.

– Porque os dirigentes trabalham mal – enunciou Jean-Jacques Rousseau.

– De fato, má gestão. Sejam mais específicos.

– Porque os dirigentes são corruptos – disse Jean de La Fontaine.

– Sim. O que mais?

– Tirânicos, cruéis – completou Voltaire, de imediato.

– Sim. O que mais?

– Por causa da injustiça – propôs Simone Signoret.

Respostas vinham de todo lugar.

– Porque os impostos são pesados demais.

– Porque a distância entre o nível de vida das classes dirigentes e o das classes trabalhadoras é muito grande.

Prometeu anotava tudo isso. Era estranho como nos assustara no início e como agora parecia quase amigo.

– Por fatiga de um sistema antigo e esclerosado.

– Quem disse isto?

Proudhon ergueu a mão.

– Nada mal. Às vezes, a repetição de um sistema traz tranquilidade e, de repente, as pessoas não o aguentam mais. No entanto, se estudarmos a história, constatamos que poucas revoltas populares espontâneas tiveram um efeito decisivo. Até as rebeliões por fome foram, na maioria, facilmente dominadas. Então, o que faz com que, de repente, o sistema afunde de verdade?

Prometeu pegou o giz e anotou: "Complôs estrangeiros".

– A maioria dos golpes de Estado foram organizados por países estrangeiros, para enfraquecer o vizinho. Por exemplo, retomando "Terra 1": os serviços secretos alemães, em 1917, ajudaram a disparar a revolução russa, para enfraquecer a frente leste. Não por acaso foi um trem alemão que permitiu o regresso clandestino de Lênin. Os russos, por sua vez, financiaram e protegeram o pequeno bando de comunistas chineses que permitiu a Mao tomar o poder, em 1949. E, com isso, aliviar a frente sul. Os chineses, em seguida, ajudaram com material, apoio logístico e provavelmente inclusive forneceram soldados para as guerras da Coreia, do Vietnã, do Laos, do Camboja. É claro, não havia nada, nisso tudo, de oficial – acrescentou.

O mestre-auxiliar pendurou um mapa de nossa "Terra 1" e apontou para diversos países.

– E tudo isso pode ser ainda mais mesquinho. Um país pode fomentar uma revolução para instaurar um governo fantoche pago por ele, pois a revolução pode ser uma maneira, para o país vizinho, de economizar uma guerra. E vocês hão de ver com os outros professores que, para se obterem matérias-primas e zonas de influência, não há mil maneiras: a invasão pura e simples ou acordos comerciais negociados de maneira vantajosa. Para ter sucesso com a segunda opção, nada melhor do que a instituição de um governo fantoche que lhe deva favores. Basta, para isso, um pequeno grupo de homens bem determinados. Às vezes um general, ou mesmo um oficial de baixa patente, com um bom estoque de armas e um pouco de dinheiro.

– Mas, o senhor há de convir, houve revoltas verdadeiras – impacientou-se Proudhon.

– Houve? Vamos lá.

– A Comuna de Paris.

– É verdade. Mas não durou muito tempo e terminou em carnificina. O que quero ensinar-lhes é que o povo não sabe se revoltar sozinho. Mesmo que tenha fome, mesmo com um governo injusto, mesmo com uma diferença grande entre os ricos e os pobres, ele precisa de líderes carismáticos e de um tesouro de guerra para conseguir uma verdadeira reviravolta.

– Às vezes a revolta pode partir do próprio dirigente – assinalou Raul Razorback.

– De fato. Eu ia justamente chegar lá. Ainda retomando exemplos de "Terra 1", acredito que conheçam a história de Akenaton, o faraó rebelde, em sua tentativa de emancipar o povo da classe dos sacerdotes, que procurava mantê-lo em seu mais baixo nível. Pode-se dizer, então, que era um "rei revolucionário".

A turma toda aprovou.

– Ele fracassou – cortou o mestre-auxiliar. – Ou seja, isso de rei revoltado não funciona. E, aliás, foi derrubado por um complô.

Prometeu nos falou, em seguida, de Aníbal, como tentativa de emancipação nacional, partindo de um militar.

– Apoiado pelo povo de seu país, apoiado por povos estrangeiros, foi traído pelos senadores e acabou se suicidando, após uma última traição.

Prometeu evocou Espártaco, um revolucionário vindo das fileiras mais desfavorecidas: a dos gladiadores.

– Chegou a reunir um exército que preocupou o império, mas, no último instante, tropeçou.

Para marcar bem os espíritos, ele emendou com uma multidão de outros líderes libertadores – entre eles Wallace, na Escócia –, que na maioria das vezes terminaram em atrozes suplícios.

Depois, o mestre-auxiliar voltou ao nosso planeta. Notou vários povos gozando de regimes "suaves".

– Muitas vezes o poder funciona como um sistema pendular. Após o suave, o rígido. E após o rígido, o suave.

Ele pendurou o ankh e imprimiu-lhe um movimento oscilatório.

– Mas sempre é necessário o apoio popular. Mesmo os mais cínicos ditadores foram obrigados a criar um clima de descontentamento para derrubar os poderes estabelecidos. É sutil.

Só se cria a tempestade após a preparação de uma nuvem escura. Um povo pode ser programado e manipulado, mas é preciso tê-lo ouvido. O povo é uma criança teimosa, querendo sempre o contrário do que já tem. Basta incentivá-lo um pouco e em seguida acompanhar. Após um governo tranquilizador de direita, ele quer um governo de esquerda. Uma questão permanece: o descontentamento popular vem dos conspiradores, ou os conspiradores vêm do descontentamento popular?

Examinei os elementos de revolução visíveis na sala, como se tentasse encontrar um indício de resposta.

– Apesar de tudo que acabo de dizer, a maioria das revoluções marca uma transição entre duas políticas. Isso pode gerar uma evolução, mas também uma volta atrás. Já se viram países, democratizados cedo demais, fazendo revoluções populares para repor tiranos no poder. Estes, é claro, imediatamente trazem o povo a um sistema feudal coercitivo, contra o qual ele não se revolta mais.

Prometeu balançou o ankh para frente e para trás.

– Vamos averiguar em que pé estão. Os mais evoluídos fazem a transição, indo da monarquia despótica à monarquia equilibrada por uma assembleia legislativa. Mas sigam devagar. Os regimes parlamentares funcionam melhor quando neles se encontram: a) cidades grandes; b) uma população alfabetizada, ou seja, tendo escolas; e finalmente c) uma classe média.

Ele escreveu com letras grandes: "CLASSE MÉDIA".

– O que vem a ser uma classe média? É uma classe intermediária, não obnubilada pela sobrevivência cotidiana e nem arraigada em seus privilégios. Ela pode, então, refletir e agir em profundidade. É de onde, em geral espontaneamente, vêm os elementos "liberalizadores". Nas revoluções, pensem sempre em se apoiar nas classes médias e nos estudantes. Com grande frequência os pobres e iletrados são tão revanchistas que apenas reproduzem as ditaduras que derrubaram, muitas vezes de forma pior...

Muitos alunos estavam chocados, vendo ser assim tratada toda uma classe social.

– Como pode dizer isso? – exclamou Sarah Bernhardt.

– É preciso muita serenidade para dirigir com sabedoria um povo. E raramente é sereno quem passa fome ou está dominado pelo ódio. Olhem aquelas revoluções que se tornaram sistemas mafiosos instituídos... Devemos escapar dos esquemas simplistas. Não basta ser pobre para ser virtuoso, e não basta ser rico para ser egoísta.

Um rumor reprovador circulou entre nós.

– Não vai dizer que é culpa dos pobres... serem pobres! – indignou-se Sarah.

Prometeu massageou a ferida no fígado.

– O nó do problema está todo na educação. Os pobres, na maior parte do tempo, sonham apenas com uma coisa: serem ricos no lugar dos ricos. Não querem igualdade, querem substituir uma casta por outra. Às vezes, querem apenas ver os ricos sofrerem e isso já basta para que se sintam felizes. Não seja ingênua!

Aquilo me lembrou o que vi, observando Kouassi Kouassi. O sabotador ganense lhe dissera claramente: “Nosso prazer não é o de ter a mesma coisa que vocês. Nosso prazer está em tomar o que têm, para que não tenham mais.”

– Não é algo muito “politicamente correto” – prosseguiu Prometeu. – Mas é, em todo caso, o que penso. E sinto muito confirmar-lhes que são, no mais das vezes, as classes médias que possuem suficiente clarividência ou idealismo para não reproduzir o esquema de esmagamento de um grupo humano por outro.

Dessa vez, alguns assobios se fizeram ouvir. Nunca tinha visto um professor da escola dos deuses ser contestado daquela maneira. Eu, por minha vez, tendo lido trechos do livro de Francis Razorback, sabia que Prometeu tinha sido o deus a tomar partido pelo povo dos humanos contra os deuses olímpicos. Notava um certo paradoxo naquele personagem. A menos que fosse apenas o seu lado provocador.

Prometeu circulou entre nós e anunciou:

– Vejo que alguns de vocês estão chocados com o que digo. Gostaria, então, de falar de um personagem pouco conhecido da história e que, no entanto, esteve no centro da maior revolução de "Terra 1": o rei da França, Luís XVI.

Escreveu seu nome no quadro-negro.

– Querem que lhes conte minha visão, estando em Olímpia, do que se passou durante a Revolução Francesa de 1789?

Um murmúrio de desconfiança percorreu a sala. Luís XVI sempre foi visto como um medíocre.

– Vamos, de início, recordar um pouco a história de vocês. A começar por Luís XIV, um ditador que gostava de ser chamado Rei-Sol, mas que foi, sobretudo, rei-tirano. Lançou-se na construção de um projeto faraônico: Versalhes. Jardins, palácios, luxo e lantejoulas para manter e controlar uma corte de nobrezinhos depravados. Criou impostos suplementares para pagar esse capricho superdimensionado. E, para completar tudo isso, atirou-se em guerras nas diferentes fronteiras. Guerras que se traduziram em derrotas. Isso também custa caro. Como resultado, a França se arruinou, reinando a fome nos campos. Com isso, estouraram algumas revoltas camponesas, rapidamente sufocadas no sangue. Morreu Luís XIV e herdou Luís XV a batata quente. Ele nada fez. Geriu da melhor maneira, para ganhar tempo, e passou a batata, mais escaldante ainda, para Luís XVI, que não era nenhum gênio, mas estava cheio de boas intenções. Luís XVI, por sua vez, examinou o estado do país e percebeu que se o sistema estava prestes a ruir era porque uma casta de privilegiados de nascimento, os aristocratas, não apenas gozavam de poderes exorbitantes, mas, além disso, não pagava impostos.

Estranha análise da história. Certamente nunca nos tinham apresentado nossos reis daquela maneira.

– Luís XVI constatou essas desigualdades e o que fez? Decidiu se apoiar no povo, para derrubar os barões, condes e demais duques que, muitas vezes, faziam reinar o terror em suas terras.

Prometeu constatou nosso espanto e se deliciou, prosseguindo.

– Luís XVI, então, foi pedir diretamente a opinião do povo.

Ele se levantou para ser mais bem-ouvido.

– Lembrem-se. Foram os Cadernos de Queixas, um formidável projeto, consistindo em perguntar à população quais eram realmente seus problemas cotidianos.

Prometeu se dirigiu a um armário e pegou um gigantesco dossiê.

– Aqui temos alguns. São suficientemente extraordinários para que, em Olímpia, tenhamos reproduzido uma parte. Podem imaginar o que são esses Cadernos de Queixas. Nada mais, nada menos do que o verdadeiro testemunho da França em suas entranhas, da França em profundidade! Aqui dentro descobrimos as mazelas dos camponeses, a miséria dos campos, a vida dos artesãos, a vida dos párocos. É a primeira sondagem objetiva de uma população. Um texto em que, afinal, não se fala mais de guerras ou de casamentos principescos, mas da verdadeira vida de 99 por cento da população daquele século.

Começamos a compreender aonde nosso professor queria nos levar.

– O problema é que, ao exprimir sua dor, o povo melhor se conscientizou disso. E, dessa forma, a raiva contra os dirigentes, longe de acalmar, se decuplicou. Um pouco como se, de repente, um mendigo se pusesse nu e descobrisse suas pústulas, feridas, escamas de psoríase. Claro, antes ele se coçava todo, mas enquanto não sabia o que era, não se preocupava. Bruscamente, descobrindo, fica horrorizado e em pânico. É típico. Erguendo o véu que encobre as imundices, a gente nota o mau cheiro.

Ele perambulou pelo lado direito da sala e vimos, entre os retratos dos grandes rebeldes, Luís XVI. Mas nada de Robespierre, Lênin, Mao Tsé-tung e nem Fidel Castro. Nenhum dos nossos grandes "revoltados oficiais" terrestres estava presente naquela galeria. Provavelmente, na terra dos deuses, de onde realmente se vê como as coisas se passam, além das propagandas e das lavagens cerebrais, eles não foram considerados dignos de figurar entre os verdadeiros defensores do povo.

– Luís XVI tomou consciência da amplitude do problema e da impossibilidade de resolver tudo de uma só vez. Decidiu, então, realizar algumas reformas, para começar. Para ajudá-lo, tomou como primeiro-ministro um técnico da economia: Turgot. Ele aboliu os privilégios da feudalidade, defendeu um imposto que todos pudessem pagar, inclusive os nobres.

Prometeu, cansado, sentou-se à escrivaninha.

– Onde ele foi se meter? Luís XVI viu a aristocracia se virar contra ele e um povo começando, enfim, a compreender que o enganavam há muito tempo.

Prometeu sabia como impressionar.

– O restante é conhecido, o povo desceu às ruas, o rei fugiu, foi traído, preso e, afinal, julgado. Em seguida, condenado e guilhotinado, assim como toda sua família. É como o povo agradece quem quer emancipá-lo. Mas isso não é tudo. Alguns anos mais tarde, com a Revolução digerida no sangue, o povo plebiscitou um novo líder carismático, que se autoproclamou nada menos do que imperador, e recriou, com sua família, uma nova nobreza, gozando de privilégios ainda maiores. Esse novo imperador correu para armar um exército e entrar em guerra contra todos os vizinhos. Guerra que, uma vez mais, iria arruinar o país e levar ao massacre, nos campos gelados da Rússia coberta de neve, toda sua juventude. Fato singular é que o povo, realmente, adorava o imperador e guardou dele uma nostalgia por muito tempo.

Um longo silêncio se estabeleceu na sala de aula.

– O povo é sagrado – protestou Proudhon.

– É sagradamente estúpido, isso sim.

Prometeu abriu uma gaveta, tirou um monte de folhas soltas, leu-as, assimilou-as e depois voltou à aula.

– "Os franceses são uns bezerros", afirmou outro líder carismático de vocês, o general Charles de Gaulle. Pessoalmente, eu diria um rebanho de carneiros. Vocês já estudaram com meu predecessor o episódio dos carneiros de Panurgo, que seguem quem está na frente. Acrescentaria que eles temem a autoridade, isto é, o pastor. Temem e, por puro comodismo, obedecem sem refletir e acabam gostando dele. Como um prisioneiro gosta de seu carcereiro e um escravo, de seu dono. E todos, como os carneiros, acham normal serem mordidos pelos cães de guarda, quando se desviam do comportamento geral. Isso, inclusive, tranquiliza. E quanto mais são mordidos, mais gostam de seus senhores. Na prática, o povo é naturalmente... – ele escreveu no quadro – ... "masoquista".

Novamente um rumor de reprovação circulou pela sala de aula, mas menos generalizado que os precedentes. De forma confusa nos sentíamos originários, ou fazendo parte, daquele povo que Prometeu qualificava como gado.

– O povo gosta de sofrer. Gosta de temer a autoridade. Gosta de ser punido. É estranho, não é? E desconfia de reis e de imperadores laxistas ou liberais. Parecem-lhe sempre suspeitos. Em geral, os destituem bem rapidamente, substituindo-os por chefetes duros e reacionários.

Ele sublinhou a palavra "masoquista". E escreveu: "Quem ama, castiga", e mais adiante: "Quanto mais se castiga, mais se é amado."

Prometeu deixou a escrivaninha e revistou as estátuas dos rebeldes de todos os planetas do universo.

– Os carneiros humanos não gostam de liberdade, mesmo berrando o dia inteiro para tê-la, mesmo que a cantem, por ela rezem, coloquem-na no centro de suas promessas e desejos... Eles todos sabem que, no fundo, estariam bem aborrecidos se a liberdade lhes fosse realmente oferecida. Esses povos de vocês, todos aqui presentes, não gostam de democracia, não gostam que lhes peçam a opinião, se é que têm alguma. Não foram educados para isso. Gostam de se queixar, resmungar, xingar às escondidas o dirigente e, no entanto, às escondidas o veneram. Cada um, em sua maneira peculiar, deseja afinal uma coisa apenas: ter um pouco mais do que o vizinho.

Alguns risos contidos aprovaram.

– Eles gostam de ordem. Respeitam a polícia. Temem o exército. Acham normal que se calem os utopistas. Têm medo do caos, da insegurança. Desconfiam da opinião de seus iguais e consideram seus juízes sempre justos.

O titã pôs a mão no ombro de uma estátua.

– A maioria das revoluções beneficia sempre os mesmos. Para mim, não passam de espertalhões. Vocês já os viram em ação. Foi a experiência da hierarquia entre os ratos: qualquer que seja o grupo constituído, para cada seis indivíduos aparecem sempre dois exploradores, dois explorados, um saco de pancada e um autônomo.

Aquela experiência tinha decididamente influenciado muito nosso trabalho. Lembrei que, ao descobri-la, tinha pensado: "Não há, então, esperança alguma, são apenas os uniformes que mudam."

– Para legitimar essa fatalidade, chamam isso revoluções. Somente nós, aqui em Olímpia, fazemos a distinção entre os verdadeiros revolucionários e os espertalhões que apenas mudam a máfia dirigente. Somente nós vemos os propagandistas e os historiadores corrompidos, trabalhando para maquiar o real e legitimar os privilégios dos espertalhões.

Uma espécie de raiva perpassou por sua voz.

– Daqui nós vemos. Daqui sabemos. Continua a eterna questão: por que o povo é tão facilmente tapeado? Eu passo a pergunta a vocês, alunos-deuses.

Um tempo de reflexão.

– O povo é facilmente manipulado porque não é instruído o bastante – disse placidamente Simone Signoret.

Prometeu alisou a barbicha de um revolucionário de mármore. Uma ideia esquisita me atravessou o espírito: e se fosse uma escultura fornecida por Medusa? Se o sujeito estivesse, de verdade, ainda no interior, consciente e seguindo a aula?

– O povo é sentimental – lançou Jean de La Fontaine.

– Bem observado – disse Prometeu. – O povo é sentimental. Basta, a partir disso, que o revoltado tenha um discurso romântico, que a propaganda seja astuciosa e a coisa funciona. Exibem-se mártires, lançam-se calúnias. Quanto mais falsas, melhor o resultado. Promessas insustentáveis são feitas. Distribuem-se soluções simples para problemas complicados. O povo não quer conhecer a realidade que, muitas vezes, e ele sabe disso, é sórdida e só pode melhorar com pequenos consertos feitos por especialistas, a longo prazo. Ele quer que lhe apresentem as coisas de maneira a poder aderir a um sonho imediato, sem muitas questões. Ele inclusive se presta a, deliberadamente, acreditar em mentiras.

Com essa última análise, reclamações voltaram a ecoar.

Prometeu deixou crescer a revolta e continuou a falar, imperturbável, mesmo sendo obrigado a urrar para cobrir o tumulto.

– Nenhum grande dirigente histórico de "Terra 1" gostava realmente de seu povo.

Alguns alunos, indignados, vaiaram. Deviam, quando jovens, ter militado em causas políticas.

– O senhor prepara a cama para a anarquia! – clamou Voltaire.

– O senhor faz o jogo dos tiranos, afirmando que são uma fatalidade incontornável! – adicionou Jean-Jacques Rousseau, finalmente de acordo com o rival.

Prometeu se aproximou de um gongo e bateu nele.

– Estou provavelmente destruindo suas ilusões sobre os sistemas políticos, mas provo que eles só se mantêm graças às intenções profundas dos indivíduos que os compõem.

A turma progressivamente se acalmou.

– Que outro meio temos que permita ao povo se emancipar, além da criação de uma classe média? – perguntou Jean de La Fontaine que, junto com Rabelais, parecia um dos raros a apreciar nosso estranho instrutor.

– Como eu disse ainda há pouco: a educação.

Ele escreveu no quadro-negro: "Meritocracia".

– A meritocracia é o poder dado não mais àqueles fisicamente mais fortes, ou mais bem-nascidos, mas aos mais meritórios, isto é, os melhores alunos. A escola obrigatória para todos mistura as classes sociais, harmoniza os valores, permite o encontro de indivíduos vindos de culturas diferentes.

Ele se virou para nós.

– Assim, desenvolvam lenta e solidamente uma classe média que sustente um sistema de escolaridade, permitindo aos mais pobres se elevarem na sociedade pelo trabalho e pelo talento. É este o meio de se estabelecer um regime político menos "injusto". A verdadeira revolução se elabora lentamente a partir das escolas.

Proudhon não parecia estar convencido.

– O senhor está nos propondo a criação de um sistema fundado sobre a burguesia, uma espécie de consenso frouxo, graças à escolaridade?

– Tem algo melhor?

– Sim, um sistema de governo pelo povo, diretamente.

– Bem sabe, meu caro Proudhon, que é impossível.

– A revolução cambojana.

– Pol Pot? Espero que esteja brincando. Ele de fato levou camponeses incultos a massacrarem intelectuais e burgueses, mas viu-se o resultado. O país mergulhou na miséria, estabeleceu uma classe de dirigentes mafiosos vivendo do tráfico de droga e reatou com valores de despotismo, que arruinaram seu futuro econômico e moral.

Proudhon se fechou, resmungando algo que vagamente subentendia ser o Olimpo um reino de pequenos burgueses.

Prometeu propôs que déssemos prosseguimento ao jogo.

Aproximamo-nos de "Terra 18". Ansioso, peguei um banco para enxergar melhor a terra das baleias. O previsto havia acontecido. O povo das águias tinha definitivamente aniquilado a capital das baleias e dos golfinhos. Sinto muito, Freddy, eu não soube gerir seu rebanho humano.

– Deixo-lhes um momento de reflexão, em seguida, cada um com seu material, começamos o jogo.

Discretamente, vasculhei a cachola para encontrar uma ideia que me ajudasse a sabotar Raul, a partir do interior.

Precisaria de um herói, alguém vindo do povo e que revelasse as falhas do sistema das águias.

55. ENCICLOPÉDIA: ESPÁRTACO

Em 73 a.C. estourou uma revolta em uma escola de gladiadores de Cápua. O líder da revolta foi um trácio chamado Espártaco. No decorrer da revolta, Espártaco e mais setenta gladiadores conseguiram fugir. Atacaram uma carroça transportando armas e formaram, dessa maneira, uma tropa. Desceram em direção a Nápoles, atraindo para si milhares de escravos. O governo romano enviou uma milícia para barrar-lhes o caminho, mas os gladiadores apresentaram uma resistência inesperada e, inclusive, puseram-na em fuga.

Os generais, no entanto, não quiseram enviar diretamente o exército, pois consideravam os escravos adversários indignos de combaterem verdadeiros soldados.

Em dezembro de 73 a.C., a tropa de Espártaco contava com 70 mil homens avançando em linha atrás de sua bandeira. Subiram a Itália e chegaram à planície do Pó, em março de 72 a.C. Roma decidiu, então, enviar o exército, mas era tarde. Sob a direção de Espártaco, que se revelou hábil estrategista, os gladiadores e escravos derrotaram sucessivamente as legiões do cônsul Gélio, do cônsul Lêntulo e ainda as do procônsul Cássio. Depois dessas

vitórias, Espártaco decidiu seguir em direção a Roma. Os habitantes da capital tremeram, e o riquíssimo senador Crasso resolveu montar um exército para enfrentar a ameaça. Ele conseguiu fazer recuarem as tropas de Espártaco até a extremidade da península de Reggio, que ele isolou com um fosso fortificado de 55 quilômetros. Em janeiro de 71 a.C., o exército de Espártaco forçou o bloqueio. A batalha foi muito longa e deu vantagem ao exército de Crasso. Para desencorajar novas revoltas de escravos ou de gladiadores, os 6 mil prisioneiros sobreviventes foram crucificados ao longo dos 195 quilômetros que separam Roma de Cápua.

Edmond Wells,
***Enciclopédia do saber relativo e absoluto*, tomo V.**

56. O TEMPO DAS HEGEMONIAS. AS ÁGUIAS

O povo das águias tinha vencido e destruído o porto das baleias e dos golfinhos, lavando, assim, a afronta infligida pelo jovem general golfinho, o Libertador, rebatizado, com isso, nos livros de história das águias: "o Mentiroso".

Na frente leste, as águias recuperaram totalmente o território ocupado pelos homens-leões, na época de seu esplendor. Do lado sudeste, as águias invadiram o território ancestral dos homens-golfinhos. No mar, tinham anexado a ilha dos homens-touros e o porto dos homens-arenques; e em terra, empurraram os homens-ratos para as montanhas, ocupando ainda o território dos homens-falcões. Sua nova zona de influência se estendia até o país dos homens-cupins, onde estabeleceram uma fronteira fortificada, após uma de suas raras derrotas militares.

Na frente norte, os homens-águias combateram com sucesso os homens-cavalos, os homens-ursos e já tinham uma fronteira comum com os homens-lobos.

A vitória atraía outras vitórias. No mais das vezes, os homens-águias nem precisavam combater, sua fama levava os povos a se renderem antes do primeiro derramamento de sangue.

Toda vez, as águias ganhavam escravos e os integravam em seu imenso exército, na marinha de galerianos ou na massa de operários. Alguns povos tomavam a dianteira e, antes mesmo de serem descobertos pelos batedores da República (nem era mais preciso dizer "das águias", pois era evidente, para todos, haver uma só República verdadeira, não passando, as demais, de reinos inflados), os procuravam e pediam para assinar um tratado de paz. Deviam, então, se submeter a impostos e fornecer soldados e suas melhores matérias-primas.

A capital dos homens-águias se tornou uma megalópole com complexa administração. Uma classe de intelectuais apareceu e, depois, uma burguesia. Não trabalhavam mais, mas punham à exaustão os escravos estrangeiros. Para distrair esses novos-ricos, os homens-águias, cansados das banais apostas com brigas de galos ou de cães, organizaram-nas entre escravos.

Foi quando um jovem general águia decidiu se lançar à conquista do noroeste. Era a região dos homens-galos, que anteriormente haviam pactuado com o Libertador. Jovem taciturno de rosto alongado, tendo uma mecha branca a clarear os cabelos escuros, ele fora o primeiro colocado da escola de oficiais. Era apaixonado pela arte da guerra, mas também pela descoberta das culturas estrangeiras. Os colegas o tinham naturalmente apelidado de "Mecha Branca". Ele estudara, a ponto de saber de cor os movimentos das batalhas do general dos homens-leões e, também, do Libertador. Havia, além disso, aprendido a falar a língua dos homens-galos.

Mecha Branca tomou a frente de cinco legiões e atravessou as montanhas da fronteira oeste.

A guerra dos homens-águias contra os homens-galos foi uma das campanhas militares melhor organizadas daquela época. Os homens-galos eram agrupados em uma federação de tribos, sem terem optado por um poder centralizado. Mecha Branca procedia sempre da mesma maneira em sua guerra. Ele primeiramente instalava as tropas na periferia do campo adversário e enviava batedores para estudar os hábitos da tribo a combater. Depois, exigia relatórios, a partir dos quais, inclusive, redigiu uma grande obra sobre os costumes das tribos dos galos.

De certa forma, ele as admirava. Aliás, em seu livro, *A guerra dos galos*, não economizou termos elogiosos, descrevendo a beleza das mulheres, a coragem dos guerreiros, a suave melodia da língua, a gastronomia, a pintura e a indumentária. Foi o primeiro general "etnólogo". Ele propôs às tribos que se submetessem para evitar a carnificina. Elas, em geral, recusavam, e Mecha Branca as massacrou, consternado.

Sua divisa era: "1) informar-se, 2) refletir, 3) agir." De fato, bem informado e tendo refletido, a ação tinha total eficácia.

Obtida a vitória, ele pedia aos soldados que não se excedessem na pilhagem e mandava decapitar apenas os reis e chefes de localidades, poupando outros dignatários.

Os soldados-galos eram dez vezes mais numerosos do que os soldados-águias, mas isso não alterava o panorama. Por falta de união global, eles perdiam. O general Mecha Branca continuou a redação quase científica de *A guerra dos galos*. Agia como um caçador de borboletas, matando o que admirava, mas oferecendo a imortalidade, pois estava persuadido de que, graças a seu livro, a posteridade saberia que aqueles povoados tinham, um dia, existido. Ele estava consciente do paradoxo e tentou explicá-lo aos homens-galos vencidos:

– Graças a mim, daqui a dois mil anos as pessoas saberão quem foram vocês.

Mecha Branca, inclusive, pediu ao seu desenhista pessoal que os representasse com o maior realismo possível.

Quando, afinal, um general carismático dos homens-galos conseguiu reunir as últimas tribos livres, para oferecer resistência às legiões de Mecha Branca, que não eram tão numerosas, já era tarde demais. O exército do general galo obteve duas pequenas vitórias e três grandes derrotas. Perseguido pelos homens-águias, o general se refugiou numa fortaleza com o restante de seu exército. Mecha Branca fez-lhes o cerco. O sítio durou vários meses. Os homens-galos, apesar de famintos, lutaram com bravura. Esperavam reforços, que chegaram com um dia de atraso. O general galo se rendera, pedindo em troca a vida salva de seus companheiros sitiados.

Mecha Branca recebeu as armas dos resistentes e mandou acorrentar o general galo. Prendeu-o em seu carro e o exibiu pelas ruas, mantendo-o em seguida, e por várias semanas, numa jaula. Para terminar, mandou que o decapitassem perante a multidão.

Mecha Branca manteve sua palavra e não matou os soldados que o tinham enfrentado durante o sítio. Eles foram enviados para remar nas galeras da frota das águias.

O livro de Mecha Branca teve enorme repercussão. Depois da vitória e com um sentido inato de propaganda, ele conseguiu uma notoriedade única. Isso não bastou. Lançou uma campanha de conquista na direção sul, para atacar a terra dos homens-escaravelhos, dirigida por uma rainha rebelde, de origem leão.

Ela, porém, em vez de resistir, propôs espontaneamente uma aliança. De forma que, depois de guerrear sem tréguas, Mecha Branca se permitiu algum descanso. Abandonando por algum tempo a armadura de general, relaxou no palácio da rainha dos escaravelhos e dos leões.

Mas Mecha Branca era casado com uma mulher-águia e o povo, que tanto o admirava como estrategista e observador etnologista, escandalizou-se vendo o herói trair abertamente a esposa com uma rainha estrangeira.

Tomado por frio ímpeto de cólera, o vencedor dos homens-galos voltou à capital e, respaldado pela reputação de invencível guerreiro, resolveu derrubar a República e se impor como dirigente único, com o título de imperador dos homens-águias.

Os senadores tiveram medo e, temendo pelas próprias vidas, improvisaram um complô. No momento em que Mecha Branca anunciou estar derrubando o governo, os senadores tiraram facas de suas togas e, juntos, o atacaram, aos gritos de:

– Morte ao tirano!

Ele recebeu cerca de duzentas facadas. Sua última frase foi:

– Morro, mas minha lenda há de sobreviver.

Os senadores foram todos presos e lançados às feras, na arena da capital. Foi um dos primos de Mecha Branca quem herdou, sem nada ter feito para tal, o título de imperador. A máquina de concentração do poder já estava funcionando. A partir disso, o governo foi ainda mais centralizado. Os ministros zelosos decretaram que o imperador era um deus, encarnado na Terra.

Mas o poder se paga caro. E, em tal nível, atrai muita cobiça. O primeiro imperador foi envenenado pela mulher, que colocou o filho mais velho no trono. Este, após alguns anos de reinado, foi morto pelo irmão caçula. Um tio o destituiu e, por sua vez, recebeu punhaladas de seu amante, que se autoproclamou imperador. Em imensa festa e grande pompa, ele fez políticos e sacerdotes lhe entregarem os atributos de sua função.

A irmã de um criado, ajudada por um general, rapidamente conseguiu que o prendessem e supliciassem. O trono mudou, mais uma vez, de proprietário. Quatro punhaladas, uns vinte envenenamentos e vários complôs depois, o título de imperador acabou, quase por acaso, com um descendente direto de Mecha Branca. Mas a morte violenta parecia colar em todos que subiam ao trono maldito.

Enquanto o império, militar e economicamente, estava mais poderoso do que nunca, os dirigentes se sucediam em grande velocidade. De fora, o povo das águias só percebia essas lutas internas pela mudança dos rostos em efígie, nas moedas em circulação.

57. ENCICLOPÉDIA: OS INDO-EUROPEUS

Desde o século XVII, vários especialistas em línguas, sobretudo os holandeses, notaram aproximações entre o latim, o grego, o persa e as línguas europeias modernas. Eles, na época, acharam que o ponto comum entre todas era o povo cita. No final do século XVIII, William Jones, um funcionário inglês trabalhando na Índia e apaixonado por filologia, por sua vez, descobriu um laço entre aquelas línguas e o sânscrito, a língua sagrada hindu. O estudo prosseguiu com outro inglês, Thomas Young, que inventou, em 1813, o termo "indo-europeu" e aventou a hipótese da existência de um único povo, vindo de um único lugar e que teria, por sucessivas vagas, invadido os vizinhos e disseminado sua linguagem.

O termo foi, em seguida, retomado por dois alemães, Friedrich von Schlegel e Franz Bopp, que encontraram similaridades entre o iraniano, o afegane/bengali, o latim e também o grego, o hitita, o irlandês antigo, o gótico, o búlgaro antigo e o prussiano antigo.
Desde então, os historiadores tentam reconstruir a história desses famosos invasores indo-europeus. Ao que parece, a tribo "indo-europeia" originalmente vivia no norte da Turquia. Era um povo organizado em castas rígidas. Haviam domesticado o cavalo, dominavam a técnica de carros de combate e o trabalho em ferro. Isso lhes deu uma vantagem sobre os adversários, que utilizavam o cavalo unicamente para o transporte de víveres e só conheciam o cobre e o bronze.
Os indo-europeus tinham o culto da guerra. Dessa forma combateram, converteram e "cooptaram" os vizinhos mais próximos: os hititas, os tocarianos, os liquianos, os lídios, os frígios, os trácios (povos que desapareceram completamente no final da Antiguidade). Depois, eles conquistaram os territórios de iranianos, gregos, romanos, albaneses, armenianos, eslavos, bálticos, germânicos, celtas e saxões.
Teriam escapado da invasão indo-europeia apenas certos povos que, com isso, conservaram suas línguas ancestrais: sobretudo os finlandeses, os estonianos e os bascos.
Estima-se, hoje em dia, que dois bilhões e meio de pessoas, ou seja, quase a metade da humanidade, falam uma língua de origem "indo-europeia".

Edmond Wells,
Enciclopédia dos saberes relativo e absoluto, tomo V.

58. A TERCEIRA DISPERSÃO DOS GOLFINHOS

Desde que os homens-águias começaram a sitiar a capital dos homens-baleias e dos homens-golfinhos, um grupo resolveu se apoderar dos melhores navios, para fugir à noite. Foram guiados por velhos golfinhos que tinham na memória o histórico de diversas fugas coletivas.

Doze grandes embarcações foram lançadas ao mar.

Os sete primeiros foram interceptados e afundados, durante uma batalha noturna com a frota de guarda dos homens-águias. Catapultas com estopa em chamas incendiaram sem dificuldade as embarcações fugitivas. Os esporões concluíram o trabalho, abrindo-lhes os cascos.

Os cinco navios que se safaram só o conseguiram graças à perícia de seus capitães e aos ventos favoráveis.

Sentindo-se afinal fora de alcance da frota das águias, as baleias e golfinhos sobreviventes entraram num acordo e tomaram direções diferentes, para multiplicar as chances de salvação.

A tripulação do oitavo navio decidiu se dirigir para o leste e voltar à terra ancestral dos golfinhos. Foi a que primeiro acostou. Os marinheiros, então, descobriram que também sua terra estava sob ocupação das águias. Um rei fantoche, inteiramente dócil ao império, tinha sido colocado no trono, impondo uma lei marcial e exigindo impostos exorbitantes. As rebeliões permanentes eram pretexto para realizar massacres coletivos.

Mal desembarcaram, baleias e golfinhos foram capturados e jogados numa prisão. Ali, isolados do mundo, conseguiram transcrever sua história, para nunca esquecerem sua cultura, mesmo nos instantes mais difíceis. Começaram, então, a redigir um livro de aventuras em que, na história dos personagens, se escondia, codificada, a do próprio povo. Em outro livro, com aparência de contos, dissimularam informações científicas de química, astronomia e matemática. Apenas quem possuísse o código de decriptação poderia decifrá-las e o livro, propriamente, nunca pareceria, dessa maneira, subversivo às tiranias futuras. O tesouro se escondia atrás das palavras.

Além do aspecto intelectual, contudo, os prisioneiros resolveram que deviam inventar festas comemorativas, para que os homens-golfinhos espalhados pelo mundo (a fuga dos golfinhos da capital foi batizada: Terceira Dispersão) pudessem recordar a história de seu povo.

Como lembrança do ataque dos homens-ratos e da fuga por mar, deviam comer um roedor (ou seja, um coelho, já que o rato não é tão apetitoso).

Como lembrança de terem erguido uma capital própria, deviam construir uma cabana de barro em seus quintais.

Como lembrança do dilúvio cobrindo a Ilha da Tranquilidade, deviam beber, de um só gole, um copo de água salgada.

Como lembrança da fuga no deserto, do território dos homens-escaravelhos, deviam engolir um pouco de areia.

Eles acrescentaram um ritual rememorando a guerra contra os homens-águias: comer um ovo (de galinha, no caso, pois eram raros os ovos de águia), para manter a lembrança da epopeia do Libertador, que havia conquistado e depois poupado as águias.

O nono navio dos golfinhos foi afundado por piratas que, por acaso, passavam ao largo.

O décimo partiu na direção sul e abordou um litoral, cuja população massacrou sua tripulação, sem qualquer outra forma de diálogo.

Os 11º e 12º navios partiram para oeste, enfrentando o oceano, em busca da Ilha da Tranquilidade.

A viagem durou muito tempo e foi das mais difíceis.

Depois de passarem por motins, tempestades e fome, para multiplicar as chances de encontrar a ilha, eles também se separaram. A 11ª embarcação seguiu em direção noroeste e a 12ª, sudoeste.

O 11º navio acabou chegando a um continente. Vivia ali o povo dos homens-perus. Eles os acolheram, primeiro com desconfiança, mas depois se encantaram com suas ciências, objetos e conhecimentos. Uma relação de franqueza se estabeleceu e trocas puderam se efetuar. Os homens-baleias e os homens-golfinhos ensinaram aos moradores locais a escrita, a matemática e a agricultura, assim como a arte da construção de cidades. Os homens-perus ouviam, registravam as ideias, mas não as seguiam todas. Construir uma grande cidade, eles não viam o porquê. Preferiam viver ao ar livre, nômades e soltos, e não cercados por paredes. Aceitaram, no entanto, as ideias da assembleia de sábios e do voto com a mão erguida, para as grandes decisões. Da mesma forma, integraram a sugestão extravagante de montarem nos cavalos, para uma locomoção mais rápida.

Quanto ao 12º navio, indo em direção sudoeste, ele abordou a terra dos homens-iguanas. Os viajantes, exaustos, receberam ali uma acolhida calorosa. Foram rapidamente apresentados ao rei, que se ajoelhou à frente deles. Tal comportamento os deixou desconfiados. Mas não tinham chegado ao termo das surpresas.

O rei falava uma língua bem próxima, de maneira que o puderam compreender. Explicou-lhes o mistério. Em outra época, homens-golfinhos desembarcaram na mesma praia e lhes tinham trazido muitos benefícios. Ensinaram a contar, escrever e praticar a agricultura. Mostraram como construir pirâmides e ensinaram a reconhecer as estrelas no céu. Depois foram embora, mas não sem antes anunciar:

– Um dia, outros homens-golfinhos hão de desembarcar como nós nesta praia. Trarão a continuação do nosso ensinamento.

De modo que, ao chegarem, os navegadores golfinhos já eram esperados. Foram levados em triunfo ao longo de toda a grande rua central da capital, lançaram-lhes flores das janelas, e os seus nomes foram aclamados pela população em festa.

Os homens-golfinhos se instalaram, então, entre os homens-iguanas, em conforto inédito para eles. Rapidamente comunicaram técnicas e artes. Os anfitriões se punham à escuta curiosos, ávidos por tudo que saía da boca daquele povo misterioso. Mostraram ter feito bom proveito dos conhecimentos dos predecessores. Haviam construído observatórios do céu e desenvolvido mapas das estrelas, com grande precisão. Ao lado da astronomia, elaboraram uma arte da astrologia. Cientistas ensinavam às crianças, então, tudo que lhes aconteceria no futuro, a partir das observações celestes. As crianças aprendiam de cor aquelas cantilenas. Contavam como encontrariam a mulher da sua vida, quantos filhos teriam e até mesmo como morreriam.

Os golfinhos descobriram, com surpresa, que as iguanas tinham se tornado, graças aos horóscopos, "donos do futuro".

O rei das iguanas lhes mostrou os costumes de seu povo. Bem pequenos, quando tinham ainda as fontanelas moles, os sacerdotes cingiam a cabeça dos recém-nascidos reais, com uma coroa quadrada lhes cerrando o crânio. E isso, para que suas cabeças adquirissem essa forma geométrica. Assim, mesmo estando nus ou em viagens distantes, todos podiam reconhecê-los.

O rei guiou os recém-chegados em visita aos maiores monumentos do império e mostrou como tinham desenvolvido, na agricultura, a arte do chantão. Produziam, desse modo, vegetais híbridos dotados de qualidades nutritivas e de conservação sem igual.

– Pegamos os melhores grãos de milho de cada espécie e os cruzamos entre si, criando grãos enriquecidos com ambas as qualidades dos genitores.

Em seguida, o rei decidiu festejar a volta dos benfeitores vindos do mar, com uma semana de alegrias e libações.

Durante uma das cerimônias, ele apareceu nu aos hóspedes, coberto de pó de ouro, flutuando numa jangada, no meio do lago central da cidade, cercado de carregadores de tochas. Em sua embarcação, o rei enunciou um por um os nomes dos homens-golfinhos, declarou que eram semideuses, e eles foram aplaudidos em ovação, retomada por um coro de mil e duzentas crianças cantoras. Depois os homens-golfinhos foram, por sua vez, despidos, cobertos de pó de ouro e conduzidos, em triunfo, em grandes carroças.

Emocionado às lágrimas, um dos golfinhos teve esse pensamento terrível: "Recebemos tantos golpes no decorrer da história, que não sabemos mais o que é ser amado."

59. ENCICLOPÉDIA: OS HEBRAICO-FENÍCIOS

A segunda grande corrente linguística é a corrente hebraico-fenícia.

O domínio que esses povos tinham dos veleiros, com seus cascos, mapas e bússolas, permitiu-lhes contornar a África e subir até a Escócia, estabelecendo empórios comerciais. Eles chegavam, encontravam os autóctones e propunham troca de conhecimentos e de matérias-primas.

Como o cobre era a primeira moeda de troca e o metal tinha a cor vermelha, eles se chamaram edomitas, do

hebraico *édom*, "vermelho", que os gregos traduziram como *phoenicos*, "os vermelhos". Daí se origina o nome de Mar Vermelho, dado ao mar ao sul de Israel, de onde partiam os navios hebraico-fenícios, explorando os territórios vizinhos.

Eles falavam uma língua simples, formada por sessenta palavras-raízes de três letras, que se tornavam mais complexas ao precisar o sentido de uma quantidade de outras palavras. Com aquelas sessenta palavras, porém, o diálogo podia se fazer, com todos os povos encontrados.

Os hebraico-fenícios abriram a rota do cobre, a rota do chá, mas também o circuito do Mediterrâneo, utilizando o conhecimento de uma correnteza girando ao redor das costas grega, romana e africana. Criaram a rota do estanho e encontram-se traços da língua hebraica na Bretanha e na Escócia, como também em Mali e no Zimbábue. *Britain*, por exemplo, se origina no hebraico *brit*, "aliança". Cádiz, em "kadesh", a sagrada. Os fenícios fundaram a civilização berbere, *ber-aber*, significando em hebraico "filhos da nação mãe". Cabílias vem de *kabala*, "tradição". Tebas, Mileto, Cnossos (do hebraico *knesseth*, "lugar de reunião"), mas também Útica, Marselha, Siracusa, Astrakhan, nas margens do mar Negro, e Londres foram originalmente entrepostos fenícios.

Os hebraico-fenícios davam um lugar preponderante às mulheres, e a transmissão do nome se fazia pela linhagem feminina e não pelo homem.

Edmond Wells,
Enciclopédia dos saberes relativo e absoluto, tomo V.

60. A HEGEMONIA DOS TIGRES

O povo dos tigres, tendo construído um imenso e eficiente império, fechou-se em si mesmo, centralizando cada vez mais seu sistema político. Assim, em vez de conquistar novos territórios, como o império das águias em perpétua expansão, o povo dos tigres se fortaleceu sem aumentar seu tamanho. Era uma força centrípeta, enquanto as águias eram uma espiral centrífuga.

A capital do império dos tigres era gigantesca. No centro, foi erguido um palácio, protegido por espessas muralhas e um fosso bem largo, para manter longe as revoltas. Mais além do palácio se estendia o complexo administrativo, também protegido por muralha e fosso, um pouco menos largos. Mais adiante ainda, construiu-se um centro universitário, formando os futuros administradores do império.

Com isso se criou uma casta, chamada de "legistas", que eram funcionários jurídicos e multiplicavam leis, decretos, multas e relatórios, estabelecendo tribunais e assembleias de especialistas. Eram informados e servidos por uma classe policial, que tudo vigiava.

Para garantir a tranquilidade, os legistas decidiram declarar o imperador deus vivo. Com isso, ele se tornava inacessível e, na verdade, não interferia mais na vida diretamente política.

Os legistas queriam saber até que ponto se pode instrumentalizar os indivíduos. Começaram promulgando um decreto, que proibia a escrita do que quer que fosse, sem autorização do imperador. Depois, outro que proibia a leitura.

Segundo achavam, o que punha em perigo a estabilidade do reino eram as iniciativas individuais, pois forçosamente recolocavam em questão o sistema. Então, tendo proibido a escrita e a leitura, os legistas proibiram pura e simplesmente pensar. "Pensar é pensar contra o governo", julgaram.

Para conseguir interromper o pensamento individual, os legistas propuseram o trabalho intensivo. Segundo eles, quem trabalha até o esgotamento não encontra energia para fazer complôs contra o Estado.

A denúncia, antes apenas incentivada, foi declarada obrigatória. Nova regra: "Não denunciar quem comete um delito é delito mais grave ainda."

Milícias de crianças eram encarregadas de verificar, para que ninguém pensasse. O pagamento era feito pelo número de pessoas denunciadas. Delatar os próprios pais era recompensado com prêmio suplementar.

Após as crianças espiãs-delatoras, os legistas melhoraram ainda o controle, inventando o conceito de "dezenas". O reino inteiro passou a ser repartido em grupos de dez humanos. "Como os 10 dedos da mão", enunciaram os legistas. Em cada dezena, havia um responsável, o "polegar", que devia regularmente manter a administração informada sobre as atividades dos outros nove. Se um deles cometesse um delito e o responsável não o denunciasse, ele sofreria a mesma pena que o contraventor. De maneira ainda mais perniciosa, os legistas estabeleceram que, dentre os nove, um deles, o "dedinho", vigiaria secretamente o "polegar".

As dezenas se agrupavam, por sua vez, em centenas, ainda com um responsável geral e um vigia secreto do responsável geral. E as centenas se agrupavam em milhares.

Dessa forma, todo mundo vigiava todo mundo, para maior segurança e estabilidade do Império Tigre.

Mas isso não bastou aos legistas. Eles sonharam em criar uma nova humanidade biologicamente adaptada à ordem. Inventaram, então, o conceito de "lei orgânica". A ideia era que o respeito pelas regras do Estado devia ser, não precisamente moral, mas instintivo. Queriam que, se alguém tivesse vontade de infringir a lei, seu próprio corpo o proibisse. Para tanto, organizaram grandes espetáculos de execução pública. Com o objetivo de impressionar os espíritos, o suplício devia durar o maior tempo possível, sem que o condenado desmaiasse ou morresse. Desse modo, o terror gerado na população assistindo à macabra encenação bastaria, para que integrassem a "lei orgânica".

Buscando o aperfeiçoamento da arte de traumatizar as populações, uma universidade de tortura foi criada, na qual a arte de infligir sofrimento era cientificamente estudada, com a ajuda de médicos.

Paralelamente a isso, não podendo executar todas as pessoas denunciadas, os legistas criaram campos de trabalho para os que se desencaminhassem. Eles foram direcionados para a construção de monumentos à glória do imperador.

Ao mesmo tempo que crescia o poder da administração, melhorias da metalurgia disponibilizaram ferramentas agrárias mais eficazes, podendo se aplicar em mais vastas áreas. Dessa forma, pequenos lotes de terra foram redistribuídos e assistiu-se a uma revolução agrícola. Junto a isso, usinas foram construídas para a fabricação dessas ferramentas agrícolas e os camponeses foram obrigados a se reagrupar.

Casas isoladas foram abandonadas e aconteceram os primeiros êxodos rurais em grande escala. Ao migrar, a massa de camponeses fez as cidades crescerem, tornando-as megalópoles.

Após a casta dos legistas que controlavam a administração, apareceu a casta de universitários que foram denominados "letrados". Eles tinham o direito de ler, escrever e até mesmo de ter ideias originais pessoais. Falavam uma língua própria para se reconhecerem entre si e evitar que o povo os compreendesse. Possuíam suas universidades privativas e se mantinham isolados da sociedade não letrada. Os universitários tinham o domínio das artes, das ciências e dos prazeres. Eles se cooptavam, usavam vestimentas particulares e se penteavam de uma maneira especial, permitindo se reconhecerem de longe. Os legistas obrigavam a gente do povo a respeitá-los. Juntas, as duas castas decidiram codificar a vida, inclusive as artes de comer, andar, respirar, bem como as artes de matar e de fazer amor. Foi assim que surgiu, após a universidade da tortura, a universidade dos prazeres. Nessa escola de molde novo, moças eram educadas desde a mais tenra infância para levar os homens a um paroxismo do prazer. O ensino consistia em cursos de ginástica ou de dança, especialmente adaptadas para o ato amoroso, mas também cursos de cozinha afrodisíaca, pintura de nus e poesia erótica. As mulheres formadas nessas universidades eram muito apreciadas, sendo algumas, inclusive, recrutadas para os haréns do imperador, dos legistas e dos letrados. Eram chamadas mulheres-flores.

O Império Tigre, então, funcionava apoiado em três pilares: o imperador, símbolo sagrado e centralizador, os legistas, braço armado e garantia da ordem social, e os letrados, árbitros da elegância e experimentadores nos campos das artes e das ciências.

Mas esse sistema acabou apresentando um desequilíbrio. Ministros legistas entraram em disputa com ministros letrados. Mais precisamente, o ministro da Segurança se indispôs pessoalmente com o ministro da Música, que lhe tinha roubado sua mulher-flor.

Os dois homens pediram o arbítrio do imperador, que, tendo ouvido as duas partes, resolveu, achando ser um bom acordo entre os dois, tomar para seu próprio harém a mulher-flor. O ministro da Música, porém, estava apaixonado. Ele tentou envenenar o imperador para reaver sua amada. O complô fracassou. Ele foi preso e supliciado por um dos melhores professores de tortura da universidade.

A partir daí, o imperador entrou em crise paranoica. Mandou matar a mulher-flor, que podia ainda estar apaixonada pelo teimoso letrado. Matou também suas principais amigas no harém, pois podiam tentar protegê-la ou simplesmente lamentar sua falta. No mesmo ímpeto, condenou à morte o ministro da Segurança, pois poderia eventualmente querer também envenená-lo, por despeito amoroso.

Tudo se passou muito rápido, em seguida. Como vários legistas tentaram defender o colega, o imperador aproveitou e condenou o grupo inteiro que pedira audiência. Depois suas famílias e ainda os amigos dos conjurados.

O imperador considerou, afinal, que ninguém a seu redor merecia confiança. Resolveu mandar matar todos os ministros, suspeitos de tentar lhe roubar o lugar e, em seguida, uma boa parte dos professores letrados das universidades, prováveis intelectuais rebeldes.

Persuadido de que complôs subversivos nasciam em todo lugar, o imperador pressionou o novo ministério, que instaurou uma fase de terror na população. Foi a época denominada Grande Purgação.

Terminada a fase do terror, todos os membros do governo foram, por sua vez, executados em praça pública. O imperador resolveu que, sendo os humanos todos falíveis, ele precisava de um ministro não humano. Pediu a seus relojoeiros que fabricassem um robô, com essa finalidade.

Eles conseguiram aperfeiçoar uma estátua articulada, movida por um sistema hidráulico acionando centenas de engrenagens, que podiam imitar um comportamento humano. O robô foi nomeado chefe do novo governo, e o imperador obrigou todos os demais ministros a cumprimentar e falar respeitosamente com ele.

Mas o imperador dos homens-tigres permanecia com medo de morrer. Pediu aos químicos, então, que estudassem uma maneira de torná-lo imortal. Eles o aconselharam a fazer amor com frequência, mas conservando o "suco vital". O imperador, então, amarrava uma cordinha, com um nó de correr, no sexo, e puxava-a no momento que sentia vir a ejaculação. A energia viril, assim, permanecia nele e o fortalecia. Afora isso, ele devia ingurgitar, sob forma líquida, metais como o mercúrio e o zinco.

Alguns complôs foram desmontados e sufocados no sangue. Para reforçar o sistema, engajou-se um maior número de funcionários: policiais, soldados, legistas, letrados, vigias. De tal forma que houve mais gente controlando, ou imaginando sistemas de controle, do que produzindo ativamente.

O grande império dos homens-tigres se tornou uma nação pesada, obesa, incapaz de movimento. Na verdade, os legistas tinham realizado o ideal de um Estado imutável; não porque fosse perfeito, mas porque se tornara monumental.

Os letrados, inclusive, passaram a só produzir uma arte neutra, nada criativa. Repetiam os códigos dos antepassados e passavam o dia a discutir detalhes.

O imperador morreu com 103 anos. Como não tinha nenhum descendente, um de seus primos distantes o sucedeu. Isso não tinha mais a menor importância, pois a máquina administrativa, nesse meio-tempo, ficara de tal modo complexa e esclerosada que vivia por si só. Toda energia nela se diluía. Toda iniciativa era devorada, perdida na massa. Não havia mais ninguém no comando do Estado. Nenhum imperador poderia mais influir em seu funcionamento.

61. ENCICLOPÉDIA: QUATRO FORMAS DE AMAR

Para os pedopsicólogos, existem quatro degraus na noção de amor.

Primeiro degrau: "Preciso de amor."

É o nível infantil. O bebê necessita de carinhos e beijos, como a criança de presentes. Ela pergunta a seu redor: "Gostam de mim?" e quer provas de afeto. No primeiro degrau, ela pergunta aos outros e, depois, a "outro particular" que serve de referência.

Segundo degrau: "Sou capaz de amar."

É o nível adulto. Descobre-se sua própria capacidade de vibrar pelos outros e assim projetar seu afeto no exterior. Eventualmente concentrando-o num ser particular. Essa sensação pode ser mais embriagante do que ser amado. Quanto mais se ama, mais se percebe a força que isso tem. É uma sensação que pode se tornar indispensável como uma droga.

Terceiro degrau: "Eu me amo."

Tendo projetado seu afeto sobre os outros, descobre-se que ele pode se voltar para si mesmo.

Vantagem com relação aos dois degraus anteriores: não se depende mais de terceiros, nem para receber amor e nem para que recebam o seu. Ou seja, não se corre mais o risco de se sentir decepcionado ou traído pelo ser que o ama ou é amado. Pode-se, além disso, dosar esse amor com exatidão, segundo as necessidades, sem pedir ajuda a ninguém.

Quarto degrau: **"O Amor universal."**
É o amor ilimitado. Tendo recebido afeto, projetado seu próprio afeto e tendo amado a si mesmo, difunde-se amor em toda direção. E recebe-se, da mesma maneira, o afeto.
Dependendo do indivíduo, esse Amor universal pode se chamar: Vida, Natureza, Terra, Universo, Ki, Deus etc.
Trata-se de uma noção que, quando se torna consciente, expande o espírito.

Edmond Wells,
***Enciclopédia dos saberes relativo e absoluto*, tomo V.**

62. AVALIAÇÃO DE PROMETEU

A sala voltou a ser iluminada.

– Muito bem, as coisas estão evoluindo, não é? – comentou Prometeu. – E isso é formidável no grande sopro da história; quanto mais se avança, mas ela se acelera.

Ele não queria perder tempo e resolveu nos contar sobre a classificação.

– Primeiro: Raul, com seu povo das águias. Foi quem geriu o império mais forte e dinâmico. Muito bem. Em segundo: Georges Méliès, com seu povo dos tigres. Um império sólido, refinado, sob controle. Trabalho de ourives, com certeza. E enfim, em terceiro...

Deixou, por um momento, pairar o suspense.

– Marie Curie. Seu povo dos homens-iguanas encontrou um equilíbrio e um estilo realmente originais. Possuem uma medicina eficiente, um princípio de conhecimento a respeito dos cruzamentos genéticos vegetais, têm uma arte particular e uma ciência baseada na observação das estrelas. É bem bonito tudo isso. Não têm metalurgia, mas é somente um pequeno lapso, que deve ser rapidamente preenchido. Os homens-golfinhos devem instruí-los rapidamente, não é?

Um tanto atordoado, concordei com a cabeça. Afinal de contas, até agora eu tivera muito pouco contato com aquela aluna.

Prometeu continuou:

– Quarto lugar: Mata Hari. Ela não sofre nenhuma ameaça séria em suas fronteiras e desenvolveu uma frota leve, utilizando velas e remos. O contato com os exploradores golfinhos lhe permitiu melhorar o conhecimento dos mapas e da metalurgia. Nada mal, realmente.

Puxa! Não tinha reparado no que faziam meus homens-golfinhos no norte do planeta. Quer dizer que uma aliança se fizera entre meus mortais e os de Mata Hari, sem que eu sequer tomasse conhecimento.

Era esse o problema com povos dispersos, nunca se sabe onde estão. Não posso, por outro lado, me concentrar num país inteiro, onde se encontram duas dezenas da minha população. Isso nem é mais dispersão, é... turismo.

Prometeu se preparou para continuar e eu já esperava figurar entre os últimos, ou mesmo em último, mas, para minha grande surpresa, vi-me na 12ª posição.

– Michael Pinson, creio que pode agradecer Marie Curie e Mata Hari – disse o mestre-auxiliar. – Salvo pelas mulheres, hein?

Abaixei os olhos, sentindo-me um pouco tímido com a observação.

– Dei-lhe boa nota pois aliou-se e, com isso, esteve envolvido no sucesso dos aliados. Teve participação, inclusive, nos resultados dos homens-águias.

Raul concordou com o queixo.

– Mas não é só isso, admiro uma coisa em você... – prosseguiu o mestre-auxiliar.

Fitou-me estranhamente.

– Você não se resigna.

O cumprimento perturbador, vindo da parte daquele titã com tão terrível história, me comoveu.

Prometeu se aproximou de mim, enquanto toda a turma tinha os olhos voltados em minha direção. Achei que aquele 12º lugar não era nenhuma dádiva.

– Você lhes deu o gosto de não abandonar seus valores de liberdade, e é isso que importa. Isso me lembra de um colega de escola – disse Prometeu.

Ele se aproximou e veio se sentar, à vontade, em minha bancada.

– Devíamos ter uns 13 anos. Um bando de delinquentes fazia a lei na escola, praticando extorsões.

Tentei imaginar extorsionários gregos da Antiguidade.

– Eles obrigavam todas as crianças a lhes darem dinheiro, sob a ameaça de facas. Os professores faziam vista grossa, pois também tinham medo dos bandidinhos. Mas um dia um aluno novo chegou. Assim que atravessou o portão da escola, os delinquentes exigiram dinheiro. Ele negou e houve briga. Quebraram-lhe a cara e o garoto, inclusive, teve um corte no rosto. Além disso, é claro, roubaram todo seu dinheiro. Até aí, tudo normal. No entanto, na segunda vez que o bando quis lhe extorquir dinheiro, esperava que ele cedesse logo, pela lembrança da vez anterior. Pois bem, o recém-chegado se defendeu com o mesmo vigor. Resultado: quebraram-lhe a cara e o roubaram, exatamente da mesma maneira. Da terceira e da quarta vez, a mesma cena se repetiu. A cada encontro com os delinquentes, o rapazote era destroçado. Aquilo já estava se tornando insuportável para todo mundo. Fui falar com ele. Perguntei: "Por que você briga, se sabe como vai terminar? Eles são muitos e mais fortes do que você. Não tem nenhuma chance." E sabem o que me respondeu? "Para que eles saibam que nunca vai ser fácil." Nesse instante, eu o admirei. E compreendi que aquele fracote, com um olho roxo e uma grande cicatriz no rosto, mostrava um caminho. Mesmo que tudo já esteja perdido com antecedência, a gente deve lutar, para que os opressores não ganhem nada facilmente. Os delinquentes, aliás, acabaram voltando às presas mais "confortáveis". Por preguiça. O rapaz recém-chegado pagou caro, mas, no final, ganhou sua "liberdade" e, sobretudo, nosso respeito. Eu, então, optei pela mesma escolha. Não ceder facilmente. Os meninos da gangue roubavam meu dinheiro, mas passei a me defender. Eu perdia, mas me sentia satisfeito, porque tinham aprendido uma lição. "Para que saibam que, mesmo ganhando, não vai ser fácil." A cada vez eu conseguia acertar um pontapé, um soco, antes de ser submetido pelo número deles. E como os outros garotos constataram que, com isso, estavam me deixando em paz, me imitaram. Foi difícil, não sabíamos lutar, não tínhamos facas, houve inclusive feridos do nosso lado, mas afinal os delinquentes se cansaram e nos deixaram tranquilos...

Um longo silêncio se fez, após a confidência.

Senti um gosto estranho no fundo da garganta. Então era aquilo. Prometeu exprimira o que eu sentia, mas não conseguia exprimir. Deve-se cerrar os dentes, aguentar, apesar de tudo, não se resignar. Eu perderia muito tempo, mas, no fim, todos os ditadores e déspotas que oprimiam meu povo se cansariam. E acabariam desaparecendo.

Por outro lado, haveria sempre, em algum lugar de "Terra 18", um dos meus homens-golfinhos tentando manter a cabeça erguida, mesmo nas piores circunstâncias.

– É o sentido da minha aula: a revolta. A gente sempre imagina a revolta como a massa do povo indo contra o castelo, onde se abrigam o tirano e sua milícia, mas, às vezes, os revoltados são minoritários e a massa do povo está ligada ao tirano para esmagá-los. A gente esquece esse detalhe. Além disso, você é o único a defender o fim da escravidão em "Terra 18" e, então, só posso encorajá-lo a cerrar os dentes. Não vai ser fácil. Sempre que houver um poder ambicionando o totalitarismo, ele vai atacá-lo...

Mata Hari se ergueu e aplaudiu.

Marie Curie acompanhou. Raul também se levantou. Depois Jean de La Fontaine, Méliès, Édith Piaf, Gustave Eiffel, Eric Satie. Era o meu bando, mas não somente meu bando. Cada vez mais alunos aplaudiam e, depois, praticamente a sala inteira. Era demais, pensei em tudo pelo que meus homens haviam passado, o quanto pagaram como preço da luta contra a escravidão. Lembrei-me da ingratidão dos homens-escaravelhos, dos homens-leões...

O gosto estranho no fundo da garganta se transformou em lágrimas amargas. Eu não queria chorar, mesmo sendo forte a emoção. Não estavam todos contra mim, eram as circunstâncias do jogo que davam, em certos momentos, essa impressão. Era só um jogo. Meu povo era um entre dezenas deles. Eu era apenas um jogador, tentando não perder rápido demais.

Os aplausos se sustentaram.

Eles sabiam o quanto eu precisava disso. Revigorei-me. Uma lágrima escorreu, mas consegui recolhê-la a tempo e fiz um gesto, significando não merecer aquilo tudo. Depois o movimento se acalmou e tudo prosseguiu, como se nada tivesse acontecido.

Prometeu retomou a lista e citou os piores colocados:

– Último: Clemenceau, com seu povo dos cervos que, de qualquer maneira, foi invadido pelo das águias.

Clemenceau, com seu grande bigode, levantou-se, bem digno.

– Cavalheiros – disse ele. – Chegado o momento, devemos nos sujeitar ou nos demitir. Tive enorme prazer de jogar com os senhores e desejo a todos, enquanto presentes, a melhor partida possível de divindade. Quanto a você, Raul, parabéns, derrotou-me porque realmente foi o melhor nesta partida. Gosto muito de sua civilização das águias, que tem muita classe.

Até que enfim, um aluno saía do jogo com brio.

Um centauro veio buscá-lo. Prometeu fez um sinal, mostrando não ser necessário agarrá-lo.

Em seguida, indicou mais dois outros nomes de deuses anônimos, de quem eu não havia sequer acompanhado as aventuras. Os homens-besouros, dirigidos por um certo Jean-Paul Lowendal. Esse povo tinha rituais de acasalamento que encorajavam as uniões entre pessoas da mesma classe. Como resultado, muitas doenças consanguíneas tinham minado a população, que se desfez na primeira invasão das águias. E depois os homens-marmotas, um povo montanhês isolado, guiado pelo bordão de uma certa Sandrine Maréchal. Esse último povo apresentava uma particularidade espantosa, a de viver no culto do sono. Durante o inverno, ficavam praticamente em estado de hibernação. Era mais estimado, naquele país, quem conseguia dormir por maior tempo. O problema era que tinham ganhado um atraso considerável nos planos econômico e militar. Donde sua queda, assim que as águias – elas, mais uma vez – chegaram. Estas últimas estavam, afinal, funcionando como eliminadoras de povos em dificuldade.

Subtração: 76 – 3 = 73

Prometeu voltou a se aproximar de mim e me cochichou ao ouvido:

– Alguns dizem aqui que você é "aquele que se espera", é verdade?

– Nada sei quanto a isso – balbuciei. – Eu sou eu. Não sei quem esperam.

Em seguida, em voz alta, contrapôs:

– Michael, dei-lhe uma boa nota, mas espero que esteja consciente de sua situação. Você mal sobrevive, se debate, foge. Você não reina.

– Faço o que posso, senhor.

– Acredito que eu tenha lhe ensinado sobre a revolta. Pense em Espártaco.

– Justamente, penso tanto nisso que tenho dúvidas quanto ao resultado ser exatamente o mesmo, se eu refizer o que ele fez.

Prometeu sorriu.

– Melhor assim. De fato, é preciso muito jogo de cintura para levar adiante uma revolta de escravos, num império militar como o dos homens-águias.

Ele assumiu um ar misterioso e depois disse:

– O que você talvez não saiba... é que isso já aconteceu.

Prometeu me chamou para vir ver "Terra 18" e descobri que, de fato, um dos meus gladiadores golfinhos, espontaneamente, sem que eu o pudesse ajudar, havia iniciado uma revolta de escravos!

Eu esquecia que meus mortais também faziam coisas na minha ausência. Se, em vez de me concentrar na acolhida dos meus por Marie Curie, tivesse observado um pouco melhor as redondezas, teria notado "meu" Espártaco em ação, ajudando-o com raios e sonhos. Tarde demais.

– É uma pena, senhor Pinson, tem boas cartas e parece que não as aproveita. O que o impede?

– Está tudo bem, senhor, é meu estilo pessoal de jogo.

– Não acho que esse estilo seja realmente intencional. De qualquer forma, não vai aguentar muito tempo assim.

– Farei o que puder.

– Pois bem, se aceitar um conselho meu: deixe de ser vítima, parta para cima. Não creio que os outros Mestres-deuses sejam tão sensíveis quanto eu à "não resignação".

Ele tinha razão. Eu tinha fracassado com meu rei inovador, fracassado com o general fogoso, fracassado com o gladiador revoltado... Precisava inventar outra coisa. Tomar como líder, para minha próxima revolução, um homem vindo do povo, por exemplo. Um simples artesão. Um ceramista, tecelão ou carpinteiro.

– Bem – disse Prometeu –, vocês terão dois dias livres para repouso e reflexão de estratégias a se aplicarem nas próximas partidas do jogo de Y. Dois dias livres. Aproveitem, divirtam-se. Creio que, para muitos, essa primeira sessão foi cansativa.

Cansativa? Que suave eufemismo.

– Mestre – disse Voltaire –, durante dois dias nossos povos vão evoluir sem nós, isso significa que corremos o risco de encontrá-los, de volta, em estado avançado de decomposição...

Um rumor de aprovação correu pela sala.

– Não se preocupem, Cronos, o deus do Tempo, vai modificar o ritmo. Dessa forma, durante o fim de semana, não serão séculos, mas no máximo algumas décadas que transcorrerão.

Ficamos mediamente tranquilizados.

– Entretanto, fechando as aulas dos mestres-auxiliares, pedirei ainda um pequeno exercício. Vocês todos têm em mente um mundo ideal, em cuja direção querem encaminhar seus povos. Não podem mais, nesse estágio do jogo, avançar apenas resolvendo os problemas, à medida que eles se apresentam. Se assim fizerem, vão permanecer no estágio da sobrevivência e do improviso. O que peço é que imaginem um mundo ideal para os seus humanos. Escrevam num papel a nova utopia de vocês. Assim, no final da partida, veremos se conseguiram os meios para seguir nessa direção.

– Já fizemos isso com Afrodite – lembrou Simone Signoret.

– Sei disso. Mas o jogo evoluiu e também vocês. É como em um farol. Quem sobe a espiral da escadaria, percebe pela janela a mesma paisagem, mas um pouco mais acima. Com isso, a análise deve mudar.

Ele distribuiu papéis e canetas. Refleti.

Eu tinha anotado como utopia, da última vez "um mundo de paz, desarmado". Pude ver que o desarmamento dava uma vantagem aos que trapaceavam. E sempre há quem trapaceie. Não era, então, boa solução...

Escrevi: "Minha utopia: criar uma humanidade livre do medo."

63. ENCICLOPÉDIA: TIGRE-DENTES-DE-SABRE

Por que certas espécies animais desaparecem? Muitas vezes evocaram-se causas extraordinárias exógenas, como uma queda de um asteroide ou mudanças climáticas. Pode acontecer, também, de ser por questões quase que culturais. Citemos o caso do esmilodonte ou tigre-dentes-de-sabre. Encontraram-se, na América, fósseis desse felino, datando de 2,5 milhões de anos a.C. Ele chegava a medir três metros de comprimento e estima-se sua massa em mais de trezentos quilos. Ele, então, é o maior felino conhecido. Sua particularidade vinha de seus dois caninos curvos, tão longos que saíam da boca. Encontraram-se dentes de esmilodonte medindo mais de vinte centímetros de comprimento. Uma das explicações

dadas para o desaparecimento dessa espécie é a seguinte: as fêmeas teriam gravado a regra "quando mais compridos os dentes do macho, mais ele traz caça de porte". O que, consequentemente, permite melhor alimentar os filhotes. Elas teriam, assim, pela escolha dos parceiros masculinos, confirmado a característica genética: dentes compridos. Os que tinham dentes mais curtos não conseguiam fêmeas. De tanto insistir, as fêmeas acabaram estimulando o surgimento de dentes demasiadamente longos que impediam a comida de entrar na boca. Regredir na evolução é impossível. A espécie se extinguiu por volta do ano 10.000 a.C.

Edmond Wells,
***Enciclopédia dos saberes relativo e absoluto*, tomo V.**

64. JANTAR

Silêncio.

Eu via as bocas se abrirem para falar, mas não ouvia nada.

Não que eu estivesse sofrendo de algum brusco acesso de surdez; meu espírito é que se tinha fechado ao som, por motivos que ignoro. Talvez para, enfim, pensar tranquilamente.

Quando poderia parar de fazer funcionar minha máquina de pensar?

No Anfiteatro, as Horas nos serviram uma refeição digna de um final de aula. Lagostas com ervas aromáticas, peixes finos, cabrito, javali e, para beber, hidromel, ambrosia, néctar.

Vi Dioniso subir numa mesa e começar um discurso. Não o ouvi. Devia fazer um balanço das aulas dos Mestres-auxiliares. Todo mundo aplaudiu.

Em seguida, Atena apareceu. Não parecia nada satisfeita. A coruja também não.

Lembrei-me de uma lenda indiana que dizia: "Imagine um pássaro vindo pousar em seu ombro e fazendo a seguinte pergunta: Se você fosse morrer esta noite, o que faria agora?" Acho que teria vontade de fazer amor. Com qualquer pessoa, mas fazer amor uma última vez.

Depois do discurso de Atena, centauros chegaram com seus instrumentos. Como de hábito, os que tinham tambores abriam a marcha, seguidos pelos trompetistas e, depois, os harpistas. Corais das jovens cárites entoavam cantos que eu não ouvia.

Posídon chegou em grande pompa, acompanhado por um coro de sereias, transportadas em bacias gigantes, cheias de água.

O deus dos Mares também pronunciou um discurso. Deve ter falado de nossa coragem, do sucesso ou fracasso de nossa Terra-rascunho, 18ª de sua linhagem.

Posídon convocou, com um gesto, os três últimos vencedores. Foram convidados a subir no pódio, onde receberam os louros, sob aplausos.

Os centauros aceleraram o ritmo dos tambores e os três campeões, Raul, Georges Méliès e Marie Curie, foram cercados por seus torcedores, de acordo com as identificações da força Dominadora, a força Neutra ou a força Associativa.

D, N, A.

As estações fizeram flutuar, sobre a procissão, uma chuva de pétalas de flores.

A festa se espalhou. A pressão da aula se afrouxava. Alguns empurraram as mesas e começaram uma grande ciranda.

Depois partiram para uma espécie de giga, em que os alunos-deuses pegavam as deusas pela mão, para passar sob túneis de braços. Pareciam tão desenvoltos... Como se não houvesse deicida, nem ameaças de Atena, nem deuses eliminados e nem guerras estressantes entre os povos.

Uma mão me sacudiu. Raul me segurava pelo braço. Ele falava:

– ... ir lá. Só está esperando você.

Era quase doloroso o som voltando aos meus ouvidos.

– O quê?

Meu amigo se aproximou.

– Mata Hari está sozinha em seu canto e ninguém a chamou para dançar... Você deveria ir lá.

Servi-me rapidamente um copo de hidromel.

– Não, é Afrodite que me interessa – respondi.

– Tudo bem, mas Afrodite não se interessa por você – lembrou Raul.

– Por enquanto, somente – contestei.

– Pare de bancar o misterioso. Ela é a deusa do Amor, vive com os Mestres-deuses, nunca vai se rebaixar até os alunos. No máximo frequenta os mestres-auxiliares. Gente como Hércules ou Prometeu. Se tanto.

– O que você sabe sobre isso? A única regra no amor é que não há regras – insisti, quase tentando me convencer.

– Tem razão, não há regra absoluta, mas há estratégias mais ou menos vencedoras. Sabe o que eu fazia para conquistar moças inacessíveis?

– O quê?

– Eu me interessava por uma outra, na frente delas. A melhor amiga, por exemplo. Com isso, começava a intrigá-las. É o princípio do "desejo triangular". Tome, coma.

Ele me serviu uma outra sobremesa. Devorei-a sem pensar. Foi quando Ela chegou. Estava mais maravilhosa do que nunca. Naquela festa de fim de aula, exibia um diadema turquesa nos cabelos e vestia uma toga em fio de ouro, aberta nas laterais, mostrando as pernas perfeitamente torneadas.

O tempo parou. A magia vermelha entrava em ação. Como era bonita.

Mal chegou, todos os outros professores correram para cumprimentá-la. Estava alegre, não havia nenhum sinal da deusa que se precipitara em meus braços na outra noite.

Afrodite.

Todos aqueles Mestres-deuses tinham sido seus amantes?

Todos a admiravam e a desejavam, e ela ria, leve, sedutora, passando a mão em seus rostos, beijando-os, roçando-se como um gatinho contra o tórax dos deuses e depois escapulindo imperceptivelmente.

Hefesto, o marido oficial, tentou beijá-la na boca, mas ela o evitou, indo encontrar Ares. Ele também tentou beijá-la na boca, achando ser o seu preferido, mas ela já estava nos braços de Hermes. Rodopiou e foi parar perto de Dioniso, assumindo um ar grave, como se o compreendesse em profundidade. Aquele mesmo ar que me dera a sensação de ser, afinal, compreendido por uma mulher.

Mudança de música. Daquela vez, à orquestra se juntaram querubinas, manejando minúsculas trombetas de dois tubos. Reconheci no grupo esvoaçante minha Moscona, sempre tão graciosa, com suas longas asas azul-metálicas.

Um outro setor do Anfiteatro passou a atrair a atenção geral. Mata Hari dançava, imitando uma serpente. Parecia ter se livrado da rigidez do esqueleto. Todos os instrumentos se calaram, deixando soar apenas o som dos tambores, que batiam como nossos corações.

Mata Hari se entregou a requebros orientais e a efeitos de olhares e gestuais, semelhantes aos das bailarinas balinesas. Quando ela parou, seu corpo vibrava como se fosse percorrido por descargas elétricas. Depois, curvou-se em movimentos lentos e graciosos.

Casais se formaram. Mata Hari voltou a se sentar. Virei-me para o amigo Raul.

– Como é o tal princípio do "desejo triangular"?

– É a lei do mundo. O ciúme se revela o melhor motor para suscitar interesse. Eu disse ciúme? Falo de inveja. A gente quer o que pertence aos outros. Se estiver com Mata Hari, Afrodite vai se interessar por você. Como um simples solteirão paquerador, você não interessa, mas se estiver feliz, com a mais bela das dançarinas...

– Ela não seria tão estúpida assim.

Os argumentos de Hermafrodite me voltaram bruscamente à memória. Sua mãe certamente conhecia tudo sobre manipulação de homens. Seria possível manipular uma manipuladora?

– Coloque para si mesmo a questão. Nunca julgou alguém pelo companheiro ou pela companheira? Nunca conversou com um sujeito que, basicamente, nada interessava, apenas por achar sua mulher maravilhosa e imaginando que, se tal criatura saía com um indivíduo assim, ele provavelmente seria formidável?

– É verdade, mas...

– Só se empresta dinheiro aos ricos. As belíssimas mulheres só se interessam por quem já tem belas namoradas.

Realmente, alguns elementos da psicologia humana me escapavam.

– Por que apostar em quem já está comprometido?

– Porque as pessoas são incapazes de ter uma opinião própria, e o desejo alheio as informa do que "devem" desejar.

A ideia de Raul começava a tomar forma. Cortejar Mata Hari para atrair a atenção de Afrodite...

– Muito bem – disse ele. – Se você não quer Mata Hari, vou me interessar por ela.

Minha boca deixou escapar, involuntariamente, um sonoro "não!"

Raul me dirigiu um sorriso vitorioso.

Corri, antes que ele se dirigisse a ela. Mas já era tarde. Proudhon tinha tomado a dianteira, e seu convite fora aceito. Eles dançavam. E quanto mais dançavam, mais meu desejo se intensificava.

Eu os observei, pensativo. E não era o único. Georges Méliès também esperava o final da dança. Quando terminou, adiantei-me apressado.

– Posso convidá-la a dançar, Mata?

Atrás, Raul me fez um sinal de incentivo.

– Por que não? – respondeu, displicente.

Durante o ínfimo segundo em que ela me tomou a mão, rezei ao Grande Deus, caso estivesse lá em cima e me olhasse com seus binóculos ou telescópio, que me enviasse uma música lenta.

No entanto, não foi o que aconteceu. Os cretinos dos centauros se viram obrigados a alternar com um rock'n'roll. Tudo bem. Dancei o ritmo da melhor maneira possível, tentando não lhe quebrar os dedos e nem pisar nos pés. O contato da pele era muito diferente do contato com Afrodite.

Quando a música parou, agradecemos e ficamos à espera, não sabíamos de quê. Méliès, então, surgiu e convidou-a para a próxima dança.

Instante de expectativa.

A orquestra começou uma balada suave.

Eu não queria perder a oportunidade.

– Sinto muito, Georges, mas gostaria de dançar um pouco mais com Mata.

A música me pareceu familiar. Era *Hotel California* do grupo Eagles, uma balada famosa durante minha juventude humana, em "Terra 1".

– Queria dizer, bem... Enfim, dizer que apreciei muito sua intervenção lá em cima... Você me salvou a vida... com Medusa... Quer dizer... seu beijo.

Ela fingiu não ter entendido.

– Qualquer um teria feito o mesmo – respondeu.

– Quero dizer que não é a primeira vez que me salva, e eu não lhe agradeci realmente.

– Agradeceu sim, vária vezes.

– Digamos que formulei isso assim... Mas, na verdade, tenho a consciência de que, sem você, eu estaria fora do jogo há muito tempo.

A música estava cada vez mais bonita. A orquestra chegava no solo das duas guitarras, substituídas ali por dois alaúdes.

– E também queria agradecer por meu povo. Felizmente você o acolheu, se não, creio que não teria mais nenhum homem livre.

– Marie Curie também o recebeu muito bem.

– Isto é, eu me referia àquela região do continente.

– A aliança com você foi também interessante para mim – disse ela, simpaticamente.

Nós volteávamos na pista.

O suor de Mata Hari exalava um delicado e extasiante odor opiáceo. Afrodite tinha cheiro de caramelo e flor; Mata, de lenho de sândalo e almíscar.

– Queria agradecer também por ter vindo me ajudar, quando estava bêbado.

– Não foi nada.

À medida que a agradecia, me sentia incrivelmente melhor. Como se estivesse me livrando de uma dívida. Algo estava se equilibrando no cosmos. Eu tinha cometido um erro e o estava reparando. Quanto mais me mostrava grato a Mata Hari, melhor me sentia.

– Eu fui... estúpido.

– Está tudo bem. "O estúpido é quem se encanta com tudo", dizia Edmond. Acho que isso vem da raiz latina *stupidus*: "ser tomado pelo estupor".

– Ele dizia também: "Durante a muda, a serpente fica cega" – acrescentei.

Eu dançava e ter Mata Hari tão próxima me transportava. Sentia-me em boas mãos. No sentido próprio e no figurado. Tinha dado o primeiro passo, cabia a ela o seguinte. Isso caía bem, pois tinha vontade de me deixar levar...

Lembrei-me do estágio do espelho, na Enciclopédia de Wells. Nós pensamos amar o outro, mas de fato o que amamos é o olhar do outro nos olhando. A gente se reconhece nele, como se reconhece diante do espelho. A gente se ama na imagem que o outro nos fornece sobre nós mesmos.

Dançamos ainda várias melodias lentas. Depois, propus que saíssemos dali.

Observei que Afrodite nos observava de longe, pelo canto dos olhos.

Alguns minutos mais tarde, Mata Hari e eu estávamos juntos na minha cama, e meu corpo redescobriu sensações muito antigas.

65. ENCICLOPÉDIA: LILITH

Ela não é mencionada no Gênese da Bíblia, mas sua existência é narrada no Zohar, "o livro dos esplendores", referência da cabala.

Lilith foi a primeira mulher da humanidade, nascida ao mesmo tempo que Adão, a partir do barro e do sopro de Deus. Era, então, sua semelhante. Foi descrita como aquela que "deu à luz o espírito de Adão" ainda inanimado. Lilith comeu o fruto do conhecimento, e a ingestão não a matou, fazendo-a descobrir que "o desejo é bom". Com esse saber, passou a fazer exigências. Discutiu com Adão, pois durante o ato sexual não quis mais permanecer embaixo, propondo uma alternância das posições. Adão recusou. Prolongando-se tal escândalo, ela cometeu o pecado de pronunciar o nome de Deus. Em seguida, fugiu do Paraíso. Deus enviou três anjos em seu encalço, que ameaçaram matar seus filhos, caso ela não voltasse. Lilith não se submeteu e preferiu viver sozinha numa gruta. Essa primeira feminista engendrou, então, sereias e melusinas, cuja beleza enlouquecia de amor os homens.

Os cristãos retomaram sua lenda e representaram Lilith – "aquela que disse não" – como feiticeira, rainha da lua negra (em hebraico, Leila significa "a noite"), companheira do demônio Samael.

Algumas gravuras católicas da Idade Média a representaram com uma vagina na testa (em contraponto ao unicórnio, que tem um chifre, símbolo fálico, na testa).

Lilith foi considerada inimiga de Eva (mulher submissa, mais ainda por vir do corpo de Adão), além de mulher não materna, apreciando o prazer pelo prazer e assumindo, com a solidão pela perda dos filhos, o preço de sua liberdade.

Edmond Wells,
Enciclopédia dos saberes relativo e absoluto, tomo V.

66. INSTANTE PRECIOSO

Mata Hari circulou pelo meu corpo, seguindo o caminho dos nervos, acariciando as veias, beijando zonas em que a pele é especialmente fina.

– Onde você aprendeu isso? – perguntei.

– Na Índia.

Nos instantes seguintes, tive a impressão de que a ex-espiã tomava posse do meu corpo e que este, aprisionado, cumpria gestos independentes de minha vontade.

Em minha cabeça soava a frase: "Não pense em Afrodite."

– Você parece distante – disse Mata Hari.

– Não, de forma alguma, está tudo bem. É um encontro de alma com alma.

Ela dançou sobre meu corpo, como dançara sozinha um pouco antes.

Cada requebro era uma surpresa. Servia-se do meu sexo como de um eixo, em torno do qual ela se movia, girando e meneando.

"Não pense em Afrodite."

Durante alguns segundos, percebi por que estava tão fascinado pela deusa do Amor. Porque tinha vontade de ajudá-la. Ela despertara em mim a pretensão, o orgulho supremo inscrito no fundo dos meus genes. Tive a impressão de poder ser, eu, aquele que ela esperava, o único no mundo podendo salvar a deusa do Amor em perigo. Vaidade.

Mas tudo estava em vias de se alterar. A serpente estava em muda. Renunciava à sua droga, sua heroína. Eu me desembriagava, me desintoxicava, me desiludia. O corpo exultava e, ainda várias vezes naquela noite, meus músculos agradeceram ao cérebro por ter se adaptado, me propondo aquele instante de pura alegria física. Mata Hari era a solução para todos os meus problemas. Era tão evidente que eu não queria ver.

Os cabelos castanhos enrodilhados, os pequenos seios empinados e o olhar profundo e intenso me extasiavam. Exaustos, fizemos uma pausa.

Ela acendeu um cigarro. Fumou e ofereceu-me um. Mesmo nunca tendo fumado em vida, aceitei. Traguei e tossi. Depois, recobrei o fôlego.

– Como achou cigarros?

– Tem de tudo aqui, basta procurar.

Sorri beatificado, sem qualquer razão. Pela janela, podia ver o monte Olimpo.

– Você acredita que tem o quê, lá em cima?

– Zeus – respondeu ela, expirando controladamente uma grande nuvem, em forma de anel, que se desdobrava para formar um 8.

– Parece muito segura disso.

Ela trouxe seus lindos pés para debaixo das nádegas, ainda reluzentes de suor.

– Segundo a pequena pesquisa que fiz, é o que crê a maioria dos Mestres-deuses, e acho que estão mais bem-informados.

– E o que seria "Zeus"?

Ela fez um gesto dubitativo.

– E o olho gigante que surgiu no céu? – perguntei.

– Provavelmente o olho dele. O rei do Olimpo evocado pela mitologia grega é polimorfo, lembre-se. Pode tomar a aparência que quiser. Com o olho gigante ele quis, com certeza, nos assustar.

Traguei novamente o cigarro e senti a fumaça escura sujando meus pulmões.

– Lá em cima encontraremos um palácio, Zeus sentado no trono, governando o universo. É o que acredito.

Mata Hari pronunciara tudo isso como se falasse de um museu a ser visitado.

– Quem sabe tudo aqui seja, afinal, exatamente como se imagina. Uma representação do Olimpo mítico, tal como apresentado nos livros de "Terra 1"...

– Edmond Wells citava: "A realidade é o que continua a existir, mesmo quando a gente para de acreditar", enquanto para você "Aeden é o que passa a existir, quando a gente começa a acreditar."

Ela suspendeu suas mechas úmidas.

– É verdade, gosto muito dessa ideia de ser nossa imaginação que fabrica os deuses. No final das contas, ou Zeus e seu bando existiram e a sua lenda serviu para que se escrevesse a mitologia, ou eles foram inventados pelos homens.

– Gosto muito da religião grega antiga – comentei. – Seus deuses são "humanos". Têm defeitos e ambições. Eles brigam, se ludibriam, não têm a pretensão de serem únicos, nem perfeitos e nem inatingíveis.

Soprei a fumaça.

– Nesse caso, um questão persiste: por que, precisamente, a mitologia grega?

– Cada turma tem, talvez, seu próprio panteão: incas, javaneses, hindus, chineses. Em todo caso, na maioria das religiões encontram-se o pai criador, os deuses do amor, da guerra, do mar, da fertilidade, da morte.

– E se alguém tiver se inspirado num livro de mitologia, para criar cenário e atores principais? – sugeri, retomando uma ideia de Edmond Wells.

– Desenvolva.

– Estamos num romance. O olhar de um leitor potencial nos dá vida, como o diamante do braço de um fonógrafo produz som, percorrendo o sulco de um disco.

Ela acariciou meus ombros, em suave massagem. Depois apertou os seios em minhas costas e senti algo como a eletricidade invadindo meu corpo. Ela era menor e mais magra do que Afrodite.

Enquanto passava os braços ao redor do meu pescoço, notei cicatrizes nos pulsos. Deve ter tentado o suicídio, quando jovem. Mais uma resiliente. O que surpreendia era que, ao lhe devolverem a carnadura humana, tivessem também mantido os estigmas da vida precedente.

– E quem seria o escritor? – perguntou ela.

– Um sujeito com uma vida banal, se divertindo em escrever isso.

– Os escritores sempre têm vidas banais e sonham com mundos extraordinários – declarou. – Em geral, são solitários introvertidos, que compensam a monotonia da vida com a imaginação.

Eu, de fato, me lembrava de um dos meus clientes, em meu período de anjo: Jacques Nemrod. Sua vida realmente não era empolgante.

– Se for um romance, gosto do cenário em que fomos colocados. Quanto aos efeitos especiais, tanto os monstros quanto as quimeras são perfeitamente verossímeis...

– Não – discordou ela. – Há muita coisa que não se sustenta muito bem. As sereias agressivas pareciam falsas. Medusa, a grande quimera. Há um certo exagero. Sem falar no leviatã e em Afrodite. Inclusive você, não acho tão "acreditável".

Ela riu forte e me salpicou todo o torso de beijinhos.

– E não havendo escritor? Se estivermos todos no meu sonho? – propôs.

– Não compreendo.

– Muito bem, eu às vezes me pergunto se não sou a única realmente a existir.

– E eu?

– Você? Tudo que está ao meu redor figura apenas para minha diversão.

A ideia me incomodou.

– Nesse caso, como confessou, ainda há pouco, que sempre quis fazer amor comigo desde que me viu, por que isso não aconteceu? – perguntei.

– Porque não quis que fosse rápido. Quis que o desejo crescesse para que, no momento certo, estivesse mais forte.

Aquilo me irritou um pouco; não gostei de me sentir homem-objeto.

– Posso dizer a mesma coisa. Sou eu o único a existir, e você não passa de figurante no meu mundo.

Mata Hari me derrubou de costas, sentando-se em mim, e depois lentamente se debruçou, para enfiar a língua em minha boca.

– Estou beijando meu fantasma – disse. – Hummm... você parece tão verossímil! Obrigada, escritor da vida banal. Quer que eu diga uma coisa? Tenho quase a impressão de que você de fato existe.

Eu a afastei. Ela acendeu outro cigarro.

– O quê? Ser tratado como personagem de romance o chateia?

– Não sou um personagem, sou um ser vivo... um deus. Ou pelo menos um aluno-deus.

– A mim não incomodaria ser personagem de romance. Eles são imortais.

– Os personagens de romance não escolhem suas falas, é o escritor-de-vida-banal que as dita.

– E daí, é relaxante... Assim não se tem que quebrar a cabeça para encontrar frases inteligentes.

– Quanto a mim, prefiro pronunciar palavras minhas. Por exemplo, se tiver vontade de dizer um palavrão, na certa será censurado

– Tente, vamos ver.

– Merda.

– Está vendo? A se manter a hipótese do romance, você ainda conserva algum livre-arbítrio. Imagine que o escritor nos criou, mas que agora estamos meio "vivos", e ele nos permitiu dizer o que quisermos, quando quisermos, como quisermos.

Eu não estava muito convencido disso.

– Bem... vamos ver. Encher o saco.

– Você tem medo de quê? De ser censurado ou eliminado da história?

– Preciso saber se sou um personagem importante no romance. Se for importante, devo normalmente permanecer até o final do livro.

O diálogo me deu, bruscamente, a mesma sensação de quando estava bêbado.

– Cada personagem acredita ser o herói do livro. É normal. Inclusive se ele morrer, não pode se dar conta do que acontece na história, após sua morte. Ou seja, somos todos obrigatoriamente heróis.

– E se eu me suicidar, sendo herói? – perguntei.

– Significa que você não era o herói principal – respondeu de pronto. – De qualquer maneira, eu já disse, sou eu a heroína. Você é apenas meu parceiro sexual nesta cena.

Levantei-me, pensativo, e fui até a janela. A montanha continuava ali, provocante.

– Não, estou brincando, não é um romancista. É Zeus que está por trás disso tudo – enunciou.

– Por que diz isso?

– O romancista não poderia incluir a si próprio no romance.

O argumento parecia válido.

– E esse seu Zeus, o que você acha que ele quer?

– "Meu" Zeus, creio, tem curiosidade de nos ver evoluir. Observa as etapas que cumprimos. Eu mesma, se fosse Deus, ficaria olhando o que fazem os mortais. Adoro, por exemplo, a *Toccata* de Bach. É uma música inventada por um humano, pura criação de um cérebro. Nosso deus, sendo criador, deve admirar os outros criadores, mesmo que vindos dele próprio, mesmo que frágeis sujeitos seus.

– Isso me lembra uma piada de Freddy Meyer – comentei.

– Conte.

Acendi, por minha vez, um segundo cigarro, traguei, tossi, traguei novamente, desisti e vim por trás dela, massagear-lhe os ombros. Sua cabeça acompanhava os movimentos, com prazer.

– Enzo Ferrari, inventor dos automóveis Ferrari, chegou ao Paraíso. Foi diretamente recebido por Deus, que disse admirar muito seus automóveis e que, entre todos, seu favorito era o *Testarossa*. Segundo ele, era um carro perfeito, tanto em linhas quanto em suavidade, performance e conforto. Havia, porém, um pequeno detalhe, apenas um, podendo ser melhorado. "De criador para criador, a gente aceita tudo, estou ouvindo", respondeu Ferrari. "Muito bem", disse Deus, "é um problema de distância. Quando se passa a quinta marcha no *Testarossa*, o câmbio bate na gaveta do cinzeiro, se ele estiver aberto. Ele está próximo demais. Valeria a pena afastá-lo um pouco." Enzo Ferrari concordou e depois declarou também admirar toda a obra de Deus. Sua obra-prima, achava ele, era a mulher. "Ela é perfeita, tanto em linhas quanto em suavidade, performance e conforto. Mas se permitir o atrevimento, de criador para criador, um pequeno detalhe poderia ser melhorado." Deus se surpreendeu e perguntou o que não era perfeito na mulher. E Enzo Ferrari respondeu: "É um problema de distância, o sexo, acho eu, fica perto demais do cano de escapamento."

Mata Hari não entendeu imediatamente e depois, chocada com a grosseria da piada, jogou em mim uma almofada, bem no rosto. Começamos uma guerra de travesseiros.

– Essa piada não pode nunca entrar no livro!

Eu me rendi, enquanto ela me atacava com uma almofada furada.

– Um deus administrador de suas criaturas, é o que você acha?

Mata fez que sim com a cabeça. Realmente, ela era adorável. Eu queria estar em contato permanente com seu corpo. Peguei-lhe, então, os pés, colocando-os junto às minhas coxas.

– Nossos povos são obras de arte. O Grande Deus deve estar lá em cima, com um sistema de visão que lhe permite ver nossa "Terra 18", esperando ficar maravilhado. Ele nos observa, vigia, talvez já nos admire...

– Ele, então, está esperando o quê?

– Sem dúvida que imaginemos soluções originais. Um dos problemas de "Terra 18" é que sua história se parece muito com a de "Terra 1", de onde viemos. E se o que ele quer é ver outras almas, em seu lugar, chegarem a soluções que ele não pensou?

– Por enquanto, como você disse, temos apenas copiado e colado.

– Mesmo em matéria de divindade, devem existir criadores originais.

– Tudo que fizemos, nossos heróis, guerras, impérios, cidades foram apenas, não vamos nos iludir, uma pálida cópia do que lemos em livros de história de "Terra 1".

– Tentemos imaginar uma divindade mais inventiva. Ela faria o quê?

Comecei a divagar.

– Um planeta cúbico?

Ela me empurrou.

– Não, estou falando sério.

– Humanos com três braços?

– Pare, está me irritando.

– Bom, então não sei. Uma humanidade unicamente orientada para a criação musical. Os povos rivalizariam entre si nas artes do áudio.

Mata Hari sorriu. Em seguida, uma sombra de preocupação se estampou em seu rosto.

– A mim, o que intriga – continuou – é o diabo.

– O diabo?

– Sim. Hades, o mestre das trevas. Lembre-se, Atena nos disse que era o maior perigo da ilha.

Ela apoiou a mão sobre livros ilustrados que tratavam de mitologia. Uma outra fonte de informações, além de Francis Razorback. Debrucei-me por cima de seu ombro.

– Neles se diz que Hades, o diabo, usa um capacete de invisibilidade. Ele pode, então, muito bem circular entre nós. Inclusive pode estar aqui, nos ouvindo...

De repente, percorreu-me um calafrio. Não haveria uma corrente de ar no quarto?

– Atena dizia que, permanecendo dentro da cidade, estávamos protegidos.

– Você acha? Se ele for invisível, estamos sob permanente ameaça.

– O diabo... É assustador a ponto de você não querer mais partir em expedição? – perguntei.

– Não, claro que não. Mas fico surpresa que você não pense tanto nisso. Eu não consigo não pensar. É o grande desconhecido aqui, o diabo... Acho que não nos mataria, seria simples demais. Deve preferir uma situação em que não saibamos o que está acontecendo.

– Um suplício? Algo como o que nos prometia Medusa?

– Ainda é simples. Acho que o diabo deve ser um tentador. Deve agir sobre nossos pontos fracos, adulando com o intuito de nos trazer para o seu campo. Deve conhecer a falha de cada um. O desejo oculto.

E se fosse essa a resposta para a adivinhação? O desejo: melhor do que Deus e pior do que o diabo?

Mata Hari se levantou, deslumbrante em sua nudez, com os cabelos caindo em cascatas espiraladas sobre os seios. Pegou uma ânfora de hidromel e nos serviu um bom gole.

– Nunca perguntei, mas... quando era mortal, você foi condenada à morte por traição, não foi? E então, você traiu, de fato?

Mata Hari se virou, zombando.

– O que acha que vou responder? "Sim, é claro que traí e foi bem feito para mim"?

Fitei-a, intrigado.

– Não, não traí. Foi uma armadilha que um oficial francês armou, porque eu não queria mais ir para a cama com ele. Frustrado, ele manipulou falsas provas e falsos testemunhos, me fazendo passar por agente duplo a serviço dos alemães. Mais ou menos como o exército já havia tentado destruir o capitão Dreyfus. Os alemães ficaram satisfeitos, e os franceses também. Afinal, uma mulher tendo influência em uma guerra, com o uso de seus charmes, é coisa que, de qualquer jeito, incomoda todo mundo.

– Por que, então, você era espiã?

– Qual vida se propunha às mulheres, na época? Mãe, em casa, ou prostituta. Escolhi não ser uma coisa nem outra... e um pouco das duas. Quer saber minha história? Meu verdadeiro nome, naquela existência, foi Margaretha Geertruida Zelle. Fui uma menininha modelo, adorada por seu papai, que era vendedor de chapéus em Leeuwarden, na Holanda. Nada muito original. Aos 16 anos, fui expulsa da escola de Leiden, quando descobriram que eu tinha um caso com o diretor. Casei-me, então, com um velho capitão de navio, chamado Mac Leod, com quem tive dois filhos. Com ele fui à Índia. Mas ele bebia e batia em mim. Divorciei-me e fui para Paris. Comecei uma carreira de dançarina em estilo livre, usando um traje javanês, e adotei o nome Mata Hari, que significa "o olho da aurora".

– Como o olho no céu.

Ela não se distraiu com isso.

– O espetáculo teve grande sucesso, e viajei por toda a Europa, chegando até o Cairo. Quando a guerra de 1914 começou, eu fui, é claro, contatada por todos os lados, pois atravessava muitas fronteiras e falava diversas línguas.

Bebi um gole de hidromel.

– Sempre tive uma atração por uniformes, fosse da Marinha ou do Exército. Colecionei aventuras. Especialmente com aviadores...

Naquele instante, não pude deixar de pensar em Amandine, nossa enfermeira da época pioneira, que só fazia amor com tanatonautas. Era como se uniforme os definisse como parceiros potenciais.

Mata Hari prosseguiu:

– Em 1916, tendo partido muitos corações, sucumbi por minha vez aos encantos de um aviador russo a serviço da França, Vadim Maslov. Estranho, lembro-me de tudo como se fosse ontem. Os nomes, lugares, rostos. Vadim foi ferido e, quando fui visitá-lo, o exército francês me propôs um trabalho Eu, então, seduzi o adido militar alemão em Madri, o major Kalle. Ele me deu várias informações cruciais: submarinos a caminho do Marrocos, um rei que os alemães pretendiam colocar no trono da Grécia. Havia, na equipe do serviço secreto, um indivíduo sujo, que se chamava Bouchardon, capitão Bouchardon. Apaixonou-se por mim, mas não me interessava. Disse-lhe isso, diretamente. Ele, então, montou um complô, utilizando documentos falsos, para me fazer passar por agente duplo. Naquela época, começava a haver motins na linha de frente. Precisavam de bodes expiatórios, e eu era perfeita para isso. Julgaram-me sem provas e me fuzilaram na fortaleza de Vincennes.

Ela esvaziou sua taça e fez um gesto, como se a história lhe fizesse, outra vez, sentir as balas penetrarem no peito. Depois se levantou, virou-me as costas e foi observar a montanha de Aeden.

– Foi isso. Viajei, tive centenas de amantes, nunca pertenci a ninguém. Uma mulher livre, mas que causava irritação, sobretudo naquela época. As pessoas "de bem" temiam que meu comportamento fosse contagioso, você entende? Há uma centena de vidas carrego carmas de mulheres livres. Fui rainha de um pequeno povoado da África, cortesã em Veneza, poetisa... Quase nunca me casei, pois pressentia a armadilha.

– Qual armadilha?

Mata Hari abaixou os olhos.

– Os homens querem sempre manter as mulheres engaioladas porque têm medo. E nós aceitamos porque somos românticas. Além disso, queremos sempre agradar. Os homens nos prendem pelos sentimentos. Por isso, minhas coirmãs aguentam os maridos alcoólatras que as espancam e os amantes multiplicam promessas que não cumprem. Elas toleram, inclusive, ficar trancadas em casa, e ainda educam as filhas afirmando que as marcas dessa servidão são abençoadas. No final, chegam a praticar excisão e infibulação nas próprias filhas.

– O que é mesmo "infibulação"?

– Infibular é costurar o sexo das meninas, para garantir que se mantenham virgens. Às vezes, com agulhas sequer esterilizadas.

Ela proferiu essas palavras com uma raiva contida.

Juntei-me a ela na janela.

– Mas não me iludo. Sei que as mulheres também são responsáveis por sua condição. Quando, na Índia, sogras ateiam fogo no sári das noras, para ficar com o dote, elas devem se dar conta de que os homens pouco se importam com isso. E quando mães criam os filhos para que tenham esposas submissas, não podem depois se queixar. Em determinado momento, é preciso ser claro: para dar fim ao ciclo da violência, as mães devem educar os filhos para que não repitam os pais...

– Os homens sabem que o futuro é feminino. Por isso, se agarram aos privilégios antigos, para retardá-lo.

– Um dia – disse ela –, os homens todos de "Terra 1" hão de suplicar às mulheres que se casem com eles.

Eu concordei, com a cabeça.

– Será a revanche. Isso vai começar pelas democracias e, depois, irá se espalhar por todo lugar do mundo. As mulheres vão dizer: "Não, não queremos mais seus anéis de noivado, nem casamentos e nem crianças. Queremos ser livres."

Ela deu um soco violento na parede.

– Essa é a sua utopia?

– Sim, porque nós, mulheres, temos valores a transmitir. Valores ligados à nossa capacidade de gerar a vida. Os valores de morte e de submissão não devem se sobrepor.

– Vou colocar lenha em sua fogueira. Sabe, em "Terra 1", antigamente, fui pesquisador e aprendi algo que muitas vezes se ignora. Na verdade, o futuro pertence às mulheres por uma razão simples: há cada vez menos espermatozoides portadores de gametas masculinos. São mais fracos, não se adaptam bem, e a menor modificação no meio ambiente os afeta. Com isso, biologicamente, os machos tendem a desaparecer.

Lembrei-me, de fato, naquela ida ao palácio de Atlas, de ter visto um planeta muito mais evoluído que o nosso e do qual os machos haviam desaparecido.

Mata Hari pareceu muito interessada.

– Biologicamente, talvez. Mas culturalmente é o contrário. Li que, na Ásia, famílias aproveitavam as ultrassonografias, que permitem saber o sexo da criança antes do nascimento, para abortá-la, caso seja menina. Com isso, as novas gerações são majoritariamente masculinas.

– A biologia é mais forte do que todos os sistemas artificiais inventados pelo homem.

Para encerrar a discussão, declarei:

– Um dia, só haverá mulheres na terra, e os homens serão uma lenda.

A frase deixou-a meditativa.

– Acha possível?

– Entre as formigas, praticamente só existem fêmeas e assexuadas. E é uma espécie bem mais antiga do que a nossa. Estão em “Terra 1” há cem milhões de anos, enquanto os primeiros primatas apareceram há apenas três milhões de anos. E foi a solução que encontraram. O futuro feminino. Unicamente feminino.

Mata Hari virou-se e me beijou avidamente.

– Que Deus o ouça. Amanhã é dia de descanso – enunciou, após um momento em silêncio. – Mas depois, o jogo vai ficar mais difícil. Agora há grandes impérios. Raul e as águias, Georges Méliès e os cupins, mas também Gustave Eiffel e os tigres. Parece que entramos numa espiral, em que os vencedores serão cada vez mais vencedores, e os perdedores cada vez mais perdedores.

Com isso, ela se aninhou de lado, junto a mim, e dormimos.

Sonhava que fazia ainda amor com Mata Hari, quando um ruído me despertou.

Afrodite estava ali. Fitou-me com um olhar duro, que alterava seu rosto. Depois, foi embora.

Hesitei, pensando em segui-la, mas desisti. Tentei dormir novamente, não consegui e, então, me levantei e fui até o jardim. Afrodite ainda estava lá, me olhando de longe.

Há quanto tempo me vigiava? Assistira aos nossos enlaces? Ouvira nossa conversa? Quis ir em sua direção, mas ela escapuliu. Segui-a. Ela desapareceu.

Voltei para casa, me enfiei junto de Mata Hari e, afinal, dormi.

67. ENCICLOPÉDIA: HISTÓRIA DE LAGARTO

O *lepidodactylus lugubris* é um pequeno lagarto da família dos geconídeos, que se encontra nas Filipinas, na Austrália e nas ilhas do Pacífico. Pode acontecer desse animal ser aspirado por tufões e ser expelido de volta em ilhas desertas. Se for o espécime um macho, isso não gera qualquer fato anômalo. Mas tratando-se de fêmea, uma estranha adaptação ocorre, que nenhum cientista conseguiu explicar. Sendo o *lepidodactylus lugubris* um animal bissexual, isto é, funcionando pela união macho-fêmea, a fêmea solitária perdida na ilha passa por uma modificação do seu modo de reprodução. O organismo inteiro se metamorfoseia para colocar ovos não fecundados e, assim, vivedouros. Os filhotes lagartos vindos dessa partenogênese (reprodução sem ajuda de parceiro) são todos femininos. E esses lagartos têm a capacidade de gerar da mesma maneira, sem ajuda da fertilização de

um macho. De forma ainda mais surpreendente, as filhas daquela primeira mãe não são clones, mas ocorre um fenômeno de meiose que permite uma mistura genética, assegurando caracteres diferentes para cada lagarta filhote. Dessa forma, passados alguns anos, a ilha deserta do Pacífico se colonizou com uma população unicamente feminina de geconídeos, perfeitamente saudável e diversificada, sendo capaz de se reproduzir sozinha, sem a presença de qualquer macho.

Edmond Wells,
***Enciclopédia dos saberes relativo e absoluto*, tomo V.**

68. NA PRAIA

Quando acordei, ela estava ao meu lado, quente e encolhida junto a mim. O cheiro era bom. Mexia-se um pouco, não era animal ou vegetal, sequer humana. Era Mata Hari e era divina.

Levantei-me. O sol já estava alto no céu. Deviam ser pelo menos dez horas. As badaladas matinais não haviam soado. Espreguicei-me. Ora, estava de férias! Dois dias de férias no Paraíso, numa ilha, com uma "namorada" formidável. Não sabia o porquê, mas aquele mundo, que me parecia cinza há pouco tempo atrás, figurava-se repentinamente colorido.

Levantei-me e fui para o sol, em frente à casa.

Bom-dia, astro de luz.

Eu estou vivo. Obrigado, meu Deus.

Meu povo ainda deve estar vivo. Obrigado mais uma vez.

Eu sou amado. Obrigado, Mata Hari.

Eu amo. Obrigado, mais uma vez, Mata Hari.

Não estou mais sozinho, eu sou "dois".

Sobre Afrodite... Quanto mais eu refletia, menos ela me interessava. Incrível como se pode ficar cego por uma mulher e, de repente, perceber ser aquilo apenas um erro. Achei, de certa maneira, que Afrodite devia ser mais lamentada do que invejada.

As palavras de Hermafrodite continuaram a abrir caminho em meu espírito: "Seu prazer está na sedução e não no amor." "Ela ganha sua substância de vida extinguindo a dos outros." Mesmo achando que Hermafrodite fazia um acerto de suas próprias contas com a mãe, não podia ter inventado tudo. Ela se alimentava do desejo que inspirava. A pior coisa que lhe poderia ser imposta seria deixá-la em algum lugar isolado, afastada de qualquer admirador.

Pobre Afrodite. No entanto, nem as revelações do filho tinham bastado para que eu me afastasse. Foi preciso encontrar um amor sincero, e só assim compreendi sua armadilha.

Por que estive fascinado a tal ponto? Talvez, através dela, estivesse fascinado por meu próprio rebaixamento. A menos que fosse a curiosidade, tentando saber se conseguiria superar o obstáculo. A gente sempre quer conhecer seus próprios limites.

Olhei Mata Hari dormindo. Ela murmurava palavras no sono. Devia estar sonhando. Eu não conseguia entender. Beijei-a no pescoço. Uma mulher me prendia, uma outra me libertava. O remédio e o veneno têm a mesma natureza, apenas a dosagem modifica o efeito.

Acordei a espiã holandesa, cobrindo-a de beijinhos.

– Hummm... – gemeu ela.

Descobri a pele fina do pescoço.

– Vá embora. Quero dormir ainda – disse ela, enfiando-se sob os lençóis.

Tive o repentino desejo de lhe trazer o café da manhã na cama. Aventurei-me fora da residência. Tudo estava deserto.

Dirigi-me ao Mégaro e peguei uma bandeja. As estações gentilmente serviram.

Voltei assobiando uma melodia da minha infância. A cama estava vazia. Ouvi o barulho da água no banheiro e fui encontrá-la no chuveiro.

Descobri, afinal, que estava recomeçando ali uma vidinha de casal, do tipo "mortais".

Uma frase de "Terra 1" veio-me à lembrança: "Viver a dois é resolver juntos problemas que quem vive só não tem."

Depois de alguns momentos eróticos sob o chuveiro, Mata Hari achou roupas de banho no armário: um pequeno biquíni preto para ela e uma sunga azul para mim. Achamos também toalhas, óculos escuros e até uma barraca de praia. Depois, tomamos o caminho da praia para aproveitar o fim de semana livre em Olímpia.

Alunos-deuses já estavam de sandálias, maiôs e toalhas em volta do pescoço. Édith Piaf passou por nós, cantarolando *Mon légionnaire*: "Ele era bonito, era grande, cheirava a areia quente, meu legionáááário."

– Bom-dia Michael, bom-dia Mata – cumprimentou a cantora.

Seguindo os demais alunos, chegamos a uma extensão de areia que eu não conhecia, já que aterrissara bem mais ao norte. Havia um espaço de relaxamento, como nas dependências esportivas de hotéis terrestres.

Num barzinho frente ao mar, Horas e Estações distribuíam bebidas refrescantes, sem esquecerem gelo, rodelas de frutas e canudinhos.

Alunos conversavam. Captei trechos dos falatórios. Dois deles analisavam a história de "Terra 1", tentando compreender o que se passava em "Terra 18".

– Os atenienses ganharam a dianteira graças a um minúsculo detalhe inventado por um simples cidadão. Eles punham, no assento dos galerianos que remavam em seus navios, um pedaço de couro molhado, que fazia as nádegas escorregarem para trás. Com isso, o ângulo dos braços permanecia constante e eles ganhavam dez por cento de força. Isso já basta para ganhar batalhas.

– Os gregos invadiam pelo mar; os romanos, por terra.

– É verdade, mas ali onde os gregos se contentavam de colocar um rei fantoche aliado, os romanos instauraram uma verdadeira política de ocupação do território, com a fixação de uma guarnição militar permanente. Queriam ter certeza de recolher impostos.

– Os romanos, além de tudo, construíram estradas e monumentos.

– Sim, para pilhar mais facilmente as matérias-primas. No final do império romano, a capital era tão rica que não sabiam mais o que fazer com o dinheiro.

– Um pouco como a Espanha, depois de invadirem a América. Ouro demais destrói uma civilização.

Dei-me conta de que Olímpia não só estava fabricando bons dirigentes de povos, mas talvez, inclusive, alguns teóricos técnicos em divindade.

Mais adiante, dois outros alunos falavam de insurreições.

– Entendi o que fazer. Basta que os agitadores sejam localizados e isolados. Os demais, em seguida, ficam entregues a si mesmos. A rebelião os insere numa comunidade. A polícia, para desmotivar, tem que trazê-los de volta à individualidade. Sozinhos, são inofensivos e procuram não criar problemas.

Eu não queria mais ouvir falar de “trabalho”.

Afastados, alunos-deuses jogavam xadrez numa mesa de camping armada na areia, outros se arriscavam no jogo de go, outros com jogos de mímica e ainda outros no Ialta, uma espécie de xadrez triangular, com três jogadores: os brancos, os negros e os vermelhos.

Gustave Eiffel disputava uma partida com Proudhon e Bruno.

– Olá, Michael, olá Mata. Tiveram uma boa noite? – perguntou Eiffel, cúmplice.

– Ninguém os viu irem embora ontem à noite. Saíram de fininho – acrescentou Bruno.

Sem achar nenhuma resposta original, continuei apenas cumprimentando outros alunos-deuses.

– Bom-dia, Georges.

– Bom-dia.

O fato de não haver, naquela manhã, aulas e nem disputa ou "suspense", me dava um relaxamento a que não estava mais habituado.

– Podemos ficar por aqui – propôs minha companheira, apontando para um lugar onde estender nossas toalhas, entre La Fontaine e Voltaire.

– Perfeito – disse eu, colocando os óculos escuros.

Perto de nós, alunos-deuses jogavam vôlei de ambos os lados de uma rede de malhas grossas.

Aproximei-me de um grupo absorto numa partida de baralho, que não identifiquei de imediato, até reconhecer um jogo evocado na Enciclopédia: o jogo de Elêusis. Adequava-se muito bem ao lugar, pois a regra era: ganha quem consegue descobrir... a regra do jogo.

Outros alunos-deuses estavam no mar. A água parecia um tanto fria. Eles entravam pouco a pouco, molhando o pescoço, os ombros, a barriga. Édith Piaf cantarolava um trecho de *Rien de rien* para ter coragem.

– Está boa? – perguntei, sem me dirigir a ninguém especificamente.

Um sátiro se aproximou e me puxou pelo braço.

– Está boa – repetiu.

– Deixe-me em paz – respondi.

– Deixe-me em paz, deixe-me em paz, deixe-me em paz.

Que praga aqueles sátiros com ecolalia.

– No início ela parece um pouco fria, mas depois não se tem mais vontade de sair – disse Simone Signoret, um tanto crispada, com a água até os ombros.

Estiquei-me na toalha.

– O que a gente faz?

– Descansa – respondeu minha amiga.

Parecia-me um pouco imoral sair da cama para vir dormir na praia, mas aceitei. De repente, alguém tapou o sol.

– Posso me sentar com vocês? – perguntou Raul Razorback.

– Claro – respondeu Mata Hari.

Meu amigo tomou lugar.

– Queria dizer, Michael, que quanto ao seu povo dos golfinhos e ao porto das baleias, isso... Bem, sinto muito o que aconteceu.

Ele falava como se seus mortais tivessem agido por conta própria. Como o pai de crianças que, desafortunadamente, quebraram uma vidraça jogando bola.

– Você lamenta ter deixado meus sobreviventes escaparem em navios? – ironizei.

– Não, falo sério. Acho que houve inaptidão, talvez reações simplistas de minha parte. Mas foi, muito provavelmente, contragolpe à ofensiva do seu Libertador. Eu não esperava que tudo afundasse tão rápido, pela vontade de um único homem determinado.

Tentei manter a naturalidade.

– São as surpresas do jogo.

– Combinamos com os teonautas uma expedição depois do jantar, para ir até a zona laranja. Temos capacetes, como eu havia dito e...

– Esperem, eu também combinei para essa noite a exploração de um continente – protestou Mata Hari, que nos ouvia.

– É mesmo? Qual?

– O dos cinco sentidos.

Eu sorri e lhe beijei a mão.

– Sinto muito, Raul, preciso obedecer às prioridades – respondi. – Mais uma vez, não irei essa noite.

As Horas se aproximaram para montar uma churrasqueira. Raul resolveu cair na água.

Mata Hari e eu ficamos nos bronzeando, como lagartos.

– Hoje à noite não vou estar com Raul e nem com você – disse eu.

Mata Hari abaixou os óculos escuros, mostrando um olhar penetrante.

– O que vai fazer?

– Nada de especial.

– Diga ou não o deixarei ir.

Cochichei-lhe no ouvido:

– Vou continuar o jogo.

– Mas é proibido. É descanso. Os povos continuam a avançar sem nós, a partir da nossa última jogada.

– Justamente, eu quero muito modificar um pouco a minha.

Mata Hari olhou para mim, preocupada.

– Não se pode fazer nada, não temos mais acesso ao jogo.

Beijei-a.

– Já fiz isso.

– Então foi você, o visitante impertinente evocado por Atlas...

– Eu e Edmond Wells. Não tínhamos escolha. Nossos povos estavam reduzidos a um grupo de náufragos, numa casca de noz tragada por tempestades. De qualquer jeito, era trapacear ou desaparecer.

– Agora compreendo melhor como criaram uma civilização tão avançada na Ilha da Tranquilidade.

– E o momento me parece, de novo, decisivo. Deixar meu povo no abandono por um dia é... um risco grande demais.

– Meu povo protegerá o seu.

– Mas o meu não está apenas na terra dos lobos. Os homens-golfinhos estão espalhados e, todos, escravizados ou, na melhor das hipóteses, formando minorias oprimidas. Não os posso abandonar.

Ela aproximou seu rosto do meu.

– Você está possuído pelo demônio do jogo.

A expressão me pareceu estranha.

– É por onde Satã vai acabar nos pegando, pela paixão de ser deus.

– Que mal há em não querer perder?

– Vocês, homens, são todos iguais. Basta haver poder em jogo que não se controlam mais.

– Você pode vir comigo, Mata, se quiser.

– Eu queria passar uma noite tranquila com você, e já vem falar de trabalho! – Ela mudou o tom. – O que você espera? Trazer seu povo de volta ao território ancestral dos golfinhos?

– Por que não?

Ela sacudiu os ombros.

– Você gosta desses pequeninos mortais a esse ponto?

– Eles às vezes me irritam, outras vezes me comovem e outras, ainda, me preocupam. Não consigo ser indiferente à aflição deles.

Abracei-a pelas costas, apoiando a cabeça em seu ombro.

– Desde que te amo, passei a amá-los ainda mais. Deve contagiar as diferentes dimensões.

Dei-lhe um beijinho no cotovelo. Uma região que até então meus lábios conheciam pouco.

Ela se virou e sorriu. A fórmula acertara o alvo. Ela mergulhou os olhos nos meus. A testa se franziu.

– E se você for pego?

As Horas tinham acabado de montar a churrasqueira e, ajudadas pelas Estações, colocaram um carneiro no espeto.

– De qualquer maneira, nada pode ser pior do que tudo que quase me aconteceu com a górgone. Então, morrer por morrer, mais vale que eu tente salvar meu povo. Para que serviria, aliás, sobreviver ao seu povo? – acrescentei.

Ela me empurrou.

– E de mim, você esquece? Não temos nem 24 horas juntos e já quer me transformar em viúva?

Propus darmos um mergulho. A água estava transparente, fria, mas não demais. Era um belo dia. Nadei. Mata Hari me acompanhou no crawl. Propus nos aventurarmos ao largo. Sempre gostei de nadar distante. Mas ela não quis se afastar demais da praia. Fui sozinho.

Vi, então, um golfinho saltar fora da água.

Nadei em sua direção.

Um pressentimento me oprimiu. Eu o conhecia.

– Edmond Wells? É você, Edmond?

Que belo fim para uma alma: se transformar em golfinho, no oceano do reino dos deuses.

Aproximei-me, e ele não fugiu. Peguei a nadadeira lateral para cumprimentá-lo, e ele permitiu. Atrevi-me, então, alcançar a nadadeira dorsal. Aqueles gestos todos me eram familiares, pois sempre havia visto meus homens-golfinhos fazerem. Ele me puxou. Que sensação extraordinária.

Às vezes, ele se esquecia de me trazer de volta à tona e eu fiquei um pouco sem ar sob a água, mas acabei acostumando a prolongar as apneias. Como os homens-golfinhos.

Ele me trouxe à praia.

– Obrigado, Edmond, pelo passeio. Agora, então, sei qual foi o seu destino.

Ele partiu de costas, quase vertical, lançando um grito agudo e balançando a cabeça, como se zombasse de mim.

69. ENCICLOPÉDIA: O SONHO DO GOLFINHO

O golfinho é um mamífero marinho. Como ele respira o ar, não pode viver tempo prolongado sob a água, como os peixes. E tendo a pele frágil, não pode permanecer muito tempo no ar, pois o órgão corre o risco de rapidamente se deteriorar. Ou seja, ele precisa, ao mesmo tempo, estar na água e no ar. Mas nem completamente no ar e nem completamente na água. Como dormir, então, em tais condições? O golfinho não pode permanecer imóvel, pois corre o duplo perigo de a pele se ressecar ou ele se asfixiar. Mas o sono é necessário para a regeneração do seu organismo, como, aliás, para todos os organismos (inclusive os vegetais, à sua maneira, têm uma forma de sono). Para resolver esse problema de sobrevivência, o golfinho dorme acordado. Ele dorme com o hemisfério esquerdo do cérebro, fazendo o corpo funcionar sob o controle do hemisfério direito. Depois, ele alterna. Repousa o hemisfério direito, e então o esquerdo passa a dirigir o organismo. Dessa forma, quando salta no ar, está também sonhando...

Para chegar ao funcionamento correto desse sistema de revezamento dos dois hemisférios, o golfinho criou um adaptador, uma espécie de terceiro cérebro, como pequeno apêndice nervoso suplementar, que gere o conjunto.

Edmond Wells,
***Enciclopédia dos saberes relativo e absoluto*, tomo V.**

70. SESTA

Depois do almoço na praia, Mata Hari sugeriu uma sesta. Dormir à tarde? Há muito tempo uma ideia assim não me atravessava o espírito. Era preciso estar esbanjando tempo e falta do que fazer. A sesta pareceu a primeira prova real de estarmos indiscutivelmente em férias. Tendo arrumado nossos apetrechos de praia e tomado uma chuveirada, enfiamo-nos em lençóis finos e buscamos encontrar novas maneiras de fundir nossos corpos, cada vez menos estranhos um ao outro.

Estando já coberto de suor, dormi.

Sonhei.

Talvez pela primeira vez, em muito tempo, não sonhei uma história. Sonhei cores. Vi luzes azul-claras dançando sobre um fundo azul-marinho e se transformando em estrelas, depois em rosáceas e depois em espirais. Elas giravam, ficavam douradas, depois amarelas e depois vermelhas, formando círculos concêntricos, em seguida, linhas que se prolongavam em perspectiva até o infinito. Mais uma vez as linhas se diluíam, compunham losangos que se afastavam, como se eu voasse na direção deles. Ao mesmo tempo, uma música insinuante, à base de coros femininos, ressoava no interior da minha cabeça. Os losangos se transformaram em ovais frouxos que se alongaram, formando mosaicos de todas as cores. Eram quadros abstratos móveis, se encadeando uns aos outros.

– Psssiu...

Senti o frescor de uma mão em minhas costas.

– Psssiu...

A mão segurou meu braço e o sacudiu.

– Acorde.

Deixei um oceano branco, do qual emergiam árvores púrpuras, para abrir os olhos e ver o rosto de Mata Hari.

– O que foi?

– Acho que ouvi um barulho na sala.

Alguém estava revirando nossa casa.

Afrodite?

Saltei, nu, fora da cama.

Cheguei e ainda vi uma silhueta. Na contraluz, não a distingui bem. Vi apenas uma toga e uma máscara grande, cobrindo inteiramente o rosto. Um raio de sol que passava pelas cortinas me permitiu distinguir uma máscara de teatro grego, representando um rosto triste.

O deicida?

O intruso não se moveu. Ele tinha minha *Enciclopédia dos saberes relativo e absoluto* nas mãos. Queria roubar minha Enciclopédia. *ESTAVA ROUBANDO MINHA ENCICLOPÉDIA*!

Onde estava meu ankh?

Ainda nu, dei um salto até a poltrona, remexi as dobras da minha toga e atirei em sua direção. Errei.

O ladrão preferiu fugir. Fui-lhe ao encalço. Corremos entre as casas. Ele ziguezagueava entre as árvores. Eu ziguezagueei também.

Estaquei, coloquei-o bem na mira e atirei. O relâmpago do raio fendeu o espaço e o atingiu. Ele largou a Enciclopédia e caiu. Eu o tinha pego! Corri até lá. O ladrão se levantou e levou a mão ao ombro, que estava ferido. Ele se virou, me olhando por trás da máscara, e disparou a correr. Peguei a valiosa obra com a mão esquerda e, com o ankh na direita, parti a galope atrás dele.

– Ei! Que história é essa? Já lhe disse que não estamos num campo de nudistas, Michael! – gritou Dioniso, de longe.

Não tinha tempo para explicar por que corria assim, pelado. Estava perseguindo o deicida. Tinha-o ferido no ombro, certamente o alcançaria.

O intruso fazia uma corrida de obstáculos pelos jardins, saltava moitas, segurando o ombro machucado. Continuava, no entanto, bem ágil.

Continuei a persegui-lo, nu, com os pés se arranhando no chão e as pernas, nas moitas. Ajoelhei-me, mirei de novo me apoiando numa coxa, atirei várias vezes e errei. Os impactos do ankh furavam árvores ou quebravam janelas.

As ruas estavam desertas, todos os alunos estavam ainda na praia. Corri sozinho, determinado a pegá-lo.

Ele subiu numa mureta, andando em equilíbrio. Nunca fui muito bom nesse tipo de exercício, mas não queria desistir, sentindo-o ao meu alcance. Em certo momento, quase caí, mas a gravidade da situação me gerou um acréscimo de adrenalina que compensou minha inaptidão.

Retomamos a corrida. Eu seguia em disparada. Ele entrou num prédio grande. A porta escancarada ainda se movia. Entrei também.

O interior da sala me pareceu o de um laboratório. Mas, olhando bem, não era apenas um laboratório, era também um zoológico. Grandes jaulas ladeavam aquários. Podia sentir o deicida escondido por ali. Avancei lentamente, com o ankh na mão, pronto para atirar. Foi quando vi seres vivos dentro das jaulas.

Eram pequenos centauros. No entanto, não tinham patas de cavalo, mas de guepardo. Certamente para que corressem ainda mais rápido, os torsos eram também mais estreitos. Viraram em minha direção, estendendo as mãos pelas grades, como se me suplicassem que os tirasse dali. Ao lado, vi querubins com asas, não de borboleta, mas de libélula. Grifos com asas de morcego e corpo de gato. Sempre à procura do deicida, deduzi estar no laboratório em que se projetavam novas quimeras! Seria o laboratório de Hefesto? Não, tinha a impressão de que ele só trabalhava com máquinas, robôs e autômatos. Ali era um laboratório de seres vivos. Havia, dentro de vidros, lagartos com cabeças humanas, aranhas providas de pequenas pernas e até híbridos vegetais: bonsais que se terminavam com braços e mãos, cogumelos equipados com olhos globulosos, fetos com galhos rosados se assemelhando à carne, pétalas de flores que configuravam orelhas. Tinha a impressão de estar no interior de um delirante quadro de Hieronymus Bosch, mas nem mesmo o pintor flamengo imaginara tais composições orgânicas entre vegetais e humanos.

Se fosse um laboratório, seria o do diabo ou, em todo caso, o de um ser sem qualquer empatia com as criaturas por ele criadas.

Senti náuseas. A maior parte daquelas quimeras percebia minha presença e se agitava ou tentava exprimir o desejo de que eu as libertasse.

De novo pensei na comparação com a ilha do doutor Moreau. Realizavam-se ali experiências misturando o humano e o animal, ou melhor, o divino e o monstruoso. Qual seria o interesse de se fabricarem aquelas quimeras? Todos aqueles pequenos seres estavam agora agitados e estendendo as mãos, entre as barras, em minha direção. Os que estavam em aquários se lançavam contra as paredes de vidro. Tive um sentimento de nojo e vontade de libertá-los todos. Diminuí o passo. Por um instante, ia me esquecendo por que estava ali.

Um barulho de vidro quebrado me fez lembrar. O deicida se escondia. Estava logo adiante. Corri. Cheguei em outro setor do laboratório, com centenas de potes de vidro em estantes. Todos tinham pequenos corações com patas, semelhantes ao que Afrodite me oferecera. Ela, pelo visto, havia iniciado naquele lugar uma criação de "corações para presente" a serem oferecidos aos seus pretendentes. Aquele que quis me dar, então, não era o único.

Intrigado, não pude evitar de me aproximar. Eles emitiam pequenos guinchos tristes, parecendo os de gatas no cio.

Minha vontade era a de sair rápido daquele local. Vi uma vidraça quebrada; o deicida devia ter fugido por ali. De fato, percebi sua silhueta se afastando.

Atravessei a janela e voltei a persegui-lo.

Chegamos à grande avenida. Eu ganhava terreno e, achando que a distância já era boa, mirei-o novamente. Mas o ankh estava descarregado, o tiro não disparou.

Pendurei o objeto inútil no pescoço e peguei um pedaço de pau como arma.

Adiante, a silhueta com máscara triste corria em direção ao quarteirão das ruas sinuosas. Entramos no labirinto. O fujão conseguira alguma dianteira, mas eu ainda o seguia.

Entrou na rua da Esperança. Devia ser um aluno, pois parecia ignorar ser uma ruela sem saída. Daquela vez, não poderia mais fugir, estava em minhas mãos.

Quando cheguei no final, o beco estava vazio. No fundo, empilhavam-se uns caixotes grandes. Ele não podia ter se evaporado.

Empurrei os caixotes: em vão. Vi, então, no chão, gotas de sangue. Sangue de um deus. Elas se interrompiam diante de um caixote grande que me pareceu impossível ser erguido, mas quando tentei empurrá-lo de um lado para outro, constatei que girava sobre um eixo. Uma passagem secreta.

Enfiei-me nela. Era um túnel passando sob a muralha da cidade. Andei um bom tempo, seguindo as gotas de sangue.

Saí na floresta levando ao rio azul. Não o via mais. Parei, arfante.

Um barulho de cascos. Os centauros chegaram e me cercaram.

– Ouçam aí, vocês da cavalaria, são um tanto lentos a reagir – disse eu, dobrado ao meio e tentando retomar o fôlego.

Atena desceu e aterrissou bem perto de mim.

Pégaso bateu majestosamente as asas.

– Quem era? – perguntou a deusa da Sabedoria, que parecia estar ao corrente da minha aventura.

– Não pude ver, usava uma máscara.

– Uma máscara?

– Uma máscara de teatro grego, máscara com feição triste, mais ou menos como as que serviram na apresentação de *Perséfone*.

– Deve ter pegado no depósito dos acessórios.

– Eu o feri no ombro.

Ela pareceu muito interessada nessa observação.

– No ombro, você disse? Nesse caso, já o pegamos. Não vai poder atravessar o rio azul.

Ela ordenou que os centauros se posicionassem ao longo das margens. As sereias, percebendo que algo acontecia, puseram para fora da água seus rostos e longas cabeleiras. Esperamos, mas sem novidades. O deicida tinha simplesmente desaparecido.

Atena bateu no chão com a lança.

– Façam soarem os sinos. Vamos fazer uma chamada dos alunos.

No minuto seguinte, com as badaladas do palácio de Cronos a toda força, os alunos já estavam reunidos na grande praça, sob a árvore central. Fui me vestir e calcei sandálias.

Fizemos uma longa fila, como no primeiro dia depois que chegamos em Aeden, mas agora éramos apenas a metade em número. Os alunos se apresentaram um a um, declinando os nomes e mostrando os ombros nus.

– Falta um – anunciou, afinal, a deusa da Sabedoria, verificando com satisfação a lista de nomes.

Eu pressentia quem podia ser.

– Joseph Proudhon.

Murmúrios percorreram os presentes.

– Proudhon? Ela disse Proudhon?

– De qualquer jeito, eu sempre desconfiei. Só podia ser ele.

– Sua civilização dos ratos está completamente ultrapassada.

– Ele não aguentava o jogo. Atacava os vencedores – disse Sarah Bernhardt. – Lembrem: primeiro Béatrice, do povo das tartarugas, Marilyn Monroe, depois, todos os outros.

– Ele veio em minha casa – contei. – Por que atacaria a mim? Não sou um vencedor. Estou em 12º.

– Mas ele estava atrás de você. Todos à frente dele são futuras vítimas – prosseguiu Sarah Bernhardt.

– Ele foi anarquista, não gostava dos deuses – lembrou Édith Piaf.

– Sempre disse querer destruir o sistema – reforçou Simone Signoret.

Atena anunciou que uma grande batida seria organizada na floresta azul, para encontrá-lo.

Fomos, então, intimados a contribuir na caça ao anarquista.

Os centauros avançaram em linha, com seus tantãs, partindo das margens do rio azul, vindo em nossa direção. Os alunos, ajudados por sátiros, estenderam uma comprida rede. Era como se estivéssemos caçando um tigre, numa floresta de Bengala.

Acima de nós, voavam grifos, soltando piados roucos. Um pouco abaixo deles, querubins volitavam entre os galhos, verificando se o fugitivo não se escondia na fronde de uma árvore.

Mata Hari não estava longe de mim. Avançamos, mas no final de algumas dezenas de minutos, a linha dos centauros e a linha dos alunos se encontraram, sem que tivessem desentocado Proudhon.

Atena estava preocupada.

– Ele não pode ter deixado a ilha e nem ter ido além do rio. É preciso encontrá-lo. Procurem em todo lugar, a ilha não é tão grande, ele não pode se esconder para sempre.

A caçada se ampliou. Vasculhamos a praia, os arredores da cidade. Esquadrilhas de grifos fendiam o céu, em busca de algum traço do matador de deuses, enquanto os sinos batiam incessantes.

Proudhon continuava desaparecido.

Hermes declarou que talvez o interior da cidade devesse ser esquadrinhado.

– Achamos que ele está do lado de fora, mas pode ter sido esperto. Às vezes é no olho do ciclone que se está mais protegido da ventania – lembrou o deus das Viagens.

A tropa se reagrupou, então, na porta oeste da cidade. Os centauros se encarregaram de abrir, uma a uma, todas as casas e vasculhá-las. Até, finalmente, se depararem com Proudhon... em sua própria residência, enfiado debaixo da cama.

Os centauros o dominaram com facilidade e o conduziram, acorrentado, à praça central. A toga estava queimada, o ombro sangrava, ele parecia aturdido.

– Não fui eu – tartamudeou. – Sou inocente.

– Por que, então, se escondeu? – lançou Sarah Bernhardt, tomando desforra daquele deus predador.

– Estava dormindo – respondeu, pouco convincente.

– E foram os badalos dos sinos que o acordaram? – ironizou Voltaire.

O anarquista estava assustado.

– Quando compreendi que me procuravam, preferi me esconder – confessou.

Esboçou um sorriso triste.

– Talvez seja um antigo reflexo de minha última vida de mortal. Tenho medo da polícia...

Atena anunciou que ele receberia o castigo por seus crimes.

– Juro que sou inocente! – insurgiu-se Proudhon.

Ele havia perdido a arrogância de costume. Dissimulava a ferida com a mão esquerda. Eu intervim.

– Ele tem direito a um processo! – exclamei.

Atena ouviu e procurou, na assembleia, quem se dera ao direito daquela observação.

– Alguém disse alguma coisa?

Eu me apartei da multidão.

– Ele tem direito a um processo – enunciei claramente.

Todos me olharam, incrédulos.

Atena me encarava, mais surpresa do que contrariada.

– Hummm... Foi você quem inventou tribunais para os seus povos, não foi, Michael?

Houve um lapso de expectativa, com alguns murmúrios.

– A justiça independente do poder é um progresso, parece-me. Todo suspeito tem o direito de se defender. Proudhon tem o direito de ser julgado não por um, mas por vários indivíduos.

Atena soltou uma risada, mas continuei a olhá-la sem piscar.

– Muito bem, já que o sr. Pinson exige... Joseph Proudhon terá direito a seu processo – anunciou, gesticulando de forma expeditiva. Essa noite, antes do jantar, no Anfiteatro, às seis da tarde. Será um pequeno espetáculo suplementar para o fim de semana.

71. ENCICLOPÉDIA: OS DEZ MANDAMENTOS

O processo de justiça independente foi colocado em prática com dificuldade. Durante muito tempo, os julgamentos eram simplesmente efetuados pelos chefes de guerra ou reis. Eles, então, tomavam as decisões que lhes convinham, sem ter que prestar contas a quem quer que fosse. A partir dos Dez Mandamentos (entregues a Moisés por volta de 1.300 antes de J.C.), viu-se surgir um sistema de referência independente, estabelecendo uma lei que não servia a nenhum interesse político pessoal, mas se aplicava a todos os seres humanos, sem exceção. Note-se, no entanto, que os Dez Mandamentos não compõem uma série de proibições, pois, se fosse este o caso, seriam redigidos do seguinte modo: "Não deves matar", "Não deves roubar" etc. O enunciado se apresenta no futuro: "Não matarás", "Não roubarás". Por essa razão, alguns exegetas sugeriram não se tratar apenas de um código de leis, mas de uma profecia. Um dia não matarás, porque terás compreendido ser inútil matar. Um dia não roubarás, porque não precisarás mais roubar para viver. Se lermos os Dez Mandamentos como uma profecia, nos deparamos com uma dinâmica de tomada de consciência que torna desnecessária a punição dos delitos, pois ninguém mais teria vontade de cometê-los...

Edmond Wells,
Enciclopédia dos saberes relativo e absoluto, tomo V.

72. NA PRAIA

De volta à praia, todos evocávamos o processo que se daria no final da tarde.

Raul se aproximou.

– Parabéns, Michael, foi você que o pegou.

– Ele quis roubar a *Enciclopédia dos saberes relativo e absoluto* – respondi, tentando encontrar um sentido para aquele incidente. – Não vejo porque se interessaria. Deve haver algo ali a concerni-lo diretamente.

– Você era o próximo da lista, mas ele não o matou – reconheceu.

– Tudo isso está me parecendo simples demais – murmurei.

Raul me deu um tapinha amigo.

– Por que você quer que todas as investigações criminais durem? Às vezes o assassino é descoberto logo no início. Imagine um romance policial em que se desvende o mistério logo nas primeiras páginas e, em todas as outras, os investigadores partam de férias, aproveitando a super-recompensa ganha pela celeridade...

– Imagino também uma história policial em que, no final, o assassino não é encontrado e o dossiê é encerrado. É o que, na realidade, se passa na maior parte do tempo.

Olhei, distante, a montanha com o cume nas brumas.

– Você continua acreditando na ideia de estarmos dentro de um romance, não é? – perguntou meu amigo.

– Era uma ideia de Edmond Wells.

Raul sacudiu os ombros.

– Em todo caso, se estivermos num romance, devemos ter chegado ao capítulo final, pois: 1) foi resolvido o enigma criminal e 2) você realizou sua grande história de amor.

– Está esquecendo de uma coisa, estamos somente na metade da sessão. Encontramos apenas seis, dos 12 Mestres-deuses.

Estamos, então, no meio da história, e não no fim. Além disso, continuamos sem saber o que há no alto da montanha.

– Estou convencido de que logo saberemos, assim que atravessarmos o mundo laranja. Quanto à sua ideia, talvez o escritor, no início da segunda metade da história, inaugure uma nova intriga, com outros personagens principais, outros suspenses criminais e outras aventuras sentimentais... – acrescentou Raul Razorback.

– Outros personagens, outras histórias sentimentais... Está pensando em quem?

Meu amigo sorriu.

– Em mim. Afinal, desde o início, somente Freddy e você constituíram casais. Eu também tenho o direito de me apaixonar. Aliás, já estou.

– Espere, deixe-me adivinhar. Sarah Bernhardt?

– Não vou contar...

Dei-lhe uma cutucada.

– Sei muito bem, é Sarah Bernhardt. O que está esperando para se declarar?

Raul se manteve imperturbável.

– É realmente uma pessoa formidável. Seu povo é livre e orgulhoso, galopando em cavalos por planícies e não trancafiado, como muitos de nós, em cidades cada vez mais insalubres.

– Cuidado. Se esse povo for a prefiguração dos primeiros mongóis, que também viviam o tempo todo a cavalo, lembre que eles invadiram todo o império romano do oriente.

– Não acho que reproduzamos, idêntica, a história de "Terra 1". Nós é que deformamos nossas percepções. Interpretamos tudo de forma a fazer se parecerem os dois arcabouços históricos. Mas temos livre-arbítrio. Há o caminho conhecido e o caminho que reinventamos a cada dia.

– Espero, muito, que você tenha razão.

– É como nossas vidas. Há um caminho traçado e o nosso livre-arbítrio, que nos faz seguir este caminho traçado ou dele nos afastarmos. Nós é que decidimos. Olhando com atenção, romanos e mongóis podiam muito bem ter entrado num acordo e construído um imenso império, indo da China à Inglaterra. Sua observação me abre perspectivas.

Georges Méliès, Jean de La Fontaine e Gustave Eiffel estenderam suas toalhas junto às nossas.

– Vamos dar um mergulho antes do processo, vocês vêm?

– Não, obrigado, está um pouco frio.

– Prefiro uma partida de xadrez, você topa, Michael? – propôs Raul.

– Não estou com cabeça para isso...

Raul insistiu e acabei aceitando. Ele buscou as peças, e nos sentamos na areia fina.

Abri com o peão do rei. Depois da abertura, a partida logo tomou um ritmo forte. Ele mexeu o cavalo. Movimentei meu bispo e minha rainha, atacando sua linha de peões.

– Está achando que é o seu Libertador?

Ele mexeu o rei, levando-o para trás da torre.

– Qual é a sua utopia?

Fiz andar meu bispo e tomei sua rainha.

Ele balançou a cabeça, como bom conhecedor, apreciando a jogada.

– Eu me pergunto se o mundo, da maneira como é, já não está perfeito.

– Está falando do mundo de “Terra 1” ou de “Terra 18”?

– Talvez dos dois. Não sei se é sabedoria minha, mas creio ser capaz de aceitar o mundo com todos os seus credos, violência, loucura, bondade, perversos, criminosos.

– Então, se você fosse Deus, o que faria?

– Faria como nosso antigo Deus, de “Terra 1”.

– Ou seja?

– Nada. Deixaria o mundo entregue a si mesmo, se virando sozinho. E ficaria observando, como se participasse do espetáculo.

– O "deixar rolar" divino?

– Pelo menos, assim, se eles conseguirem alguma coisa, só terão que felicitar a si mesmos, e se fracassarem, terão que assumir a responsabilidade.

– Sorte sua ter tanto desprendimento com relação aos seus mortais. Mas sendo assim, por que jogar?

– Porque o jogo é prazeroso. Como jogar xadrez é prazeroso. Mas se estou jogando, luto para ganhar, quaisquer que sejam os meios.

Dizendo isso, mexeu o bispo e me tomou a torre.

Com meu cavalo, consegui um cerco que provocou a perda de seu bispo. Tendo perdido nossas rainhas, torres, bispos e cavalos, começamos uma batalha de peões. No final, tínhamos, cada um, o rei e um peão. Da maneira como jogamos, nos bloqueamos mutuamente, chegando a um empate, situação bem rara no jogo de xadrez.

– Com Mata Hari, ontem à noite, foi bom? – perguntou de forma sub-reptícia meu amigo.

Olhou para mim com delicadeza.

– Sabe, ela realmente o ama.

Junto com essas palavras, o rosto de Afrodite ressurgiu em meu espírito.

– Pare de pensar na "outra" – aconselhou. – Ela não vale a pena. Tem apenas o valor que sua imaginação lhe dá.

– O problema é que eu tenho muita imaginação – respondi.

– Concentre o seu imaginário no trabalho de deus. Tudo está prestes a ser inventado.

O sino soou as seis da tarde, era a hora do processo.

73. ENCICLOPÉDIA: THOMAS HOBBES

Thomas Hobbes (1588-1679) foi um cientista e escritor inglês, considerado o fundador da filosofia política.
Ele buscou na ciência do corpo humano a base para uma ciência política, sobretudo em sua trilogia *De cive* (Do cidadão), *De corpore* (Do corpo), *De homine* (Do homem) e, em seguida, em sua obra maior, *Leviatã.*
Ele considerava que o animal vive no presente, enquanto o homem quer dominar o futuro, para se manter na vida o maior tempo possível. Com essa finalidade, todo homem tende a dar a si mesmo a mais alta importância possível, diminuindo a dos outros, queiram eles ou não. Por isso, o homem acumula poder (riqueza, reputação, amigos, subordinados) e tenta roubar o tempo e os meios de que dispõem seus semelhantes a sua volta.
Thomas Hobbes foi também quem lançou a famosa máxima: "O homem é o lobo do homem."
Com toda lógica, o animal humano evita a igualdade com os demais, ocasionando assim a violência e a guerra. Segundo Hobbes, a única possibilidade de se impedir o homem de querer se sobrepor aos outros é forçando-o à cooperação por coerção. De acordo com ele, então, uma força hegemônica (oriunda de um contrato entre os homens) é necessária, impondo ao animal humano não se deixar levar por suas inclinações naturais, voltadas à destruição de seus congêneres. É preciso o *Hégemon* ter direitos bem amplos, para impedir que os conflitos se desenvolvam.
Para Hobbes, o paradoxo era o seguinte: a anarquia leva à redução da liberdade, avantajando o mais forte. Somente um poder coercivo, centralizado e forte pode permitir ao homem ser livre. E ainda é preciso que esse

poder esteja nas mãos de um *Hégemon* desejando o bem estar de seus súditos e tendo ultrapassado seu egoísmo pessoal.

Edmond Wells,
***Enciclopédia dos saberes relativo e absoluto*, tomo V.**

74. REQUISITÓRIO

O julgamento se deu no Anfiteatro, dividido em dois. Os alunos todos foram dirigidos para as arquibancadas do hemiciclo que se formou. Uma mesa grande de mogno foi colocada no palco, em frente ao público, sentado em plano mais alto. Atena, a juíza, dominava em poltrona mais elevada.

Na procuradoria: Deméter.

Como advogado de defesa: Ares. O deus da Guerra se apresentara espontaneamente, solidário com o estilo de jogo viril de Proudhon.

Na lateral, nove alunos-deuses sorteados formavam o júri, entre os quais Édith Piaf e Marie Curie.

– Façam entrar o acusado – ordenou Atena.

Centauros bateram tambor. Outros fizeram soar conchas espiraladas que eram verdadeiras trombetas.

Proudhon foi trazido numa jaula, colocada sobre um carrinho puxado por centauros. O deus dos homens-ratos protegia com a mão o ferimento no ombro, que parecia ainda lhe causar dor.

Uma das lentes dos óculos fora quebrada, e a barba e os cabelos longos estavam desgrenhados.

Alguns alunos vaiaram.

Eu próprio tinha a recordação de como suas hordas de bárbaros se espalharam na praia onde eu construíra meu vilarejo sobre pilotis. Tinha a lembrança da destruição de minha primeira geração de homens-golfinhos e a fuga, *in extremis*, de barco às pressas. Conservei na memória as imagens dos seus mortais encarniçados, tornando os meus ainda mais mortais. Combate noturno, combate desesperado. Não esquecia, porém, que graças a esse infortúnio eu construíra a cidade ideal da Ilha da Tranquilidade.

Proudhon passou a cabeça por entre as grades da jaula.

– Sou inocente, ouçam! Sou inocente, não sou eu o deicida.

Proudhon foi tirado da jaula e colocado diante do trono de Atena. Parecia, daquele modo, as imagens que se veem nos livros de história. Vercingetórix diante de César.

Os centauros o fizeram se ajoelhar.

Atena pegou um martelo de ébano e bateu, exigindo silêncio do público.

– Acusado: Proudhon, Joseph. Em sua última roupagem de mortal, você era...

Atena abriu uma pasta e folheou diferentes páginas.

– Ah, aqui está. Nasceu em "Terra 1", na França, em Besançon, em 1809 pelo calendário local, de pai operário em fábrica de cerveja e mãe cozinheira.

Ele concordou. Pessoalmente, eu não via em que seu passado dizia respeito ao atual julgamento. Fazia-se o processo do deicida de Aeden ou o do anarquista da França?

– O senhor fez brilhantes estudos, que foram interrompidos. Por quais razões?

– Financeiras. Eu tinha uma bolsa, que chegou ao fim.

– Entendo. O senhor, em seguida, acumulou pequenos empregos como tipógrafo e artesão gráfico, participando frequentemente de greves.

– As condições de trabalho eram deploráveis.

– O senhor assumia posições políticas rigorosas. A prisão, o exílio, a miséria estiveram em seu início de vida, estou certa?

No entanto, foi escritor. Chama a atenção um ensaio muito erudito, uma gramática comparada do hebraico, grego e latim. Por que não deu continuidade?

– Meu editor enlouqueceu, sua gráfica faliu.

Atena continuou, imperturbável:

– O senhor concebeu o que chamou socialismo científico, na obra *O que é a propriedade?*, e depois partiu para a anarquia, definindo-se como anticapitalista, antiestatal e antiteísta. Desenvolveu sua visão em diversos livros, entre os quais *A filosofia da miséria*. Ajudou a criar jornais e finalmente morreu de congestão pulmonar, aos 56 anos de idade.

Ela arrumou os papéis e abriu uma outra pasta. É verdade, uma vida não passava daquilo. Apenas aquilo, mesmo para um grande político com Joseph Proudhon.

– O senhor é acusado de homicídio doloso contra as seguintes pessoas: Claude Debussy, Vincent Van Gogh, Béatrice Chaffanoux e Marilyn Monroe. Acrescente-se uma tentativa de homicídio contra Michael Pinson.

Todo mundo se virou em minha direção. Alguns inclusive cochicharam. Mata Hari segurou minha mão, demostrando abertamente sua solidariedade.

– Joseph Proudhon, o senhor, desse modo, infringiu uma das quatro leis sagradas do Olimpo. A que proíbe qualquer violência e, *a fortiori*, qualquer crime neste santuário. Está sendo, então, acusado de deicídio. O que tem a dizer em sua defesa?

– Eu não sou o deicida. Sou inocente.

Ele estava banhado de suor e os óculos quebrados escorregavam pela aresta do nariz, obrigando-o a ergue-los várias vezes.

– Como explica, neste caso, o ferimento no braço?

– Eu fazia uma tranquila sesta em minha casa, quando uma dor no ombro bruscamente me acordou. Alguém entrou em minha residência e me deu um tiro à queima-roupa no ombro, enquanto eu dormia.

O público se agitou. Difícil de engolir como álibi, mas que outra coisa ele podia dizer?

– Não há testemunhas desse seu repouso, não é?

– Não tenho hábito de convidar pessoas em momentos assim – tentou gracejar.

– E como explica a sesta, apesar das badaladas dos sinos, justamente chamando os alunos para virem mostrar os ombros?

– Eu... tinha posto cera de abelha nos ouvidos para dormir, pois há várias noites não tenho sono.

– E quem atirou no senhor?

– Alguém querendo que eu seja acusado em seu lugar. O verdadeiro culpado. O deicida. E vocês, estou vendo, acreditaram nessa mistificação.

Rumores percorreram a sala. Atena bateu com o martelo para impor a calma.

– Então, segundo o senhor, o verdadeiro deicida, ferido, surgiu em sua casa, encontrou-o dormindo graças às suas bolotas de cera, deu-lhe um tiro no ombro à queima-roupa e fugiu.

– Exatamente.

– E o senhor o viu?

– Sabe, em momentos assim, não se pensa em perseguir o agressor. Vi a silhueta se afastando. Pareceu-me que vestia uma toga branca um tanto suja. Tudo foi muito rápido.

– Por que o senhor não gritou quando levou o tiro? Teríamos ouvido.

– Não sei. Talvez pelo hábito de cerrar os dentes quando tenho dor.

Atena fez um gesto descrente.

– Por que se escondeu em baixo da cama, quando os centauros vieram procurá-lo?

– Achei ser o agressor que voltava.

Diante da pouca credibilidade dos argumentos, alguns alunos vaiaram.

– Mas deve ter ouvido os cascos dos centauros, devia achar que eram as forças policiais, protegendo sua casa.

Um pálido sorriso repuxou seus lábios.

– Sabe, antes, fui anarquista. Para nós, anarquistas, a chegada da polícia nunca é um fator tranquilizador.

Atena estampou um olhar duro.

– O senhor falou sobre a toga branca. Segundo o senhor, então, o agressor seria um aluno. Todos os alunos estão aqui. Como explica que o "verdadeiro" assassino, ferido por Michael, tenha podido fazer desaparecer seu ferimento, no mesmo momento em que o seu aparecia?

– Não tenho outra explicação além da que acabo de citar. Estou consciente de que as aparências me desfavorecem – admitiu o teórico da anarquia, suspendendo, uma vez mais, os óculos de tartaruga.

– Bom, chamo a depor a principal testemunha.

Atena consultou seus papéis, como se esquecesse meu nome.

– Michael Pinson.

Desci das arquibancadas. De novo a frase que embalou toda a minha vida me veio à mente: "O que estou fazendo aqui?" Estranhamente, não conseguia querer mal a Proudhon. Talvez por estar tão feliz com Mata Hari. Era peculiar aquela falta de cólera em mim.

Proudhon abaixou a cabeça. A enunciação de sua última vida de mortal o tinha tornado, para mim, mais "humano". Aquele filho de pais pobres se educara sozinho e lutara, em busca de maior liberdade para os homens. Mesmo que seu combate tivesse degringolado um bocado, ele pelo menos tentou um caminho. A anarquia.

Coloquei-me diante de Atena, e Proudhon foi convidado a se sentar numa poltrona lateral.

– Testemunha Pinson, jure dizer a verdade e nada mais que a verdade.

– Direi a verdade. Pelo menos a que conheço – precisei.

– Conte-nos os fatos.

– Eu estava na cama. Ouvi um barulho na sala. Deparei-me com alguém, frente a frente, que mexia em minhas coisas. Estava prestes a me roubar a Enciclopédia. Disfarçava-se com uma máscara de teatro trágico. Ele fugiu.

Rumores no público.

– Peguei meu ankh e corri em seu encalço. Consegui apontar um tiro que o atingiu no ombro, depois o perdi de vista numa ruela sem saída. Procurei e encontrei uma passagem que conduz à floresta, passando por baixo da muralha.

– O senhor reconhece o acusado?

– Como disse, ele usava uma máscara. Não vi seu rosto.

– Era, pelo menos, um indivíduo do tamanho e da corpulência do acusado?

– Com as togas, é difícil julgar.

Atena me agradeceu e pediu à procuradora Deméter que iniciasse o requisitório.

A deusa das colheitas se levantou e se dirigiu ao público.

– Creio que o crime de Proudhon é obra de um puro gênio do mal. Sob as aparências de um dândi cínico, o aluno tinha um só desejo: eliminar os concorrentes e assegurar-se como único a terminar a competição divina. Pudemos constatar seu instinto mortífero, já no jogo de Y.

Deméter arregaçou até o ombro o pano da toga. Apontou o dedo para o acusado.

– Seu povo é como ele. Ratos servindo a um deus rato. E, como os ratos, só respeita a força e só conhece a linguagem da violência. Ele matou friamente. Se não o tivéssemos prendido, continuaria assassinando sucessivamente todos os alunos, até restar um só sobrevivente.

A frase sacudiu o público.

– Este homem é coerente. Um deus criminoso que criou um povo criminoso.

– Sou inocente – murmurou Proudhon.

– E é também um transgressor das leis do Olimpo e um trapaceiro no jogo de Y, que hoje espero ver condenado. Por isso, peço aos jurados uma punição exemplar. Falou-se do suplício de Prometeu...

– Eu não sou o deicida – repetiu o acusado.

Atena bateu com o martelo, para acalmar o público.

– Não acho que seja a melhor punição – continuou Deméter. – Seria branda demais.

Atena assentiu com a cabeça.

– O crime de Proudhon é muito pior do que o cometido por Prometeu. Ele perturbou a ordem de uma turma, matou no recinto de uma zona sagrada, desafiou os Mestres-deuses, mesmo sabendo quais riscos corria. Ou melhor, ele nos afrontou. Eu gostaria, então, senhora juíza, que encontremos uma punição mais edificante. Quero que esse processo seja um exemplo para que todos saibam, nesta turma, mas também em todas as outras que vierem, o que aconteceu aqui e como o crime foi castigado. Vamos dar prova de criatividade, infligindo a Proudhon um suplício que esfrie, para sempre, todos os deicidas potenciais.

– No que você está pensando, Deméter?

A deusa da Agricultura hesitou.

– Por enquanto, em nada de especial. Acho, inclusive, que se devia lançar um concurso, para a pior punição possível.

– Obrigada, senhora procuradora. Passo a palavra à defesa.

Ares se aproximou.

– Já de início, gostaria de exprimir me parecer normal, dado o tédio reinante nessa escola, que alunos queiram criar um pouco de "animação".

Algumas vaias na sala.

– Pessoalmente, compreendo muito bem o senhor Proudhon. Quando era mortal e homem político, ele combateu o sistema esclerosado de seu século. É lógico, então, que também aqui tenha pensado em agitar as coisas. Afinal, cada vez mais, o Olimpo se assemelha a um clube de velhas senhoras tomando chá, com o dedo mindinho empinado e discorrendo sobre guerra e receitas de pudim.

Alguns professores se irritaram.

– Não hesito dizer, às vezes tenho a impressão de estar num galinheiro cheio de aves deplumadas. Apesar de o tempo aqui não afetar as aparências físicas, afetou as mentalidades.

Novos protestos. Nesse exato momento, alguns Mestres-deuses, que ainda não tinham chegado, entraram no hemiciclo. Afrodite não veio com eles.

Atena fez-lhes sinal para que se acomodassem, sem perturbar a defesa do advogado.

– Eu dizia, então, que compreendo Proudhon. Chegou de sua terra natal, viu uma ilha perdida no cosmo, viu um mundo mágico e maravilhoso, esperou que fosse um mundo um tanto... desculpe a expressão, Excelência, mas um mundo "divertido". E descobriu ser ele regido por uma administração frouxa, pesada, lenta. Proudhon pensou, então, que era preciso sacudir tudo isso, mudar as mentalidades. Passou a se comportar como um lobo no galinheiro ou, retomando a expressão de Deméter, um rato, sim, um rato num ninho de passarinhos.

Proudhon fez uma careta. A defesa de Ares era mais preocupante do que a acusação de Deméter.

– Ele matou, é verdade, matou, mas os crimes deram ritmo à nossa vida nos últimos dias. Pelo corno do grande unicórnio!

Posso afirmar, Proudhon nos prestou um favor. Ofereceu-nos espetáculo, suspense, teatralidade. Cada delito seu nos obrigou a investigar, a refletir. Até sua caçada foi um grande momento na história de Aeden. E tudo isso para acabar sendo encontrado em casa, debaixo da cama! Que piada. Que instinto teatral! Quanto a mim, eu digo: "Meus cumprimentos, senhor Proudhon, o senhor é muito bom." Além disso, o seu povo, o povo dos ratos! Vocês viram o povo dos ratos? Tem estilo. Tem garbo. Audácia. Ainda aí distingo um grande diretor teatral voltado à pilhagem, por trás do simples deus de um povo conquistador. Sim, todos pudemos admirar as hordas de fanáticos, caindo sobre vilarejos de civis assustados e suspirando gemidos de agonia.

Enquanto falava, ele sorriu, só pela evocação daqueles instantes.

– Foi sempre um deus nos acuda: toma, que eu te racho com o machado; toma, que vou à carga com os lanceiros. Ah, as meninas amazonas, que caíram de quatro e, além disso, o chefe ainda se casou com a sua rainha! Que belo filme. Sejamos francos: as invasões de Proudhon obrigaram os outros povos a se armar e encontrar meios para lhe barrar o caminho. Sem Proudhon... talvez ninguém tivesse a ideia de inventar a guerra em "Terra 18"!

Um silêncio siderado na sala.

– Senhoras e senhores jurados, podem imaginar um mundo sem guerra? Imaginam "Terra 18" paz e amor? Todo mundo respeitando as fronteiras, todo mundo vivendo sem armas, multidões pletóricas de crianças, sequer equilibradas pelos massacres? Desculpem, mas sinto náuseas.

Novo burburinho. A juíza bateu com o martelo.

– Deixem-no terminar a defesa, por favor. Vamos, continue doutor Ares.

– Muito bem, meu cliente matou. Inclusive massacrou. Inclusive por prazer. E daí? Que mal há nisso?

Dessa vez a sala não se conteve. Atena, redobrou as marteladas.

– Se continuarem a balbúrdia, farei evacuar a sala. Estou avisando. Deixem terminar a defesa. E o senhor, advogado, tente não insistir na provocação gratuita.

– Obrigado, Excelência, por repor em seu devido lugar esse público de "convencionais".

Pronunciou a palavra com um esgar enojado.

– Sim, Proudhon foi um deus cujo povo eliminou outros povos. Sim, seus mortais têm tendência a sacrificar os prisioneiros e a violentar as prisioneiras. Mas que o deus, cujo povo nunca cometeu uma patifaria, lhe atire a primeira pedra.

A frase produziu efeito entre os Mestres-deuses e os alunos. Era verdade que, afora eu, a maioria dos deuses tinha recorrido à violência gratuita para impor seus pontos de vista aos vizinhos.

– Você, Hermes, nunca matou? E você, Deméter? E mesmo a senhora, Excelentíssima juíza, creio lembrar de conflitos de interesse em que foi levada a chacinar uns tantos quantos mortais.

– Não é este absolutamente o tema do processo, não abuse de suas prerrogativas, doutor Ares. Prossiga e terminemos com isso.

– A senhora tem toda razão. Há momentos em que não se deve mais discutir, deve-se agir. Joseph Proudhon agiu. Como todos nós, em outras épocas, agimos. Se quiserem condenar meu cliente, creio ser preciso que se condenem todos os deuses que, como ele, um dia, mataram para resolver uma situação ou para se distrair, num mundo tedioso.

Deméter foi a primeira a reagir.

– Mas Proudhon trapaceou! Não respeitou as regras de eliminação naturais do jogo. Quis forçar o destino.

O deus da Guerra gesticulou, pedindo calma.

– Concordo, ele trapaceou. Mas, acho eu, fez a coisa certa. Perfeitamente: pode-se trapacear. Só não deve é ser pego. Quer dizer, a única censura objetiva que se pode dirigir a Proudhon é a de ter sido pego.

– É esta a sua defesa? – perguntou Atena, impaciente.

– Não, isso não é tudo. Gostaria de chamar a atenção para um elemento da investigação. Ainda há pouco, Michael Pinson disse que o ladrão da Enciclopédia estava à sua frente e fugiu. Coloco, então, a questão: por que Proudhon, vindo supostamente matá-lo, não atirou em Michael Pinson?

– Talvez tenha tido um último escrúpulo – propôs Atena. – Aonde o senhor quer chegar, doutor?

– Muito bem – respondeu o deus da Guerra. – O que quero dizer é que meu cliente, isto é, o acusado, é sobretudo culpado de inabilidade. E que se tivesse obtido sucesso pleno, se matasse todos os outros alunos, não estaria sendo julgado. Como vencedor do jogo, seria, pelo contrário, estimado e homenageado.

– O senhor terminou, doutor? – perguntou Atena.

– Ah, ouça! – cortou Ares, incisivo. – Advogar não é minha profissão, mas acho uma pena que, por inabilidade, por um derradeiro escrúpulo, ele tenha sido pego.

– Alguém mais tem algo a declarar? – perguntou Atena. – Não, pois bem, vamos deliberar com os jurados e...

– Eu – interrompeu Proudhon – tenho algo a dizer.

Atena o deixou vir à sua frente.

– Estou aqui porque tive a ambição de criar o primeiro povo ateu.

– Certo. Mas seus ateus, contudo, veneram o raio que sempre os ajudou nos momentos delicados – lembrou Deméter.

– Eu ia emancipá-los dessas bobagens.

O deus dos homens-ratos ergueu uma vez mais os óculos no nariz brilhoso. Olhou pelo vidro rachado de uma das lentes.

– Não gosto de ter nada acima de mim, me manipulando. Pai, Professor, Patrão, Panteão. Todos esses "P" só me inspiram Profundo Patetismo.

O rosto tomou uma expressão mais orgulhosa. Estranhamente, o nariz comprido lembrou repentinamente a fácies de um rato. Seria possível que os totens dos nossos povos acabassem impregnando nossas aparências?

– Sei que vou ser condenado. É mais simples, mais fácil, vai tranquilizar todo mundo. O anarquista que clama "nem deus, nem patrão" se revelando, convenientemente, o assassino de deuses, é tudo que se quer... A ouvi-los, sou um demônio.

Ele engoliu em seco, sob o efeito da emoção.

– Quero lembrar que também fui liberto do ciclo das reencarnações. Eu também salvei as almas de meus clientes. Também fui anjo. Sou um deus. Se me matarem, vocês serão os deicidas.

O olhar se tornou duro, e ele respirou ruidosamente.

– Tenho ainda algo a dizer: apesar de não ter cometido tais crimes, lamento não tê-lo feito. Se fosse para recomeçar, eu os cometeria. Eu repudio esse ensinamento suposto que nos instrui a ser deuses servis, renego meus congêneres, renego inclusive a utilidade dessa ilha. Lutei toda minha vida de mortal para destruir todos os sistemas de servidão do homem. Não vou parar nunca.

– Tudo indica, no entanto, que foi um deus duro e atuante. Como "libertador da servidão" já se viu coisa melhor – ironizou Atena.

– Porque, no início do jogo, eu sabia que não tinha escolha. Quis utilizar as armas do sistema contra o sistema, submeter-me às regras iníquas do jogo de vocês para destruí-lo a partir do interior. Fracassei, foi meu único erro. Quis, é verdade, criar um grande exército que devastasse os outros povos, para impor a lei de um só chefe. Depois eu revelaria que a lei desse chefe era a ausência de leis.

– Como conseguiria conciliar o conceito de anarquia com o de "chefe" anarquista? – interrogou Atena.

– O sistema avança por etapas gradativas. Eu criaria uma ditadura tal que, por reação, a anarquia surgiria de forma espontânea. Era essa minha utopia. Levar um erro até o fim, para criar o reflexo salvador.

– Nada mau – comentou Ares. – Esse cara é um pioneiro.

– Muitos tiranos utilizaram esse argumento falacioso – disse Deméter. – Uma vez criada a ditadura, eles se agarram a ela e nunca houve nenhum "reflexo salvador", como o senhor chama. Bastaria como prova o comunismo que, em nome da igualdade de todos, estabeleceu o Soviete supremo, com um presidente do Soviete supremo semelhante a um rei, e quadros do partido semelhantes aos barões e duques medievais. Chamaram isso "ditadura do proletariado", e era uma simples ditadura.

O acusado enfiou a cabeça entre os ombros.

– Eu odeio o comunismo – disse Proudhon. – Do Império dos anjos, vi o que essa ideologia se tornou após minha morte. Foram eles que, na Rússia, mais mataram anarquistas. Mataram mais do que o czar.

Alguém na plateia protestou bruscamente.

Atena exigiu calma. Proudhon se inflamou.

– Espere, isto é o meu processo como deicida ou o do anarquismo como ideia subversiva?

– O anarquismo ainda não é consumível pelo homem, pois ele não está apto a viver sem leis nem polícia, sem militares e sem justiça – determinou Deméter. – O anarquismo é uma recompensa para seres autônomos, cívicos. Mas basta haver um só trapaceiro na comunidade para que a anarquia deixe de ser praticável. Aliás, observe que por sua causa a polícia e a justiça foram reforçadas aqui em Aeden. O senhor é a pior garantia das liberdades. Se não estivesse aqui, a vigilância dos centauros seria mais branda e cada um se responsabilizaria por seus atos. Mas, em vez disso, por sua culpa, continuamos a tratar todos os alunos-deuses como crianças irresponsáveis e turbulentas numa escola.

Ele quis responder, mas a procuradora o interrompeu com um gesto.

– A história da Terra demonstra que o anarquismo sempre foi desnaturado por gente como o senhor. Pensa estar defendendo uma bela ideia e apenas a desacredita. Nada de interessante se obtém pela violência, sobretudo praticada contra civis ou inocentes.

Mas Proudhon não se entregou tão facilmente.

– Sim, se obtém sim. Nem que seja esse processo em que posso, enfim, exprimir claramente minhas ideias. Lembro do processo dos integrantes da Comuna e, já naquela época...

Atena se irritou.

– Não estamos aqui para refazer o histórico de "Terra 1". O senhor mesmo confessou querer destruir nossa comunidade de Olímpia, com Mestres-deuses e alunos-deuses! Isso basta plenamente.

– Não tenho mais nada a perder, sei que serei condenado, quer então que lhe diga uma coisa, senhora juíza? – Seu olhar se tornava cada vez mais duro. – Não sou o deicida, mas... lamento não sê-lo. E se o fosse, não teria tentado matar apenas alunos, os professores também teriam sua vez.

Balbúrdia escandalizada na plateia e entre os jurados.

– Teria incendiado toda essa ilha para que não sobrasse nada: nem deuses, nem mestres. Apenas cinzas. Ah, como lamento não ter dedicado toda minha energia a essa nobre empreitada! Matem-me. Se não me matarem, saibam que, de agora em diante, não descansarei enquanto não destruir esse lugar maldito.

Atena limpou a garganta e perguntou:

– O senhor terminou?

– Não, uma última palavra. Danem-se todos. E se o verdadeiro deicida estiver ouvindo, peço, encarecidamente, que acelere ao máximo e transforme essa ilha em mera recordação. Aeden deve ser destruída. E que ninguém escape.

Com isso, os centauros o agarraram sem grandes cuidados e o enfiaram na jaula.

Os jurados deliberaram rapidamente. Em seguida, Atena enunciou o veredicto:

– O acusado foi reconhecido culpado por todos os crimes evocados no processo. A pedido da procuradora, buscou-se uma pena mais severa do que a infligida a Prometeu. Encontramos uma.

Ela parecia, entretanto, hesitar em pronunciar a sentença.

Quando a deusa-juíza anunciou a punição, todos ficaram estupefatos.

Proudhon urrou:

– Não, isso não. Tudo menos isso! Sinto muito, confesso o que quiserem, faço penitência. Não pensei no que disse. Não, isso não! Por favor, vocês não têm esse direito. Sou inocente.

Ele se debatia atrás das grades.

Os próprios centauros estavam bestificados com a dimensão do castigo.

Os gritos de Proudhon ecoaram pela cidade inteira de Olímpia:

– NÃO, ISSO NÃO! VOCÊS NÃO TÊM ESSE DIREITO!

Atena ergueu-se, e a voz de bronze cobriu o rumor de espanto.

– Quero que todos saibam que quem quer que tenha um comportamento similar será passível da mesma pena.

Proudhon urrava a ponto de arrebentar as cordas vocais:

– NÃÃÃÃOOOO!

Continuamos sentados nos bancos. Fulminados.

75. ENCICLOPÉDIA: MOVIMENTO ANARQUISTA

A palavra "anarquismo" vem do grego *anarkhia*, que se pode traduzir como "ausência de comando". O primeiro

inspirador do movimento político anarquista foi o francês Pierre Joseph Proudhon. Já em 1840, em sua obra *O que é a propriedade?*, propôs um contrato entre os homens, para que não precisassem de chefe. Ele recusava as soluções autoritárias dos comunistas, o que lhe valeu a hostilidade de Karl Marx. Teve como seguidor o russo Bakunin, que acreditava que a passagem a essa forma mais evoluída de sociedade se faria pela violência.
Após uma fase guerreira – atentados contra o imperador Guilherme I, na Alemanha, contra a imperatriz Elisabeth (Sissi), na Áustria, contra Afonso XIII, na Espanha, contra o Presidente McKinley, nos Estados Unidos, contra o rei Umberto I, na Itália e contra o czar Alexandre II, na Rússia –, os anarquistas se organizaram como verdadeira força política. A bandeira negra se tornou seu emblema.
Os anarquistas tiveram um papel determinante durante a Comuna de Paris, em 1871, durante a revolução russa de 1917 (os comunistas massacraram muitos deles), mas também durante a guerra civil espanhola de 1936. Houve algumas tentativas de cidades anarquistas na América Latina, sobretudo no Brasil: a colônia Cecilia, em 1891; no Paraguai: a cooperativa Cosme, em 1896; no México: a república socialista da Baixa Califórnia, em 1911. Na Itália, durante a Segunda Guerra Mundial, um movimento de resistência criou uma república anarquista, nas proximidades de Carrara.
A maior parte dessas organizações foi reprimida e desmantelada.

Edmond Wells,
Enciclopédia dos saberes relativo e absoluto, tomo V.

76. A SENTENÇA MAIS TERRÍVEL

O jantar foi servido na grande praça, com as mesas arrumadas de maneira a deixar um amplo espaço no centro.

Depois da comida grega, tivemos direito a pratos italianos. Um carrinho com entradas surgiu, com tomates secos e queijo muçarela, berinjela maceradas no azeite, presunto defumado, melão.

Ouvíamos, distantes, os apelos desesperados do condenado. Não tínhamos mais ânimo para comer.

– Que suplício infame.

– Coitado.

– Apesar de tudo – murmurou Georges Méliès –, não importa o que pensemos e qualquer que tenha sido o crime, Proudhon não merecia isso.

– Não gostaria de estar em seu lugar – reconheceu Sarah Bernhardt que, no entanto, fora uma das primeiras a acusá-lo.

– Juntem-se todos os delitos e ainda não valem isto... – retomou Jean de La Fontaine. – A sanção foi desproporcional.

– Quiseram fazê-lo pagar como exemplo – disse Saint-Exupéry. – Não se deram conta disso.

Os Mestres-deuses vieram jantar conosco. Comiam e conversavam ruidosamente.

Estavam todos presentes, menos Afrodite.

– Sinto-me responsável pelo que aconteceu – disse eu.

Mastiguei nervosamente um pedaço de pão. Relembrei a cena e, de repente, tive uma dúvida.

Refiz na cabeça as imagens. Revi toda a cena em câmara lenta.

Quando atirei, atingi o deicida no ombro direito. Durante o processo, Proudhon estava ferido no ombro esquerdo. Mas que diabos, a ferida no ombro! Proudhon era inocente. Isso queria dizer que o verdadeiro deicida continuava livre. E também significava que nenhum dos alunos sobreviventes era o culpado. Nenhum tinha ferimento no ombro direito.

– O que há, Michael? – perguntou Raul.

– Nada – respondi. – Também acho a punição dura demais.

– Os Mestres-deuses tiveram medo. Nunca tinham tido um aluno-deus assassino – observou Sarah Bernhardt.

Georges Méliès fabricava, com miolo de pão, uma forma parecendo um homem. Mata Hari serviu-se de melão.

– Que punição horrível. Nunca imaginei que o condenassem a isso.

Todos tínhamos ouvido a estranha sentença inventada por Atena: *Voltar a ser simples mortal.* E em "Terra 18", além de tudo.

– Ele dominou o jogo e agora vai vivê-lo diretamente – proferiu Georges Méliès, brincando com seu bonequinho de miolo de pão.

Tomei consciência de que a vida, a condição de mortal, o destino... Tudo isso é suportável quando não se sabe, mas Atena dissera claramente que ele conservaria a lembrança de sua experiência no Olimpo. Ele se lembraria de ter sido deus.

Alguns de nós faziam caretas só de lembrar a última existência em "Terra 1". Cada um tinha na memória alguma lembrança dolorosa daquele modo de existência larval.

Vieram-me ao espírito fragmentos de instantes delicados do meu cotidiano terrestre. Sempre dividido entre o desejo e o medo. Desejos recorrentes. Medo permanente. A incapacidade de compreender o mundo em que se vive. A velhice. As doenças. A mesquinharia alheia. A violência. A insegurança. As hierarquias em todos os estágios da vida social. Os chefes. As pequenas ambições. Trocar de carro. Mandar pintar a sala. Parar de fumar. Enganar a mulher. Ganhar na loteria. Tudo isso me parecia, a partir do meu saber de deus, uma enorme estreiteza de espírito.

Raul resumiu a opinião geral:

– É exageradamente duro.

– Estávamos em "Terra 1", ele vai estar em "Terra 18".

– Quando vai aterrissar "lá"?

Naquele momento, os gritos de Proudhon cessaram repentinamente. Paramos todos de comer para prestar atenção. O silêncio durou três ou quatro minutos.

– Pronto. Foi enviado para "lá"... – murmurou Jean de La Fontaine.

Uma ideia estúpida me atravessou o espírito. Eu podia ter enviado por ele uma mensagem para meus homens-golfinhos, caso encontrasse algum. Afinal de contas, não era mau sujeito, teria certamente aceitado.

– Coitado – não conseguiu deixar de murmurar Sarah Bernhardt, por sua vez.

Imaginamos Proudhon desembarcando, com seus óculos e barba comprida, em pleno mundo de "Terra 18", que ainda estava em nível semelhante ao da Antiguidade de "Terra 1".

– Se ele quiser dizer a verdade, vão tomá-lo por louco.

– Ou feiticeiro.

– Vão matá-lo...

– Não podem, ele é imortal. Também faz parte do castigo. Atena disse isso. Será para sempre incompreendido.

Progressivamente, voltamos a comer.

– Tudo vai depender, de qualquer jeito, do lugar em que aterrissar. Se os deuses o deixarem com seu povo, será sem dúvida mais bem-aceito. Ele conhece bem a sua história.

– Os homens-ratos?

A fisionomia de Sarah Bernhardt se alterou.

– Ele os quis duros, invasores, machistas, escravagistas, destruidores. Pois bem, que viva com eles para ver. Não acho que gostem de estranhos esquisitos.

– O feitiço virando contra o feiticeiro – completou Simone Signoret.

Passada a aversão inicial, meus amigos começavam a se habituar com a ideia de que Proudhon havia procurado a própria desgraça.

As Estações serviram *involtini*, enroladinhos de vitela com recheio de pinhão, uva, salva e queijo. Realmente deliciosos.

– O que vocês mesmos fariam, se os obrigassem a viver, como deus, entre o povo que forjaram?

A pergunta interessou meus companheiros.

– Minha civilização me agrada – disse Raul. – Então, eu somente tentaria me tornar o novo imperador.

– E você, Michael?

– Entre os meus não há imperador – respondi. – Mas acho que, se me tornasse homem-golfinho e soubesse tudo o que sei... Bem, faria de tudo para esquecer.

– Ele tem razão. É preciso esquecer, se convencer, ser anônimo, nunca alguém importante.

– Aguenta ficar no meio de um monte de imbecis quem for também imbecil – completou Jean de La Fontaine, filosoficamente.

Ele inclusive pegou um bloco de notas e extraiu dessa sentença uma fábula, que começou a redigir ali mesmo. Pude ler o título: "Um louco no reino dos loucos".

Continuei:

– Eu imaginaria ter sonhado que fui deus no Olimpo, somente isso. Procuraria me convencer ter sido apenas um sonho. E acharia ser mortal. Esperaria, assim, a morte com curiosidade.

Mata Hari pegou minha mão.

– Eu esqueceria tudo, mas tentaria não esquecê-lo – disse.

Apertou bem forte minha palma da mão.

– Você, forçosamente, se daria conta de não ser como os outros, quando todos morressem, menos você – disse Saint-Exupéry.

– Ouvi falar de uma história assim. O conde de Saint-Germain viveu no século XVIII e se pretendia imortal.

Eu próprio tinha lido algo, na Enciclopédia, sobre esse personagem. O conde de Saint-Germain medicou a marquesa de Pompadour, se dizia reencarnação de Cristóvão Colombo e de Francis Bacon, e queria ser chamado Mestre Alquimista.

– É uma lenda. De qualquer maneira, não envelhecer, realmente, não é o que de melhor se pode desejar a um mortal.

As Horas trouxeram ânforas de vinho com gosto e buquê deliciosos. Como conseguiam aquele tipo de bebida tão tipicamente terrestre?

– Quanto a mim – disse Sarah Bernhardt –, se voltasse entre os mortais, tentaria aproveitar ao máximo. Faria amor com todos que me agradassem, comeria sem me censurar e festejaria o tempo todo. Procuraria um máximo de sensações diferentes, buscando experiências que o pudor ou a prudência me impediram de realizar em "Terra 1".

– Se eu me encontrasse entre os mortais de "Terra 18" e me lembrasse, mesmo que vagamente, estar no jogo dos alunos-deuses, meu maior medo seria o de que jogassem mal – observou Georges Méliès, para relaxar o ambiente.

– Não teria confiança?

– Nenhuma. Sabendo, como é o caso, que o mundo depende de gente tão pouco formal, acho que teria boas razões para me preocupar.

– Poderia ser pior – disse Jean de La Fontaine. – Ao menos somos deuses adultos inteligentes, imagine mundos entregues a deuses crianças irresponsáveis.

– Quando a gente vê como tratam os formigueiros ou os vidros de geleia cheios de girinos, de fato, dá medo – reconheceu Simone Signoret.

Dividimos entre nós um prato de lasanha com frutos do mar, copiosamente coberta com queijo e molho branco.

– Proponho uma coisa – disse eu. – Se um de nós descobrir onde está Proudhon, deve protegê-lo.

– Como vai querer encontrar um humano no meio da humanidade? Seria como procurar uma agulha num palheiro.

Isso me lembrou a frase de Edmond Wells: "Para encontrar uma agulha no palheiro, deve-se pôr fogo na palha e passar um ímã nas cinzas."

Sarah Bernhardt fez circularem parmesão e pimenta.

– Por que ajudá-lo? Ele assassinou nossa amiga Marilyn Monroe – lembrou Raul.

– Ele até o fim se disse inocente. De minha parte, tenho ainda alguma dúvida – reconheci. – O processo me pareceu muito sumariamente executado. Tenho a impressão de terem julgado bem mais o seu passado de anarquista em "Terra 1" do que os crimes em Aeden, para os quais não se têm tantas provas.

– Você atirou nele.

– Atirei num homem mascarado que fugia.

– Era o único ferido.

– Sei disso, mas tenho a impressão de não ser assim tão simples.

Georges Méliès não tinha a mesma opinião:

– Há momentos em que não se podem negar as evidências. Um só deicida ferido, um só aluno ferido...

A costumeira orquestra dos centauros começou um trecho de música clássica, no estilo de Vivaldi. Os Mestres-deuses se levantaram, para que Apolo se dirigisse à orquestra.

O efebo, com ares de playboy de toga, não se apressou para ajeitar o penteado e a roupa. Colocou-se, em seguida, diante dos outros músicos e sacou da toga uma lira dourada. Acariciou-a com os dedos, tirando sons melodiosos. Não pareceu, no entanto, satisfeito e fez sinal a um centauro para lhe trazer um amplificador elétrico. Ele plugou a tomada e a mini-harpa ressoou notas metálicas. Encadeou, então, vários acordes e deu início a um solo de virtuose.

"Esse mundo só é suportável porque tem uma dimensão artística", pensei.

Horas se passaram. Contemplei Mata Hari e o sol que se punha distante, dando uma irisação malva ao céu.

Seu perfil gracioso se recortava na redondeza do astro. Escutando Apolo, sentindo a mão de Mata Hari na minha, aspirando o perfume das oliveiras, do tomilho e do manjericão, associado aos pratos italianos, eu me sentia bem.

Foi quando apareceu Afrodite.

Vestia uma toga quase transparente em seda malva. Nos cabelos, um diadema a representava em seu carro, puxado por rolinhas.

A orquestra parou.

Afrodite começou a cantar sozinha, *a cappella*.

– Ainda está apaixonado por Afrodite?

– Não – articulei.

Mata me fixou atentamente.

Era bobagem mentir. Joguemos com cuidado.

– É a deusa do Amor, não podemos esquecer – acrescentei.

– É uma matadora.

– "Pior do que o diabo" – murmurei para mim mesmo.

Mata Hari sentiu-se ofendida.

– E eu sou o que, para você? Amante, amiga, uma amiga-amante?

Não tinha jeito, estava sem saída. A situação me lembrou uma piada do amigo Freddy Meyer, que gostava de brincadeiras com a Bíblia. Adão se entediava sozinho e pediu que Deus lhe fabricasse uma mulher. Deus aceitou. Mas depois de fazer amor, Adão pareceu um pouco abatido.

"Por que ela tem cabelos compridos?", ele perguntou. "Porque é mais bonito assim, é decorativo", respondeu Deus.

"Por que ela tem proeminências na altura do peito?", continuou Adão. "Para que você se apoie durante os carinhos e tenha onde encostar a cabeça." Adão não estava completamente convencido. "E por que ela é estúpida?" E então o Criador concluiu: "Ora, é para poder suportá-lo".

De volta à minha Eva particular. Devia rapidamente encontrar algo como resposta.

– Você é quem está comigo aqui e agora – eludi. – E é a mulher mais importante aos meus olhos.

Tentei beijá-la, mas ela se esquivou.

– Não passo de um objeto sexual para você. Ainda pensa na outra. Talvez pense inclusive quando fazemos amor.

E, de repente, assim sem mais nem menos, foi embora. Segui no seu encalço. Entrou em minha casa e começou a arrumar suas coisas, que já se espalhavam por todo lugar.

– O que posso dizer para provar que não sinto mais nada por Afrodite?

– Mate-a na memória – respondeu. – Às vezes tenho a impressão de que está comigo somente para se vingar dela.

Era preciso jogar com todo cuidado. Lembrei de todas as brigas conjugais em minha vida como Michael Pinson. Eu não tive tantas companheiras, talvez uma dezena, mas chegava sempre aquele momento em que, por alguma razão irracional, tudo desandava e eu me via prestando contas por tubos de pasta de dentes malfechados ou por supostas amantes. Em geral, eu as deixava falar, esperando que a torrente cessasse por si só. É inútil qualquer argumento. Como fora o caso para Proudhon, o processo estava concluído e o acusado seria condenado, antes mesmo do início de um debate.

– Eu já percebi muito bem. Sempre quando ela aparece, você se modifica inteiro.

Deixar passar a tempestade.

– Ela não tem nada demais. Se forem os seios ou a bunda que impressionam a vocês, homens, eu também posso vestir trajes sexy...

Não responder.

– E você vai ver, eu sou mais bonita. Ela é muito sem graça, com os cabelos louros e os olhos azuis. Com aquelas bochechas proeminentes, aquele queixo quadrado. Ainda por cima tem os peitos e a bunda pequenos.

– Eu não estou nem aí para o físico.

– Ah, eu conheço vocês, homens. Têm o cérebro no sexo. O que ela tem que eu não tenho?

– Nada. Não tem nada.

– Então é o comportamento soberbo dela que lhe impressiona, não é?

Ela parou e começou a chorar. Também por aquilo eu tinha passado, não sei quantas vezes. A cena do choro. Aproximei-me para reconfortá-la, mas fui rechaçado violentamente.

Correu para o meu quarto e achou uma maneira de ficar trancada. Por trás da porta, podia ouvi-la soluçar.

Tinha esquecido que as histórias de casal passavam por esses altos e baixos. Acho que esquecia, toda vez.

– Você é um monstro! – gritou, do outro lado da porta.

Sem poder entrar em meu próprio quarto, resignado, resolvi ligar a televisão da sala, esperando que ela se acalmasse.

77. ENCICLOPÉDIA: VISUALIZAÇÃO

Em psicoterapia e hipnose se utiliza uma técnica para se resolverem problemas: a visualização. Pede-se ao paciente que feche os olhos e visualize o instante mais desagradável de sua vida. Ele deve narrá-lo, descrevendo todos os detalhes para revivê-lo bem, inclusive em seu constrangimento.

Nesse estágio, é importante que o paciente diga a verdade e não se recondicione com ajuda das mentiras que inventou para embelezar ou suportar o passado.
Tendo o paciente contado seu drama de infância, o terapeuta lhe propõe enviar o adulto que ele é, para ajudar a criança que ele foi.
Assim, por exemplo, num caso de incesto, uma jovem mulher adulta se projeta, pela imaginação, no passado, para ajudar a criança ferida que ela foi. A paciente descreve a cena e o que ela diz à menina, além do que faz para consolar ou vingar a criança. O adulto mágico, como o gênio bom dos contos, tem todos os poderes, pode obrigar o pai a se desculpar, pode matá-lo, pode ceder poderes mágicos à criança, para que ela própria se vingue. Sobretudo, o adulto deve transmitir uma energia de esperança, onde só havia desespero.
É o poder da imaginação: pode-se vencer o espaço, o tempo, as individualidades para recriar um passado menos traumático. O efeito pode ser rápido e espetacular, em função da capacidade do paciente para reviver os acontecimentos e para ajudar a si mesmo.

Edmond Wells,
***Enciclopédia dos saberes relativo e absoluto*, tomo V.**

78. MORTAIS. 22 ANOS

Arrumei-me no sofá e peguei o controle da televisão. Meus mortais estavam, então, com 22 anos.

No canal 1: Eun Bi terminou seus estudos como ilustradora e trabalhava numa produtora de desenhos animados, onde se esfalfava desenhando cenários, sem qualquer personagem.

Pela manhã, gastava duas horas num trem de subúrbio até chegar ao ateliê. O diretor tinha uma personalidade geniosa. Ele não falava com os empregados, gritava.

Eun Bi tinha dado prosseguimento ao livro sobre os golfinhos extraterrestres. Reescrevia incessantemente a intriga, mas não conseguia encontrar uma estrutura de suspense sólida. Então, recomeçava. Há quatro anos, já, ela reescrevia o mesmo livro. Desenhava para ganhar a vida, escrevia para descansar.

A relação familiar se tornara cada vez mais tumultuada, e ela se distanciara do pai. Por outro lado, a relação com Korean Fox progredira bastante. Ele continuava não querendo mostrar o rosto, mas ligava todos os dias para Eun Bi. De certa maneira, se amavam. Dois espíritos unidos pela tela do computador. Paralelamente, K.F. criara respectivos avatares no quinto mundo, e os dois jovens se divertiam, observando como viviam suas projeções no universo virtual. Para grande surpresa de ambos, mesmo que Eun Bi e o rapaz nunca tivessem se encontrado, seus avatares se casaram e esperavam para breve um filho. Eun Bi, é claro, dizia a si mesma que os avatares tinham ousado o que eles ainda não. Ao mesmo tempo, respeitava o segredo de K.F. Ela havia sugerido ao jovem que se vissem por videofone, mas ele declinara a proposta, o que a levara a imaginar alguma razão para a recusa. Talvez fosse doente, talvez disforme ou apenas muito feio. Em determinado momento, inclusive, ela colocou a questão: e se ele fosse uma moça? Com um pseudônimo, afinal, tudo pode acontecer na internet. Já se viu barbudo se apresentando como modelo de passarela sueca, por que não o contrário? Eun Bi acabou deixando isso para trás. Eles se entendiam tão bem que o físico não tinha tanta importância. Depois de criar uma associação para defender o quinto mundo, K.F. acabara encontrando uma empresa de eletrônica que patrocinava o projeto. O quinto mundo passara a ser uma pequena firma comercial, da qual ele era um dos cofundadores. Os primeiros clientes foram crianças, querendo guardar um traço virtual de seus pais que morriam. Em seguida, vieram alguns jogadores, cientistas e até sociedades de pesquisas, pretendendo testar produtos num jogo virtual, antes de colocá-los no mercado. K.F. anunciou a Eun Bi ter grandes ambições para o quinto mundo:

– Agora, antes de se fazer uma besteira, pode-se testá-la num mundo quase igual ao nosso.

Aos clientes, ele sustentava um discurso diferente:

– O que o quinto mundo lhes oferece é a imortalidade. Você pode morrer, mas seu avatar sobrevive. Ele vai pensar, agir e falar quase como você faria.

Eun Bi sonhava em refazer, com K.F., um mundo artificial em que eles próprios estabeleceriam as regras. Ambos gostavam de refletir sobre o jogo informático em rede.

– Um dia, conseguirei fazer com que nossos avatares acreditem serem eles que decidem quanto às suas vidas e que são livres. Quem sabe, conseguirei, inclusive, fazer com que ignorem que têm um duplo, no mundo real.

Dessa maneira, Eun Bi se apaixonou por Korean Fox, sem nunca tê-lo visto. Dele conhecia apenas o pensamento criativo e o poder para inventar um mundo imenso.

– Por que você faz isso? – perguntou ela, um dia. – Por megalomania?

– Basicamente para me divertir – respondeu K.F. – Afinal, o que pode haver de mais divertido do que criar um novo mundo?

A vida virtual se simplificava à medida que a vida real, na empresa de desenhos animados, se complicava. Um dia, sem motivo, o diretor cismou com ela:

– Esses cenários estão desleixados.

Eun Bi ficou paralisada com o insulto. Ao redor, os colegas riram. Ela começou a chorar e saiu, deixando a sala em total hilaridade.

Chegando em casa, em lágrimas, conectou-se com K.F. e, envergonhada de revelar a humilhação, contou-a por intermédio de seu avatar. K.F., então, resolveu criar, no quinto mundo, um laboratório em que pesquisadores virtuais aperfeiçoariam um programa que infectaria as máquinas da empresa de desenhos animados.

– Eles vão arruinar o seu patrão grosseiro e nunca mais ninguém conseguirá chegar até eles, que são criação da internet – disse ele.

Eun Bi ficou aturdida. O quinto mundo, então, podia intervir no primeiro... Aquilo abria grandes perspectivas. Ela decidiu utilizar a raiva, o amor e o deslumbre para redigir uma enésima versão do romance *Os golfinhos*.

Próximo canal. África. Kouassi Kouassi, como futuro chefe da nação baúle, foi enviado à França pelo pai, para aprender a lei dos brancos. A primeira parte da viagem já o surpreendera, pois o carro que o levou do vilarejo era uma caminhonete-táxi Peugeot 504, lotada com uma dezena de pessoas. Por um furo no piso, entrava uma nuvem de poeira no veículo, enquanto do lado de fora o tempo estava claro. No painel havia uma inscrição: CONFIE NO MOTORISTA. APESAR DAS APARÊNCIAS, ELE SABE AONDE VAI. O motorista, justamente, parou diante de um barraco e, com todos os passageiros suando abundantemente dentro de sua lata velha, tomou uma cerveja com amigos. A espera demorou. Galinhas que estavam dentro de uma sacola furada, forçando o fecho, se espalharam pelo automóvel, cacarejando e batendo asas. Mas, finalmente, retomaram a estrada. Kouassi Kouassi percebeu, nos arredores da capital, diversos prédios com apenas os primeiros andares construídos. Como ele se espantou, um passageiro explicou que a empresa imobiliária havia começado os trabalhos, mas o responsável fugiu com o dinheiro dos futuros proprietários. A falcatrua era frequente, e as pessoas moravam no canteiro de obras, estendendo lonas como teto.

Kouassi Kouassi sentiu uma certa apreensão ao subir no avião, se perguntando como aquele monte fumacento de lata podia desafiar os pássaros. Acabou concluindo ser um fenômeno mágico e que era a crença de todos os passageiros que mantinha a engenhoca suspensa no ar. O feiticeiro lhe dera um amuleto, para sua proteção no mundo dos brancos. Ele o colocara num pequeno saquinho de couro e, durante todo o trajeto, apertou-o na palma úmida da mão. A visão da Terra a partir do alto foi, para ele, um pavor e um deslumbre. O planeta, então, era assim, com ondulações parecendo infinitas, de florestas, litorais e mar. Jamais o tinha imaginado daquele modo. A aterrissagem foi um alívio. As formalidades alfandegárias pareceram um ritual estranho, mas um passageiro o ajudou a apresentar os documentos certos. O táxi pego em Paris era bem diferente daquele que o levara a Abidjan. Não só ele estava sozinho no carro, mas durante todo o trajeto o motorista se manteve calado, falando apenas de vez em quando no telefone celular, permanentemente fixado em seu ouvido.

Kouassi Kouassi, enfim, chegou a Paris e, mesmo já tendo visto a capital francesa na televisão, em sua terra, foi surpreendido a todo momento. A princípio pelo odor. Tudo ali cheirava a gasolina queimada, e em todo lugar havia relentos de fumaça industrial. Ele levou tempos para detectar qualquer referência olfativa agradável. Cheiros de árvores, de carne grelhada. A segunda sensação espantosa foi a de não se ver a terra em lugar algum. Todo chão era coberto com cimento ou grama. Kouassi Kouassi não pôde deixar de pensar que os brancos pareciam ter empacotado a natureza, para não vê-la e nem tocá-la.

Ele se juntou a um grupo de marfinenses já morando em Paris e que começou a lhe explicar os costumes locais. Era preciso sempre trazer dinheiro consigo. As frutas que se viam não podiam ser pegas livremente. Tudo pertencia a alguém e o que se quisesse era preciso comprar. Conversando com um feirante parisiense, descobriu que os abacaxis da Costa do Marfim chegavam a Paris ainda verdes, eram amadurecidos no grande depósito de Rungis, depois enviados ao mercado parisiense e, mais tarde ainda, à feira... africana.

Os marfinenses de Paris tinham seus restaurantes, boates, lugares de encontro, na área da Gare de l'Est. Diversos amigos se ofereceram para lhe conseguir uma mulher ou mesmo várias, mas Kouassi Kouassi não pretendia permanecer naquela réplica em miniatura do seu vilarejo. Disse querer conhecer o restante da cidade. Indicaram-lhe, então, uma visita guiada.

Desse modo, ele subiu a torre Eiffel, uma espécie de grande pilar elétrico que parecia impressionar todo mundo. Descobriu o museu do Louvre, onde ninguém falava e os quadros todos eram pintados com cores suaves.

Perambulando à noite pelas ruas de Paris, viu um jovem, correndo, arrancar a bolsa de uma moça. Ele o perseguiu, facilmente o alcançou e pegou de volta a bolsa.

– Por que está fazendo isso? – perguntou o rapaz. – Ela, de qualquer jeito, é cheia de dinheiro e não precisa da bolsa.

O argumento surpreendeu Kouassi, que devolveu a bolsa e conversou com a vítima.

– Por que fez isso? – quis saber a moça também.

"Realmente, é esquisito. Todo mundo aqui parece achar normal que um sujeito roube uma bolsa", pensou Kouassi Kouassi.

Ele convidou a jovem para jantar num restaurante, mas ela não aceitou. Estranho lugar aquele, em que era normal ser roubado, e anormal ser convidado para um restaurante. A moça, no entanto, antes de partir, pediu seu número de telefone celular. Como ele respondeu que não tinha um, ela hesitou e, afinal, propôs se encontrarem na semana seguinte, no mesmo lugar.

Último canal. Theotime, mais uma vez, era monitor de colônia de férias, para ganhar a vida. No grupo de adolescentes, um certo Jacques Padova o impressionava pela imperturbável calma.

– De onde vem essa calma? – perguntou Theotime.

– Da ioga.

– Ioga, eu conheço.

– A minha é especial, é a ioga das origens, é chamada Ioga real, ou Raja Ioga. Dizem que foi um homem-peixe que, em tempos remotos, a ensinou aos homens.

– Mostre-me – pediu Theotime.

Jacques Padova fez algo que não se parecia com o que Theotime, até então, achava ser ioga. Ele desenhou num papel um pequeno círculo negro de três centímetros de diâmetro. Colou-o na parede e disse que o olhasse fixamente, o maior tempo possível, sem piscar.

– Precisa praticar esse exercício todos os dias.

No início foi difícil, mas depois Theotime conseguiu. No terceiro dia, tudo que havia ao redor do círculo desapareceu, restando apenas o círculo, que se manteve como uma chama irradiante.

Depois, Jacques Padova ensinou Theotime a respirar.

– Deve fazer em três fases, uma primeira para inspirar, enchendo a barriga e depois os pulmões. Uma segunda para bloquear a respiração. Em seguida, uma terceira para expirar primeiro pelos pulmões e depois pela barriga. As três fases devem ter a mesma duração.

Jacques Padova ensinou a sentir os batimentos cardíacos (esse pequeno fremir interior, cada vez mais claro) e a controlá-los pela vontade. Theotime visualizava o coração, vendo-o bater mais rápido ou mais lentamente.

Junto a isso, ele teve problemas com os outros monitores. Zombavam dele, chamando-o de "discípulo do jovem guru", e dizendo que ele tinha entrado para uma seita. O instrutor de judô, um homem corpulento e bem mais alto, o interpelou uma noite. Disse que gostaria de ver se a ioga era melhor do que o judô. Theotime não soube como reagir. Tentou se manter calmo, sem prestar atenção à provocação. Mas o outro o ergueu e o projetou ao chão, com um movimento do ombro. Theotime se levantou, disposto a mostrar o que aprendera com o boxe, mas o professor de judô pegou seu braço e torceu.

Com as costas doendo, Theotime fez uma careta.

– Está vendo, a ioga não serve para nada. Devia aprender judô, para se defender.

Um tanto desacreditado, sobretudo em seu amor-próprio, Theotime contou o ocorrido a Jacques.

– E aí, a ioga aconselha a fazer o quê? – perguntou.

– Nada. Não responda à violência, não ceda à provocação.

– Por que me agridem?

– Porque ainda não consolidou a paz em você.

– Mas ele ainda vai me quebrar a cara algumas vezes, aquele estúpido.

– Essa violência só passa a existir se você assumir o papel de vítima. É o que ele quer. Não pense mais nisso.

– E se ele não parar?

Na manhã do dia seguinte, eles foram à floresta, e Jacques Padova lhe ensinou, ali, a criar o vazio na mente.

– Deve-se escolher uma postura, a ideal é a de lótus, com as pernas cruzadas.

Mas Theotime não tinha boa flexibilidade. Jacques propôs que se sentasse confortavelmente num semilótus e fechasse os olhos. Depois, aconselhou, com a voz suave:

– Toda vez que um pensamento chegar, você o olha, identifica e o deixa ir como uma nuvem empurrada pelo vento. Quando todos os pensamentos estiverem longe, não haverá mais nada, apenas o vazio, e aí você se revigorará realmente. E isso porque terá interrompido a cansativa máquina de pensar ininterrupta e atabalhoadamente. Porque, durante uma fração de segundo, terá tido acesso a sua verdadeira natureza. Aquela que nada teme e tudo sabe.

Impressionado, Theotime tentou várias vezes criar o vazio, mas não conseguiu.

– Mostre – disse ele.

Jacques Padova se pôs em posição de lótus e permaneceu imóvel. Um mosquito pousou em sua pálpebra, ferroou a fina membrana, mas o iogue nem mesmo o afastou.

No final de uma meia hora, Jacques Padova reabriu os olhos.

– Deve fazer isso todos os dias, purificar o espírito e criar o vazio. Quanto mais se pratica, mais fácil fica. A respiração limpa os pulmões, a concentração limpa os olhos, a meditação limpa o cérebro. Quando tudo está calmo, sua alma pode, enfim, brilhar. Um dia, vou lhe ensinar a sair de seu corpo e viajar no espaço e no tempo, sem limites.

Por um instante, Theotime se perguntou se aquele sujeito não era um extraterrestre, um messias ou um louco.

– São os desejos que o fazem sofrer – acrescentou Jacques. – Está o tempo todo querendo um monte de coisas. E quando as consegue, não sabe apreciá-las. Você tem o que quer e quer o que não tem. Tente apenas apreciar estar aqui, vivo.

– Não é fácil – respondeu Theotime.

– Se eu fosse resumir meu ensinamento numa só frase, seria: "Sem desejos, sem sofrimento."

– Mas você não deseja nada?

– Eu desejei transmitir isso a você... e foi feito – concluiu.

Quando se deixaram, Theotime sabia que Jacques o marcaria por muito tempo.

De volta a Creta, Theotime procurou um centro de ioga, para dar prosseguimento ao que o amigo ensinara. Encontrou cursos de Raja Ioga. Mas na academia, a prática parecia uma ginástica para senhoras desocupadas que, no final das sessões, só falavam de receitas de cozinha natural com tofu e germe de trigo. Decepção.

Ele prosseguiu fitando o pequeno círculo na parede, tentando dominar a respiração e os batimentos do coração.

Tentando dedicar meia hora, toda manhã, para criar um vazio no cérebro.

Depois, como ninguém o incentivava, acabou praticando cada vez menos e parou.

Desliguei a televisão.

Então era isso! Aquela era a ideia! O mortal acabara de me dar a solução. A calma, o desprendimento, a ioga, "sem desejos, sem sofrimento". O rapazote de 16 anos não tinha somente instruído o mortal de 22, instruíra um deus com 2.000 anos.

Vesti uma túnica e sandálias.

A porta do quarto se abriu. Mata Hari estava diante de mim.

– Faça amor comigo, agora, já!

– Achei que estava brigada comigo – espantei-me.

Ela saltou sobre mim, grudou os lábios em minha boca e, com gestos brutais, arrancou minha toga para me despir. Depois ficou nua e esfregou seu corpo no meu.

Acho que nunca vou entender as mulheres.

Uma hora depois, pegou o controle da televisão, ligou-a e caiu no canal de Theotime, que estava em posição de semilótus, tentando se entregar à meditação.

De repente, a ideia voltou. Levantei-me, deixando ver que ia sair.

– Aonde você quer ir? Hoje é feriado. Não vai querer ainda procurar por ELA.

– Não. Não é isso.

Movida por uma intuição, colocou-se entre mim e a porta.

– Vai trapacear? Quer jogar no período de descanso? Vai à casa de Atlas? É proibido. Lembre, Edmond Wells já foi eliminado por isso.

– Eu fracassei com minha Atlântida porque fui descoberto por Afrodite, mas isso não quer dizer que terei sempre azar.

– Não vá.

– Somente quando se trapaceia se controla realmente a situação.

– Está bem. Mas nesse caso, vou com você – declarou.

– É arriscado demais. Em dupla, vamos acabar sendo pegos. Como disse, já perdi Edmond... Nunca vou correr o risco de perder você.

Ela me olhou, como para me sondar.

– Não vou mais aceitar o roteiro do livro. A melhor forma de se prever o futuro, com certeza, é criá-lo nós mesmos.

A frase causava efeito.

– Vou com você – repetiu ela, ainda mais determinada. – Estamos juntos agora e fazemos as coisas juntos. Eu compartilho sua vida, compartilho seus riscos. Também compartilharei esse futuro que você quer criar.

79. ENCICLOPÉDIA: LOUVA-A-DEUS

Dentre as experiências que provam que o observador modifica o que observa, a ponto de alterar completamente a informação, assinalemos o caso do louva-a-deus. Sempre se acreditou que a fêmea louva-a-deus devorava o companheiro, após o ato sexual. Esse canibalismo sexual alimentou o imaginário de estudiosos, criando toda uma mitologia científica e, em seguida, psicanalítica.

Houve nisso, entretanto, um erro de interpretação. Se a fêmea come seu companheiro, é por não estar em suas condições naturais. Após o ato, ela fica faminta e devora tudo que for comestível ao seu redor. Na pequena caixa de vidro de observação, o macho fica encurralado. A fêmea, precisando repor proteínas após o ato sexual, pega o que encontra. O macho, menor e impossibilitado de fugir

para fora da prisão das paredes de vidro do aquário, se torna a única caça acessível. Ela o devora, então, sem pensar. Quando estão em seu ambiente natural, findo o ato, o macho se retira e a fêmea louva-a-deus se alimenta com qualquer outro inseto que passe ao seu alcance. Salvo pela fuga, o macho vai descansar o mais distante possível de sua ex-conquista, para estar seguro. O fato de ter fome após o ato sexual, para a fêmea, e de ter vontade de dormir, para o macho, são pontos em comum com muitas outras espécies animais.

Edmond Wells,
***Enciclopédia dos saberes relativo e absoluto*, tomo V.**

80. O “EDUCADO”

Mata Hari e eu, sorrateiramente, percorremos os quarteirões sul.

Nenhum centauro à vista.

Chegamos diante do palácio de Atlas. Penetramos furtivamente pela porta principal, que estava entreaberta.

Atlas e a monumental companheira dormiam a sono solto no quarto. Roncavam barulhentos, como dois ogros.

Mata Hari e eu tomamos a direção do subsolo. A porta estava fechada, mas bastou acionar a maçaneta para abrir. Descemos os pequenos degraus. Eu iluminava a escada com flashes intermitentes do meu ankh, até chegarmos.

Todos aqueles mundos alinhados causavam a impressão visual de uma galáxia em sua mais alta pompa. Mata Hari, descobrindo o lugar pela primeira vez, estava impressionadíssima e compreendeu meu desejo de voltar ali.

Avançamos, iluminando as capas protetoras, para distinguir os números dos planetas. Mata percebeu que, mesmo não estando arrumadas na ordem exata, as capas tinham números que iam bem além de 18. Localizou planetas com números de três algarismos. Não pude deixar de pensar que haviam acrescentado outros.

Como da última vez, a curiosidade era tanta que ergui algumas capas. Descobri mundos que eu já tinha visitado. Mundos aquáticos. Mundos desérticos. Mundos gasosos. Mas também mundos com humanidades pré-históricas e outras mais evoluídas do que "Terra 1". Voltei a ver o mundo com cúpulas de vidro, formando espécies de verrugas transparentes, protegendo as populações das radiações e da poluição. Mundos com robôs. Mundos com clones. Mundos unicamente femininos. Mundos unicamente masculinos.

– É incrível – murmurou Mata Hari, que acabava de descobrir um em que uma espécie de dinossauro inteligente havia construído cidades, andava de carro e voava de avião, tudo adaptado a seu tamanho.

Mostrei um mundo em que os habitantes não eram vertebrados. Não podendo ficar de pé, se arrastavam, deixando atrás de si uma gosma. Isso não os impedia de carregar, nas costas, torres de metralhadoras, com as quais faziam guerras.

– Um mundo de moluscos inteligentes.

Erguemos as lonas de planetas, cujos números ultrapassavam a centena.

Novamente fomos tomados pelo fascínio por aqueles mundos-bonsais. Nós, que tínhamos gerido humanidades, não podíamos deixar de refletir, toda vez, quanto à intenção dos deuses jardineiros que cuidavam daqueles mundos exóticos.

– Olhe esse aqui, que bonitinho – mostrou Mata Hari.

Descobri um mundo de vegetais conscientes, onde flores, também ali, criaram casas, cidades, exércitos, máquinas voadoras.

Como se toda vida social provocasse, forçosamente, a criação de territórios; e a criação de territórios, a guerra.

Também descobrimos mundos pacíficos. Mundos imóveis. Mata Hari me apontou um mundo azul, unicamente povoado por espíritos e que não era, nem por isso, nenhum Paraíso ou Império dos anjos.

De repente, algo estalou, e uma dor fulgurante atravessou minha batata da perna. Com muita dificuldade, controlei um grito de dor. Mata Hari iluminou o chão com seu ankh. Meu pé estava preso entre duas mandíbulas mecânicas de aço, dentadas.

Armadilha para lobos.

A mordida era dolorosa. Estar encarnado não representa somente vantagens. Compreendi porque o acesso ao subsolo de Atlas tinha sido tão facilitado. Como os caçadores, ele sabia que a caça acaba voltando aos mesmos locais.

Puxamos as mandíbulas da armadilha, mas a mola era mais poderosa.

– Preciso encontrar algo que sirva como alavanca – cochichou.

Procurou, sem nada encontrar, além das esferas dos mundos lisos.

Com esforço, após vários minutos de faíscas junto à parte mais fina da mola, conseguimos afrouxar o torno. A ideia de utilizar nossos ankhs como maçarico fora minha. Massageei o tornozelo ensanguentado e avancei, mancando.

– Acha que vai dar?

– É suportável – respondi, engolindo minha saliva.

Rasguei um pano de minha toga para fazer uma espécie de torniquete, que apertei para não sentir o tornozelo dolorido.

Era preciso agir rápido.

Procurei "Terra 18", sem encontrar. Localizei, porém, uma outra armadilha para alunos. Quanto mais avançávamos em direção aos fundos do subsolo, mais eram numerosas.

Levantamos todas as lonas e, com isso, perdemos muito tempo. Mata Hari, finalmente, descobriu a esfera do nosso planeta, no ponto em que mais havia armadilhas. Tendo-as contornado, erguemos a lona protetora e nos debruçamos sobre ele. Como havia sido dito, poucas coisas tinham acontecido durante o dia de folga. O tempo estava mais lento em "Terra 18".

Constatei que o império dos homens-águias tinha se consolidado, apesar de seus imperadores mutuamente se matarem em família para sentar no trono tão cobiçado. O povo dos homens-lobos de Mata Hari continuava enviando dracares para pilhar os povos colocados mais ao sul, inclusive em postos avançados dos homens-águias. Eles aperfeiçoaram um sistema de ataques relâmpagos que surpreendiam os homens-águias, acostumados às grandes batalhas organizadas nas planícies. Os homens-iguanas, de Marie Curie, viviam em simbiose tranquila com os meus, mas não era ali que nasceria alguma grande evolução da história. Os homens-iguanas me pareciam estáticos demais em sua religião astrológica. Como achavam conhecer o futuro pela observação das estrelas, não faziam nenhum esforço para modificá-lo ou criar surpresas. Eram resignados, como se estivessem nos trilhos de um destino imutável.

No território ancestral dos homens-golfinhos, a situação só fizera piorar. Eles se revoltavam incessantemente, e a repressão dos homens-águias se tornava cada vez mais sangrenta. Os soldados de meu amigo Raul não perdiam tempo com meias medidas. Na entrada das cidades, viam-se dezenas de corpos supliciados, deixados aos abutres e moscas como exemplo.

No trono do reino dos golfinhos, as águias haviam estabelecido um rei fantoche que sequer era do meu povo, mas oriundo de um povo vizinho, dedicado à pilhagem. Ele se comportava como déspota, desviando os impostos para construção de palácios, vivendo no luxo e na orgia. Meus homens-golfinhos organizavam revoltas que acabavam, às vezes, em vitórias temporárias, mas mais frequentemente em massacres. Eram escravos em sua própria terra. No entanto, não se resignavam e, após cada revolta, uma repressão mais dura os dizimava. A continuar assim, meu povo inteiro desapareceria da terra ancestral. Cheguei bem a tempo, trazendo minha "novidade".

Localizei um golfinho recém-nascido, numa família banal, para não chamar atenção. No início, pensei em pegar um príncipe de sangue real ou um filho de general, mas, após refletir, achei que um simples filho de dono de armazém seria melhor.

Resolvi chamá-lo de "O Educado", pois pretendia ensinar-lhe o que todo humano devia saber, na minha opinião. Daria a ele uma educação completa.

Regulei meu ankh e passei à ação. Para começar, procurei atrás da base o regulador do tempo, pois tinha visto que Cronos, apesar dos ares que se dava de grande feiticeiro, apenas girava uma roseta. Achei o botão e vi, de fato, o tempo acelerar. Eu podia, desse modo, agir sobre um indivíduo e imediatamente constatar os efeitos nas décadas seguintes. Levei os pais de meu Educado a fazerem-no viajar desde cedo. Ele foi ao país dos homens-cupins e estudou a filosofia desenvolvida por minhas pequenas comunidades minoritárias, naquele território. Isso constituiu a primeira camada de educação. Descobri, com espanto, aliás, que as pequenas comunidades de homens-golfinhos, por não serem perseguidas pelos homens-cupins, se integraram perfeitamente à sociedade, a ponto de serem assimiladas completamente, ou até mesmo convertidas. Não pude deixar de pensar: "Será que meus homens-golfinhos precisam ter problemas para se lembrarem de tudo que os diferencia?"

Afastei esse pensamento perverso e continuei a forjar a pequena alma, ensinando-lhe os valores dos sacerdotes cupins: a renúncia, o desprendimento, a compaixão, a empatia, a consciência cósmica. Todas essas noções estavam já no ensinamento das formigas e, posteriormente, no dos golfinhos, mas, sob a pressão dos invasores e dos movimentos de resistência, tinham sido um pouco esquecidas. Foi a segunda camada de educação.

Graças ao encontro de um velho sábio, o Educado aprendeu a dominar a respiração.

Graças ao encontro de uma feiticeira, o Educado aprendeu a dominar o sono.

Graças ao encontro de um soldado, o Educado aprendeu a dominar a raiva.

E viajou.

Graças ao encontro de uma caravana de exploradores, o Educado foi iniciado em matemática.

Por sorte, o Educado gozava de predisposições naturais. Tinha sede de conhecimentos. Quanto mais sabia, maior era a vontade de saber e mais ele se abria.

Ao completar 27 anos, provoquei seu encontro com uma delicada mulher, que loucamente se apaixonou por ele.

Mais tarde, aos 29, ela o deixou porque seu amor era demasiado forte. Ele ficou sozinho e quis compreender o que havia acontecido. Encontrou, então, outra mulher, dura, uma Afrodite que o fez se apaixonar como louco. Estava disposto a morrer por ela. Depois, por intervenção minha, ela o deixou, antes que ele sucumbisse completamente. E pensar que uma provação desse tipo pode pôr tudo a perder...

Foi a terceira camada de educação, talvez a mais delicada, a educação pelas mulheres.

Meu Educado passou a saber o que era o amor recebido e o amor dado, aprendendo, com isso, a amar a si mesmo e também a humanidade em sua totalidade, de acordo com o princípio dos quatro amores da *Enciclopédia dos saberes relativo e absoluto*.

Quando o trouxe de volta aos homens-golfinhos, fiz com que entrasse em contato com um grupo religioso secreto, os delfinianos, para receber a quarta camada de educação.

Os delfinianos eram apenas algumas centenas. Viviam num vilarejo incrustado, em pleno deserto, num monte rochoso. Distantes do mundo, distantes dos soldados-águias, preservaram o saber esotérico das origens, o conhecimento da cultura arcaica dos golfinhos, mas também todas as demais, subjacentes, que a haviam enriquecido: a cultura dos homens-baleias, a cultura dos homens-formigas. O Educado aprendeu a decriptar os sonhos, um conhecimento que muitas vezes tinha permitido aos homens-golfinhos serem tolerados em cortes de tiranos. Durante três anos, aperfeiçoou-se na arte do sonho desperto, do sonho coletivo, do sonho comentado e analisado.

Depois, aprendeu a curar, graças ao ensinamento de um médico homem-baleia. Esse professor ensinou como curar com plantas e como curar reequilibrando os meridianos energéticos que afloram sob a pele dos humanos. Fez-lhe tomar consciência da energia humana, da aura e da capacidade de emissão de calor pelas palmas das mãos.

Meu Educado, enfim, recebeu ali, aos 35 anos de idade, a iniciação antiga dos homens-golfinhos, pela água, que consistia em mergulhar numa piscina muito profunda, até alcançar o fundo.

– O que pensa disso, Mata Hari?

Ela me cochichou uma sugestão no ouvido, e eu a utilizei.

O Educado precisou nadar, sempre em apneia, até o fundo do tanque, com os olhos abertos debaixo da água. Ali, a oito metros de profundidade, encontrou um túnel aquático e nadou, pelo estreito gargalo, uma distância de vinte metros. Viu uma claridade no fim do túnel (a ideia era a de lembrar a experiência da morte) e subiu para uma segunda piscina, paralela. Um golfinho o esperava ali, para trazê-lo de volta à superfície mais rapidamente.

Ao chegar, meu "herói" retomou o fôlego e pôde, com isso, iniciar um diálogo com o animal.

A iniciação delfinesca imaginada por Mata Hari consistia em desenvolver a telepatia, para poder compreender o cetáceo.

Houve uma certa dificuldade inicial.

Por minha vez, usei o golfinho como médium, para conversar com meu protegido.

– Bem-vindo, Educado, tenho uma missão para ti.

– Com quem falo?

– Com um golfinho habitado pelo espírito do Grande Golfinho.

– Meu Deus?

– Seu Deus.

– Nesse caso, temo não estar à altura da minha missão – disse o Educado.

– Se lhe escolhi, lhe fiz viajar, lhe eduquei, foi precisamente por ser o mais apto a cumprir tal missão.

Nesse instante, uma ideia me atravessou o espírito.

– Você é "aquele que se espera".

Há tanto tempo eu ouvia a frase que podia muito bem utilizá-la, por minha vez.

– O que devo fazer? – perguntou o mortal.

– Restaurar a força A, a força de Associação, a força de Amor, neste mundo em que reina a força D, a força de Dominação, a força de Destruição. Para tanto, precisará restaurar os valores delfinescos, que sempre protegeram o A. E deve convencer os N, os Neutros, que apenas seguem e não têm outra característica senão a de ouvir o último a ter falado.

Mata Hari me incentivava, apoiada em meu ombro, a prosseguir o discurso.

– Como posso restaurar a força A?

Boa pergunta. Consultei minha companheira.

– Basta organizar uma revolta – sugeriu ela.

– Mas ele será massacrado, como todos que o fizeram antes, na terra dos golfinhos.

– Que ele escreva um livro de profecias.

– É cedo demais. Nostradamus só apareceu por volta do ano 1600.

– Sim, mas são João muito antes, e seu *Apocalipse* marcou os espíritos.

– Não me sinto muito convencido.

O Educado esperava, diante do golfinho, sem compreender porque ele não falava mais.

– É só ele inventar a eletricidade – disse eu, sem mais argumentos. – Uma espécie de Arquimedes.

– Lembre-se do nosso slogan.

– "O amor como espada, o humor como escudo"?

Não via aonde ela queria chegar. O amor? É uma noção um tanto abstrata a se difundir. O humor? Os homens-golfinhos eram perseguidos há tanto tempo que o desenvolveram bastante, para contrabalançar. Não, como divindade, me faltavam ideias com relação à missão do Educado. E lá distante, em "Terra 18", podia ver que ele se impacientava, apesar de o golfinho, por conta própria, ter achado que podia muito bem, em compensação, fazer algumas piruetas no grande tanque.

– Escute – disse eu –, o melhor me parece, ainda, que ele organize uma revolta militar. Só que, dessa vez, com meu apoio, ele irá ganhar as batalhas. Vou fulminar as legiões de homens-águias.

– Pode funcionar durante um certo tempo, mas o Educado não vai poder vencer sozinho o império das águias.

Minha perna doía, e eu sabia não ter muito tempo mais. Atlas podia chegar a qualquer momento. Seria realmente uma lástima abandonar meu protótipo de salvador em um mundo tão perigoso.

Foi quando me lembrei de já ter organizada a sua missão. Pela educação que lhe dei e pelo apoio dos delfinianos. Devia confiar nele, sozinho encontraria seu modo de ação. Mata Hari aprovou.

O golfinho voltou a se aproximar do Educado e emitiu:

– Procure e encontrará.

Bem, não era ótimo como trabalho divino, mas eu contava com ele para improvisar.

O golfinho mergulhou, e o Educado se agarrou em sua nadadeira, para voltar ao primeiro tanque, onde todos os outros delfinianos o esperavam. O Educado perguntou como tinham trazido aquele peixe tão grande àquela distância do mar, e os sacerdotes delfinianos lhe contaram a vida clandestina que levavam. Eles possuíam ainda livros que narravam a vida na Ilha da Tranquilidade e tinham, também, máquinas vindas da ciência dos ancestrais.

O Educado recebeu, enfim, a quinta camada de educação. Após o ensinamento da cultura das baleias e o ensinamento do saber dos golfinhos, foi o momento da última lição. A da antiga civilização das formigas.

Para tal, acompanhado por um homem se declarando oriundo em linha direta dos homens-formigas, o Educado desceu uma escada que dava numa sala, onde havia uma pirâmide com dois metros de altura: um formigueiro. Ele passou dois meses a observá-lo, só interrompendo a contemplação por instantes de sono e de alimentação.

Da observação dos insetos, deduziu uma nova forma de vida em grupo, baseada na troca e na solidariedade. Pois as formigas são dotadas de dois estômagos: um normal, para a digestão; e um segundo, social, que armazena alimentos mastigados, destinados aos outros. Esse órgão, de generosidade e de ligação, é o segredo de união da espécie. Cada formiga se preocupa com o sucesso de todas as outras. Cada uma se sente concernida pelas demais.

O Educado deduziu daí a criação de uma sociedade em que todos teriam com que prover suas necessidades vitais, podendo se entregar às paixões pessoais, no interesse de todos. Pois ele viu que, entre as formigas, não há pobres, não há excluídos e nem hierarquia. A rainha apenas choca os ovos. Ele constatou que a sociedade das formigas sequer é obcecada pelo trabalho. Ela se divide em três grupos.

Primeiro grupo: os Inúteis. São bocas a serem nutridas, toleradas pelos demais, que não reclamam. Dormem, descansam, passeiam, olham os outros trabalhar.

Segundo grupo: os Inábeis. São indivíduos que agem, mas de maneira ineficaz. Cavam túneis que provocam o desabamento de corredores, juntam galhinhos que bloqueiam saídas.

Terceiro grupo: os Ativos. Um terço da população, que repara os erros do segundo grupo e constrói de fato a sociedade.

O Educado viu, compreendeu, digeriu, refletiu. Quis propagar seus conhecimentos e descobertas.

Em seguida, no final de suas sucessivas iniciações, o Educado, ajudado por alguns sacerdotes delfinianos, começou a comunicar com o exterior.

Deixou os confins rochosos, dirigindo-se à capital dos homens-golfinhos, e pronunciou seu primeiro discurso público, na praça do mercado.

– Não vim para inventar novidades. Sobretudo, não vim inventar uma nova religião; sou um homem-golfinho e permanecerei homem-golfinho, apegado aos valores ancestrais. Vim para lembrar nossas leis e regras àqueles que as esqueceram, dadas as diferentes invasões militares e concessões feitas aos nossos perseguidores. Outrora, antes que nosso país fosse invadido por homens-ratos, escaravelhos, leões e águias, tínhamos a riqueza de um conhecimento que foi esquecido. É o conhecimento das nossas mães. E das mães das nossas mães. É o conhecimento dos nossos pais e dos pais dos nossos pais. Refiro-me ao conhecimento do Pastor. Eu vim lembrá-lo.

O Educado inventou uma iniciação rápida, que consistia em mergulhar a cabeça na água, para simbolizar o momento da fusão com o animal golfinho. Depois disso, os delfinianos e os novos adeptos, que se reconheciam nessa causa, passaram a gravar, nas paredes, desenhos com golfinhos, para os mais hábeis, e com peixes, para os desajeitados, representando o focinho dos cetáceos.

Os oficiais do exército das águias começaram a ficar preocupados. Sabiam perfeitamente o que fazer diante de revoltas armadas, mas aquela, não violenta e de tipo inédito, os surpreendeu. O que se podia dizer contra o Educado? Ele nem espada usava.

Como um incêndio florestal, sua filosofia delfiniana se propagou. Seus discursos eram ouvidos, retomados, comentados. As pessoas, de repente, começaram a ter uma crescente curiosidade pelos verdadeiros valores dos golfinhos ancestrais, não modificados durante a ocupação das águias. Inclusive os sacerdotes designados pelas águias se preocuparam com a concorrência.

O Educado disse:

– Em qualquer homem que se raspe um pouco a superfície, logo se descobre uma camada de medo. Por causa desse medo, ele pode bater, temendo ser batido; pode agredir, temendo ser agredido. E esse medo é a causa de toda a violência do mundo. Mas se o homem conseguir acalmar o medo, ele pode ir adiante e encontrar, embaixo, uma camada mais profunda, uma camada de puro amor.

Mata Hari tinha razão, bastava confiar e ele, sozinho, deduziu sua missão e seus meios.

Ajudado por um grupo de adeptos, com o papel de transmissores de suas mensagens, a palavra do Educado ganhou uma difusão por ondas sucessivas. Minha pequena "bomba de amor com efeito retardado" estava lançada.

Propus a Mata Hari que voltássemos para casa.

– Vai conseguir, assim machucado?

– Nem pensava mais nisso – menti.

Nós nos beijamos.

Colocamos de volta a capa. Depois, em silêncio, saímos e desaparecemos, sem nem tomar cuidado de fechar com cautela a porta atrás de nós.

– Que tal difundir sua "força A" em mim? – disse minha companheira, maliciosamente.

E me estreitou forte em seus pequenos e musculosos braços. Senti-me mais tranquilo. Mesmo a dor no tornozelo estava mais branda. As mandíbulas de aço haviam rasgado mais a pele do que o músculo.

Amanhã seria o segundo dia de repouso.

Voltamos para casa e me aninhei em Mata Hari, com a sensação de ter cumprido meu dever de deus.

81. ENCICLOPÉDIA: JOGO DE ELÊUSIS

O jogo de Elêusis é um jogo antiquíssimo e estranho, cuja finalidade consiste, justamente, em encontrar sua regra. Antes da partida, um dos jogadores inventa uma regra e anota-a num papel. Ele é designado Deus. Distribuem-se dois baralhos de 52 cartas. Um jogador começa a partida, colocando uma carta e dizendo: "O mundo começa a existir." Cada um, por sua vez, coloca então uma carta. O jogador denominado "Deus", a cada jogada assinala: "Esta carta é boa", ou: "Esta carta não é boa". As cartas ruins são colocadas de lado. As boas continuam sendo empilhadas diante dos jogadores, que tentam encontrar a lógica da seleção.

Quando alguém acredita ter encontrado a regra do jogo, declara-se "Profeta", para de tirar cartas e passa a, no lugar de Deus, dizer aos demais: "Esta carta é boa", ou: "Esta carta é ruim." Deus controla o Profeta, e se

o Profeta se enganar, é destituído e não tem mais o direito de continuar na partida. Após a décima resposta correta do Profeta, ele enuncia a regra, e ela é comparada à escrita no papel. Sendo exata, considera-se que o Profeta encontrou a regra de Deus, ganhou e ele se torna Deus na partida seguinte. Se ninguém encontrar a regra e todos os Profetas se enganarem, Deus foi o ganhador.
O conjunto dos jogadores decide, então, se a regra era "encontrável". O interessante é que as regras mais simples são, muitas vezes, as mais difíceis de encontrar. Por exemplo, a regra: "Alterna-se uma carta com valor superior a 7 e uma carta inferior a 7" é muito difícil de ser descoberta, porque os jogadores se preocupam sobretudo com as cartas que têm figuras e com as alternâncias dos naipes vermelhos e negros. A regra: "Apenas cartas vermelhas, menos a décima, vigésima, trigésima..." é impossível de ser encontrada. Um exemplo de regra fácil pode ser: "Todas as cartas são válidas."
Qual é a melhor estratégia vencedora, para os jogadores? Na verdade, todo jogador deve se declarar o mais rapidamente Profeta, mesmo que não tenha certeza de ter encontrado a regra de Deus.

Edmond Wells,
Enciclopédia dos saberes relativo e absoluto
(retomada do tomo III).

82. QUARTA-FEIRA: SEGUNDO DIA DE FÉRIAS

Acordei sobressaltado.
– Que horas são? – perguntei.
Mata Hari deu uma olhada pela janela.

– Considerando a posição desse sol, já devem ser umas dez horas. O que fazemos?

Decidimos ficar na cama e fazer amor. Tentei encontrar maneiras novas de encaixar nossos corpos e evitar de cairmos rápido demais na rotina, mas nossas peles tinham encontros marcados, independentes de nós.

Por volta das onze horas, resolvemos ir comer. A refeição estava sendo servida não no Mégaro, mas na praça central, em mesas grandes com toalhas brancas. Ofereciam frutas, leite, mel, cereais e ânforas de chá ou de café. Também docinhos e brioches.

Justamente, os demais teonautas chegavam, abatidos.

– E então, como foi, ontem à noite? – perguntei, mais por delicadeza do que por verdadeira curiosidade.

– Não conseguimos passar. A górgone tinha um bastão comprido e nos batia com ele. Às cegas, não podíamos nos defender direito – lamentou Gustave Eiffel.

– Freddy ajudou?

– Claro. Ele nos guiou, mas não pôde combater a górgone. Nosso amigo é apenas uma frágil mocinha.

– Devíamos, quem sabe, pensar num sistema de espelhos – continuou Georges Méliès. – Foi como, na lenda, Perseu enfrentou Medusa. Vou tentar fabricar, para essa noite, um escudo-espelho, como aquele que usei para neutralizar a grande quimera.

– Onde está Raul? – perguntei.

– Ele lutou muito, ontem à noite, provavelmente está exausto. Deve estar dormindo – respondeu Jean de La Fontaine, o último teonauta a chegar.

Édith Piaf proclamou, dirigindo-se a todos:

– Todos à praia. Amanhã não tem mais férias!

Um sátiro se aproximou subrepticiamente e olhou dentro de minha caneca, como se procurasse alguma coisa. Sobretudo, não se devia dizer nada, para não passar por nova sessão de ecolalia.

– Cuidado, um sátiro, ele vai repetir tudo – disse Jean-Jacques Rousseau.

– Cuidado, um sátiro, ele vai repetir tudo – arremedou, é claro, o homem com meio corpo de cabrito. – Cuidado, um sátiro, ele vai repetir tudo.

Dois outros congêneres vieram rapidamente se juntar a ele. A que podia servir aquela macaquice, no reino dos deuses?

– Cuidado, um sátiro, ele vai repetir tudo – cantarolaram.

– Ah, droga, devia ter ficado calado – continuou o imprudente.

– Ah, droga, devia ter ficado calado – repetiu, em coro, uma dezena de sátiros, entoando quase um coral.

– Não vão ficar, agora, repetindo tudo que digo!

– Não vão ficar, agora, repetindo tudo que digo! – retomaram em canto tirolês uns vinte sátiros, felicíssimos de terem encontrado uma vítima.

Fiz sinal a Mata Hari, significando ser hora de irmos encontrar os amigos na praia. Tomei o cuidado de fazer mímica, sem pronunciar qualquer palavra passível de ser repetida pelos sátiros.

De mãos dadas, fomos para a praia oeste.

Saint-Exupéry veio em minha direção e se inclinou ao meu ouvido:

– Está pronto para essa noite?

De que estava falando? Ah, sim, do dirigível com a bicicleta.

Fiz sinal de aprovação.

Saint-Exupéry sumiu e me deitei na toalha. Lembrei que, como mortal, não suportava perder tempo me bronzeando em praias. Isso me parecia tão fútil. Na época, inclusive pensava: “Trabalhar me cansa. Não fazer nada me cansa ainda mais.”

Mata Hari tirou a parte de cima do maiô e se pôs de costas, para bronzear sem as marcas das alças.

Fiquei olhando o horizonte. Um inseto esvoaçava a minha frente. Estendi o dedo como poleiro, ao reconhecer Moscona.

– Bom-dia, Moscona.

A querubina estava agitada, com sobressaltos que iam até as extremidades das longas asas azuis com reflexos prateados.

– Gosto muito de você, Moscona, não esqueço tudo que já fez por mim.

Seu nervosismo redobrou. Examinei-a de perto e, de repente, um pensamento atravessou meu espírito.

– Nossas almas se conhecem, não é?

Ela concordou com a cabeça.

– Conhecem-se de onde?

Ela fez alguns gestos. Tentei interpretar.

– De "Terra 1". Você é a alma de alguém que conheci, quando era mortal?

Ela abanou novamente a cabeça, aliviada.

– Mulher?

Ela, de novo, consentiu.

Então, a mulher-borboleta não era uma pessoa qualquer.

– Não vai me dizer... Rosa? Minha mulher?

Olhei-a melhor, não tinham traços em comum. Eu sabia haver uma certa alteração quando se muda de estado. No entanto, algo sempre permanecia. Nem que fosse na boca ou no olhar. Rosa foi a pessoa mais próxima de mim e, juntos, tínhamos inúmeros projetos. Fui inclusive procurá-la no continente dos mortos. Eu realmente a amara; não de uma maneira apaixonada, mas um amor racional que me permitiu ter com ela filhos encantadores, que eduquei o melhor que pude.

Moscona sacudiu a cabeça, negativamente.

– Amandine?

Amandine foi a enfermeira que acompanhou nossas primeiras experiências em tanatonáutica. Lembrei-me da bonita loura com olhar travesso, que alegrou minhas noites de pioneiro na conquista do continente dos mortos. Só que ela, por muito tempo, só consentia fazer amor com os tanatonautas. Quando, afinal, me tornei também tanatonauta, e ela me recompensou à sua maneira, dei-me conta de que não me interessava mais.

Mais uma vez Moscona fez sinal negativo. Pela maneira como vibrava as asas, compreendi ser importante para ela que eu me lembrasse.

– Nós nos amamos? – perguntei.

Os movimentos de cabeça pareciam querer dizer "sim", mas de forma estranha, como se nos tivéssemos amado apenas pela metade.

– Steffania Chichelli?

Dessa vez ela pareceu se irritar e voou.

– Ei, Moscona, espere! Espere que vou lembrar.

A mulher-borboleta já estava longe. Seria possível que fosse alguma namorada esquecida? Ah, estava cansado de me preocupar com suscetibilidades. Fui dar um mergulho. Os machucados na panturrilha ardiam um pouco, mas a água salgada ajudaria a cicatrização.

Nadei distante, para encontrar o golfinho, mas não o vi. Mata Hari quis fazer amor na água. Ela parecia estar insaciável. Na Enciclopédia, Edmond Wells tinha anotado ter sido o homem quem, em tempos antigos, foi o inventor do conceito de "pudor", para coibir a expressão feminina dos desejos de orgasmo. Talvez todas as mulheres adorem fazer amor o tempo todo, mas foram educadas para não demonstrá-lo.

Fazer amor na água, sem poder apoiar os pés em alguma pedra, não é coisa fácil. Mas a dificuldade divertia minha parceira e acabou me divertindo também. Por fim, gostei muito. Talvez restasse em mim algo de golfinho que pedia para ser desperto.

Voltamos, para nos secar.

– Onde está Raul?

Tive um mau pressentimento.

Mata Hari me tranquilizou.

– Sem dúvida com Sarah Bernhardt. Acho que vi os dois juntos ontem. Deve estar dormindo, se combateram Medusa à noite. Conhecendo Raul, deve ter estado na linha de frente – sugeriu minha companheira.

À uma hora da tarde, almoçamos pequenas salsichas, com pães grelhados e folhas verdes, na praia.

Raul continuava ausente.

Dioniso veio anunciar o programa do dia: um grande espetáculo às seis horas e, depois, um jantar-festa, às oito.

À tarde nadamos mais. Mas eu não conseguia deixar de vigiar a praia e a chegada de Raul.

Um grupo de alunos-deuses se distraía com o jogo de Elêusis, e eu os ouvia contestando a validade da regra do mundo, inventada pelo Deus do momento: Voltaire.

– Ela é difícil demais, impossível de se encontrar – afirmava um jogador.

O Profeta concordava, era culpa do Deus. Voltaire se indispôs, acusou todos de serem maus jogadores. Rousseau, que até então se mantivera calado, não conseguiu deixar de incriminar o rival:

– Quem não sabe inventar regras de divindade encontráveis deve se contentar em escrever romances. Pelo menos neles os personagens não reclamam.

– Minha regra do mundo funcionava perfeitamente – rebateu Voltaire. – Vocês é que não souberam encontrar.

– Você perdeu, Voltaire.

Exasperado, o filósofo preferiu deixar que os outros continuassem sem ele.

– Bem, quem tem uma ideia de regra do mundo?

– Eu gostaria de tentar – disse Rousseau.

Às seis horas, Raul não tinha ainda aparecido.

Encontramo-nos todos no Anfiteatro e, apesar dos pensamentos parasitários, resolvi assistir ao espetáculo tranquilamente. Os deuses interpretariam uma peça, tendo como tema a lenda de Belerofonte.

Naquela oportunidade, Belerofonte, um mestre-auxiliar que eu não conhecia e cuja lenda, na verdade, nunca ouvira, representaria seu próprio papel.

Pégaso, emprestado em caráter excepcional por Atena, participou do espetáculo, também interpretando seu próprio papel mitológico.

Começou a peça.

Belerofonte (o nome significa "o que carrega dardos") era neto de Sísifo. Ainda criança (um sátiro representou Belerofonte adolescente, tendo muita dificuldade para pronunciar, sem repetir, as poucas falas de seu papel), ele matou acidentalmente um amigo (representado por outro sátiro) e, depois, o irmão. Foi exilado no reino de Proetos (representado por Dioniso), para se purificar da dupla morte. Mas a esposa do rei, Anteia (representada por Deméter), se apaixonou por ele assim que o viu. Ela tentou beijá-lo, mas foi rejeitada. Ofendida, o acusou de tê-la violentado. O marido ficou furioso. Não quis matar o hóspede em sua própria casa e enviou Belerofonte ao pai de Anteia, o rei Tobates, com uma carta, pedindo-lhe que matasse o portador daquela mensagem. Foi esse o primeiro ato. No segundo, em vez de matar, ele próprio, Belerofonte, Tobates resolveu encarregá-lo de matar a grande quimera. Achou que semelhante tarefa era sinônima de morte certa.

Mas Belerofonte pediu ajuda a um adivinho. Este, por sua vez, o aconselhou que capturasse e domasse o cavalo alado das musas, Pégaso, nascido do sangue da górgone.

– Tudo se encaixa – murmurei a Mata Hari.

– Psiu! – reclamaram alguns alunos em volta, atentos à lenda.

Belerofonte passou uma rédea de ouro, oferecida por Atena, em volta do pescoço de Pégaso. Montou o corcel mágico e levantou voo. Apareceram, então, no palco, três centauros reunidos sob uma coberta de couro, dando a ilusão de formar um ser único. Ostentavam máscaras de leão, carneiro e dragão, respectivamente, representando um só animal com três cabeças: a grande quimera.

Belerofonte, montado no verdadeiro Pégaso, girava pelo Anfiteatro, ao redor do monstro, para deslumbre da plateia. Atirou flechas sem ponta, que não penetravam na coberta de couro, e depois desceu, fingindo enfiar uma lança na goela do dragão. Os três centauros se deitaram sobre o flanco, e o público aplaudiu.

Mas o personagem Tobates voltou ao palco, parecendo arrasado. Terceiro ato: Tobates imaginou outras provas para se livrar do importuno. Encarregou-o de combater sozinho seus inimigos, os solimos, em seguida as amazonas (interpretadas pelas Estações) e depois os piratas.

– Parece um pouco com a história de Hércules – cochichei. – As mitologias gregas, afinal, se copiam muito entre si.

– Psiiiu! – repetiram os vizinhos, mais agressivamente.

No palco, Belerofonte venceu as amazonas, disparando flechas, montado na fogosa cavalgadura voadora. Os aplausos foram menos entusiasmados do que os da morte da grande quimera.

O pai de Anteia, então, foi procurar Posídon (interpretado pelo próprio Posídon) e pediu que provocasse uma inundação na planície em que estava Belerofonte.

As trombas-d'água foram simbolizadas por tábuas feitas de madeira, pintadas em forma de ondas e sustentadas por centauros.

As ondas artificiais avançaram, ao mesmo tempo que Belerofonte recuava.

Com o intuito de retê-lo, as mulheres, representadas pelas Horas, levantavam as saias, oferecendo-se ao herói. Mas ele, assustado, montou em Pégaso e fugiu, antes que as ondas, que se aproximavam, o afogassem.

Tobates, então, encheu-se de dúvidas, achando que talvez "esse Belerofonte seja um semideus". Apreensivo, o rei decidiu perguntar a ele sua própria versão do estupro de Anteia e, compreendendo que ela havia mentido, mostrou a mensagem em que Proetos ordenava que o matassem.

Para recompensá-lo da injustiça, o rei Tobates ofereceu em casamento sua própria filha, Filonéa (interpretada por uma Hora, rapidamente maquiada para a circunstância), e o trono da Lícia. Inebriado pelo sucesso, Belerofonte proclamou, em alto e bom som, seu ateísmo:

– Eu, simples mortal, sou mais forte do que os deuses.

Os sacerdotes, encarnados por Sísifo e Prometeu, pediram que retirasse a blasfêmia e ele, em vez disso e empunhando uma clava, destruiu as colunas do templo de Posídon.

– Os deuses não existem e eu os desafio a me deterem – exclamou.

O temerário Belerofonte, então, montou em Pégaso e voou até o pico do Olimpo. Introduziu-se, desse modo, na assembleia dos deuses.

Irritado, Zeus (representado por Hermes, com uma espessa barba de lã presa à máscara) fez um moscardo (interpretado por um querubim) picar o rabo de Pégaso. O cavalo alado se pôs a corcovar e derrubou o cavaleiro. Belerofonte caiu, aterrissando numa moita de espinhos, ficando cego e manco. O ator exagerou na mímica, para ser bem-compreendido.

Zeus, então, explicou aos espectadores ter preferido manter vivo o impudente para que todos, quando o vissem, soubessem o que acontece com aqueles que se acham semelhantes aos deuses.

Aplausos comedidos dos alunos, pois todos entendemos o espetáculo como uma advertência, que podia se resumir numa só frase: "Fiquem em seus lugares, não tentem crescer mais rapidamente do que os Mestres-deuses previram para vocês."

Enquanto a peça chegava ao fim, o coro das cárites entoou cantos de alegria.

De novo, o som progressivamente cessou, e eu passei a não ouvir mais nada.

Voltei ao meu silêncio. Apesar de ter comigo a mulher amada e, a meu redor, todo o público, me senti mais sozinho ainda. Lancinante, voltei à pergunta que embalou toda a minha vida: "De fato, o que estou fazendo aqui?"

Mata Hari, sensível a tudo, pegou minha mão a apertou-a, como para lembrar que estava ali.

– Alguma coisa não está bem. Preocupe-se – murmurou minha voz interior.

De repente, minha mão esmagou a de minha companheira.

– O que há? – assustou-se Mata Hari.

As arquibancadas começaram a se esvaziar e todos saíram para participar da grande festa na praça grande.

– O que houve, Michael?

– Sente-se um pouco e me espere. Vou ao banheiro – disse, para que ela não me seguisse.

Sem outras explicações, escapuli.

Torcia para estar enganado.

83. ENCICLOPÉDIA: ARMADILHA PARA MACACO

Na Birmânia, para pegar macacos, os autóctones aperfeiçoaram uma armadilha bem simples. Trata-se de um vaso transparente, ligado por uma corrente a um tronco de árvore. Dentro do vidro, eles colocam uma guloseima de consistência dura e do tamanho de uma laranja. O macaco, vendo-a, enfia a mão no vaso para pegá-la, mas a mão fechada em torno do chamariz não passa mais pelo gargalo. Desse modo, o macaco só poderia retirá-la se largasse a gulodice. Como ele não quer abandonar o que considera seu, acaba sendo preso e morto.

Edmond Wells,
***Enciclopédia dos saberes relativo e absoluto*, tomo V.**

84. ROUBO DE MESSIAS

Corri para a casa de Atlas.

A porta de entrada continuava apenas encostada, e penetrei no palácio. Dirigi-me ao subsolo, também entreaberto, e desci, quatro a quatro, os degraus, evitando, por um triz, algumas armadilhas para alunos.

Precipitei-me até “Terra 18”.

A capa de proteção não estava disposta da mesma maneira. Alguém tinha vindo.

Tirei a capa e aprontei meu ankh como lupa.

Já era tarde demais. Eu sabia. Dava para sentir isso. Pude apenas constatar os estragos, que eram consideráveis...

O Educado tinha sido preso pela polícia das águias, como rebelde independentista. Foi supliciado em praça pública e empalado numa estaca. Como exemplo, seu corpo ainda exibia a inscrição: O QUE ACONTECE COM QUEM SE OPÕE À LEI DAS ÁGUIAS.

O supliciado tinha os olhos revirados. Devia ter sofrido barbaramente, pois os soldados-águias gostavam de torturar por prazer. Fazia também parte daquela cultura.

Provavelmente, no último instante, chamou por mim, e eu não estava ali.

Mas não era isso o pior. Raul tinha se apropriado de minha ideologia. Um dos homens-águias pretendia ser o herdeiro único do pensamento do Educado.

Aquele que se fazia chamar "o Herdeiro" era, na verdade, o ex-dirigente do serviço secreto das forças de ocupação dos homens-águias, um indivíduo brilhante e manipulador, que sabia organizar estruturas e tinha grande carisma.

Ele nunca havia encontrado ou sequer visto de longe o Educado, mas falava em seu nome, como se fosse o único a ter compreendido tudo.

Discretamente, fez desaparecerem os outros pretendentes, mais legítimos, à sucessão do Educado. Destruiu sistematicamente todos os textos escritos pelos discípulos, relatando a verdadeira vida e as autênticas palavras do Educado.

O Herdeiro falava bem. Guardara algumas frases do Educado e, tirando-as do contexto e dispondo-as como bem entendia, fez significarem o que quis. Decidiu, desse modo, que meu enviado viera para criar uma nova religião.

Eu achava, no entanto, ter sido bem claro. O Educado tinha dito e repetido:

– Não vim para criar uma nova religião, mas para lembrar os valores dos golfinhos originais àqueles que os esqueceram.

Se ao menos quem presenciou tudo aquilo se lembrasse de suas palavras exatas...

Mas o Herdeiro foi sutil. Ele afastou todos os antigos amigos e todas as pessoas da família do Educado, e persuadiu outros, completamente estranhos àquela roda, até reunir um bando, que gerou uma rede própria. Todos os delfinianos do primeiro momento foram afastados, desacreditados e até denunciados como traidores do verdadeiro pensamento do Educado.

– Se fossem verdadeiros amigos, o teriam salvo – lançou o Herdeiro a um deles.

A resposta do delfiniano não foi ouvida, tão ruidosos foram os aplausos. Se os amigos do Educado se defendessem muito abertamente, eram atacados por homens encapuzados que os moíam de pancada, para que lhes passasse qualquer vontade de se exprimir.

Progressivamente, o verdadeiro grupo de amigos ficou conhecido como "grupo dos traidores do verdadeiro pensamento do Educado". Foram postos sob suspeita de terem provocado a sua morte. Ninguém mais lembrava que o Herdeiro dirigia aquela mesma polícia secreta que perseguira os delfinianos e supliciara o Educado. Em boa combinação, a polícia das águias se mostrou ineditamente permissiva com relação ao que já estava sendo chamada "nova religião", e em momento algum o Herdeiro foi sequer incomodado pelas autoridades locais.

A verdade não serve para nada, dei-me conta, e o último a controlar a propaganda é quem reescreve a História à sua maneira, em benefício de seus interesses pessoais.

O Herdeiro chamou sua religião de "Religião Universal", pois afirmava que muito em breve a nova fé governaria todos os homens. Raul compreendera perfeitamente a força daquela ideia, mas utilizou-a de maneira oposta às minhas intenções. Transformara um pensamento de tolerância em pensamento de proselitismo.

Desde cedo os padres da Religião Universal desistiram do símbolo do peixe (ligado demais à cultura dos golfinhos) e preferiram utilizar o símbolo do suplício do Enviado: a estaca.

Os membros desenhavam pontas e, em cima, um homem enfiado em um espeto, como um frango. Esse símbolo foi usado como joia pelos adeptos da nova religião. Pouco a pouco, em todo lugar, os desenhos de peixes foram apagados e substituídos pelos do homem empalado.

E enquanto o Herdeiro espalhava sua nova religião, com grande suporte de propaganda e publicidade, um enorme exército de homens-águias se pôs em marcha para sitiar os delfinianos em sua cidade no deserto.

Raul...

Despachei o raio para estacar o exército, mas em vão. Eram numerosos e decididos demais, além de impermeáveis aos pesadelos com que povoei suas noites. Senti-me um deus impotente, diante de um drama inelutável.

Em minha cidade delfiniana, lá longe, em pleno deserto, último bastião sólido da ciência e do conhecimento oculto dos homens-golfinhos, todos se organizavam para enfrentar o sítio.

Felizmente, os delfinianos dispunham de uma fonte de água interna, que lhes permitiu estabelecer, a várias centenas de metros de altura, culturas e criação de gado.

Os meus se aguentaram por muito tempo, combateram com coragem e pugnacidade, operando, inclusive, saídas para incendiar as tendas dos sitiantes. Mas os homens-águias atiravam de longe, com catapultas, na cidade incrustada nas alturas. Para abalá-los moralmente, inclusive lançavam, com o dispositivo, membros da família dos sitiados, que se espatifavam nas paredes.

Como Raul pudera chegar àquele ponto?

O Educado o havia realmente preocupado.

Ou subjugado.

Destruí, com o raio, algumas catapultas, mas não podia aniquilar todas. Vendo o fim se aproximar, os delfinianos preferiram se suicidar, para não serem transformados em escravos ou galerianos das águias.

Estes, furiosos com o sacrifício dos inimigos, vandalizaram a cidadela, como outrora haviam destruído o porto dos homens-baleias.

Incendiaram as bibliotecas, quebraram as máquinas, saquearam os laboratórios. Estriparam o golfinho encontrado no tanque de água e o comeram.

A narrativa do fim do Educado, reinterpretada pelo Herdeiro, comovia evidentemente todos que a ouviam. A nova Religião Universal se espalhou, primeiro nas comunidades de homens-golfinhos, onde suscitou cismas; depois, muito rapidamente, em todo lugar. Da iniciação pela água conservou-se apenas o mínimo: três gotas na testa.

Com o cúmulo do cinismo, instituíram uma festa, supostamente inventada pelo Educado, que consistia em comer peixe na quarta-feira, dia em que a cidadela delfiniana foi saqueada e seu golfinho, devorado.

Os primeiros convertidos, justamente homens-golfinhos, foram perseguidos pelos homens-águias. Em seguida passaram a ser tolerados aos poucos, até a apoteose final: a religião do Herdeiro foi instaurada na capital dos homens-águias, como nova religião oficial do império dos homens-águias.

E pensar que o Educado aparecera para libertar o país dos homens-golfinhos da ocupação das águias!

Naquele momento, era em nome dele e em nome de seus valores que estava sendo lançada uma campanha de difamação contra os homens-golfinhos e os valores ultrapassados da antiga religião, que tinham assassinado – passou a ser assim claramente apresentado – o Educado!

– Quem ama o pensamento do Educado, deve renunciar aos valores dos golfinhos – anunciou o Herdeiro, num discurso público transcrito por uma multidão de escribas.

Os golfinhos não convertidos passaram por um novo período de perseguições por parte dos homens-águias, mas também por parte de homens-golfinhos da Religião Universal, que desejavam deixar claro terem renegado seus irmãos. Aquela enésima perseguição foi, com isso, ainda mais eficaz.

Era em nome de minha mensagem de amor que se matavam os meus! Como era fácil fazer a mentira se passar por verdade; as vítimas, por carrascos; e os carrascos, por vítimas... Talvez Prometeu tivesse razão. Os mortais não passavam de uns carneiros de Panurgo, que dão ouvido ao que for, se todos os demais o estiverem fazendo. Ligavam muito pouco para a verdade. Quanto maior a mentira, mais se acreditava.

Uma voz estrondeante ressoou, de repente, acima de mim:

– Espero não estar incomodando.

85. ENCICLOPÉDIA: MASSADA

A fortaleza de Massada foi construída originalmente por Jônatas, o asmoneu. O castelo, incrustado num pico rochoso em pleno deserto, culminava a 120 metros de altura e foi, em seguida, reforçado por Antípatro, pai de Herodes I. Antípatro foi um rei não hebreu, de origem idumeana, colocado pelos romanos à frente da Judeia, para garantir a boa captação dos impostos.

Uma revolta explodiu em Jerusalém. Hebreus zelotes e sicários conseguiram fugir por subterrâneos, passando sob as muralhas, com mulheres e crianças.

Eles chegaram em Massada e venceram, à noite, a guarda romana. Ao grupo rebelde juntaram-se essênios, recusando o judaísmo oficial imposto pelos romanos. Foi da comunidade essênia que surgiu João Batista, o homem que batizou Jesus e foi, posteriormente, decapitado

a pedido da dançarina Salomé. Na fortaleza de Massada, essênios, zelotes e sicários se organizaram em comunidade autogerida, onde todos eram livres e iguais.
Com a queda de Jerusalém, em 70, após uma das mais importantes revoltas dos hebreus, os romanos decidiram acabar com Massada, considerada um centro de sedição. A 15ª legião, dirigida pelo general romano Silva, foi enviada para submeter os últimos homens livres.
O cerco de Massada durou três anos, ao longo dos quais os essênios opuseram uma resistência obstinada às legiões romanas. No fim, os habitantes da cidadela preferiram suicidar-se, para não se render aos romanos.
Antes do desventurado final da comunidade, alguns dos essênios conseguiram, no entanto, fugir por uma passagem secreta, levando rolos de textos manuscritos e relatando sua memória e conhecimentos. Eles os esconderam numa gruta, na localidade de Qumram, junto ao Mar Morto.
Dois mil anos mais tarde, esses textos, os famosos manuscritos do Mar Morto, foram encontrados por um jovem pastor, que procurava um carneiro perdido.
Os textos evocam "A guerra, desde a noite dos tempos, dos filhos das luzes contra os filhos das trevas." Evocam também a vida de um deles, um hebreu chamado Yeshua (Jesus) Cohen, que teria morrido crucificado pelo povo romano, após ter pregado o essenismo até a idade de 33 anos.

Edmond Wells,
Enciclopédia dos saberes relativo e absoluto, tomo V.

86. PESADELO DENTRO DE UM POTE

A imensa silhueta de Atlas se recortava contra a luz vinda da porta do subsolo.

– Eu posso explicar – gaguejei.

Atlas acendeu uma grande tocha, que liberou um odor de resina queimada.

– Não há o que explicar – disse placidamente.

– O que há, querido? – lançou uma voz feminina, distante.

– Nada, Pleplé, está tudo bem, eu achei nosso visitante noturno.

– Quem é?

– Michael Pinson.

– O deus dos homens-golfinhos?

– O próprio.

– Vai mandar ele para o laboratório?

– Já sei até que tipo de quimera vai me interessar. Em sua vida de mortal você chegou a trabalhar em alguma empresa de mudanças? Você não é o tipo de sujeito que gosta de ajudar os amigos a carregar um piano?

Eu não devia entrar em pânico.

– Não, sinto muito, já na Terra eu preferia não carregar peso, tenho problemas aqui, na lombar.

– Muito bem, vamos resolver isso. Pois, a partir de agora, querido aluninho humano, você será "ajudante de carregador". Não sei se você é "aquele que se espera", como se cochicha por aí, mas é certamente "aquele que *eu* espero". Pleplé, conduza o cavalheiro ao laboratório e peça a Hermafrodite que o prepare e o torne apto para o transporte de cargas pesadas. Vai precisar de bons bíceps e talvez, também, que ele lhe aumente a altura e envergadura. Acho que uns dois metros e meio lhe cairiam bem.

A senhora Atlas apareceu no alto da escada. Desceu e me olhou de frente. À luz da tocha do marido, pude vê-la. Tinha braços como coxas, coxas como um tórax e o tórax em forma de pera.

– Senhor Pinson, o senhor nunca sonhou em se tornar um gigante? Com dois metros e meio a gente enxerga de cima e mais distante. Vai gostar muito, tenho certeza.

Eu recuei.

Naquele momento, ouvindo apenas meus reflexos de sobrevivência, perdido por perdido, arrisquei uma manobra desesperada. Dei um pontapé num apoio de prateleiras, que cedeu. Com isso, todo o conjunto de tábuas começou a escorregar.

Atlas compreendeu que, se não reagisse de imediato, as prateleiras deixariam cair todas as esferas e os mundos quebrariam, um após o outro.

Ele correu. Aproveitei para escapulir na outra direção e caí cara a cara com "Pleplé", que abriu bem os braços. Atrás de mim, ouvimos um grito:

– Ajude, rápido, ou todos os mundos vão cair!

Ela hesitou e depois desistiu da minha captura, indo ajudar o companheiro. O caminho estava livre. Não havia tempo a perder, e subi as escadas do subsolo.

Chegando ao térreo, porém, constatei que todas as saídas estavam fechadas. Procurei rapidamente uma cadeira para chegar à fechadura da janela e abri-la, mas uma mão enorme já me alcançava e, antes que eu pudesse entender o que acontecia, fui enfiado num pote de vidro, como já acontecera antes com meu mestre Edmond Wells.

Tentei respirar naquele lugar hermético e compreendi imediatamente o problema. Não havia ar. Bati contra o vidro. O barulho ressoava tão forte que me atordoou.

"Não se esqueça de fazer um buraco na tampa, senão ele se asfixia!" A frase, pronunciada lá fora, chegou a mim abafada.

A senhora Atlas pegou, então, uma chave de fenda e furou a tampa de metal. Precipitei-me para a entrada de ar.

As mãos gigantes transportaram, em seguida, meu pote de conservas pela cidade de Olímpia. Eu batia na parede de vidro e, de repente, revi tudo que, antigamente, fiz de maldade com rãs, borboletas, minhocas, caramujos, girinos e lagartos que eu também aprisionava em vasos fechados, com a intenção de criar minha pequena coleção pessoal. Atlas me carregou até o prédio em que, dias antes, eu perseguira o deicida. Bateu na porta, e Hermafrodite abriu.

– Disseram que eu teria direito a ajuda, se encontrasse um – lembrou Atlas. – Aqui está.

Hermafrodite me olhou, divertido, através do vidro espesso. Deu um piparore no pote, e isso repercutiu de maneira ensurdecedora. Atlas abriu a tampa, e o filho da deusa do Amor jogou no interior um algodão molhado. Éter.

Quando acordei, estava preso numa mesa de operações. Ao redor havia jaulas cheias de híbridos monstruosos, com uma terça parte animal, outra humana e outra divina. Os prisioneiros estendiam os braços em minha direção, por entre as grades.

Sorrindo, Hermafrodite me olhava, fazendo girar uma bebida com cheiro de hidromel. Com a outra mão, prendia os cabelos longos, que desciam até os seios.

– Você, meu caro Michael, pode-se dizer que não tem sorte... – disse o deus bissexuado.

– Desde "Terra 1" – tentei gracejar. – Nunca ganhei na loteria. Nunca ganhei nas corridas. Nunca ganhei no cassino.

Hermafrodite foi buscar um carrinho cheio de instrumentos cirúrgicos. Debati-me, preso pelas correias de couro.

– Muito bem, já que gosta de humor, vou contar uma história. Uma vez, estava operando um aluno-deus "residual" e, quando aproximei o bisturi, o sujeito me disse, sem titubear: "Não está esquecendo algo?" Eu parei, tomado pela dúvida, contei as seringas, os escalpelos e, como tudo me pareceu perfeito, disse: "Não, não vejo o quê." E daí, sabe o que o indivíduo me respondeu? "A anestesia."

Hermafrodite estourou de rir.

– É boa, não é? Eu ia esquecendo de anestesiar. É o problema quando se trabalha sozinho, a gente fica tão concentrado em pequenos detalhes que esquece o principal.

Pensei que aquele sujeito era completamente louco.

Ele pegou vários frascos coloridos, que deviam conter anestésicos. Em seguida, pôs em ordem diante de si os bisturis, os escalpelos, linha, agulhas.

– Tenho uma boa e uma má notícia. A má: essa operação nem sempre tem bons resultados. Na verdade, só uma em cada dez tentativas é bem sucedida.

– E qual é a "boa"?

– Fracassei nas nove operações precedentes.

Ele pareceu satisfeitíssimo com a brincadeira.

– Isso me tranquiliza muito – tentei articular.

– Gosto da sua descontração – disse Hermafrodite. – A maior parte das pessoas chega aqui em pânico.

– Tenho apenas um pedido: poderia dizer a Mata Hari que meu último pensamento foi um pensamento de amor, dirigido a ela?

– Que bonitinho. Você, então, esqueceu minha mãe.

– E diga a Raul que meu último pensamento de ódio foi para ele.

– Perfeito. O que mais?

– Diga a Mata Hari que lhe confio meus golfinhos, pedindo que ela se esforce para fazê-lo sobreviver o quanto puder.

– Pelo menos o que resta dele – ironizou.

– E diga a Afrodite que agradeço por ter me feito sonhar.

– Ah, até que enfim. Sabia que mamãe viria ao banco dos réus. Você lhe causou muito mal, sabia?

Ele continuou a misturar os venenos.

– Você cometeu a pior coisa de que pode ser capaz um homem, diante de uma histérica: interessou-se por outra mulher, dando a impressão de não estar mais obcecado por ela. É como se a tivesse apagado.

– Sinto muito.

– Não. Parabéns. É o que ela esperava. É o seu fantasma: um homem que não a ame. Você talvez não seja "aquele que se espera", mas é provavelmente "aquele que ela esperava". Três mil anos sem encontrar um homem indiferente aos seus encantos, e eis que o senhor Pinson sai com outra aluna, na sua frente. Ela teve uma crise de raiva e quebrou tudo, em casa.

Hermafrodite deu uma gargalhada. Realmente, não pensei que a teoria do desejo triangular fosse tão eficaz.

– O problema – acrescentou – é que, como já lhe disse, gosto de mamãe. Assim, durante essa metamorfose, resolvi não utilizar anestesia. Mamãe vai ficar contente com a vingança.

Teria ouvido direito?

– Espere, ainda podemos conversar?

– Claro.

– Bem, que tipo de operação, exatamente, vai executar?

– Tirar o seu esqueleto, que é pequeno demais para carregar mundos, e substituí-lo por outro mais robusto. Vou também enxertar músculos e aqui, nas alturas das lombares, instalar tendões duros como ferro. Assim, você poderá transportar mundos. Uma esfera-mundo pesa, normalmente, mais ou menos seiscentos quilos. Preciso deixar uma margem.

Não mergulhar no pavor, continuar refletindo.

– Está olhando para meu peito? – perguntou Hermafrodite, intrigado. – Eu... lhe agrado?

O pesadelo piorava.

– Os homens se opõem às mulheres, mas existem pessoas que fazem a ligação entre os dois. A exemplo da grande lei do universo, você sabe, DNA: Dominação, Neutralidade e Associação. Há uma terceira via, também para os sexos. Quando era pequeno, não me perguntaram se queria ser criado como menino ou menina. Até os 16 anos eu era feminina e aos 17 anos, masculino. Muita testosterona. Não sou deficiente, sou avantajado. Tenho algo mais. Então, por que ninguém me ama?

Ele brandiu um escalpelo, aproximou-o da língua e lambeu a lâmina como se fosse uma iguaria.

– Eu... o amo – consegui articular.

Ele deixou o escalpelo.

– Você acha realmente isso ou está dizendo apenas para me agradar?

Eu me debati nas correias de couro.

Ele aproximou seu rosto do meu.

– Olhe bem para mim. Não acha que pareço um pouco com mamãe? Você amava Afrodite, por que não experimentar Hermafrodite?

– Acho que não gosto de homens... – balbuciei.

– Todos os homens gostam de homens! – irritou-se o semideus. – Há os que assumem sua homossexualidade latente, e outros que a negam. Apenas isso!

Seu rosto estava, então, a poucos centímetros do meu, e eu podia sentir-lhe o hálito. Ele passou a comprida língua nos lábios, como um gato que lambe os beiços.

– Pequeno deus dos homens-golfinhos, tenho um negócio a lhe propor...

Não teve tempo de acabar a frase: um enorme pote cheio de lagartixas com cabeça humana abateu-se sobre sua cabeça e o derrubou desacordado.

Mata Hari desatou as correias e me soltou.

– Não posso deixá-lo cinco minutos sem que faça besteiras – suspirou.

– Ah, Mata... Obrigado, salvou-me mais uma vez!

Hermafrodite, de quatro, parecia retomar os espíritos. Para desviar sua atenção, abri todas as jaulas, libertando mulheres-cangurus, homens-morcegos, aranhas com pernas, insetos falantes e coelhos equipados com mãos.

Primeiro criaram uma enorme confusão e depois atacaram o deus meio-homem, meio-mulher, que continuava no chão. Foi mordido, arranhado, espancado.

– Vamos rápido para casa – sussurrou Mata Hari, impressionada com a onda de sofrimento que se tornava violenta.

Soltei-me às pressas e parti correndo.

Nenhum segundo a perder.

87. ENCICLOPÉDIA: CIVILIZAÇÃO DE HARAPPA

Nas origens da civilização indiana, existiu uma menos conhecida, do reino de Harappa, entre os anos de 2900 a.C. e 1500 a.C., essencialmente representada por duas grandes cidades: Harappa, a capital, e Mohenjo-Daro, de tamanho semelhante.

O conjunto das populações das duas cidades somava, aproximadamente, oitenta mil indivíduos, o que se pode considerar importante, para a época. O urbanismo nas duas aglomerações era bastante moderno, com ruas que se cruzavam em um ângulo reto. Nelas se construíram as primeiras redes de aquedutos e de esgotos de toda a história da humanidade. Ao que parece, os harappianos foram também os primeiros a cultivarem o algodão.

Supõe-se que as duas cidades se originaram a partir da chegada dos sumérios, fugindo das invasões indo-europeias pela fronteira oeste.

O desaparecimento da civilização de Harappa se manteve por muito tempo misterioso.
Em 2000, descobriu-se um fosso contendo milhares de cadáveres, assim como objetos datando da época harappiana. Os arqueólogos conseguiram, progressivamente, reconstituir a história desse povo. Os harappianos construíram muralhas que lhes permitiram resistir às ondas de invasões militares indo-europeias. Quando a segurança, afinal, lhes pareceu estabelecida, eles desenvolveram uma cultura específica, uma arte, uma música e uma língua requintadas. A escrita contava com 270 pictogramas, não decriptados até os dias atuais. Era um povo pacífico. Colhia o essencial de suas riquezas no comércio do algodão, mas também com a fabricação de utensílios domésticos de cobre, vasos de alabastro, pedras preciosas e, sobretudo, o lápis-lazúli, utilizado por muitos povos em rituais religiosos. A rota do comércio do lápis-lazúli, pedra que só se encontra nessa região, se estendia até o Egito, onde é encontrado em sarcófagos de faraós.
Indo-europeus, no entanto, que não tinham podido invadir Harappa militarmente, continuaram nas redondezas, e os harappianos acabaram os empregando como mão de obra, para a construção de casas, estradas e aquedutos. De forma que se criou uma classe operária indo-europeia, vivendo no seio das cidades e bastante bem-tratada, em comparação aos costumes escravagistas da época. Mas os indo-europeus faziam muito mais filhos do que os harappianos, de forma que bandos de jovens se formaram e começaram a semear o pânico nos arredores da cidade. Sistematicamente atacavam as caravanas de comércio, a ponto de pouco a pouco arruinarem a cidade.
No momento em que a situação pareceu madura, os indo-europeus vivendo no interior da cidade fizeram

eclodir uma guerra civil. Acabaram prendendo todos os harappianos e os reuniram diante de um fosso comum, onde foram degolados. Pilhadas Harappa e Mohenjo-Daro, e não sabendo administrá-las, os indo-europeus não puderam impedir que decaíssem, até o momento em que as abandonaram, deixando atrás de si duas cidades fantasmas e fossos comuns, cheios de cadáveres daqueles que, antes, haviam sido seus patrões.

Edmond Wells,
***Enciclopédia dos saberes relativo e absoluto*, tomo V.**

88. O SANGUE DAS ÁGUIAS

Corri por dentro de Olímpia. Esbarrava em todo mundo que cruzava meu caminho. A adrenalina decuplicava a força dos meus músculos.

Mata Hari corria atrás de mim, e eu podia ouvir sua respiração resfolegante.

A raiva aumentou à medida que me aproximei das luzes e dos barulhos. A árvore central, uma macieira, logo surgiu acima dos telhados.

Quem eu procurava estava sentado ao lado de Sarah Bernhardt. Ao me ver, disse um boa-noite polido. Então, movido pelo sentimento de defesa do amor, esmaguei com toda força meu punho na cara do meu amigo Raul.

Machucou-me um bocado as falanges. Ao mesmo tempo, senti que algo se esguichou e quebrou, com um barulho de lenha seca. Certamente o nariz dele.

Raul Razorback não teve tempo de reagir. Caiu para trás, mas eu já estava em cima dele. Por puro reflexo, pôs as mãos adiante, para se proteger. Peguei-o pela gola. Era uma sensação agradável aquela de causar medo.

Nos olhos de Raul, li incompreensão, num primeiro momento, mas isso não durou. Ele sabia por que eu estava ali.

Meu punho estava ensanguentado. O sangue das águias. Soquei de novo a massa vermelha em que seu rosto se transformava.

Viramos cadeiras. Ninguém se atreveu a intervir, tamanha era a surpresa da minha agressão.

Raul caiu, levantou-se, parou e me enfrentou, em posição de combate. Saltei sobre ele, e rolamos sob as mesas.

Mais forte, meu adversário conseguiu aparar meus golpes, e ficamos frente a frente.

– Filho da mãe!

Ele esboçou um sorriso cruel e cuspiu sangue. Empurrou-me para trás e, quase caindo, me segurei como pude numa mesa.

– Você assassinou meu "Educado"!

– Apenas restabeleci o equilíbrio.

Pulei em sua direção. Ele se desviou e me deu um calço, que me fez cair no chão. Ia se jogar em cima de mim, mas consegui me erguer, com os punhos cerrados.

– Parem de brigar! O que está fazendo, Michael? – exclamou Édith Piaf.

Recordando as aulas de boxe de Theotime, simulei um golpe com a esquerda e enviei um soco com a direita, no queixo. Ele o recebeu com uma careta. Encadeei rapidamente um gancho de direita, outro de esquerda e um direto no nariz, que já estava parecendo uma melancia espatifada.

Quando machucam um amigo meu, me sinto irado. E o Educado, para mim, era um mortal amigo. Pensei em seu sofrimento na estaca. Revi os adeptos do Herdeiro, carregando sua efígie, empalado como um frango, e bati, várias vezes ainda.

Mas Raul se recuperou, conseguindo se esquivar dos meus socos. Mandei-lhe um bom pontapé na tíbia direita. Ele não esperava. Equilibrei as coisas, chutando a tíbia esquerda. Ele saltitou, cerrou os dentes, enxugou o nariz ensanguentado e me lançou um olhar ameaçador.

A adrenalina decuplicava minha raiva. Não receberia mais somente, também devolveria as pancadas. Não era apenas o Educado que eu vingava, era também Theotime, minha vida inteira e todos aqueles que esqueceram de revidar os golpes.

Alunos intervieram para nos separar. Agarraram-me pela cintura, e alguém afastou Raul. Eu, porém, estava bem seguro, mas Raul se soltou e me socou com toda força o queixo.

Alguns dentes se quebraram no céu da boca e chegaram à garganta, com um gosto de sangue. Fiquei tonto.

Novo jato de adrenalina, como o efeito de um café forte ao acordar. Parti em frente, de cabeça, na barriga de Raul.

Mais alunos apareceram para apaziguar a situação.

Puxei, então, meu ankh e ameacei os demais, apontando para todos os lados.

– Afastem-se, afastem-se ou atiro.

– Cuidado, ele está armado! – gritou Édith Piaf.

A multidão se afastou.

Os Mestres-deuses, imperturbáveis, olhavam sem se meter.

Aproveitando-se de um desvio da minha arma, Raul também sacou seu ankh. Permanecemos mutuamente na mira um do outro enquanto recuávamos. Um círculo amplo se formou a nossa volta. Minha boca sangrava, e o gosto salgado do meu próprio sangue me dopava.

Ao chegarmos a uma distância que pareceu boa, nos imobilizamos. Os braços continuavam esticados, com os dedos crispados no botão de tiro.

– Parecemos estar num faroeste fajuto, não acha, Michael?

Ele falava com um barulho engraçado, por causa do nariz quebrado.

– Não tenha mais nada a perder, Raul, mais nada. Eu sabia que um dia essa hora chegaria. Sempre soube.

– Em certo momento o discípulo enfrenta o mestre, para saber se o alcançou.

– Não sou seu discípulo, Raul. Tive apenas um mestre, que foi Edmond Wells.

– Você me deve tudo. Lembra-se do nosso primeiro encontro no cemitério Père-Lachaise? Você disse que tinham brigado com você por não ter chorado no enterro da avó. E eu disse que a morte era uma nova fronteira.

– Você estragou minha vida várias vezes. Esquecer disso foi um erro meu.

– É normal. Tinha tanta vontade de ter um "melhor amigo".

– Você sempre me traiu. Inclusive me massacrou nesta vida, com suas galeras que incendiaram meus veleiros.

– É o jogo – disse Raul. – Esse é o seu problema: confunde o jogo com a vida. Leva tudo a sério demais. Eu sou quem o desperta. Confesse que é a primeira vez que realmente tem raiva. Graças a mim. Isso é bom, não é? Essa é a lição que lhe faltava: a raiva. Pode me agradecer.

Cerrei os dentes.

– Você empalou o Educado!

– É verdade. E daí? Tomei uma peça no jogo de xadrez. São apenas peões, como eu já disse.

Ele se assoou e cuspiu sangue.

– Não perdoarei nunca o que fez com o Educado. Nunca.

Ele me olhou demoradamente, medindo minhas intenções.

– À vontade.

– Proponho contar até três e sacamos. Que ganhe o mais rápido.

Ele imitou o gesto de arrumar o ankh na cintura, como se fosse um revólver. Hesitei e fiz o mesmo.

– Se temos direito a um só tiro, melhor então, ajustá-los à potência máxima. Dessa maneira estaremos acertados de uma vez por todas – propôs Raul.

Era pura presunção. Continuava um presunçoso. Como o pai. Sempre assumia um pequeno risco a mais para ter a sensação de ser dono da situação.

– Um...

Em volta de nós o silêncio era completo. Ajustei com todo cuidado meu ankh na potência de destruição máxima. Ele fez o mesmo.

– Dois...

O suor escorria em meu pescoço e o sangue tinha estagnado na boca. Todos os dentes doíam. A mão tremia.

Encaramo-nos longamente, e vi desfilarem os instantes em que havíamos sido realmente amigos. Os instantes em que me ajudou, em que rimos, combatemos juntos. E, no fim, o instante em que me aconselhou a cortejar Mata Hari, para chamar a atenção de Afrodite.

– Três!

Eu atirei sem apontar. Errei, sentindo instantaneamente um raio de fogo raspar minha orelha.

Tínhamos regulado os disparos com tanta força que os ankhs se descarregaram. Apertamos os gatilhos, mas não havia mais nada, apenas um ruído vazio.

Decepcionado com a situação, Ares lançou entre nós um ankh carregado. Corri e segurei a mão armada de Raul. O cano de saída, que estava apontado para o meu rosto, foi desviado. Meu adversário tentou trazê-lo de novo em minha direção, mas eu o empurrei. Ele me jogou para trás e apontou mais uma vez a arma para mim. Atirou. O raio por pouco não me atingiu.

Um grito ecoou às minhas costas. Alguém estava na trajetória.

Virei-me. Era Saint-Exupéry. Recebera o disparo em pleno peito. No local do impacto, a carne e os ossos tinham se desintegrado. Ele caiu e eu podia ver o chão através do seu corpo.

Sem pensar em mais nada, precipitei-me na direção do poeta-aviador.

– O dirigível está pronto... Ele é seu.

– Vamos cuidar de você – respondi, sem muita convicção.

Ele sequer deu atenção às minhas palavras.

– Faça isso por Montgolfier e Ader... E quando estiver no alto, lembre deles e pense em mim.

Os centauros já chegavam para evacuar o corpo.

Subtração: 73 – 1 = 72.

Raul veio em minha direção, com o ankh pronto e apontado para o meu rosto. Mas daquela vez os alunos se colocaram no caminho. Alguns para me proteger, outros para proteger Raul. Eram dois grupos distintos, correspondendo aos simpatizantes da força D e aos da força A.

As afrontas se transformaram em ameaças.

Os da força N se mantinham em recuo. De repente, o grupo D nos atacou. Foi um choque frontal, mais ou menos como quando nossos exércitos faziam carga, uns contra os outros. Só que, daquela vez, eram deuses contra deuses.

Levei alguns golpes de Bruno, deus dos falcões. Raul, por sua vez, foi surpreendido por Rabelais, deus dos porcos.

Mata Hari se lançou na batalha, vindo em meu socorro, mas Sarah Bernhardt saltou-lhe em cima, agarrando-a pelos cabelos. Mata a rechaçou e se pôs em posição. Minha namorada praticava uma arte marcial desconhecida, mas parecendo a savate francesa. Tendo facilmente dominado a atriz, criou dificuldades para vários alunos-deuses do campo adversário.

As togas tinham sido rasgadas e todos lutavam apenas de túnica. Nem Mestres-deuses e nem os auxiliares intervieram. Inclusive as quimeras se mantinham à distância.

Entre uma pancada e outra, percebi Atena imóvel. Ela, que tanto havia proibido qualquer violência, não parecia se incomodar com nosso pugilato. Sentou-se tranquilamente ao lado de Dioniso, e comentavam juntos a ação. Talvez os Mestres-deuses analisassem o combate como um enorme exercício de descontração, um prolongamento das festividades daquele dia.

E vê-los manter tal atitude dava aos alunos a impressão de que podiam dar livre curso à agressividade natural. A luta se tornou cada vez mais renhida.

Acabei voltando a encontrar Raul no meio da multidão. Novamente nos lançamos num corpo a corpo violento. Em certo momento, ele me imobilizou os braços, apoiando os joelhos nos meus cotovelos, e ergueu os dois punhos juntos, bem alto, para afundá-los no meu rosto. Algo o fez escancarar a boca, de surpresa. Ele caiu para trás.

Olhei para saber quem me tinha ajudado. Jean de La Fontaine.

– Obrigado – agradeci.

– A razão de quem bate de surpresa é ainda melhor do que a do mais forte – enunciou, parafraseando a fábula do lobo e do cordeiro.

Por desencargo de consciência, verifiquei o estado do meu adversário. Raul respirava. Estava apenas desacordado.

Em todo lugar, os alunos rolavam pelo chão, mordiam e batiam, com gritos de raiva.

Mata Hari despachou um adversário com um golpe de mão certeiro no pescoço e foi atacada por Bruno. O deus dos falcões se mostrava solidário ao das águias.

– Michael Pinson! Prendam-no, ele trapaceou! Veio em meu subsolo!

Era Atlas! Eu o tinha esquecido.

Misturei-me na confusão, mas ele me acompanhou e veio correndo em minha direção.

– Peguem-no! – berrava o titã.

Os centauros, que até então nada haviam feito, se voltaram contra mim. E lá estava eu, de novo, fugindo.

Eles não conseguiam avançar facilmente no meio da turba. Alguns alunos-deuses, de propósito, obstruíam o caminho.

Escapuli várias vezes dos centauros mais próximos. Ora em zigue-zague, ora me arrastando, me escondendo. Uma raiva nova me invadiu, decuplicando minhas forças e reflexos. Como se engrenasse uma terceira marcha.

Misturei-me na multidão, depois saltei por cima das mesas, escapando de múltiplos braços que pareciam flores cheias de garras.

Atlas e os centauros galopavam atrás de mim.

Mata Hari, compreendendo o que acontecia, organizou, com um grupo de alunos-deuses, um muro vivo que atrasou os centauros. Isso bastou para que eu ganhasse terreno.

Voltei às ruelas do bairro sul, que eu já começava a conhecer bem. O labirinto atrasou ainda mais meus perseguidores. Alcancei a rua da Esperança. Por sorte, não tinham encontrado e nem tapado a saída. Movi a caixa e cheguei fora das muralhas.

Corri pela floresta e, depois, resolvi me esconder em um pequeno bosque de fetos azuis.

Vi passar a tropa de centauros lançada para me perseguir, com Atlas à frente. Passaram de onde eu estava e desapareceram no horizonte.

Decidi, então, aceitar o último conselho de Saint-Exupéry. Voar.

89. ENCICLOPÉDIA: LÊMINGUES

Por muito tempo, cientistas se perguntaram por que os lêmingues se suicidam coletivamente. Ver um grupo inteiro desses pequenos animais, em fila, se lançar

voluntariamente do alto de um precipício no vazio, era um mistério da natureza.
Em um primeiro momento, biólogos acharam que podia se tratar de um comportamento de autorregulação demográfica. Os lêmingues se suicidariam em grupo ao se considerarem numerosos demais.
Uma nova teoria veio enriquecer o leque de hipóteses. Ela evoca o fato de os lêmingues, quando em excesso de população, terem o hábito de migrar. Pois bem, a separação dos continentes teria provocado a aparição de um penhasco entre duas zonas anteriormente ligadas. Séculos passaram e os lêmingues não modificaram seu mapa de migração, querendo prosseguir a rota para além do precipício, a qualquer preço.

Edmond Wells,
***Enciclopédia dos saberes relativo e absoluto*, tomo V.**

90. DIRIGÍVEL

Cheguei diante da caverna de Montgolfier.

A engenhoca voadora estava pronta, bastando apenas acender a caldeira e soltá-la.

Foi quando percebi que alguém se adiantara a mim.

O deicida.

A presença ameaçadora ainda se escondia por trás da máscara de tragédia grega. Algo a incomodava na altura do braço.

O deicida, então, não era mesmo Proudhon.

Arrependi-me de ter calado minhas dúvidas, de não ter interferido em seu favor. Tinha sido, de fato, no braço esquerdo, e não no direito, que eu o atingira.

O deicida puxou seu ankh. Eu me senti estranhamente à vontade.

– Você vai me matar, não é?

Ele fez sinal para que eu erguesse os braços, se aproximou e, mantendo-me sob mira, revistou-me.

– Se está procurando a Enciclopédia, não a transporto o tempo todo comigo. Está em lugar seguro.

Ouvi uma respiração por trás da máscara, uma respiração de homem, achei.

Ele fez peso sobre meu ombro, obrigando-me a ajoelhar. Em seguida, senti o cano do ankh em minha nuca. Seria executado.

Àquela altura, um outro indivíduo surgiu, com a toga suja. Parecia-se muito com o deicida, mas usava não uma máscara triste, e sim alegre.

O recém-chegado pôs o deicida em mira. Este, então, se virou para ele.

Ficaram um diante do outro, de ankh em punho, como Raul e eu, um pouco antes.

Seriam, talvez, dois? Não, onde estaria a lógica? O deicida era o homem com a máscara triste; o outro, eu não sabia.

Ambos se enfrentaram durante alguns segundos e depois o triste guardou o ankh e foi embora, parecendo resignado.

O alegre fez um pequeno gesto amistoso para mim e se afastou, por sua vez, em direção oposta.

Eu nunca saberia o que aconteceu. Quer dizer que havia um deicida, mas também um antideicida...

Nada mais me espantava.

Precisava agir rápido. Os centauros e Atlas talvez estivessem em vias de organizar uma batida, como fizeram procurando Proudhon. E no meu caso, não haveria processo.

Viver o calvário dos meus homens-golfinhos diretamente com eles! Viver eternamente sem poder revelar meu saber e sabendo que não posso mais ajudá-los de cima!

Não havia alternativa, tinha que conseguir fazer aquele bendito aeróstato de pedais decolar.

Fiz como Saint-Exupéry me mostrara. Acendi o fogo. Dirigi a fumaça para o saco que serviria de balão. A membrana começou a inflar. Verifiquei o mecanismo da bicicleta, que seria meu propulsor.

Mais eis que uma nova silhueta surgiu.

Reconheci, primeiramente, o perfume.

– Boa-noite, Michael.

A última vez que a tinha visto, ela lançara-me um olhar cheio de censura porque eu estava com Mata Hari. Será que me denunciaria?

A membrana inflava lentamente.

– Você não pensa em voar com isso, não é?

Afrodite sorriu.

– Não tenho mais escolha. Tenho que ir embora.

– De qualquer jeito, você não pode fazer nada enquanto não resolver o enigma: "O que é melhor do que Deus e pior do que o diabo?"

– Nunca vou descobrir.

– Tem certeza?

Tentei pensar em Mata Hari.

– Se encontrar a solução do enigma, faremos amor. Você nem pode imaginar a que ponto é extraordinário. – Acrescentou, bem descontraída: – Mulher alguma, mortal ou deusa, poderá fazê-lo conhecer semelhante sensação.

Em apoio ao que dizia, me pegou pela cintura, me apertou contra os seios e me beijou avidamente. Isso durou o que me pareceu um tempo enorme. Tinha gosto de cereja. Fechei os olhos para sentir tudo profundamente.

– Você é importante para mim – disse Afrodite, afrouxando o abraço. – Algo se passa entre nós, um laço particular entre almas e que não se assemelha a mais nada. Mesmo que queiramos negar, não há como.

Alisou minha barriga.

– Acho que você nem mesmo imagina o que pode ser fazer amor comigo.

– Eu...

– Sabe quantas dezenas, centenas de milhares de homens venderiam a alma para viver meio segundo disso?

Ela me estreitou de novo contra si e me apalpou a região do coração.

– Tenho um aliado aqui dentro.

Fechei os olhos, cerrei os dentes. Concentrei-me em não me deixar ludibriar.

– Somente eu posso compreendê-lo – continuou. – Sinto a criança ferida que você foi. Nós dois fomos crianças feridas.

Uma enorme emoção subiu até minha nuca.

Ela tirou um espelho de um bolso da toga.

– Olhe-se, Michael. Você é um ser "belo". Nós nos compreendemos, de alma para alma. É o único amor real – disse. – Mulher alguma pode compreendê-lo como eu. Mulher alguma pode vê-lo como eu. Você próprio nunca se viu. Você é tão poderoso na alma e tão estreito no pensamento. É como todos esses mortais que dirigimos e não imaginam que são deuses em potencial.

Enquanto falava, Afrodite mudava de vibração. Eu tinha a impressão de ver sua aura. Era uma entidade rosa e morna, com irisações douradas.

A membrana do aeróstato continuava a encher, mas eu me desinteressara. Achei que Afrodite me levaria, uma vez mais, à perdição. Podia sentir isso e, no entanto, não conseguia reagir. Como a mariposa atraída pela chama. Como o coelho cegado pelos faróis do carro que o esmaga. Como o camundongo fascinado pela serpente. Como o drogado diante da seringa.

– Os dois, você e eu, podemos mudar o universo. Basta que realmente confie em mim, uma vez. Tem medo de mim, porque acredita em tudo que contaram a meu respeito. Inclusive

Hermafrodite, meu próprio filho, contou horrores de mim. Nem tudo é mentira. Quase tudo, inclusive, é verdade. Mas ouça sua alma e o que ela diz sobre mim. Sei que lhe causei mal, mas você pode compreender que era para o seu bem?

Eu não pisquei.

– Como obstáculos dispostos diante do cavalo. Quanto mais alta for a barreira, melhor ele percebe o quanto consegue saltar. Quem coloca os obstáculos o faz por maldade? E, no entanto, o cavalo corre o risco de quebrar uma pata, se errar o pulo.

Minha boca permaneceu fechada.

– Agora, graças a mim, graças às provações a que foi confrontado, você se conhece melhor. Está mais forte. Se enfrentou Raul, foi graças a mim. Se conseguiu fabricar o Educado, foi também graças a mim. Você sabe disso?

A membrana do balão já ocupava todo o teto do ateliê clandestino.

– Tenho que ir – disse eu.

Ela deu um sorriso triste.

– Com isso? – perguntou, irônica.

Ela, então, brandiu o ankh, como se quisesse examinar as engrenagens da engenhoca e deu um primeiro tiro na membrana, que se desmanchou. Depois um segundo, na bicicleta. Em um minuto, a máquina tão pacientemente elaborada por Montgolfier, Ader e Saint-Exupéry estava reduzida a escombros fumegantes.

Ela destruiu meu único meio de fuga! Estava tão aterrado que não consegui esboçar a menor reação.

– É para o seu bem – justificou. – Já fugiu demais, agora deve enfrentar seu destino.

Dizendo isso, guardou o ankh, me abraçou e me beijou demoradamente.

– Agradeça-me.

Tinha dúvidas se a matava ou não.

Um aluno pode matar um professor? É possível matar a deusa do Amor?

Após hesitar, beijei-a de volta.

Sou um imbecil.

Depois, talvez com pena de minha própria besteira, tentei compreender o que se passava em mim. Estaria vivendo a mesma decrepitude que a humanidade, fascinada por sua própria queda? Incapaz de freá-la, acabara aceitando-a e amando-a.

Afrodite me considerou ternamente. Provavelmente já tinha visto muitos homens no estado de desmantelamento em que eu me encontrava. Ao mesmo tempo, eu não conseguia evitar ter um sentimento de gratidão por aquele "monstro".

Eu me dizia que o destino é pródigo em venenos. Se a gente tem uma história de amor capenga e consegue sair dela, acontece uma outra história de amor, ainda mais capenga, e depois outra e mais outra. A personalidade precisa de experiências dolorosas para evoluir.

Contemplei, desamparado, o dirigível reduzido ao estado de ferro-velho.

Afrodite alisou meu queixo, e tive vontade de mordê-la até sangrar.

– Não esqueça que, se resolver o enigma, faremos amor uma noite inteira, como você nunca fez. A você eu me entregarei completamente, como nunca me entreguei a homem algum e a nenhum deus.

Distante, a voz de Atlas ecoou:

– Não procuramos por aqui ainda.

Afrodite recuou e se afastou, dizendo:

– Até breve, querido.

Ela fez o gesto de um beijo, soprando-o em minha direção, e foi embora. Permaneci imóvel, como se estivesse adormecido, até que os gritos dos meus perseguidores me despertaram.

Fechei os olhos e senti a luz, minha pequena chama, ali, na altura do coração, e essa luz era meu verdadeiro eu, escondida bem no fundo das minhas vísceras, abrindo caminho em minha carne, para lutar contra as trevas que se apoderavam de mim. A chama iluminou meu coração, e o coração se pôs a movimentar sangue luminoso vermelho, depois laranja, depois amarelo, depois branco, depois prateado.

Tive a impressão de acordar de um suave sonho, mas retornar à realidade era difícil. Saí e vi dezenas de tochas brandidas pelos centauros, que vinham em minha direção.

O sangue prateado alcançou minhas extremidades, os dedos das mãos e dos pés. No alto do crânio, ele furou um buraco, na altura do meu sétimo chacra coronal e houve uma espécie de laser, partindo do alto de minha cabeça e me conectando com o céu.

Eu não era um qualquer. Talvez fosse aquele que todo mundo esperava. Não devia lamentar minha sorte, tinha que superar o sortilégio de Afrodite e lembrar das palavras de Mata Hari: "Você provavelmente é muito mais do que pensa."

Muito mais. Eu sou Michael Pinson, pioneiro da tanatonáutica, anjo que conseguiu salvar uma alma humana, aluno-deus encarregado do povo dos golfinhos. Sou um deus! Um pequeno deus, mas um deus, mesmo assim. Não iria me encolher agora, como um qualquer mortal apaixonado. Não agora.

– Ali, estou vendo! – gritou Atlas. – Ele está ali. Pegamos.

As tochas aceleraram em minha direção.

Disparei na direção inversa. Fugir sempre. O mais rápido possível sempre. Correndo, eu repetia:

– Não esqueça que você é um deus.

Era minha parte humana que perturbava, o sangue prateado tinha que evacuar toda a escória dos meus desejos e medos. Jamais poderia salvar povo algum, se não conseguisse salvar a mim mesmo. Jamais poderia introduzir a menor parcela de amor em "Terra 18", se não fosse capaz de amar. Para acabar com o fascínio que Afrodite exercia em mim, precisava eu próprio me fascinar o bastante. Precisava me amar. Confiar em mim.

Corria cada vez mais rápido, cada vez mais vigoroso. Mas compreendi que para me amar, precisava detestar quem me fazia mal. Já era o momento de aprender, após a cólera, o ódio. Paradoxo extremo: só conseguiria me amar tornando-a – ELA – detestável.

– Afrodite, eu detesto você. Afrodite, você não me enganará mais – repetia para me dopar. – Afrodite, estou vendo você como é: uma máquina de destruir homens, não passa de uma mulher fatal de araque. Sou mais forte. Sou um ser livre. Sou MICHAEL PINSON. Sou o deus inesperado, que vai mudar as regras do jogo. Mas que droga! Não sou qualquer um. Meu Educado era extraordinário e eu, talvez, crie outros, dezenas mais, pois esse é o meu talento. Um talento do qual você não tem a menor ideia, Afrodite.

Meu coração batia forte. Corria tão rápido que já nem ouvia meus perseguidores.

Para onde ir?

"No centro do ciclone é onde se está mais seguro." Voltar a Olímpia.

A noite me protegia. Eu me esgueirei entre as árvores.

Cruzei a entrada da cidade, ainda escancarada. Guiado por uma intuição, corri até o Anfiteatro.

À minha frente, Pégaso, ainda com a roupa de cena, pastava.

Pensei na história de Belerofonte.

Pégaso era a solução.

Nada mais tinha a perder.

Alguns centauros me detectaram e vieram a galope. Montei no cavalo alado. Eu já tinha praticado, em outros tempos, equitação, mas os cavalos não vinham com asas de três metros de envergadura.

Pégaso me percebeu montado, não se moveu e continuou ruminando. Dei-lhe umas pancadinhas com os calcanhares nos flancos, sem que o animal reagisse.

– Está ali! Está ali! – gritou um centauro. – Peguem-no!

Alguns sátiros, passando por perto, repetiram em coro:

– Está ali! Está ali! Está ali!

Uma tropa inteira se aproximava.

Puxei as rédeas, gritando ao mesmo tempo alguns incentivos ridículos.

Nada acontecia. Achei estar vivendo em um mundo contrariante. Eu me debatia e, quando conseguia passar por uma prova, logo caía em outra, ainda mais intransponível.

Os centauros me cercaram. Tive vontade de desistir de tudo. Foi quando apareceu Moscona. Pousou na orelha do meu pangaré e, ela que sempre se mostrara muda, pareceu murmurar-lhe algo. A pequena língua enrodilhada de borboleta se dobrava e desdobrava.

Pégaso relinchou e – milagre! – começou a trotar, depois a galopar. Todos correram atrás de nós. O cavalo voador abriu as asas. De repente, decolou!

Só tive tempo de me agarrar em sua crina. Sentia nas panturrilhas os flancos do animal. Quando ele respirava, suas costelas se expandiam. Encontrei os estribos, felizmente mais ou menos adaptados para o meu tamanho, e rapidamente enfiei meus pés.

Ganhamos altura.

Pégaso reagia com algum atraso às minhas solicitações. De início, eu não soube guiá-lo bem, e partimos rumo à praça, onde estavam reunidos todos que me perseguiam.

Dei um voo rasante sobre as cabeças e os punhos fechados que se ergueram em minha direção. Todos se abaixaram. Os cascos do animal rasparam as mesas a ponto de derrubar ânforas. Os centauros corriam ao nosso lado, atropelando alunos e tentando agarrar a cauda do meu cavalo. Um deles esteve prestes a conseguir, mas Pégaso lhe deu um coice.

Atlas sacou seu ankh, mas não se atreveu a atirar. Outros deuses também tinham os ankhs apontados em minha direção. Compreendi que temiam acertar Pégaso.

Raspei pela segunda vez as mesas, contornando a tempo a árvore central e, afinal, descobri o que fazer para que minha cavalgadura ganhasse mais altura. Coloquei-me fora de alcance dos tiros.

Levei um certo tempo para me dar conta do que acontecia. Eu estava liquidado em Aeden. Nunca mais poderia voltar.

As asas de Pégaso deslocavam quantidades de ar, como um enorme pássaro. Que sensação.

Vi Hermes voando para me alcançar, agitando as asinhas dos pés, mas ele não era tão rápido quanto Pégaso.

– Volte, Pinson, volte! Você não imagina o que está fazendo! – clamava o deus das Viagens.

Ele tinha toda razão, eu não sabia o que estava fazendo, mas achei, pela primeira vez, estar empreendendo algo de fato heroico, sozinho. Eu estava fora do roteiro do escritor que escrevia minha história. Estava dirigindo minha vida. Entrara na zona não prevista, em que era o único a decidir, livremente, o que aconteceria no momento seguinte.

Continuei subindo, inebriado.

Depois de Hermes, um outro aparelho voador veio ao meu encontro: Afrodite. Não! Ela, de novo, não.

Estava no carro cor-de-rosa, puxado por centenas de rolinhas, cujas rédeas se reuniam em suas mãos. Adiante, no lugar especialmente previsto para ele, Cupido estava sentado, com o arco em uma mão e uma flecha em outra. As rolinhas faziam o barulho das centenas de asas simultâneas, agitando o ar. O carro era mais rápido do que as asinhas de Hermes, mas ainda menos do que Pégaso.

A deusa do Amor se aproximou.

Tentei evitá-la, virando para a direita, mas ela girou ao mesmo tempo que eu. Com uma manobra, conseguiu, afinal, emparelhar com minha cavalgadura.

– Volte, Michael, não pode fazer isso. Atena vai fazer você pagar caro.

O medo. Estava usando a alavanca do medo. Falava comigo como com um mortal.

Continuei a subir.

Ela manteve o carro movido a rolinhas junto do meu cavalo alado. Ganhamos altura juntos.

– Eles nunca vão deixá-lo subir!

– Vamos ver.

– Volte, preciso de você – exclamou.

– Eu não preciso mais de você.

Ela franziu o cenho.

– Muito bem. Se quer ir, vá com tudo, ou eles não o deixarão escapar.

Afrouxei as rédeas, e meu cavalo alado acelerou. Voltei-me para Afrodite e gritei:

– Adeus, Afrodite. Eu amei você.

Fiz o gesto de um beijo e soprei em sua direção.

Ela pareceu surpresa. Cupido tomou a iniciativa de me enviar uma flechada, mas me abaixei, e a flecha passou por mim. De longe, a deusa ainda gritou:

– Cuidado!

– Com quê?

– Lá em cima. Com os ciclopes. Eles protegem o...

Não ouvi o restante, pois já havia tomado distância. Ali estava eu, sozinho, nas alturas, sobrevoando Olímpia.

Pégaso movia o ar em ritmo regular, com suas compridas asas de albatroz gigante.

Eu voava.

Não estava mais, afinal, sob qualquer influência externa. Não havia mais Raul, Edmond e nem Afrodite.

Movimentei as rédeas, guiando meu cavalo para a montanha. Justamente, no alto, no escuro da noite, acabava de aparecer um brilho, como uma chamada. Pareceu-me, olhando mais de cima, que não era redondo e nem estrelado, mas em forma de oito.

91. ENCICLOPÉDIA: OITO HERTZ

Nosso cérebro tem quatro ritmos de atividade que podem ser medidos por um eletroencefalograma. Cada ritmo corresponde a um tipo de onda.
As ondas beta vão de 14 a 26 hertz: correspondem ao estado desperto. Quanto mais excitados, nervosos, preocupados ou em reflexão intensa estivermos, mais elevamos o número de ciclos por segundo.
As ondas alfa vão de oito a 14 hertz: correspondem a um estado em repouso, mas consciente. Quando fechamos os olhos, quando nos sentamos em posição confortável, ou quando nos deitamos em uma cama, o cérebro diminui o ritmo para se pôr em ondas alfa.
As ondas teta vão de quatro a oito hertz: correspondem ao estado de sono leve. É a pequena sesta, ou também o estado do sono hipnótico.
As ondas delta possuem menos de quatro hertz. Correspondem ao estado de sono profundo. Nessa fase, apenas as funções vitais são mantidas pelo cérebro. Estamos próximos da morte psíquica e, paradoxalmente, é nesse estado que temos acesso às camadas mais profundas do inconsciente. É o comprimento de onda do sono paradoxal, onde surgem os sonhos mais incompreensíveis e quando nosso organismo realmente se recupera.

É interessante notar que quando o cérebro se estabiliza em oito hertz, ou seja, em ondas alfa, os dois hemisférios conseguem funcionar juntos em harmonia, enquanto em ritmo beta um hemisfério se superpõe ao outro. Seja ele o cérebro esquerdo, analítico, para resolver um problema de lógica, seja o cérebro direito, intuitivo, para criar ou encontrar uma ideia.
Quando o cérebro está superativado, em sua fase beta, assim como um radiador, ele automaticamente se põe, de vez em quando, em repouso, em fase alfa. Considera-se que a cada dez segundos, aproximadamente, o ciclo cerebral cai durante alguns milionésimos de segundo, se colocando em ritmo alfa.
Se conseguirmos, conscientemente, nos colocarmos em fase de ondas alfa, o mental fica em *stand by* e interfere menos no que sentimos. Ficamos, então, mais atentos às intuições. Em oito hertz, estamos perfeitamente equilibrados, despertos e, no entanto, calmos.

Edmond Wells,
***Enciclopédia dos saberes relativo e absoluto*, tomo V.**

92. VOO

Eu voava.
Abaixo de mim, a cidade de Olímpia se distanciava e desaparecia.
Eu me sentia forte. A força vinha da cólera e do sentimento de ter retomado meu destino em mãos. Tinha, finalmente, a impressão de ter algo sob controle. Como era bom ter raiva.

Devia ter me zangado há mais tempo. Era como se eu saltasse de um trem em movimento. Tinha a impressão de ter quebrado o vidro do vagão e me jogado nos trilhos.

Não tinha mais nada a perder. Fiz todo mundo me virar as costas: os Mestres-deuses, os alunos-deuses, as quimeras, sem falar do meu povo dos golfinhos que, se soubesse, reclamaria de ter sido abandonado. Como dizia um amigo mortal, de "Terra 1": "Todo homem que empreende o que for tem três tipos de inimigos: os que queriam construir o mesmo projeto em seu lugar, os que queriam realizar o projeto contrário e, sobretudo, a grande massa dos que nada fazem. E estes são, muitas vezes, os críticos mais virulentos."

Eu voava.

Achei que nada estava inscrito, não havendo roteiro algum registrado em qualquer grande livro. Eu não era um personagem. Era o redator de minha própria vida. Estava a escrevê-la ali e naquele momento. Mesmo em "Terra 1", nunca acreditei em horóscopos.

Não acreditava nas linhas da mão.

Não acreditava em médiuns.

Não acreditava em I Ching.

Não acreditava em tarô. Nem em borra de café.

E mesmo que tudo isso funcionasse, não seriam apenas meios para me incitar a permanecer no roteiro?

Estava, contudo, fora do roteiro. Tinha certeza de meu voo com Pégaso, em direção aos cimos, não estar ESCRITO EM LUGAR NENHUM. Ninguém podia ler, fosse onde fosse, minha próxima aventura. Eu escrevia minha vida a cada segundo, sem que ninguém pudesse conhecer a página seguinte. Se necessário, morreria de uma vez e a história pararia. Ser livre é perigoso, mas é embriagador. Eu era melhor do que um deus, era um ser livre.

Fora preciso chegar ao fundo do poço para encontrar a energia e me reencontrar. Estava sozinho e agora eu era o todo-poderoso. Mais forte do que Deus, pior do que o diabo. E quem me comesse, morreria.

Embaixo, via a ilha, que apresentava uma forma meio triangular, com áreas que eu não conhecia. Parecia uma cabeça. As duas pequenas montanhas em torno de Olímpia formavam olhos. A cidade quadrada era o nariz. A praia, o queixo. A grande montanha compunha a testa. Distinguia vagamente, por trás da testa elevada, duas protuberâncias de terra, semelhantes a duas grandes mechas.

O mar estava irisado por reflexos castanho-avermelhados. "Edmond Wells, você está na água, eu estou nos ares."

A noite caía. O sol ganhava uma tintura rosada. Eu subia.

Pouco a pouco, compreendi a que ponto meu cavalo alado era incrivelmente potente. A cada batida de suas longas asas brancas, eu era propulsionado vários metros adiante.

Elevei-me acima do paredão íngreme e laranja. Seguia rapidamente em direção ao cume, sempre envolvido em seu manto de neblina.

Estava acima das frondes.

Sobrevoei o rio azul, sobrevoei a floresta negra, ultrapassei a planície vermelha; subi mais e alcancei o paredão que conduzia às pedras de cor laranja.

O céu obscureceu-se progressivamente. Seria a noite? Não, eram nuvens escuras. De repente, um relâmpago atravessou essas nuvens. Senti que Pégaso tinha medo de tempestade. Agarrei-me mais fortemente à sua crina. O raio produziu marmorizações efêmeras, sendo acompanhado por um canto grave em minha caixa torácica. Uma gota caiu em minha mão.

Choveu cerrado.

Eu estava alagado e tinha frio. Apertei as pernas contra os flancos de Pégaso.

– Vamos, Pégaso, aproxime-se do cume, é só o que peço.

Estávamos sobre a zona laranja.

Puxei a crina e crispei meus dedos nos compridos pelos. As asas molhadas foram ficando cada vez mais pesadas. Elas movimentavam o ar com dificuldade.

Por vontade própria, Pégaso decidiu aterrissar, como faria qualquer pássaro. Por mais que eu lhe calcasse os flancos com meus tornozelos, o animal não quis mais se mover, até eu desmontar. Pus o pé no chão. Pégaso, então, voltou a decolar e voou na direção de Olímpia.

Estava ainda em território laranja, e o chão era luminoso. Crateras, pequenos vulcões e vênulas amarelas, como rachaduras, deixavam perceber a lava circulando. Compreendi serem aqueles vulcões que alimentavam o permanente manto de nuvens.

Andei pela região das estátuas, um pouco adiante do palácio de Medusa. Todas pareciam me olhar de maneira reprovativa. Reconheci a estátua de Camille Claudel e um calafrio de horror me percorreu. Não era o momento de me transformar em pedra.

Atravessei a floresta de estátuas, correndo sob a chuva. A multidão imóvel, finalmente, ficou para trás.

A górgone não tinha me percebido, também preferiu ficar no abrigo, no seco do seu palácio. A tempestade me protegeu.

Cheguei ao sopé de um paredão rochoso, quase vertical, que escalei usando pés e mãos. Não pretendia desistir àquela altura. De qualquer maneira, não tinha escolha. A rocha molhada estava escorregadia sob minhas mãos, e a toga encharcada parecia pesar toneladas, mas encontrei apoios e avancei. Após degringolar algumas vezes, alcancei um desnível. Era um vasto planalto, coberto por uma floresta de pinheiros. Estava exausto e a chuva duplicara. Depois se transformou em granizo. Eu não podia mais continuar.

Encontrei um pinheiro oco, cuja abertura estava voltada na direção da montanha. Alojei-me entre as raízes. Protegido pela bela árvore, quebrei alguns fetos para erguer um muro de proteção, fechando a entrada.

Por entre os fetos, escrutei a montanha, sempre coberta de brumas.

Eu tremia de frio. Não via como aquilo tudo poderia se arranjar. Mas uma coisa eu sabia: não queria mais voltar atrás.

93. ENCICLOPÉDIA: COCHICHAR

Existe uma profissão quase desconhecida: a de cochichador. Os cochichadores são empregados por haras para tentar acalmar os cavalos, sobretudo aqueles de corrida, psicologicamente perturbados. O que muitas vezes dificulta o bom desenvolvimento do cavalo é o fato de lhe impedirem de ter uma curiosidade pessoal pelo mundo. O mais incômodo para ele são os antolhos, uns pequenos quadrados de couro que são colocados nos olhos, obstruindo a visão lateral. Quanto mais inteligente for o animal, menos ele suporta não poder descobrir o mundo à sua maneira. Falando-lhe à orelha, o cochichador cria uma relação além da simples exploração do animal. É como se o cavalo percebesse esse novo modo de comunicação com o homem e, com isso, o perdoasse por não ter podido descobrir completamente o mundo com seus próprios olhos.

Edmond Wells,
Enciclopédia dos saberes relativo e absoluto, tomo V.

94. UMA CHOUPANA

Progressivamente a barulheira do granizo cessou, e o segundo de sol apareceu.

Lembrei-me de uma frase de Edmond Wells: "Até a desgraça acaba se cansando de insistir na mesma pessoa." Resolvi retomar a marcha.

Apesar da umidade, o chão permanecia firme.

Avancei pela floresta, que se tornou menos densa. Os fetos, com as folhas cobertas de gotas de água, cheiravam a húmus, e as pedras de granizo estalavam sob meus pés.

O chão subia em suave aclive. O sol ganhou colorações avermelhadas, a ponto de inundar de púrpura as nuvens opacas do cume da montanha.

Continuei a andar e a fome começou a marcar presença.

Pensei em Mata Hari. Foi quem me resgatou da górgone. Foi quem me deu vontade de retomar em mãos meu destino. Foi mais do que uma salvadora, uma ajuda, foi o catalisador da minha emancipação.

Afrodite, por sua vez, me fez todo mal que pôde, com a destruição final da minha máquina voadora. No entanto, por ter destruído o dirigível é que tive a coragem de roubar Pégaso. De alguma maneira, o mal resultou em bem.

Não devia mais pensar naquele monstro fêmea.

Aquele ditado "O que não mata torna mais forte" era uma tremenda idiotice. Lembrei que quando era médico, em "Terra 1", trabalhei no atendimento de muitos feridos em rodovias. Os acidentes não eram mortais, mas nem por isso deixavam os acidentados mais fortes. Para os que escapavam, quantos não ficavam estropiados por toda vida? Há provações das quais a gente não se recupera. Precisava escrever isso na Enciclopédia.

Caminhei, decidido.

A inclinação se acentuou e, ao redor, grandes massas rochosas emergiram.

Eu sabia que meu Educado não era Jesus. Eu apenas aproveitei alguns elementos. O meu, aliás, morreu pela empalação e não na cruz. O Herdeiro de Raul tampouco era são Paulo. Raul apenas copiou outros elementos.

O porto das baleias não era Cartago.

Meu jovem general ousado não era Aníbal.

O rei reformador não era Akhenaton.

E a Ilha da Tranquilidade não era Atlântida.

– São apenas reproduções –, repeti para mim. Ou então...

"Acreditamos escolher, mas apenas seguimos um trilho preestabelecido", como dizia Georges Méliès.

Que interesse haveria em nos fazerem reconstruir a história de "Terra 1"? Provavelmente não passavam de coincidências e de uma falta de imaginação de nossa parte. As civilizações, todas as civilizações de todos os planetas do universo, têm uma velocidade de progressão lógica. Nós nos incluímos nessa velocidade. Três passos para frente, dois passos para trás.

Não se pode ir mais rápido.

Se voltasse a jogar um dia e reencontrasse meu povo, tentaria fazê-lo saltar etapas com relação à história de referência. Pelo menos no plano técnico. Deviam descobrir a eletricidade, a pólvora e o motor a explosão, no grau de evolução correspondente ao ano 1000 de "Terra 1". Imaginei carros medievais com escudos ao redor e uma lança na frente, para as batalhas.

Lá em cima, houve o clarão de um flash.

Caminhei animado, no aclive que se tornava cada vez mais acentuado. De repente, distingui distante uma fumaça que não era de um vulcão. Uma chaminé ultrapassava a altura das árvores. Uma casa? Apressei o passo.

Era uma choupana, erguida bem junto de um paredão rochoso vertical. Parecia uma dessas casas de contos de fadas, com telhado de colmo espesso. As paredes eram brancas, com as vigas aparentes. Nas janelas, enfileiravam-se, pendurados, vasos de flores, com maravilhas plantadas. A fachada era percorrida por heras e lilases.

Diante da casa, podia-se ver uma horta da qual emergiam legumes alaranjados, que me pareceram abóboras. A chaminé espalhava um odor de cebola cozida muito agradável.

Estava com fome.

Atravessei a porta de madeira, que não estava fechada. Acolheu-me uma grande sala com o cheiro bom de sopa e de madeira encerada, com uma mesa e cadeiras, no centro. O piso era de terra batida. À esquerda, numa grande lareira, chamas se erguiam, sobre as quais chiava um caldeirão.

Uma voz de mulher soou à direita:

– Entre, Michael, eu o esperava.

95. ENCICLOPÉDIA: HERA

O nome Hera significa "A protetora".

Era filha de Cronos e de Reia e foi considerada a deusa protetora da mulher, em suas diferentes etapas de vida. Era a deusa do Casamento e da Maternidade.

Foi, originalmente, venerada sob a forma de um tronco de árvore.

Ela se encontrava em Creta, no monte Tornax (que passou a se chamar monte dos Cucos), quando seu irmão Zeus a seduziu, metamorfoseando-se num cuco molhado. Com pena, Hera colocou o passarinho no seio e o aqueceu

carinhosamente. Em contrapartida, ele a violentou. A deusa ficou tão envergonhada que se casou com ele. Para as núpcias, Gaia ofereceu uma árvore coberta de pomos de ouro. A noite nupcial durou trezentos anos, e Hera renovava regularmente sua virgindade, banhando-se na fonte Canatos.

Zeus e Hera deram à luz Hebe (deusa da Juventude), Ares (deus da Guerra), Ilítia (deus dos Partos) e Hefesto (deus da Forja). Este último foi concebido por partenogênese (autofecundação) por Hera, desafiando o marido e mostrando não precisar dele para engravidar.

Hera se vingou das humilhantes infidelidades do esposo perseguindo as rivais e suas progenituras. Dentre suas vítimas, Héracles, a quem ela enviou duas serpentes, e a ninfa Io, que Zeus, para proteger, transformou em vaca, mas que, assim mesmo, enlouqueceu, vítima de uma picada de mosca varejeira, enviada por Hera.

Um dia, irritada com as perfídias de Zeus, Hera decidiu pedir ajuda aos filhos, para punir o deus volúvel. Eles amarraram Zeus, durante o sono, com correias de couro, para impedi-lo de seduzir mortais na Terra. Mas a nereida Tétis enviou uma criatura de cem braços para libertá-lo. Zeus puniu Hera suspendendo-a no céu, com uma corrente de ouro e tendo uma bigorna presa em cada tornozelo. Soltou-a apenas com a promessa de se submeter.

Vendo que não podia trazer à razão o esposo, Hera decidiu se comportar como ele. Tomou sucessivamente como amante o gigante Porfírio (que Zeus fulminou, em represália), Íxion, que se uniu a uma nuvem, acreditando ser Hera (dessa união ilusória nasceram os primeiros centauros) e Hermes.

O personagem de Hera foi, em seguida, aproveitado pelos romanos, com o nome de Juno.

Edmond Wells,
***Enciclopédia dos saberes relativo e absoluto*, tomo V.**

96. A AULA DE HERA

A voz provinha de uma mulher gigante, que eu não havia notado. Estava de costas, ocupada em cortar alhos-porós.

Ela virou-se.

A longa cabeleira ruiva ondulada era segura por um fio de prata. Tinha seios fartos e covinhas nas faces. A pele era branca como marfim.

– Meu nome é Hera – anunciou. – Sou a deusa mãe.

Convidou-me a sentar e sorriu, com o tipo de sorriso que se dá às crianças, quando voltam da escola.

– Você ama, Michael?

Eu não sabia a que ela se referia. Em meu espírito, os rostos de Mata Hari e de Afrodite se sobrepuseram, formando uma só pessoa, mulher fatal, como Afrodite, e generosa, como Mata Hari.

– Sim, acho que sim – disse eu.

Hera olhou para mim, pouco convencida com minha resposta.

– Achar que ama já é um bom começo. Mas ama realmente, com toda sua alma, todo coração e toda inteligência?

A pergunta era desnorteante...

– Creio que sim.

– Neste segundo, você a ama?

– Sim...

– Muito bem. Precisa ter confiança, investir nisso. Construir um lar.

Hera mudou de fisionomia. Pegou uma abóbora e um facão e começou a cortá-la em pedaços iguais.

– Eu os vi, você e Mata Hari. Precisam pedir uma residência maior, para dois. Os casais oficiais têm esse direito.

Ela se dirigiu a uma prateleira, pegou uma pilha de pratos fundos e colocou um a minha frente. Juntou uma colher, um garfo, um copo e uma faca.

Eu estava com fome.

– Uma utopia interessante seria a de, simplesmente, começar a se entender a dois, como casal. Já não é nada fácil.

Ela se aproximou e tocou meu rosto.

– Sabe o que é "melhor do que Deus"? E "pior do que o diabo"?

Isso já durava um bom tempo. Vindo de sua boca, a pergunta me inspirou outra resposta.

– O casal?

– Não – respondeu. – Seria fácil demais.

Ela voltou à sua preparação e começou a descascar cenouras, sem me dar mais atenção.

– Você é mulher de Zeus, não é? Mulher e irmã... – disse eu, lembrando-me vagamente de ter lido isso na Enciclopédia.

Ela estava concentrada nas cenouras.

– Quando era pequena, não gostava de sopa de legumes e, hoje em dia, acho que é um prato "tranquilizador", familiar...

– Por que vive sozinha aqui?

– Essa choupana é meu lugar de descanso. Sabe, um casal é um pouco como um sistema de ímãs que se atraem e se repelem.

Deu um sorriso desabusado.

– Acho que você gosta de máximas. Um provérbio típico de "Terra 1" diz: "O casal é três meses de amor, três anos de brigas e trinta anos de resignação mútua." Eu poderia pessoalmente acrescentar: durante trezentos anos a gente briga ainda mais violentamente, mas após três mil anos a gente acaba realmente se resignando.

– Você está casada com Zeus há três mil anos?

– Nesse estágio, a vida de casal é suportável com "camas e quartos separados". Em nosso caso, "casas separadas" e, inclusive, "territórios separados".

Ela parecia conformada.

– De qualquer maneira, quem aguentaria viver com um sujeito que acha ser o dono do universo?

Ela mudou de assunto.

– Ele, agora, me prometeu não dormir mais com mortais. É mesmo incrível estar em tal nível de consciência e ainda se rebaixar a perseguir moças como... qualquer mortal adolescente, com espinhas no rosto! Vocês têm uma expressão em "Terra 1", o "demônio da meia-idade", para quando homens de 50 anos, no meio da vida, são bruscamente tomados pelo desejo de frequentar jovens que poderiam ser suas filhas. Pois bem, ele tem o "demônio da inteira-idade". Com 3.000 anos, ainda está nisso de querer impressionar menininhas de 17...

Hera esfregava rudemente as cenouras, como querendo lhes arrancar a pele.

– A cozinha, a sopa, o calor do lar são coisas que reúnem os elementos separados. Quando sentir o cheiro da sopa, vai pensar em mim. Ele adorava isso. Como cheiram bem a abóbora e a cenoura. Eu me comunico com meu homem pelos odores, como os insetos com seus feromônios...

Ela pegou uma sacolinha cheia de folhas de louro e cravos, tirou-as e deixou-as de lado.

– O sucesso do casal... Creio que seu amigo Edmond Wells o resumiu em uma fórmula: 1 + 1 = 3. A soma dos talentos ultrapassa a simples adição.

Ela olhou para mim com delicadeza.

– Os dois, você e eu, aqui, já somos um casal. E o que vamos nos dizer ou não, o que vamos fazer ou não, produz um elemento que não é nem um e nem outro de nós. Uma interferência.

Ela lavou as cenouras e uma bacia com água fria.

– Por que você subiu?

– Eu quero saber. Após os mortais, anjos, alunos-deuses, Mestres-deuses, o que há acima?

– Primeiramente, é preciso que compreenda a força do algarismo 3. Há três luas aqui. Saber isso já ajuda.

Ela escolheu cebolas num cesto e começou a picá-las em pedacinhos miúdos.

– Os homens pensam sempre em sistema binário. O bem contra o mal. O negro contra o branco. Mas o mundo não é 2, ele é 3.

Enxugou as mãos no avental, secou uma lágrima provocada pela cebola.

– É sempre a mesma história – disse, fungando. – A grande história. A única história. A do "Com você", "Contra você" e "Sem você".

Abriu bem os olhos.

– Essa ideia se encontra já na criação do universo. No princípio, havia uma sopa de partículas misturadas e desorganizadas. Todo mundo vivia no "Sem você". Depois, alguns se esbarraram e se destruíram, o que deu no "Contra você". E outros, por reação, se reagruparam para formar átomos. Foi a força do "Com você". Tudo isso esquentou com o Big Bang.

Ela se debruçou sobre o fogo, pegou um fole e atiçou as brasas, que, de vermelhas, ficaram amarelas.

– Da matéria pode surgir a Vida. Primeiro o vegetal. DNA.

Ela pegou os aromáticos, e pude reconhecer, pelos odores, a sálvia, a segurelha, o alecrim e o tomilho. Depois, jogou de uma só vez, no caldeirão, todos os legumes, abóbora, alhos-porós, cebolas picadas, cenouras.

– O animal, DNA.

Quebrou um ovo e dispôs a gema na superfície da sopa. A gema flutuou por um tempo e depois afundou como um iceberg derretido.

– E depois o homem, DNA.

Acrescentou pimenta.

– E depois os deuses, aqui em Aeden. DNA.

Jogou pedacinhos de pão dormido na sopa. Foi, em seguida, buscar um livro que devia medir cerca de um metro de comprimento e sessenta centímetros de largura. Na capa estava inscrito "TERRA 18".

– O que é isso?

– Um álbum com "fotos de família". Para não esquecer os rostos amados do passado.

Eu estava com fome, mas deixei-a prosseguir a aula.

Hera abriu o livro e apareceram fotografias dos primeiros homens das cavernas. Achei ter reconhecido os homens-tartarugas de Béatrice. Aquela que, no início, fora a primeira a levar seus mortais a se abrigarem numa gruta.

– O homem, o casal, a família, depois o vilarejo, a cidade, o reino, a nação, o império. Todas as vezes, são apenas agregados das três energias.

Ela virou as páginas, e revi os homens-ratos começando suas primeiras guerras e descobrindo o princípio do terror como laço social. Nas imagens, eles lutavam. Já os homens-formigas de Edmond Wells estavam fixados em seus gestos cotidianos. As mulheres-vespas, orgulhosas amazonas, os homens-escaravelhos, os homens-leões: todos desfilavam nas páginas do livro.

Hera abandonou por um instante a grande obra e, com uma comprida colher de pau, começou a remexer no caldeirão a mistura, que ganhava uma clara coloração de laranja. Um odor adocicado se espalhou pela casa.

Continuei minha leitura. Encontrei meu povo no barco da última chance, escapando por um triz do ataque dos homens-ratos. Revi minha Ilha da Tranquilidade, minhas universidades na terra dos homens-escaravelhos, imagens de minha aliança com os homens-baleias. Revi meu general, o Libertador, cruzando montanhas com seus elefantes e poupando os homens-águias. E o Educado, pregando diante de multidões cada vez mais numerosas, para terminar empalado.

– Tenho acompanhado suas aventuras e as do seu povo. Nós, deuses, sempre palpitamos ao observar as civilizações dos alunos. Não escondo que você não é unânime entre nós. Alguns Mestres-deuses estão a seu favor, muitos contra, mas... – ela sorriu – ... em todo caso, ninguém está indiferente. Na verdade o achamos, todos, muito... – Hera buscou a palavra e, depois, sem encontrar nada melhor – ... divertido.

Era, então, essa a minha sorte. Achavam-me um deus divertido.

– Nosso principal problema aqui é precisamente este: nos divertir. Como dizia um dos seus filósofos do século XXI, um certo Woody Allen: "A imortalidade é muito longa, sobretudo perto do fim."

Ela reergueu uma mecha ruiva que lhe caía nos lábios.

– Nos primeiros séculos, a gente ainda se vê no impulso da antiga vida humana. Aproveita-se o tempo para ler, ouvir música, jogar, amar. Depois, tudo se mostra tão convencional e repetitivo. Após um certo momento, mal se vira uma página do livro, já se imagina o fim. Mal se coloca um acorde, e já se pode cantar o trecho inteiro. Mal se dá um beijo, e já se antevê a cena da separação. Não há mais surpresa. Tudo é só repetição.

Eu a ouvia, mas meus olhos não conseguiam abandonar a imagem do Educado empalado. E bem ao lado, a foto de um homem apagando o símbolo do peixe, provavelmente para substituí-lo pelo do homem empalado.

Hera fechou bruscamente o livro de "TERRA 18".

– Já não sentiu uma sensação de déjà-vu? Com relação à história de seu planeta, por exemplo?

Ela se levantou e foi buscar um outro livro, imenso, em tudo semelhante ao precedente, apenas apresentando uma pátina incrustada e intitulado, com belas letras ornamentais: "TERRA 1". Folheou as primeiras páginas e depois abriu em uma série de fotos, mostrando casas com cores variadas. Mulheres tinham penteados complicados e os seios à mostra. Achei ser gente de Creta, antes da invasão dos gregos.

Ela voltou à sopa, mergulhou a comprida colher e provou. Percebendo minha inveja, estendeu-me uma concha cheia.

– Não está muito salgada? – perguntou.

O sabor era extraordinário. Talvez por estar faminto, vi na sopa a suculência de um licor de legumes e aromáticos. Um primeiro sabor, de base, que era o da abóbora, cedia o lugar para outros, do alho-poró e da cebola. Um verdadeiro festival para as papilas, terminando pelas emanações de tomilho, louro, sálvia e pimenta. Minhas narinas se saturaram disso.

– Sublime.

Estendi meu prato.

– Mais tarde, ainda precisa impregnar-se um pouco, em fogo brando.

Ela voltou ao livro de "Terra 1".

– Entre vocês, em "Terra 1", já havia a força D. Seus servidores avançam, matam, pilham, violam, convertem por imposição. Dominam. A força A também tinha seus defensores. Exploram, constroem portos, feitorias, rotas de caravanas e de comércio. Eles associam.

– E a força N?

– São os "sem opinião". Querem apenas estar em paz. Temem a violência, e gostariam do conhecimento, mas o medo da violência é mais forte. Então, geralmente, se submetem aos da força D. É lógico.

Mostrou-me a foto de um templo grego.

– No entanto, todos tiveram sua oportunidade. Você escolheu muito bem seu animal-totem. Sabia que a Pítia do templo de Delfos se exprimia lançando gritinhos agudos, para imitar os golfinhos? Pois bem, originalmente era um delfim de verdade, dentro de um tanque.

Como entre meus delfinianos.

Hera virou as páginas para trás.

– Inclusive, o olho de Hórus era a representação de um perfil de golfinho, com o olho humano já tendo essa forma. O delfim foi também o símbolo dos primeiros cristãos, tornando-se depois o símbolo do peixe. Mas, muito antes, ele foi símbolo dos primeiros hebreus. A pulsão delfim marcou a luta contra a escravidão, e ela prosseguiu até a época moderna, com um movimento encarnando a emancipação do homem com relação às ditaduras.

Delfim, Delfinus, Delfos... Mas que diabos, o apogeu do movimento contra os golfinhos foi A-Dolf. Adolf Hitler, o Antigolfinho.

Ela me mostrou uma imagem no álbum, em que se via um campo de concentração e seres descarnados, fitando a câmera por trás de arames farpados.

Hera declamou de cor:

– Foi durante a Segunda Guerra Mundial. Um pastor protestante disse:

"Quando vieram prender os judeus, eu não era judeu, então, não disse nada.

"Quando vieram prender os maçons, eu não era maçom, então, não disse nada.

"Quando vieram prender os democratas, eu não me interessava por política, então, não disse nada.

"Agora eles estão lá embaixo, vieram me prender, e vejo que é tarde demais."

Ela esboçou um gesto de cansaço, ainda erguendo uma de suas mechas molhadas de suor ou de vapor de sopa.

– Por que não percebem os problemas se aproximando?

– Porque acreditam no que os outros dizem, sem refletir por conta própria.

– Não só isso – disse Hera. – Também é conveniente acreditar no que os outros dizem, porque se tem medo. Não devemos subestimar o medo. Entre agradecer a alguém que lhe ajudou e obedecer a alguém que lhe ameaça fisicamente, raramente se hesita. Lembre-se: na escola, você cedia seu lanche mais facilmente a quem? Aos que lhe tinham dado uma *cola* em alguma prova ou aos que lhe ameaçavam com um canivete? Todo mundo quer a tranquilidade imediata.

– É só isso, então?

– Não. Há coisas mais estranhas, que eu mesma não consigo explicar. Goebbels, ministro da propaganda de Hitler, dizia algo como: "Quando se invade um país, automaticamente se cria um grupo de resistentes, um grupo de colaboradores e a grande massa dos hesitantes. Para que o país aceite que se pilhem todas suas riquezas, é preciso convencer a massa dos hesitantes a virar para o lado dos colaboradores e não se juntar aos resistentes. Para isso, há uma técnica simples. Basta designar um bode expiatório e dizer que tudo é culpa dele. Funciona sempre."

Ela tirou o caldeirão do fogo e, enfim, me serviu um belo prato de sopa. Saboreei várias colheradas. Passou-me o pão, e eu mordi com vontade um grande naco. Era morno, macio, ao mesmo tempo doce, e fundia no céu da boca. Devorei o pão, e ela me ofereceu mais. Comi e tomei a sopa, simultaneamente.

– Aproveite. Quero que esteja forte para defender os valores da força A. São frágeis, permanentemente atacados, cada vez por um ângulo diferente. É preciso defendê-los. Sua ação aqui é muito mais importante do que imagina.

Mais uma vez aquele peso do dever, que eu sempre detestei. Achei que minha vontade era a de jogar a toalha. Eles, afinal, que se virassem sem mim.

– De qualquer maneira, não posso mais descer para participar do jogo...

Ela continuou, como se não tivesse ouvido minha observação:

– Você pode mostrar a existência de uma linhagem da história que não beneficia apenas os defensores da Dominação.

Servindo-se do ankh como controle remoto, ela ligou o televisor. Reconheci um telejornal de "Terra 1".

Hera cortou o som, mas apareciam em silêncio pessoas que recolhiam corpos desarticulados de mulheres, crianças e homens, após um atentado suicida num ônibus. Sangue e pedaços de carne por todo lado.

Em outro lugar, uma multidão gritava slogans, erguendo os punhos e machados avermelhados com tinta. Os manifestantes exibiam o retrato do camicase.

– Durante muito tempo me perguntei por que os humanos se comportam assim. Por que criam beleza, com pinturas, filmes, músicas, e depois infligem aos filhos verdadeiras lavagens cerebrais, provocando-lhes o desejo de se suicidar e gerando um grande número de mortes. E por que, em seguida, as nações procuram tantas desculpas para esse fenômeno. E isso quando não culpam as vítimas de serem responsáveis pelos atos de seus carrascos.

Continuei a olhar a televisão, naquele momento com imagens de trechos de um debate na ONU.

– Não tenho a resposta – disse eu. – Nada além do medo, de que você mesma falava ainda há pouco.

– Medo da morte? Não, as almas sabem que serão reencarnadas. Então não temem a morte. É mais complicado. Procure.

– Não vejo explicação.

– Refleti durante muito tempo e acho que tenho o princípio de uma. O humanos têm medo de não cumprir sua missão. E então impedem que outros cumpram as suas. Assim, têm a impressão de estar menos sozinhos no fracasso.

Eu nunca tinha pensado nisso.

– Estão prestes a estragar tudo. Os humanos de "Terra 1" vivem, nesse momento, um período crucial. Em vez dos "três passos para frente", correm o risco de dar três passos para trás. Já começaram a parar, logo vão recuar. Nossos detectores de consciência indicam categoricamente que nível geral da humanidade parou de crescer. Estabilizou-se e, em vários pontos do planeta, está em declínio. Os humanos estão voltando à barbárie, ao reino dos autoritários, à renúncia dos valores de respeito à vida, de solidariedade, de abertura. Na sombra, começam a aparecer pequenos tiranos. Têm novas aparências. Jogam com paradoxos. São racistas em nome do antirracismo, violentos em nome da ideia de paz universal, matam em nome do amor de Deus. São simples, unidos, solidários e, diante deles, as forças da liberdade se mostram complexas, divididas e frágeis. Eles podem ganhar. A barbárie, então, será o futuro da humanidade. Como você viu em "Terra 17". Tudo pode apodrecer tão facilmente.

Relembrei as imagens daquele planeta, em 2222. Um mundo do tipo Mad Max, em que cada um lutava pela própria sobrevivência, em territórios dominados por chefes de hordas. Sem justiça, sem polícia, sem ciência, sem agricultura, apenas a violência entre hordas de humanos, se comportando como animais em sobrevida precária.

– Por que vocês não intervêm? Se podem ver todos os humanos, com seu ankh, então podem influenciá-los, como eu próprio influencio meus clientes.

– Você se lembra da piada do seu amigo Freddy? Aquela do sujeito que cai em areias movediças e rejeita a ajuda dos bombeiros, dizendo: "Não tenho medo, Deus vai me salvar"?

Hera começou a rir, indo às gargalhadas.

– "Deus vai me salvar..." – repetiu, sorrindo. – Por que não intervimos? Querido Michael Pinson, nunca deixamos de intervir. Moisés, Jesus, o desembarque na Normandia, bem-sucedido por pouco, apesar da tempestade, e...

– E esses atentados cegos?

– Evitamos centenas deles. Chamam a atenção, é claro, aqueles que acontecem, mas passam despercebidos os demais, todos aqueles em que a bomba explode no nariz de quem a preparou, ou outros em que o camicase não consegue entrar no supermercado, na boate, na escola primária. Acredite, se estivéssemos de braços cruzados, seria ainda pior. Nunca ouviu falar da central nuclear que os franceses ofereceram ao Iraque, nos anos 1980? Osirak. O Iraque é produtor de petróleo, não precisava de energia nuclear. Se Osirak não tivesse sido destruída, posso afirmar que a Terceira Guerra Mundial de "Terra 1" estaria bem encaminhada.

Dei-me conta, de repente, da minha ingratidão. É claro que, em mil ocasiões, tinham evitado o pior. É claro que o mundo poderia ter caído na ignomínia. Hitler poderia ter triunfado.

Ela encheu de novo meu prato.

– Não podemos, no entanto, transgredir a primeira regra: a do livre-arbítrio. O homem só terá o mérito de suas conquistas se tiver feito ele próprio as escolhas certas.

– Não podem ajudar um pouco mais?

– O que poderíamos fazer? Trazer um profeta que diga: "A partir de agora, ninguém mais brinca com o Amor. Amem-se uns aos outros ou estarão perdidos"?

Eu comia mecanicamente. A colher mergulhava na sopa laranja e cremosa.

– Além disso, nós, deuses, estabelecemos entre nós uma regra tácita. Devemos apelar o menos possível para milagres e profetas. Os mortais devem encontrar e compreender por eles mesmos. É a chave da evolução da humanidade.

Peguei o controle remoto das mãos da deusa.

– Posso dar uma olhada em algo mais "pessoal"?

97. ENCICLOPÉDIA: HENOTEÍSMO

Muitas vezes acredita-se que é possível escolher apenas entre o politeísmo (crença em vários deuses) e o monoteísmo (crença em um deus único).
Uma terceira possibilidade teológica, no entanto, existe, apesar de menos conhecida: o henoteísmo. O henoteísmo não nega a existência de vários deuses, mas propõe

aos humanos que se liguem a um só. O pensamento henoteísta não apresenta a ideia de esse "único deus" ser superior ou melhor do que os demais, mas a ideia de que esse deus foi o escolhido por seus fieis, dentre todos os deuses existentes. O henoteísmo admite, implicitamente, que cada povo escolha seu deus no panteão dos deuses e que cada povo possa, então, ter um deus diferente, sem que nenhum deles tenha supremacia sobre os outros.

Edmond Wells,
***Enciclopédia dos saberes relativo e absoluto*, tomo V.**

98. MORTAIS. 24 ANOS

Eun Bi tinha deixado a empresa produtora de desenhos animados e agora trabalhava na filial japonesa da firma coreana de seu amigo Korean Fox, "Quinto Mundo". Estranhamente, continuavam sem nunca terem se encontrado. Comunicavam-se por intermédio dos computadores.

Eun Bi tinha 24 anos e continuava virgem.

Ela escrevia e rescrevia pela centésima vez seu romance sobre os golfinhos. Acabou abandonando completamente a escrita para voltar a sua arte inicial: o desenho. Quando não estava construindo cenários para o Quinto Mundo, pintava grandes telas em casa.

– O que é o Quinto Mundo? – perguntou Hera.

– Uma descoberta dos mortais – respondi, divertido.

"1º mundo: o real.

"2º mundo: o sonho.

"3º mundo: os romances.

"4º mundo: os filmes.

"5º mundo: os mundos virtuais da informática."

Hera se interessou.

– E esse romance sobre os golfinhos?

– Ela nunca vai terminá-lo – respondi. – É um tonel das danaides. Quanto mais ela enche, mais ele se esvazia. Os romances eram sua principal ferramenta na vida precedente, quando se chamava Jacques Nemrod. Sua alma, aliás, escreveu uma grande saga sobre ratos, mas não é mais seu modo de expressão privilegiado. A pintura o substituiu.

Mudei de canal.

Theotime abrira uma academia de ginástica para turistas. Instalou uma sala de relaxamento, onde tentava desenvolver um pouco de auto-hipnose, entre duas sessões de musculação. O exercício agradava muito aos visitantes. Ao mesmo tempo, Theotime passava por sua fase de conquistador inveterado. Mudava de namorada praticamente a cada semana. Mas uma delas lhe revelou uma inclinação, que ele ignorava, pela dança moderna. Finalmente encontrou naquele novo modo de expressão corporal algo que ele havia procurado no boxe, depois na ioga.

Kouassi Kouassi, por sua vez, estava vivendo com a jovem parisiense que ele salvara. O choque das culturas não facilitava as coisas. A família da moça não aceitava o rapaz, mas por enquanto o casal se mantinha e as dificuldades o reforçavam

Nas noites de sexta-feira, Kouassi Kouassi se habituara a tocar percussão com um grupo de jazz que sua namorada lhe apresentara. O jazz foi, para ele, uma descoberta completa. Quando terminava seu dia na faculdade, perambulava por lojas de discos, para ouvir aquela música complexa.

Hera parecia estar vagamente interessada.

– Eu gostaria de falar com eles – disse eu.

Hera olhou para mim e deu uma gargalhada.

– Com mortais de "Terra 1"! E para dizer o quê?

Que um deus os olha e ajuda. E que esse deus sou eu. Não, não era isso. Droga! mesmo sendo deus, eu não acreditava inteiramente em mim. E essa ideia era horrível: "Mesmo sendo deus, não acredito em mim." De imediato veio outro pensamento: gostaria de dizer a eles: "E vocês, se fossem deus, o que fariam?" É verdade, há tanto tempo todo mundo se dirige à dimensão acima para fazer seus pedidos, suas orações, se lamentar. O que fariam se atravessassem para o outro lado do espelho?

"E você, se fosse deus, o que faria, já que se acha tão esperto?" É essa a pergunta que eu gostaria de fazer a um mortal. Fazer uma pergunta, em vez de dar uma resposta. E, ao mesmo tempo, teria vontade de dizer: "Acha que é fácil?" Eu, que cuido de um povo com a idade, na escala de tempo deles, de mais de 5.000 anos, posso afirmar que é bem cansativo.

A verdadeira questão que um deus se coloca é: "Como criar um povo para que ele não desapareça rápido demais nos meandros da história?" Essa é uma verdadeira questão divina.

Hera olhava para mim, ainda com uma expressão divertida.

– Para começar, diria que parassem de ter medo. Eles vivem em permanente temor. É o que os torna tão facilmente manipuláveis.

A frase de Edmond Wells me veio à mente: "Eles tentam reduzir a infelicidade, em vez de construir a felicidade."

– E se você falasse com eles, acha que o ouviriam?

– Sim.

– Você cruzaria com Eun Bi na rua e diria o quê? "Bom-dia, eu me chamo Michael Pinson e sou um deus"? A mortal Eun Bi sequer acredita em deus.

– Ela vai achar que sou apenas um doido megalomaníaco.

– Talvez não... ela parece gostar de histórias bonitas. Eun Bi vai ouvi-lo e pensar: "Veja só, uma história original."

É verdade que para ela havia essa vantagem de não estar no julgamento. Ela ouviria a história, não acreditaria, mas talvez isso lhe desse vontade de escrever.

Era o que faria, em todo caso, Jacques Nemrod, em sua antiga encarnação, não tenho dúvida.

A ideia me divertiu. Se Eun Bi fosse colocada em contato com a verdade, diria simplesmente não passar de uma história, uma ideia para se escrever um romance, talvez...

– Você pode inspirar a eles mas não revelar a verdade. Aliás, eles acreditam no que criam? Kouassi Kouassi toca percussão, ele acredita em sua música? Eun Bi escreve e pinta telas, ela acredita em suas pinturas? Theotime faz dança moderna, ele acredita em sua arte? Não, eles produzem arte porque isso os "acalma", no sentido de "estar com a alma tranquila". Não se dão conta do poder criativo que têm. E muito provavelmente é melhor assim. Já imaginou se tomassem consciência de o que realmente é "Terra 1"?

– Justamente, é o quê?

– Um protótipo... Uma primeira experiência para afinar as próximas humanidades. Como se diz no mundo da televisão, um episódio-piloto. Precisamente, um lugar virgem em que se pode fazer qualquer experiência, pois nada está decidido.

Olhei o televisor. Se Hera podia ver "Terra 1" e suas cobaias, deveria poder observar também o Olimpo e todos seus habitantes. Zapeei e percebi, de fato, planos da cidade dos bem-aventurados, como se centenas de câmeras de vigilância estivessem espalhadas por toda a cidade. Eu podia, inclusive, ver o interior das casas. Podia ver a floresta. Podia ver o rio. Podia ver a górgone em sua casa, penteando as serpentes da cabeleira.

– Você sabia que eu viria, não é?

Ela não respondeu.

– Vai me denunciar para Atena?

Terminei a sopa, inclinando o prato para aproveitar as últimas gotas. Ela, então, pegou um ovo cozido no cesto, cortou ao meio e o serviu num pratinho, com um pouco de maionese.

– O crime original deve ser escondido e esquecido – respondeu.

– Abel e Caim?

– Não, isso é para a multidão. Aliás, seria preciso examinar melhor o crime de Caim... Não, estou falando do primeiro crime. Um crime muito menos conhecido. O crime original oculto. A Mãe que devorou seus primeiros filhos. Edmond Wells talvez lhe tenha contado. No início, entre as formigas, uma rainha sozinha e faminta pôs ovos fracos...

Hera fechou o livro de "Terra 1" e arrumou-o numa grande prateleira. Serviu-me mais ovos.

– A rainha criadora estava em conflito. Não podia se mover. Para sobreviver, comeu o que tinha por perto, ou seja, seus primeiros filhos defeituosos.

Preferi não compreender.

– Com a energia desse ato canibal, pôde pôr ovos engendrados com mais proteína. Filhos cada vez menos deficientes.

Hera falava com um embargo de tristeza na voz, como tendo sido necessário esse drama.

– É esse o outro lado do mito das deusas mães, precisaram devorar seus primeiros filhos, para não procriar monstros degenerados. Foi uma das primeiras mitologias. Não esqueça que, inclusive em "Terra 18", antes dos golfinhos, houve o culto das formigas. Seu amigo Edmond Wells sabia disso. Como as mulheres xamãs do povo dele sabiam. A pirâmide, o sentido da metamorfose, a rainha telepata, a mumificação, o culto do Sol, tudo isso são informações que vieram não dos golfinhos, mas das formigas. E elas carregam esse segredo terrível, inscrito em seus genes. Tudo começou com um crime. O pior dos crimes. A mãe que comeu seus próprios filhos.

Lembrei-me que Edmond Wells referia-se a uma cosmogonia estranha que evocava isto. Ele dizia: "Sonhei que o Criador havia criado um rascunho de universo, uma versão-beta do universo que ele queria construir. Testou essa primeira obra. Pôde, dessa forma, ver todas as imperfeições do protótipo. O Criador, em seguida, estabeleceu o universo-irmão, perfeitamente constituído, dessa vez. O Criador disse, então: "Agora pode-se apagar o rascunho." Mas a consciência do universo caçula bem-sucedido pediu que fosse conservado o irmão-rascunho, mais velho. O Criador decidiu, sendo assim, não se preocupar mais com ele. E o universo mais velho, defeituoso, ficou sob a responsabilidade do universo caçula bem-sucedido. Desde então, o universo bem-sucedido tenta remendar o defeituoso. Para salvá-lo, envia de vez em quando almas esclarecidas, que retardam o apodrecimento do universo mais velho. O Criador não se interessa mais diretamente pelo rascunho, e é o universo-irmão que o mantém a seu alcance."

Edmond Wells me dissera isso, na época em que era meu mestre instrutor, no império dos anjos. Eu não sabia se tinha lido em algum lugar ou inventado. Achava a ideia perturbadora. Sobretudo porque ele concluía: "Estamos no universo defeituoso."

Aquela história ganhava uma dimensão totalmente diferente com a revelação de Hera. Uma criança bem-formada tentou salvar seus irmãos mais velhos deformados e os desviara da vontade da mãe, que era a de limpar seus rascunhos.

Quando era mortal, uma amiga me disse que tinha um irmão deficiente físico. Seu cérebro havia sido danificado, ao nascer. Os fórceps tinham apertado demais seu crânio. Achou-se que ele morreria após algumas semanas, mas ele sobreviveu. Ficou retardado. A família não quis se afastar dele, mas todos passaram a viver em seu ritmo. Minha amiga se transformou em enfermeira, passando seu tempo a alimentá-lo, trocando suas roupas, levando para passear, todas essas atividades básicas, que ele não podia efetuar sozinho.

A voz de Hera me trouxe de volta ao presente:

– O culto original de "Terra 1" é um culto de insetos. Veneravam as abelhas porque esses animais sociais estavam ali há milhões de anos antes dos humanos.

– E o ponto de virada dessa cultura foi o crime da mãe.

Ela se sentou a minha frente.

– É um segredo antigo. Mas há segredos até mesmo por trás dos segredos. Comece examinando seu mundo. Por trás da empalação: o peixe. Por trás do peixe: o golfinho. Por trás do golfinho: a formiga.

– Por trás da formiga: Aeden. E por trás de Aeden...

– O universo. Ninguém conhece a verdadeira cosmogonia do universo – anunciou ela, concluindo. – Em lugar algum do cosmos se sabe por que estamos aqui e por que o mundo é assim. Sequer sabemos por que há vida, em vez do nada.

Olhei pela janela oeste. De novo a montanha com seu cume nebuloso estava adiante, majestosa. O sol, colocado bem atrás, matizava os rochedos. O vento empurrava as nuvens para mim, como se lá em cima alguém soprasse em minha direção.

O sopro dos deuses.

– Eu quero continuar a subir a montanha...

Ela assumiu um ar contrariado.

– Qual é a sua verdadeira motivação?

– Não sei. Curiosidade, talvez.

– Humm, gosto de você, Michael Pinson. Mas se quiser subir, vai simplesmente precisar ganhar o jogo de Y. A ascensão será automática. Volte a Olímpia. Arranjarei as coisas para que possa retornar ao jogo.

– Quero continuar a escalada. Não fiz esse caminho todo à toa.

– Lembre-se do mito de Ícaro. Aproximando-se do sol, você corre o risco de queimar as asas.

Dizendo isso, pegou uma vela acesa e levou minha mão até a chama. Cerrei os dentes o tempo que pude, mas a dor era forte demais, e retirei a mão, soltando um grito.

– Isso é uma experiência da carne. Ainda quer subir?

Fiz caretas e soprei meus dedos.

– Talvez seja meu destino, como alma. Os salmões sobem os rios, indo aos seus locais de nascimento, para compreender por que nasceram...

– E as mariposas voam para a luz que as destrói.

– Mas, pelo menos, descobrem.

Ela arregaçou as mangas até os cotovelos.

– Não confunda coragem com masoquismo.

– Quem não arrisca, não petisca.

Hera pegou meu prato vazio e o colocou na pia. Depois, como se quisesse arrancar alguma coisa da porcelana, se pôs a esfregar com uma escova. Possuía a mesma energia que empregara ao descascar as cenouras. Ela se livrava da raiva nos trabalhos domésticos.

– Huum... Você quer um café?

– Com prazer.

– Com açúcar?

– Sim, obrigado.

– Quantas colheres?

– Três.

Ela me olhou com ternura.

– O que há? – perguntei, pouco à vontade.

– Você gosta do que é doce, não é? Ainda há tanta humanidade em você.

Não gostei daquele tom. Ela disse "humanidade" como teria dito "criancice". Estava querendo dizer que eu era ainda uma criança, que busca o prazer comendo gulodices? O olhar, no entanto, parecia amigável.

Serviu-me um café perfumado. Depois, foi até o forno e tirou um bolo escuro, numa forma em formato de coração. Parecia um bolo de chocolate. Um semicozido de chocolate, bem semelhante àquele cuja receita se encontrava na Enciclopédia. Cortou um fatia grossa, escorregando-a para um prato de faiança, que colocou a minha frente.

– Você tem o direito de se enganar. Tem até o direito de amar... – ela teve um gesto estranho – ... Afrodite.

Ela sabia que aquele fantasma ainda estava em meu coração.

Eu devorei o bolo.

– Está realmente delicioso.

– Ah, gostou? Fico contente. Esse, pelo menos, é um prazer garantido, não é?

Olhou para mim, com o mesmo olhar materno que me surpreendera no início do encontro.

– A refeição estava boa? Quero muito que guarde uma boa lembrança de nosso encontro, para que também tenha vontade de ter uma choupana, uma esposa, uma sopa, pão, bolo de chocolate e café. E agora, desapareça.

– Eu quero subir. Ajude-me.

Ela parou, pensativa.

– Muito bem, seu teimoso, vou ajudar. Mas isso depende de uma prova. É uma espécie de tradição aqui. Só poderá continuar a subir se ganhar de mim no xadrez. Um jogo de menino; você devia ser bom nisso. Precisa ganhar, nada de partida nula ou empate, está bem?

Com isso, dispôs um jogo de xadrez estranho em que, no lugar das peças pretas e brancas, havia figurinhas representando homens, de um lado, e mulheres, do outro. As mulheres estavam de rosa, usando togas como Afrodite. Aliás, a que pareceu ser a rainha tinha um ar ligeiramente semelhante. Compreendi, pela coroa, que tinha a função do rei. À sua direita, outra mulher usava uma coroa um pouco menor e tinha a função da rainha. No lugar do bispo, uma bispa. No lugar do cavalo, uma égua. No lugar da torre, uma mamadeira. No campo dos homens, as peças tinham uma toga negra. Havia um rei normal, tendo à direita um primeiro-ministro. As outras peças se pareciam bastante com as figuras usuais. A não ser pelos bispos, que tinham uma postura um pouco efeminada.

Como de hábito, adiantei o peão do rei. Ela moveu, adiante, uma peoa que... rebolou o quadril na frente da minha peça e me lançou uma piscada de olho.

Recuei, surpreso.

– Está vivo!

– Gostou? – perguntou Hera. Foi Hermafrodite que construiu esse jogo. Ele é muito versado na área biológica, como Hefesto na tecnológica. Acho que são sempre essas as duas escolhas. A via da vida e a via das máquinas.

Incrível, compreendi que as peças eram híbridos! Humanos-bonsai pela metade, sendo a outra metade peças de xadrez. Debrucei-me sobre minhas próprias peças e vi que meu rei, impaciente para jogar, cofiava a barba. O primeiro-ministro fazia algum cálculo num bloquinho. Em frente, o rei-rainha, que se parecia com Afrodite, lixava as unhas, enquanto a bispa puxava um maço de cigarros para fumar.

Tinham braços e mãos feitos em matéria de cor homogênea e que parecia plástico. Somente os olhos eram brancos, com pupilas marrons ou azuis. As pequenas pálpebras batiam às vezes. Toquei uma peça e percebi que era macia e morna como a carne.

– São animados, mas não têm livre-arbítrio – confirmou Hera. – Farão o que dissermos que façam.

Jogamos. A deusa se revelou uma adversária temível, mas a disputa se manteve equilibrada. A cada ofensiva minha, ela apresentava uma defesa astuciosa, mas eu conseguia passar.

No final da partida, restavam apenas seu rei-rainha e meu rei-rei. Isso, normalmente, é um empate, mas tinha a impressão de que a partida não estava terminada. Tomado por súbita inspiração, fechei os olhos, avancei meu rei-rei diante do rei-rainha e me concentrei. Pensei em tudo que estava em jogo naquela partida. Lembrando que todo ser vivo pode comunicar, murmurei na direção do meu rei:

– Vá você, agora.

O rei, então, se inclinou, abraçou sua oponente, estreitou-a contra si e a beijou sofregamente. A peça adversária, após um momento de hesitação, aceitou o beijo.

Hera parecia encantada.

O rei começou a despir a rainha, e ela deixou que se vissem pequenos seios trêmulos e rosados.

Hera aplaudiu.

– Você talvez seja bem mais capaz do que eu imaginava.

As duas peças executavam gestos cada vez mais ousados.

– O amor triunfa sobre a guerra! Acha que nos darão "bebês de xadrez"?

Ela acariciou os pequenos personagens, com dedos que eram bem maiores do que eles.

– Em todo caso, vejo que, com a ajuda dos deuses, o amor pode ganhar. Você deve manter sua palavra.

– É a coisa mais estúpida a fazer, mas mantenho o que disse. Mas lembre-se de que não terá o direito de reclamar.

Ela me olhou intensamente.

– Saiba que, no caminho, terá uma prova de peso: a Esfinge. É a fechadura viva Dele. Nem eu posso subir. Só pode passar se resolver o enigma. Você sabe qual?

– Sei. O que é melhor do que Deus, pior do que o diabo...

Ela me pegou pelo braço para que eu me levantasse e me conduziu na direção de uma porta, no fundo da sala. Girou a maçaneta.

A porta se abria para uma cavidade rochosa, diretamente escavada na montanha. A matéria era semitransparente, fazendo pensar em plástico ou vidro. Era âmbar.

Fui em frente e descobri degraus. Uma escada caracol havia sido escavada na rocha alaranjada.

– Se é esta a escolha de seu livre-arbítrio... – disse a deusa

– Se eu morrer, poderia transmitir aos outros meu desejo: que meu povo dos golfinhos fique aos cuidados de Mata Hari?

Ela concordou.

– Adeus, Michael Pinson.

99. ENCICLOPÉDIA: ESFINGE

Seu nome significa, em grego, "a estranguladora". Entre os egípcios, foram encontradas esfinges guardiãs das entradas proibidas. Elas possuíam um corpo de leão e cabeça de mulher. Em geral, os rostos eram pintados de vermelho e contemplavam o ponto em que o sol surge no horizonte. Acreditava-se que estavam conectadas com

os planetas e determinavam o segredo dos enigmas do universo. No Egito, assim que se atravessava um pórtico guardado pela Esfinge, todos os tabus e proibições caíam. Na Grécia, foi considerada um monstro feminino perverso e era dotada de asas de águia, mas pequenas demais para que pudesse voar. Tinha um peito opulento. Reza a lenda que uma Esfinge devastou Tebas, colocando enigmas aos passantes e devorando quem não conseguia responder.
O enigma era: "O que anda com quatro patas pela manhã, com duas patas ao meio-dia e com três patas à noite?" A resposta encontrada por Édipo foi: o homem. De fato, o homem-criança se locomove de quatro, com as duas pernas quanto adulto, e, na velhice, tem a ajuda de um terceiro apoio, a bengala.
A Esfinge simboliza o enigma que a humanidade, de acordo com seu nível de evolução, precisa resolver. Colocando a questão, o monstro torna compreensível a seu destinatário os limites do intelecto. Se essa tomada de consciência não acontece, a sanção é a morte.

Edmond Wells,
Enciclopédia dos saberes relativo e absoluto, tomo V.

100. ÂMBAR

Subi a escada em espiral.
Os degraus giravam. Os pés reproduziam indefinidamente o mesmo movimento. O perfume da sopa me seguia, tranquilizador.

No início, tudo estava escuro, mas à medida que eu subia, uma claridade apareceu no alto. O âmbar ganhava reflexos castanho-dourados.

Concentrei-me no enigma.

"Melhor do que Deus. Pior do que o diabo..."

Eu tinha pensado no amor, em Afrodite.

Afrodite era uma motivação forte, mas não suficiente para se chegar ao fim.

Pensei na esperança. Na humanidade. Na felicidade. A cada vez, uma proposição não correspondia.

"Os pobres têm. Aos ricos falta."

Poderia ser a simplicidade. O ar puro. O tempo. A doença.

"E quem comer, morre."

Veneno? Fogo?

A luz era cada vez mais viva através da rocha ambárica. O odor da sopa cedia lugar ao perfume da areia.

E se fosse eu? Melhor do que Deus, pior do que o diabo?

Ou meu orgulho?

Ou minha ambição?

Subi a escada na direção da luz. Enfim, cheguei a um planalto desértico. Nenhuma vegetação, somente picos amarelos, ameaçadores, surgiam do chão como grandes caninos. O sol, elevando-se, revelou dois maciços rochosos amarelo-âmbar, fechando o que parecia ser a única passagem para prosseguir a ascensão rumo à montanha de Olímpia.

No centro, havia um pequeno desfiladeiro estreito, com alguns metros apenas. Dirigi-me para lá.

Alguém estava sentado na entrada. Era uma quimera, com um imponente corpo de leão e torso de mulher. O rosto redondo estava maquiado de maneira exagerada: vermelho brilhoso nos lábios polpudos, preto nos cílios e sobrancelhas. O pesado peito era sustentado por um sutiã meia-taça de seda negra.

Era a antinomia de Hera. De um lado a mãe, de outro a prostituta. Ali estava eu, ao pé do muro.

A boca polpuda se abriu, e uma voz aguda e nasalada de garotinha ecoou.

– Salve, você que vai morrer – disse ela.

Inclinei-me, saudando-a também, como se tudo aquilo se passasse entre pessoas polidas, dispostas a se enfrentar com lealdade.

– Se não souber responder meu enigma, eu o elimino. Sinto muito, queridinho.

Sem dúvida, ela tinha o mérito de ser explícita.

– Sou um deus, não posso morrer – tentei.

A Esfinge sorriu.

– Os deuses não morrem, mas podem ser reciclados – respondeu a mulher com corpo de leão. – Eu, aqui, os reciclo como "isso".

Ela ergueu a pata e exibiu uma garra longa e afiada. Um querubim macho com corpo de borboleta veio pousar naquele promontório. A Esfinge, então, transformava quem não sabia responder em querubins.

Eu, claramente, não era o primeiro a chegar àquele lugar. Na massa de alunos que viveram na ilha, ao longo dos milênios, dezenas, centenas, como eu, chegaram até Hera e subiram a escada de âmbar, para se ver frente a frente com a Esfinge.

Logo lembrei que a querubina, que tantas vezes me tirara de confusões, a famosa Moscona, fora também uma aluna-deusa. Tinha igualmente explorado a montanha, antes de se ver transformada em mulher-borboleta. Devia, então, ter sido intrépida e corajosa. Eu a subestimara apenas porque era de tamanho reduzido e semelhante a um inseto. Uma vez mais, constatava não prestar a devida atenção nas pessoas que encontrava, julgando com base em preconceitos físicos.

A Esfinge soprou sobre a garra, e o querubim foi projetado longe.

– Querubim – articulou ela – não é na verdade um ser tão desagradável. Eles esvoejam. O problema é não poder mais falar... E, na verdade, é bem agradável poder se exprimir, não é?

Como em resposta, o querubim lhe estirou a língua pontuda.

– Então fale, ou se cale para sempre. Vou lembrar o enunciado do enigma:

"É melhor do que Deus.

É pior do que o diabo.

Os pobres têm.

Aos ricos falta.

E quem comer, morre".

Depois disso, a Esfinge deu um longo suspiro de amante satisfeita.

– Então? Qual é a resposta, queridinho?

Fechei os olhos. Tinha esperado uma fulgurância até o último momento. Uma revelação. Achei que o fato de estar diante da Esfinge faria brotar repentinamente a resposta. Mas nada acontecia. Estritamente nada.

Refleti. Procurei. Era impensável fracassar tão perto da meta.

Na verdade, agira como um mortal, considerando que, de alguma forma, "alguém" me ajudaria no momento crítico.

Pura superstição.

A superstição... dá azar.

Um mortal pode ser ajudado por um anjo, um anjo pode ser ajudado por um deus, mas quem poderia ajudar um deus?

Fixei o alto da montanha, que não emitia mais nenhum brilho. A ideia de não haver nada lá em cima me pareceu cada vez mais verosímil.

Tinha vontade de voltar. Voltar para a casa de Hera e dizer que ela tinha razão. Depois desceria tranquilamente a ladeira e tentaria fazer com que perdoassem meu deslize. E tudo entraria nos eixos. Confessaria a Afrodite que vi a Esfinge e não consegui descobrir a resposta; declararia a Mata Hari meu amor por ela; e ao meu povo dos golfinhos, eu diria: "O deus de vocês voltou."

Não podia mais retroceder.

– Vou ajudar um pouco – disse o monstro.

– Uma pista?

– Não, melhor: um "vivenciamento".

A Esfinge mudou de posição e cruzou os braços diante do peito.

– Acalme-se – disse ela. – Acomode-se da melhor forma. Sente-se em posição de semilótus. Vamos partir em busca da resposta "do interior". Abra um vazio em si.

Hesitei em obedecer, mas o instinto me disse que era melhor entrar naquele jogo. Obtemperei e encontrei uma posição confortável. Depois, fechei os olhos.

– Esqueça quem você é. Saia do seu corpo e olhe-se de fora.

Obedeci. Conseguia me ver.

Michael Pinson estava diante da Esfinge. Certamente aquele aluno-deus imprudente vai morrer.

Agora, rebobine o filme – ordenou a voz nasalada da Esfinge. Volte no tempo, queridinho. O que fazia, há vinte segundos?

Eu caminhava para chegar aqui. Na verdade, caminhava de costas.

– Continue a passar o filme ao contrário.

Visualizei-me descendo em marcha a ré a escada de âmbar na montanha.

– Volte, volte no tempo.

Eu me saciava à vontade na choupana de Hera. No momento em que entrei de costas, ela disse: "Adeus". No momento em que a deixei, ela disse: "Entre".

Antes, eu montava Pégaso. Voei para trás, desci a montanha com o cavalo alado. Aterrissei.

Eu lutava com Raul.

A rebobinagem do filme se acelerou.

Mata Hari. Saint-Exupéry. Georges Méliès. Sísifo.

Prometeu. Afrodite. Atena. Freddy Meyer.

O centauro. Moscona. Júlio Verne.

Antes, eu estava diante da ilha.

Vi-me recuar, nadando.

Vi-me afundar na água.

Vi-me no fundo da água.

Depois, me vi subir em velocidade e saltar fora da água.

Fui projetado no ar, saí da atmosfera.

Vi-me voltar a ser transparente, puro espírito.

Esse espírito mergulhava em marcha a ré na direção de uma luz cor-de-rosa.

Vi-me de volta ao império dos anjos.

As imagens do passado se aceleraram mais.

Contagem regressiva.

Vi-me no império do anjos, cercado dos demais anjos, trabalhando para meus três esfera-clientes.

Recuei até a entrada do império dos anjos.

Vi-me no processo em que Émile Zola me defendeu, quando minha alma foi pesada diante dos três arcanjos.

Revi-me deslizando, em retrocesso, atravessando territórios do continente dos mortos.

O mundo branco em que os mortos avançavam em longa fila para serem julgados.

A fila recuava, comigo junto.

O mundo verde da beleza.

O mundo amarelo do saber.

O mundo laranja da paciência.

O mundo vermelho do desejo.

O mundo negro do medo.

O mundo azul da chegada ao continente dos mortos.

Vi-me ectoplasma, voando em direção da luz, que me atraía.

Vi minha alma voltar ao cadáver de Michael Pinson.

Vi-me aterrorizado, quando o Boeing 747 arrebentou meu apartamento. Os cacos de vidro se reuniram, reconstituindo o janelão de vidro, enquanto a aeronave recuava, se perdendo aos longes no céu.

Nova aceleração.

Revi-me humano mortal, tanatonauta no tanatódromo, entregue a experiências de saída do corpo, com meus amigos Raul Razorback, Stefania Chicheli, Freddy Meyer.

Uma ideia me atravessou o espírito: eu poderia me ter tornado uma lenda. Ou, pelo menos, um dia talvez houvesse uma lenda criada sobre mim, como havia sobre Prometeu ou Sísifo. Afastei rapidamente essa ideia de puro orgulho e prossegui minha viagem de volta no tempo. Vi-me remoçar e me tornar um jovem Michael Pinson.

Vi-me recém-nascido. Meu cordão umbilical se reconstituiu e me puxou de volta para minha mãe, como um cabo.

Vi-me entrando de cabeça no ventre de minha mãe e inflá-lo lá de dentro.

Depois vi sua barriga diminuir, até minha alma sair, subindo para o continente dos mortos. Ali, revi-me sendo julgado, caminhando na fila dos mortos. Mundos branco, verde, amarelo, laranja, vermelho, negro, azul e retorno à Terra, em outro cadáver.

Médico em São Petersburgo, morto de tuberculose, cercado pela numerosa família.

O retrocesso de minha alma prosseguiu, então, sob o impulso da Esfinge.

Voltei a ser recém-nascido, novamente no ventre materno, saída como alma, subida ao continente dos mortos, retorno à Terra no cadáver de uma dançarina de *french-cancan*. Puxa, eu era bonita quando fui mulher. Fui menina, recém-nascida.

Minhas vidas se aceleraram. Revi-me samurai japonês, druida celta, soldado inglês, druida bretão, odalisca egípcia e, antes ainda, médico em Atlântida. Toda vez havia aquele pequeno intervalo turvo em que, enquanto chorava como bebê, eu me calava, o cordão umbilical se reconstituía e, como um elástico, me puxava para dentro de um ventre feminino. O movimento se acelerava mais, de modo exponencial. Cada vez mais rápido, para trás.

Revi-me camponês, caçador, homem das cavernas com frio.

Revi-me australopiteco, temendo não ter o que comer.

Revi-me camundongo-do-mato, apavorado com os lagartos.

Revi-me lagarto, apavorado com os lagartos maiores.

Revi-me peixe graúdo.

Revi-me peixe miúdo.

Revi-me paramécio.

Revi-me alga.

Revi-me mineral.

Revi-me poeira de planeta.

Revi-me raio de luz.

Como luz, fui atraído para trás, na direção do Big Bang.

Revi a partícula do Ovo cósmico da qual saí.

E vi o Ovo se reduzir e, de repente, pluft! Tudo desaparecer. Não havia mais nada.

Nada?

No final do espiral da espiritualidade chega-se a um "nada".

O universo partiu do nada e não chega a nada.

Nada?

"Nada. No princípio, não havia nada."

Puxa vida, era a primeira palavra da *Enciclopédia dos saberes relativo e absoluto*, quinto volume. Eu desde o início tinha isso diante dos olhos e não via.

Então, abri os olhos. E articulei para a Esfinge a palavra:

– Nada.

A mulher com corpo de leoa arregalou os olhos. Seu corpo inteiro vibrou de contentamento.

– Queridinho, não sei se é aquele que se espera, mas, em todo caso, é aquele que eu esperava – sussurrou. – Prossiga, explique-se.

A descoberta me iluminava.

– Melhor do que Deus? Nada. Pois nada é melhor do que deus – enunciei.

Ela balançou a cabeça. Continuei:

– Pior do que o diabo? Nada. Pois nada é pior do que o diabo. Os pobres têm? Nada! Eles nada têm. Aos ricos falta? Nada! Aos ricos nada falta. E se o comermos morremos? Nada. Pois se não comermos nada, morremos.

Houve um instante de expectativa.

– Muito bem, queridinho. Você chegou onde todos fracassaram.

De repente, a Esfinge não me parecia mais um monstro, mas um ser benigno, um dos vários aceleradores de minha vida e minha evolução.

Tantas ameaças, dores e medos tinham sido, então, necessários para que eu afinal compreendesse. Após a raiva, após meu primeiro ato antissocial, tive a impressão de ter feito meu primeiro ato de coragem e de inteligência. Enfrentei a Esfinge e dominei-a com minha capacidade de abstração.

A leoa com rosto humano se deslocou, cedendo-me passagem entre os dois maciços de rocha amarela.

Depois, acrescentou:

– Pode continuar seu caminho. E tome cuidado. O palácio de Zeus é protegido por ciclopes.

Eu me afastei e, em seguida, voltei na direção da Esfinge.

– Na lenda, se um homem encontrasse a solução, a Esfinge se suicidaria de desespero, não?

Ela sacudiu a crina.

– Não acredite em tudo que se conta, mesmo por escrito. Sobretudo, não acredite nas lendas. Só servem para que se manipule mais facilmente os mortais. Vá, queridinho, suma antes que eu mude de opinião.

Olhei a Esfinge e achei subitamente simpática aquela fechadura viva. À sua maneira, ela fez o que pôde para me ajudar a encontrar.

E, então, era aquilo.

Nada.

101. ENCICLOPÉDIA: A FORÇA DO NADA

O homem sempre teve medo do vazio. Chamado "horror vacui" pelos latinos, o vazio era inclusive considerado uma noção de puro terror pelos sábios da Antiguidade. Um dos primeiros a falar da existência do vazio foi Demócrito, no século V a.C., escrevendo que o que nos parecia ser matéria era composto por partículas, em suspensão no vazio. Essa ideia foi varrida por Aristóteles, que anotou: "A natureza tem horror do vazio" e, ainda, acrescentou: "O vazio não existe." Foi preciso esperar até 1643 para que o italiano Evangelista Torricelli, retomando um pensamento de Galileu, pusesse

em evidência a existência do vazio, com uma experiência complexa.
Ele encheu um tubo com 1,30m de mercúrio, depois virou-o, com a extremidade fechada, numa bacia cheia do mesmo metal líquido. Observou, então, que no alto subsistia um espaço criado pela descida do mercúrio, mas que esse espaço era vazio, uma vez que o ar não tinha podido entrar. Dessa forma, Torricelli foi o primeiro a realizar um vazio permanente. Ele refez a experiência e, vendo que a altura mudava, concluiu que as variações de volume daquela área dependiam da pressão atmosférica. Dessa manipulação deduziu-se o "barômetro", tubo de mercúrio medindo as variações da pressão do ar.
Em 1647, um físico alemão, Otto von Guericke, fabricou a primeira bomba a vácuo. Ele expulsou o ar de dois hemisférios de metal estreitamente unidos e demonstrou que duas parelhas de oito cavalos não conseguiam separá-los. Provou, assim, que o vazio é uma força que poderia juntar dois blocos de matéria.
Para os hindus, o vazio é uma noção essencial da filosofia. Ter acesso à suprema vacuidade é o objetivo do pensamento do sábio. E considera-se que mesmo que sejam os cubos que mantêm a roda em seu eixo, é o vazio entre os cubos que permite à roda girar.
Os físicos modernos chegaram a deduzir que setenta por cento da energia total do universo se encontra no vazio e apenas trinta por cento na matéria.
Einstein também se sentiu atraído pelo conhecimento do vazio. Evocou a presença, no cosmo, de uma massa escura, sem energia e sem luz, uma entidade incompreensível para os físicos e que se tornaria o desafio seguinte para o pensamento.

Mais tarde, os físicos Planck e Heisenberg estudaram o vazio. Um holandês, Hendrik Casimir, em 1948, teve a intuição de uma força emanando do vazio: a força de Casimir.
Essa força é tão potente que, em 1996, a Nasa lançou um projeto de fabricação de uma "nave espacial movida à força de Casimir", considerada a primeira aeronave capaz de sair do sistema solar...
Em 2000, o telescópio espacial Hubble detectou no cosmo uma massa invisível, "a massa escura", que pode ser a matéria contendo a maior quantidade de energia do universo.
Hoje em dia, a energia do vazio é considerada um dos domínios de ponta da pesquisa em astrofísica.
Uma teoria, inclusive, definiu que o vazio é capaz de fabricar matéria e que o Big Bang teria, então, saído desse "nada".

Edmond Wells,
***Enciclopédia dos saberes relativo e absoluto*, tomo V.**

102. REENCONTROS

Senti-me "esvaziado".
O enigma da Esfinge me deixara a impressão de ter tocado no fundo do universo e ali descoberto um buraco dando para o nada.

Avancei pelo desfiladeiro cavado na montanha amarelada. A trilha era estreita, e as paredes laterais, tão altas que impediam a visão do sol. A sensação era a de que os muros de rocha podiam, a qualquer momento, se animar e me triturar. De repente, parei e vomitei toda a refeição tão generosamente oferecida por Hera. Meu espírito se esvaziara, e meu corpo fez o mesmo.

Por que não desistir? Afinal de contas, provei poder cumprir 99 por cento do caminho, indo até onde ninguém chegara. Minha desistência seria um grande tapa com luva de pelica no destino. Eu havia conseguido. Eu resolvi o enigma! Não tinha mais necessidade nenhuma de continuar. Seria esse o triunfo. Partir tendo mostrado poder ganhar.

Estava em plena crise de *paraqueísmo*.

O paraqueísmo era uma doença que já me afetara anteriormente. Consistia em realizar a pergunta "Para quê, isso?", em toda situação.

Tive a primeira crise de paraqueísmo aos 25 anos de idade, na Índia, em Benares. Estava com minha namorada da época, numa embarcação no Ganges, e nosso guia me indagou por minha profissão. Disse-lhe que era médico. Ele perguntou: "E por que é médico?" "Para cuidar das pessoas." "E por que cuidar das pessoas?" "Para ganhar minha vida." "E por que ganhar sua vida?" "Para comer!" "E por que comer?" "Para viver!" "E por que viver?" Ele havia feito as perguntas com um ar malicioso, sabendo muito bem aonde chegaria. "Por que queria viver?" Assim, sem mais nem menos. Por hábito. Ele tinha aceso um cigarro de maconha, ofereceu e apenas murmurou: "Como você é legal, vou dar um conselho: aproveite que está em Benares, cidade sagrada, para se suicidar. Pelo menos, assim, vai entrar no ciclo das reencarnações. Na França, você não é nada. Suicidando-se na Índia, será, no início, um pária, mas depois, vida após vida, vai poder subir e ser como eu: brâmane."

Esse discurso deixou sua marca.

Eu acordava de manhã: para quê, isso? Ia trabalhar: para quê? E se eu desistisse? Desistir é um grande poder. Minhas crises de paraqueísmo eram mais fortes, na medida em que tinha mais a perder. Uma família... Para quê? Uma profissão... Para quê? Saúde... Para quê? E, além disso, a própria vida...

Em seguida, tive crises de paraqueísmo esporádicas. Praticamente todos os anos, em geral em setembro, na época do meu aniversário, quando terminava o verão e apareciam os primeiros dias cinzentos do outono.

Retomei a caminhada no estreito, que não acabava nunca de serpentear na rocha dura.

Para que avançar? Para que encontrar o Grande Deus? Para que pensar, já que tudo vinha do nada e o nada vinha do tudo; melhor cessar toda aquela agitação. Talvez a górgone tivesse razão. Talvez se tornar estátua fosse como estar em permanente postura de ioga.

Meus pés continuavam a avançar sozinhos. Saí da trilha e desemboquei numa zona montanhosa.

Diante dos meus pés abriu-se um barranco.

Debrucei-me sobre o vazio.

Distingui, no plano inferior, a Esfinge. Descendo mais, a casa de Hera. Mais abaixo ainda, as estátuas da górgone, os pequenos vulcões laranja e, no rés do chão, como um pontinho branco, Olímpia.

Se eu saltasse, a queda duraria muito tempo.

Subi com determinação.

A montanha se tornou cada vez mais escarpada. Eu usava as mãos para escalar. Sentia frio. Procurava pontos de pegada na rocha, para continuar a ascensão. Cada avanço se tornava mais difícil. Meus dedos se machucavam nas pedras.

Ao apoiar o pé numa rocha, ela cedeu. Perdi o equilíbrio e caí para trás. Agarrei-me no último momento em uma saliência. Abaixo de mim, o abismo. Se caísse, despencaria de pelo menos uma centena de metros.

Era só o que faltava, fracassar àquela altura...

Permaneci ali, pendurado. Meu braço se cansava, os músculos tinham cãibra. Esforcei-me, tentando fazer um balanço, mas meu ponto de apoio era muito reduzido.

Estava prestes a soltar.

Se algum escritor estivesse escrevendo minhas aventuras, eu lhe pediria que parasse de me torturar. Se algum leitor estivesse me lendo em algum romance, pediria que parasse a leitura. Não queria mais continuar. Tive a impressão de que, quanto mais avançava, mais me expunha à adversidade. Pronto, eu me recusava a continuar aquela cena burlesca. Que o romance continuasse sem mim.

Larguei.

Um braço vigoroso me segurou.

– Eu lhe disse: "Não vá lá no alto!"

Ergui a cabeça para ver quem tinha me salvado. Não consegui acreditar em meus olhos. Era...

Segurava com empunhadura firme e me içou para um promontório rochoso.

... Júlio Verne!

Ele trajava uma toga rasgada, com a marca de queimadura que eu vira em nosso primeiro encontro. Tinha o olhar claro muito suave e pequenas rugas risonhas em volta dos olhos.

– Eu... eu... pensei que estivesse morto – gaguejei.

– Isso não justifica ter desobedecido – disse sobriamente.

– Vi seu corpo furado e estendido no penhasco, foi uma queda de vários metros.

– Sim, para um mortal, seria o fim. Mas nós, pelo menos, não somos mortais "de verdade". Quando morremos, você sabe, somos pegos pelos centauros, levados para Hermafrodite que, de fato, nos transforma em quimeras. Mas se não formos levados para ele...

Lembrei-me, de repente, que alguns dos meus machucados se refaziam bem rapidamente. Meu tornozelo estava completamente curado.

Ele concordou.

– Apesar de tudo, somos deuses. Após um certo momento, a carne se reconstitui.

– Mas e as marcas de cascos? Você foi levado por um centauro.

Ele sorriu.

– Verdade. Mas há centauros e centauros.

Assumiu um ar malicioso.

– Por trás de cada quimera há uma alma. São seres vivos. Olhe-os bem no fundo dos olhos, os centauros, querubins, grifos. Inclusive os Mestres-deuses... Todos foram, antes, como nós, seres com convicções.

Verdade, Moscona muitas vezes me ajudou. Havia, então, quimeras desobedientes.

– O centauro que veio me buscar na praia era, na verdade, Edgar Allan Poe, aluno de uma turma anterior, americana. Ele se sentiu solidário, por ser escritor. E em vez de me levar para o reciclador de Hermafrodite, na direção sul, me escondeu, até minha ferida cicatrizar. Inclusive cuidou de mim.

– Há como se tratar aqui?

– Claro. Com vaga-lumes da floresta azul. Eles introduzem luz no ferimento, e isso acelera a reconstituição da carne.

Ele ergueu a toga e mostrou a barriga intacta.

– A luz é a solução para tudo.

– A luz?

Sim, claro.

– Os humanos acreditam sempre que se deve ir em direção ao amor, mas não, deve-se ir para a luz. O amor é subjetivo, pode revirar e trazer ódio, incompreensão, ciúme, chauvinismo. Mas a luz é a melhor referência...

– Como você chegou aqui?

– Estando curado, Edgar Allan Poe me escondeu, e depois decidimos escalar a vertente norte, com todo esse material de alpinismo. Mas sendo centauro, ele não conseguiu ir muito adiante. Foi visto e capturado por grifos. Nesta zona, são eles que vigiam tudo. Eu próprio consegui me esconder na montanha e depois, quando fica escuro, eu escalo. Alimento-me com bagas e flores. Meus estudos sobre a sobrevivência em *A ilha misteriosa* foram úteis para reconhecer os produtos comestíveis. Mas meu segredo é a lentidão. Todo mundo quer subir rápido. Eu subo de forma lenta e segura.

– Mas há somente uma passagem de acesso a esse lugar. Como passou pela Esfinge?

Ele deu uma gargalhada.

– Você não acha que é o único capaz de resolver o enigma, acha? Mesmo que ela tenha garantido que foi o primeiro, não se deve acreditar em tudo que se diz. Sobretudo aqui, em Aeden, reino dos sortilégios e das ilusões.

– Você também descobriu "Nada"?

– Na verdade, assim que ouvi o enigma, eu o resolvi. Há muito tempo se brincava disso, na escola.

Meu amor-próprio levou um sério golpe.

– Bom, não vamos tomar chá e conversar, há coisa mais importante a fazer. Agora que cometeu a besteira de subir até aqui, melhor aproveitar, não é?

Deu-me um tapa forte nas costas.

Quando podia imaginar que me aproximaria do Grande Deus, na companhia de Júlio Verne em pessoa!

Escalamos em dupla a montanha escarpada e, graças aos grampos e cordas, pudemos progredir por cordadas.

– Gostaria de dizer que li todos os seus livros – disse eu.

– Obrigado. É tocante encontrar, em circunstâncias um tanto excepcionais, um "fiel leitor".

Sentia-me como um tiete de estrela de rock, ao lado do ídolo. Eu havia admirado Raul, havia admirado Edmond Wells, agora admirava Júlio Verne.

A nossa volta, pontas de rocha amarela surgiam dos abismos. Não fosse o cume brumoso nos provocando, poderíamos ter ficado sem qualquer referência.

– Já no fim da vida, compreendi que a ciência não nos salvaria e me voltei para a espiritualidade, mas já era tarde. Agora, se voltasse a ser escritor, só escreveria sobre esse novo desafio para a curiosidade humana.

– O esoterismo?

– Deus. O Grande Deus. Aquele que está no alto e zomba de nós, desde o primeiro dia de surgimento da vida.

Avançamos em silêncio.

Finalmente chegamos a uma área de neblina completamente opaca. Meu companheiro, acima de mim, desaparecia nas brumas. Felizmente estávamos presos um ao outro por cordas.

– Tudo bem aí em baixo? – perguntou.

– Enquanto estivermos amarrados, tudo bem.

Avançamos na neblina até uma zona que sentimos ser menos abrupta. Em seguida, completamente plana. Um planalto nas alturas.

– Está vendo alguma coisa? – perguntei.

– Não, nada. Nem mesmo meus pés.

– E se nos dermos as mãos?

– Não – respondeu. – Em caso de perigo, seríamos ambos carregados ao mesmo tempo. É melhor, pelo contrário, guardarmos distância máxima. Eu vou na frente.

Voltamos a nos amarrar com a corda e retomamos a caminhada.

Eu não distinguia minhas pernas, mas senti que o chão se tornava lamacento e colante. O odor de relva saturava o ar. Em seguida, a terra se tornou cada vez mais móvel, e entrei em uma água fria. Uma espécie de pântano.

De repente, senti uma tensão na corda.

– Ei? Tudo bem?

Nenhuma resposta.

Um puxão fraco e depois um puxão seco. A corda afrouxava e esticava esporadicamente, com arranques cada vez mais fortes e, depois, mais nada. Puxei a corda e constatei que fora cortada.

– Ei! Júlio Verne! Júlio! Júlio!

Nenhuma resposta.

Chamei-o ainda e, afinal, me resignei a admitir que ele tinha desaparecido. Reforçando meus temores, um grito ecoou:

– VÁ EMBORA RÁPIDO!

Era a voz do escritor de *Viagem ao centro da Terra.*

Um urro dilacerante soou e foi se afastando, como se estivesse sendo carregado por um pterodáctilo.

– ARRGHHHH!!!

Fiquei paralisado. Comecei a me enfiar lentamente no pântano. Avançava patinhando. Não sabia mais onde era o norte, o sul, o leste e nem o oeste. Para evitar que me chocasse com uma árvore, andava com os braços para a frente. Para evitar que caísse em algum buraco, ia sondando o chão com um pé, e só depois avançava progressivamente o outro. Como estava em um planalto, não distinguia nem mais a inclinação. Logo descobri que estava andando em círculos, pois encontrei um pedaço da toga de Júlio Verne.

Estava perdido nas brumas de um planalto de montanha

Imobilizei-me.

De repente, senti plumas encostando em meus joelhos.

Debrucei-me: um cisne branco com olhos vermelhos me olhava. Não parecia absolutamente assustado, permanecia como se esperasse algo. Fiz-lhe um carinho, e ele avançou. Eu o segui. Ele deslizou pela água do pântano até uma margem seca.

O cisne saiu. Continuei a segui-lo e fui guiado até uma zona em que a neblina era menos densa. Havia uma encosta a subir. À medida que eu subia lentamente, as franjas de neblina se dissipavam e deixavam ver o cume da montanha.

103. ENCICLOPÉDIA: CICLOPES

O nome significa: "Aquele cujo olho é rodeado por um círculo." Segundo a mitologia grega, eles eram três, com nomes que os ligavam ao poder de Zeus. Estéropes (o relâmpago), Arges (o fulgor) e Brontes (o trovão). Trabalharam ao lado de Hefesto para confeccionar as armas mágicas e, em seguida, combateram com Zeus, durante a guerra contra os titãs. Parece que os ciclopes seriam, originalmente, uma corporação de artífices da forja do bronze, na Hélade primitiva. Tinham um círculo tatuado na testa, em homenagem ao sol, fonte indireta da energia de suas fornalhas. Os trácios, em seguida, continuaram, da mesma forma, tatuando um círculo na testa, esperando que isso lhes desse o domínio dos metais.

Edmond Wells,
***Enciclopédia dos saberes relativo e absoluto*, tomo V.**

104. DIANTE DOS CICLOPES

Descobri um grande altiplano, no centro do qual brilhava um lago. E no meio do lago, uma ilha.

O planalto estava ainda coberto por brumas, mas parecia não haver mais nada acima. Eu tinha chegado ao cume da montanha de Olímpia!

EU CONSEGUI.

Mal podia acreditar. A proeza me parecia quase fácil demais. Belisquei-me e senti dor. Não estava sonhando.

Eu tinha chegado. Estava no cume. O cisne branco de olhos vermelhos, que me serviu de guia, voou.

O palácio na ilha era uma construção redonda monumental, todo de mármore. Parecia um grande bolo coberto de creme branco e colocado num prato pequeno, verde. Vários andares formavam patamares redondos superpostos, como em uma peça armada. Ao andar superior se acrescentava uma pequena torre quadrada.

Devia ser do palácio que partia o sinal luminoso.

O tempo mudou bruscamente. Um teto de nuvem escondeu o céu e as estrelas.

Plácidos cisnes nadavam no lago.

Meu cisne de olhos vermelhos devia patinhar entre eles, mas eu não o conseguiria reconhecer.

O conjunto da cena impregnava-se de um romantismo inquietante.

Eu não tinha mais cavalo voador à disposição. Meus calcanhares não dispunham de asas. Não havia escolha. Precisaria chegar na ilha a nado.

Deixei minha toga aos cuidados das canas ribeirinhas e depois, de túnica, desci à água do lago.

Estava gelada.

Avancei na água, molhando-me a nuca e a barriga. Em seguida, com braçadas lentas, nadei em direção do palácio branco. Afastei nenúfares, plantas aquáticas, lentilhas-d'água, rãs, girinos. Um perfume de jasmim e de nenúfar cobria o odor do pântano.

Alguns cisnes se aproximaram de mim, para inspecionar o animal estranho que vinha nadar em seu lago.

Quanto mais avançava, mais me dava conta de o edifício ser bem mais alto do que parecia. Os cisnes mais curiosos chegavam tão perto que eu poderia tocá-los. Eles me examinavam e me seguiam.

Aproximei-me da ilha. Uma silhueta imensa apareceu num terraço.

O ciclope podia ser reconhecido pela roupa de ferreiro e o olho único no meio da testa. Era maior do que os Mestres-deuses.

Ele me viu. Sacou sua cruz ansada, mirou em mim e atirou. Não tive tempo para pensar, mergulhei ao mesmo tempo que o raio iluminava a superfície do lago. Acertou-me a coxa. Dor aguda. Mas a água atenuara a intensidade do tiro.

Lembrei de ter lido na Enciclopédia que os ciclopes eram canibais. O que fariam comigo, se me pegassem? Assariam no espeto? Meu fim, desse modo, não seria nem mesmo o de querubim ou centauro... Enésima etapa do caminho da humildade: transformar-se em excremento de ciclope.

Nadei sob a superfície.

Felizmente, sempre me mostrei bom nadador em apneia, durante minha última vida de mortal.

Tirei a cabeça da água. O ciclope se mantinha no mesmo patamar, onde o terraço vinha até a beira do lago. Comecei uma volta à ilha, para evitá-lo.

Chegando em uma zona de bambus e canas, pude vê-lo de costas. Procurava por mim. Foi até um imenso sino e o fez soar.

Dois outros ciclopes apareceram.

Peguei uma cana, quebrei-a e usei-a como tubo, para respirar sob a água. Deviam achar que eu me afogara.

Esperei bem uma meia hora. Minha coxa latejava. Depois, todo molhado, saí da água, corri pela orla me escondendo atrás de moitas, escalei uma mureta e subi no terraço de mármore branco.

Penetrei às escondidas no palácio, coxeando.

Não desistir. Não àquela altura.

Entrei no imenso palácio de mármore branco.

Um barulho de passos pesados me obrigou a me esconder atrás de uma coluna.

Daquela vez não era um ciclope, mas dois hecatonquiros, gigantes munidos de cinquenta cabeças e cem braços. Nunca acabaria, para mim, aquele desfile de monstros? Achei lembrar que ciclopes e hecatonquiros formaram a guarda pessoal de Zeus, na luta contra os titãs e, com isso, foram associados à vitória do rei dos deuses.

Deixei-os passar. Quando o som dos passos se distanciou, continuei a avançar.

O palácio de Zeus era desmedido. O pé-direito parecia medir mais de vinte metros. Senti-me como um camundongo se metendo na toca do gato.

No hall de entrada, estátuas representavam os 12 deuses do Olimpo. Todas os mostravam com expressão reprovadora. Inclusive as estátuas de Dioniso e de Afrodite. Nas paredes, afrescos em cores pastel reproduziam diferentes episódios da guerra dos olímpicos contra os titãs. Os rostos exprimiam cólera, raiva e determinação.

Meus passos ressoavam no mármore. Eu deixava poças de água atrás de mim.

Passei por uma grande porta, que se abria para um corredor. Depois, uma outra, dando para outro corredor, depois outra mais e outro corredor. As portas eram imensas, em madeira maciça ornada com bronze dourado.

Cheguei ao pé de uma escadaria monumental. Puxando a perna, subi com precaução, para desembocar em corredores desertos, suntuosas salas vazias, inúmeros corredores mais, até um jardim de inverno, cheio de árvores, em vastos vasos de mármore prateado. Contemplando as árvores, percebi que os frutos eram esferas de vidro com um metro de diâmetro. Olhando bem, sob o vidro, havia planetas. Como "Terra 18".

Plantada junto da raiz da árvore a minha frente, estava uma tabuleta: NÃO TOCAR.

A injunção me lembrou uma frase de Edmond Wells a propósito da Bíblia: "Quando Deus disse a Adão e Eva: 'Vocês podem tocar em todas as árvores, menos naquela que está no meio, pois é a árvore do conhecimento do Bem e do Mal', apenas os incitou a tocá-la. Era como dizer a uma criança: 'Pode brincar com todos os brinquedos, menos este que está bem diante dos seus olhos.'"

Curioso, saquei meu ankh e examinei a superfície de um dos frutos. Para minha grande surpresa, aquele mundo parecia realmente muito bonito, muito harmonioso.

Sem querer, de tanto me debruçar para examinar de perto aquela pequena joia, meu queixo encostou de leve na superfície. Mal se deu esse ínfimo contato com a crosta, a esfera se desprendeu. Pareceu cair em câmara lenta, até espatifar-se, em milhões de pedaços.

De início, nada ouvi. Depois, assim que o som voltou, uma detonação de vidro partido soou interminavelmente no imenso jardim de inverno.

Ao contrário das esferas da casa de Atlas, que continham apenas ar, para meu horror, uma bola dura saiu da ganga transparente!

Podia ser um planeta de verdade?

Ela rolou pela sala, com um barulho de bola de boliche. Rolando, amassava suas montanhas e, mais facilmente ainda, cidades e humanos. Não me atrevia a imaginar o que se passava para eles. Os oceanos, não mais contidos pela gravidade, deixavam uma poça por onde passava a esfera-mundo, como uma gosma de caramujo. A atmosfera, escapando, transformou-se em fumaça azul, que suavemente circundou a bola.

Quando o planeta afinal parou, junto à parede do fundo, aproximei-me para examinar a superfície. Vi ruínas. Humanos esmagados como formigas, achatados em seus automóveis, contra as paredes, dentro das casas.

Como uma criança que acaba de fazer uma besteira, olhei em volta, preocupado apenas em saber se alguém havia me visto. Empurrei o planeta e seus cacos para trás de uma árvore em um vaso.

Em frente, uma porta convidava a sair dali o mais rápido possível. Atravessei novas portas, até meu olhar se deter em um grande cômodo, quadrado e azul, tendo no centro uma escada estreita, em caracol.

Subi por muito tempo.

Devia estar no alto do palácio. Empurrei um grosso batente branco e descobri uma sala quadrada, com pelo menos trinta metros de altura. No centro, se erigia um trono de 15 metros, do qual eu só via a parte de trás do encosto. Estava voltado para uma janela fechada por duas abas e semiescondida por pesadas cortinas púrpuras.

De repente, o trono fixado em um eixo rotativo começou a girar. À medida que rodava, ia revelando uma presença.

Eu não ousava erguer a cabeça. Meu coração batia a ponto de me arrebentar o peito.

Vi SEUS dedões gigantescos.

SEUS pés calçados com sandálias de ouro.

SEUS joelhos. SEU torso envolto em várias camadas de tecido em fio de ouro.

E, em cima, afinal, SEU imenso semblante.

ELE me olhava.

105. ENCICLOPÉDIA: ZEUS

Seu nome significa "O céu luminoso".

Terceiro filho de Reia e Cronos, nasceu no monte Liceu, na Arcádia. Como Cronos comia seus filhos, com medo de ser por eles destronado, Reia recorreu a um estratagema para salvar Zeus. Ela o substituiu por uma pedra enrolada num pano.

Reia, em seguida, escondeu o filho em Creta, onde o jovem Zeus foi criado por ninfas, nutrido com o leite da cabra Amalteia, compartilhado com o deus-bode Pã.

Chegando à idade adulta, ele destronou o pai Cronos e o forçou a vomitar seus irmãos e irmãs, assim como a pedra que o salvara. Esta foi deixada, como lembrança, no templo de Delfos. Em seguida, Zeus, ajudado pelos irmãos e irmãs, montou o exército dos olímpicos e combateu os titãs, conduzidos pelo gigante Atlas, durante dez anos. Notemos que esse período corresponde aos dez anos de terremotos que então abalaram a Grécia. Zeus obteve a vitória na guerra e, a partir daí, se tornou rei do mundo.

A mãe o impediu de se casar, e ele entrou em violenta cólera, ameaçando violentá-la.

Reia só escapou graças à capacidade de se transformar em cobra. Mas... Zeus também se transformou em cobra e violentou a própria mãe.

Depois, ele deu início a uma carreira de grande sedutor e estuprador. Notemos que cada uma das "conquistas mitológicas" de Zeus corresponde a uma invasão grega dos territórios vizinhos.
Sua primeira conquista foi Métis, a famosa jovem que preparou a beberagem graças à qual Cronos vomitou seus filhos. Ao concluir seu delito, Zeus, temendo que ela gerasse uma criança parricida, engoliu-a grávida, o que lhe provocou violenta enxaqueca. Para aliviá-lo, Prometeu furou uma brecha em seu crânio, por onde brotou a filha Atena, inteiramente armada e com capacete.
Aproveitando-se da aptidão para assumir diferentes formas, seduziu Europa, transformando-se em touro; Dânae, transformando-se em chuva de ouro; Leda, transformando-se em cisne; sua própria irmã Hera, transformando-se em pássaro.
Zeus tomou a aparência de Apolo, para seduzir Calisto, e os traços de Anfitrião, para deitar com sua mulher, famosa pela fidelidade. A lista de suas amantes é vertiginosa. No entanto, não foram apenas mulheres. Ele teve, também, um "amor à primeira vista" por um jovem, Ganimedes, filho do rei Trós e considerado o mais belo rapaz da Terra. Para tê-lo, Zeus se transformou em águia.
São conhecidos apenas dois fracassos amorosos de Zeus: a mãe de Aquiles e Astéria, uma das plêiades.
Como esta última recusava entregar-se, Zeus transformou-a em codorna. Ela se jogou, então, no mar, tornando-se a ilha de Delos.

Edmond Wells,
Enciclopédia dos saberes relativo e absoluto, tomo V.

106. O PATRÃO

Afinal encontrava-me diante do rei do Olimpo.

O que mais me surpreendia é que ele era exatamente como eu o tinha imaginado.

É estranho como conseguir o que mais se deseja pode parecer derrisório. Acho que foi Oscar Wilde quem disse: "Na vida, há duas tragédias. A primeira, é não obter o que se quer. A segunda, é obter o que se quer. A pior delas é a segunda, pois quando se consegue o que se queria, muitas vezes é decepcionante."

Zeus me escrutava.

Sentado no trono de ouro, aquele gigante medindo dez metros ostentava uma barba branca cacheada, em que me pareceu distinguir flores-de-lis. A cabeleira, também branca, formava uma juba de leão, caindo pesadamente em seus ombros. A testa ampla e ligeiramente protuberante se realçava com uma tira dourada, incrustada por minúsculos diamantes azuis. As sobrancelhas eram espessas. As órbitas profundas revelavam dois olhos vermelhos, luminosos. A pele era muito branca e as mãos enormes, musculosas, percorridas por veias aparentes.

Na mão direita, um cetro lançava faíscas intermitentes, como se uma corrente elétrica o percorresse. Na mão esquerda, uma esfera sobreposta por uma águia. A toga de fios de ouro formava dobras complicadas, caindo dos ombros e envolvendo os joelhos. Ao redor dos tornozelos e das panturrilhas, as fitas das sandálias de ouro eram também incrustadas com pequenos diamantes azuis.

Eu mal lhe chegava às batatas das pernas.

Ele continuou a me olhar de modo reprobatório, como um homem descobrindo um minúsculo ratinho que lhe viesse pedir alguns grãos. Ele articulou:

– FORA!

A voz era grave. Inspirou-me respeito e medo.

Não me mexi.

– DESAPAREÇA!

ELE olhou para mim e ELE falou comigo!

Moveu a mão e sua toga fez um barulho de vento.

Não eram o estupor e nem o encantamento que me reviravam do avesso, mas a tomada de consciência: eu tinha diante de mim o apogeu de toda a hierarquia das almas.

E aquele monarca absoluto, pessoalmente, dirigia a palavra a mim. A voz se suavizou.

– Não entendeu, pequenino? Eu disse para ir embora. Não tem o que fazer aqui; vamos, volte e vá procurar sua turma.

Eu tentava decodificar suas palavras. Estava dividido entre a alegria de ELE me dirigir a palavra e a dificuldade de perceber o sentido do que dizia.

Eu o incomodava. Certamente tinha coisas mais importantes a resolver. Voltou-me ao espírito a frase que embalou toda minha vida: "Mas, afinal, o que estou fazendo aqui?" Ao mesmo tempo, ressoavam na cabeça outras frases, pronunciadas no decorrer de minhas aventuras: "Você talvez seja aquele que se espera" e ainda "O amor como espada, o humor como escudo." Será que isso funcionaria com Zeus, igualmente?

Não tinha me dado a tanto trabalho para chegar até ali e desistir. Não sendo "nada", "nada" tinha a perder.

Minhas pernas tremiam, mas os calcanhares não giravam.

O olhar se tornou francamente irritado.

– FORA! Não entendeu? Quero estar sozinho.

Não me mexi. De qualquer maneira, continuava fisicamente incapacitado.

Afrodite me dissera querer resolver o enigma para rever Zeus. Hera, sua própria mulher, disse não ter notícias suas há muito tempo. Pela lógica, ele não queria mais que ninguém o incomodasse.

O que faria meu mestre Edmond Wells, no meu lugar? Ignorava, mas sabia o que não faria. Com certeza não teria esboçado um cumprimento, dizendo: "Desculpe o incômodo, fecho a porta ao sair."

Zeus me olhava, imenso, esmagador. Inclinou-se sobre mim, como uma vez eu tinha me inclinado sobre uma formiga que tentava escalar meu dedo. Como ela, estava apavorado com o tamanho daquele dedo, daquele deus. Poderia me esmagar com um peteleco. Tentei falar, mas não consegui.

Ele franziu o cenho. A voz se tornou enorme, retumbante:

– NÃO QUERO MAIS VER NINGUÉM.

Depois, prosseguiu, apenas um pouco menos brutal:

– Pfff... Mestres-deuses, alunos-deuses, estão todos tão imbuídos de si mesmo. Comportam-se como mortais; pior, como pirralhos. E tão logo ganham o nome de deus, não têm mais limites. Ego, ego. O ego infla com a possibilidade de se aproximar de mim. Vamos, suma, pequenino. Queria me ver, já me viu. Desapareça.

Era realmente preciso encontrar algo a responder ou então ir embora correndo.

Ele me encarava.

– É bem verdade, até mesmo eu, em outra época, quis ver meu pai, Cronos. O senhor do tempo... Naquela ocasião, ele me parecia um gigante e, agora, você mesmo viu, não passa de um homenzinho. É incrível a ideia que a gente tem das pessoas.

Ele parou e se debruçou na minha direção.

– Foi Hera que o mandou aqui, não foi? Não para de suspeitar de não sei o quê. Desde que dormi com Ganimedes, ela ficou impossível. Foi provavelmente por seu orgulho de mulher. Ela já não suportava que eu a enganasse com moças mais jovens, mas quando me viu com um rapaz, acho que sua feminilidade levou um golpe.

Ele cofiou a barba.

– O que imaginava? Que eu me limitaria apenas às mulheres mortais? Pronto. Eu assumo. Sou o rei dos deuses e sou "bi". Cá entre nós, acho normal, como todo artista, que precisa de sensações novas.

Ele explodiu um riso tonitruante, como se estivesse contente com seu achado.

– Pronto, aí está, já conversamos um pouco. Você conversou com o rei dos deuses. Vai poder se gabar para os colegas de turma. Viu o grande Zeus em seu palácio. Agora, suma daqui.

Eu tinha esperado demais e sofrido demais, para aceitar sair assim.

– Não quer ir embora, então vou transformá-lo em cinzas.

Ergueu o raio e se preparou para lançá-lo em mim.

Fechei os olhos e esperei. Nada aconteceu.

– A menos que tenha sido Afrodite que lhe enviou. Ah, aquela ali! Com quem já não dormiu? Hefesto, Hermes, Posídon, Ares, Dioniso... Ah, somente eu... Nunca a tive... Tornou-se para ela um desafio pessoal. Quer fazer amor comigo, seu pai adotivo. Que safada! Desconfio que teve Hermafrodite com Hermes só para lisonjear minha bissexualidade. Agora manda "alunos". E não qualquer um, um espertinho que conseguiu passar pelo enigma da minha Esfinge.

Ele se acomodou confortavelmente no trono.

Repeti para mim mesmo: "Nada sendo, nada tenho a perder."

E ouvi a voz de trovão:

– Nada sendo, nada tem a perder, é o que acha?

Ele lia meus pensamentos!

– Claro, "pequeno nada", leio seus pensamentos. Eu sou Zeus.

Não me deixar impressionar.

– Acha que falo de maneira "normal" demais, para um Grande Deus? Mas pense nos hamsters, por exemplo, os do seu Theotime. Esses hamsters veem o quê? Gigantes que os alimentam, os trocam de lugar, matam. Acham que a criança que cuida deles é o Grande Deus. No entanto, se um desses hamsters pudesse falar, não haveria porque a criança lhe responder de forma grandiloquente. Falaria de maneira infantil, ingênua, "normal". Eu pessoalmente sou normal, já você...

O que eu tinha feito, agora?

– O que não fez, é o que deveria perguntar. Mostrou-se muito capaz, chegando até aqui, mas o que fez com seus talentos?

Lembrei que Edmond Wells me havia citado essa frase de Jesus: "No momento do último Julgamento, só uma pergunta será feita: 'O que fez com seus talentos?'"

Engoli em seco.

– A quem tem muitos talentos, se pede muito. Você tem muitos talentos, sabe disso, Michael Pinson?

Tive a impressão de que seu olhar vasculhava meu espírito. Era preciso não pensar em nada.

Como não pensar em nada? Estar totalmente no presente. Cada palavra que saísse de sua imensa boca devia ser a única informação a circular em meu espírito. Eu era um vaso vazio e me encheria com suas palavras.

– Você conseguiu chegar aqui. Muito bem. Conseguiu encontrar soluções. Mas utilizou apenas um décimo do seu potencial.

Eu tentava respirar normalmente.

– Um grande talento impõe uma grande responsabilidade. Se não tivesse talento, poderia ser como todo mundo. E ninguém poderia se queixar. Mas você entreviu certas verdades, que não estão escritas em lugar algum. Apenas pela intuição, não é?

Foi como conseguiu chegar aqui... Muito bem, mas não é o suficiente.

Eu sentia meu coração bater.

– Você não é qualquer um, Michael Pinson. Possui um segredo que ignora. Sabe, pelo menos, o que significa seu nome?

Não.

– Ele vem do hebreu. Mi-Cha-El. Mi: quê. Cha: como. El: Deus. "O que é como Deus?" Essa é a questão que você carrega. E é o motivo pelo qual está aqui. Para saber o que é como deus.

Eu não ousava tentar compreender.

– Recebeu muitos talentos porque... Isto é, há razões para isso... Talvez "alguns", há muito tempo, tenham achado que você é "aquele que se espera". Alguns. Eu não. A mim você decepcionou. Acho que usou muito pouco de si próprio.

O que tinha feito de errado?

– De errado? Nada. Mas foi preguiçoso. Não fez o bastante para o potencial que tem. Por que não salvou seu povo, por que não amou mais Mata Hari, por que não conseguiu se livrar de Afrodite, por que não informou seus colegas sobre suas dúvidas quanto ao deicida?

Ele sabia tudo a meu respeito.

– Por que não veio aqui... antes?

Essa era a melhor de todas. Por que não vim ao pico do Olimpo antes?

– Você saiu de mim. Você também é "meu filho", Michael. Sabia disso?

Nunca imaginara um pai tão grande.

Ele se ajeitou para trás, no trono.

– Você resolveu o enigma. É um enigma de humildade. Para pensar em nada, é preciso, antes, ter como possibilidade o nada. A maioria das pessoas não percebe o enigma porque assim que dizem "melhor do que Deus", elas têm vertigem. "Pior do que o diabo" as perturba ainda mais.

Ele olhou para as mãos.

– Já pensou em nada? A questão com o nada é a seguinte: "Como se pode definir a ausência de qualquer coisa?" Se disser: "Isso não é vidro", foi obrigado a pensar no vidro para definir sua ausência...

Ele sorriu.

– É por isso que os próprios ateus se definem com relação a Deus e, com isso, o fazem existir. É por isso que os anarquistas se definem com relação ao monarquismo e ao capitalismo e já caem na armadilha. Ah, a força do nada... Você encontrou porque é agnóstico, reconhece a própria ignorância e, então, não se emaranhou no monte de convicções, crenças, fés e certezas. A certeza é a morte do espírito. É a frasezinha do seu amigo: "O sábio busca a verdade, o imbecil já a encontrou."

Ele se inclinou um pouco.

– O nada, o vazio, o silêncio. É tão forte. Lembro de um autor mortal de "Terra 1", um desconhecido de quem esqueci o nome. Ele enviou seu manuscrito a um editor, com o bilhete: "Escrevi esse livro, mas o mais importante no livro é o que não foi escrito."

Ele repetiu a frase, para compreendê-la bem.

– Quis provavelmente assinalar que o mais importante era o que se devia ler nas entrelinhas. Era no vazio entre os caracteres gráficos que estava o verdadeiro tesouro.

Mudou de fisionomia.

– O escritor não foi publicado. No entanto, tinha compreendido tudo. Estava muito além, com relação aos seus contemporâneos. Então, diga-me, Michael, já conseguiu não pensar em "Nada"?

Não.

– Vejamos. Em que pensa, quando não pensa em nada?

Penso em "tentar não pensar em nada."

– É difícil, não é? Mas quando se consegue, há uma sensação de frescor. Como quando se abre a janela de um quarto com o ar viciado. Todos esses pensamentos entulhados, como roupas jogadas em desordem num quarto, atrapalhando que se ande nele à vontade. Mesmo arrumadas, incomodam. Olhe ao redor, nada de móveis, nem esculturas. Apenas meu trono e eu. Nada mais. Eu também, como você, sou escravo de um turbilhão permanente de imagens, desejos e emoções.

Ele se ergueu e se dirigiu à janela, escondida pela cortina púrpura e fechada por venezianas. Examinou o tecido, descobriu uma poeira e bateu-a com o revés da mão.

– Quer saber? Quer avançar? Tenho, então, uma prova para você, antes de continuar a revelar segredos.

Zeus, com isso, começou a diminuir de tamanho devagarzinho. Passou de dez a cinco metros, depois a três e depois, ainda, a dois e meio. Parou a uma altura que ultrapassava a minha em apenas o comprimento de duas cabeças. Com aquele tamanho, impressionava menos. Parecia um Mestre-deus como os outros. Pediu que o acompanhasse na escada que me trouxera até o trono.

Chegamos na sala quadrada e azul. Havia duas portas, uma diante da outra. Ele pôs a mão na maçaneta da porta da direita.

– Você ouviu bem o que eu disse? Lembre-se de cada palavra minha.

Zeus havia dito se lembrar de si mesmo, querendo rever o pai. Disse que meu nome era uma chave. Mi-Cha-El. "O que é como deus?" Disse que eu não havia utilizado todos meus talentos.

Abriu a porta e declarou.

– Só conseguimos nos alçar se enfrentamos a adversidade.

Girou a maçaneta.

– Está disposto a combater para saber?

A mão ainda estava apoiada na maçaneta.

– À medida que nos alçamos, a dificuldade aumenta. Está disposto a conhecer seu pior adversário?

Abriu a porta e me propôs entrar.

Vi, então, no centro do cômodo, uma jaula. Dentro dela, um adversário que me deixou pasmo.

Recuei.

O imenso Zeus, atrás de mim, sussurrou:

– Não esperava por isso, hein?

107. ENCICLOPÉDIA: MÚSICA

Se homens da Antiguidade ouvissem Wolfgang Amadeus Mozart, achariam a música destoante, pois seus ouvidos não estavam habituados a apreciar aqueles acordes. De fato, no início, os homens só conheciam os sons que emanavam do corpo do arco musical, o primeiro instrumento melódico. A nota de base ia com a nota da oitava abaixo ou acima. O *dó* grave com o *dó* agudo, por exemplo, era o único acorde que achavam agradável. Somente mais tarde, passaram a achar harmonioso o acorde entre a nota de base e seu quarto de tom, ou seja, a nota quatro tons acima. O *dó* se associando, por exemplo, ao *fá*.

Depois, o humano começou a achar agradável o acorde entre a nota de base e sua quinta, a nota cinco tons acima, ou seja, para o *dó*, o *sol*. Depois a terça, *dó-mi*.

Esse tipo de acorde reinou até a Idade Média. Na época, o trítono, a distância de três tons, era proibido e *dó-fá*

sustenido era associação considerada *diabolis in musica*: literalmente, o "diabo na música".
A partir de Mozart, começou a ser usada a sétima nota. O *dó* se harmonizou com o *si* bemol e o acorde *dó-mi-sol* pareceu primeiro suportável e, depois, harmonioso.
Nos dias de hoje, estamos na 11ª ou 13ª nota a partir da nota de base, sobretudo no jazz, em que se permitem acordes mais "dissonantes".
A música pode ser sentida também pelos ossos. A partir disso, o corpo, não influenciado pela cultura do ouvido e pela interpretação do cérebro, pode exprimir o que percebe como agradável. Ludwig van Beethoven, surdo no final da vida, compôs mantendo na boca uma régua que se encostava na beira de madeira do piano. Desse modo, ele sentia as notas em seu corpo.

Edmond Wells,
***Enciclopédia dos saberes relativo e absoluto*, tomo V.**

108. MEU PIOR ADVERSÁRIO

A pessoa na jaula era um homem com a túnica suja. Quando entrei, estava de costas, pois lia. O livro que tinha nas mãos não era um livro qualquer.

Era a *Enciclopédia dos saberes relativo e absoluto*.

Ele se virou e eu reconheci facilmente seu rosto, pois era... o meu.

A mão, ou melhor, um simples polegar de Zeus me empurrou para dentro da jaula, e ouvi atrás de mim o estalido do cadeado.

– Quem é você? – perguntei.

– E você, quem é você? – respondeu o outro, com uma voz que parecia a minha, mas que não era exatamente idêntica.

Talvez por eu ouvir, habitualmente, minha voz a partir do interior, enquanto ali a ouvia vinda do exterior.

– Michael Pinson – respondi.

Ele se levantou.

– Não, não é possível, pois Michael Pinson sou eu.

Era só o que faltava, ter que provar àquele indivíduo ser eu o verdadeiro e único Michael Pinson.

– Bom, feitas as apresentações – anunciou a voz divertida de Zeus –, deixo-lhes a chave, para sair.

O rei do Olimpo colocou, então, em equilíbrio, entre duas barras verticais, uma chave que parecia corresponder ao cadeado da jaula.

– Que o vencedor venha me encontrar, para prosseguir a visita.

Ele saiu, batendo a porta.

– Não sei como você chegou aqui – proferi –, mas segui um único caminho e estava sozinho.

– Eu também.

– Zeus me chamou para entrar – acrescentei. – E você estava na jaula, antes de mim.

– Zeus me disse para esperar, porque ia me apresentar alguém.

– Tenho somente uma alma, ela não pode ter se dividido em duas.

No entanto, eu sentia que o indivíduo não era um mero camaleão me imitando e nem algum aluno-deus disfarçado.

Era realmente eu. Aliás, vendo-o, compreendi que ele dizia a si mesmo a mesma coisa, no mesmo momento.

– E, nesse caso, Zeus espera nos ver...

– ... brigando um contra o outro – completei.

– É a vantagem de ser igual – disse o sujeito à minha frente.

– Sabe-se imediatamente...

– ... o que o outro pensa, no momento em que ele pensa, não é? Pode ser...

– ... difícil nos desempatar.

Ele pensou e era como se eu o ouvisse pensar, ao mesmo tempo que eu também pensava.

– Se Zeus nos impõe essa prova é porque, no final...

– ... deve restar apenas um de nós.

Era incrível, mas após um instante de desconfiança, agora que sabia ser realmente eu quem estava ali em frente, me senti muito perturbado.

Como em resposta ao meu pensamento, ele declarou:

– Pelas vias normais, será difícil haver um vencedor, pois temos exatamente a mesma força, mesma inteligência, mesma rapidez.

– Além disso, somos mutuamente incapazes de nos surpreender.

– A única maneira de surpreender o outro seria, então...

– ... surpreender-se.

Dizendo isso, saltei e agarrei-lhe o pescoço, tentando estrangulá-lo. Ele se afastou com um estilo que era tipicamente meu, empurrando minhas mãos e me acertando um pontapé na barriga.

Senti que seu medo tinha a exata intensidade do meu. Como eu, não sabia realmente lutar, mas lançou-se à frente, tentando improvisar.

– Muito bem – disse ele –, quase me pegou de surpresa.

Exatamente o tipo de frase que eu teria vontade de dizer.

Ao mesmo tempo, sacamos nossos ankhs e miramos um ao outro.

– O problema – acrescentou ele – é que ambos sabemos que vamos atirar ao mesmo tempo. Com isso, se um de nós atirar, provavelmente nós dois morreremos.

Ele tinha razão.

– A menos que, propositadamente, visemos partes não vitais – propus.

– Ferir-se nos braços e pernas? Será uma carnificina.

Continuávamos um na mira do outro.

– Deve-se admitir que não há um falso Michael Pinson e um verdadeiro, mas dois verdadeiros.

– E isso muda o quê?

– Significa que se um de nós morrer, o verdadeiro Michael Pinson irá, de qualquer jeito, continuar sua descoberta do universo.

– Exato.

– Neste caso, basta que um de nós se sacrifique.

– O problema – respondi – é que, apesar de tudo, cada um de nós se considera único e tendo o exclusivo direito de sobreviver.

– Pois temos duas consciências, mesmo que exatamente similares.

Sorri e me joguei de cabeça em seu peito, mas ele previu o ataque e se afastou. Passei direto e, de onde fui parar, podia agredi-lo pelas costas. Na verdade, estava na posição ideal para isso. Agachei-me, agarrei uma perna sua e o derrubei. Em seguida, tentei novamente estrangulá-lo. Ele estendeu as mãos e me estrangulou, por sua vez. Os dois, ao mesmo tempo, pusemos as línguas para fora. Os dois rostos estavam congestionados.

– Chega – articulamos, ao mesmo tempo.

Os dois afrouxamos o apertão.

– Vamos pensar juntos – propus.

– É o que eu ia sugerir.

– Poderíamos, quem sabe, começar nos tratando mais amigavelmente.

Ele deu um sorriso divertido.

– É evidente que não resolveremos nada pelo confronto direto.

– Somos, então, obrigados a nos unir – constatei. – E isso nós sabemos fazer muito bem, não é? Já o provamos.

– O problema é que Zeus só aceitará um único vencedor. Não vamos ficar eternamente duplicados.

– De fato, não é nada satisfatório para o espírito. Cada um vai sempre achar que o outro está se aproveitando, não sendo os dois exatamente o mesmo.

– Vamos nos sentar – sugeriu meu outro eu.

Sentei-me em posição de semilótus à sua frente. Ele, instantaneamente, adotou minha posição preferida.

– Você é "meu reflexo no espelho". Só que meu reflexo encarnado.

– Isso depende de qual lado do espelho estamos – respondeu. – Você também me reflete.

Aquilo não ia ser nada simples.

– É preciso, então, aliar-se para chegar à vitória. Mas como você leu na Enciclopédia, há o dilema do prisioneiro.

– Claro. O famoso dilema que diz que nunca alguém pode confiar no outro. E cada um acha que o outro vai enganá-lo no último momento.

– Com a diferença de esse outro sermos nós mesmos. A questão, então, passa a ser: "Posso confiar em mim?"

Ele sorriu e, pela primeira vez, vi nele algum traço de simpatia. Na verdade, percebi naquele instante que nunca me achei bonito e nem simpático. Os poucos encontros que eu marcava com minha imagem se davam pela manhã, quando me barbeava diante do espelho. Pois bem, às vezes aquele rosto com pele pergaminhosa e olhar nervoso me parecia mais repulsivo do que atraente. A ponto de me perguntar como podia alguma mulher me achar bonito. E me lembrei, ao mesmo tempo, serem precisamente as mulheres que me permitiram descobrir que, apesar da aversão natural por minha própria imagem, eu talvez fosse interessante. Sim, o olhar das mulheres foi um espelho bem mais generoso do que o meu próprio olhar.

Primeiro, foi o de minha mãe, depois o de minha irmã, em seguida o das namoradas e, enfim, o de Rosa, minha mulher em "Terra 1". Depois, o de Afrodite e de Mata Hari, em Aeden.

– O que acha de mim? – perguntei.

– Nenhuma maravilha – respondeu. – E você?

– Mais ou menos a mesma coisa.

Demos simultaneamente um risinho.

– Então, estamos longe de nos apreciarmos.

Lembrei-me de algo que vi no continente dos mortos, quando era tanatonauta. À guisa de processo dos mortais, os arcanjos procuravam levar as almas a julgarem a si próprias, quanto à vida precedente. E as almas tinham menos indulgência com seu passado do que os juízes oficiais. Muitas queriam sofrer na vida seguinte, para expiar os pecados da precedente. No fim da vida, sabendo o que está em jogo e tendo consciência do que realizamos de bom e de ruim, somos sempre muito duros conosco mesmos. Por isso, creio não ter tido tanta autoestima quando era mortal. E também em minha vida de anjo. Mesma coisa em relação à minha vida de deus. Sempre funcionei com a ideia de que "o ego é detestável".

Justamente, o outro me fitou com uma espécie de desdém, que não deixava de lembrar o que senti por Raul, antes de lhe enfiar a mão na cara.

– Talvez seja esta a chave do problema. Nos amarmos – sugeri.

– Bem, devo então confessar algo: eu nunca gostei de mim.

– Eu sei. O mesmo se passa comigo.

– Nunca me achei bonito, nunca me achei inteligente. Guardo a impressão de ter sido por sorte que passei nos exames da escola e da universidade.

– Vou ainda além, sempre me achei um farsante, alguém que iludia seus próximos.

– E vem dizer isso a mim!

– Afora isso, tenho reclamações suas a fazer.

– Pode ir, é o momento.

– Há incidentes em seu passado que não me agradaram nada. Você se lembra daquela vez, quando um sujeito o insultou e você não respondeu?

– E daí?

– Devia ter se defendido. Ninguém tem o direito de lhe faltar com o respeito.

– Sei perfeitamente a qual situação você faz alusão. Mas lembro que eu tinha 7 anos.

– Mesmo assim, essa covardia, depois, se reproduziu muitas vezes. Foi o que sempre me incomodou em você, esse lado cabisbaixo, em vez de se afirmar.

– Pois olhe quem fala! Você se lembra que bateu, quando tinha 8 anos, num menino obeso, que todo mundo chamava de "gordo ensopado"? Para maltratar um bode expiatório você tinha coragem, não é?

– "Gordo ensopado"? Todo mundo batia nele no recreio. Queria que eu fosse o único a não fazer isso? Ele era ridículo! Além disso, ele gostava que batessem nele. Ria enquanto era espancado.

– "Gordo ensopado"... Deve ter se tornado o quê?

– Não sei... confeiteiro?

– Provavelmente foi infeliz e perseguido a vida inteira.

– Mas não era só eu, éramos todos responsáveis. A turma inteira. Os trinta. Até as meninas batiam nele, para se divertir.

– Você, então, tem uma trigésima parte de responsabilidade em sua dor. Participou do massacre.

– Não se pode comparar

– Tenho outras queixas ainda. Por que não fez amor antes? Começou aos 20 anos. Já era meio tarde.

– Queria alguma namorada bem bonita, para começar.

– Depreciou várias moças bem gentis e cheias de boas intenções em relação à você.

– Tinha uma ideia romântica do primeiro namoro.

– Pois sim! Desprezava todas que manifestassem qualquer atração e só se apaixonava pelas duvidosas. As afroditezinhas já o encantavam.

– Gosto de moças com personalidade.

– Você tem um fundo masoquista. Beija a mão que bate e morde a que acaricia.

– Não é verdade. Toda vez que tive problemas conjugais, dei um fim.

– Mas deixou os problemas se desenvolverem. Em vez de ser firme desde o começo.

– Você não perdoa nada, hein?

– No trabalho, nunca teve coragem de se impor na seção em que trabalhava.

– Você se lembra dos colegas? Corruptos. Passavam um por cima do outro, para agradar aos chefes. Não quis entrar nesse jogo.

– E com isso era atropelado por todo mundo. Seu território encolhia todos os dias.

– É verdade, nunca fui um guerreiro; nem para me defender, nem para conquistar e tampouco para invadir os territórios vizinhos. É por isso que não gosta de mim?

– Entre outras coisas. Mas o pior é que você reivindicava a fraqueza como forma de delicadeza. Para cima de mim não, por favor. Conheço-o muito bem. Era covarde, só isso.

– Vai me condenar e vai fazer o quê? Matar? Sabe muito bem que o combate não interessa a nenhum de nós dois.

Bruscamente, me acertou uma bofetada. Rápido, respondi com um soco. Ele parou.

– Por que fez isso? – perguntei.

– Punição pela covardia. Vá em frente, bata em mim. Que eu me machuque e você se machuque. Agora não é para ganhar, é apenas para pagar a dívida das nossas vidas.

Ele saltou novamente sobre mim e tentou me acertar, mas eu consegui evitar o golpe, por pouco.

– Desgraçado! – exclamou.

– Desgraçado é você!

Acertou-me uma pancada nas costelas que me suspendeu a respiração. Devolvi-lhe outra. Enviou-me, então, um soco que me abriu o lábio. Mirei seu supercílio, que ficou estourado. Rolamos pelo chão. Socávamos cada vez mais forte.

Percebi que estava sendo mais duro comigo mesmo do que tinha sido com Raul. Batia para quebrar. Afinal, fiquei por cima, juntei meus dois punhos e me preparei para lhe afundar o crânio, mas tive um instante de dúvida. Como Theotime em sua luta de boxe. Igual ao Libertador, no cerco da capital das águias. Eu não o odiava, eu não me odiava a ponto de me destruir.

Separamo-nos e permanecemos frente a frente.

– Está vendo, agora eu me defendo e não admito mais que me insultem.

– Você tem tanta raiva assim de mim? – perguntei, passando a mão na boca ferida.

– Não pode imaginar o quanto.

– Pelo menos tem o mérito de ser claro. Desconte sua raiva, de uma vez por todas. Não quero mais brigar.

Em seguida, acrescentei:

– Você não tem obrigação nenhuma de ser perfeito. Tem apenas o dever de ser honesto consigo mesmo.

Estendi-lhe a mão. Ele contemplou-a, hesitando em apertá-la. Fitou-me longamente nos olhos. Tive a impressão de que não estava ainda pronto para se tornar meu amigo. Mantive, no entanto, a mão estendida, em sinal de boa vontade. Após um lapso de tempo que pareceu longo, ele avançou lentamente o braço e senti sua palma da mão na minha.

– Bem, o que fazemos? – perguntou, largando minha mão.

Examinei nossa prisão.

– Precisamos sair dessa juntos, estamos condenados a nos unirmos.

– O mais engraçado é que, talvez, seja a primeira vez que confio em mim – disse ele.

– "A gente" – afinal preferi nos chamar "a gente" –, é verdade, passou por um tremendo périplo para chegar até aqui. Ninguém conseguiu isso antes de nós. Quando a gente montou em Pégaso, foi sozinho. Quando enfrentou os ciclopes, foi sozinho.

– Exato.

– A gente não é tão nulo assim. E Raul, que a gente tanto admirou, não conseguiu.

– Inclusive Edmond Wells e Júlio Verne fracassaram onde nós vencemos.

– Inclusive Afrodite. Inclusive Hera. Todos desistiram. E nós... a gente chegou! A GENTE CHEGOU!

Ele me olhou estranhamente.

– Sabe o que eu mais gosto em você?

O fato de ele abandonar bruscamente o "a gente" me surpreendeu. Eu devia ter tomado a dianteira. Ele tinha sido mais rápido.

– Não, pode dizer.

– A modéstia. Zeus reconheceu isso: para decifrar o enigma, fomos capazes de ser humildes.

– E eu, sabe o que mais admiro em você?

– Não se sinta obrigado a retribuir.

– A capacidade de questionar. Viu com que rapidez saímos do choque frontal e começamos a buscar soluções?

– Bem, estamos numa prisão e vamos sair dela juntos, mesmo que Zeus só queira um. Combinado? – perguntou.

– "Você e eu juntos, contra os imbecis", isso lhe lembra alguma coisa?

A frase de união dos tanatonautas estalou em meu espírito como um estandarte, que já me havia dado sorte em outras épocas.

– "O amor como espada, o humor como escudo" – completei.

Ergui a cabeça e vi a chave, lá em cima. Eu nem precisava falar, pareceu-me poder já me comunicar com o outro eu por telepatia.

Juntei as mãos em escadinha e ele subiu, tão desajeitadamente quanto eu o faria. Felizmente não era pesado demais e, apesar das dores nas costas, consegui suspendê-lo até o teto.

Ele tateou, agarrou-se nas barras do alto como um macaco e conseguiu derrubar a chave.

A quatro mãos, então, a enfiamos no cadeado e giramos, até mover o trinco.

O cadeado caiu. Estávamos livres.

– Vamos sair juntos e vemos depois o que acontece – propus.

Aparecemos, os dois, diante de Zeus.

O rei dos deuses examinou-nos, espantado.

– Pedi que sobrasse apenas um – lembrou.

– Agora somos dois ou nada – enunciei.

Zeus se debruçou, achando engraçada minha observação.

– Ora, ora, e com que direito questiona as leis do Olimpo, aluninho?

– Eu gosto dele mais do que gosto de você; é esse o direito – respondeu meu comparsa.

– Que pena. Nesse caso, me obrigam a...

O rei dos deuses pegou o raio e, antes que eu pudesse ter alguma reação, transformou em poeira fumegante meu outro eu. A menos que tenha sido o contrário.

– Muito bem, você passou pela prova. Vou levá-lo, então, para conhecer o resto do palácio.

De novo descemos a escada e ele abriu a porta da esquerda, dessa vez.

– Para compreender tudo – enunciou –, mantenha na memória que a primeira função do universo é a de ser um local de espetáculo para a distração dos deuses.

109. ENCICLOPÉDIA: GLADIADOR

"O que o povo quer? Pão e circo." Essa frase famosa revela a enorme importância dos jogos do circo, na época da antiga Roma. Gente do mundo inteiro ia ver os gladiadores. No dia da inauguração do Coliseu, não só uma grande massa de seres humanos foi sacrificada, mas também um número incalculável de leões, especialmente importados das montanhas do Atlas. O Coliseu era equipado com um sistema de elevadores, servindo para a subida e descida das feras e também dos gladiadores e elementos cênicos.

Os espectadores eram muitas vezes "patrocinados" por políticos querendo, com isso, ganhar popularidade.
Cedo, pela manhã, os gladiadores faziam sua refeição em um amplo salão em que o público podia ir vê-los e até apalpar seus bíceps. Dessa forma, sentiam-se estimulados a fazer apostas. Os gladiadores eram mais obesos do que musculosos, pois a gordura permitia que aguentassem mais ferimentos, sem morrer. Diretores teatrais especializados nessa arte montavam os duelos, opondo lutadores pequenos e rápidos a outros, gordos e pesadões, ou ainda agrupando vários adversários contra um, particularmente talentoso. Os historiadores estimam que cinco por cento dos gladiadores sobreviviam. Mas quando isso acontecia, eram considerados estrelas, enriqueciam e ganhavam a liberdade.
Entre meio-dia e duas horas da tarde, para o relaxamento da multidão, havia os *Meridioni*, isto é, as execuções públicas. Ali, mais uma vez, especialistas da encenação tentavam matar, da maneira mais horrenda e espetacular, condenados comuns. Vendedores ambulantes vendiam alimentos nas arquibancadas, durante esse "intervalo".
Depois disso, voltavam os espetáculos com gladiadores.
No fim da tarde, quando as últimas mortes chegavam ao fim, as pessoas da plateia podiam levar um pedaço de pão e molhá-lo no sangue dos vencidos, cheio de energia viril e, por isso, considerado afrodisíaco.
O sucesso do circo romano foi tal que outras cidades da Itália rapidamente construíram os seus próprios. As menos ricas, que não tinham os meios para importar leões do Atlas, se contentavam com ursos dos Alpes ou, para as menos afortunadas, touros.

O problema com as mortes por ursos ou touros era que elas duravam muito mais tempo, uma vez que esses animais não são predadores de humanos e se contentavam em ferir ou estripar, sem intenção de matar.
Curiosamente, os primeiros cristãos não condenaram os jogos do circo e nem manifestaram qualquer compaixão pela sorte dos gladiadores. Os poucos textos que criticaram a atividade simplesmente a denunciavam como "distração inútil".
O teatro, entretanto, foi claramente fustigado como atividade ímpia. Os atores, considerados prostituídos, fossem homens ou mulheres, não podiam receber a extrema-unção e nem ser enterrados nos cemitérios cristãos.

Edmond Wells,
***Enciclopédia dos saberes relativo e absoluto*, tomo V.**

110. PALÁCIO REAL

Zeus me propôs segui-lo até um cômodo, cujo centro era ocupado por um oveiro de ouro, sustentando uma esfera de um metro de diâmetro.

Aconselhou-me observar.

Saquei meu ankh e me aproximei da parede de vidro.

– É um espetáculo que raramente terá oportunidade de ver, onde quer que seja – disse ele.

Assemelhava-se a uma esfera-mundo, a não ser pelo fato de não haver nenhum planeta no interior, mas apenas o que me pareceu ser "ar negro". Toquei a superfície. Era gelada.

– Bonito, não é?

– O que é?

– O verdadeiro "Nada" – anunciou. – Não há luz, calor, som, matéria e nem energia. É raríssimo e precioso. Em todo lugar, alguma coisa subsiste. Um pouco de gás. Um pouco de luz. Um pouco de barulho. Um sonho. Uma ideia. Um pensamento. Mas aí, não. É o silêncio absoluto. Escuridão total. Um lugar livre da besteira dos homens e da pretensão dos deuses, um lugar em que sequer a imaginação deambula. Um lugar em que nem eu posso agir. Um palco limpo, em que todos os espetáculos podem começar. Imagine o potencial desse "Nada". A pureza em seu ponto culminante.

Zeus acariciou a esfera como a um rubi gigante.

– E eis o supremo paradoxo. Quando se tem tudo, a gente quer... nada.

Eu não me movi.

– Você pode perguntar: "Para que serve possuir essa esfera de 'Nada'?" E eu respondo: "Para dar nascimento a um novo universo."

Comecei a compreender.

– Pois um universo só pode nascer a partir de nada.

Contemplei a esfera negra.

Lembrei-me dessa outra frase da Enciclopédia: "Sendo Deus onipotente e onipresente, pode criar um lugar em que ele nada possa e onde não esteja?"

Era essa a problemática. Não nos definimos apenas pelo que somos, mas pelo que não somos. Como Deus é tudo, Ele se define por todos os lugares onde Ele nada é...

Senti um arrepio.

– Causo-lhe medo? Isto é bom, Michael, o medo de Deus é essencial.

Eu queria falar, mas continuava não conseguindo.

Sua pupila vermelha me fixou com ainda maior intensidade.

– Para começar, quero saber o que sabe, ou o que pressente da ordem do universo, Michael Pinson. Você conhece a simbólica indiana dos algarismos?

Engoli em seco várias vezes e consegui articular essa aula que eu decorara há muito tempo:

– 0: o ovo cósmico, 1: a matéria mineral, 2: o vegetal vivo, 3: o animal movente, 4: o homem pensante, 5: o homem espiritualizado elevando-se, 6: o anjo que ama.

– E depois...

– Pois bem, eu diria: aluno-deus 7,1; quimera 7,3; mestre-auxiliar 7,5; Mestre-deus 7,7; e depois, você... um 8?

Ele aprovou com a ponta do queixo.

– 8. Como o infinito.

Zeus deu uns tapinhas na esfera.

– No início, não havia nada. Depois, houve um pensamento.

Ele abriu a porta lateral da esquerda e me conduziu por um longo corredor de mármore preto e branco, como um tabuleiro de xadrez.

– Esse pensamento se transformou em desejo. Esse desejo se transformou em ideia. Essa ideia se transformou em palavra. Essa palavra, em ato. Esse ato, em matéria.

Ele girou uma maçaneta e descortinou um museu. Mostrou-me a escultura de uma ameba em resina, aumentada e transparente.

– Eu me lembro de quando inventei a vida. Uma sutil mistura de ácidos aminados em dosagens bem complexas. Eu me lembro de quando...

Zeus deu um sorriso com o canto da boca. Apresentou, em seguida, outras esculturas. Peixes, lagartos, lêmures, primatas.

– Eu me lembro de quando tive a ideia da sexualidade por meio de dois seres da mesma espécie, mas ligeiramente diferenciados e complementares. Pode parecer óbvio agora, mas, na época, foi uma descoberta. O macho E a fêmea. Tudo isso, para misturar de maneira aleatória os cromossomos. Eu queria que minhas criaturas me surpreendessem, então preferi deixá-las misturar por conta própria os seus genes. Para ver...

As paredes estavam cobertas por grandes cartazes, estampando árvores gráficas que esquematizavam a evolução das espécies.

– Os primeiros machos não eram absolutamente atraídos pelas fêmeas. Precisei inventar uma motivação pelo prazer e acrescentar um centro nervoso, como também captores, espalhados por todo lugar. Para que sentissem coisas no momento da mistura dos gametas.

Ele divagava.

– Ah, a sexualidade! Não era óbvia. Fui tateando... Inclusive, testei sistemas, como os de certas centopeias. Coisas com ganchos que se encaixavam. E, um dia, imaginei o sistema do pênis crescendo por inflação dos corpos cavernosos. A pele precisou ser bem elástica e, ao mesmo tempo, firme, para resistir às pressões. Em seguida, foi preciso pensar no encaixe. Ah, um verdadeiro desafio de engenharia, química e arquitetura. Era preciso analisar milimetricamente as zonas de lubrificação e de fricção, além de situar os testículos do lado de fora, para manter os espermatozoides frescos... Se fosse, porém, para fazer de novo, procederia diferente. Acho tudo isso meio complicado.

Voltou-se para mim.

– Em certo momento, quis desistir do encaixe e adotar o sistema de certos insetos: o macho deita no chão uma agulha com seu esperma num saco adaptado no alto. Em seguida, a fêmea se senta em cima, fazendo entrar em seu receptáculo o saco, que explode em seu ventre. Isso funciona muito bem com os batráquios e peixes. Mas não apresenta muita garantia, e a agulha poderia ser comida por qualquer animal.

Ele abriu uma outra porta, no fundo do museu. A sala parecia um laboratório de biólogo. Em prateleiras que davam a volta no cômodo, alinhavam-se vasos fechados de vidro, cheios de formol, nos quais estavam imersos cadáveres de animais e órgãos humanos.

Ele apontou para a estatueta de um escorchado, exibindo todos os músculos.

– Pensou no laboratório de Hermafrodite? Sei disso. Aquele semideus de opereta se imagina no meu lugar, ele me copia assim que alguma informação vaza do palácio real. Foi aqui, nessa sala, que imaginei as zonas erógenas secundárias. Desenvolvi-as sobretudo para o uso das mulheres. Para o homem, preferi concentrar tudo ao redor do ponto nevrálgico, o pênis. De outra forma, eles seriam cheios de "não me toques" em todo lugar, o que não seria nada bom para a guerra. Depois, foi preciso esmerar no acabamento. Decidi um orgasmo intenso para a mulher, para que não ficasse tentada a se levantar imediatamente após o ato, o que obrigaria os espermatozoides a fazer alpinismo.

Ele alisou com a mão um busto, um rosto bem parecido com o seu.

– No humano foi preciso todo aperfeiçoamento. Basta observar a região do olho. Os cílios evitam a poeira. As sobrancelhas evitam que a água escorra na vista, quando chove. O afundamento das órbitas para que a sombra da arcada do supercílio funcione como proteção contra o sol A íris que se retrai em função da intensidade da luz. E ainda a lubrificação e limpeza permanente da córnea, pelas lágrimas

Ele pegou uma mão esculpida.

– Ah, a mão humana! A obra-prima coroando o conjunto. Tive dúvidas quanto ao número de dedos. No início, pensei em colocar sete, mas ela fechava mal quando se cerrava o punho. As unhas formam o pequeno toque de acabamento *made in Olímpia*, uma parte dura para coçar e que se renova incessantemente. E os pés? Uma pequena superfície de contato, mas uma busca permanente do melhor equilíbrio possível, para se obter a estrutura ereta, mesmo em ritmo de corrida. Ignora-se, muitas vezes, mas a planta dos pés é repleta de captores que, sem que se tenha consciência disso, retificam a posição do corpo, para que o centro de gravidade esteja sempre bem-posicionado.

Uma pergunta me obcecava: Se ele inventou tudo, como ele próprio tinha a forma humana?

– Você não entendeu? Quando terminei o homem, achei-o tão bem-elaborado que decidi me parecer com ele.

– Mas, inicialmente, você se parecia com quê?

– Com nada.

Ele sorriu, satisfeito com a tirada. Realmente, o enigma não parava de voltar à conversa.

– Isso mesmo. Deus copiou sua criação. Como um estilista que cria um modelo e tem vontade de trajá-lo pessoalmente. A Bíblia diz: "Deus criou o homem à sua imagem." Nada disso, é o contrário: Deus é que "recriou a si mesmo à imagem do homem". Tomei sua fisionomia. Equipei-me com mãos, rosto e sexo, que me tinha dado tanto trabalho aperfeiçoar.

Gravei bem essa ideia, que me parecia comportar inúmeras implicações.

– Em seguida, observei-o criar por conta própria e copiei "as criações da minha criatura". Copiei sua roupa: a toga. Não fui eu a inventá-la e, está vendo, uso-a com prazer. As casas: esse palácio se inspirou na arquitetura dos palácios gregos e romanos. Quanto aos sentimentos: curiosidade, melancolia, ciúme, ambição insaciável, perversão, inocência, mau humor, orgulho e muitos outros, foi também o homem que os gerou, a partir das ferramentas que lhe forneci.

Ele continuou avançando e apareceram quadros e esculturas evocando temas religiosos de diferentes épocas.

– Minhas criaturas é que inventaram as mitologias. E, sem saber, me inspiraram novos disfarces. Os humanos inventaram Osiris, e eu fui Osiris. Inventaram Gilgamesh, e eu fui Gilgamesh. Inventaram Baal, e eu fui Baal. Inventaram Zeus, e me tornei Zeus. É muito engraçado. O homem, tendo emprestado sua aparência aos deuses, os inventou, graças à imaginação. O homem, para terminar... criou Deus à sua imagem.

Ele ficou todo satisfeito com a frase. Novamente deu um riso preso, como se estivesse, ao mesmo tempo, surpreso e divertido com o que contava.

– Então, tudo que se diz a seu respeito na mitologia...

– Tentei viver tudo isso como se fosse verdade. Por sorte, sou polimorfo. Posso tomar todas as aparências, encarnar todos os personagens, viver todos os mitos. Acharam que sou o senhor do raio? Então me tornei o senhor do raio. Disseram-me volúvel? Tornei-me volúvel. Descreveram-me cercado por um areópago de deuses? Criei os outros deuses. Disseram-me filho de Cronos? Dei vida a Cronos.

– Mas e o Olimpo?

– Eu o fabriquei em "Terra 1", em tempos passados. Depois, no que correspondia ao ano 666 do calendário deles, deixei "Terra 1" e vim me estabelecer aqui, nesse encantador recanto do cosmo.

– Por que o exílio?

– Estava cheio da humanidade. Eles são, deve-se dizer, umas bestas... 666 é o número da besta, mas bestas são eles. Que ironia!

Observei-o, intrigado.

– Indo embora, trouxe comigo cartões postais do meu primeiro vilarejo divino. E recriei aqui em Aeden um lugar à imagem do Olimpo de "Terra 1". Na verdade, fiz melhorias. Muitas melhorias. A montanha é mais alta. Os palácios, maiores. Os animais, mais engraçados. Os deuses, mais caricaturais. Enfim, o espetáculo ficou mais interessante. Pois tudo isso, como eu disse, existe apenas... para distrair.

Pensei em Afrodite. Era, então, apenas um elemento do cenário inventado por Zeus.

– E os outros deuses sabem que foram concebidos a partir das mitologias humanas?

– Não. Sentem, é claro, haver um mistério em torno das suas existências. Sabem que sou o único a controlar o último segredo. A verdade verdadeira. Daí eles tentarem vir aqui me fazer perguntas, como você. Isso os obceca. Querem saber quem são realmente e por que existem há tanto tempo.

– Por isso a Esfinge, barrando a passagem?

Ele balançou a cabeça.

– Normalmente, ninguém resolve o enigma. Estão todos bloqueados pelo próprio ego. Isso os infla como balões e os impede de atravessar a porta estreita. Não achei que alguém pudesse passar pela Esfinge. Em geral, basta a palavra "deus", que qualifica os alunos, para que se tornem pretensiosos.

Ele fez sinal para que continuássemos a visita.

– Você, porém, conseguiu porque sofre de uma doença psicológica. Tem uma neurose particular.

Esperei, para saber qual.

– Você se subestima. A um ponto que vai além do razoável. Normalmente, em "Terra 1", devia ter consultado um psiquiatra.

Guarda uma imagem tão negativa de si mesmo. Na verdade, sempre se achou um "menos do que nada".

Aquela expressão ganhou um sentido importante.

– E quem é "menos do que nada" e se eleva um pouco, então... se torna nada.

O raciocínio o deixou satisfeitíssimo.

– Com isso, você enganou a Esfinge e enganou a mim. Excesso de humildade. Muito bem. Por isso, minhas explicações para você, enquanto aos 12 deuses do Olimpo eu não dirijo sequer a palavra. No entanto, quis que acertasse esse problema com a imagem.

– Por isso a prova da jaula?

Ele me piscou um olho.

– Tem certeza de ter sido o "Michael certo" que sobreviveu?

– O "certo" é aquele em que reside minha alma.

– O certo é aquele que você for capaz de amar. Você se ama um pouco mais, agora que chegou ao cume e falou com Zeus em pessoa?

– Na verdade, ainda não me dei conta do que está acontecendo.

– É esse o problema com os "menos do que nada". Quando ganham uma recompensa, se julgam tão desmerecedores que não a apreciam.

Ele se colocou à minha frente. O rosto se suavizou um pouco.

– Era assim que me imaginava? Era assim que imaginou o Zeus da mitologia? Confesse que, ao chegar, me achou bem impressionante. Esperava o quê?

Para meu grande espanto, ele diminuiu e se transformou em pigmeu albino, com cabelos brancos encarapinhados e olhos vermelhos.

– Via-me assim, antes?

Transformou-se dessa vez em touro branco, com olhos vermelhos.

– Ou assim? Foi como apareci para certas mortais, em "Terra 1".

Tornou-se um pássaro branco, um cisne.

Foi ele, o cisne, que me indicou o caminho, quando estava perdido na neblina.

Ele esvoaçou pela sala, ao meu redor.

Esfreguei os olhos.

– Ou ainda isso.

Virou um coelho branco

Ele que me tirou do buraco em que caí e me mostrou o caminho por trás da queda-d'água.

– Assusto menos assim? Basta a gente dar algum espetáculo que perde a credibilidade. Como são convencionais... Todos exigem a imagem do pai gigantesco, barbudo, autoritário e misterioso. Só isso funciona bem. Pfff...

O coelhinho me olhou fixamente, mexeu uma das longas orelhas, piscou os olhos e anunciou:

– Não parece impressioná-lo tanto, tudo isso que conto.

Os olhos mudaram de cor e ficaram azuis. Depois começaram a crescer, até ficarem maior do que a cabeça. Um olho diminuiu, mas o outro continuou a se expandir. Eu tinha diante de mim um olho único, com três metros de comprimento, flutuando no céu. A superfície era lisa e brilhante. A pupila se dilatou e se tornou uma espécie de abismo, que eu podia distinguir por trás da transparência da córnea. Recuei. O olho cresceu mais. Recuei, tropecei, caí de quatro. Ergui a cabeça, enquanto o olho pairava acima de mim.

O olho gigante no céu era ele.

A pálpebra caiu como uma cortina. O olho desceu e foi diminuindo. Pouco a pouco, Zeus voltou à forma de deus olímpico, com dois metros de altura. Os olhos novamente vermelhos.

– Você me vigiava pessoalmente, desde o início? – perguntei, balbuciando, ainda em estado de choque.

Em vez de responder, levou-me a um corredor, que conduzia a uma porta, abrindo-se para uma escada, dando acesso a um local com 24 portas. Ele abriu uma. No interior, uma decoração de teatro, lembrando o palácio da musa Talia. As paredes eram cobertas de veludo vermelho, uma penteadeira estava iluminada, para a maquiagem dos atores, e o pequeno palco parecia o de um guinhol de jardim público.

Zeus pegou uma marionete de madeira, com formato humano, e manipulou os fios.

– Quando um humano nasce, acontece isso.

Ele ergueu a marionete com os fios e colocou-a no palco. Depois, movimentou os fios que a dirigiam. A marionete se manteve de pé, em postura surpreendentemente viva. Ela agitava a cabeça, demonstrando espanto.

– Quando um humano morre, acontece isso.

Zeus largou os fios, e a marionete despencou. Depois, reergueu-a.

– Nesse meio-tempo, ele se agita. Ignora que alguma coisa, acima, segura os fios. Ou não. Para nós, deuses, é importante que não se vejam os fios. As marionetes acham, sempre, não haver fios. É importante que acreditem que são livres. Senão, atrapalha a experiência.

– E nós, alunos-deuses, temos fios?

Zeus sorriu, enigmático, e arrumou a marionete em seu suporte.

– Você escreveu sua utopia?

– Certamente.

– É importante. Começar a imaginar um futuro melhor abre a possibilidade de ele existir, um dia. Tenho uma pergunta a fazer. Você gosta dos seus humanos ou, para você, observá-los representa somente uma distração, como cuidar de peixinhos de aquário, porquinhos-da-índia, gatos ou cachorrinhos de apartamento?

– Devo reconhecer que tenho certa afeição por eles...

– Sofre de doença da transferência?

Compreendendo se tratar de uma neurose tipicamente divina, consistindo em se identificar com seu povo, respondi o mais honestamente possível:

– Não creio ter a "doença da transferência".

O rei dos deuses não parecia estar convencido. Devia saber que todos os deuses, num momento ou outro, acabavam se identificando com os povos dos quais tinham o encargo.

– É o que vamos ver.

Zeus me pegou pelo braço, saímos da sala de teatro e voltamos ao local redondo, cercado de portas idênticas.

Ele hesitou e depois abriu a que estava atrás de nós.

– Você enfrentou a si mesmo; na prova seguinte, pedirei que enfrente... seu povo.

111. ENCICLOPÉDIA: HISTÓRIA DOS GATOS

As mais antigas ossadas de gato doméstico foram encontradas numa tumba de Jericó, datando do período neolítico, de cerca de 9000 anos a.C. A domesticação, propriamente dita, do gato selvagem africano (*felix lybica*) pelos egípcios, se situou por volta do ano 2000 a.C. Os egípcios consideravam os gatos como encarnações de Bastett, a deusa da fertilidade, da cura, dos prazeres do amor, da dança e da solidariedade.

Quando morria um gato, seu corpo era mumificado e enterrado em cemitérios especiais, a eles dedicados. Para os egípcios da Antiguidade, matar um gato era um crime punido com a pena capital.
Os gatos foram, em seguida, disseminados no mundo pelos navios dos comerciantes fenícios e hebreus, que utilizavam suas qualidades de caçadores de ratos. Eles chegaram à China no ano 1000 a.C., onde foram cultuados por favorecerem a sorte. Chegaram à Europa em 900 a.C. e à Índia em 200 a.C. O imperador Ichijo, da Coreia, ofereceu um gato a seu homólogo japonês, abrindo este último país aos felídeos.
Todos esses gatos, então, saíram da mesma fonte egípcia. Sendo reduzido, em cada localidade, o número de gatos domésticos, a inevitável consanguinidade acarretou mutações genéticas. Os homens selecionaram as particularidades que os interessavam, pela forma, cor dos pelos ou dos olhos, criando, assim, espécies locais: o persa, na Pérsia; o angorá, na Turquia; o siamês, na Tailândia.
Na Idade Média, a igreja católica associou o gato à bruxaria, e eles foram sistematicamente massacrados, a ponto de ficarem ameaçados de extinção. O cão foi considerado, desde então, animal fiel e obediente, enquanto o gato, pelo contrário, animal independente e perverso.
Durante a epidemia de peste negra que devastou a Europa, em 1384, as comunidades judias foram proporcionalmente bem mais poupadas pela doença do que o restante da população. Por isso, após as epidemias, foram feitos massacres nos guetos e assassinatos em grande escala.
Sabe-se, hoje em dia, que os bairros judeus foram menos atingidos pela peste porque era comum seus habitantes terem gatos, que afugentavam os ratos.

Em 1665, a grande epidemia de peste que se abateu sobre Londres sobreveio após uma forte campanha de destruição dos gatos.
A diabolização oficial dos gatos terminou por volta de 1790 e, na mesma época, as grandes epidemias de peste desapareceram da Europa.

Edmond Wells,
***Enciclopédia dos saberes relativo e absoluto*, tomo V.**

112. CONTRA MEU POVO

A porta se abriu para o jardim de inverno com árvores carregando planetas. Compreendi tratar-se de uma réplica do subsolo de Atlas, como um pouco antes a sala de teatro era uma réplica da morada da musa do teatro e o museu, uma reprodução do laboratório de Hermafrodite. Ou, provavelmente, o contrário. Todos os seres de baixo tinham copiado o que eu via ali.

Zeus se dirigiu ao lugar onde eu escondera a esfera partida.

– Você destruiu um mundo, não é?

– Foi um acidente – desculpei-me.

Ele franziu o cenho.

– Não faz mal, há tantos. O único problema é que esse que você quebrou era meio especial, eu estava tentando fazer um enxerto... Tudo bem, não devemos nos apegar aos mundos, não é?

Ele estalou os dedos e rapidamente um ciclope apareceu. Surpreendeu-se ao me ver, mas como Zeus não me expulsava, ele se conteve.

Com um movimento do queixo, Zeus mostrou os pedaços de vidro. O ciclope se ajoelhou e começou, então, a chorar. Ele pegou o planeta e o apertou contra o coração.

– Era um mundo que eu lhe ofereci e com o qual ele tomava um cuidado particular. Está vendo? A doença da transferência é um tanto desnorteante.

O ciclope contemplou, pasmo, a esfera partida e alisou os cacos.

– E ele, no entanto, não é um deus e nem mesmo um aluno-deus, mas adquiriu o hábito de cuidar daquele ali. Como a gente vê crescer uma flor. É verdade que esse mundo era, de fato, especial.

– Em que ele era especial?

Zeus coçou a barba.

– Eu tentei nele a experiência da "não simetria". Olhe seu corpo. Divide-se em uma linha vertical, da cabeça aos pés, e dos dois lados temos metades de corpo quase idênticas. Tem um olho à direita e um olho à esquerda; mesma coisa com os braços, narinas, orelhas, pés, pernas. No planeta que você destruiu, havia elementos orgânicos centrados, ou unicamente de um só lado. É claro que um ciclope se sente automaticamente interessado por uma experiência assim. Bem, chega de sentimentalismo.

– Não entendo por que os mundos de verdade estão aqui – respondi, tentando desanuviar.

– Já que na casa de Atlas e nas aulas vocês trabalham apenas com os reflexos desses mundos, é o que quer dizer? Pois bem, é um pouco particular. É uma "visão materializada". Tudo que se passa aqui, fisicamente, acontece com a esfera-planeta. É o mesmo processo pelo qual foi possível enfrentar a si mesmo, ainda há pouco. Por enquanto, mais vale que não compreenda em detalhe todos os meus segredos. Deve apenas saber que...

Ele colheu uma fruta-esfera e me entregou.

– Essa é a verdadeira "Terra 18". E se você a deixar cair, nada mais restará desse planeta.

Eu não ousava pegá-lo.

– Pegue – intimou-me, com voz autoritária.

Segurei em minhas mãos a esfera de um metro.

– Vamos jogar um pouco, os dois.

Ele me fez segui-lo até um escritório escuro, em que todas as paredes sustentavam dezenas de telas de cinema. No centro, uma pequena mesa baixa tinha, em cima, um oveiro como suporte. Ordenou-me que colocasse a esfera ali. Obedeci com infinita delicadeza.

– Você nunca brincou de começar uma partida de xadrez com as brancas e, no meio da partida, inverter os campos?

Não ousava compreender aonde queria chegar.

– Digamos que até aqui você jogava com as brancas, supostamente as de boa índole, pelo seu ponto de vista. Agora vai jogar com as pretas, as más, e enfrentar suas antigas peças, as boazinhas.

– E se eu não quiser?

– Não tem escolha. Você não é mortal. Os mortais têm livre-arbítrio e são influenciados pelos deuses. Para você, agora, é o contrário. Não tem livre-arbítrio e será influenciado por seus mortais.

Ele soltou sua gargalhada estrondosa e parou, olhando para mim.

– É uma prova de elevação para sua alma, não pode escapar dessa fase da iniciação. Não tem escolha – repetiu.

Zeus estendeu a mão em minha direção e uma dor de cabeça crispou meu crânio. Tão dolorosa que me senti disposto a qualquer coisa para que ela cessasse.

– A prova é anódina, comparada às que já atravessou. Só vai sofrer se for vítima da "doença da transferência". Tendo conquistado o desprendimento com relação a si próprio, precisa fazer o mesmo com relação a seu povo.

Fiz um sinal aceitando e a dor passou.

– Quais são as regras?

– Você pega as pretas. Em "Terra 18", elas são os homens-águias, do seu amigo Raul. E eu pego as brancas, quer dizer, os homens-golfinhos. Seus golfinhos.

Tentei desconversar:

– Você joga necessariamente melhor do que eu, meu povo não tem nada a temer.

– Acha? Nesse caso, vamos ao jogo.

Ele ergueu um dedo, e todas as telas se iluminaram, simultaneamente.

– Vejamos onde havia parado a partida... Ah sim, sua fortaleza foi tomada, após longo cerco. Bem, é minha vez de jogar, em nome do povo dos golfinhos. Você pode olhar essas telas. Aqui não precisamos de ankhs, é como se visse através de inúmeros ankhs.

Em oito telas, de fato, apareceu o território dos homens-golfinhos, em diversos ângulos. A capital. As ruas. Os mercados. O palácio real, onde ocupava o trono o rei fantoche, imposto pelos homens-águias. Alguns quarteis militares.

– Está pronto? Como sou Zeus, deixo-o começar; basta colocar a mão sobre o planeta e pensar em um lance, que ele terá sido jogado. Atenção, sem trapaças. Nada de milagres. Nada de messias. Estamos de acordo?

Assenti. Com meus homens-águias ocupando o território dos golfinhos. Pensei que o melhor era que construíssem obras públicas, para serem aceitos pela população. Justamente, as águias eram bem ativas nesse campo. Assim, fiz construírem aquedutos, teatros, estradas, sistemas de irrigação. Achei que melhorar a agricultura favoreceria todo mundo.

Em todas as telas apareceram, em ritmo acelerado, estradas, pontes, regiões agrícolas irrigadas e, no geral, uma maior modernidade. Com isso, o país se enriqueceu, os homens-golfinhos ganharam mais conforto e os homens-águias arrecadaram maiores impostos. Muitos homens-golfinhos pactuaram com os homens-águias, para aprender suas técnicas de engenharia civil. Os movimentos de rebelião se tornaram menos populares.

– Ah! – disse Zeus. – Sempre esse estilo "bonzinho". Minha vez de jogar.

O rei dos deuses pôs a mão sobre a esfera e em todas as oito telas que me rodeavam o cenário mudou. Pessoas discutiam, se reagrupavam, falavam. Passado um certo momento, estavam de armas em punho, atacando comboios militares dos homens-águias. E com sucesso. Assassinaram aqueles que acharam ser colaboradores do poder estabelecido. Depois armaram um exército do povo dos golfinhos e iniciaram uma marcha contra a capital.

Coloquei minha mão no jogo e enviei pelotões de policiais para tentar bloqueá-los, mas tiveram que enfrentar uma multidão enlouquecida, gritando slogans hostis. Com palavras como "Liberdade", "Justiça", "Não", "Opressão" e "Tirania", era como se todas as humilhações passadas, todos os massacres encontrassem naquele instante seu ponto-limite. Eu conhecia meus homens-golfinhos. Eles cerraram os dentes por tempo demais; sob minha influência, suportaram muito, sem se queixar; perdoaram, mas a pressão era forte demais. Agora que seu "deus" os atiçava e liberava, é claro que o efeito foi imediato.

Enviei mais policiais, mas depois desisti e chamei o exército. Mas havia o sangue do meu general Libertador neles. Eram bons estrategistas militares. Um chefe apareceu e começou a empreender, contra minhas legiões, movimentos de ataque, de fuga e de emboscadas que não renegavam o Libertador.

Minhas tropas águias foram maltratadas. Comecei a contar muitos mortos em minhas fileiras.

– E aí? – provocou Zeus – Está dormindo?

Era preciso detê-los. Azar, mandei capturar os mentores, com processos sumários e prisão. Mas a multidão dos "meus" homens-golfinhos fez manifestações, pedindo sua libertação.

Parei e olhei para Zeus.

– Por que me impõe essas provas?

– Porque são divertidas, não acha?

– Não. Não quero mais jogar.

– Você não pode.

Cruzei as mãos em sinal de determinação. O rei dos deuses me considerou, com curiosidade.

– É sempre assim, é preciso motivar a partida, não acha?

Ele pensou.

– Bom. Um chamariz... Se jogar direito, se defender realmente o campo das águias... Muito bem, eu prometo que depois você pode descer e retomar o jogo, como se nada tivesse acontecido com Atlas, Pégaso e Atena. Apagarei esse pequeno incidente dos seus espíritos.

Tentei o tudo ou nada:

– Hera já havia proposto isso. Não basta.

A audácia o surpreendeu.

– Então acrescento mais um presente. Se jogar realmente bem com suas águias, contra meus golfinhos, prometo que, mesmo que perca, ou mesmo que morra por uma razão qualquer em Aeden, eu me meterei no jogo de "Terra 18", para que restem sempre pelo menos dez mil dos seus, vivos e ativos, mantendo com eles a cultura e os valores golfinhos.

– Dez mil não é o bastante. Quero um milhão dos meus, sempre vivos e guardando meus valores.

– Cinquenta mil.

– Quinhentos mil.

– Está negociando com o rei do Olimpo? Muito bem, gosto disso. Proponho, então, algo que me parece honesto: 144 mil.

Mil vezes mais do que a quantidade inicial do jogo de Y. Isso basta para criar uma cidade. Talvez até um Estado em um território bem pequeno. Uma ilha, por exemplo.

A palavra "ilha" me remeteu bruscamente à Ilha da Tranquilidade. Meu santuário longe do furor e das brutalidades das civilizações concorrentes.

– Aceito – respondi.

Pus, então, minha mão sobre o jogo, fechei os olhos e organizei uma repressão espetacular dos homens-golfinhos, enquanto pensava: "Sinto muito, é para o bem de vocês, mais tarde". Fiz empalar, em grandes estacas, os mentores em praça pública, pois era uma tradição dos homens-águias.

Zeus jubilava.

– Ah, finalmente alguma reação! Isso vai ficar animado.

Zeus pôs a mão sobre o jogo e todos os rebeldes golfinhos se esconderam nas montanhas, passando a organizar pequenos ataques independentes. Os cientistas golfinhos utilizaram todos seus conhecimentos químicos, aperfeiçoando armas novas, com um suporte especial que permitiu esticar mais as cordas e transformar os arcos em balestras. Podiam, assim, atirar de longe, ao abrigo das flechas das águias.

Com isso, fiz virem novas tropas de elite da "minha" capital. Eram os melhores gladiadores, treinados para a guerrilha. Soltei-os nas montanhas, onde não se contentaram em apenas perseguir os rebeldes, mas incendiaram os campos e enforcaram a gente dos vilarejos, suspeita de apoiá-los. Já que a rebelião ganhava proporções, pareceu-me que o melhor era esmagá-la pela violência. Uma repressão rápida evitaria represálias intermináveis.

Zeus respondia a cada golpe meu com fineza e inteligência, utilizando da melhor forma as especificidades do meu povo dos golfinhos. Este, de fato, quando motivado, era cheio de recursos. Químicos golfinhos aperfeiçoaram, clandestinamente, uma técnica que lhes fora ensinada, quando viajaram para os países do extremo leste. Sacos cheios de pó de salitre, carvão e enxofre, que eles faziam explodir com uma mecha.

Eu respondia golpe a golpe.

Zeus parecia se divertir muito, a cada movimento de nossas tropas. Em certo momento, conseguiu armar um exército de rebeldes, que literalmente tomou minha capital. O negócio chamava a atenção e, então, todas as comunidades de homens-golfinhos situadas no império das águias se revoltaram, por sua vez, considerando que o dia da libertação havia, enfim, chegado. O espírito revolucionário golfinho se alastrou como mancha de óleo. Os homens-golfinhos começaram a libertar escravos em minhas grandes cidades águias.

Os golfinhos – veja só, estou dizendo "os" golfinhos e "minhas" águias – preconizavam os valores de emancipação dos povos e o retorno à sua civilização ancestral. O antiescravagismo se espalhou, com os servidores deixando seus senhores. Alguns se vingavam. Senti que meu império das águias se desmanchava.

Eu jogava sem sequer refletir. Após um tempo de análise, organizei a repressão generalizada. Os bairros das minorias dos golfinhos foram saqueados, com as milícias semeando o terror. Mas os danados eram teimosos. Em certos momentos, fiquei tão irritado com a insubmissão deles que enviei soldados para massacrar todos os golfinhos, sem distinção: mulheres, crianças, velhos, em seus bairros, em geral, isolados.

Após um período de pura carnificina, comecei a fazer prisioneiros. Os homens-golfinhos vigorosos foram enviados às galeras, às minas de metais ou de sal, onde rapidamente morriam por esgotamento. Os mais fortes foram dirigidos para os combates de gladiadores. Ah, queriam briga, pois teriam briga! As mulheres foram vendidas como escravas, as crianças separadas dos pais e educadas à moda das águias e depois engajadas em meus exércitos, para combater as próprias famílias. Tornavam-se, muitas vezes, mais dedicadas e espertas do que meus soldados antigolfinhos.

Zeus jogava à minha maneira, respondendo com estratégia, ciências e comunicação à brutalidade. A rebelião ganhou ainda terreno, em todo o império das águias. Surpreendi-me tendo prazer em esmagar os rebeldes. As execuções se tornaram cada vez mais frequentes. Mandei construírem prisões e arenas suplementares. Deportei populações inteiras para zonas desérticas, onde morreram de sede e de fatiga, em canteiros de grandes obras do império. Pois não havia abandonado, em nome do progresso, a construção de aquedutos e estradas. Inclusive em território golfinho. Coloquei um general águia muito rígido na direção do Estado golfinho e aumentei ainda mais os impostos. Levando ao cúmulo o ultraje, fiz erigir uma estátua de meu imperador no coração do maior templo que tinham.

Nas telas que nos cercavam, cenas de violência sucediam a cenas de violência. De repente, percebi que eu tremia e babava.

– Pare! – clamou Zeus.

Ele tocou o projetor e todas as telas se apagaram.

– Pare, ou não poderei cumprir minha promessa dos 144 mil – brincou.

Eu estava crispado. Peguei meu ankh e apliquei o zoom em meu país golfinho. Seria possível que eu tivesse causado todas aquelas destruições? Ao mesmo tempo, pensei: "Eles procuraram isso. Por que não se submeteram logo? Podiam muito bem ver que não tinham a menor chance e que eu era o mais forte. Por que resistiram tanto?" E, imediatamente, respondi a mim mesmo: "Porque ensinei-lhes a lutar até a morte pela liberdade e pelos valores golfinhos." Contra isso é que eu havia combatido.

Respirei amplamente. O império das águias estava pacificado. Todos os rebeldes golfinhos foram esmagados. Nada mais restava dos seus esconderijos nas montanhas. Seu último chefe foi empalado no centro da capital.

– Quantos... Quantos matei dos "meus"? – perguntei.

– Suficientes para demonstrar que não sofre da "doença da transferência" – respondeu Zeus.

– Quantos?

– Que diferença faz se eu disser que foram milhares ou milhões? De qualquer maneira, eu havia prometido poupar o bastante. Além disso, ainda tem as pequenas comunidades estabelecidas entre os homens-iguanas e os homens-lobos. Não se preocupe, não corria o risco de pôr tudo a perder nesse pequeno "exercício".

Ele tirou debaixo da mesa uma garrafa de hidromel e me serviu, numa caneca de ouro.

– Você bem que merece um revigorante.

Olhei para o rei do Olimpo. Lembrei o que tinha lido a seu respeito na Enciclopédia. Um estuprador, assassino, mentiroso. É como Zeus é descrito na mitologia. Por que o tratei com tanta consideração? Provavelmente pelo título, "rei dos deuses". Sempre me deixei impressionar pelos galões, títulos, tronos.

– Por que me obrigou a cometer essas atrocidades?

– Para que se conheça realmente. Você se acha o tipo do cara legal, o deus bonzinho, e você viu, não foi necessário cavar muito a camada dos bons princípios para encontrar o deus bárbaro.

– Foi a situação que me obrigou.

Ele voltou a acender as telas.

– Você, de qualquer jeito, pôs todo seu coração nisso. Não vá agora dizer que foi para salvá-los...

– Você é perverso – articulei.

– Provavelmente sim. Mas, pelo menos, assumo. Eu lhe disse, faço isso para não me entediar. E sem alguma maluquice, a gente cai na rotina.

– Obrigar um deus a matar seu povo não é uma distração, é sadismo.

– É edificação. Agora que conhece essa faceta de si mesmo, vai jogar melhor. Um dia, vai me agradecer. E seu povo, se soubesse, me agradeceria também. Eu, de certa forma, o vacinei contra a selvageria dos seus congêneres, com esse "interlúdio". O que lhes pode acontecer de pior?

– Além de tudo, você me tem em suas mãos, pois se um dia meu povo souber o que seu deus lhes fez, nunca vai me perdoar, não é?

– Você se engana. Ensinou-lhes a força do perdão. Inclusive, eles têm uma festa para isso, se não me engano. Você a copiou de "Terra 1". Muito bem, ela vai lhe servir diretamente. O povo dos golfinhos tem a capacidade de perdoar seu deus não só por tê-lo abandonado, mas por ter tomado o partido de seus piores inimigos. E você, propriamente, conseguirá "me" perdoar?

Engoli minha saliva. Tinha a impressão de que algo em mim havia sido destruído. E, no entanto, confusamente sentia ter sido necessário. Perdi a inocência. Não era mais criança, me sujara como os demais, revelei meus mais baixos instintos como os outros. Até onde Zeus me destruiria para prolongar minha iniciação?

Balancei lentamente a cabeça.

– Perfeito. Nesse caso, se isso ainda o divertir, continuemos a visita ao palácio do rei do Olimpo. Tenho ainda tantas maravilhas a mostrar.

113. ENCICLOPÉDIA: ANÁLISE TRANSACIONAL

Em 1960, o psicanalista Éric Berne inventou o conceito de Análise transacional. Ele definiu em seu livro, *O que você diz depois de dizer olá?*, uma tomada instintiva de postura, entre os indivíduos, que se dividem automaticamente em três categorias: Os Pais, os Adultos e as Crianças. Ou seja, em superior, igual e inferior. Quando

um indivíduo fala a outro, ele "se coloca" como criança, adulto ou pai.
Ao entrar na relação genitor/criança, caímos num sistema que se divide em subpapéis: genitor nutridor (maternal) ou genitor formador (paternal). Criança rebelde, criança submissa ou criança livre, na categoria crianças. Isso, por exemplo, gera artistas que aceitam sem se incomodar a incapacidade para administrar o próprio cotidiano.
A partir daí, os que se colocam como pais e os que se colocam como crianças se entregam a um jogo psicológico, visando fortalecer esse domínio ou dele sair. Esse jogo se resume, por sua vez, em três papéis: o perseguidor, a vítima e o salvador. A maior parte dos conflitos humanos se reduz a esses problemas de tomada de consciência dos papéis e às disputas de poder dentro das relações. Frases como "Você precisa", ou "Saiba que", ou "Você deveria ter" indicam aquele que as pronuncia como dominador, isto é, como pai. Da mesma maneira, frases como "Eu me desculpo", ou "Sinto muito" posicionam quem as pronuncia como criança. A simples utilização de diminutivos como "...inho", ou "meu querido" servem para, justamente, diminuir ou infantilizar o outro. A única maneira saudável de se estabelecer uma relação com os demais, sem incorrer em luta psicológica, é a de se comunicar de adulto para adulto com o outro, chamando-o pelo nome, sem culpá-lo e nem incensá-lo, sem se colocar como criança irresponsável e nem como adulto dando lições. Mas isso não é absolutamente natural, pois, na maioria das vezes, nossos pais não nos deram o exemplo.

Edmond Wells,
Enciclopédia dos saberes relativo e absoluto, tomo V
(a partir de Freddy Meyer).

114. VISITA DE MUSEUS

Zeus me conduziu por uma escada em espiral. Descemos. Nova porta. Novo corredor. Devíamos estar abaixo do nível do chão, pois não havia mais janelas e nem luz do dia. Porta ampla, longo corredor, escada sem-fim, ponte por cima de um pátio; tudo isso em subsolo.

Perdi todo senso de orientação. Seria impossível encontrar o caminho da primeira sala. Tinha a impressão de ter entrado num quadro de Eischer, com escadarias invertidas e direitas, desafiando todas as leis da perspectiva e da realidade.

O rei dos deuses parecia cada vez mais contente com minha presença. Eu ansiava ir embora dali e reparar meus crimes em "Terra 18", mas Zeus tomou-me pelo ombro, como se fôssemos velhos amigos.

– Eu, na verdade, admiro o que fazem os mortais. Como lhe disse, criei os humanos, mas não sei muito bem como vão utilizar os talentos com que os abasteci. Podem me surpreender. Podem inventar truques que eu sequer imaginei. Eles são adoravelmente "imprevisíveis".

Conduziu-me a um salão com a inscrição, no alto, MUSEU DAS MÚSICAS.

– É o meu museu particular. Reúno aqui as mais belas obras humanas. As "criações" produzidas por minhas "criaturas", com a parte de livre-arbítrio que lhes ofereci.

Ele pressionou o interruptor e os lustres de cristal se iluminaram.

– Essa primeira sala é dedicada à música. São as musas que cuidam do meu "museu".

Os compositores se alinhavam em fotografias emolduradas. Zeus os tocava com o dedo, e a música de cada um se espalhava, ocupando o espaço.

O primeiro rosto em que encostou foi o de um homem das cavernas. Uma vibração à base de cordas ressoou, simples e ritmada.

– Foi o primeiro homem a ter tido a ideia de utilizar o arco de caça e de guerra para compor música. Tem forte carga simbólica.

Apresentaram-se, em seguida, rostos de homens e mulheres com penteados antigos. Desconhecidos.

– É verdade, são conhecidos apenas os que foram pintados, fotografados ou biografados, mas há tantos mais. Desconhecidos que, sozinhos em seus cantos, compuseram sinfonias extraordinárias. Serviram apenas a nós, deuses.

Ele mostrou o retrato de Vivaldi e, de imediato, "Primavera" de *As quatro estações* foi ouvida.

– Pobre Vivaldi. Foi um caso. Uma de suas obras "midiatizada" ocultou todas as outras. Sei que nas lojas de "Terra 1" só se encontra *As quatro estações*. Seu *Réquiem*, no entanto, é extraordinário. E o *Concerto para flauta piccolo*: uma maravilha. Usam uma expressão para isso, no seu planeta. É "a árvore que esconde a floresta". O trecho que esconde a obra inteira.

Ele seguiu até outra imagem.

– Mozart. Mozart foi a encarnação da alma de Vivaldi. Ele voltou e pôde mostrar outras facetas de seu talento.

Zeus me fez ouvir obras de Vivaldi e depois de Mozart, me fazendo tomar consciência dos pontos em comum.

Foi na direção de Beethoven.

– Mozart, Bach, Beethoven; os mais bem-divulgados. Eram bons, mas em suas reencarnações precedentes e seguintes foram igualmente talentosos, com outros nomes, menos conhecidos.

– Ele se dirigiu ao retrato de um anônimo. Uma música suave veio a nós.

– O *Adagio para cordas,* de Samuel Barber. Outro caso espantoso. Compôs uma única obra prodigiosa e o restante é banal. Foi tocado pela graça uma só vez.

Prestando atenção, reconheci a trilha original dos filmes *O homem elefante* e *Platoon*. O cinema, afinal, lhe trouxera a glória que a carreira de simples músico não concedeu.

Milhares de rostos se alinhavam no corredor.

Zeus já me levava a outro lugar.

– Gosto da arte de "Terra 1". Na época em que havíamos instalado o Olimpo lá, comecei essa coleção.

MUSEU DAS ESCULTURAS, anunciava a inscrição no frontão da sala.

Obras cretenses, etruscas, babilônias, gregas, bizantinas, cartaginesas. Parei diante de um afresco cretense, representando golfinhos e mulheres com os seios altos e salientes.

– Ah, os delfins! Você escolheu um totem poderoso. Sabia que os delfins têm um acesso permanente ao inconsciente?

– Ignorava isto.

– O delfim é o protótipo de um projeto ainda mais ambicioso de inteligência aquática.

Fiquei observando a imagem dos golfinhos e constatei que alguns estavam sendo montados por homens, como eu em minha ilha.

– Os golfinhos possuem, proporcionalmente ao corpo, uma massa cerebral mais volumosa do que a do homem. Tive dúvida quanto a deixá-los reinar no planeta deles. Sua incapacidade para viver em terra firme colocava muitos problemas.

Seu olhar divagou e pensei que ele devia certamente ter arranjado em algum lugar, no seu jardim das esferas, um planeta inteiramente aquático, em que delfins construíram suas cidades e desenvolveram tecnologias.

Algumas estátuas eram mais modernas. Reconheci a *Vitória de Samotrácia*, a *Vênus de Milo*, e *Moisés*, de Michelangelo.

– Ah, os humanos... O talento, a criatividade que têm é exponencial... Como a pulsão à autodestruição. Eu já me perguntei se as duas coisas não são inseparáveis. O humor é consecutivo ao desespero. Essa beleza seria, talvez, ligada à pulsão deles de morte. Como as flores que crescem no esterco...

– Como fez para reunir todas essas obras-primas?

– Utilizo uma técnica que reproduz exatamente a obra terrena. Os originais estão no Louvre, no British Museum, no Modern Museum, de Nova York... e em Aeden.

Perambulei entre as esculturas. As de Camille Claudel voltaram a estar intactas, apesar da destruição, durante a crise de raiva da artista. Zeus me disse que essa era também uma vantagem daquele museu, ele conservava obras destruídas.

Nova porta, novo museu, intitulado, dessa vez, sobriamente, BIBLIOTECA. Em estantes em perspectivas infinitas se apertavam obras de todas as épocas. Livros em pergaminho, em couro, em papiro e outros em folhas de seda.

Ele me mostrou manuscritos originais de Shakespeare e de Dostoievski, completamente desconhecidos.

– Sempre tive pena vendo como é difícil reconhecer, em "Terra 1", os verdadeiros talentos enquanto estão vivos. Os principais inovadores raramente foram identificados. Eu falei de seu amigo Georges Méliès, morto desconhecido e na miséria, forçado a vender sua sala de espetáculos, queimando filmes por desespero e, no entanto, tendo inventado o cinema fantástico. Mas poderia também falar de Modigliani, desconhecido durante a vida, arruinado por um galerista, que pôde, assim, comprar por migalhas de pão o conjunto de sua obra.

Zeus esboçou um pequeno gesto desabusado.

– Os Mozart sempre foram suplantados pelos Salieri, sabe? Um músico da corte de Guilherme II, então na moda. Os que realmente inovam não são detectados por sua época. Seus imitadores, apenas, conhecem a glória. Geralmente, diluindo a intensidade da ideia original.

– Houve, porém, alguns gênios reconhecidos em vida: Leonardo da Vinci, por exemplo.

– Por um triz. Quase foi condenado à morte e queimado vivo aos 19 anos, por homossexualidade.

– Sócrates?

– Só se sabe dele o que Platão contou. Mas Platão nunca realmente compreendeu o mestre. Às vezes, inclusive, defendeu ideias contrárias.

Fiquei surpreso com a informação.

– Como disse Jonathan Swift: "Pode-se perceber que um novo talento nasceu porque espontaneamente, ao seu redor, aparece uma conjuração de imbecis."

Zeus chegou a uma parte da biblioteca em que se enfileiravam os livros de Júlio Verne.

– Você o conhece bem, creio – observou.

De imediato, as imagens de nosso encontro na ilha se atropelaram em meu espírito.

– Júlio Verne publicava suas histórias em jornais, como folhetim, com capítulos a serem seguidos. Eram editadas, depois disso, como brochuras, mas ninguém, na época, considerava que fossem livros "de verdade". Achavam se tratar de ciência vulgarizada para jovens. Foi preciso uma espera de 70 anos, após sua morte, para que uma jornalista redescobrisse as obras e o apresentasse, afinal, como grande romancista.

– Júlio Verne não viveu na miséria.

– Não, mas sua mulher reclamava porque ele não ganhava dinheiro suficiente! Em certo momento, por influência dela, inclusive, parou de escrever para se dedicar à gestão de investimentos na bolsa. Foi preciso que o editor Hetzel consentisse um percentual nas vendas, para que ele persuadisse a mulher e esta o deixasse prosseguir sua obra. Sabe como morreu?

"Caindo de um penhasco de Aeden, ou carregado por um monstro nos pântanos", pensei.

– O sobrinho, que jogava cartas e era alcoólatra muitas vezes lhe pedia dinheiro. Júlio Verne, um dia, recusou. Em troca, o sobrinho puxou um revólver e acertou-lhe uma bala na perna. O ferimento infeccionou. Ele sofreu muito, até morrer.

Zeus se aproximou da obra de Rabelais.

– Quanto a Rabelais, quando morreu, havia apenas três exemplares de suas obras, que tiveram tiragem muito limitada. Felizmente o proprietário desses livros os preservou e transmitiu a seus herdeiros, até que alguém, bem mais tarde, redescobrisse seu valor. Alguns são ótimos e nunca foram publicados – disse, mostrando-me um volumoso manuscrito. – Esse aqui era tão inovador que foi queimado como manual de bruxaria.

Ele me passou outro manuscrito e ainda um outro. Aquelas histórias todas me deixavam pouco à vontade.

Zeus empurrou a porta MUSEU DO CINEMA.

Havia telas planas retangulares, em formato 16/9.

– É uma parte bem recente de meu museu pessoal. Sua amiga Marilyn Monroe cuida dele. Ela já "trouxe" 25 mil filmes.

Em cada tela apareceu uma imagem fixa, tirada de uma produção célebre. Bastava tocar a tela para disparar a projeção do filme.

– Até agora vi apenas três mil. E olha que usei a possibilidade de visão acelerada. Meus filmes favoritos foram, nessa ordem: *2001 – Uma odisseia no espaço,* de Kubrick, *Blade runner, o caçador de androides*, de Ridley Scott e *Brazil, o filme,* de Terry Gilliam.

– Apenas ficção científica? – estranhei.

– É onde se exprime maior criatividade. Não vou assistir a um filme para ver a mesma coisa que se passa permanentemente em "Terra 1" ou em "Terra 18".

O argumento parecia lógico.

– Acho que os diretores e os roteiristas têm o trabalho que mais se aproxima do meu. Eles dirigem uma equipe para contar uma história com atores... Sabe que muitas vezes conseguem me enganar? Não consigo adivinhar o final da maioria dos filmes. O imaginário humano é tão complexo.

Na tela, pessoas de toga se moviam, num cenário que me pareceu familiar.

– *Fúria de titãs,* com Laurence Olivier. Veem-se os deuses do Olimpo reunidos numa nuvem. Cômico, não é? Às vezes modifico elementos do cenário de Olímpia, em função dos filmes humanos que descubro.

A ideia me fez pensar em verdadeiros gângsters da máfia de Chicago, tentando parecer personagens do filme *O poderoso chefão,* de Francis Ford Coppola. Quem imitava quem?

Zeus me levou a outra sala: MUSEU DO HUMOR. Folhas emolduradas e protegidas por vidro apresentavam pequenos textos datilografados.

– Mais uma novidade. Foi Freddy Meyer quem me fez montar o museu. Ao contrário dos filmes, eu saboreio as piadas lentamente. Uma por dia. Nunca mais do que isso.

Declamou uma, em voz alta:

– "Um ciclopezinho perguntou ao pai: 'Papai, por que os ciclopes têm só um olho?' O pai fingiu não ouvir e continuou lendo o jornal. Mas o ciclopezinho não parava de repetir a mesma pergunta. 'Papai, por que os ciclopes têm só um olho? Na escola todo mundo tem dois olhos, e eu só tenho um.' Irritado, o pai, então respondeu: 'Ai, ai, ai, não comece a me encher o colhão.'"

Zeus propôs que o seguisse à sala adjacente, que anunciava MUSEU DAS MULHERES. Havia fotos de mulheres em trajes sedutores ou até mesmo literalmente despidas.

– Sempre considerei as mulheres obras de arte integrais. Algumas são conhecidas, outras não.

Zeus apontou Cleópatra, Semíramis, a rainha Cahina, a rainha Dido, a rainha de Sabá, a rainha Alienor de Aquitânia, Catarina da Rússia. Mostrou-me beldades vestindo toga, túnica, batinas de burel.

– Vejo que é sensível aos encantos das guardiães do fogo – observou o rei dos deuses. Essas aqui são sacerdotisas de Isis, virgens do culto de Atena, vestais. Ali, mulheres do gineceu do imperador chinês Tsin Chi Huang Ti. Ele criou um verdadeiro sistema para detectar belezas. Diga-se que, na época, os critérios estéticos eram diferentes. Deviam ter pés pequenos, cabelos longos, olhos grandes, maçãs do rosto salientes, pele branca.

Continuamos a avançar.

– Mesmo no Ocidente, os critérios mudaram. O fascínio por seios fartos, por exemplo, é algo relativamente antigo; o gosto por seios pequenos e empinados é mais recente.

Ele mostrou fotos de mulheres de todas as épocas. Da mesma forma, a pele bronzeada, antigamente, era característica de quem trabalhava no campo. Apenas muito recentemente, em “Terra 1”, a pele queimada se tornou atributo das classes superiores. Mas as mais belas mortais permaneceram desconhecidas. Às vezes virgens e escondidas em conventos.

Quando Zeus tocava em alguma moldura, a foto se animava, como se as jovens tivessem sido filmadas sem saber, num momento íntimo.

– Temos um ponto em comum, Michael. Os dois fomos esnobados por cabeleireiras.

– No meu caso, não era uma cabeleireira...

– Sim, sei, Afrodite. Ah, essa aí... Sei que o filho dela lhe contou sua verdadeira história.

Ele alisou o retrato da deusa do Amor, que se animou, soprando-lhe um beijo e enviando-lhe pelo ar.

– Acho-a bela – disse eu, sobriamente, como para defendê-la.

– É isso a magia vermelha. As mulheres fatais. Conheci algumas. Uma verdadeira droga. Mesmo eu, Grande Zeus, já fui transformado em marionete por algumas moças.

Ele soltou uma gargalhada.

– E achei isso... divino.

– Hera?

– Sim, Hera foi uma mulher fatal. É normal: era minha irmã, antes de ser minha mulher. Tem minha personalidade. Não segue o nariz de um homem qualquer. Foi uma matadora. E depois se tornou uma mulher do lar. O cotidiano estraga tudo. Ela, então, cozinha, fala de mim. Ela contou sua teoria sobre a tradição dos golfinhos e o suprassumo dos antigolfinhos, dirigido por A-dolf? Ela pensa em muitas coisas, em sua cabana. Acho que ela quer o meu lugar.

Ele ergueu as sobrancelhas.

– Se ela acha que eu vou voltar por causa do cheiro da sopa de abóbora... E você? Em que pé está com Afrodite?

– Amo Mata Hari – respondi.

– Sim, sei disso. Não estou falando dela, mas de Afrodite Ela está em qual parte da sua destruição progressiva?

– Não penso mais nisso.

– Mentiroso.

– De qualquer maneira, não há nada a tirar disso, ela nunca vai me amar.

– Vê-se que não conhece muito as mulheres. Quanto mais colocam obstáculos, mais querem dizer que a pessoa as interessa. O único problema com Afrodite e, aliás, com relação a todas as mulheres fatais...

– É que é incapaz de amar quem quer que seja?

Aguardei.

Ele olhou para mim com interesse.

– Não só não pode amar ninguém, mas é incapaz de ter prazer físico com um homem. É tão facil para ela manipulá-los porque não sente nada.

– Se eu fizer amor com Afrodite, ela conhecerá o orgasmo – disse eu, como um desafio. – É um problema de desejo Conseguirei estabelecer um desejo.

Ele sorriu, malicioso.

– Lembre que é... Mata Hari que você ama.

Atravessamos uma dezena de corredores e escadas, até uma área mais clara.

Sob o letreiro MUSEU DA INFORMÁTICA, Zeus descortinou um cômodo repleto de computadores, dos mais antigos, parecendo uns armários pesadões, aos menores, portáteis. Aquelas máquinas todas, alinhadas em mesas, não deixavam de lembrar a evolução biológica. Dos dinossauros aos macacos.

– Essas máquinas são memória. Que paradoxo! O homem perde a sua e a entrega aos computadores. São os novos guardiões do saber.

– O homem perde a memória?

– A cada dia os políticos reinventam o passado, para adaptá-lo ao presente. Antes, se contentavam em trazer à luz certos acontecimentos, deixando outros na sombra. Depois, progressivamente, passaram a mudar os nomes das cidades, confundir histórias e lendas, negar fatos, até chegar o momento em que vão dinamitar sítios arqueológicos, para ter certeza de que o passado se adaptará à propaganda. O revisionismo ganha terreno.

– Como os romanos fizeram crer que os cartagineses se dedicavam a sacrifícios humanos, como os gregos fizeram crer que os cretenses tinham como rei um monstro devorador de mulheres.

Zeus disse que me sentasse diante de um computador moderno e o ligou.

– Os mortais de "Terra 1" não se dão conta do preço a pagar, quando se vive num mundo de mentiras sobre o passado.

Cofiou a barba e me olhou com uma ponta de conivência.

– Por isso eu gosto da divisa da cidade de Québec: "EU ME LEMBRO." Todos os humanos deviam ter essa inscrição fixada em algum lugar. Eu me lembro de onde venho. Eu me lembro quem sou. Eu me lembro da história dos meus ancestrais, que me trouxeram até esta existência. Eu me lembro de todos os dilaceramentos que criaram esta humanidade.

O computador pediu uma senha de entrada. Zeus hesitou um instante, como se tivesse dificuldade de se lembrar da senha, e depois digitou diversas letras.

Li, por cima de seu ombro: g-a-n-i-m-e-d-e-s.

– Se o real, então, está sendo questionado, o que resta? O virtual.

Zeus explicou que "mandava subir" modelos de todos os computadores e de todos os programas, à medida que apareciam. Seria o encargo de uma próxima musa, a Informática.

Ele clicou para abrir um programa e um jogo de xadrez apareceu na tela.

– No início, eu jogava contra o computador. Eu ganhava sempre e, um dia, perdi. Porque os novos programas têm na memória todas as partidas jogadas.

Ele suspirou.

– Deus criou o homem. O homem criou o computador. E as máquinas já me deixam para trás em certos campos.

Ele abriu vários programas.

– Encontrei humanos trabalhando num projeto informático particular. Chama-se: O QUINTO MUNDO.

O Quinto Mundo era o programa em que Eun Bi trabalhava...

– Eles querem garantir a imortalidade ao homem, graças à informática.

Lembrei-me da ideia de Korean Fox, o amigo da minha protegida.

– É ainda ficção científica, mas me deu o que pensar. Reproduzem todas as características de um indivíduo, em uma pessoa virtual.

Zeus parecia encantado com a ideia.

– Quando alguém morre, fazem-no continuar a viver, como personagem, na internet. Percebe a implicação de um projeto assim, meu Michael? Se houvessem descoberto antes, teria sido possível gerar um duplo imortal de Einstein, que continuaria a calcular equações, um duplo de Leonardo da Vinci, que continuaria a pintar quadros, um duplo de Bach, que continuaria a criar músicas, um duplo de Beethoven, que teria escrito a décima, a 11ª sinfonia. Memória viva e criativa. Nada de clonagem, pois isso não funciona. Reprodução virtual. O QUINTO MUNDO está em vias de fabricar uma humanidade paralela que vai permitir não mais se perderem talentos particulares.

– Mas as almas dos mortos sobem ao Paraíso.

– Isso não muda nada, seus "avatares informáticos" permanecerão na Terra, graças a esse projeto. E como ninguém poderá desligar de uma só vez todos os computadores... Na verdade, os humanos descobriram um meio de se tornar imortais, graças à informática, ou seja, graças ao silício, ou seja, graças à areia das praias.

– Mas, então, eles serão como nós.

Zeus me encarou.

– Isso mesmo, os humanos de "Terra 1" já se tornaram imortais e já se tornaram deuses. O único elemento a nos salvar é que ainda não tomaram consciência disso.

Ele acelerou o movimento dos dedos, para torcer a barba.

– O problema é que O QUINTO MUNDO é um mundo criado por mortais e regido por regras inventadas por mortais Eles, então, constituíram um novo espaço, que escapa de nossa influência direta...

– Se compreendo bem, o homem continua sob a influência dos deuses, mas criou uma zona artificial que escapa dos deuses.

– Como se macacos do zoológico tivessem criado, no interior mesmo do zoológico, pequenas jaulas em que lançam amendoins a lêmures, por exemplo. Ou como se formigas de um viveiro tivessem construído um ninho repleto de ácaros que elas observam, para compreender sua própria condição de formiga.

Sobretudo, compreendi que a vida de minha pequena coreana Eun Bi estava modificando todas as leis do universo

Subimos à sala em que encontrei Zeus pela primeira vez.

– Agora – disse ele – você sabe de tudo. E como pode ver, isso não altera nada...

De repente, alguma coisa me chamou a atenção. A poltrona gigante estava virada para a janela escondida pela cortina.

O rei do Olimpo parou imediatamente de sorrir.

– Quero ver o que há por trás dessa janela – disse eu, com uma segurança que espantou a mim mesmo.

Zeus não se mexeu.

– Quero ver o que há por trás dessa cortina – repeti.

Tomei consciência de que as poucas janelas que vi, durante nossa visita, assim como as varandas e terraços, abriam-se todas para oeste. Nenhuma se voltava em direção leste. Tudo, naquele palácio, tinha sido feito para a observação de Olímpia, lá embaixo, mas se estávamos no alto de uma montanha, necessariamente devia haver uma outra vertente.

A reação de Zeus confirmava que eu havia abordado um ponto importante. Lembrei-me rapidamente: "A palavra Apocalipse não significa 'fim do mundo', significa 'o levantar do véu', a abertura da cortina de ilusão que impede a visão da verdade, pois esta é tão espantosa que não a poderíamos suportar."

– Quero saber o que há por trás da cortina!

Zeus continuava sem qualquer reação.

Precipitei-me, então, em direção à janela, puxei a cortina púrpura, abri a janela e empurrei as persianas.

115. ENCICLOPÉDIA: PANDORA

Seu nome significa "Aquela que tem todos os dons". Tendo Prometeu oferecido o segredo do fogo aos homens, contra a vontade de Zeus, este resolveu castigá-lo.
Pediu, então, a Hefesto que fabricasse uma mulher perfeita, dotada de todos os dons. Hefesto fabricou o ser e todos os deuses vieram, um a um, conceder-lhe seu melhor talento. Ela executava música extraordinariamente bem. Hermes coroou o conjunto, oferecendo-lhe um dom de palavra excepcional. Pandora, depois disso, se apresentou a Prometeu e a seu irmão Epimeteu. Prometeu logo desconfiou daquela mulher boa demais para ser honesta, mas Epimeteu ficou loucamente apaixonado e se casou com ela.
Zeus ofereceu ao casal, como presente de casamento, uma caixa.
– Recebam essa caixa e guardem-na em lugar seguro. Mas aviso, nunca devem abri-la – disse ele.
Epimeteu, entregue ao amor por Pandora, esqueceu a advertência do irmão: nunca aceitar presente direto dos deuses. Ele guardou a caixa oferecida por Zeus, num canto de sua casa.
Pandora era feliz com o marido. O mundo era um lugar maravilhoso. Ninguém nunca adoecia e nem envelhecia. Ninguém era mau.
Mas Pandora se perguntava o que haveria no interior da caixa.
– Vamos dar só uma olhada – sugeriu a Epimeteu, usando todo seu charme.
– Não, pois Zeus nos proibiu de abrir – respondeu o marido.

Todos os dias, Pandora suplicava para que Epimeteu abrisse a caixa, mas ele sempre recusava. Certa manhã, Pandora aproveitou uma ausência de Epimeteu e foi ao cômodo onde estava escondida a caixa. Quebrou a fechadura com uma ferramenta e ergueu lentamente a tampa. Antes mesmo que pudesse olhar o interior, um urro tremendo escapou, um longo pranto de dor. Ela recuou com um salto, assustada. Da caixa surgiram, então, todas as calamidades: o ódio e o ciúme, a crueldade e a cólera, a fome e a pobreza, a dor e a doença, a velhice e a morte. Pandora bem que tentou fechar o tampo, mas era tarde demais, e todos esses males se abateram sobre a humanidade. No entanto, esvaziada a caixa, algo subsistiu no fundo. Uma pequena entidade se manteve ali, tranquila. Era a esperança. De modo que os homens, mesmo passíveis de conhecerem todos os males, guardariam sempre viva a esperança.

Edmond Wells,
***Enciclopédia dos saberes relativo e absoluto*, tomo V.**

116. APOCALIPSE

O que vi me fez recuar consternado.

– Meu Deus! – murmurei.

Zeus parecia desolado por mim.

– Você quis saber, pois bem, agora sabe.

Eu estava desnorteado.

Zeus se aproximou e me tomou pelo ombro. Parecia ligeiramente menor do que ainda há pouco.

– Sinto muito.

A bruma se dissipara um pouco e havia uma montanha cujo cimo se perdia nas nuvens. Acreditei estar no alto e tinha chegado apenas a uma etapa intermediária.

– Por isso eu recusava que viessem até aqui – proferiu o rei dos deuses.

Eu, então, não estava no ponto mais elevado da ilha de Aeden. E, pelo visto, Zeus não era o "Deus Último".

Ele seguiu meu olhar.

– Eu também, todo fim de tarde, olho o pico em frente e me faço a pergunta: "O que há lá em cima?"

Permaneci imóvel, com os olhos esbugalhados. De repente, na massa nebulosa, apareceu, como a nos provocar, uma luz, que piscou três vezes.

– Eu menti. Não construí o universo, nem os animais e nem o homem. Imaginei tudo isso. Inclusive meu laboratório é um cenário para convencer a mim mesmo de que sou o Grande Deus. Mas... não é verdade. Não sou o Criador. Sou apenas Zeus, rei dos deuses do Olimpo. Não passo de um "8". Oito, o deus infinito. Mas há algo acima do infinito. O "9".

Pronunciou o número com tal respeito que sua voz se embargou ligeiramente, de emoção.

Ele voltou-se para a outra janela, abrindo-se para oeste.

– Domino tudo que está abaixo da "minha" montanha. Domino os demais deuses, que dominam os anjos e os homens. Domino os alunos, que geram mundos. Mas acima de mim há algo que me ultrapassa. Não conheço sua natureza exata. Tento imaginar.

Ele encolheu mais.

Dando prosseguimento à técnica de compreensão dos algarismos que me ensinou Edmond Wells, tentei:

– 9. Uma curva de amor em espiral, como o anjo. Mas enquanto o anjo "6" parte do céu, para criar um fecho para baixo, o Criador "9" parte da terra, para criar um fecho de amor em direção do céu.

Ele meneou a cabeça, mostrando haver seguido o mesmo raciocínio.

– 9 é o algarismo da gestação.

– Creio que o Criador, o 9, concebeu o homem e os deuses à sua imagem. Para compreender, então, o que pode ser o 9, multipliquei as experiências, as amantes, os amantes, as aventuras, tentando aprender com o real quem sou eu de fato e de onde venho. Estamos todos na mesma situação.

Ele diminuiu ainda. Estava agora do meu tamanho.

– Um dia, pensei: "E se não houver nada lá no alto?" Tive essa esperança. Esperei tanto. Talvez seja isso o pior: eu, Zeus, sou um deus "que crê".

– Não poderia, como cisne, voar e ir até lá em cima?

– Há um campo de força. Pássaro ou ser algum consegue atravessar.

Naquele instante, percebi que estava com pena de Zeus. Ele, mais do que qualquer outro, podia medir a extensão do que lhe faltava. Os demais acreditavam em Zeus. Mas ele sabia não ser a culminância. "Quanto mais se sabe, mais se pode medir sua ignorância."

Ele me empurrou para a outra janela, aquela que se abria para Olímpia, acho que tentando me desprender da visão da montanha superior.

– Instaurei uma distância entre os outros deuses e eu para criar meu mistério próprio, igual ao Seu. À medida que me viram menos, quanto mais obstáculos coloquei, preservando minha solidão, mais me respeitaram, veneraram, supuseram intenções minhas. Talvez Ele também, lá em cima, o 9, tenha agido assim. Construir seu mistério. Ah, nisso Ele foi bem sucedido. Desde que estou aqui, passo horas e horas contemplando aquele pico.

Zeus puxou para si o meu rosto, para que eu o olhasse bem, face a face.

– Eu acredito "Nele". Creio em um deus acima de mim.

– E o jogo de Y, então?

– É o que é mais paradoxal. O ganhador talvez venha a ser o primeiro e único a atravessar o campo de força.

– Um aluno poderia conseguir algo que o próprio Zeus não consegue?

O rei do Olimpo abaixou os olhos.

– Um dia, algo caiu lá de cima. Uma garrafa com uma mensagem dentro. Um dos meus ciclopes entregou-a para mim. Continha instruções. Lembro-me de cada palavra: "Organizem um jogo para selecionar o melhor deus com relação a uma problemática similar à de "Terra 1". As 17 primeiras turmas serão rascunhos e o vencedor da 18ª poderá atravessar o campo de força."

Então todas as outras turmas não serviram para nada. A nossa era a única que importava.

– Às vezes invejo os alunos-deuses. Eu invejo você. Enquanto não estiver fora do jogo, pode ser "aquele que se espera", pode ser "aquele que vai subir lá em cima" pela primeira vez, desde que o mundo é mundo.

Ele encolheu ainda, devendo agora medir alguns centímetros a menos do que eu.

Voltou à janela oriental.

– O aluno vencedor irá lá em cima. Não os Mestres-deuses, nem mesmo eu, Zeus. Apenas ele, o Vencedor...

Fez um gesto vago.

– Se quiser, pode ficar aqui, comigo.

O rei dos deuses enxugou a testa, onde brotara uma gota de suor.

– Por que está me propondo isso?

– Porque me entedio. Tudo me entedia. Sou um velho deus cansado, que nunca vai saber mais do que já sabe. Eu me moldei em todas as formas, agi em todas humanidades: olho gigante, coelho branco, cisne, e também tomei as formas de alunos, de Mestres-deuses. Fiz de tudo. Conheci as deusas, as mortais, as mulheres, os homens, os alunos-deuses, os heróis, as heroínas. Não me divertem mais. Pedi, então, à Esfinge que fechasse a porta aos espíritos complicados. Para que só viessem a mim os espíritos... puros.

Ele caminhou ao longo da sala.

– E ninguém veio. Então lamentei que o enigma fosse tão difícil. Tive medo que ninguém mais viesse aqui. Medo de ficar sozinho para sempre. Não queria, no entanto, desistir do enigma.

Ele se sentou no chão.

– Inclusive meu museu, suas artes, mulheres, computadores, no final, me cansam. Tento ainda me encantar, mas sinto-me blasé. A imortalidade dura muito.

Levantou-se, vindo em minha direção.

– O universo não é tão grande assim. Não há tanta gente com quem se possa conversar. São todos tão previsíveis. Mas você... não sei por que... é mais divertido.

– Eu quero descer – proferi.

Ele se colocou à minha frente.

– Gostaria muito que ficasse. Observaremos os deuses e os homens daqui, juntos. Você será como eu, um 8.

– Quero descer.

Ele olhou o fundo de minha alma.

– É o seu livre-arbítrio. Respeitarei sua escolha.

Permaneci imóvel, com milhões de pensamentos em minha cabeça, que se entrechocavam e se contradiziam.

– Se quiser voltar, farei o que prometi. Vou lhe dar uma cavalgadura voadora. Você vai descer e, lá embaixo, todo mundo vai tratá-lo como se nada houvesse acontecido.

Ele falava como se o lamentasse.

Zeus cresceu e, novamente gigante de dez metros, voltou a sentar em seu trono.

– Então, sua decisão está tomada, não é?

– Eu só cumpri quatro quintos do caminho.

Primeira etapa do caminho: o continente dos mortos, ao qual cheguei quando era tanatonauta.

Segunda etapa: o império dos anjos, atingido quando saí do ciclo das reencarnações.

Terceira etapa: Aeden, alcançada ao me tornar aluno-deus.

Quarta etapa: o palácio de Zeus, ao qual acabei de chegar.

A quinta etapa estava à minha frente: chegar mais longe do que Zeus e descobrir o ponto culminante de Aeden, de onde partia aquela luz que parecia me chamar desde que pus os pés na ilha.

– Eu o compreendo – disse ele. – Em seu lugar, faria o mesmo. Às vezes, sabe, os alunos-deuses têm maiores possibilidades do que os mestres. Eu não conhecerei o Último Mistério. Vou lhe fornecer um cavalo para descer, e você poderá retomar o jogo em Olímpia. Um último conselho: lembre-se de quem você realmente é.

Zeus, então, um pouco arqueado, fechou as persianas, puxou a cortina púrpura e escondeu o pico onde se encontrava o Ser que o ultrapassava e a quem chamarei, daqui para a frente, 9.

O Criador.

Como adeus, o rei dos deuses voltou a se transformar em olho gigante, o mesmo que antes tanto me havia impressionado e que agora não mais impressionava.

– Eu o invejo, sabe... Michael Pinson.

Eu já não o ouvia mais.

Tinha um novo sonho a alcançar.

Agradecimentos

Professor Gérard Amzallag, Boris Cyrulnik, Reine Silbert, Françoise Chaffanel, Jérôme Marchand, Patrice Lanoy, Sylvain Timsit, Dominique e Alain Charabouska, Stéphane Krausz, Jonathan Werber, Pascal Leguern.

Acontecimentos ocorridos enquanto escrevia *O sopro dos deuses*:

Redação do roteiro e preparativos de filmagem de *Nos amis terriens* [Nossos amigos terrestres], produzido por Claude Lelouch.

Redação de roteiro para o filme Imax em 3-D *Le secret de la fourmilière* [O segredo do formigueiro].

Redação de roteiro para a série de TV *Les enfants d'Ève* [Os filho de Eva].

Redação de roteiro para a revista em quadrinhos *Les enfants d'Ève* [Os filhos de Eva].

Letra da música de Louis Bertignac, *La saga des gnous* [A saga dos gnus], do disco "Longtemps".

Músicas ouvidas enquanto escrevia *O sopro dos deuses*:

Trilha original do filme *O último samurai*, Hans Zimmer.

Trilha original do filme *O senhor dos anéis*, Howard Shore.

Trilha original do filme *Duna*, Toto.

Trilha original do filme *Waterworld. O segredo das águas*, James Horner.

Mike Oldfiel – álbum "Incantations".

Moondog – "Bird's Lament".

Peter Gabriel – disco "Up".

Outros sites:

www.bernardwerber.com

www.albin-michel.com

Impresso no Brasil pelo
Sistema Cameron da Divisão Gráfica da
DISTRIBUIDORA RECORD DE SERVIÇOS DE IMPRENSA S.A.
Rua Argentina 171 – Rio de Janeiro, RJ – 20921-380 – Tel.: 2585-2000